中国现代文学百年沉思

——中国现代文学研究会第 12 届年会论文集

中国现代文学研究会
福建师范大学文学院
合 编

汪文顶 刘勇 主编

社会科学文献出版社

目 录
contents

上编　文学史研究

中国现代文学学术与思想观念的再思考 …………………… 丁　帆 / 3
中国现代文学的历史性、当代性与经典性 …………………… 刘　勇 / 18
改革开放40年中国现当代文学研究的成就、走势与思考 …… 王卫平 / 36
中国新文学史写作的观念悖论与实践反思 …………………… 刘　忠 / 50
与古为新　面向未来
　　——关于五四文学与中国文学传统研究观念的反思 ……… 王泽龙 / 63
"思想"与"思考"：贯穿20世纪的文化纠缠与纠结
　　——关于五四新文学批评状态的一种考察 ……………… 殷国明 / 68
考证学方法与中国现代文学研究 …………………………… 金宏宇 / 89
译介学与中国现代文学研究的新变 …………………………… 熊　辉 / 114
正名与意义：现代文学研究的"非文学期刊"视野 ………… 凌孟华 / 126
关于晚清文学的再认识 ………………………………………… 郑家建 / 145
晚清白话文与五四白话文的本质区别 ………………………… 高　玉 / 148
中国新文学抒情话语的价值建构 ……………………………… 黄　健 / 167
中央苏区文艺制度生成论 ……………………………………… 周建华 / 182
域外与本土：比较视域的延安书写 …………………………… 赵学勇 / 194

中编　各体文学研究

现代小说的"时空"形式
　　——"心灵"之于"世界"的"赋形"问题研究 ……… 贺昌盛 / 201
中国乡土小说理论的百年流变与学术建构 …………………… 李兴阳 / 223

文史对话中的"文学"
　　——以《狂人日记》为例 ………………………… 李　怡 / 240
老舍文学经典的生成及其当代意义 ……………………… 谢昭新 / 248
旧事重提：也谈《家》在民国时期的接受与传播 ………… 宋剑华 / 263
"既遥远又无所不在"
　　——《围城》中作为讽喻和寓言的"战争"话语 ……… 吴晓东 / 286
百年新诗抒情性、戏剧性和叙事性建设的诗学反思 ……… 杨四平 / 309
诗学视域中"歌词"身份考辨 ……………………………… 傅宗洪 / 317
近十年来走向世界的郭沫若研究 ………………………… 魏　建 / 328
论鲁迅散文的文体艺术 …………………………………… 汪文顶 / 342
"心"与"体"：郁达夫关于现代散文理论建设之思考 …… 黄科安 / 360
动态的"画框"与历史的光影
　　——以卞之琳的"战地报告"为中心 …………………… 姜　涛 / 379
近四十年中国话剧史学术范式的变迁与反思 …………… 马俊山 / 402
解放区"演大戏"现象评价的演变与意义 ………………… 秦林芳 / 417

下编　年会论文摘要

中国现代文学的世纪分期与起点 ………………………… 郝明工 / 433
中国文学现代传统形成的路径和结构 …………………… 王达敏 / 433
论新文学的自我批判传统 ………………………………… 贺仲明 / 434
从文化策略视角看中国现代文学与传统文化的关系重构 … 李继凯 / 434
传统与现代之间的对视
　　——从精神指向的变化看近现代中国文学中的古今之争 …… 耿传明 / 435
试论现代启蒙作家对民族生存发展的人类学思考 ……… 钟海波 / 435
中国现当代通俗文学经典的认定与批评标准的建构 …… 汤哲声 / 436
乡土文学审美形态简论 …………………………………… 张学军 / 437
半殖民地中国"假洋鬼子"的文学构型 …………………… 李永东 / 437
现代文学研究中的"宗教"问题 …………………………… 哈迎飞 / 438
中西现代情爱乌托邦小说的多维透视 …………………… 李　雁 / 438
"文明的共和"与游牧文化小说叙事的价值建构 ………… 金春平 / 439

中国现代小城文学的河流叙事	孙胜杰 / 439
南社：作为现代文学的开端	黄 轶 / 440
从混沌中苏醒：清末民初身体的重新发现与再认识	杨 程 / 441
民初小说中的"革命加爱情"叙事　　王凤仙	李 霞 / 441
新文学革命：一个悖论性的开端	胡 峰 / 442
"选学妖孽，桐城谬种"口号之提出及后期批判风向的流转	高传峰 / 442
吴虞与"打倒孔家店"口号关系考论	杨华丽 / 443
五四新旧文化论战在1919	王桂妹 / 443

跨越历史的尘封
　　——论"整理国故"在中国新文学建构中的历史地位 …… 周晓平 / 444

20世纪20年代国语文学史的发生与退场 …… 方长安 / 444

"欧战"如何重新构造了"新文化"
　　——以"五四"前后的写作、翻译为观察对象 …… 杨位俭 / 445

"五四"时期新文学家的构成与特征 …… 冯仰操 / 445

"觉醒"与"解放"的距离
　　——"五四"个人文学观反思 …… 魏继洲 / 446

这么早就开始回顾了
　　——《新青年》与《新潮》发刊词之比较及其他 …… 刘克敌 / 446

新文化运动中的报刊媒介与学术共同体及批评规范的形成
　　——以《新潮》杂志为中心 …… 林 强 / 447

中国现代文坛中的"广告魅影"
　　——以20世纪20年代文坛的三次论争为例 …… 彭林祥 / 448

再论革命现代性与中国左翼文学 …… 陈国恩 / 448

从"同情文学"到"阶级意识"的文学
　　——20世纪20年代后期革命文学情感模式的嬗变 …… 张广海 / 449

中国社会史论战视野下的中国文学史研究
　　——以《读书杂志》刊载的相关文章为中心 …… 王 波 / 449

《新小说》：一本被长期忽略的左翼文学通俗化实验杂志 …… 宋 媛 / 450

"自由人"论争中的普列汉诺夫 …… 侯 敏 / 450

失血的天空与抵抗的风旗
　　——论东北抗日文学理论及批评 …… 颜同林 / 451

| 抗战时期少数民族题材文学的勃兴与新变 …………………… 王学振 / 451
| 现代文学中工农作者写作的讨论与实践 ……………………… 李　旺 / 452
| 解放区文学论争核心问题研究 ……………… 骆　雯　江震龙 / 452
| "民国机制"与"文化战线"：20 世纪 40 年代延安文艺报刊的
| 编辑出版 ……………………………………………………… 王　荣 / 453
| 革命文艺的"形式"逻辑
| ——再论延安时期"民族形式"论争问题 ………………… 周维东 / 453
| 政治美学的两张面孔
| ——论"翻身"叙事中文学与图像的互文性 ……………… 李跃力 / 454
| 从《赤叶河》的创作与修改看"典范土地
| 革命叙事"的形成 ……………………………………………… 阎浩岗 / 454
| 个体情感的规训、再现与重构
| ——论土改叙述中的情感冲突 ……………………………… 庞秀慧 / 455
| 低回与复兴：1938～1949 年国统区的现代长篇小说 ………… 陈思广 / 455
| 多元政治话语博弈下的文化空间
| ——桂林抗战文化城文学社会学考察 ……………………… 佘爱春 / 456
| 沦陷时期北京文坛自救路径的探索
| ——以《中国文艺》"满洲作家特辑"为中心 …………… 高姝妮 / 457
| 易代之际学院派知识分子的自省与抉择
| ——1948 年清华、北大的"两会"之考察 ……………… 严　靖 / 457
| 冷战文化、南下影人与中国现代文学经典化
| ——20 世纪五六十年代香港电影对现代文学经典化的研究…… 金　进 / 458
| 民国部聘教授及其待遇 ……………………………………… 沈卫威 / 458
| 论京派知识分子与民国大学的文学教育 …………………… 文学武 / 459
| 现当代文学教学与培养研究型人才思考 …………………… 蔡洞峰 / 460
| 大学文学课堂对话教学的探索与实践
| ——以中国现当代文学为例 ………………… 胡亭亭　龚　宏 / 460
| 现代文学教育的三重境界 …………………………………… 黎秀娥 / 461
| "现代文学经典细读"课程教学实践与反思 ………………… 马　炜 / 461
| 现代文学教育的问题与机遇 ………………………………… 肖国栋 / 462
| 20 世纪 80 年代现代文学选本出版与文学观念的变迁 ……… 徐　勇 / 462

目 录

文学场域、中阶文学、方法学，以及学术再出发
　　——张诵圣的台湾文学研究 …………………………… 李诠林 / 463
论海外汉学家罗鹏的中国现代文学研究 ………………… 刘 莹 / 463
如何激活鲁迅的精神遗产？ ……………………… 王学谦 金 鑫 / 464
鲁迅的马克思主义知识及其来源 ………………………… 许祖华 / 464
暂凭杯酒长精神
　　——对鲁迅小说的一种叙事学分析 ……………………… 汤奇云 / 465
鲁迅小说人物名字的文化表征与文化意蕴 ……………… 张文诺 / 465
《呐喊》的空间叙事 ………………………………………… 李 骞 / 466
日月不出　爝火何熄
　　——《狂人日记》百年祭 ………………………………… 贾振勇 / 466
《狂人日记》影响材源新考 ……………………………… 汪卫东 / 467
史传传统与《狂人日记》文言小序解读 ………………… 时世平 / 467
论顾炳鑫的《阿Q正传》插图画辑 ……………………… 杨剑龙 / 468
叙事骨架与肌理的鉴识和《阿Q正传》的再理解及其他 … 龙永干 / 468
《伤逝》：话语革命者的忏悔录 ………………………… 高志强 / 469
启蒙语境下《伤逝》重读 ………………………………… 李 致 / 469
祛魅、讽喻与自况
　　——谈鲁迅小说《出关》的三层意蕴 ………………… 田建民 / 470
鲁迅的图像性叙述实践
　　——以《出关》为例 …………………………………… 邹淑琴 / 470
从"传奇文"溯源看鲁迅、陈寅恪的"小说"观念 ……… 张丽华 / 471
通俗教育研究会与鲁迅现代小说的生成 ………………… 李宗刚 / 471
论鲁迅小说的女体诗学 …………………………………… 胡志明 / 472
鲁迅小说的主旨与外国戏剧的关系 ……………… 孙淑芳 马绍玺 / 472
一个关于"人类"及其如何获得自我的寓言
　　——《聪明人和傻子和奴才》新论 ……………………… 李玉明 / 473
儿童·小野蛮人·初民
　　——《朝花夕拾》与"诗化"传统 ……………………… 李 音 / 473
鲁迅《青年必读书》一文及其论争的博弈论分析 ……… 张 克 / 474

· 5 ·

未完成的"对话"
　　——重考鲁迅对朱光潜的批评缘起 ················· 姜彩燕 / 475
"堂吉诃德在中国"与"中国的堂吉诃德" ············· 禹权恒 / 475
"国防文学论战"中的鲁迅思想 ······················· 蒋　祎 / 476
《中国小说史略》与中国文学史之建立 ··············· 刘东方 / 476
作为讲义的《苦闷的象征》 ··························· 鲍国华 / 477
荷兰文版鲁迅作品的传播与接受研究 ················· 易　彬 / 477
《鲁迅前期小说与俄罗斯文学》中"人道主义元素"的复杂况味
　　——兼及"王富仁鲁迅"的可能内涵 ··········· 彭小燕 / 478
面向"大众"的"立人"
　　——鲁迅的文学教育思想及实践 ················· 王炳中 / 478
"立人"鲁迅与中学语文"鲁难" ······················· 白　浩 / 479
"微观政治"和"乡村权力"下的"国民性"图景
　　——鲁迅"改造国民性"主题在20世纪90年代后
　　　　小说中的再现 ······························· 古大勇 / 479
史天行伪造鲁迅的《大众本〈毁灭〉序》考 ··········· 葛　涛 / 480
中国现代部分作品中的"前月"考
　　——以郭沫若、鲁迅等笔下的纪实性文字为例 ····· 廖久明 / 480
郭沫若思想转变与现代中国革命文学发生的关联研究 ··· 杨洪承 / 481
郭沫若和傅抱石：反传统与传统坚守者的统一阵线 ····· 马　云 / 482
茅盾与姚雪垠的《李自成》
　　——以茅盾与姚雪垠的《谈艺书简》为例 ········· 阎开振 / 482
按照文本生活：巴金理想主义的一种实践方式 ········· 胡景敏 / 483
战争、疾病、幸福：《寒夜》中家国同构的三重文化圈 ··· 江腊生 / 483
民国中等国文教材中的巴金选篇 ····················· 刘绪才 / 484
时空意识与老派市民家国观念的更生和嬗变
　　——以老舍小说《四世同堂》为中心 ············· 逄增玉 / 484
沈从文重构"乡土中国"的文化机制与话语实践 ······· 吴翔宇 / 485
翠翠：一种人格形态的发生与修正 ··················· 罗义华 / 485
沈从文《芸庐纪事》的相关史料问题 ················· 刘铁群 / 486

生命真性与兼容博取
　——论沈从文的中国画意识 ……………………… 张　森 / 486
论四十年代小说家主体意识构成与困境
　——以沈从文、张爱玲为例 …………………… 刘云生 / 487
"空间"视域下的晚清成都想象
　——以李劼人的"大河"三部曲为考察对象 …… 吴雪丽 / 487
"忠贞"的悖论：丁玲的"烈女"／"女烈士"心结
　与革命中国的性别政治 ………………………… 符杰祥 / 488
陆萍为何是医生：重读丁玲《在医院中》 …………… 王　宇 / 488
文学是"语言的花朵"
　——对丁玲文学形式创造及其观念的考察 …… 袁盛勇 / 489
论新中国成立初期丁玲与一体化文学体制的冲撞 …… 徐仲佳 / 490
20世纪40年代延安文学多媒介互动与文学再生产
　——以赵树理为例 ……………………………… 王龙洋 / 490
钱锺书与中国现代批评的困境 ………………………… 邵宁宁 / 491
"无用"的"狷者"方鸿渐 …………………………… 赵新顺 / 491
"人生边上"：观察钱锺书和杨绛
　创作风格的一种视角 ……………… 孙良好　金千千 / 492
离散张爱玲与恒常中国性 ……………………………… 沈庆利 / 492
张爱玲作品同名的戏曲剧目考释 ……………………… 胡明贵 / 493
从《重返边城》的中英文改写论张爱玲的后期创作 … 任茹文 / 493
多重关系中的地方风物
　——以梁山丁的《绿色的谷》为中心 ………… 李松睿 / 494
吴趼人、张资平的市场化写作 ………………………… 巫小黎 / 494
论张恨水小说中的戏曲叙事 …………………………… 黄　静 / 495
论新写实主义背景下戴平万的小说创作 ……………… 黄景忠 / 495
黄药眠前期小说创作管窥 ……………………………… 林分份 / 496
新诗文化：概念、定位及问题意识 …………………… 吴投文 / 496
中国现代诗学回视
　——兼论"诗言志"与"诗缘情" ……………… 王淑萍 / 497

民国新文学史著与中国现代新诗的"历史"言说 ………… 仲　雷 / 497
新诗现代化语境下的民间进程批判 ……………………… 吴　凌 / 498
新诗韵律认知的三个"误区" ……………………………… 李章斌 / 498
蒂斯黛尔与中国新诗的节奏建构 ………………………… 王雪松 / 499
神性与诗意：燕京大学"基督教新文学家族"考述 ……… 汤志辉 / 500
20世纪30年代新诗的节奏探求
　　——以陆志韦、朱光潜、罗念生和叶公超为例 …… 郑成志 / 500
"粗暴的抱不平的歌者"
　　——对普罗派诗歌的再认识 ………………………… 伍明春 / 501
文学史中的闻一多形象研究 ……………………………… 陈　澜 / 501
"诗的格律"的文学史意义 ………………………………… 周海波 / 501
多变的态度与多元的诗评
　　——闻一多对李商隐认识转变之原因解析 ………… 李海燕 / 502
闻一多后期政治转变与西南联大朗诵诗的兴起 ………… 邓招华 / 502
"意之曲折由字里生出"的一首诗
　　——读饶孟侃的《走》 ………………………………… 施　龙 / 503
论战之文与批评效力的生成
　　——重审《微雨及其作者》 …………………………… 韩　亮 / 503
废名新诗诗论观抉发 ……………………………………… 张吉兵 / 504
废名对进化论的反思与质疑 ……………………………… 陈建军 / 504
文学批评视域、有机知识分子与文学话语权斗争
　　——论黄震遐的长诗《黄人之血》 …………………… 姜　飞 / 505
覃子豪赴台时间考与集外诗文四篇 ……………………… 程桂婷 / 505
论初期《星星》诗刊的组织管理 …………………………… 王学东 / 506
民国新诗选本在20世纪80年代的重印出版 …………… 白　杰 / 506
博物凝思：技术世界的读物艺术
　　——《凤凰》《随黄春望游富春山居图》的
　　　"长诗"文体论 ……………………………………… 王书婷 / 507
论中国现代散文叙述主体的多重性 ……………………… 孙景鹏 / 508
现代旅美散文中的中国形象建构 ………………………… 吕周聚 / 508
20世纪40年代中外行记中的"红色中国" ……………… 孙　强 / 509

目录

周作人的"儿童文学"观念的发生
　　——以日本影响为中心 ……………………………………… 朱自强 / 509
身负种业的"遗传"及作为外缘的"教育"
　　——20世纪10年代周作人对于儿童理论的阅读
　　　　和实践兼及其日本经验 ……………………………… 王　芳 / 510
"诗言志"与"文以载道"论辩的历史审度
　　——周作人散文创作理论与批评研究 …………………… 庄　萱 / 510
论林语堂对中国文化传统的阐释 ………………………………… 肖百容 / 511
"智慧人物"的"智慧" ………………………………………… 陈煜斓 / 511
林语堂研究在韩国 …………………………… 魏韶华　韩相德 / 512
极度敏感的"人间爱"信徒
　　——"人的文学"时期朱自清"人间感"的发现与塑型 … 张先飞 / 512
人文主义视野下徐志摩散文中的现代国家意识 ………………… 黄红春 / 513
现代知识分子的"着装"：生命体验与文化身份
　　——《吴宓日记》中的"长袍"与"拐杖"意象 ……… 肖太云 / 513
京海合流的先锋派——20世纪30年代的章衣萍 ……………… 陈　啸 / 514
瞿秋白与中国左翼文学思想的现代进程 ………………………… 傅修海 / 514
论冯雪峰的同人文学观 …………………………………………… 柳传堆 / 515
周扬与日本文化关系述略 ………………………………………… 吴　敏 / 515
柳青与胡风文学关系探究 ………………………………………… 郑鹏飞 / 516
《永嘉室杂文》内外的郑骞先生 ………………………………… 汪成法 / 516
论曹禺抗战后期的戏剧创作 ………………………… 刘继林　满　佩 / 517
《新青年·易卜生专号》出版、《华伦夫人的职业》演出失败
　　与中国现代话剧发生中的错位
　　——一种基于文体学的文学史叙事 ……………………… 梁　艳 / 517
论汪曾祺戏曲创作的发生和推进 ………………………………… 徐阿兵 / 518
那座日渐消失的城池
　　——汪曾祺笔下失落的北京文明 ………………………… 陈佳冀 / 518
"1949~1966年"文学中感伤的革命英雄叙事 ……………… 王文胜 / 519
十七年时期的乡土抒情
　　——以秦兆阳的创作为考察中心 ………………………… 魏宏瑞 / 519

一个人的舞蹈
　　——论王蒙的精神个性与小说创作之关系 ………… 温奉桥　李萌羽 / 520
激情与苦难：历史记忆的沧桑
　　——王蒙"季节系列"小说研究之一 ………………………… 张岩泉 / 520
张洁与 20 世纪 80～90 年代 …………………………………………… 刘慧英 / 521
个人与历史的双重叙述
　　——评叶兆言《刻骨铭心》 …………………………………… 刘阳扬 / 521
女性符号的政治想象：大陆与香港当代
　　潘金莲故事的三种被讲述 …………………………… 常　彬　邵海伦 / 522
平衡的探索与经典的可能
　　——论新世纪的苏童长篇小说创作 …………………………… 臧　晴 / 522
民族性、历史观与人民美学
　　——新时期文艺的人民立场及叙事刍议 ……………………… 纪秀明 / 523
《繁花》与上海文学 ……………………………………………………… 王　中 / 523
视角局限与空间思维的滞后
　　——论城市文学的叙事困境 …………………………………… 杜素娟 / 524
后乡土时代与作家的情志
　　——"宁夏文学六十年（1958～2018）"文学史散论 ………… 李生滨 / 524
《民族文学》（1981～2010）与新时期以来维吾尔族
　　文学的发展 ……………………………………………………… 罗宗宇 / 525
严歌苓《雌性的草地》荒诞叙事 ………………………………………… 王桂荣 / 525
"侨乡"文学叙事及其写作伦理
　　——以新移民作家为考察对象 ………………………………… 陈庆妃 / 526
文学审美批评与主体间性 ………………………………………………… 张雨楠 / 526
文学创作如何走向新的时代
　　——论新时代社会生活的变革与文学发展的关系 …………… 傅书华 / 527

改革开放 40 年中国现代文学研究的进展与反思
　　——中国现代文学研究会第 12 届年会综述 ………………… 王炳中 / 528
编后记 ………………………………………………………………………………… 541

上 编
文学史研究

中国现代文学学术与思想观念的再思考

丁　帆　南京大学文学院

> 人类的前进道路能够通过每一个人对理性的公开使用的自由而指向进步。[①]
>
> ——康德

一

2019年我们将迎来一个新的历史时间的节点：1789年的法国大革命点燃了"启蒙主义"的火炬，距今整整230年；1919年的"五四事件"正好距今100年；1949年中华人民共和国成立，距今70年；1979年改革开放距今40年（真正的改革开放实践应该是从1979年开始的）。

无疑，在中国百年文化史上，我们总是以"五四新文化运动"作为现代性的起点。然而，在百年之中，我们经历的却是两个叠加在一起的"双

[①] 〔意〕文森佐·费罗内：《启蒙观念史》，马涛、曾允译，商务印书馆，2018，第27页。文森佐·费罗内英文版中的原文引用是：a cultural practice, to use a modern phrase, able to guarantee "the progress of mankind toward improvement" through the "freedom to make public use one's reason at every point."（英文版第8页）《启蒙观念史》的译者考虑到原书的引用是两个短句拼在一起的引用，于是采取了直接翻译的方式，因此，这一观点的连贯表述即是"人类的前进道路能够通过每一个人对理性的公开使用的自由而指向进步。"此外，"freedom to make public use one's reason at every point."的康德原文在何兆武译本《历史理性批判文集》，（商务印书馆，1990）的第24页，译文是："在一切事情上都有公开运用自己理性的自由。""the progress of mankind toward improvement"的康德原文是在何兆武译本《历史理性批判文集》，（商务印书馆，1990）的第27页，译文是"人类朝着改善前进"。特此说明。

重悖论",其两个分悖论就是:"启蒙的五四"所遭遇的在"启蒙他人"和"自我启蒙"过程中启蒙与反启蒙的悖论;"革命的五四"所遭遇的是在"革命"与"反革命"(此乃中性词)过程中的认知悖论。两者相加所造成的总悖论就是:"启蒙的五四"与"革命的五四"所构成的百年中国文化史上错综复杂、千丝万缕的冲突,这种冲突表面上看似简单,实际上却是每一个中国知识分子难以廓清的一种思维的怪圈,在每一次交错更替的"启蒙运动"与"革命运动"中,人们都会陷入盲目的"呐喊"与"彷徨"的文化语境之中不能自已,苦闷于精神出路寻觅而不得。

其实这个问题在启蒙运动的发端时就有人给出了答案,康德在1784年发表的那篇《答复这个问题:"什么是启蒙运动?"》中说:"启蒙运动就是人类脱离自己所加之于自己的不成熟状态。不成熟状态就是不经别人的引导,就对运用自己的理智无能为力。当原因不在于缺乏理智,而在于不经别人的引导就缺乏勇气与决心去加以运用时,那么这种不成熟状态就是自己所加之于自己的了。Sapere aude! 要有勇气运用你自己的理智!这就是启蒙运动的口号。"① 康德200多年前的定义至今还在世界的上空中盘桓,这是人类的喜剧还是悲剧呢?

回顾百年、七十年和四十年来中国社会文化和文学的变迁,我们的学术和思想观念同样经历了几次大起大落的变化。毋庸置疑,在百年之中,我们可以排出一个长长的、聚集着七八代启蒙文化学者的名单,在他们共同奋斗的学术史和思想史的历程中(我始终认为学术史和思想观念史是两个永远不可分割的皮与毛的关系),我们似乎可以看到一条清晰的隐在线索:自由与民主;科学与传统;制度与观念;人权、主权和法权……这些关键词不仅在不同的时空里发生了裂变,同时也在不同的群体里发生了分裂。

托克维尔在《旧制度与大革命》中揭示的法国大革命的悖论逻辑适用于中国百年来启蒙与革命的逻辑关系吗?其实,许许多多的实践告诉我们,尤其是中国近四十年来的改革恰恰反证了托氏"最危险的时刻通常就是它开始改革的时刻"逻辑的荒谬。在中国的启蒙与革命的双重悖论之中,最重要的则是我们难以分清楚什么是启蒙的左右和革命的左右这个根

---

① 〔德〕康德:《历史理性批判文集》,何兆武译,商务印书馆,1990,第22页。

本的悖论性问题。

我常常在思考一个问题：倘若我们把鲁迅作为"五四"以来中国左翼文化的旗手，而把胡适作为"五四"以降自由知识分子的领军人物，那么，这里就有了一个我们怎样区分左和右的尺度问题，因为百年来我们不习惯在不同时空当中辨别左右，也就是说，用今天的眼光来看现代文学史上的鲁迅和胡适，就像当下我们看待西方的许许多多的左右派那样，在不同的时空语境当中就有不同的辨识和阐释。所以，我认为作为衡量一个知识分子的人格操守，只能用八个字来检测：坚守良知、维护正义。鲁迅和胡适作为"五四新文化运动"培育下的第一代中国具有现代意识的知识分子的典型代表，他们承继的都是18世纪以来启蒙运动的价值立场。这一点对一个国家和一个民族来说是很重要的——中国文化为什么没有选择政治家、哲学家和历史学家做旗手，而是选择了文学家，这里面的深意，应该是不言而喻的。然而，百年来，我们对这个问题的认知还停留在原有平面上，无论我们的学科得到了多么大的发展，无论我们的科研项目达到了多大的惊人数字，无论我们的论文如何堆积如山，却仍然要重新回到"五四"的起跑点上——我们应该反思的问题是："启蒙的五四"和"革命的五四"两者之间都存在着的双重悖论是百年来我们始终未解的一个难题——这是社会政治文化问题，同时也是文学绕不开的问题。

回顾百年来所走过的学术历程，我们似乎始终在一个平面上旋转，找不到前进的目标，其根本原因就是我们在文学的学术史教育中遮蔽了许许多多应该传授的常识性知识。

无疑，近四十年的学术发展道路是新中国最好的阶段，成果很多，贡献很大，我们可以用各种各样的数据来说话，也可以用各种各样的指标来衡量学术的质量，但是，我们没有一个能够对思想观念进行测评的机制，这种不可能规范的东西，只能凭着个人的经验来进行梳理。我在这里只是谈一点零散的看法，许多词不达意之处，只能请大家意会。

我近年来一直在重读"五四先驱者"们对"五四事件"和"五四新文化运动"的不同看法，结合法国大革命、英美革命以及苏俄革命对"五四"以后中国革命与文学的影响，进行比较分析，有些观念仍然停留在我七年前的水平上（这就是去年结集出版的《知识分子的幽灵》），但是今年我重读和新读了三本书后，便又开始了新一轮的思考。

二

我在重读周策纵的《五四运动史》后，在各种各样纷乱混淆的"五四事件"和"五四新文化运动"梳理中，基本认同了周策纵的"五四的来龙去脉说"，让当时各种各样的参与者自己出来说话，不分左右，无论东西。我以为，这本书本应该是中国现代文学学术思想史的基本教科书，只可惜的是，现在我们许多人文学科至多就是把它列为参考书目而已。

今天，我们首先要涉及的问题是：我们为什么要纪念"五四运动"这个难题，我想这一点周策纵说得很清楚：他认为"首先必须努力'认知'该事件的真相和实质"①。也就是说，"五四事件"与"五四新文化运动"虽然有联系，却并不能截然划上等号。周策纵说，有人把他在1969年发表的《"五四"五十周年》一文"副标题中的 Intellectual Revolution 译为'知识革命'，就'知'的广义说，也是可以的。我进一步指出：这'知'字自然不仅指'知识'，也不限于'思想'，而且还包含其他一切'理性'的成分。不仅如此，由于这是用来兼指这是'知识分子'所倡导的运动，因此也不免包含有行动的意思。……但是我认为，更重要的一点值得我们特别注意的，还是'五四'时代那个绝大的主要前提。那就是，对传统重新估价以创造一种新文化，而这种工作须从思想知识上改革着手：用理性来说服，用逻辑推理来代替盲目的伦理教条，破坏偶像，解放个性，发展独立思考，以开创合理的未来社会。"② 说得何等好啊！他把"五四新文化运动"的主体定位"知识分子"，只这一点，就避开了纠缠了许多年的"谁领导"的问题，从另一个角度肯定"五四启蒙运动"的基础。虽然这是他五十年前所说的话，但应该仍然成为我们每一次纪念"五四"的目的："后代的历史学家应该大书特书，（'五四'）这种只求诉诸真理与事实，而不乞灵于古圣先贤，诗云子曰，或道德教条，这种只求替自己说话，不是代圣人立言，这种尚'知'的新作风，应该是中国文明发展史上

---

① 〔美〕周策纵：《五四运动史》，陈永明等译，世界图书出版公司北京公司，2016，第13页。
② 同上书，第13~14页。

最大的转折点。"① 我们治中国现代文学的学人，能够不反躬自问吗：面对"五四"思想启蒙的文化意义被颠覆和消解，我们是呐喊还是彷徨？我们是沉默还是爆发呢?! 至少在我们的心灵之中，应该保持一分清醒的学术态度吧，尽管我们不能肩起那扇沉重的闸门，我们起码能够保持对历史知识传承的那份纯洁罢。

周策纵这种中国文化转折的反思视角，恐怕也是许多人对"五四运动"和"五四文学"认识的一个盲区罢，这是我在近期所涉及的关于"启蒙的五四"与"革命的五四"双重悖论中的一个焦点问题，也是对百年五四激进派和保守派言论的一种浅陋的反省。

2019年作为"五四事件"发生一百周年的纪念，我们的知识分子又如何"用理性来说服，用逻辑推理来代替盲目的伦理教条，破坏偶像，解放个性，发展独立思考，以开创合理的未来社会"呢？其实，最简单，也是最经济的做法就是周策纵的治学方法，即"透过这些原始资料，希望能让当时的人和事，自己替自己说话"②。于是，我也翻阅了过去看过和没有看过，还有看过却没有用心思考的大量资料，想让那些"五四的先驱者们"从棺材里爬出来，用他们当年的文字来重释一遍对"五四新文化运动"和"五四事件"的看法；但是，我要强调说明的是：这并非代表我本人的看法，我只是套用了周策纵的方法，试图让逝者百年前的历史画外音来提示"五四精神"，历史地、客观地呈现出它的两重性。也许只有这样，我们才能不断地在纪念"五四"中得到对现实的启迪和对未来的期望。我们做不了思想史，我们能否做乾嘉学派式的学科基础学问，让史料来说话呢？让"死学问"活起来，活在当下，也就活到了未来。

三

另一本小书就是2018年5月刚刚由北京大学出版社出版的英国历史学

---

① 〔美〕周策纵：《五四运动史》，陈永明等译，世界图书出版公司北京公司，2016，第14页。此乃"1995年9月2日夜深于威斯康星陌地生"的"繁体再版序"《认知·评估·再充》中的文字，其"英文初版自序"则是"1959年10月于麻省剑桥，哈佛"，至今也已经60年了。

② 同上书，第18～19页。

家罗伊·波特撰写、殷宏翻译的《启蒙运动》,这本"解释性的、批判性的和史学史的"小书真的是一本欧洲乃至世界启蒙的常识性辅导教材,虽然作者只是用一个历史学家的眼光来看待这个具有跨越时空概念的历史运动,但是其普遍性意义却让人受到了很多的启迪,其中警句迭出,发人深省。

虽然作者是在不断地重复美国历史学家彼得·盖伊《启蒙时代》的观念,但是这种梳理却是有教科书意义的:"想要在启蒙运动中找到一个人类进步的完美方案是愚蠢的。认为启蒙运动提出了一系列问题留待历史学家去探索则更为合理。"① 以我浅陋的理解,这就是说,无论中西方的历史发展都不会按照启蒙运动所设想的逻辑轨道前进,留下来的问题首先就是要回到历史发展的轨迹中去重新认知启蒙的利弊。这一点尤其适合于像中国这样后发的启蒙主义国度。

另外一个问题提得更有意思,作者提出了一个新的诘问:"除了'上层启蒙运动'之外,难道没有一个'下层启蒙运动'吗?难道不存在一个'大众的启蒙运动'来作为对精英启蒙运动的补充吗?……是把启蒙运动视为一场主要由一小部分杰出人士充当先锋的精英运动,还是视为在一条宽广的阵线上汹涌向前的思想潮流,这一选择显然会影响到我们如何评判这一运动的意义。领导层越小,启蒙运动就越容易被描绘为是一场思想上的激进革命,是用泛神论、自然精神论、无神论、共和主义、民主、唯物主义等新的武器来与几百年来根深蒂固的正统思想做斗争的运动。我们兴奋于伏尔泰怒吼声中发出的伟大呼喊即'臭名昭著的东西'以及'让中产阶级震惊'这些口号让教会与国家战栗不已。"②

无疑,这些话颠覆了我们多年来认为的"启蒙必须是精英知识分子自上而下的一场教育认知"的观念,他的观点虽然不能让我完全苟同,却让我深思鲁迅"两间余一卒,荷戟独彷徨"孤独的由来;虽然我还不能完全接受罗伊·波特对启蒙的全部阐释,但是,他开启和拓展了我的逆向思维空间,让我们在中国百年的启蒙运动史中发现许许多多可以解释得通的疑难问题,包括鲁迅式的叩问。

---

① 〔英〕罗伊·波特:《启蒙运动》,殷宏译,北京大学出版社,2018,第1页。
② 同上书,第10~11页。

回顾我们这几十年来现代文学的学术史道路，正如罗伊·波特所言，我们"用泛神论、自然精神论、无神论、共和主义、民主、唯物主义等新的武器"和方法，甚至许许多多技术主义的方法路径来对启蒙主义思潮以及现代文学作家作品进行了无数次阐释，但是，这些阐释真的有效吗？它们是真学问呢，还是"伪命题"？这个问题值得我们重新反思百年来的学术史，筛选和淘汰掉那些非学术的渣滓，才能重新回到理性学术的起跑线上来。另外，在许多"破坏性"的批判中，我们有没有找寻过有效的"建设性"理论体系呢？尽管我们的"破坏性"还远远没有达到其目的与效果。

同样，在对待法国大革命的态度上，罗伊·波特给我们的启迪也很大，起码可以让我们用"第三只眼"去看问题："要将启蒙运动视为在旧制度内部发生的一场突变，而由一支志在摧毁它的暴力革命队伍掀起的运动。那么启蒙运动是一场思想上的先锋运动吗？或者要将其看作文雅上流社会创造的一个普通的名词吗？此外，无论在哪一种情况下，启蒙运动是否真的改变了它所批判的社会了呢？或者说是不是它反而被这个社会改变了，并被它所吸收了呢？换言之，是权力集团得到了启蒙，还是启蒙运动被融入权力体系之中了呢？"① 这一连串的诘问，正是对我多年来难以解开的心结的一种暗示，也是我们阅读《旧制度与大革命》的一个不可或缺的视角。我们播种的启蒙，收获的是龙种还是跳蚤呢？中国百年来的启蒙运动史给我们带来的是更大的困惑，我们用文学的武器去批判社会，却到头来被社会所批判；我们试图用启蒙思想来改造国民性，自身却陷入了自我改造的悖论之中；我们改造社会，却被社会改造，灵魂深处爆发的革命是一种什么样的"大革命"呢？它与"五四启蒙运动"构成的是一种什么样的互动关系呢？这些狂想让我们成为一个又一个时代的"狂人"，然而，能够记下"日记"者却甚少。正如罗伊·波特所言："卢梭始终都被后人视为启蒙运动的一座灯塔，这也确实名副其实，因为在痛恨旧制度的程度上无人能出其右。如果说如此千差万别的改革者们都能在启蒙运动的旗帜下战斗，难道这不就表明'启蒙运动'这个词语的内涵并

---

① 〔英〕罗伊·波特：《启蒙运动》，殷宏译，北京大学出版社，2018，第 11~12 页。

不清晰，只让人徒增困惑吗？"① 当一个朝代的新制度蜕变成一个旧制度的时候，我们在这个历史循环中怎样认识问题的本质，才是最最难以挣脱的思想文化枷锁。解惑的药在哪里？"忧来豁蒙蔽"，只有经历了历史的沧桑，我们才能稍稍懂得一些启蒙的与革命的道理，往往是身处变革历史语境中的知识分子的叩问才更有思想价值，但是，我们就是缺少思想家的引导。

　　检验一场启蒙运动的成败与否，罗伊·波特给出的答案虽然不可能得到大多数人的认同，却也不乏其合理性："当最后我们要评价启蒙运动的成就时，如果还期待能够发现某一特定人群实施了一系列被称之为'进步'的措施，那就大错特错了。与之相对，我们应当从以下方面进行评判：是否有许多人——即便不是全体的人民大众——的思维习惯、情感类型和行为特征有所改变。考虑到这是一场旨在开启人们心智、改变人民思想、鼓励人民思考的运动，我们应该会预料到，其结果定然是多种多样的。"② 我苦苦思索了许多年的"二次启蒙"悖论的问题，在这里找到了症结所在。

　　从世界格局的大视野来看，如果法国大革命是一个重要的历史节点的话，那么从1789年至今，已经有了整整230年的历史。当我们回眸中国百年启蒙历史的时候，同样可以从这本书的结语中得到启迪："启蒙运动虽然帮助人们摆脱了过去，但它并不能杜绝未来加诸人类之上的枷锁。我们仍然在努力解决启蒙运动所促成的现代化、城市化工业社会里出现的各种问题。在努力的过程中，我们势必大量利用社会分析的技术、人文主义的价值观，以及哲人们创造的科学技能。今天我们仍然需要启蒙运动的哺育。"③ 是的，"德先生"和"赛先生"仍然是中国现代社会文化和现代文学研究的指南，但前提是必须重新回到人性的立场上来好好说话，因为"后现代"的话语体系非但人民大众听不懂，就连知识分子也会陷入云山雾罩的"所指"和"能指"之中，而失去了对"五四精神"的追问。

---

① 〔英〕罗伊·波特：《启蒙运动》，殷宏译，北京大学出版社，2018，第15页。
② 同上书，第17页。
③ 同上书，第120页。

四

　　如果说，《启蒙运动》是一本常识性的大众必读书目，那么还有一本新书就应该列为启蒙运动史的第一参考书目，虽然它的观点比较激进，但是对我们今天如何捍卫启蒙运动的成果是有所启迪的。它就是意大利历史学家文森佐·费罗内的《启蒙观念史》，无疑，它让我们开阔了视野，了解到在世界启蒙运动史上，许多国家和地区存在着同样的问题，尤其是在后现代文化语境中坚守批判思维的启蒙立场不是一件容易的事情。文章从"哲学家的启蒙——思考'半人马范式'"到"历史学家的启蒙——对旧制度的文化革命"，呈现出的是两种不同的观念史：从康德到黑格尔；从马克思到尼采；从霍克海默到阿多诺；从福柯到卡西尔和海德格尔，在这二百多年漫长的启蒙哲学的道路上，费罗内把启蒙观念的变迁与发展梳理出了一条环环相扣的逻辑链条。

　　显然，启蒙与反启蒙的观念史不仅影响着欧美的学者，也会影响到世界各国的许多启蒙主义学者，但是，它对中国的启蒙哲学起着多大的作用呢？我们如果照搬其观念，会对本土的启蒙践行有何帮助呢？这些问题当然需要我们根据中国百年启蒙史做出相辅相成或相反相成的分析和判断。但是，无论如何，康德强调的"持续启蒙"的观点则是永远照耀启蒙荆棘之路的明灯。正如康德在《历史理性批判文集》中所言："需要有一系列也许是无法估计的世代，每一个世代都得把自己的启蒙留传给后一个世代，才能使它在我们人类身上的萌芽，最后发挥到充分与它目标相称的那种发展阶段。"① 中国一百年的启蒙史比起欧洲少了一百多年，我们遇到的许许多多的问题，同样也在二百多年的欧美启蒙运动中呈现过，所以，我们不必那么焦虑，只要启蒙的思想火炬能够正确地世代传递下去，我们就"有希望达到光辉的顶点"。

　　我注意到了此书中的两个关键词：一个就是 Sapere aude（"敢于认识"）；另一个就是 living the Enlightenment（"践行启蒙"）。前者显然是从康德那里继承得来的，这当然是启蒙运动必须固守的铁律，没有这个信

---

① 〔德〕康德：《历史理性批判文集》，何兆武译，商务印书馆，1990，第4页。

条，一切启蒙都是虚妄的运动。后者则是作者根据当今世界启蒙的格局所提出来的观念，它是根据人类遭遇了后现代文化洗礼之后，对一种新启蒙的重新规约。前者是本，后者是变，固本是变化的前提，变化是固本的提升。

同样，在这个"以现代性为对象的试验场"里，我更加注意到的是"启蒙—革命"范式的场域中存在着的悖论关系，而这种关系往往却被西方学者解释为一种具有中性立场的价值观，是一个欧洲历史学者眼中具有世界主义维度的"独立的历史现象"。就此而言，我不能认可的是，在中国百年的"启蒙—革命"范式的双重悖论运动过程中，我们遭受的痛苦似乎与法国大革命付出的血的代价是不能同日而语的，其灾难的程度不同和经历的痛苦程度的不同，就决定了持论的态度和价值理念的区别，在这个问题上，我们对启蒙的光感度和对革命的切身感似乎更有发言权。

十分有趣，也十分吊诡的是，费罗内在文章的前言开头就是这样描述欧洲当今的启蒙运动的："套用伟大的卡尔·马克思在《共产党宣言》中的话，人们可能会说：一个幽灵，启蒙运动的幽灵，在欧洲游荡。它看上去悲伤而憔悴，虽然满载荣耀，却浑身都是一场场败仗留下的伤痕。然而，它无所畏惧，依旧带着那讽刺性的笑容。实际上，它换了一副新面孔，继续骚扰着一些人的美梦——他们相信生命之谜全都包含于一个虚幻神秘的神灵的设计，而没有对人类自由与责任的鲜明意识。"[①] 也许，这也是适用于世界各国的一种普遍的启蒙运动的情形，只要有启蒙意识存在的地方，都会有争斗，但是，启蒙的火种却是延绵不绝的，尽管在许多地方它已经是伤痕累累，它却"换了一副新面孔"，去"继续骚扰着一些人的美梦"，这些人是谁呢？倘若放在中国，是我在做启蒙的美梦，还是他人在做另一种梦呢？因为我也注意到了，此书的第二部分就是专论"对旧制度的文化革命"问题的，显然，这个法国大革命启蒙与革命纠结在一起的幽灵也同样游荡在欧洲的上空，更是游荡在世界各个文化的角落里，用作者的话来说，就是："当然，他们现在终于可以埋葬那场野心勃勃又麻烦重重的文化革命了。那场革命在18世纪历经千难万险，为的是颠覆旧制

---

① 〔意〕文森佐·费罗内：《启蒙观念史》，马涛、曾允译，商务印书馆，2018，《前言》第1页。

度下欧洲那些看似不可改易的信条。人们终于可以扑灭那个用人解放人的不切实际的启蒙信念。那个信念认为人类单凭自身力量就可以摆脱奴役。这股力量还包括对于新旧知识的重新排布，这得益于新兴社会群体的努力，他们拥有一件强大的武器：批判性思维。"[1] 读到这里，我不禁想到了我们百年来的从"人的解放"到"被解放了的人"，再到"被囚禁的人"和"身体和思想的解放"，我们走过的是一条逶迤的精神天路，这条道路要比欧洲的更漫长，更艰险。

但是，在整个20世纪下半叶，我们只知道短暂的"巴黎公社"理想的伟大，却不知道在100年前通往这条道路上的"法国大革命"为全世界的"革命道路"打下了第一块基石，直到新世纪以降，法国大革命才成为中国学界讨论的热点，尤其是那个叫做托克维尔的《旧制度与大革命》的反思，为我们现今的政治经济提供了一面镜子。然而，我们又有多少人能够读懂其中的"画外音"呢？

在"启蒙与革命"的悖论之中，我们往往采取的是"合二为一"的逻辑，虽然这也是某些西方历史学家和哲学家们一种惯常的研究方法，我却以为，一个没有经历过那些大革命血腥洗礼、坐在书斋里进行哲思的人，对革命带来的肉体与精神上的创痛是没有切肤之痛的。所以，我并不能苟同费罗内这样的西方理论家们混淆启蒙与革命的界限，把启蒙与革命简单地用一个等号加以连接。无疑，这种滥觞于尼采和福柯的理论教条，一俟在"践行启蒙"中得以中和与运用的话，就会走向另外一个极端，纳粹的思想所造成的人类创痛就会重演一次。君不见，正是尼采的"强力意志"催生了希特勒那种狂热的"国家社会主义"的大众革命思潮，那山呼海啸般的大众狂热虽然过去了80年，可巨大的声浪却久久回荡在世界革命的每一个角落，那种宗教般的狂热屡屡给世界带来灾难，却无人能够阻挡。为什么这种革命在20世纪30年代末的德国蔓延的速度如此之惊人，其导致的第二次世界大战让人类陷入了无边的罪恶深渊，这种惨痛的教训应该让每一个历史学家和哲学家牢牢地记取，对那种狂热的革命保持高度的警惕。

---

[1] 〔意〕文森佐·费罗内：《启蒙观念史》，马涛、曾允译，商务印书馆，2018，《前言》第1~2页。

相反，百年来，在世界范围内，启蒙的声浪却愈来愈小，最终成为一些学者躲在象牙塔中的喃喃自语。费罗内如果只是从象牙塔中去回眸历史、瞭望未来，抹去了血迹斑斑的历史，则是一种不可借鉴的研究方法，同样，它也看不清未来之路。相比较英美革命，我以为其借鉴的意义或许更大于法国大革命，法国大革命对后来的苏俄革命也产生了深远的历史影响，而苏俄革命对百年中国的"启蒙—革命"范式影响不仅根深蒂固，且有着十分惨痛的历史教训，直到那场举世瞩目的大革命的到来，当人们总结这一悖论所造成的恶果的时候，不得不用"一场浩劫"来总结"文化革命"所造成的后果，尽管在作者眼里"最终再次凸显这场伟大转变不可磨灭的印迹，它是建立现代西方身份认同基础的真正的文化革命"。① 也许，在230年启蒙与革命的纠结之中，西方学者眼中的法国大革命已然成为一笔精神遗产，它强调的是"启蒙运动的特殊性——它既是对18世纪旧制度的批判，也是旧制度的产物"。② 其价值观建立在这样的基础上，对西方意味着什么，对中国又意味着什么呢？

"法国大革命"作为一次政治事件，它付出的代价并不大，后来爆发的许多次所谓的"革命"，无一是付出巨大血腥代价的，最后演变成街头"革命"的闹剧，那是法国人浪漫主义性格的使然，因为他们知道这种极具表演性质的"革命"至多是在警察局里待上一会儿，就可以仍旧回到咖啡馆或沙龙里去大谈革命的理论去了。殊不知在中国是充满着"污秽和血的"革命。但愿我的这些想法是对此书中的某些理论的一种误读。

不过，费罗内在批判实践中的观念陈述是值得我们深思的："批判实践'通过反批判（counter-criticism）而达到超批判 super-criticism），最终蜕化为某种伪善的道德说教'。如同科泽勒克的大学导师卡尔·施米特在20世纪30年代所推论的，这否定了'政治'上的自治，并引发了西方世界至今仍未停歇的危机，即无法从永恒革命和意识形态文化战争中逃离出来，而这正是由18世纪末期启蒙运动的乌托邦理论和法国大革命所开启的。"③ 从卡尔·施米特的言辞之中，我们闻到了作为一个纳粹党人理论流行的普遍性，我的脑海中浮现出的是另一个被我们推崇了二十多年的纳粹

---

① 〔意〕文森佐·费罗内：《启蒙观念史》，马涛、曾允译，商务印书馆，2018，第153页
② 同上书，第152页。
③ 同上书，第110页。

理论家海德格尔的肖像,如果我们只从哲学的技术层面去看待这些理论专家,而不从践行理论的实践中去看理论的实际效果,那样的哲学是有用的吗?所以,我经常在思考一个问题:海德格尔与他的学生兼情人阿伦特的理论有区别吗?以我浅陋的知识视野来看,不仅有区别,而且存在着一条巨大的鸿沟。这条鸿沟就是在"启蒙—革命"的范式中他们所选择的知识分子的价值立场是截然不同的:前者是为统治者所御用,专门炮制适合于政治体制的理论,毫无感情色彩,是冷冰冰的教条;而后者却是秉持正义,恪守一个知识分子的良知,以人性的价值立场来创造理论。由此我想到这对情人的最终分手,不仅仅是生活境遇和爱情观念所迫,更加不可表述的是他们内心的价值取向的不同所导致的分道扬镳吧,尽管还有点依依不舍和藕断丝连,但在骨子里,他们就不可能成为同道者和同路人。

如果我们再回到启蒙的话语里去的话,可以看出,费罗内对观念史的梳理也是有益的,尽管许多地方他的陈述是中性的,却也给我们带来了抽象概括精准的惊喜。他的一句断语很精彩:"启蒙运动一直被认为是一个洋溢着进步的历史阶段和意识形态,现在,对这一古旧图景的最终批判必须来自一种新的、启蒙的谱系学。"[①] 显然,我对海德格尔一干哲学家的后现代哲学理论不感兴趣,而对启蒙的原初理论更加青睐:"就'人学'这个概念而言,虽然它仍未得到深入细致的研究,但我注意到,大卫·休谟在他1739年出版的《人性论》中主张,应当将实验的方法扩展到一种未来的'人学'中。"[②] 这个280年前的理论设想,真的有伟大的预见性,在这两个多世纪里,人类始终要解决的终极目标却一直无法解决,这难道不是启蒙主义的大失败吗?

所以,我同意费罗内的分析:"因此可以肯定的是,从历史角度来看,我们称为启蒙运动的事件是西方世界的一次伟大的文化转向,如何理解它的尝试都面临一个最大的,同时也是最重要的任务:分析它所处的历史语境,以及启蒙运动本身与大革命之前的旧制度之间紧密的辩证关系。"[③] 也就是说,如果我们仅仅把启蒙运动孤立起来进行理论的分析肯定是不行的,关于这一点,费罗内大量引用了托克维尔的理论作为依据是有效的。

---

① 〔意〕文森佐·费罗内:《启蒙观念史》,马涛、曾允译,商务印书馆,2018,第80页。
② 同上书,第192页。
③ 同上书,第207页。

从这里，我们可以看出旧制度对催生知识分子精英阶层的诞生是起着至关重要的作用的，正如费罗内所概括的：启蒙运动的"进程最后催生出如知识分子或服务于国家的贵族之类的新精英阶层，而这些精英又反过来导致了现代市民社会的产生。这是一个越来越注重个体而非社会集群的社会，它独立于那种绝对国家，虽然后者无心又辩证地在自己怀抱中孕育了它"。① 回顾 200 多年来知识分子从"贵族精英"蜕变成"独立的批判者"；再从"自由之精神的代言人"到"消费文化的奴仆"，正是"伏尔泰对这种新的'作家'类型发起了猛烈的批判，特别是那些受职业共同体、书商和权势阶层支配的'作家'，迎合'公众'的需求和品位的'作家'。他把这些人称作'群氓'、'廉价文人'和'低级文学'的承包商，他们心甘情愿为一点点金钱而出卖自己或者背叛任何人。相对于那种由出版市场供养的生活，和文艺复兴赞助机制提供的庇护，伏尔泰更赞成旧制度的专制文化模式，它是一种以为君主服务的学术集团为基础的集体性模式……由于这个原因，他受到一些作家的严厉批评，先是支持新近重生的'共和精神'的作家如卢梭和狄德罗，后来主要是布里索、马拉、阿尔菲耶里以及其他许多支持 18 世纪后期启蒙运动的人。"② 诚然，伏尔泰对那种商业化的"廉价文人"的贬斥是很有道理的，且有空前的预见性。但是，他的回到老路上去的主意实在是一种学究式的历史倒退。新兴的知识分子刚刚成为独立的、具有现代意识的群体，好不容易从"贵族精英"的封建枷锁中挣脱出来，作为一个大写的"独立批判者"，却又要回到御用文人的窠臼中去，这无论如何是个昏招。

但是，作为启蒙主义的一支重要的力量，新兴的知识精英应该如何选择自己的价值观念呢？我想还是回到康德的理论原点上去，才是最经得起历史考验的价值观念："我们的时代是真正的批判时代，一切都必须经受批判。通常，宗教凭借其神圣性，而立法凭借其权威，想要逃脱批判。但这样一来，它们倒成了正当的怀疑对象，并无法要求别人不加伪饰的敬重，理性只会把这种敬重给予那经受得住他的自由而公开的检验的事物。"③ 我想，这也是马克思主义批判哲学的理论基础罢。

---

① 〔意〕文森佐·费罗内：《启蒙观念史》，马涛、曾允译，商务印书馆，2018，第 209 页。
② 同上书，第 206 页。
③ 〔德〕康德：《纯粹理性批判》，邓晓芒译，人民出版社，2004，《序言》第 3 页。

世界启蒙运动是一个永远说不完的话题，中国的"五四新文化运动"也是一个可以不断深入阐释的论题，无论从哲学的层面还是历史的层面来加以解读，我们对照现实世界，总有其现代性意义。这是"启蒙—革命"双重悖论的意义所在，也是它永不凋谢的魅力所在。

2018 年 9 月初稿于南京依云溪谷小区
2018 年 10 月 26 日以此初稿作为中国现代文学
研究会第 12 届年会上的主题报告的演讲稿发表演说
2018 年 11 月 1~2 日再次修改于依云溪谷小区

中国现代文学的历史性、当代性与经典性

刘 勇 北京师范大学文学院

"五四"作为中国社会历史从古代向现代转型的一个重要节点,是得到广泛认同的,尽管对这个转型节点的多重内涵还在不断地讨论,尽管对现代文学"现代"的含义在理解上依然众说纷纭,尽管对于一些现代文学史的细节仍有争论,甚至对于现代文学史分期、命名等问题仍有较大分歧,但无论如何,中国现代文学从"五四"发生至今,已然走过了一百年的历程。一百年是可以作为一段历史载入史册了。事实上,现代文学作为一段历史的特质和特征已经越来越明显。当下正大力提倡国学,弘扬传统文化蔚然成风,这样的文化背景和文化姿态直接影响到人们对待"五四"新文学的思考:弘扬国学是不是意味着不重视"五四"新文学了?是不是说"五四"新文学已经过时了?"五四"新文学是不是传统的一部分?它究竟是现代的,还是传统的?不管怎样,"五四"新文学本身,以及"五四"新文学的研究和现代文学学科,在传统回归、国学高扬的今天,无可置疑地走向边缘,这也是一个既成的事实。但这种"边缘"在时间和空间上的相对性也十分明显,现代文学与当代文学是天然的一个整体,现代文学与当代文学不可分割的联系,使它们一起处于中国文学今天的舞台上,即所谓同甘共苦,休戚与共。而从中心向边缘转移的过程,恰恰是现代文学走向经典化的机遇,从历史融入当代,从当代走向经典,从经典走向永恒,现代文学前所未有地完成了自己的使命。之所以能够如此,是因为它所立足的"五四""不可或缺"的历史价值,是它所依赖的鲁迅等经典作家"绕不过去"的当代意义,以及它所承续的传统的"动态发展"。

一 "五四是不可或缺的"

长久以来，学界关于现代文学起点和分期的问题始终争论不下。可以说没有一个学科、没有一段文学的历史，在对于起点问题上有着如此巨大的分歧和激烈的论争。从"二十世纪中国文学"概念的提出，到"民国文学"概念的发起，从"没有晚清，何来五四"观点的传入，到《海上花列传》《黄衫客传奇》等具体作品的挖掘，诸多对于现代文学起点和分期的讨论，都在学界产生了重要的影响。不可否认，打通20世纪中国文学和向前推移现代文学起点的努力，都有着鲜明的学术诉求和重要的学术价值，但如此一来，就在相当程度上消解了"五四"重大的社会历史意义和启蒙实践意义，无益于现代文学学科独立性和主体性的建构。现代文学之"现代"，不仅是一个时间范围，它内在的革命性和批判性恰恰体现在"五四"这一重要的历史现场之中。"五四"是中国文学嬗变的临界点，在这个临界点上，中国文学发生了根本性的历史变化，语言的变革、思想的革新，带来的是与整个古代完全不同的风气，开始出现了现代的性质。"五四"是不可或缺的，这不仅因为它是现代文学学科的立足点，更重要的是，它所代表和传达的启蒙精神直到今天仍然对中国文化、中国社会具有重大的价值和意义。

现代文学曾经是学术研究的主流内容与主流形态，20世纪50年代初期，与新民主主义革命互融共生的现代文学，很自然地与刚刚成立的新中国融为一体，所以现代文学自诞生之初就成为新中国的显学。除此以外，现代文学研究始终有一种很强烈的现实关怀，从"五四"开始的思想启蒙的新文学的发生，到50年代，到80年代乃至新世纪之交的新文学研究，历来与社会变革、时代发展联系紧密。一个世纪的历程证明，"五四"新文学深刻而生动地反映了整个这一历史时期社会现实风起云涌的方方面面，各个角落。"五四"以来的新文学史，就是20世纪中国社会发展变革的历史。但所谓"主流"都是相对的，是会随"风"而动的。近年来，由于时代社会对国学的热忱，"五四"新文学遭到了前所未有的冷遇。它不像传统文学各种"诗词大会""成语大赛"那样受到追捧，也不像当代文学时不时在国际上获奖有那般盛况，甚至都不像它本身在20世纪80年代受到"新儒学"猛烈批判时那样获得足够的关注。我们不得不承认,"五四"新文学正处在一个边缘化的境地。这一方面由于新的时代社会背景对"五四"新文学以及现代文学学科提出了挑战。20世纪90年代以来,随着中国经济实力、综合国力的大大增强,文化领域乃至整个社会兴起了"国学热"的潮流。这一潮流的兴盛正是由于中国自身的发展,在国家不断富强、国际地位不断提升的发展态势之下,中国自然更多地需要从自己的传统血脉、传统文化中寻找依据和自信。另一方面,现代文学学科自身也存在着时空范畴过于狭小和研究人员过于拥挤的客观问题。无论如何,现代文学毕竟只有短短30年,时间、空间、研究对象都是有限的,再加上经历了几代学者的努力深耕式的研究,尽管依然成果不断,但学科已经出现疲劳和重复等严重状况。

其实,现代文学走向边缘由来已久,并不是这几年才开始的。对现代文学的质疑和批判似乎从来就没有断过。这种质疑与批判主要集中在两个方面:一方面认为"五四"新文学反传统的姿态,中断了中国传统文化和文学的历史进程;另一方面认为现代文学研究没有学问,不成体系,没有来历,也没有传统。朱自清1929年在清华大学开设的"中国新文学研究"第一次系统地将新文学成果引入了大学课堂。但没过多久,朱自清就把这门课停了,又开始讲"文辞研究""宋诗""历代诗选""中国文学史"等一系列古典文学课程。这个例子很好地说明了"五四"新文学也就是现代文学,在它生成、确立和发展的过程中,其实一直是伴随着种种疑虑和不安的。

但新文学之走向边缘,绝不意味着它的弱化或消亡,相反正是在这种边缘化的过程中,我们越来越体会到"五四"以来的新文学新文化是难以替代的、难以复制的,甚至是难以超越的。前文中提到有研究者在挖掘出晚清"被压抑的现代性"后,认定"晚清时期的重要""先于甚或超过'五四'的开创性"[①],以至于提出"没有晚清,何来五四"的论断。应该看到,中国大陆在长期的研究和教学中确实存在对晚清文学不够重视的情况,不是作为古代文学的尾声,就是作为现代文学的先声,晚清文学在文学史中似乎很少得到过"正声"的待遇,这显然是不合适的。鉴于此,强

---

① 王德威:《想象中国的方法:历史·小说·叙事》,三联书店,2003,第3页。

调晚清的重要性，也是必要的和正确的。但晚清是晚清，"五四"是"五四"，它们各自有各自的价值，二者之间的关系不能简单地用"没有……何来……"的逻辑来阐释。如果一味夸大"没有晚清，何来五四"的逻辑关系，那么，没有先秦就没有两汉，没有唐宋就没有元明清！其实，过于强调晚清的作用，特别是把晚清和"五四"对比起来加以强调，在某种程度上起到了消解"五四"独立性的作用，起到了消解现代文学立足基点的作用，这是值得学界警醒和关注的。晚清再重要，也不可能替代"五四"新文学的价值、作用和意义。

当下的所谓"边缘"状况恰恰为现代文学的经典化提供了一个契机，让"五四"新文学及现代文学学科冷一冷，静一静，沉一沉，使曾经风风火火、沸沸扬扬的现代文学真正回归文学本身，更加充分地显现出自身的价值。所谓经典化，实际上是一个历史检验的过程，不是所有的东西都重要起来，更不是打捞出一些本来就该被淘汰的东西，而是由历史这把筛子，精选出对中国社会的发展、民族的强盛具有重要意义的思想艺术和作家作品，沉淀出与中国乃至与世界自古以来的经典作家能够齐头并存的大作家。毕竟现代文学短短的30年中出现了这样的作家，比如鲁迅、老舍、沈从文、曹禺、孙犁、萧红等。文学史终究只会越写越薄，现代文学大大小小4000位作家怎么可能一起进入文学史？编年史可以仔细到每一天，而文学史的价值在于浓缩，在于精练，也就是经典化。自己不浓缩、不经典，历史会帮你淘汰的。

如果说现代文学是一座小山，那么这座小山上已经没有一寸土地、一块石头没有被人摸过了。但是这座小山又是一座富矿，无论是老一辈学者还是年轻学者，依然在这座小山上耕耘不辍，挖掘宝藏。鲁迅研究饱和了吗？一部《野草》研究了多少年，出了多少研究专家和专著，最近王彬彬在探讨《野草》创作的起源，依然新意迭出。相对通俗易懂一些的《朝花夕拾》，其实还有很多令人不懂和难解的地方，最近有专家提出，在《藤野先生》中还存在着"被忽略"的另一位解剖学教授"敷波先生"，而鲁迅与藤野先生之"近"和与敷波先生之"远"，这些隐含在作品深处的情结，甚至在很大程度上影响到人们对鲁迅这个散文名篇的重新解读。类似这些在鲁迅作品中值得深究却未受关注的细节还有很多。郁达夫研究过时了吗？郁达夫"南洋"阶段的中国属性与他者观照仍然引起广泛的争议和讨论。在中国大陆出版的郁达夫作品集中，《沉沦》几乎无一例外地排在第一的位置上，而在日本出版的郁达夫作品集中，排在第一位的常常是《过去》，而不是《沉沦》，这里仅仅是民族情绪问题吗？萧红研究终结了吗？萧红与当代作家的影响研究正在成为当下学术界的热门话题。曹禺研究充分了吗？作为中国话剧的集大成者，曹禺对人性和命运的探索始终拥有巨大的魅力，吸引一代又一代人排演、改编、研究他的作品。茅盾研究结束了吗？茅盾长篇小说的"未完成"始终是现代文学史上一个引人注目的现象，交叉着时代的洪流与个人的选择。还有郭沫若，还有老舍，还有巴金，还有孙犁，还有沈从文，还有张爱玲，等等，这些看似已经非常熟悉的作家，都还有无穷的话题在无尽地讨论着，"五四"新文学直到今天仍然有着巨大的研究空间。最近华中师范大学的王泽龙经数年辛苦编辑而成的十卷本《朱英诞集》，让人们看到现代文学史上还有这么一位诗人，他创作了新诗三千余首，旧体诗一千五百余首，这样的创作体量在现代新诗人中是罕见的。

现代文学作为一个千载难逢的历史节点，其根本意义在于：很可能在以后、在不久的将来，中国乃至世界谈论中国文学的时候，只剩下两个概念，这就是古代文学和现代文学。因此，现代文学的"现代"远远穿越了30年的时间意义，也远远超过了其自身所体现的内涵，它不是随便一个时间和空间的概念所能替代的。

二 "鲁迅是绕不过去的"

在现代文学从历史走向经典的过程中，首先绕不过去的就是鲁迅等诸多经典作家。所谓的"绕不过去"有两层含义：第一层，鲁迅等人已然成为历史，无论是文学发展还是社会变革，他们在历史舞台上所做出的贡献是无法忽视的；第二层，经典作家之所以成为经典，恰恰在于他们还成了现实，他们不仅为当时写作，更为后世撰文。鲁迅等人之所以能够在历史中走向经典，正是因为他们的作品历经时代的变迁与考验，仍然能够直达人性深处，与当下社会进行对话。或者说，鲁迅等人的创作并没有进入文学史而停留在历史的层面，他们更是活在当下。今天乃至将来的中国社会，依然没有摆脱鲁迅等人提出的问题，这种历史的深刻性与现实的鲜活性成就了鲁迅等人的经典价值。

鲁迅以38岁的"高龄"进入"五四"新文学阵营，厚积薄发，一出现就是高峰。他的一生，都在持续不懈地批判中国人与中国文化的缺陷，这种痛切的批判，恰恰来自鲁迅对中国最深沉的爱，而这种爱又与对中国社会现实的苦难和黑暗的忧虑紧密相联。他笔下的"狂人"，无论多么明显、多么深刻地受到果戈理、尼采、迦尔洵、安特莱夫等外国作家笔下各类"疯人""超人"的影响，但这些影响绝不是鲁迅笔下狂人形象塑造成功的必然原因，而那个必然原因，只能是鲁迅在受到上述种种影响的过程中，根据本民族的社会历史内涵加之自身的生活感受和内心体验而进行的再创造。鲁迅塑造的阿Q、闰土、祥林嫂等一系列农民形象，在今天看来都具有典型的意义。但从鲁迅的人生经历来看，他并不是来自真正的农村，他的一生与农民的接触也非常有限。但为什么鲁迅是新文学里第一个将笔触深入农民群体的作家？中国自古以来就是一个农业大国，农民占据人口的大部分，农村占土地绝大部分。无论从政治还是文化上看，凡是有眼光的人都不会忽视这一点，从毛泽东到鲁迅、从政治革命角度到思想革命角度，莫不如此。因此，在鲁迅这里，农民早已超脱于某一个甚至某一类的人物形象，成为他理解和描写"中国"的一个文化符号，农民身上的问题就是"老中国"在根本上存在的痼疾。鲁迅多次表明，塑造阿Q的形象，实为画出国民的灵魂，以拯救民族的命运。阿Q的精神胜利法，概括了极其深广的社会历史内容，是普遍存在于中华民族各阶层的一种国民性弱点，所以刻画阿Q也就刻画出了"现代的我们国人的灵魂"。同时，阿Q身上的这种性格弱点又远远超出了民族与国界的限制，它是整个人类人性的某些弱点的集合，不同民族甚至不同时代的人，都能从阿Q身上看到自己的影子。这种人性顽疾，不是一揭露就能批判，一批判就能消失的。今天我们依然能够看到阿Q，依然绕不过这个形象，这就是鲁迅的价值和魅力。自1913年《小说月报》发表主编恽铁樵的《焦木附志》评价鲁迅的文言小说《怀旧》开始，鲁迅研究至今已有百年历史。经过一个多世纪的学术积累与思想纷争，鲁迅研究仍然彰显出不可动摇的重要地位和有待挖掘的学术空间。据不完全统计，仅鲁迅的散文诗集《野草》就有1415篇研究论文，其中硕博学位论文达近百篇，著作方面早有李何林的《鲁迅〈野草〉注解》、孙玉石的《〈野草〉研究》等研究成果，到20世纪80年代涌现出一批从人生哲学、生命意识、宗教等哲学层面考察《野草》的研究成果，包括 90 年代以来从心理学角度和比较文学的视野出发研究《野草》，一直到近几年出版的《独行者与他的灯——鲁迅〈野草〉细读与研究》（张洁宇）、《探寻"诗心"：〈野草〉整体研究》（汪卫东）等，关于《野草》的研究著作和论文数不胜数，然而至今仍有知名学者研究《野草》的创作缘起、命名来源等基本问题。《野草》尚且如此，《呐喊》《彷徨》就更不必多言了。鲁迅研究专家王富仁先生曾说过：

> 事实证明，在此后的鲁迅研究史上，鲁迅研究的其他领域都会发生严重的危机，但唯有鲁迅小说的研究领域是不可摧毁的，而只要鲁迅小说的研究生存下来，它就会重新孕育鲁迅研究的整个生机。只要你能感受到鲁迅小说的价值和意义，你就得去理解鲁迅的思想，你就得去理解他表达自己的思想最明确的杂文，只要你理解鲁迅的前期，你就能理解鲁迅的后期，整个鲁迅研究也就重新生长起来。[①]

曹禺同样是绕不过去的。曹禺剧作的魅力经久不衰，直到今天，一些经典剧目仍然被排演、改编，引起了广泛的关注。赖声川版《北京人》2018 年正式巡演，再度引发了对这部剧是否应该删掉"北京人"形象、曹禺与契诃夫之间的精神联系等问题的讨论。这其中，众所周知的原因当然是曹禺会写"戏"，善于构织紧张剧烈而又充满情感因素的戏剧冲突。但是，还有一个更为重要、更为内在的原因，就是曹禺剧作从一开始就以极大的兴趣关注着人的命运——这不仅是戏剧舞台而且是人生舞台的根本冲突，这就决定了其剧作诱人的魅力。无论是读曹禺的剧本还是看曹禺的剧作，我们都有一种十分真切的感觉：首先是曹禺本身像被磁铁紧紧吸住一样被人生的命运所深深吸引，而这个磁铁散发的磁场也深深吸住了每个读者和观众。《雷雨》剧作最大的成功就是构造出了紧张激烈的戏剧冲突，而《雷雨》的根本冲突是人性的冲突。这个冲突就是：所有的人都想要把握自己的命运，而实际上永远也把握不了。曹禺剧作的魅力还在于，它不是把人的命运抽象化、理念化，不是把人的命运与人的社会存在割裂开来。相反，曹禺剧作始终没有脱离中国时代社会的具体环境，即使

---

① 王富仁：《中国鲁迅研究的历史与现状》，浙江人民出版社，1999，第 21 页。

是那些极富表现主义和象征主义的剧作也是如此。过于追求对具体社会及人生现实问题的反映，会使剧作缺乏哲思，而过于执着地表现人生命运的抽象问题又会陷入神秘和空泛，两者的适度结合才是戏剧创作的最佳境地。曹禺剧作的最大成功正是在于它把握了这样的境地。关于曹禺，我还想举一个例子。有人问鲁迅研究专家王富仁：除了研究鲁迅，如果让你选择第二个愿意下大力气研究的作家是谁？王富仁说是曹禺。同样是著名的鲁迅研究者钱理群，在他众多的研究鲁迅和周作人的著作之外，也有一部引人注目的著作，就是《大小舞台之间——曹禺戏剧新论》。两位鲁迅研究专家同时都对曹禺情有独钟，这不是偶然的。这个例子我想说明，曹禺不是一个单纯的剧作家，他的价值和意义绝不仅仅在于对中国话剧的贡献方面，更在于曹禺在传统与现代之间、在中国与世界之间所具有的经典意义，是深刻而广阔的。这一点决定了曹禺研究具有巨大的空间和张力。

堪称文学与人生双重传奇的冰心也是绕不过去的！冰心一生的创作可以用一个"爱"字来概括。有些人认为冰心过于单纯而缺乏深刻，我不认为这么简单。其实，从"五四"起步的冰心，一生也没有放弃现实主义和人道主义的批判精神。"五四"时期她曾写过封建家长干涉子女婚姻的悲剧作品，时隔半个多世纪，到了20世纪80年代她又写过年轻的子女干涉父母一代人自由恋爱的悲剧，同样是婚姻恋爱的悲剧，但是人物角色调了个过儿！这种变化只能说明悲剧的更加惨烈，只能说明封建思想意识在中国的根深蒂固，只能说明冰心的创作绝不只是用一个"爱"字就可以概括的。我们今天读冰心，绝不只是读到一个"爱"字，我们还读到悲凉、怨愤和痛恨！冰心的创作生动地表明了"五四"新文学以来直至今天，现实主义的批判精神在中国依然具有强大的生命力。从"五四"新文学的角度讲，这体现了它锐利而深邃的目光；从中国社会历史的发展来讲，这是我们至今仍然需要不断反思的沉重话题。也就是说，"五四"新文学开启的思想启蒙的重任至今还远远没有完成，而当初那些承担了启蒙重任的"五四"新文学作家永不过时！

"世纪老人"冰心绕不过去，只活了短短31年的萧红就绕得过去吗？萧红虽然早逝，但她的作品拥有久远的生命力。随着时间的推移，萧红越来越受到学界的重视，越来越受到读者的喜爱，特别是年轻读者的喜爱，这正是萧红成为经典女作家的生命力所在。萧红是东北作家群的一员，但又超越了东北作家群的群体特征；萧红具有左翼文学的特质，但又超出了左翼文学的范畴；萧红是一位女作家，具有女作家的细腻和敏感，但又超越了女作家的共性，更具有粗犷、青涩、孤独的个性。萧红之所以在文学史上有重要地位，自然与左翼作家、东北作家群、女作家的身份等有关，但更与超越这些身份有关，更与她自己独特的风格魅力与人格魅力有关。冰心以百岁的人生经历全身心写了"爱"的清纯、深刻与复杂，足以洗涤人心；而萧红却以31岁的人生把"恨"刻画在人们的心头，更具有撼动人心的穿透力。今天我们再读萧红，是因为她作品中独立的思想，也是因为她的敏感与不幸；是因为她作品中稚拙的表达，更是因为她的孤独与忧愁；是因为她作品中犀利的笔锋，还因为她的怨恨与不甘。如今，"萧红"频频出现在电影、话剧之中，原因在于两个方面：其一是萧红人生的传奇性与悲剧性，其二则是萧红作品所具有的经典意义。不理解后者，就拍不好电影电视，就演不好萧红。与电影《萧红》中的宋佳相比，与电影《黄金时代》中的汤唯相比，真实的萧红没有那么靓丽，但比她们的表演更复杂、更丰富、更深沉，因而也更具有审美的冲击力。有人曾评价张爱玲是20世纪40年代文坛的一颗流星，她的作品光彩夺目却转瞬即逝，但张爱玲毕竟活了75岁。其实萧红才是真正的流星，因为她只活了短短的31岁。正如她临终之际所说，"半生尽遭白眼冷遇，身先死，不甘，不甘"。短暂的人生，却留下了众多经典作品，《生死场》《呼兰河传》《小城三月》等都蕴含着深厚的文化内涵，对人的生存状态有独到的观察与深度的思考。没有这些经典作品的传世，萧红的故事再多也没有什么好听的。

在中国现代化、城市化飞速发展的背景下，沈从文返归湘西世界的选择同样是绕不过去的。中国现当代文学中有几代作家对北京、上海、香港、台北等城市进行书写，建构起中国的都市想象，比如老舍、王朔、陈建功等人对北京的描写，张爱玲、王安忆等人对上海的描写。这些城市是他们生于斯、长于斯的依托空间，是他们最熟悉也最擅长描写的文学世界。应该说，城市在中国现代文学创作中是一个重要的主题，并作为作家描写的重要意象反复出现。但是，更多的中国现代作家来自农村，他们大都是城市的外来客、异乡人，他们感觉更亲切、写作起来更游刃有余的还是中国农村、乡土的题材与人物。甚至可以说，中国作家对农村的体验和经验明显多于对城市的体验和经验，不仅如此，许多作家的城市经验都与其对农村的经验有着深刻与密切的关联。沈从文的创作就是这样一种典型的复杂情景。沈从文笔下写的是湘西，是偏远的乡土农村，但心里依然想着城市，他的边城叙事里隐喻着对都市的思考，他的乡土描写中渗透着对城市的想象，这种情愫是多面向的，也是更为复杂和更为重要的。城市对于沈从文的意义远远不止于城市本身，还和多种不同经验交织在一起，他的心里同时装着乡土和城市，在乡土经验的观照下建构起对城市的判断和想象，反过来又由城市的体验来反思和重建乡土的情怀。这种文学状态与文学作品一起，构成了中国现代作家独特而又复杂的城市心结。老舍写北京，张爱玲写上海，这都不足为奇。而沈从文写湘西，心里却装着都市，这就比较复杂了。我们说沈从文关于湘西的乡土文学创作是一种特殊的经典，是因为它不能称为城市文学的范畴，但又实实在在与城市有关联，这种乡土文学往往是作为反城市或反思城市的话语而存在的——正是近现代中国的城市文明催生了沈从文的乡土文学题材写作。沈从文的这个情结在相当程度上体现了中国社会发展变迁过程中的心路历程，这个历程到今天还在延续。

孙犁的去世被学界视为一个文学时代的结束，他自然也是绕不过去的经典作家。白洋淀要感谢孙犁，是他使白洋淀闻名于世。而孙犁也是白洋淀孕育出来的，孙犁及其创作的风格也应该感谢白洋淀。白洋淀很少招摇，也没有多少美名，不像西湖、太湖、昆明湖，白洋淀你只有走进去，进入它的深处，才能领略到一些它的风情。孙犁的作品也给我们这样一种感觉。人在弥留之际的所思所想往往是人最关注的问题。发人深思的是，孙犁在临终前念念不忘的著作，不是文学作品，而是《修辞学发凡》等语言学专著。这在很深的层次上表明了孙犁对语言的刻意追求，也在相当程度上改变了人们以往简单地认为孙犁作品的语言主要是一种土生土长的语言，而实际上孙犁对语言有过系统的深入的甚至是专门的研究。孙犁既是土生土长的，也是后身修炼的。我特别喜欢一篇悼念孙犁的文章，文中说孙犁"是一面迎风也不招展的旗帜"[1]，这个评价令人震撼，它高度概括了

---

[1] 肖克凡：《孙犁是一面旗帜》，《我的少年王朝》（肖克凡作品集四），百花文艺出版社，2005，第93页。

孙犁为人为文的风格和本质。正因为这种从不凑热闹、不追求名利，给了荣誉都不要，对荣华极其淡泊的性格，构成了孙犁这个人，形成了他的本性，然后才有他的思考、他的视角、他的文字、他的作品、他那含蓄内在的节制美与分寸感，总之，才有了他追求的极致和他追求到了的极致。与同时代的很多作家相比，孙犁是土的，什么西南联大、海归派、北大帮、清华帮、南开帮，都与他无关，他没有那些引人注目、富有情趣的奇闻轶事，也进不了所谓名人学者的视野。孙犁的一切都是平平淡淡的，正如他的文字，"决不枝蔓"，"虽多风趣而不落轻佻"①。在我看来，这正是孙犁达到的高境界、高品位，决不是谁都能够做得到的。

三　"传统是在动态中发展的"

传统，不是固定于某一个时间的概念，它是一个不断发展甚至不断变化的概念，它的沉淀和延传需要有相当的时间长度，也必然伴随着动态的发展变化。有西方学者认为，传统之为传统，起码要持续三代，经过两次以上的延传。这当然只是一种粗略的说法，但是我们不可否认，传统的形成，要经历时间的考验和历史的传承。传统的这种长期性、积淀性，并不影响它是在不断发展中延续而成的。"五四"新文学一百年来已经建构了自己新的文学传统，成为传统文学的有机组成部分。

曹禺自幼酷爱京剧艺术，曾先后登台演过《走雪山》《打渔杀家》《打棍出箱》等多个京剧剧目。曹禺自己曾说：

> 我对戏剧发生兴趣，就是从小时候开始的，我从小就有许多机会看戏，这给我影响很大。我记得家里有一套《戏考》，我读《戏考》读得很熟，一折一折的京戏，读起来很有味道。②

但我们应该记住吴祖光曾经说过这样的话：不懂得我和曹禺等人对传统京剧的深刻理解，就不懂得我们的现代话剧创作。吴祖光的这句话，对

---

① 茅盾：《孙犁的创作风格》，刘金镛、房福贤编，《孙犁研究专集》，江苏人民出版社，1983，第189页。
② 曹禺：《我的生活和创作道路——同田本相的谈话》，《戏剧论丛》1981年第2期。

我们具体认识传统与现代的关系有着非常重要的启发。"五四"以后，在我国诞生的现代话剧主要采用以易卜生为代表的近代剧的表现形式。这种戏剧结构强调时间和地点的高度集中，不少故事情节不在舞台上直接表现，而用大段说白交代。深受传统京剧影响的曹禺并不这样处理戏剧结构，他有意识地加强戏剧场面的穿插，善于通过明朗的人物语言和行为揭示人物的心灵。比如在《雷雨》中，他不采用大段冗长的旁白来介绍复杂的人物关系，而是通过鲁贵找四凤要钱这样一个场景向观众说明故事发生的背景，同时直观地呈现人物性格。在这个持续时间较长的场面中，曹禺还穿插了周冲找四凤、大海找董事长这两个小场面，既使场面富有变化，增加了悬念，又在次要的戏剧矛盾中引出其他人物。我认为曹禺的话剧是最中国的，也是最外国的。曹禺剧作最大的特长是善于构造紧张激烈的戏剧冲突，但这不是一个技巧问题，而是蕴含着曹禺对如何将中国传统戏剧艺术与外国话剧表演形态融为一体的深刻思考。与其说曹禺奠定了中国现代话剧艺术的基础，不如说曹禺成功地继承和发展了包括京剧在内的中国传统戏剧艺术的精髓，成功地将中国传统戏剧艺术实现了现代转型。

晚清时期，鸳鸯蝴蝶派小说家周瘦鹃在同一年（1911）发表了两部代表性的作品：短篇小说《落花怨》和改良剧《爱之花》。其中，《落花怨》是用文言写成的，而《爱之花》却是用白话写成的。在周瘦鹃看来，满纸白话和新式符号可以表现"旧"的内容，反过来，使用文言也可以表现"新"内容，所以周瘦鹃的文学生产向来都是文白并用。这样一种对传统的看法在"五四"时期的散文领域也依然可见。周作人曾在20世纪20年代给俞平伯的一封信中说："我常常说现今的散文小品并非五四以后的新出产品，实在是'古已有之'，不过现今重新发达起来罢了。"[1] 周作人十分推崇晚明"公安派"独抒性灵的小品文，认为其个性书写与言志精神均符合他所追求的"美文"原则；同时他也不否认"五四"散文所受到的外来影响，认为在英国的Essay式随笔影响下中国现代散文得以带来新的气象。周作人《喝茶》：喝茶当于瓦屋纸窗之下，清泉绿茶，用素雅的陶瓷茶具，同二三人共饮，得半日之闲，可抵十年的尘梦。这种文白相间的写

---

[1] 周作人：《周作人书信》，河北教育出版社，2002，第86页。

作方式到了当代仍为散文家所继承。梁实秋《雅舍》:"在别处蚊子早已肃清的时候,在'雅舍'则格外猖獗,来客偶不留心,则两腿伤处累累隆起如玉蜀黍,但是我仍安之。"

话剧是我们民族传统中所没有的,白话文也是在西方影响下兴起的,应该说"五四"时期的很多艺术形式、文学变革都是在中与西、新与旧、外来形式与民族传统的相互沟通和相互融合中向前发展的。而"五四"至今,百年来新文学与新文化的发展,已经蔚然形成自己的独特的品格与新的传统,它在中国文学与文化的历史长河中已成为不可或缺的一个环节,是整个中国文学与文化传统中的一个有机组成部分。

现代文学承续传统而来,并在当代顺势发展,动态地构成中国文学的完整面貌。20世纪中国新文学中,存在着大量"跨代"作家。所谓"跨代"作家,简而言之,就是横跨中国现、当代文学两个时段的作家。一指其自然生命和文学创作活动延续到1949年以后很长时间,甚至一直延续到八九十年代;二指其在"现代"成名,"当代"仍然处于文学圈子里且有显在的文学影响。20世纪是一个极为动荡不安的世纪,一些"跨代"作家的文学活动、思维惯性和创作态势经过了1949年政治巨变和以后的政治运动,前后会有很大的波动起伏,这种波动起伏使有的作家的文学观念和创作风格在漫长的文学活动中前后会产生明显差异和变化,但并不意味着他们的文学观念和创作风格就会与以前彻底划清界限,完全没有关系。忽视这些差异和变化,可能会忽视其文学活动和创作的丰富性和独异性;只看到这些差异和变化,就会掩盖其文学观念和创作风格的前后一致性和稳定性。

丁玲可以说是"跨代"作家中非常有代表性的人物,她的一生,从20世纪20年代作为"昨日文小姐"扬名文坛,30年代在鲁迅的影响下为左翼文艺而呐喊,再到40年代作为"今日武将军"在毛泽东旗帜下为工农兵文艺而实践,随之到1957年以后遭难的20余年间,直到复出文坛的80年代,文学活动几乎贯穿了整个20世纪,走过的文学道路、人生历程与中国现当代文学的历史进程密切同步、互相感应,由此产生的文学观念和文学追求,当然会有些波动,甚至是大起大落,但终其一生,是有着内在的逻辑性和一贯的心理依据的,并没有因为"现""当"代过渡或命运的巨大坎坷而出现本质的改变。

作为一名受过"五四"精神洗礼的女作家，丁玲的创作一开始就有着突出的个性色彩和主体意识，这种个性色彩和主体意识表现为个性主义的自我坚守，《梦珂》《莎菲女士的日记》可以为证。成为左翼和革命作家以后，又有着浓厚而强烈的社会革命的政治诉求，《水》《田家冲》可为代表。但多数时候，丁玲的写作并不是单一的，她总是努力让自己的主体意识与革命需要协调起来，因此作品常常呈现出个性主义的自我坚守与社会革命的政治诉求的合流。这种合流在她日后漫长而多艰的曲折历程中，可能会因时代环境的左右或个人心态的波动而出现某种冲突、某种偏重，形成暂时的此消彼长，但革命作家的身份会让她自觉或强制性地选择与自己主流价值追求相符的那一面，有意识地压抑前者，即个性主义的自我坚守让位于或弱化于对社会革命的政治诉求。所以，当我们从她的某一时段的文学活动和文学创作中看到的是她偏重于社会革命的政治诉求一面时，并不意味着她就彻底放弃了个性主义的自我坚守。从早期的莎菲、阿毛、韦护、美琳，到陕北时期的陆萍、贞贞，土改时期的黑妮，到晚年复出以后创作的《在严寒的日子里》《风雪人间》《魍魉世界》《杜晚香》等小说作品，这些都反映了丁玲创作的政治性和革命性色彩，也反映了她对生活真实和人性世界的清晰认识和深度理解。

丁玲的创作与政治是紧密联系的，但即使在延安，她也没有一味沉浸在"解放区的天是明朗的天"的盲目乐观中，她以特有的艺术良心和勇气，敏锐地觉察到，革命事业中有许多与革命目标不相适应的甚至是消极的落后的愚昧的东西。于是有了在当时被指责为不合时宜的小说《在医院中时》和险些给她招来大祸而终于还是招来大祸的杂文《"三八节"有感》。其后的《太阳照在桑干河上》是丁玲实践《讲话》精神的最佳范本。但仔细阅读就会发现，她在小说里深刻地揭示了从农民翻身到翻身农民这一过程的艰难和曲折，揭示了小农意识的顽固和愚昧，特别是独具慧眼地发现了黑妮与顾涌这样的独具内涵的形象，潜藏着作家对真、善、美的真切艺术感受和永恒人性追求，表明丁玲在"掌握住毛主席的文艺方向"的大前提下，仍然不由自主抑或有意识地给个性主义的文艺观留下足够的空间。丁玲在谈到文艺与政治的关系时说："我们不能脱离政治，但这不是说，政治搞什么，文学便搞什么。不要把关系看得这么简单。我们曾经写过一些东西，都是紧跟政治，政治需要什么，就写什么，不全是从心里出来的。文学和政治是并行的,都是为人民服务为社会主义服务,殊途同归,相辅相成。优秀的文学作品对政治是一种推动,甚至是启发。"① 应该说真实地反映了她一以贯之的文艺观。丁玲晚年的文学作品《魍魉世界》《风雪人间》,虽然过于简略,但仍然有比较明显的直面现实生活阴暗面的因素,与她的这一稳定的文艺观密切相关。她一生创作的大量作品摆在那里,就是明证。所以,从现代丁玲到当代丁玲有着内在的精神关联,是一个逐渐过渡、动态变化的发展过程,只有意识到这种整体性,才能对丁玲这个作家形成一个清晰、完整的认识。

一个作家由现代进入当代是如此,当代作家传承现代作家的精神传统同样是有迹可循的。莫言获得诺贝尔文学奖,评审委员会的授奖词是:"将魔幻现实主义与民间故事、历史与当代社会融合在一起。"这个授奖词引发了不小的争议。国内外学者对于莫言的小说究竟是魔幻为主还是现实为主,产生了一些分歧。例如诺贝尔文学奖评审委员会就用"福克纳和马尔克斯作品的融合",来评价莫言奇诡的想象力和超现实的创作风格。而国内的学者与评论家则从中国文学本身的发展脉络出发,认为莫言不是照搬西方的魔幻主义,而是更多地承继于"五四"以来的写实传统,同时借鉴并倚靠着中国农村、民间的现实资源。

在中国现代第一篇白话小说《狂人日记》中,鲁迅透过一个狂人的视角来重新观察历史和世界,于是现实世界和中国历史也随之变得带有些癫狂和魔幻的色彩。狂人所表现出的疑古精神,不仅对中国史官文化所代表的伦常道德产生了极大的冲击,同时在一种"疯言疯语"的虚构叙事模式之下,对中国社会"礼教吃人"的现实进行了深刻犀利的批判。《狂人日记》作为中国现代第一篇白话小说就具有相当"魔幻"的色彩,是意味深长的,它既是鲁迅对中国传统小说透彻的体悟,又是他对外国作家创作手法的积极吸取。而在具有实验性质的小说集《故事新编》中,鲁迅借助了许多带有魔幻和神话色彩的中国传统故事原型,更为清晰系统地表现了对所谓历史真实及其背后权力话语的强烈质疑,如在小说《起死》中,让庄子与复活的骷髅鬼魂对话辩论,鲁迅采取的是一种戏谑和反讽的手法,对于中国历史上的人物和文化思想进行了剖析和解构。在小说《铸剑》的最

---

① 丁玲:《根》,《丁玲文集》第 6 卷,湖南人民出版社,1984,第 410 页。

后，鲁迅更是大胆尝试着用了一种超现实的、魔幻的结尾，让复仇者和统治者的头颅纠缠在一起鏖战，最后一起被埋葬，对专制历史的残暴和被奴役人民的麻木，都有深刻的揭示，超越具体真实、充满想象力的艺术表现方式，开始与直逼历史、社会现实的思想指向相结合。还有，在鲁迅的《野草》当中的那些梦境与幻想、影与火、秋叶和坟地，都远远超越了写实，而上升到哲学的范畴，《野草》中的象征主义很难说是中国的还是西方的，文中的魔幻与现实也很难分开，只能说《野草》中的魔幻与现实是鲁迅的。

更加具有实验价值的还有"五四"新文学另外两位小说大家，老舍和沈从文分别在各自创作的《猫城记》和《阿丽思中国游记》中，开始尝试用超现实的魔幻手法来进行小说的创作，反映出当时中国作家对小说艺术表现形式的孜孜探索。尽管有不断的争议，尽管老舍曾认为《猫城记》不成功，沈从文之后也放弃了这种创作方法，可毕竟他们尝试以一种更加现代、开放、充满想象力的思维，运用魔幻的手法，来营构自己的小说世界，给中国现代文学带来新颖的因子。不无巧合的是，无论是鲁迅还是老舍、沈从文，他们都是莫言以前曾经最接近诺贝尔文学奖的中国作家，他们得到世界的认可与称赞，固然与他们在自己的地域，运用乡土经验，用传统的白描或是田园抒情诗手法，写自己的鲁镇、老北京、湘西世界有着重要关系，但他们在小说艺术的魔幻、虚拟、想象的维度上做出了不同程度的探索，也是不可忽视的重要因素。更为重要的是，魔幻与现实共同构成了他们创作生命新的增长点和勃发的生机。

以鲁迅、老舍、沈从文为代表的新文学作家，开创的是一种现实主义传统，这种现实主义传统使得小说创作不再作为经典历史的附庸或者是政治观念的图解，而是运用文学的表达方式，倚靠着中国的现实进行创作。鲁迅的绍兴、老舍的北京、沈从文的湘西世界，是他们进行创作、想象的现实资源与基础。在这一点上，莫言笔下所营造的高密东北乡也一样，无论他笔下的人物如何怪诞、情节如何虚妄、情节如何魔幻和匪夷所思，他的文学表现指向，还是一个世纪以来，中国人在这片土地上经受的生活、精神的变迁与苦难，都还具有民间野蛮的、原始的生命力。莫言的小说善于以宏大历史叙事作为他人物塑造、故事展开的背景，《红高粱》里的背景是抗日战争，《檀香刑》的背景是山东半岛的义和团运动，而《丰乳肥臀》《生死疲劳》直到《蛙》，更是表现了横跨几十年乃至一个世纪的历史画面。莫言在作品中有一种对历史、对现实表达的诉求，但他的这种表达早已不是作为"正史之补"、经典附庸的文学表达，在这一点上莫言和鲁迅一样，他更关心的是历史车轮轰隆碾过之下，作为个体人的命运。小说《檀香刑》中的主人公孙丙，是一个油滑、粗鄙、身上带有各种缺陷的普通农民，他的另一身份则是义和团的拳民。无论是在过去东方主义的殖民话语当中，还是在当前历史理性思考的研究框架里，这一历史存在早已经被贴上野蛮、残忍、愚昧的标签，而相比之下，细细品读莫言的描写，特别是最后的酷刑，却还原了一个真实的、拥有各种劣根性但是又闪烁着人性光芒的个人，真实地表现出文明冲突之下一个普通人所应具有的情感和生存状态。

毫无疑问，莫言的文学创作是最具"五四"新文学所开创的现实主义精神的，同时，他的一些魔幻手法，充满想象力的语言、描写、情节，在对历史、社会、现实的观察与思考中，最大程度地折射出生活真实的本质。现实的丑陋、怪诞和扭曲，用文学艺术的夸张手法表现出来，极具冲击力和震撼力，也往往不易被读者消化与接受，就像鲁迅当年刚发表《狂人日记》，主人公在历史书卷中看出满本写的都是"吃人"，此言一出，一片哗然，习惯于正史和儒家经典记载的文人何尝不斥之为虚妄，可到了莫言创作的小说《酒国》《生死疲劳》当中，我们依然看到了"食婴""吃人"这样的情节，在莫言更加夸张、奇诡的魔幻表现背后，是与"五四"作家相同的反思和现实精神的延续。值得警惕的是，相比"五四"时期而言，当代文坛倒是充斥着各种魔幻奇诡的题材，到处飞檐走壁，到处穿越时空，倒是打破了各种束缚，极尽了想象之能事，可是离中国的现实、社会、土地却差得很远，外表华丽奇诡，可只是一个躯壳，内在却是虚弱空洞，早就失去了从《聊斋志异》以来到鲁迅等人的中国想象和魔幻文学的魂魄。莫言小说及其获奖，证明了文学的魔幻、想象、虚构是应以现实为底蕴的，只有把握生活本质的作家，才会发出真正的文学魔幻之光。莫言的创作，是中国文学现实精神与魔幻手法相融合在历史长河中的又一次显现，而这种人文精神和艺术追求也应当在这条大河里被更好地继承，奔流下去。

最后还有一点需要指出，现代文学及其研究承传了传统的学术理念，在史料建设和建构方面也确立了自己的典范。迄今为止，对当下现代文学研究最有价值的就是从 20 世纪 80 年代开始的一大批系统的史料建构。这既是经典化的重要步骤，也是经典建构的重要内容。从现代到当代，史料学的建构已经越来越成为不可或缺的领域。史料学受到高度的重视，表明从"五四"新文学开始的中国文学越来越回归理性，越来越走向学理化，也表明中国文学越来越自信，越来越有值得总结梳理的东西，越来越在传统与现代之间坚实地前行。

（原载《当代文坛》2019 年第 2 期）

改革开放 40 年中国现当代文学研究的成就、走势与思考

王卫平　辽宁师范大学文学院

一

中国当代改革开放的起点时间是 1978 年 12 月 18～22 日召开的中共十一届三中全会。这是具有深远意义的伟大转折，会议决定中国开始实行对内改革、对外开放的政策。对内改革先从农村开始，时间是 1978 年 11 月，安徽凤阳小岗村实行"分田到户，自负盈亏"的家庭联产承包责任制（即大包干），拉开了对内改革的大幕，到如今整整 40 年。这 40 年的改革开放，给中国带来翻天覆地的巨变。1978 年，全国的 GDP 是 3650 亿元，城镇人口占总人口比率是 17%。到 2017 年，全国的 GDP 是 82 万亿元，城镇人口占总人口比率是 57%。教育改革发展的时间节点是 1977 年 11 月的恢复高考。我们中国现代文学作为一个学科，研究的新起点是 1979 年 1 月。当时，教育部在北京召开的一次中国现代文学教材审稿会上，与会代表倡议并组成筹委会，决定成立全国高等院校中国现代文学研究会，选举王瑶担任会长，决定创办《中国现代文学研究丛刊》。该《丛刊》于 1979 年 10 月正式刊出第一辑，由北京出版社出版，印数 3 万册。从 1980 年开始，改为季刊。1985 年，改由作家出版社出版，仍为季刊。1989 年，获得国内统一刊号。2004 年，获得国际刊号。2005 年，改为双月刊。2011 年，改为月刊，同时，打通"现代"与"当代"，明确把当代文学研究的论文也纳入刊发的范围。一个刊物的发展，就是一个典型案例，反映着整个学科研

究的发展、走势。与此时间相仿，很多重要学术期刊也不约而同地改版为月刊，像《中国社会科学》《社会科学战线》《文艺研究》《文艺争鸣》等，这也是适应学术快速发展的需要，尤其反映了研究文章在数量上的急剧膨胀。

在研究生的培养上也反映了本学科在改革开放40年的发展势头。中国现当代文学作为一个二级学科，从1978年开始招收硕士研究生，1981年开始招收博士研究生，1984年第一届博士生毕业，只有王富仁一人。到2017年，我国共有中国语言文学一级学科博士点67个。每年招收的中国现当代文学二级学科的博士生有数百人。[①]

从国家社科基金立项来看，在设立之初的1994年，"中国文学"学科共立项34项，其中，属于"中国现当代文学"学科的只有12项。到2017年的国家社科基金立项中，"中国文学"学科共立项418项（包括重点、一般、青年、西部、后期资助、外译等，下同），其中，属于"中国现当代文学"学科的共有105项，较1994年增长近8倍。

研究论文的发表和学术专著的出版，在改革开放的40年里更是迅猛发展，尤其是数量上的膨胀。改革开放之初的1981年，各种报刊上发表的有关中国现当代文学研究性论文400多篇，另有研究著作近20种。[②] 而1980年，出版的研究著作只有10余种。[③] 35年后，按照丁帆、赵普光文章的统计，2015年8月~2016年7月，这一年间，"公开发表的研究中国现当代文学的学术论文1282篇"（不包括各类报纸上的论文），"公开出

---

① 根据洪亮辑录的《1984~2012年中国现代文学博士论文题名一览表》（见《中国现代文学研究丛刊》2013年第7期）的统计，1984~2012年共产生中国现代文学博士学位论文1763篇，这还不包括中国当代文学研究的博士学位论文。2012年一年产生的中国现代文学研究的博士学位论文就有93篇，这还不包括中国当代文学研究的博士学位论文。2010年，国务院学位委员会新审批的"中国语言文学"一级学科博士点就有25个，其中有的原来没有"中国现当代文学"二级学科博士点，也可增加招生了，因此新招的"中国现当代文学"博士生还会增加，这些新招的博士生，到2012年还没有毕业，不在洪亮辑录的范围之内。这样来看，现在每年毕业的中国现当代文学博士生一定有数百人。

② 参见张建勇、刘福春、辛宇《1981年中国现代文学研究述评》，《中国现代文学研究丛刊》1982年第2期。

③ 参见张建勇、辛宇《1980年中国现代文学研究述评》，《中国现代文学研究丛刊》1981年第3期。

版的中国现当代文学研究专著 74 部"。① 从个案作家的研究成果来看，以鲁迅研究为例，据不完全统计，1949～1966 这"十七年"，"国内报刊共发表关于鲁迅研究的文章 3206 篇"，出版"著作共 162 部"。而"文革"结束到 1980 年短短几年，"国内共发表关于鲁迅的研究文章 2243 篇"，出版著作 134 部。整个 20 世纪 80 年代，"国内共发表鲁迅研究文章 7866 篇"，出版著作 373 部。整个 90 年代，文章 4485 篇，著作 220 部。21 世纪头 10 年，文章 7410 篇，著作 431 部。这样累加起来，1977～2010 年这 33 年中，共发表鲁迅研究的文章 22004 篇，平均每年 666 篇；著作 1158 部，平均每年 35 部。2010 年一年，"国内共发表关于鲁迅的文章 977 篇"，出版著作 37 部。② 这样算起来，改革开放 40 年，国内共发表有关鲁迅研究的论文大约 30000 篇，出版著作大约 1450 部。这个数字是庞大的，是其他任何一个作家研究都不可比拟的，它是鲁迅崇高地位、威望和影响力的反映。从以上的数字来看，改革开放 40 年，中国现当代文学研究的成就便可见一斑。

不管从哪个方面说，改革开放 40 年，中国现当代文学研究都创造了辉煌的业绩。这 40 年研究成果的取得，体现在各个方面：从作家全集、文集的编撰出版（像《鲁迅全集》《茅盾全集》这样卷帙浩繁的文本都不止一个权威版本），到史料的发掘、研究资料的汇编、作家日记、回忆录、书信等的出版；从作家传、评传、年谱的出版，到作家手稿、日记、书法等的研究；从最传统意义的作家、作品研究，思潮、流派（社团、群体）、现象研究，各体文学研究，文学类型（文体）研究，中外古今比较研究，到新兴的文学报刊研究、文学出版研究、文学广告研究、文学制度研究、文学教育研究、文学与高等教育研究等；从对文学本体（内部）的研究，到对文学与政治、经济、思想、文化、哲学、宗教、生态（外部）等的关联研究；从原有的文学史研究，到后来的学术史、接受史、传播史、编年史研究等；均取得了可观的学术成果，研究视野、研究领域、研究方法不断地在拓宽和更新。

---

① 丁帆、赵普光：《中国现代（百年）文学研究现状的统计与简析（2015.8－2016.7）》，《中国现代文学研究丛刊》2017 年第 1 期。

② 以上关于发表鲁迅研究文章、出版鲁迅研究著作的统计数字，均来自北京师范大学出版集团、安徽大学出版社 2013 年出版的"中国鲁迅研究名家精选集"前言《薪火相传：百年中国鲁迅研究的回顾与前瞻》（丛书编委会）。

二

回顾中国现当代文学研究40年的发展历程，其基本走势大体可以分为前20年和后20年，以世纪之交为分界，我们可以从多个角度总结其基本走向，这里，仅就笔者的一孔之见，谈几点发展变化。

首先，从研究选题来看，从微观、中观走向宏观、宏大。20世纪80年代的研究者多选择一个作家作为研究对象，形成鲁、郭、茅、巴、老、曹、艾、丁、赵等以作家个案为研究重点的格局，这种研究，成就了很多学者的学术地位，也使作家个案研究走向了深入。随着研究的深入，要求研究者要拓宽视野，由一个作家的研究到两个作家、三个作家展开比较，如杨义撰写的《茅盾、巴金、老舍的文化类型比较》[①]，或者是一个流派、一个作家群体、一个文学社团、一种文学体式、一种文学思潮的研究。这样，就从微观走向了中观。而随着90年代国家社科基金项目的设立，特别是到了21世纪以后，立项的数量和经费的投入逐年增加，达到可观的数量、规模和种类，形成了强大的项目拉动，各大学又均把它作为考核教学科研人员的重要指标，于是，就出现了科研的"项目化生存"，尽管温儒敏教授等对这种"项目化生存"提出过批评意见，但仍有增无减。"项目化生存"无疑迫使研究者在选题上追求宏观，甚至宏大，否则，将难以获批。于是，"中国现代文学中的……""中国当代文学中的……""20世纪中国文学中的……""编年史""数据库""多卷本"这些宏观、宏大的选题屡见不鲜。这样的选题，在显示重要、重大研究价值和意义的同时，也存在着严重的问题：空洞、空泛、无物。不少问题落不到实处，仿佛悬在"半空中"。有的选题，架子拉得很大，里面却没有多少内容，要研究什么，要解决什么问题，并不明确，边界也不清楚。除了项目的拉动外，有些学术刊物，特别是大型、高端学术刊物，以发表宏观研究的论文作为自己刊物的定位，比如，《中国社会科学》多年来只发表宏观的"大文章"，这也推动了宏观研究的发展。如今，在中国现当代文学研究领域，多数研究者不像20世纪80年的学者那样，以研究一个作家为主，而是将研究触

---

① 杨义：《茅盾、巴金、老舍的文化类型比较》，《文艺研究》1987年第4期。

觉伸向了很多领域，研究的问题越来越宽广，甚至我们很难说清某某学者是研究什么、专攻什么的。

其次，从研究内容来看，从中心走向边缘。什么是中心？对于我们中国现当代文学学科来说，中心无疑是指支撑这个学科大厦的"四梁八柱"，即大作家、名作家的作品、重要的现象、思潮、流派以及文学史的一些重要问题。随着研究的持续进展和不断深化，对于这些名家名著等重要问题的研究已取得了越来越多的研究成果，具有创新性的课题几乎挖掘殆尽，或者说越来越走向了"高原"，再向前发展已非常艰难。从学术创新这一根本点考虑，促使研究者在研究内容的选取上，不得不从学科的中心走向边缘，边缘化问题的研究就成了学科发展的必然走向。翻开近些年来的《中国现代文学研究丛刊》，在选题上的一个鲜明倾向是对边缘性问题的研究，从边缘性的作家、作品到边缘性的报纸、杂志，从边缘性的研究角度到一些不显眼的问题，都成了研究者关注的对象。这种研究走向优劣同存，利弊互见。正如丁帆、赵普光在文中所指出的那样：

> 因为现当代文学研究过于拥挤，一些学者开始有意识地寻找新的领地，挖掘新的现象。其中，一些以前不太为人所注意的期刊，已经开始引起学者的兴趣，如《〈古今〉杂志的编辑理念及其他》《审美趣味与历史抉择间的游移——论〈天下〉的文学观》等，还有一些被遗忘和忽略的文类现象，也被重识。如现代文学广告的研究。[①]

除此而外，还有新近出现的作家的日记研究、手稿研究、书法研究、楹联研究等。对于边缘性问题的研究，专家认为：

> 应该辩证地去看待。第一，真正有价值的边缘史料、现象的新发掘，确实能够扩充现代文学研究，使其更加丰富、多元。第二，应该看到，这些边缘研究，在给予现代文学研究在"量"的扩大和积累的同时，并未能实现"质"的突破，还都是在一个平面上扩充，毕竟只是起到查漏补缺的作用。第三，更有甚者，如果研究者只知沉溺于无

---

① 丁帆、赵普光：《中国现代（百年）文学研究的统计与简析（2014.1 – 2015.7）》，《中国现代文学研究丛刊》2015 年第 12 期。

关宏旨的材料的搜罗，会有碍于新的大格局意识的产生。比如，前几年小报小刊等研究风气日炽，这在一定程度上暴露了目前研究体制的偏失。小报小刊等文学史边角料的无限挖掘，看似很有新意，是对文学史的补充，但如果从宏观的文学史视野来看，这些挖掘很可能是无效的，没有价值的。①

这道出了问题的关键所在。边缘性课题的研究不仅要有新意，而且要有价值。边角余料的课题与内容本身，其研究的价值就容易让人产生怀疑，如果不考量它的研究价值与意义，就可能陷入这种"无用功"，值得警惕。当然，从中心到边缘的研究走向，不光我们现当代文学学科，古代文学、外国文学也是如此。屈原、李杜、苏辛、四大名著、荷马、但丁、莎翁、歌德、巴尔扎克、托尔斯泰、狄更斯等常常被"悬置"起来，较少看到新的研究成果，原因是难以出新。

再次，从研究侧重来看，从重观点、重方法到重理论、重史料。改革开放之初，思想解放，拨乱反正，研究者急于提出新观点、发表新见解。后来曾出现过"方法热""文化热""思想史热""史料热"等现象。在改革开放初期的20世纪80年代中期，西方的新的研究方法在中国流行起来，从现代、后现代到后殖民；从系统方法到结构原则；从形式主义到新批评；从精神分析到女权主义应有尽有，的确给文学研究带来新鲜，带来活力，"方法"的创新成为学术创新的重要体现，以至于后来把1985年称为"方法年"。但方法的创新是有限度的，当人们普遍运用以后也就不新了。而过度使用西方的新名词、新术语，不顾所研究的对象的实际，必然是生吞活剥，于是，"新方法"的运用开始式微，文学的文化研究、思想史研究受到研究者的青睐，理论创新、思想深度、哲学高度成为新追求。观念的创新、宏大的理论预设成为新时尚。这种重理论、重观念、重思想，重的是谁的理论、观念、思想？主要还是西方。它在给我们的文学研究带来广度、深度和高度的同时，也带来了西方的话语霸权，出现了强制阐释、过度阐释等偏颇。于是，研究者开始清算这种"西方中心主义"，开始挣脱西学话语体系的藩篱。而文学的思想史研究、文化学研究又可能存在偏

---

① 丁帆、赵普光：《中国现代（百年）文学研究的统计与简析（2014.1–2015.7）》，《中国现代文学研究丛刊》2015年第12期。

离文学的审美诉求和消解文学性的危险,也可能造成文学研究的空洞和大而化之。这一点,温儒敏教授当年就曾撰文指出,予以纠偏。2001年在南京召开的"中国现代文学传统"国际学术研讨会上,温儒敏在提交的论文中就提出"思想史能否取代文学史"的问题。文中指出:"当今的现代文学研究似乎越来越往思想史靠拢的趋向。""在一些大学,最热衷于谈论思想史、哲学史和文化史的,是中文系的师生,反而不是哲学系和历史系的。看看每年的博士论文,许多做文学思潮、社团、流派和作家的,自觉不自觉地都往思想史方面靠,有的已很少谈文学,即使有一点文学也往往做成了思想史的材料。""这已经是近年来学界的一种景观。""思想史能否取替文学史?"温儒敏认为,显然不能。他觉得不能忘记文学的审美诉求。"现代文学史写作就不应当只谈论'思想',也要兼顾到'情感'、'心理',当然还有更重要的就是艺术审美;即使谈论思想,也主要探讨用文学形式表达的'思想',这和思想史、哲学史乃至文化史的关注层面与方式都会有区别。"① 在另一篇文章中,温儒敏指出,文化研究和思想史研究,在给现当代文学研究带来新的视野和活力的同时,也容易造成研究的空洞化现象。"我们看到不少对文学进行文化研究的文章被人诟病,最主要的毛病就是随意抽取和罗列一些文学的例子,去证明诸如'现代性'、'消费主义'、'全球化'、'后殖民'、'民族国家想象'之类宏大的理论预设。"② 这种贪图"大"和理论"炫耀",总有乏力的时候,总有匮乏的时候。所以,最近若干年,理论匮乏了,思想匮乏了,"史料热"兴起了。尤其在当代文学研究领域,抢救史料、做作家口述史、年谱编撰的呼声日烈,史料越来越受到研究者的重视,不少学者从过去的理论研究转向史料实证研究,吴秀明、程光炜等知名学者多次呼吁史料的抢救刻不容缓、拖延不得。③ 吴秀明还主编了《中国当代文学史料丛书》④,程光炜先后主持承担了国家社科基金一般项目"当代文学史资料长编"(2011)、重点项目"莫言家世考证"(2016)。编年史的编撰出版已有多个版本,金宏宇教授

---

① 温儒敏:《思想史取替文学史?——关于现代文学传统研究的二三随想》,见温儒敏《文学课堂:温儒敏文学史论集》,吉林人民出版社,2002,第423~427页。
② 温儒敏:《现当代文学研究中的"空洞化"现象》,《文艺研究》2004年第3期。
③ 参见吴秀明《中国当代文学史料问题研究》,中国社会科学出版社,2016;程光炜《当代作家年谱的编撰拖延不得》,《光明日报》2017年9月4日第12版。
④ 吴秀明主编《中国当代文学史料丛书》,浙江大学出版社,2007。

的版本学研究卓有成就。众多研究论文都非常重视资料的引证,甚至一篇文章引证多达上百条。

怎样看待这种"重史料"或者说"史料热"?有人认为"眼下学术界对史料的重视却并非出自史料自觉,而是源于某种无奈,是理论、思想、观念、方法匮乏的产物"。是"应急之策",是"逃避理论匮乏的避难所"[①]。这种看法有点儿极端,可能把重视史料的动机看低了。应该说,对史料的重视既是出于学科的自觉、创新的需要(因为任何学科、任何问题的研究都离不开史料,有了史料,才能言之有据),也是"学界对过去当代文学研究重理论、重思想、重观念和重方法的纠偏",以达到史料和理论的新平衡[②],这是学术发展的必然要求。当然,把史料当作目的,不是手段,从而"玩史料""拼史料""堆史料"也是值得注意的,史料的挖掘对一个学科创新的推动力和对学术研究发展变革的推动力同样是有限度的。从某种意义上,我们可以说,改革开放40年,现当代文学研究所走过的正是上述这种从重观点、重方法到重理论、重材料的历程。

最后,从研究的领域来看,从重现代到重当代。中国现当代文学学科的特殊性之一是它分为现代和当代,有起点而没有终点,随着时间的推移,学科向下无限延伸,具有开放性。从时间来说,自然是先有现代文学,后有当代文学。新中国成立之初,本学科刚成立的时候,自然是只有现代文学,当代文学刚刚开始。王瑶先生编写《中国新文学史稿》的时候,自然也是只有现代文学。所以,现代文学研究的历史比当代文学研究的历史长,再加上现代文学名家辈出,研究者自然重视,成果也相对丰硕。因此,新中国前期30年,研究的重心主要在现代文学,它占有绝对优势。这种传统的惯性,延续到之后的20年仍然如此。不少人认为,当代文学离我们太近,没有经过时间的沉淀,不宜写史,谈不上研究,只是批评、评论。然而,随着现代文学这座"富矿"被挖掘、开采得几乎殆尽,随着当代文学的不断延伸和作品的丰富,研究的重心由现代转向了当代,这在改革开放的后20年表现得越发明显。站在今天的时间节点来看,现代

---

① 周保欣:《重建史料与理论研究的新平衡》,《学术月刊》2017年第10期。
② 同上。

文学若以严家炎等主张的起点（1890年），接近50年；若以丁帆等主张的起点（1912年），则是37年。而当代文学发展到今天，接近70年。这样来看，研究当代文学的论著多于现代文学也属正常。按照丁帆、赵普光的两次统计，2014年1月~2015年7月、2015年8月~2016年7月，现代文学和当代文学研究成果的数量分别占40%和60%左右[①]。以笔者近20年所指导的硕士生和博士生的毕业论文选题来看，也能大体反映出选题的走向和趋势，开始时选现代文学和当代文学研究题目几乎各占一半，后来，当代文学占到了2/3，如今，当代文学的研究的选题已经占了全部，而且集中在新时期和新世纪。从总体来看，应该说，现代文学研究相对成熟、规范，基础研究做得较好。当代文学研究相对混乱、无序，不少问题还处在"众声喧哗"的状态，很多基础性的研究尚未完成。这给研究者留下的研究空间还是比较大的，绝大多数青年研究者把研究精力主要放在了这里。这就出现了另外一个问题：现代文学研究群体逐渐老龄化，其研究越来越弱化，发展后劲令人担忧。

三

回顾过去、反思现在是为了更好地面向未来。中国现当代文学研究还要继续向前发展，还要再出发，还要创造新的研究成果，迎接新的辉煌。那么，今后的研究该如何发展？朝哪个方向发展？应该注意什么？这是更为复杂的问题。每个研究者可能都有自己的设想和努力方向，但从总体来看，以下几点是否值得注意？

首先，回到基础，回到原点，不忘初心。所谓回到基础，回到原点，就是要回到现当代文学的基础问题、核心问题、重要问题的研究上来，不能在边缘化的道路上越走越远，在适当的时候要注意回归。也不能一味地追求宏观、宏大，要适当地收缩一下视野和聚焦，这样才能更看清问题，避免大而空。所谓不忘初心，就是要不忘文学研究的本意、本体和本行，不能过分地"越界"，不能强调了文学的文化性、思想史而忘记了文学的

[①] 参见丁帆、赵普光《中国现代（百年）文学研究的统计与简析（2014.1~2015.7）》，《中国现代文学研究丛刊》2015年第12期；《中国现代（百年）文学研究现状的统计与简析（2015.8~2016.7）》，《中国现代文学研究丛刊》2017年第1期。

语言、艺术、审美以及它所应该承载的内涵。早在21世纪初召开的"中国现代文学研究学术生长点研讨会"上，严家炎教授就曾谈到"不能一提到生长点就立刻认定是要去重新开辟什么前人未曾涉足的新领域、提出闻所未闻的新话题，其实，已有的、即使哪怕是很熟的研究对象，也仍然是有新的问题可供挖掘、新的意义可供揭示的"。钱理群教授对此深表赞同，认为"在那些支撑现代文学大厦的重要作家作品上还有许多'生长点'有待我们去开发"。王嘉良教授也认为，"从以往的研究现状看，从'老话题'中寻找生长点不唯可能，而且非常必要"。朱德发教授认为，"经典文本是中国现代文学研究学术生长点的源头活水，只有重新解读经典文本，并从中重新发现创意、重新开掘史实、重新评估其意义和价值，才是重写现代文学史之关键所在"。① 几位教授的意见，今天看来也不过时，这已在很多名家、名作的解读和阐释上得到了验证。比如对鲁迅及其经典文本，不断有人在重读、新论、再解读、再评价，依然能产生新成果。一些基础性的研究工作虽然取得了丰硕成果，但仍有加强和完善的空间，特别是当代文学，像名家、名作、精品、经典的遴选，作家全集、文集的整理出版，作家年谱、研究资料的编撰，口述史料的搜集等都是基础性的，也是重要的甚至是迫切的研究任务，不少有识之士已经看到了这一点。现代文学的基础性研究工作同样需要完善。近几年来，我们欣喜地看到，像《台静农全集》《蒋光慈全集》《冯雪峰全集》《李劼人全集》《朱湘全集》等都得以整理出版，为研究者提供了方便。还有像张资平、无名氏、刘呐鸥的全集至今在大陆没有整理出版。有些作家，过去虽有年谱出版，但时间较早，疏漏较多，新文献、新资料又不断被发掘，也需要补充、修正和完善，如茅盾年谱。当代作家年谱、研究资料的整理要做的工作就更多。现代作家、社团等的研究资料过去虽有出版，且2010年中国社会科学院文学研究所又以《中国文学史资料全编》（现代卷）为名，重新再版，或新版（共81种），但仍有很多作家没有纳入其中，已经纳入的作家，其研究文献、目录索引均截止到20世纪80年代初，改革开放40年研究成果的突飞猛进没有得到反映，这是一个很大的缺憾。"当代卷"至今还没有

---

① 王嘉良、范越人整理《"中国现代文学研究学术生长点研讨会"综述》，《文学评论》2002年第1期。

问世。

其次,注意解决研究领域不平衡的问题,使之相对平衡发展。中国现当代文学的学科特点,使之处在不断变化之中。以前只有"纸质文学",现在是"纸质文学""网络文学"两分天下。在"纸质文学"时代,又可分为"纯文学"(高雅文学)和"俗文学"(通俗文学),在研究层面,以前,我们只注重纯文学的研究,而轻视俗文学的研究。20世纪80年代以后,随着中国大陆对通俗文学的解禁,随着思想解放的推进,港台通俗小说(像琼瑶、三毛、金庸、古龙、梁羽生、梁凤仪等)大量涌入,培养了大量的大陆读者。到90年代以后,大陆本土通俗小说形成气候。与此同时,通俗文学的研究提到日程,特别是苏州大学范伯群教授带领的研究团队,在中国现代通俗文学研究、通俗文学史写作方面卓有成就,使通俗文学能够登堂入室,形成体系,成为"显学",使文学史形成多元格局。如今,研究者已普遍认为通俗文学和纯文学如鸟之双翼、车之两轮,缺一不可。知识精英文学与大众通俗文学不是对立,而是互补。尽管如此,在研究实践中,通俗文学的研究仍需加强。在"纸质文学"研究中,小说研究最受重视,特别是在90年代文学研究和21世纪文学研究中占有最大的份额。这主要源于90年代以来在"纸质文学"创作中,小说越来越成为主宰,甚至是一统天下,一提创作成就,就以小说为例,尤其是长篇小说,数量逐年激增,形成了庞大的创作总量。反映在文学史中,小说成为主体,占有绝对优势,其他文体如诗歌、散文、纪实文学、戏剧等成了"边角余料",点缀一下而已,或者完全缺失。反映在研究论著中也是如此。这是需要纠正的,小说研究当然是重要的,但如果偏执于小说的研究,而忽略了其他文体,势必使丰富、多元的文学研究格局走向窄化,难以形成丁帆、赵普光在文中所强调的"大的格局意识的建立"[①],从而不仅难以反映文学创作的丰富多彩,也难以实现文学研究格局的大突破。事实上,诗歌、散文、戏剧、纪实文学等文类创作不是没有成就,只是相对零散,影响力有限,这恰恰需要研究者慧眼识金,遴选精品。比如戏剧,各大院团、各大剧院的舞台演出,应该说是精彩纷呈,好戏不断。但对它们的评

[①] 丁帆、赵普光:《中国现代(百年)文学研究的统计与简析(2014.1~2015.7)》,《中国现代文学研究丛刊》2015年第12期。

论、研究严重滞后，甚至缺失。文学史中"戏剧"所占的空间越来越小，不少文学史对戏剧的言说止于20世纪80年代的"探索话剧""实验话剧"，严家炎主编的《二十世纪中国文学史》（下册）①甚至对改革开放以来的戏剧创作只字未提，完全空缺。

在"纸质文学"中，对纪实文学的研究也明显薄弱。新时期以来，中国纪实文学得到了前所未有的发展和繁荣，尤其是近20年来，不但每年以数以万计的作品问世，而且体裁、形式、风格等都在发生深刻的变化。在报告文学、纪实小说、史传文学、人物传记、影视纪实文学等多个领域和类别都产生了大量优秀作品，其社会影响力和"正能量"的发挥也不可小觑。甚至有人认为，新时期以来的纪实文学创作，无论在成就、地位、影响、贡献还是在大家云集、"经典"纷呈等方面，都不亚于虚构文学。然而，对纪实文学的研究却明显轻视、缺位，究其原因，文学观念的问题恐怕是症结所在。也正像有的学者所指出的那样，长期以来，我们流行的认识是文学等于虚构，非虚构不能称其为文学；"艺术真实"高于"生活真实"；纪实文学不属于"纯文学"，自然就被轻视。今天看来，这也应该纠正。新时期以来的文学现状以及未来的"纸质文学"格局恐怕应该是"三分天下"：纯文学、纪实文学（介乎雅俗之间）、通俗文学。因此，纪实文学研究理应占有一席之地。

在"纸质文学"以外，还有一个新崛起的"网络文学"，其发展势头超乎人们的想象，甚至有人预言其将取代"纸质文学"。2011年，批评家汪政、晓华撰文说当今文坛是"三足鼎立的小说天下"，即"传统的、经典的长篇小说""畅销小说""网络小说"，这"三股力量"构成"三分天下"②。如今，前两股力量加在一起也没有网络小说力量强大。据官方媒体报道："从《第一次亲密接触》发表至今，20年来，中国网络文学迅猛发展，留下一长串令人炫目的数字：截至2017年12月，网络文学用户3.78亿，手机网络文学3.44亿；国内45家重点文学网站的原创作品总量达1646.7万种，其中签约作品达132.7万种；出版纸质图书6492部，改编电影1195部，改编电视剧1232部，改编游戏605部，改编动漫712部；

---

① 高等教育出版社，2010。
② 汪政、晓华：《三足鼎立的小说天下》，《上海文学》2011年第4期。

网络文学的创作队伍非签约作者有1300多万人,签约作者约68万人。"①这样庞大的作者群、庞大的受众群体、庞大的作品总量以及对影视、游戏、动漫等的强劲辐射,令研究者感到眼花缭乱,更感到无能为力。网络作品的种类繁多,武侠、言情、青春、职场、悬疑、侦探、玄幻、盗墓、穿越应有尽有。仅网络玄幻小说就有50万部。这就是网络文学20年的辉煌。尽管网络文学研究已引起了研究者的关注和重视,并创办了《网络文学评论》(广东省作协主办)、《华语网络文学研究》(浙江文艺出版社)、《网络新观察》(上海)(电子刊),编辑出版了《中国网络文学年鉴(2016)》(中南大学),中国作协先后成立了网络文学委员会、网络文学中心等,但是,网络文学研究和创作相比还是相当滞后,如何解决这一研究短板,仍然是摆在研究者、批评家面前的严峻课题。

最后,有关研究史、学术史、年鉴的编撰也应该得到重视、得到加强。一个学科的发展与成熟,不能没有学术史的积累和建构。中国现当代文学学科在总体的研究史建构上,起步于21世纪初。在此之前,已经有黄修己著的《中国新文学史编纂史》②。但最早的研究史应该是徐瑞岳主编的《中国现代文学研究史纲》(上下册)③。紧接着是尚礼、刘勇主编、刘勇撰著的《现代文学研究》④和洪子诚主编、周亚琴、萨支山撰著的《当代文学研究》⑤。然后是温儒敏等著的《中国现当代文学学科概要》⑥,该书既介绍中国现当代文学这一学科,也属于"研究之研究"。再次是阎浩岗主编的《中国现代小说研究概览》⑦。黄修己、刘卫国主编的《中国现代文学研究史》(上下册)⑧,作为国家社科基金重点项目的结项成果,是相对最完备、篇幅也最长的研究史。之后,是杨义主编、江腊生执笔的《中国当代文学研究》(1949~2009)⑨和邵宁宁、郭国昌、孙强著的《当代中

---

① 王国平:《"有力量的文字像钉子"——文学界把脉网络文学发展现状与未来走向》,《光明日报》2018年5月23日第9版。
② 北京大学出版社,1995。
③ 江苏教育出版社,2001。
④ 北京出版社,2001。
⑤ 北京出版社,2001。
⑥ 北京大学出版社,2005。
⑦ 河北大学出版社,2008。
⑧ 广东人民出版社,2008。
⑨ 中国社会科学出版社,2011。

国现代文学研究（1949~2009）》①。新近又有刘卫国独著的《中国新文学研究史》② 等。这些研究史著作，其开拓之功不容抹杀。但有的限于篇幅，只能是择其要而述论，缺乏体系性和全面性，而且亟须与时俱进，向当下延伸。我们既可以在前人研究的基础上继续撰写总体的《中国现代文学研究史》《中国当代文学研究史》，也可以分作家、分类别、分时段撰写各分支的研究史，尤其是作家个案的研究史。现在，似乎只有鲁迅研究史较为完备。尽管如此，据悉，鲁迅研究名家张梦阳先生正在着手重新撰写《中国鲁迅学百年史（1919~2019）》。鲁迅以外的其他一流作家，乃至二流作家也都应该有研究史。研究史的撰写，学术史的梳理绝非易事，它要求研究文献资料的翔实、全面和对已有研究成果的准确把握、生动描述和犀利的眼光。两方面缺一不可，它是功夫和智慧的结合。面对浩如烟海的论文和五花八门的著作，既要尊重前人的劳动，又不能一味歌功颂德；既不能断章取义，又不能为贤者讳。要做到实事求是，实话实说，着实不易。所以，与其评说别人的研究，不如自己研究，这也许是研究史的成果相对较少的原因所在。在这个领域，需要集体攻关，团队合作。

至于年鉴的编撰，尽管目前已有中国社会科学院文学所编撰的《中国文学年鉴》，但它是涵盖创作和多个学科研究的"大杂烩"。我们应该有自己的《中国现当代文学研究年鉴》，积累我们自己学科的学术史料，这样才算是一个成熟的学科。

（原载《文艺争鸣》2019 年第 1 期）

---

① 中国社会科学出版社，2014。
② 社会科学文献出版社，2015。

中国新文学史写作的观念悖论与实践反思

刘 忠　上海师范大学人文学院

文学与文学史是相互伴生的。与家喻户晓的文学作品相比，我国的文学史写作相对滞后。我们有悠久的史传传统，但文学史观念淡薄，文人们宁愿在诗词歌赋中挥洒才情，在经学注疏中倾注心智，也不愿意撰写一部哪怕粗略一点的文学史文本。现代意义上的中国文学史写作产生于20世纪初年，发展于三四十年代，学科化在新中国成立后。反帝反封建、欧风美雨等外在因素如同彗星长长的尾巴，拖拽着文学史家们的敏感神经，反复莅临的"重写热"给他们带来了无尽困扰，主体与客体、集体与个体、求真与互文、历史与审美之间悖论不断。

一　主体与客体：史料或史识

文学史与文学一样是一种客观存在，你写与不写、研究与不研究，它都在那里。由文学思潮、现象、作家、作品、传播、接受等组成的文学史客体，类同于康德所说的"物自体"，不以人的意志为转移。文学史写作是第二性的，是史家在一定观念指导下对文学史信息的编码、呈现过程。为了对抗遗忘，文学史写作肩负着用文字、图片、声音、电子等载体把文学史物化，防备其逃逸出人类的记忆网格的使命。无论是客观存在的文学史还是文学史家笔下的文学史，都是不可分裂的，它们将会在时间的远方握手言和。

不过，在文学史写作过程中，史家们常常会陷入进退两难的境地，主体与客体不可避免地会纠缠在一起，观念、标准、方法都会影响人们对文学史客体的基本判断。文学史是过去的，但它时刻通过作品与今天的读者发生联系,具有当下性;文学史写作中,主体与客体的二律背反是一种客观存在,无论文学史家采用什么方法,呈现在我们眼前的文学史都不可能是原汁原味的,而只能是循着史家意图建构起来的带有主观色彩的文本。一直以来,"信史"不仅是文学史文本的评价标准,也是文学史家的自觉追求;不过,事与愿违,还原历史始终处在一种延宕状态,很难兑现。

文学史写作是一个选择、编码、重构的过程。海登·怀特指出:"历史话语并非以一个形象或一个模式与某种外在'现实'相匹配,而是制造一个言语形象、一个话语的事物,当我们把注意力集中于它并阐明它的同时,它又干扰着我们对其假定指称对象的知觉。"还原历史只是一个神话,绝对的客观是不可能的,我们所说的历史实际上是"语言的建构,是诗意地或修辞地'发明'出来的幽灵般的、非现实的客体,它只存在于书本中"。[①] 作为一种历史叙述,文学史文本总是有主体介入的因素,写作行为本身就是按照一定方向与目标建构出来的。

从 20 世纪 30 年代起步至新中国成立,新文学史写作并没有产生影响深远的经典文本,仅在史料整理和史识认知方面做了一些铺垫工作。[②] 胡适、罗家伦、谭正璧、陈子展、赵家璧、朱自清、王哲甫、伍启元、周扬、李何林、任访秋、蓝海……一长串名字承载的是他们对文学史的认同与发掘。从进化论而阶级论,从启蒙文学而无产阶级文学,文学史写作和"新胜于旧"的朴素观念在一道生长。围绕进化论、革命论史观,文学史写作中的选择、加工、重构在所难免,如把以胡先骕、梅光迪、吴宓等为代表的学衡派,以苏汶、胡秋原为代表的第三种人视为阻碍"五四"新文学和左翼文学的逆流,戴上封建主义、资产阶级的帽子。《中国新文学运动史》(王哲甫)、《中国新文化运动概观》(伍启元)、《中国新文学大系》(赵家璧主编)、《近二十年中国文艺思潮论》(李何林)等文本描绘新文学史的前行轨迹,梳理文学革命的发展历程,展现革命文学与左翼文学的内在关联……合力把新文学从中国古代文学的尾巴中"解放"出来,赋予其

---

① 〔美〕海登·怀特:《描述逝去时代的性质:文学理论和历史书写》,陈永国译,《外国文学》2001 年第 6 期。
② 为了更好地把握文学史写作的动态性和整体性,论文采用"中国新文学史"一说,而不是以时间节点和性质不同区别的"现代文学"和"当代文学"二分说。当然,论述中涉及一些具体文本,仍沿袭中国现代文学和当代文学等说法。

全新的内涵。当其时，新文学还没有作为一门独立的学科进入大学课堂。学者们编写文学史大多出于自觉自愿，不是规定动作，较多地保留了各自的学术个性。王哲甫、李何林等人曾把保存史料作为写作的一个重要目的，亲自参与、经历过的文学事件还记录具体感受，具有很高的史学价值，但正因为与史实太近，缺少宏观视野，主次不分，记流水账现象明显。

新中国成立后，新文学不仅取得与古代文学并行的资格，还忝列高等学校中文专业必修课，肩负宣讲无产阶级革命史、建构新意识形态的重任。王瑶、蔡仪、张毕来、刘绶松等自觉地把毛泽东主席的《新民主主义论》和《在延安文艺座谈会上的讲话》（以下简称《讲话》）作为理论基石，编写"中国新文学史"教材，满足教学之需。新文学被认为是比古代文学高级、进步的文学，是新中国主流意识和国家意志的形象化体现，政务院教育部颁布的《高等学校文法两学院各系课程草案》中对其内容做出明确规定：

> 运用新观点，新方法，讲述自五四时代到现在的中国新文学的发展史，着重在各阶级的文艺思想斗争和其发展状况，以及散文、诗歌、戏剧、小说等著名作家和作品的评述。

革命性、阶级性、工农化构成"中国新文学史"的基本质素，政治运动的强行介入在消解编写者主体精神的同时，也以"主题先行"话语消泯了新文学史的客体性。"改写""重写"是常有的事，今天是人民作家，明天可能就是人民的敌人，"胡风反革命集团""丁陈反革命集团"就是典型个案。当时"革命""反动"等标签满天飞，作家阵营分明，文艺斗争你死我活。新文学史写作被简单化为新民主主义的自证过程、无产阶级文学的生长过程，一旦偏离无产阶级与资产阶级路线斗争框架，就是"反革命"。

进入新时期，文学史的科学性受到高度重视，不仅重视史料的发现价值，而且要求写作中存而不补、证而不疏，"忠实""客观"被摆放在至高无上的位置。"真实性"成为许多史家的自觉行为，如钱理群提出"历史现场感"、洪子诚提出"回到历史"、陈平原提出"触摸历史"主张，认为文学史写作就是一个不断走向客体的过程。钱理群说：

> 在本书的历史叙述中，"现代文学"同时还是一个揭示这一时期文学的"现代"性质的概念。所谓"现代文学"，即是"用现代文学

语言与文学形式，表达现代中国人的思想、感情、心理的文学"。①

事实上，绝对忠实于客体的文学史是不存在的，或者说是不可能实现的。一方面，文学史作为过去的话语，今天我们搜集、编纂的文学史文本不可能保持它固有的完整性和确凿性；另一方面，文学史写作不可能是一堆纯客观的材料，必然会伴有文学史家主体的介入，文学史家生活的时代与文学史发生的时代相去甚远，思想立场、审美观念、主体精神、心理活动都与当年的作家作品有一定距离。再则，文学史写作总是踏着前人的足迹前行，"凭借历史遗留下来的文学作品、报刊杂志、书信日记、会议材料，这些只能算作记载已逝历史信息的符号，它们虽有历史的客观实在性却不能完全等同于历史的本体真实，即使有些研究者与过去的新文学史直接相关甚至亲身参加了现代文学史的创造，也不能笼统地说他们准确地把握了'历史的本来面目'"②。一句话，尽可能接近历史真实，而不可能绝对地忠于史实。一味强调客观性而忽视作家的主观性，其结果只能是千人一面的史料堆砌，失去文学史文本理当应有的个体性和当代性。

文学史写作不可能做到纯粹客观还有一个原因，文学史写作离不开经典作家作品，它们的阐释往往具有不可穷尽性。文本与读者之间、研究者与研究者之间、不同的语体之间，都会形成一定的间离效果，不可能也不应该趋同。换言之，只有永恒不变的文学史，而没有永恒不变的文学史文本。新历史主义认为历史是可以叙述的，想象与虚构不可避免。福柯说：

> 人类撰写的所有历史都夹杂着杜撰、猜测与修饰，人不仅为尊者讳、为名者讳，而且还为主流规范而隐讳。因为人是隔着面具说话的，不免有语音失真的地方。历史就像人一样，有虚伪造作的地方。于是历史学家的任务就是揭开面具，展示历史与人的真实面目。但是，别忘了，历史学家揭示面具的著述依然是"面具"，依然与真实隔着一层。③

---

① 钱理群、温儒敏、吴福辉：《中国现代文学三十年》，北京大学出版社，2007，第12页。
② 朱德发、贾振勇：《评判与建构——现代中国文学史学》，山东大学出版社，2003，第96页。
③ 〔法〕米歇尔·福柯：《主体解释学（法兰西学院演讲系列1981～1982）》，佘碧平译，上海人民出版社，2005，第5页。

当然，强调史家主体精神的介入并不等于说真实不存在，取消文学史的客体性，而是说真实性存在于主客体之间，存在于作家、文学史家之间的对话之中；不是一个孤立的、固化的真实等待读者去把握，而是在流动的、联系的、交错的状态下去建构。我们要做的是避免两者的极端化，在史料与史识之间取得平衡，从史料的实证到思维的超越，获得一种独特的史识。小说家余华说："一成不变的作家只会迅速奔向坟墓，我们面对的是一个捉摸不定与喜新厌旧的时代……作家的不稳定性取决于他的智慧与敏锐的程度。作家是否能够使自己始终置身于发现之中，这是最重要的。"① 作家是这样，文学史家何尝不是如此！一部文学史文本诞生之后必然会伴随不同的评价，文学史家能否有效认知，选择所选择，放弃所放弃，不仅关系到自身知识结构的更新，还影响文学史的编修传承。

二　集体与个体：话语公共性或个体性

中国新文学史写作的第一次热潮出现在20世纪三四十年代，当时许多高校开设新文学史课程，为了满足教学所需，朱自清、王哲甫、伍启元、李何林、周扬等人着手编写、出版讲义，将新文学从古代文学的"附骥"状态下独立出来②。以语体的通俗和思想的现代与旧文学划清界限，确立自己的合法性和主导地位，代表作有王哲甫的《中国新文学运动史》、伍启元的《中国新文化运动概观》、李何林的《近二十年中国文艺思潮论》等。第二次热潮出现在50年代，其时，新中国已经成立，新文学史忝列为高校文学专业必修课，为此，教育部还颁布了"中国新文学史教学大纲"。作为一门新学科，编写教材成为当务之急，王瑶的《中国新文学史稿》就是在这样的情形下诞生的，其后，丁易的《中国现代文学史略》、张毕来的《新文学史纲》、刘绶松的《中国新文学史初稿》相继出版，并在各大高校投入使用。第三次热潮出现在新时期，与伤痕文学、反思文学、寻根文学、先锋文学一道，文学史写作参与到新时期思想解放大潮之中，纠偏之前的革命论、阶级论写作，推动现当代文学学科的发展，"二十世纪中国文学"和"重写文学

---

① 余华：《河边的错误》，长江文艺出版社，1992，第248页。
② 黄修己：《中国新文学史编纂史》，北京大学出版社，2007，第330页。

史"主张的提出拓宽了写作视野,丰富了文学史形态。

三次"写作热"中,教材型文学史贯穿始终。从初期的个人史到中期的集体史再到当下的集体与个体史兼备,文学史功能从单一的教材应用到教材、普及、研究专著并存发展,文学史的意识形态、功利主义色彩在淡化,审美主义、学理意识在增强;公共性在减弱,个人性在增强。新文学史写作初期,作者多为新文学的亲历者,思想倾向"左翼"或者本人就是左翼成员,编写教材自然会把"为人生"派文学、革命文学、左翼文学放在突出位置,而把"为艺术"派文学、自由主义文学、现代主义文学作为评判对象,林纾、吴宓、章士钊等人倡导的复古派、学衡派、甲寅派文学以及以"礼拜六"为代表的通俗文学,更是作为封建文化残余,进行批判。

新中国成立后,解放区走来的工农兵文学理所当然地成为文学创作的样板,《新民主主义论》中关于无产阶级文化的论述、《讲话》中对文学的"二为"规定为文学创作和文学史写作指明了方向。这一时期文学史写作的主要任务不再是"新文学"自证,而是"新中国"言说,歌颂新中国的缔造者、歌唱翻身解放的建设者、肯定社会主义制度及其前身无产阶级革命。王瑶、蔡仪、丁易、张毕来、刘绶松、唐弢等人大多来自解放区,有过革命斗争的亲身经历,接受过马克思主义教育,他们已有的思想认识、知识结构决定了他们放弃个人话语,而归属到无产阶级文学代言人的队伍中,进行意识形态言说。十七年时期,无论是中国现代文学史还是刚刚起步的当代文学史,述史方式上,采用的都是整齐划一的写法。正是在这一时期,集体写作这种新方式开始为人们熟悉,并一度占据主导地位。如果说王瑶、刘绶松等人写作的"中国新文学史"尚且有着文体形式的外表、主流意识形态的里子,那么复旦大学中文系学生编写的《中国现代文学史》《中国现代文艺思想斗争史》、吉林大学中文系编写的《中国现代文学史》、中国人民大学中文系师生编写的《中国现代文学史》、北京大学中文系学生编写的《中国现代文学史·当代部分》、山东大学中文系学生编写的《中国当代文学史》、华中师范学院中文系编写的《中国当代文学史》、辽宁大学中文系编写的《当代文艺战线二十年》等完全是集体写作、文艺"大跃进"的产物,政治话语不容有任何个人话语罅隙。"集体写作"一跃而为文学史写作的常态,这种写作方式一直延续到新时期。集体写史的优势是明显的。其一,可以发挥众多学人所长,在短时间里完成政治的、学术的、教育部门的任务。其二，人们相信，集体智慧胜于个人，集体编写能够最大限度地发挥文学史的权威性，提高使用效率。其三，由于是多人合作成果，在更大范围内使用，影响面广泛。基于这些考虑，在中国现代文学学科建设过程中，集体写史一直长盛不衰。盘点中国现代文学编纂史，很容易列举出北京大学本、中国人民大学本、复旦大学本、华中师院本等集体写作的文学史，它们见证了中国现代文学学科建设的光荣与梦想，也承受了"大跃进"、没有个性、风格不统一等批评。直到 1984 年，黄修己编著的《中国现代文学简史》是中断了三十年后最早出现的"个人史"文本。

从集体写史到个人写史是中国新文学史写作的重要变化，在重视集体力量而忽视个人能力的整齐划一年代，个人经验、个人认识被认为是不可靠的，个人写史不仅不被认同，还可能因为触犯某些意识形态禁忌而受到批判。但是，"当一般的历史学家相信学术进步要靠培根所言的'集体研究'，主张以集体的力量大规模搜集原始材料的时候，当文学史研究的同行中也有人谈起'若不集同志合作，论断不易精审'的时候，郑振铎却反其道而行之，大讲个人修史从来远胜于官方修史和集体修史的道理"。① 个人修史的好处有观点统一、风格一致、富有学术个性等，撰写者根据自己的阅读经验和理性认知建构叙述体系。童庆炳说："文学史家就必须以自己的感情世界去体验作品的感情世界，甚至要在自己的心里设身处地'重演'作品所描绘的一切，这样才能体会你的研究对象。"②

回顾百年中国文学史编撰史，个人写史有着悠久的传统，从初期林传甲、黄人编写的"中国文学史"到 20 世纪三四十年代胡云翼、谭正璧、谢无量、胡适、周作人、鲁迅、钱基博、郑振铎、王哲甫、伍启元等人写作的"中国文学史""中国近代文学史""白话文学史""俗文学史""新文学运动史"，依托学校教学，在讲义基础上，个人写作文学史成为一种很正常的学术现象。新中国成立后，"主编制""集体写作"被视为意识形态建构的一种速成方式，加以提倡，形成风气，造成个人写史传统的断裂。进入新时期，人们一直在呼唤个人写史的出现，认为文学史只有成为个体性的精神表达，表现个人性的艺术感受和主观把握，才能使中国现当

---

① 戴燕：《文学史的权力》，北京大学出版社，2002，第 56 页。
② 童庆炳：《文学史建构的主体性问题》，《文学评论》1996 年第 2 期。

代文学成为独立自足的精神园地。这种呼唤符合中外文学史的规律，一部文学史经典的产生往往伴随着一个经典文学史学家的诞生，而集体编写的文学史文本却少有如此殊荣。尽管凭借外界力量可能烜赫一时，但终因缺少个性和创新而湮没无闻，而那些超越个体一己精神局限而蕴含着黑格尔所说的"历史理性"和"高远旨趣"的个人之作却成为文学史经典。

三　求真与互文：原生的历史或文本的历史

一直以来，文学史写作都有一个"人格神"存在，"求真"理念左右着每一个文学史家的写作行为，文学史的学科化就是史家不断向着"本真"迈进的过程。文学史无言，文学史家有言，任何写作都不可避免地会有主体精神的介入，相互间的借鉴和参照亦无法避免，互文现象由此而产生。胡适所言的"小女孩"历史对之前的"本质化"历史构成了消解，新历史主义与历史主义相互对举。

过去的文学史写作一直把真实性作为灵魂，笃诚地相信真实可靠的史料会自动呈现文学史的本来面目，后人在写作中能够以一种不偏不倚的方式追溯历史，并揭示其内在规律。殊不知，人们在这样想并这样来写作的时候，已经不可避免地介入了历史。求真话语触发人们的写作冲动，并以实践方式延续着这一不可能完成的使命，一旦这种求真意识成为思维范式，就会诱导写作者试图在纷繁复杂的文学史图景中抽取出一条或多条本质性线索，用它来诠释现代文学的发展历程，将其他因素强行纳入自设的话语体系予以表现。如此，造成文学史话语的趋同和一致，进化论、革命论、启蒙论、现代性等宏大主题在获得深入开掘的同时，也压抑了其他维度的文学史形态。

作为求真的依托和保证，搜集、整理、考证、占有史料就成为文学史家们的自觉追求，甚至成为考量文本价值的重要标尺。人们往往不吝把"史料丰赡翔实""还原一段历史""写出真实形态"等溢美之词送给那些优秀或较为优秀的文学史文本，想当然地把它们视为范本，供后人学习和效尤。事实上，不仅还原不可能完成，就是求真也仅有量上的区别，没有质的不同。再说，文学史写作并非只有一个求真标准，文学史价值受多种因素制约，如时代精神、社会心理、思想观念、体例范式。换言之，文学史价值与文献价值之间不能画等号，还原永远是局部的、暂时的，互文才是整体的、永恒的。谁能保证我们现在使用的文学史料、作家访谈、报纸杂志、网络媒介是完整的、准确的？谁又能确保那些遗留物没有经过改写、抽取？现如今，中国新文学史料整理工作受到前所未有的重视，作家访谈、日记、书信、口述实录等被文学史家大量征引，用来佐证文学现象。更有一些文本索性把日记、访谈、回忆录作为文学作品来解读，认为它们代表了某一时期文学创作。如陈思和主编的《中国当代文学史教程》，认为《从文家书》《傅雷家书》《顾准日记》等这一类"日记，书信，札记，诗歌，以及有意识的文学创作，真实地表达了他们对时代的感受和思考的声音"，具有很高的文学价值。姑且不论这种评说是否合适，单就文学性而言，就很难把这些用来沟通信息的应用文看作文学作品来读，毕竟文学史价值与文学价值不能等同视之。

从认识论角度看，由于认识者与被认识的事物属性不同，被书写的文学史客体与文学史主体之间总是处在矛盾的纠缠之中。文学史主体想尽一切办法来认知客体，相信文学史有终极形态存在，写作最终能够获得求解。但是，结果事与愿违，不仅主观色彩不可避免，还表现出某种思维惰性，如体例的封闭、观念的因袭。到头来，"求真"不成，反成为"互文"的起点，陷入循环式困境。因为文本是一种融合不同题材、语言、风格、叙事经验的相互指涉的体系，文学史家的写作就是把不同时空中的作者的不同经验纳入自己经验的过程。

"互文性"范畴，早先由法国理论家克里斯蒂娃提出，她说："任何作品的本文都像许多行文的镶嵌品那样构成的，任何本文都是对其他本文的吸收和转化。"① 在克里斯蒂娃看来，每一个文本都是其他文本的镜子，每一个文本都是对其他文本的吸收与转化，它们相互参照，彼此借鉴，形成一个潜力无限的开放网络，供人们阅读和阐释。互文理论突破了传统文学史写作的封闭模式，把目光投向不同文本之间的相互指涉；将文本置于广阔的社会语境中进行阅读，突出文本与表意实践之间的关系，开拓了文学史写作的新视野。当然，互文理论也存在相对主义、不可知论等弊病。互文理论背后站着的是新历史主义。在新历史主义者眼里，历史不过是一种

---

① 〔法〕朱丽亚·克里斯蒂娃：《符号学：意义分析研究》，朱立元主编《现代西方美学史》，上海文艺出版社，1993，第947页。

话语，文学史文本仅仅是一堆叙述语言符号，我们永远不可能接触到本真的历史，能够做的就是透过各种论述去阐释它，而各种论述又是根据彼时彼地的产物，具有极强的不确定性。怀特说："我们所了解的过去全仰仗于记录，仰仗于后人对记录的诠释。"① 德里达认为，"没有文本之外的世界，历史不是一个可以获得事实的领域"②。过去我们形成的历史是"客观的""真实的""有规律的"等观念与史料能指的显现功能密切相关，或者说，这些观念是建立在史料的指示功能可靠无疑的基础上。关键问题是，消失了的所指不可能被能指显现。说到底，历史是文本，是话语，充满未知和不确定性。

无论是互文理论还是新历史主义，它们的共同点是历史原貌不可能再现，所有写作都是互文的过程。"历史，无论是描写一个环境，分析一个历史进程，还是讲一个故事，它都是一种话语形式，都具有叙事性。作为叙事，历史与文学和神话一样都具有'虚构性'。为了赋予对'过去发生的事件'的叙事以可理解的发展进程的属性，就仿佛戏剧或小说的表达一样，情节结构就成了历史学家阐释过去的一个必要成分"③。王瑶的《中国新文学史稿》之于朱自清的《中国新文学研究纲要》，钱理群、温儒敏、吴福辉的《中国现代文学三十年》之于王瑶的《中国新文学史稿》，"重写文学史"思潮之于"二十世纪中国文学"主张等都有清晰的借鉴、吸收踪迹。柯林伍德说："对于历史学家来说，他所正在研究的那些历史活动并不是要加以观察的景象，而是要通过他自己的心灵去生活的那些经验。"④ 在情感、意志、想象力的浸泡下，朱自清、王瑶、钱理群、陈思和、洪子诚等人的文学史文本在互文基础上又保留了各自个性。如果我们把文学创作视为人的发现、认识的过程，那么文学史写作则是生命的再发现、再认识的过程，新文学史的写作过程就是由数不清的生命有机体不断被发现并被阐释的过程。从新中国成立至今，文学史写作尽管分歧不断，文本差异巨大，但基本上延续了反帝反封建的新民主主义话语、启蒙与救

---

① 〔美〕海登·怀特：《作为文学虚构的历史》，张京媛主编《新历史主义与文学批评》，北京大学出版社，1993，第163页。
② 〔法〕雅克·德里达：《论文字学》，汪堂家译，上海译文出版社，1999，第207页。
③ 〔美〕海登·怀特：《后现代历史叙事学》，陈永国、张万娟译，中国社会科学出版社，2003，第82页。
④ 〔英〕柯林伍德：《历史的观念》，尹锐等译，中国社会科学出版社，1986，第247页。

亡双重变奏话语、现代性话语等互文格局。

福柯在《知识考古学》中说：

> 好像人们对溯求本源，无限追寻先源性，恢复传统，追踪发展曲线，设想各种目的论和不断借用生命的隐喻等做法习以为常外，对于思考差异，描写偏差和扩散，分解令人满意的同一性的形式深恶痛绝。或者更准确地说，就像人们将界限、变化、独立系统、限定体系——这些历史学家们经常使用的概念——变成理论，从中找出一般后果，乃至派生出可能的蕴涵，有着难言之隐。就好像我们害怕在我们自己的思维时代中思索他人。①

虽然人类求真、求新之路没有终点，但是摒弃过去的互文话语、破除既有思维范式谈何容易！文学史价值的实现基础就是写作者的言说，这些言说的历时态变迁就是文本的互文现象，共时态延展则是文本形态的多元性。无产阶级文学、资产阶级文学、港澳台文学、少数民族文学、地域文学史的写作大大丰富了文学史视域，增加了文学史价值的不在场性，并宣称任何一元、单质的写作都将成为过去，文学史价值永远向着未来的可能性、多元性敞开。

"求真"的基座既已动摇，主客体关系被语言与世界关系取代只是一个时间问题。互文性把文学史写作从真实、还原的祈愿中解放出来，把写作本身视为目的，文学史文本不再是价值产生的本源，它的价值与意义产生于言说行为本身。可以毫不夸张地说，20世纪90年代前后开启的后现代主义、语言学转向拉开了互文本文学史写作的大幕。从此，中国现当代文学史步入一个众生喧哗的多元时代，杨义主编的《中国新文学图志》，张炯主编的《新中国文学史》，杨匡汉主编的《共和国文学五十年》，谢冕主编的《百年中国文学总系》，洪子诚著的《中国当代文学史》，陈思和主编的《中国当代文学史教程》，孟繁华、程光炜主编的《中国当代文学发展史》，陈晓明著的《中国当代文学主潮》，董健等人主编的《中国当代文学史新稿》，严家炎主编的《二十世纪中国文学史》等都表达了寻求新的表现范式的愿望，展现了不同于以往的叙事策略。尽管它们对于过去的改变还是局部的、有限的，但积少成多，集腋成裘，众多的一小步合起来就是文学史写作的一大步。

---

① 〔法〕米歇尔·福柯：《知识考古学》，谢强、马月译，三联书店，1998，第14页。

四　历史与审美：历时性传承或共时性呈现

文学史发展并非一帆风顺，中间会有曲折、反复，经由社会运动、意识形态强力整合，获得历史的连续性。这种连续性在任何时候都具有先在的规定性，断代史仅是它的某一阶段的表现形态。不管我们以何种方式解读，其终将汇入文学史这条长河之中。

由于历史维度的存在，我们面对同一个文学思潮、现象、作家、作品，才会跨越时空界限，引发共鸣；才会在经典的流动性中窥见永恒。如关于赵树理，不论读者对《小二黑结婚》《李有才板话》《三里湾》等有多少不同的评价，都无法否认他是一位运用平视角度塑造新政权下农民形象的优秀作家。其他如鲁迅、沈从文、老舍、郁达夫、曹禺、艾青、穆旦等人亦是如此，即使受制于各种各样的批判运动，他们的光辉一度被遮蔽，但历史的公正从来不曾失去，只会迟到。我认为，这也是文学史历史维度的应有之义。文学史家的学术背景、知识结构、评价标准可以因人不同，面对的文学史客体却是一致的。史料的发现有先后，作家作品的内在本质却是恒定的，只要我们采取历史的态度走进它们，就有可能恰切地把握它们、阐释它们。

从历史维度上看，理当多样化、个性化的新文学史写作在 20 世纪三四十年代发生了路径偏离，历史标准被简化为阶级对立、革命斗争标准，阶级分析成为衡估题材、主题、人物、语言的唯一方法。新中国成立后，文学史家把新文学史进程与无产阶级革命进程叠加起来进行叙述，将新旧文学之别理解为无产阶级与资产阶级争夺领导权之别。文艺为工农兵服务、为政治服务不仅是文学创作的方针，也是文学史写作的指南。出于政治斗争需要，新文学史写作常常以"历史"的名义抽取和改写。如认为郁达夫小说《沉沦》主人公的"自戕式"反抗是消极避世，"这种精神情绪实在是不健康的"；萧红小说《呼兰河传》被认为表现小资产阶级情感，不能跟上时代脚步；许地山小说《春桃》不能从阶级关系上去塑造人物，表现他们的身份差异。无论是王瑶的《中国新文学史稿》还是唐弢的《中国现代文学史》，都未能多维度地展现中国现代文学的风貌，沿着"革命""阶级"视角前进，看见的是"改写"的文学史风景，不能描绘出社会剧变时期文学的运行轨迹，更不要说审美性。

文学史写作不仅要有历史维度，还要有审美维度。文学史不同于社会史、阶级斗争史，它有自己的本体存在，任何单一、僵化的写作都是对文学史丰富性的遮蔽。

从审美维度上看，为了身份自洽和自我证明，新文学史写作常常放大社会动因，而忽视审美因素。从进化论的新旧之别到革命论的无产阶级与资产阶级之争，再到启蒙论的化大众和大众化纠结，审美本体一直未能引起文学史家们的高度重视。直到20世纪80年代中后期，"他者"式写作告一段落，在重写文学史思潮的推动下，"纯文学""审美""本体""形式"取代"革命""阶级""集体""立场"，成为文坛热词。文学史写作开始从社会史、革命史附庸中步出，回归文学史本身。陈思和、王晓明等"重写论者"认为，只有摆脱已有的革命论叙述，"以审美标准来重新评价过去的名家名作以及各种文学模式，才能把文艺从政治腰带上解下来"[①]。不过，历史的、审美的标准在实际运用中并不充分，多数重写论著倾向纯文学观念，运用审美标准评价文学思潮、作家作品，得出的结论显示出对社会性、功利性的极大偏见。事实上，文学的审美价值取决于它在多大程度上反映了历史真实和时代精神，只强调历史标准而忽视艺术标准，或者强调艺术标准而无视思想内容，都是偏颇的。以审美标准来重写文学史很容易陷入思维的封闭怪圈和审美的感性化误区。

综合来看，写作一部主客体相融、求真互文一体、兼具历史和审美特色的文学史文本确非易事。它不仅要求作者有丰富的文学史知识，而且要求作者具有先进的文学史观、独立的思想、缜密的逻辑。今天，在一个多媒体时代，个性化、多元化已经成为文学史写作的常态，主体与客体、集体与个体、求真与互文、审美与历史之间的悖论仍将延续下去，"重写"话题也会被人们反复提起。面对不断前行的文学史文本，人们似乎从来没有满意过，"新民主主义话语"指导下的文学史太过政治化；"启蒙主义话语"主导下的文学史又过于审美化；现代文学"历史化"时间太长，批评空间有限；当代文学时间又太短，缺乏历史沉淀……绝对主义固然不好，相对主义也需思量。我们不需要单一、他者化的文学史，也不需要封闭、过度阐释的文学史，我们需要多元、动态、不断反思的文学史。

---

① 陈思和：《关于"重写文学史"》，《文学评论家》1989年第2期。

与古为新　面向未来
——关于五四文学与中国文学传统研究观念的反思
王泽龙　华中师范大学文学院

当前，我们中国现代文学研究面对的一个重要问题，就是如何面对传统文化复兴思潮下厚古薄今的历史观与文学史观的问难与挑战，它在一定程度上造成了现代文学研究与当代文学研究生态环境的困窘。中国现代文学与中国古代文学传统之间的矛盾从新文学发生之日就客观存在，古今文化传统的争论在过去100年基本上没有停止过，每当社会矛盾激化，或者文化自信过头，就会带来对五四新文化、五四新文学传统的质疑或批判。事实上传统与现代的关系是一个非常复杂的关系，不同时代、不同意识形态、不同价值观念选择都可以从它们矛盾百结的关系形态中找到自己的思想资源与观念认同依据。中国古代文化、古代文学并不存在一个简单的传统，传统是一个复杂丰富的存在，我们往往把它简单化了。比如，我们一说思想传统就是儒家思想文化，可是儒家思想文化也有不同时代、不同门户的思想形态。余光中曾打比方说，如果我们把儒家文化看成"孝子"的话，讲到魏晋风骨的时候，它的思想传统又是叛逆的，是"浪子"传统，那我们今天是要"孝子"还是要"浪子"？况且，传统就是一条河流，它是变动不居的，传统不是被动的存在，它是一个被阐释、被不断建构的过去，它时时刻刻都可以突入当下话语，参与当代思想与话语的建构。

"五四"以来新文学已有百年历史，有了自己的传统，相对古代文学的远传统而言，它应该是近传统、新传统，谈到继承传统时不能把新旧传统割裂开来，不能把"五四"传统绕过去。"五四"时代对古代传统的态度也是一个复杂的存在，有激进的陈独秀、李大钊，也有改良的胡适、周作人，还有保守的吴宓、胡先骕等。就是每个人自己也不一样，像胡适，早期对白话文的态度就是与文言文势不两立，打出的旗帜是用活文学反对死文学，倡导白话诗的口号是话怎么说，诗就怎么写；后来，当"五四"新文学站稳脚跟后，他便开始带领学生整理国故，吐故纳新，做传统文化典籍的鉴别、吸收、创新工作。很多时候，这一批革新派口头的叫喊与实际的行动也不完全一致，胡适写诗，并没有实行话怎么说就怎么写，非常讲究节奏，采取的是自然口语节奏，包括语气词、时态词、感叹词等虚词的自觉运用，重造现代诗歌的新节奏，注重自由诗体的实验。鲁迅在"五四"时期应该说也是接近于激进派的，他发文章要年轻人不读中国书，只读外国书，可是他却在大学课堂上给学生讲中国小说史。"五四"的主流当然是反传统，这个反对不是抛弃，不是对立，而是扬弃，是为了革新传统，激活传统，让僵化衰落的旧文化焕发活力，获得新生的机制与思想资源。"五四"的意义就在于面向世界，打破禁锢，解放思想，给日渐衰落的民族与僵化的传统注入新鲜的血液。

我们的新文学当然主要是接受了外国文学的影响，建立了新的文学范式或文体，这个选择并不就是"五四"新文学家的心血来潮。20世纪之初的文学的革新运动是一次世界性的潮流，从欧洲的拉丁化文字改革到欧美的现代主义文学思潮勃兴，共同接受了科学思潮的洗礼，文学的出版传播，大众的日常生活、思想观念、思维方式、审美趣味都发生了前所未有的变化，传统的东西包括传统文学都不得不为科学浪潮推动，科学的日新月异带来的是世界的一体化和文化的多样性，文化的封闭越来越不可能，文学也必须选择融入世界，与世界对话。其实，"五四"之前我们的先贤前辈们就开始了面向世界的探索与选择，"五四"成了中国传统文学开始全面转型与变革的界碑，自觉倡导白话文取代文言文的正宗地位，争取文学样式与世界文学的同步一致。我们的大散文概念被重构，小说地位提升，诗歌获得文体解放变格律体为自由体，戏剧输入外来形式，这些将中国古代传统的文学范式都大大改变了，直至今天。"五四"新文学运动就是中国文学面向世界的一次改革开放，一次全面的、新型的文学选择，是中国文学从思想内容、文学思维到文体样式、文学语言各个方面的一次全面转型与变革，上述几个方面又互相联系，这都是科学思潮推动中人类社会变革的必然选择与结果。一百年前我们的选择已经落后,幸运的是我们的前辈帮助我们做出了正确英明的选择。

一个世纪过去了,再看看今天的世界,我们惊叹:科技的信息化、智能化掀起了社会文化变革的新一波浪潮,我们处在一个几乎不能封闭自主的时代,信息的开放、知识的共享、市场的国际化等,正在再一次打破封闭自为的经济、文化知识的传统生产体制与观念,在信息化的互联网时代,信息优先、知识创新成为引导人类生产活动与文化知识交流活动的决定性因素,人类生产活动越来越不可孤立,信息知识越来越占据文化先导,影响价值观念。在信息一体化潮流中人类的劳动产品(传统意义的产业分工)在新的分工与合作中,只有信守合约、公正交流,才能获得生存与发展的新空间。这样的科学化浪潮,将再一次打破我们固化的面向传统的尚古观念与后向思维枷锁(陶醉于古老文化荣耀的自大与盲目自信都会成为我们创新的障碍)。互联网时代的商品生产与知识生产使文化的交融、价值观念的互补成为社会发展、适应人类新的生存的必然选择。科学依然主导一切,改变一切,文学也不例外。就像一百年前,现代报刊的兴起与广泛传播,直接或间接地改变了中国传统文学样式,比如古代格律诗歌的韵律规则,是建立在注重口传耳闻的传播基础之上的,现代传媒的出版与接受的视觉化特征,使"诗必须歌"的特点被大大弱化;现代报刊有关科学书籍翻译中科学公式的横行书写,改变了中国传统文字的竖行书写排列方式,使现代诗歌的横行排列、自由书写成为可能。受科学思潮影响,现代汉语语法体系对西方语言科学体系与逻辑观念的认同,使得文学的思维方式与语言表达纷纷呈现出不同于传统文学样式的变革。比如,现代汉语虚词的大量入诗,改变了汉语诗歌的节奏,扩展了汉语诗歌的句式,丰富了汉语诗歌的表现,带来了汉语诗歌美学趣味的变化,等等。[1]

当然,文化的交融,不是否定文化的个性与民族的特性。比如,"五四"以来的各体新文学就具有鲜明的汉语文学的特性。我们的现代诗歌的白话,是中国白话文学传统的一个更新。雅言与俗语从来就是古代文学的不同文脉,从《诗经》的国风、汉乐府民歌、元曲中的曲子词、明

---

[1] 参见王泽龙、钱韧韧《现代汉语虚词与中国新诗形式变革》,《中国社会科学》2014年第9期。

清话本小说中的开卷诗词、唐以来大量佛教文献的韵文翻译、明末清初《圣经》中的圣歌译文、新式学堂的学堂乐歌等，采用的基本是白话。即便是古代文人，也用两套笔墨写诗，包括李白、杜甫、白居易、苏轼、陆游等，在文学史上流传至今的大量诗歌就是古代的白话诗。当然也不能说现代的白话诗就是古代白话诗的简单变种，从根本上说，现代诗的语言大量接受了西方的影响，除了现代词汇以外（像大量的名词、虚词、双音节词），主要的是语义（语言的组织即语法体系）接受了西方的影响，直接影响了自由诗体的形成。即使这样，汉语言的视觉、听觉语言形象特征在现代诗歌中仍然鲜明突出，比如音韵节奏的和谐，对称形式的基本规则，双声联绵词的使用等都是汉语言与汉语诗歌传统的鲜明特色。就像文学史上被公认的某一些西化诗歌流派或诗人，也不可能完全摆脱中国传统文化与文学的深刻烙印。比如20世纪30年代的现代派诗歌，以卞之琳、废名、朱英诞为代表的京派诗人，他们一方面接受西方后期象征主义瑞恰慈、艾略特、叶芝的主智诗学的影响；另一方面，又凸显出与中国古代宋诗讲究理趣的传统潜在联系，这种理趣与知性诗学的内在关联，主要表现为情理合一与情知合一的会通，"以议论为诗"和"非个人化抒情"诗歌书写方式的相仿，平淡之美与平中见奇审美旨趣的共同属性，等等。中国现代诗歌的古代文学资源深潜式影响与作用是我们不易觉察的，也与我们长期形成的对中国现代诗歌西化观念的固化认知有较大关系。

中国现代小说在文体、叙事、趣味、语言等方面都与古代史传、话本小说、民间故事、寓言神话等有相通之处，体现了传统叙事文学的鲜明烙印。中国现代散文从大散文中剥离出来，将抒情叙事散文作为典型的散文之正宗，但是，古代大散文的观念与笔法、文体风格等无不鲜明地渗透在现代散文中。戏剧虽然接受了以对话为正宗的西洋范式，但是传统戏曲的观念、艺术趣味也无不在经典戏剧中留下鲜明痕迹，比如人物的脸谱化与现代戏剧人物形象的塑造，戏剧冲突中讲究情节的巧合，突出命运的悲剧，大团圆的结局，等等。可以说，中国现当代文学是一个中西传统融汇后的创新体，是一个没有拒绝传统又积极改造传统、面向世界的新形态。当然这个再造，还在艰难的探索之中，我们大家都要肩负起责任。

传统对我们的影响更多的是潜在的滋养，我们对外来的借鉴是自觉的选择与创新的诉求。我们的文学的未来，依然只能是沿着"五四"新文学的方向，像鲁迅倡导的那样：既不失"固有之血脉"，又面向世界，面向未来，中国文学只有进一步汇入世界文学大潮中，才能"别立新宗"，我想这才是中国现当代文学及其研究走向成熟的康庄大道。

[原载《杭州师范大学学报》（社会科学版）2019年第1期]

"思想"与"思考"：贯穿20世纪的文化纠缠与纠结

——关于五四新文学批评状态的一种考察

殷国明　华东师范大学中文系

如果说，文学与思想原本就是相通的造物，那么，它们之间的相异也是原生的、不可避免的。当然，从某种程度上也可以说，作为人类文化最有包容性的一种精神现象，文学世界包容一切，并不排除包括政治、经济、历史、思想和任何"主义"在内的任何元素，它们就像海洋中任何一种奇怪的生物和植物一样，可以自由生长，为文学增添活力和魅力。但是，这种包容性似乎又有属于自己的自由意志和独立性，并不情愿依附于任何"理性"、"思想"和"主义"羽翼之下，甘为某种思想道德说教和传声筒，满足于某种工具理性的产物和存在。所以，正如文学史不是思想史的一部分、美学不能在哲学框架中获得意义一样，文学一旦走出属于自己的家园和巢穴，成为政治、权力、制度、理性和思想等意识形态化的工具或武器，回到自己就显得格外崎岖和艰难。

一　从"思想战"到"思想革命"：五四新文学生成的孵化器

也许正因为如此，从杜亚泉1914年提出"思想战"到1919年"思想革命"的滥觞，围绕"思想"本身存在价值和意义的争论也在不断强化和放大，这当然与中国近代以来启蒙意识的增强相关，同时预示着人文学术和文学批评一条演进路径的形成。

所以，在五四新文化运动中，"思想革命"的提出几乎是水到渠成，一点也不显突兀。

1919年3月，继"文学革命""人的文学"等观念提出之后，周作人在《每周评论》第11期上发表了《思想革命》一文，就把思想推到文学革命的最前沿：

> 近年来文学革命的运动渐见功效……但我想文学这事物本合文字与思想两者而成，表现思想的文字不良，固然足以阻碍文学的发达，若思想本质不良，徒有文字，也有什么用处呢？我们反对古文，大半原为他晦涩难解，养成国民笼统的心思，使得表现力与理解力都不发达，但别一方面，实又因为他内中的思想荒谬，于人有害的缘故。……所以我说，文学革命上，文字改革是第一步，思想改革是第二步，却比第一步更为重要。我们不可对于文字一方面过于乐观了，闲却了这一面的重大问题。

不能不说，"思想革命"的提出，打开了新文学运动向纵深发展的路径，把文字语言层面的变革推向文化意识形态领域，直接触及了传统旧文化的家园和载体，有"一锅端"的企图和力度。这种从"文字变革"直接通向"思想革命"的推进，不仅在当时而且在整个20世纪都产生了重要影响，其不仅为白话文的迅速合法化开辟了道路，也把思想推到文化意识形态博弈的前沿。

但是，我并不认为周作人提出这个口号之时，对于其后来走向有清晰认识，他也并不明了"思想"若加上"革命"，后果将会怎样可怕——那将是20世纪绵延难绝、令很多人战死文场的文化战争的开端。

也不能不说，把文字语言与思想完全对应和对立起来，亦有一种过度阐释的偏颇，因为尽管它们之间有难以回避的关联，但是并不能完全等同，既不可能同时诞生，也不会同归于尽。

绝对的思想必然需要绝对权威，构建绝对的、不容置疑的话语权，一切文学艺术都必须接受其训导和统制。在持续的文学变革中，思想权重的上升，显然与"主义"之选择密切相关，因为自民国以来，革命话语早就拥有了现实合法性，上至官府下至民众，无论何种文化派别，皆可言之，但是如何革命、选择怎样的革命方式和路径，却在相当长的一段时间内并无共识，歧义横生，并在不同阶级、阶层和利益集团之间，形成了严重甚至不可调和的矛盾冲突。

20世纪20年代末30年代初的文坛不仅是乱世之秋，更是各种"主义"和思想鱼贯而出、极力争夺话语权的时期。在这种状态中，"主义"的乱弹和思想的困惑，也达到了无以复加的程度，"主义丛生，体现了国人对于危情的思想状态：愤然而起者有之，期待党国者有之，茫然无措者有之，漠然无谓者亦有之"①。

这也是时代和思想的合谋，因为时代的变化，新思想拥有了改天换地的用武之地；而正是有了新思想的支撑，时代拥有了辞旧迎新、敬老爱幼的合法性。

思想的流变，或者说对于思想要义的日益注重，亦逐渐成为观察和叙述中国社会变革的尺度和线索。

对此，瞿秋白就有如此感悟：

> 中国社会思想到如今，已是一大变动的时候。一般青年都是栖栖皇皇寝食不安的样子，究竟为什么？无非是社会生活不安的反动。反动初起的时候，群流并进，集中于"旧"思想学术制度，作勇猛的攻击。等到代表"旧"的势力宣告无战争力的时期，"新"派思想之中，因潜伏的矛盾点——历史上学术思想的渊源，地理上文化交流之法则——渐渐发现出来，于是思潮的趋向就不像当初那样简单了。……于是这样两相矛盾的倾向，各自站在不明了的地位上，一会儿相攻击，一会儿相调和，不论政治上，经济上，学术上的思潮都没有明确的意义，只见乱哄哄的报章，杂志，丛书的广告运动，——一步一步前进的现象却不能否认，——而思想紊乱摇荡不定，也无可讳言。②

这是瞿秋白对于自己为何最终接受苏俄社会主义思想过程的一段表白，一方面反映了当时思想界的混乱和摇荡，另一方面表达了一种急切

---

① 羊夏：《二十世纪三十年代流行于中国的"主义"》，《粤海风》2017年第5期。
② 瞿秋白：《饿乡纪程——新俄国游记》，《瞿秋白选集》，人民文学出版社，1959，第21～22页。

的、刻不容缓的精神寻求，即需要一种确定的思想和理论学说来摆脱文化困境，为中国社会变革指明方向。

由此，我们在1928年出版的《戴季陶讲演集》中，就能看到这样的题目：《军人何以要革命》《革命的智识与革命的工作》《三民主义与民众的革命》《我们要怎样宣传主义》《三民主义的一般意义与时代的背景》《三民主义的国家观》等，反复强调革命的思想意涵，以求统一意志。在这个过程中，戴季陶还特别提到对于革命知识的研究：

> 我们要定革命的策略，我们先要有革命的智识，和革命的经验。这便要把世界各国的革命史，来详细的研究研究。那个民族，和他所在的地方，及他在历史上时间上的关系，都要有彻底的明了和了解。就是说，"人""地""时"三样，在革命史上，是有很密切的关系。我们切不可忽略他的。由于研究世界革命史的结局，我们知道革命并不是有一定的方法的。革命已无方法，那我们又何以要讲策略呢？这个问题，我们今天研究得来吗？恐怕不能。[①]

从整篇讲演来看，这是一个提出了问题而又未能提出解决方案的讲演，但是真真切切表现了当时时代的困惑，即虽然革命已成燎原之势，且国民党很快会获得全国政权，可是就革命的知识、方法及其选择来说，尚没有一种完整的认识，缺乏一种思想理论体系的支撑。

这既是当时国民党革命意识的短板，也是造成整个文化意识形态场域趋于分化和对立状态的缘由之一，思想战和文化纷争，已经不在"革命"和"反革命"之间进行，而转向革命文化内部，如何革命，依照何种革命理论和方式而革命。

不同政治力量的较量，在20世纪30年代正在思想领域展开，争夺革命的领导权——因为此时的"革命"，不再仅仅是一个激动人心的话语和口号，而是已经如此深入人心，以至于各个党派都不能不打着革命旗号以争夺文化意识形态场域的主导权。在这个过程中，"革命"的持续性和合理性也不能仅靠反抗社会的激情来保障；而是需要一种合乎中

[①] 戴季陶：《革命的智识与革命的工作》，《戴季陶讲演集》，上海新生书局，1928年9月再版，第28页。

国实际和人民意愿的思想体系来支撑,需要一种理论思想和知识谱系作为基础。

思想最终决定革命的性质和前途。所以,思想与革命的结合与联姻,既是把启蒙推向深入的需要,也是社会文化意识形态场域逐渐凝聚起来的共识,关键在于谁能够掌握和拥有思想的话语权。

而在中国20世纪初的文化变革中,"思想"无疑也充当了文学转换、转向和转型中的路标和灯塔。

高长虹的一段话足以表现思想在那个时代的魅力:

> 什么是思想呢?思想是一个时代的苏醒,是由经验的直觉而发动的。一个时代如其具有这种力量,便成为一个时代的思想运动。一个人如具有这种力量,便成为一个思想家。从事思想运动的不必都是思想家,因为思想上也是具有群众运动的。思想是时代的,而同时又是超时代的,所以思想能够毁灭一个旧的时代,而又开始一个新的时代。[①]

为此,高长虹一直把五四新文化运动理解或者想象为一次思想运动,并且以思想为标尺来衡量不同文学流派的价值和意义。他不仅认为"中国有显明的思想运动,是从《新青年》开始的",而且把"思想"视为时代变革的精神力量和标识。

不能说高长虹是思想崇拜的始作俑者,因为思想作为社会变革的精神驱动,在五四新文化运动中就已经得到张扬,但是,作为继承了五四新文学思想革命精神的批评家,高长虹之所以一度如此之"飙"和"狂",不能不说正是借助了思想和思想革命的威力,向许广平心目中的"思想革命导师"、其实也是自己步上文学之路的引路人鲁迅,发起了挑战。

思想的膨胀和狂妄,构成了文学批评抢占精神高地、在意识形态场域不断攻城略地的心理动能。作为一个"超时代"的批评家,高长虹感到自己拥有更前卫和高深的思想,自认为已经占据时代精神的高地,在文坛立

---

① 高长虹:《思想史的〈新青年〉时期》,《高长虹全集》第二卷,中央编译出版社,2007,第233页。

起自己路标，从而引领文学发展方向；而这时候的鲁迅无论是在思想还是在年龄方面都已过时，理所当然应该让位给新的时代和新的思想者。

这不仅明显表现在《文化的论战》《写给〈彷徨〉》《书的销路与读书》《给鲁迅先生》等篇什中，也表现在他的自我感觉和期许上面，不仅觉得自己更年轻、更能代表新时代，而且不时流露出一种年轻人固有的优胜和优越感。

不能不说高长虹是一位才情横溢、不应被忽视的批评家，而其重要标志之一就是注重思想的力量，崇拜思想家在历史上的作用，为此，他甚至俨然以一个超越前人的思想者乃至思想家自居，丝毫不掩饰对于五四新文学前辈们的藐视，认为他们已经在思想上落伍，理应退出历史舞台。就思想在中国 20 世纪文化变革中的作用来说，高长虹这种渴望成为思想家的精神性欲望和追求，或许并不出奇，其与鲁迅当年对于"精神界战士"的呼唤亦有一脉相承的关系，只是当年的"精神界战士"经历了太多挫败和失望，现在已经步入老年，而且犹在苦苦挣扎，而正当年的高长虹还有梦，还期望自己能够成为一个真正的思想家。

这当然不仅涉及了鲁迅，还有五四时期众多的年长者。茅盾就是其中一位，所以对高长虹对于鲁迅的态度极为不满。针对其对于鲁迅谋求、或自诩"精神导师"的猜忌和指责，茅盾当时就出来加以反驳："鲁迅不肯自以为'战士'，或青年的'导师'。"[①] 接着，茅盾引用了鲁迅《写在〈坟〉后面》中很长一段话作为证明，然后继续写道：

> 但是我们不可上鲁迅的当，以为他真个没有指引路，他确没有主义要宣传，也不想发起什么运动，他从不摆出"我是青年导师"的面孔，然而他确指引青年们的一个大方针：这样生活着，怎样动作着的大方针。[②]

然而，作为 20 世纪 20 年代最有影响力的批评家，鲁迅以眼光锐利、思想深刻著称，因此，几乎被认为是那个时代的思想家，尤其在文学青年中，享有独特声望。

---

① 茅盾：《鲁迅论》，《茅盾全集》第 19 卷，人民文学出版社，1991，第 144 页。
② 同上书，第 145 页。

所以，重思想，作为贯穿20世纪批评逻辑的依据和基础，在中国有一种深层的文化需求。每到中国社会发生历史转换和转折的关键时期，思想或者对于思想的强调和追寻，乃至围绕着思想所进行的博弈和论争，都会如期登台亮相，成为社会变革的前奏或者标志。

从20世纪以来社会变革的特殊情境而言，这一判断自有其历史缘由和根据，因为在一种中西交汇的跨文化语境中，中国作为后起国度，各个领域的演进都不能不受到"文化和意识形态先导性"的影响，即在具体的物质生活变化之前，首先受到观念形态传入和引进的刺激和驱动，先知其言而后才见其物，继而接触物、引进物，然后模仿物和创造物，最终参与到世界化和全球化的历史之中。也许正是在这个过程中，思想、理论和观念，甚至概念和话语在中国拥有了某种特殊意义和意味，拥有了某种体现现实社会生活变化的优越和优先地位。

所以，在"五四"新文化运动中，思想——可能很快延伸到"主义"，之所以是一个激动人心的亮点，成为很多文学家批评家追逐和追求的对象，并不在于其所能散发的信仰和信念的温馨和温暖，而在于其显示出的改造世道人心、变革社会的力量。

二　"思想崇拜"：被过度阐释和放大的精神标识

在20世纪中国文学批评中，这种思想的魅力一直吸引和蛊惑着人们，使人们在黑暗的压抑和压迫中感受到某种希望的光亮，所以视之为精神的灯塔也毫不为过。但是，何种思想才有如此的魅力，或者思想的魅力到底来自何处，却是一个值得探讨和探索的问题，因为并不是所有思想都是那么令人服膺和热爱的，有的思想尽管论证严密，体系完整，能够自圆其说，也未必人人都愿意接受，问题或许不仅仅在于其理论观念的正确与否，还在于其散发出的人类情怀和温暖。

就此来说，我愿意认同杨格（Edward Young，1683-1765）所赞赏的思想：

　　……一种严肃的思想莹然独立，往往能在但求娱乐、漫不经心的人们心上引起有益的敬畏；就如散布在一座广阔乐园中的大理石纪念碑（这样的纪念碑是有的）会勾起那些人们的回忆，他们漫步在水松呜咽的墓园人行道上而从无所思。①

不过，尽管这一说法颇为精妙，但是，用这种标准来评价中国20世纪初的情景并不合适，倒不是因为那个时代的思想本身皆毫无价值，而是因为在那个时代拿"思想"作为武器和工具甚至匕首和投枪的意图过于强烈，尤其那些渴求、追求和争夺思想甚至主义话语权的作家批评家，皆无那种"但求娱乐、漫不经心"的心态，反而时时处处都在寻找"思想武器"，用来战胜和摧毁对手的文化阵营和精神防线，以此来争夺批评的话语权，抬升自己在文坛的地位。

于是，由于对于思想的渴望，对于思想的崇拜油然而生。由此也生成了中国20世纪对于思想的过度依赖和推崇的情景，其不仅限制了对于中国20世纪社会文化状态的考察，而且难免陷入某种既定的思想框架和模式之中，夸大理论和观念的效益和影响。

过度阐释就是在这种语境中应运而生并得以滋长的。换句话说，正是由于没有真正的、属于自己创造的思想，才出现了对于思想的夸张性阐释，才会利用思想来造势。

就拿郭湛波的《近五十年中国思想史》来说，尽管这是一部博大精深的作品，堪称开山之作，但是在对于"思想"的评价方面难免有过度阐释之嫌。

好在当时就有人意识到这一点。例如，高名凯②在评述此书前身《近三十年中国思想史》时就曾有过提示：

> 本书语气似有一点夸张，说一人，必谓其为大思想家，如述谭嗣

---

① 〔英〕爱德华·杨格：《试论独创性作品》，袁可嘉译，人民文学出版社，1963，第1页。在这里，我还情不自禁引录接下来的一段话："我领你去看这样一座纪念碑，它像古墓中的灯，其中隐藏着光辉；但它又不像那种灯会熄灭；从常年隐蔽处把它取出来，置于光天化日之下，它会照耀得分外明亮。"——据翻译者注：据作者在本文结尾说明，这指的是艾狄生（Josepg Addison, 1672–1718）临终时所表现的基督教精神。
② 高名凯（1911~1965），福建平潭县人。理论语言学家、汉语语法学家和文学翻译家。早年从燕京大学毕业后，入法国巴黎大学专攻语言学，获博士学位，著述丰富，与著名语言学家王力、吕叔湘齐名。早年高名凯还发表过一些哲学著作和文学译著，如《现代哲学》（正中书局，1936）、《哲学大纲》（译著，罗素著，正中书局，1948），翻译出版了二三十种巴尔扎克的小说，与吴小如合译了《巴尔扎克传》。

同之学说，曰："他一面打破传统的旧思想，一面建设新思想的体系，他思想体系由世界各宗教，哲学及科学冶为一炉"，此言似难令人致信。我国自西洋思想输入之后，国人每得西人之一鳞一爪即可大出风头。实则数十年来的思想，在守旧方面不能跳出古人的圈子，在维新方面，又不能越西人的雷池一步。中国近年来并没有具有独创精神的大思想家。吾人今日正须各方面埋头苦干，冀能于世界思想史之中，开一新的纪元，固不必于夸张现实也。①

这种情景显然影响了中国百年来的思想和学术，使之过多地对西方文化过于浅显的介绍和"征用"，对中国传统文化过于简单的批判或"弘扬"，缺乏宏深的研究和建树。

所以，就中国20世纪文学批评乃至思想史来说，这一告诫至今还有意义。

不过，高名凯并未深入分析的是，正是这种"夸张"为郭湛波的这部思想史打上了时代的烙印，使我们至今还能感受甚至触摸到五四新文化运动中那种无处不在的思想激情。换句话说，用思想史的框架来描述中国20世纪以来的历史变革，之所以显得有点"夸张"甚至造作，就在于推动这场运动的并非主要来自某种思想或者某种理性的建构，而是一种思想激情；这种激情又是由于各种社会矛盾和文化冲突汇聚一处，在传统压抑最薄弱的环节——文学领域，所爆发出的一次集体性的精神展演，所以更明显地表现出一种情绪化和文学性的色彩——当然，其中自然还夹杂着很多激进、极端和极致的表达，携带着许多功利化和世俗化的欲求。

其实，"思想"在中国历来就有双重含义，都与20世纪文化启蒙运动密切相关，一是已经成型、成熟的人类思想成果和体系，对于中国来说具有开发民智、促进变革和引领时代发展的作用；二是一种能动的批判与创新意识的生成和启动，旨在破除和打破旧的僵化的思维模式的禁忌和禁锢，促使人们独立思考和自我选择，更新文化和意识形态。显然，作为"思想"和"思考"两种含义和状态，它们往往是互相关联、交叉和促进的，因为思想的创造和生成离不开人们的独立思考，而思考的持续亦离不

---

① 高名凯：《评近三十年中国思想史》，见郭湛波《近五十年中国思想史》，北平大北书局，1935，第431~432页。

开丰厚的、多样化的思想资源；但是，它们之间也会出现相互矛盾甚至抵消的状况，有时候过于强大的思想会抑制甚至压制人们的思考，而思考能力的不足和消减，也会使思想趋于僵化、概念化和贫乏。

因此，在学会思考尤其是形成独立思考能力之前，是不会有思想的。思想和思考虽只一字之差，但是对于中国20世纪的文化变革来说，却意味着至关重要的历史鸿沟。所以，与其说五四新文化运动是一场"思想革命"，不如说是一次思考的演练；如果更确切地说，是中国人一次被激情和想象点燃的文学运动。正是因为如此，我们甚至可以把五四时期很多政论、思想研究和学术探讨都归结为某种广义文学批评，而并非属于某种合乎规范的单纯的思想学术和理论建树。而这些文字，包括郭湛波的《近五十年中国思想史》，也确实洋溢着某种告别传统、去旧布新的文化激情。只不过这种激情一度可能被某种"思想"框架所压抑和制约，很难跳出来打开原有的历史视域。

就此来说，在郭湛波和徐中约的思想史建构中，不无遗憾地出现了一个致命的遗漏，即对于鲁迅的忽略。当然，我们有很多理由为这种忽略辩护，但是都无法弥补这样一个事实，即就五四新文化运动来说，如果没有了鲁迅，没有鲁迅那种独一无二的文化批判精神和锋芒，就难以理解所谓"由一首诗引起的文学改良"，何以演变成了中国20世纪初一场声势浩大的"文学革命"风潮，进而拉开了中国社会历史巨变的大幕——而关于这一点，与鲁迅是不是一个所谓合格的思想家甚或是一个优秀的文学家，都并无必然联系。

其实，思想的膨胀及其被放大，与中国文学批评接受西方思维模式关系甚大。

从某种程度上可以说，"思想"是西方文化启蒙时代的产物，也是西方文化贡献于人类世界最珍贵的馈赠之一，而在此之前，人类在思想上一直听从着上帝的指引，或者借助神灵来传达思想，从未意识到任何一个人都是思想的主体，都有思想和建构思想的权力和能力。

由是，人们对于西方历史进行了重新叙述和阐释。如果说帝国（Empire）的梦想及其阴影一直没有消失，那么，企图实现这个梦想的精神建构就是想象和思想，而且后者越来越占据更为显著的地位。西方文明史和文化史的进程与变迁，就在不断改写着这种思想建构。在文艺复兴之前，西方帝国的文化建构是以宗教及其理性为核心的，其建立在上帝和基督教基础上的绝对精神把帝国的版图伸展到了大半个世界，但是随着文艺复兴和启蒙时代的兴起，一种以科学和知识为基础的"思想帝国"开始拓展，不断瓦解了旧有的"宗教帝国"的精神统制，以"现代"和"现代性"的名义在全世界铺展开来。

然而，不幸的是，继"第三帝国"崩溃和新的"苏俄思想帝国"崛起等种种社会变故，人们已经对这种"思想万能"的神话产生了怀疑，也对用某种"思想统一"来推进社会进步的方式心存恐惧，由此形成了人类20世纪极其复杂的文化语境和精神态势，"宗教帝国"和"思想帝国"虽然遭到普遍怀疑，但是并未退出历史，而方兴未艾的"传媒帝国""文化帝国"的思想，正在构筑着新的梦想和意识形态，它们相互叠加、冲突和融合，正在把世界推向新的文化竞争和博弈之中。

所以，以思想为标准和圭臬的文化史和学术史，一方面是西方启蒙时代以来知识理性一路攻城略地的绝唱；另一方面也可以视为西方文化研究和批判的开端，因为思想的"路标"和灯塔，自有其理论和逻辑的局限性和欺骗性，很容易把人引入精神和文化的迷途。

对此，一向多疑的马丁·海德格尔似乎也有所认识，因此并不愿意把自己完全交给"思想"，还想尽可能保留一些回旋的余地，于是，他在对自己《评卡尔·雅斯贝尔斯〈世界观的心理学〉》一文"说明"中谈道："我致力于一种新的形态，而且，不能错误地认为通过修改先有的东西就可以获得这种新的形态。在进一步的工作中，我并没有在思想品质上成为另一个我，而是在知识上，在逻辑形式上成了另一个我……"[①]

这种海德格尔式的困局，不仅反映了20世纪西方哲学所面临的、来自自身思维模式局限性的挑战，而且显示了人类文化所能达到的涵盖一切的力量，即人完全可以脱离自身，用知识、观念和逻辑的方式打造另外一重自我，也就是人们日常生活中常见甚至必备的思想、道德和精神的"假面"。在这种文化语境中，一个灵魂卑劣的专家学者、文人墨客，完全可以不动声色地以"道德家"、"救世者"和"灵魂工程师"自居，而全然不会受到另一个自我的滋扰和质疑。

---

① 〔德〕海德格尔：《路标》，孙周兴译，商务印书馆，2001，第563页。

所以，把思想当作人类精神历史的路标和灯塔，并试图从思想史角度来解读历史和文化，并不仅仅表现在海德格尔的著作中，而成为西方20世纪初学术研究思潮中一种标志和指南，即把人类的一切历史都归之于思想，强调思想对于历史、人性乃至心理的决定性作用。例如，英国的罗宾·乔治·柯林武德（1889~1843）就堪称这方面的代表人物。与海德格尔还有所保留的态度不同，柯林武德相信能够用"思想"打开人类历史之门，并通晓其中的一切秘密，正如何兆武在《历史的观念》的"译序"中所归纳的，他认为：

> 不理解过去人们的思想，也就不能理解过去的历史。正是在这种意义上，历史就是思想史，一切历史都是思想史，过去的思想这样加以理解之后，就不再是单纯的思想而成了知识，成为了历史知识。①

然而，中国20世纪文学批评一开始就担当了文化启蒙的重任，不可能绕过思想指引和知识理性而行，更难以超越西方启蒙时代的种种局限，不能不在这种难以确定未来的逻辑中展开。

确实，没有新思想的驱动，就不可能有五四新文学运动的生发，而新文学能够在如此短时间内形成大势，其主要标志也是来自新旧思想的分野。

与此同时，按照西方启蒙时代和文化理性发展的逻辑，思想及思想创造登上精神和学术史的宝座，摘取王冠上的珍珠，似乎是不言而喻的结果。

"思想"的功能和作用就是在这种情境中被放大的。但是，人类精神和文化是一个整体，任何一种单方面、单个因素的崇拜和强调，都会产生相应的过度阐释和过度依赖，造就新的精神迷信。

这似乎是20世纪人类文化的一种普遍现象。例如，1967年，海德格尔把他已经公开发表过的文章编辑成《路标》一书出版，他之所以以"路标"为题，按他的说法，"意在让读者对一条道路有所体察；这条道路只在途中向思想显露出来——既显示又隐匿"。② 他还告诫读者："这乃是一条通向对思想之实事的规定的道路。这种规定并不带来什么新鲜东西"，因为"凡踏上思想之路者，极少知道：是什么东西作为规定性的实事推动

---

① 〔英〕柯林武德：《历史的观念》，何兆武、张文杰译，商务印书馆，1997，第27页。
② 〔德〕海德格尔：《路标》，孙周兴译，商务印书馆，2001，第1页。

他——仿佛从背后战胜了他——走向这个实事"。①

在 20 世纪中国文学批评中,许多遗憾或许就来源于此。

思想变革和观念突围,最先为了突破某种观念的束缚,但是由于政治权利和"主义"的介入,很快转变为争夺话语权的斗争,成为夺取时代文学领导权和掌控权的武器和阵地;而紧接着,当思想成为权利话语的旗帜,观念也被体制和机制所认可和接受之后,文学批评和批评家就会成为新的权力话语的维护者和监管者,利用自己敏感的文字和意识形态神经系统,在文学作品的字里行间发现异端,以期在权力和利益机制中分得一杯羹。这时候,所谓思想和观念的变革不能不等待经历再一次的忍受、怀疑、突破和突围的精神历程。

这种情景在五四新文学运动中就露出了端倪。应该说,随着中国传统道德哲学的思想藩篱被冲破,"五四"在中国文化史上呈现又一轮"百家争鸣"时代到来的征兆,各种思想、思潮和"主义"鱼龙混杂,此起彼伏,似乎都获得了自己自由发言和竞争的时空——这也使"五四"成了中国历史上一个具有划时代意义的文化符号和象征;但是,这似乎只是历史上一个短暂的驻足,很快就被一种要占领思想高地、夺取最终话语权的态势所淹没。所谓"思想的突围"转变成了"思想斗争",进而从所谓学术和思想上的论争转向了政治和意识形态场域的"阶级斗争"。

此时,就连五四新文学运动的发起人之一胡适都感到一种巨大压力。在激进主义水涨船高的态势中,他似乎很早就感受到了中国文学及其批评所面临的新的危机和挑战,其不是来自文化保守主义思潮,而是来自日益高涨的新思潮、新观念和新"主义"。为此,从提出"少谈些主义,多研究些问题"开始,胡适不再迎合"文学革命"的言论,而是转向了对于文学自由发展空间的强调和开拓。

正是出于某种恐惧心理,胡适与"主义"发生了意想不到的正面冲突,他在列举了"主义"之三大弊端②的基础上指出:

---

① 〔德〕海德格尔:《路标》,孙周兴译,商务印书馆,2001,第 1 页。
② 这三大弊端是:(1)"空谈好听的'主义',是极容易的事,是阿狗阿猫都能做的事……"(2)"空谈外来进口的'主义',是没有用处的。"(3)"偏向纸上的'主义',是很危险的。"——见胡适《多研究些问题,少谈些"主义"!》,《每周评论》第 31 号(1919 年 7 月 20 日)。

这三点合起来看，可以看出"主义"的性质，凡"主义"都是应时势而起的。某种社会，到了某时代，受了某种的影响，呈现某种不满意的现状，于是有一些有心人，观察这种现象，想出来某种救济的法子。这就是"主义"的源起。"主义"初起时，大都是一种救时的具体主张。后来这种主张传播出去，传播的人要图简便，使用一两个字来代表这种具体主张，所以就叫他"某某主义"。主张成了主义，便由具体的计划，变成了一个抽象的名词。"主义"的弱点和危险就在这里。①

提倡新观念的人，最终被更"新"的观念所羁绊。尽管胡适所说也有道理，但是由此就推出"主义"不可谈，甚至谈了就"危险"，似乎也很难令人信服。而更重要的是，胡适是在感到"主义"咄咄逼人的语境中写这篇文章的，但是这篇文章同样有咄咄逼人之处，例如把提倡"主义"者暗指为"阿狗阿猫"，就并不那么妥当，因为当时胡适毕竟是公认的新文学主将和思想权威，在一定程度上掌握着学坛和文坛的话语权，这种讽刺的说法不仅没有说服力，而且难免伤人。

胡适或多或少有点失态，这在他的学术生涯中很少出现。而此时，这种"思想革命"和"观念乌托邦"的发展与建构，正在迎来一种更高端和宏深的观念体系，这就是马克思列宁主义的传入。实际上，在西方文化中，马克思和恩格斯不仅当属时代激进的文化怀疑主义，而且以社会革命和文化变革为己任，是当时资本主义世界的反叛者和掘墓人。他们不仅对于当时既定的传统观念和规范一直采取了坚定不移的批判态度，而且一直警惕权力和利益集团用"借尸还魂"的方式来维持旧世界的与世长存。

对此，马克思在《路易·波拿巴的雾月十八日》开首一段脍炙人口的言论可以作证：

一切已死的先辈们的传统，像梦魇一样纠缠着活人的头脑。当人们好像只是在忙于改造自己和周围的事物并创造前所未有的事物时，恰好在这种革命危机时代，他们战战兢兢地请出亡灵来给他们以帮助，借用它们的名字、战斗口号和衣服，以便穿着这种久受崇敬的服

---

① 胡适：《多研究些问题，少谈些"主义"！》，《每周评论》第31号（1919年7月20日）。

装,用这种借来的语言,演出世界历史的新场面。①

在20世纪中国文化和意识形态中,马克思这段话曾经无数次地被引用,以警惕在思想和观念领域可能出现的异端和反动,随时准备捍卫在历史巨变中所建造的神圣不可侵犯的精神堡垒。

这是因为在西方文化语境中,"思想"(Thought)原本是"思考"(Thinking)的产物,首先有了思考,才有了"思想"——这也是启蒙运动最大的成就,使人们从过去既定的神学的或迷信的或经验论的框架中解脱出来,回到"我思故我在"状态,在独立思考中完成对于世界和自我的认知。

这也是罗丹的雕塑《思考者》魅力无穷的地方,它呈现于人们面前的是一个"思考的人",其深沉的力量就来自他那被艺术定格的"思考"——我们可以不知道他是谁、他到底在想什么,甚至他到底有没有形成所谓的"思想"。通过比较可以看出,"思想"在中西方文化语境中的意义及其功能是不同的。在西方,作为启蒙时代的产物,"思想"是在知识理性与宗教神性的冲突中崛起的,不仅有科学实验和工业化实践作为基础,而且更体现了一种不断怀疑、质疑、探索和思考的精神,也就是说,它更倾向于一个"动词",表达一种精神行动和实践,而不是某种固定的、确定不移的、放之四海而皆准的真理和理论。

这在某种程度上与中国传统的启蒙概念相通。在先秦荀子的思想中,启蒙就是一种不断"解蔽"的过程,他认为人类要达到理智上的"大清明",就需要不断敞开思想;而要敞开思想,就要不断破除现实中各种各样既定的"蔽",破除思考的障碍,不断打通走向"大理"的道路:

> 凡人之患,蔽于一曲,而暗于大理。治则复经,两疑则惑矣,天下无二道,圣人无两心。今诸侯异政,百家异说,则必或是或非,或治或乱。乱国之君,乱家之人,此其诚心莫不求正而以自为也,妒缪于道而人诱其所迨也。私其所积,唯恐闻其恶也。倚其所私以观异术,唯恐闻其美也。是以与治虽走而是己不辍也。岂不蔽于一曲而失

---

① 马克思:《路易·波拿巴的雾月十八日》,《马克思恩格斯全集》第8卷,人民出版社,1956,第117页。

正求也哉！心不使焉，则白黑在前而目不见，雷鼓在侧而耳不闻，况于使者乎！德道之人，乱国之君非之上，乱家之人非之下，岂不哀哉！

故为蔽：欲为蔽，恶为蔽，始为蔽，终为蔽，远为蔽，近为蔽，博为蔽，浅为蔽，古为蔽，今为蔽。凡万物异则莫不相为蔽，此心术之公患也。①

三 "思想"与"思考"：关于文化启蒙过程中的纠缠与纠结

可惜，在20世纪的中国，"思想"所缺失的恰恰就是"思考"，其渐渐舍去一种必不可少的本土化的动态生成过程，其一出现就是一个名词，甚至一种特殊的舶来品（也许正因为如此，在使用它的早期，人们常常在前面要加一个"新"字），所以，即便到了五四新文化运动中，"思想"也常常被视为"传播"和"宣传"的对象，其内容基本上是从西方文化中借鉴而来，正如高长虹所言："《新青年》时期的思想是对于过去思想的反抗。用什么去反抗过去思想呢？用从欧洲舶来的思想。因为这思想只是从欧洲舶来的，而没有经过自己的制造，所以是极其浅薄的，一挥而去，于是便又会回到过去的思想去了。"②

这种情形实际上为"思想"提供了若干中国化的特征。

第一，易得和低成本，但又是知识文人最有条件捷足先登，占据理论和话语的制高点。在西方文化中，"思想"之所以显得珍贵，甚至成为精神王冠上的珍珠，在于其难得，是少数人历经千辛万苦、长期探索的结果，但是在中国并非如此；在一个"思想崇拜"的时代，很少有人意识到，作为一种他人思考的产物和成果，通过书本和翻译就能得到的"思想"是现成的、既定的，受制于原来文化和理论规范的，与中国现实是有距离的。

第二，由于上面的原因，中国的知识文人基本上不是"死心眼儿"，

---

① 荀子：《荀子·解蔽》。
② 高长虹：《思想上的〈新青年〉时期》，《高长虹全集》第二卷，中央编译出版社，2007，第236页。

没有宗教信仰的文化情结，却有深入骨髓的"功利"和"通变"意识，所以，"思想"在中国就有了自己特殊的"用法"，不是自己思考产生的"孩子"，没有经历独立探求"生养"的痛苦，再加上没有自己本土文化的支撑，"拿来"也容易，丢弃也不难。

第三，既然是这样，"思想"不再是"思考"，甚至不通过"思考"，不需要"思考"，"思想"就很容易成为一种规定、制约和遏制人们思考的意识形态，就有可能成为代替"思考"甚至压制不同"思考"的思想武器；由此，这种中国式的启蒙，就不能不显示出独有的弊端，即"思想"越多、越强大、越"正确"，人们的思考反而越少、越微弱，越发显得不必要和没有价值，从而越容易形成教条化和观念化的思维模式。

这一切都为中国 20 世纪文学批评和批评家频繁转向和转换提供了条件和氛围，使之成为合乎时务和情理的事，而从"思想革命"到"思想统制"的转变，则成为影响 40 年代文学批评状态的重要因素。

当然，这里有一种文化欲望和社会需求，与中国当时的社会变革状态相关。首先，自鸦片战争以来，中国尝试过多次社会变革运动，皆不尽如人意，旧理念和老办法都已经失效，再加上西方先进富裕社会生活的吸引，催生了人们对于新文化和新社会的向往，为新思想进入铺垫了心理预期；其次，中国宗教神性意识淡薄，文以载道意识当家，一旦传统政治文化体系礼崩乐坏，"道德偶像"和"圣贤意识"倒塌，"思想"就会毫无阻碍地取而代之，成为新的精神支柱；最后，"思想"是作为中国传统文化的缺失进入中国的，而且都是基于救国救世救民的需要，所以"有用"和"无用"成为甄别的标准，其意义和价值都是极其不稳定的，因时因地因人而变是正常的。

实际上，这不仅使"思想"成为中国 20 世纪文化变迁中的"抢手货"，而且使西方文化在中国变成了名副其实的"思想超市"，为中国学术和文学批评提供名目繁多的选择，由学者、批评家乃至政治家按照自己不同需求提取和使用。

这一方面为中国一批新的知识文人登上社会，首先是为意识形态舞台营造了文化语境，同时为知识文人想象、建构和阐释五四运动提供了依据——"思想"成了改变时代、社会和人的决定性因素。这是因为五四运动的主体就是一批新型的知识文人，他们不仅是从传统文化体制和营垒中冲脱而出——在一定程度上也可以理解为不符合传统文化规则与理念标准,因而自然被排除在当时权力机制和利益之外——的人,而且是最早接受和吸收西方文化思想和知识的一批新的文化人;而由此引发的问题是,这些自以为有理想和知识的文化人,要权力没权力,要经济实力没经济实力,甚至经常处于饥饿边缘,游离于社会边缘,再加上在民众中没有文化根基,唯一能拥有的也只有"思想";"思想"不仅是他们反抗和对抗旧社会和旧文化的武器,也是他们人生"意义"和"价值"的唯一支撑。

中国20世纪启蒙主义的短板甚至悲剧就在这里。重视和崇拜思想,甚至用思想来代替、控制和压制思考,借助其来进行"思想洗脑"和"思想统制",这是中国20世纪以来难以摆脱的厄运。其不仅是中国社会和文化变革之路的悠远和崎岖所致,也表现了中国知识文人由来已久的文化心理特征,他们进则用思想文化来实现自己"平天下"的政治抱负,退则以"独善其身"的方式来实现自己的精神欲望,用所谓"思想""精神"甚至人格来让别人效法,占领他人的思想和头脑。

换句话说,中国20世纪的启蒙主义的唯一转变,就是从传统的"道德教化"转向了现代的、西方式的"思想统帅"。这固然是一次巨大的飞跃,在一定程度上解除了紧箍中国人日常生活的捆绑,在一定程度上解放了人性,但是不能不落入另一个有知识理性和工具理性的圈套。

这是当下人类共同面对的新的挑战——来自由自己所建构和创造的知识、理性和权力机制的大厦。

所以,对于中国20世纪文学批评,笼统地谈"启蒙"及其意义,不关注中国特殊文化语境对其的"改造"和"修正",甚至盲目地过度强调和阐释"启蒙"与"思想"的意义和价值,就不可避免地掉入知识精英"自恋"的陷阱之中。诚然,"思想"是珍贵的,但是未必就那么牢靠和可信,尤其是舶来的、未经过思考和探索过程的思想。如果说,"思想崇拜"根源于西方启蒙时代和知识理性,那么,此后对于理性、知识和思想的过度阐释和依赖,则是造就这个时代无数灾难性后果的文化缘由。而由于"思想"过度膨胀和扩张,更是给后起的发展中国家留下了深刻伤痕,在有些国家和时代,不仅未能起到激发人们思考和探索精神,反而成了制约、统制甚至压抑人们独立思考和创造力的工具——因为在过度和极端阐释中,知识理性是很容易滑向工具理性的,而既定的思维模式很可能转变为限定和束缚人们思维和思考的教条和圈套。

对比一下周作人《人的文学》就会发现,如果说"五四"时期压制人性及其人的肉体的是中国传统礼教,那么,到了20世纪40年代,文坛的思想状态已经发生了很大变化,"思想"已经变形,凝固成了新的束缚艺术家艺术创作活力的观念形态。

所以,从20世纪初的"思想解放"到40年代逐渐形成的"思想统制"体制,"思想"本身也经历了独特的嬗变过程,从个人独立思考渐渐变为不容置疑的理论模式和思想教条,最后回归于"天不变道亦不变"的封闭、固定的神圣原则,不仅开始限制、限定和规范文学思维和批评,而且伸展到人性领域,对于人的生命意志和感情活动加以干涉和规制。

对此,诗人或许是最敏感的,所以最早对于"思想"发出抗议声的是诗人穆旦,他在《我歌颂肉体》(1947)中写道:

> 那压制着它的是它的敌人:思想,
> (笛卡尔说,我想,所以我存在。)
> 但什么是思想它不过是穿破的衣裳越穿越薄弱
> 越褪色越不能保护它所要保护的,
> 自由而活泼的,是那肉体。①

关键是某种既定的思想,已经取代了思考,消解了思考,而思考不仅是思想之母,更是文化的魂魄和活力的源泉。一种文化甚至一个民族和国家,如果缺失了思考或者失去了思考的活力和能力,就很难谈及完全的自觉、自主和独立,就有可能成为其他文化和思想意识形态的奴仆和演绎者,亦不可能获取充实的文化自尊心和自信心——也许这将是中国文学批评在21世纪所跨越的精神壕沟。

当然,几乎没有人会否认在那个时代,观念的变革所产生的显著效应,以及种种激动人心的文化场景,它们如今已经蜕变成一种繁华如锦的文化记忆,沉浸在史册中;但是,也许至今人们还缺乏必要的反省,即这种观念的变革只是历史浮光掠影的流变,并非能够真正触及社会、历史和

---

① 穆旦:《我歌颂肉体》,《穆旦诗全集》,中国文学出版社,1996,第255~256页。

文化的深层结构，而它们在文化人以及在文化意识形态表层引起的波动和变动，尤其是所引发的文化人的激动和快感，远远超出其实际的结果。

实际上，在中国20世纪文学批评中，每每临近和面临一种新的社会变革和时代转换之时，"思想"及其相关思想的论争，都会以不同形式和方式显现出来，为这种变革和转换做证，或者提供理论观念的依据。

例如，80年代后期，中国社会变革正在临近一个新的关节点，"向何处去"的问题似乎再次浮出水面，于是对于中国五四运动的反省和反思又一次展开。而在这个过程中，"启蒙"与"救亡"之间的关系一度成为焦点，引起很多学者、批评家参与其中。

王元化先生就此写了《为五四一辩》一文，对于这场暴风雨即将来临之前的论争发表了以下看法：

> 我想要说的是，最近国内也出现一种类似说法，认为五四启蒙运动的中断是由于救亡运动。于是有人据此提出了为学术而学术的观点（在书斋中透彻分析研究）。以为这才能使学术健康发展。诚然，过去在极左思潮下，政治干扰学术，强迫学术为政治（甚至为某一时期的政策）服务，把学术当作阶级斗争的工具，确实扼杀了学术的生机。这种情况不应重复。至今它的根株未尽，仍旧在不断冒出头来。但是，不能由此得出结论，必须反对学者和艺术家的参与意识，以为有了参与意识就会丧失独立人格和独立思考。有人认为西方的启蒙运动不像五四那样受到救亡的冲击，所以才能贯穿到底。这是不符合历史事实的。五四启蒙文化本身正是从救亡图存的要求中诞生的。[①]

显然，"启蒙"依然是一种共识，关键是如何理解它和救亡的关系。而且，这里所透露出的"新"启蒙意识，再次肯定和强化了文人学者参与政治和社会变革的意识，引发了学界对于中国式的"启蒙"运动更深入的探讨。在这方面，张光芒的《启蒙论》堪称最有见地的成果。在一系列探讨中，张光芒突破了以往西方思想文化的框架，延伸了历史生成的脉络，对"启蒙"进行了"中国化"的钩沉和阐释，不仅质疑或补充刘小枫、汪晖等人拘于西方文化视域的观念性论说，而且显示出对于当时学术状态难

---

① 王元化：《为五四一辩》，《新启蒙——时代与选择》，湖南教育出版社，1988，第10页。

得一见的文化批判和独立精神：

> 遗憾的是，当今有些批评家往往在这座启蒙大厦的阴影下津津有味地作低水平的启蒙和反启蒙、现代性或后现代性的思想言说，却浑然不关注背后的思想资源。更甚者热衷于浮（肤）浅的商业炒作式的论争，为争鸣而争鸣，为成名而喋喋不休。人人高喊的"独立之精神，自由之思想"堕落为一句句空话，空话制造了我们这个"只有观点，没有思想"的时代，更遑论思想的"原创性"。也许只有当我们找到巨人的肩膀奋力爬上去，思想界方有望走出低谷，发出独立的声音，以主动的姿态迎接全球化时代的思想挑战。①

在这里，距离张光芒所期望的时代也许只有一字之隔，但是他没能跨过去，这就是从"思想"走向"思考"——实际上，20 世纪 90 年代以来，不是没有思想，而是"思想"很多，甚至站在这些形成的思想巨石上的"巨人"也很多，只是爬上去的人完全不再需要"思考"，只是比试谁的思想更高尚、更先进、更符合"现代性"逻辑就足够了；继而他们也就不想让别人思考，而是热衷于推广自己的"思想"，让人们按照其逻辑去行为，去写论文和文章。可以说，就引进和"拿来"西方思想来说，20 世纪 90 年代超过了以往包括五四运动在内的所有时期，网罗了各种各样的"鱼"，活蹦乱跳，五彩缤纷，但失去了自主和独立思考的"渔"，致使中国文学批评进入了一个投机取巧、贩卖思想的时代。

历史走过一段很长时期之后，包括文学研究和批评，似乎再一次出现了重返思想史的热潮，"思想"似乎再度上升到了学术史的顶端，但是依然不能摆脱"似有一点夸张"的语气。而就在文学批评界不断呼唤"思想"的同时，不仅批评中灵气、锐气和才气在衰减，距离具体社会生活和艺术创造实践也越来越远，显示出向权力机制和体制、向学者文人群聚的"象牙塔"转移的趋势。

[原载《江西师范大学学报》（哲学社会科学版）2019 年第 1 期]

---

① 张光芒：《启蒙论》，上海三联书店，2002，第 186～187 页。

考证学方法与中国现代文学研究*

金宏宇　武汉大学文学院

考据，又称考证、考核等，是古典学术研究中鉴别史料、解决具体问题的一种学术传统和方法。其基本内涵是在广搜材料的基础上，对史料或史实的本源、流变、时地、真伪、是非、异同等进行探源、疏通、索隐、纠谬、考辨，从而为学术研究提供更可靠的史料或为解决具体的学术问题打下坚实的基础。当把这种方法提升为一种"方法论"或"学问"时，就称其为考据学或考证学。考据（证）学有广义与狭义之分。广义的考据（证）学可包含古典文献学的所有领域及其治学方法，如人们常把"考据之学"与"义理之学""辞章之学"并举。狭义的考据（证）学是指古典文献学或朴学的一个分支，或指考据（证）方法的运用，如江藩《经解入门》中把考据与目录、校勘、训诂等并举。历史地看，考据（证）学又可分为传统考据学与现代考证学。前者主要以文献证文献，后者则在文献之外还采用其他材料（如地下文物），同时吸收现代史学、逻辑学相关成果，最终形成新的方法。中国现代文学研究离不开考据（证）学传统，但如何评判、借鉴古今考据（证）学的方法，并考察这些方法对于现代文学研究的适用性等，就成为值得深究的重要问题。

一　兴衰历程

继宋明理学之后，传统考据学在清代乾嘉时期走向全盛，道咸时期开

---

* 本文为国家社会科学基金重大项目"中国现代文学名著异文汇校、集成及文本演变史研究"（项目编号：17ZDA279）阶段性成果。

始趋向衰落。进入 20 世纪以后，考证学在由传统考据学向现代考证学转型的过程中经历了又一次盛衰轮回，于二三十年代呈现出一派兴盛气象。此期整理国故运动的展开、西北边疆民族史的研究都是考证学走向兴盛的原因和证明；更有王国维、陈寅恪、胡适、陈垣、顾颉刚、钱穆等一批大师及其考证学术成果出现；还有大学国文系的课程设置都偏重于考证学，甚至出现具有考证学风的刊物（《努力周报》附刊《读书杂志》之名源于乾嘉考据大师王念孙的《读书杂志》）和出版社（朴社即源于朴学）①。因此，早在 20 年代初，抗父（樊少泉）就称赞"所谓考证之学，则于最近二十年中，为从古未有之进步"②。其实，这一时期考证学兴盛更重要的表征是实现了现代化转换，使传统考据学发展成为现代考证学。胡适早年有一则《"证"与"据"之别》的日记，认为"吾国旧论理，但有据无证。证者，乃科学的方法，虽在欧美，亦为近代新产儿"③。据此可以言，所谓转换就是从重"据"的考据学向重"证"的考证学的转换。考证学的新变当然有研究领域或取材范围的拓展，如由经部到子、史、集等，从地上文献到地下文物，重视边疆和少数民族研究，还有甲骨文、汉晋简牍、内阁大库档案、敦煌文书四大新史料的发现等。更重要的是，在西方哲学、史学、逻辑学、科学观念的冲击下，一方面，现代考证学完成了理论和方法的创新，如王国维提出"二重证据法"，陈寅恪概括出三互证法并发明诗史互证法，胡适提出"大胆的假设，小心的求证"法，顾颉刚独创层累式考证法，傅斯年总结出史料比较法，等等。另一方面，在西方学术思想的烛照下，梁启超、胡适、陈垣等还发现，朴学其实已具备"科学"的精神，给予传统考据学以新的阐发。理论和方法的新发明、新阐发反过来也推动了现代考证学的发展。另外，古典文献学的学科分支如目录学、版本学、辨伪学等在 30 年代的成就和独立成"学"，也从侧面印证了现代考证学的鼎盛和辉煌。到 40 年代，考证学的独尊之势甚至招来了学界的非议，如蒙思明 1941 年撰文认为，考据"在科学方法整理国故的金字招牌之下……竟变成了学界唯一的支配势力"，"使人除考据外不敢谈史学，评文章的以考据文章为优，倡学风的以考据风气为贵……竟使史学的正宗，反

---

① 王惠荣：《民国时期的考据学风与其兴盛之原因》，《江汉大学学报》2006 年第 5 期。
② 抗父：《最近二十年间中国旧学之进步》，《东方杂志》第 19 卷第 3 号，1922 年。
③ 胡适：《胡适全集》第 28 卷，安徽教育出版社，2003，第 239 页。

而变成了外道邪门"。① 程千帆也指出当时多数大学中文系之教学，皆类偏重考据。他说："此自近代学风使然。而其结果，不能无弊……师生授受，无非作者之生平，作品之真伪，字句之校笺，时代之背景诸点，涉猎古今，不能自休。不知考据重知，词章重能，其事各异。"②

50 年代以后，为考证学做出贡献的主要是一批三四十年代受过严密考证方法训练的学者。在港台，出现了严耕望、饶宗颐等大家，而大陆此期的考证学则在挫折中有所发展。俞平伯、周汝昌等的《红楼梦》研究本应是考证学的重要成果，但 50 年代中期由《红楼梦》研究而引发的对胡适学术思想的批判，几乎全面否定了现代考证学。但是另一方面，中华人民共和国成立后，学术界强调马列主义理论的学习，唯物史观和辩证思维又使大陆的文史学者拥有了更开阔的视野，使现代考证学的发展进入新境界和新阶段。如谭其骧的历史地理学考证、唐长孺的魏晋南北朝史考证等都为现代考证学的发展提供了具体成果，其他如陈梦家、徐中舒等亦有重要贡献。

80 年代以后，史料学派重返学术中心地位，考证学在文史研究中又得到重视，有人甚至提出"回到乾嘉去"的口号。《二十世纪中国文史考据文录》（傅杰编）、《趣味考据》（王子今编）等考证名篇选集的出版，显示了学界对考证学传统的回归意向。学界也出现李零的《中国方术考》等新的考证学代表作和陈其泰主编的《20 世纪中国历史考证学研究》等现代考证史研究著作。在方法上，也有人总结了"四重证据法""时空四维考辨法"等新的考证法，体现了这一时期考证学的新发展，却似乎难以再现现代考证学的辉煌。因为新的西方史学理论、文学理论的引入，给中国的文史研究带来更多融汇性特征，考证学风似乎无法再在学界形成独尊之势。尽管如此，考证学方法仍是文史研究的重要方法之一。

通常用于古典文史研究的考证学方法对中国现代文学的研究也具有重要影响。较早的现代文学研究因与现代文学的发生具有同步性，故多是即时性批评，在 20 世纪 20～40 年代，虽已有人从事现代文学的目录、校勘、辑佚、辨伪等研究，也出现如林辰的《鲁迅事迹考》（1949）这样有代表

---

① 蒙思明：《考据在史学上的地位》，《责善半月刊》1941 年第 2 期。
② 程会昌：《论今日大学中文系教学之弊》，《国文月刊》1942 年第 16 期。

性的考证学著作，但当时没有明确提倡现代文学研究的考证学方法。最早明确提倡现代文学考证性研究的是 60 年代初周天发表的论文。他总结说："一动手整理资料，考证的问题就会马上跟踪而来。"这包括"作家的生平、生活历史、作品原型进行必要的考证"，"作家笔名的考证"，"现代文艺书刊的考证"，等等。他还说："现在考证的文章不多"，可能与人们"划不清繁琐的考证和必要的资料考证之间的界限有一定的关系。不能为正确的研究工作服务的繁琐考证永远是我们所应该反对的，因为这会把研究工作和资料工作引到狭窄的死胡同中去；但是，却不能由此向前多走一步，连必要的资料考证也一起反对掉"。[①] 这里有对 50 年代中期批判胡适考证学思想的回应，也反映出现代文学研究界对考证方法的顾忌和这类研究的匮乏。尽管如此，50~60 年代初期仍有少数现代文学目录著作和资料整理集与考证有关，也有少数考证文章发表，如仲乐（陈涌洛）的《鲁迅日记一部分的考证》[②]。从 70 年代末开始，随着现代文学史料研究新高潮的到来、《新文学史料》《文教资料》等杂志的创刊，考证学方法在现代文学研究中得到了较好的应用，尤其是在鲁迅研究、现代作家笔名研究等方面出现了许多代表性论著，如朱正的《鲁迅回忆录正误》（1979）、陈漱渝的《鲁迅史实新探》（1980）、王景山的《鲁迅书信考释》（1982）、李允经的《鲁迅笔名索解》（1980）等，还有关于"杜荃"是郭沫若笔名等考证性的论文。此期极力倡导考证学方法的是朱金顺，他在论著《新文学资料引论》（1986）中专设"考证篇"，并发表《试说新文学研究与朴学之关系》的论文，又在现代文学研究界提出对朴学方法的继承问题。樊骏于 1989 年发表《这是一项宏大的系统工程——关于中国现代文学史料工作的总体考察》的长篇论文，也谈到考证的作用和价值问题。然而，此期的考证成果和对考证学方法的倡导，并未引起年轻学者的重视和响应，这种情形一直延续到 90 年代。90 年代的现代文学考证论著代表作有朱金顺的《新文学考据举隅》（1990）、陈福康的《民国文坛探隐》（1999）等。在 90 年代读书界的书话热中，姜德明、倪墨炎、陈子善等人的书话著作中也有不少现代文学的考证文字。

---

① 周天：《关于现代文艺资料整理、出版工作的一些看法》，《中国现代文艺资料丛刊》第 1 辑，上海文艺出版社，1962，第 276~277 页。
② 《光明日报》1951 年 11 月 24 日、12 月 8 日。

21世纪之后,文献史料研究再度被现当代文学研究者重视,解志熙等提出现代文学研究的"古典化"命题,程光炜、郜元宝等鉴于此前流行的"批评化"学风而倡导文学研究的"历史化"或"史学化"转向。《新文学史料》杂志继续发扬其考证传统,而学院派的刊物《中国现代文学研究丛刊》《现代中文学刊》等也开设史料研究专栏。更重要的是,不仅有许多老年学者关心史料建设,一批中青年学者也身体力行。于是现当代文学界重"考"的研究与重"论"的研究几乎可以平分秋色。此期董健等的现当代文学目录研究,陈子善等的辑佚研究,其他学者的版本、辨伪、校勘研究等都是具体的考证性研究成果。出现"考""证"字样的研究著作就有:孙郁、黄乔生主编的《鲁迅史料考证》(2001),解志熙的《考文叙事录》(2009),叶锦的《还艾青一个清白——艾青研究史料考证》(2010),吴永平的《〈胡风家书〉疏证》(2012),刘涛的《现代作家佚文考信录》(2012),付祥喜的《新月派考论》(2015),等等。但这些著作多半不完全是单纯的考证,往往更带有"考""论"结合的特点,反而是大量单篇论文更能体现狭义考证学的方法,如陈学勇的《林徽因徐志摩"恋情"考辨》等。可以说,21世纪以来,现当代文学的考证性研究取得了较大成就。

二 有据且证

要对现代文学进行考证性研究,我们还得辨别"据"与"证"这两个概念及其关系。胡适1915年日记中曾谈"据"与"证"之别,说"据"是"据经典之言明其说也","证者根据事实、根据法理,或由前提而得结论(演绎),或由果溯因,由因推果(归纳):是证也"。[①] 他认为,传统考据学重"据",现代考证学重"证"。后来他又说:"在外国有这个区别,证据叫evidence,证实是prove。证实是证据的结果……证实是个结果,证据是个材料。"[②] 他的观点启示我们,可在此基础上作进一步界定,即现代考证学(也包括现代文学的考证性研究)有两个核心概念或范畴:"据"和"证",它们既有区别又有关联。"据"即证据(evidence),是名

[①] 胡适:《"证"与"据"之别》,《胡适全集》第28卷,安徽教育出版社,2003,第239页。
[②] 胡适:《史学与证据》,《胡适全集》第13卷,安徽教育出版社,2003,第780页。

词,是指用来证明某一命题的材料,是人、物、事或文献等。"证"即证明或证实(prove),是动词,是指考证的实行和过程。evidence 的形容词是 evident(明显)。所以,"证据必为明显之物"①,证据就是使某一命题"明显"的材料,证明和证实就是使用证据让不明显的命题变得"明显",成为相对正确的事实。证据与证明(证实)二者相辅相成,证据的辨别、选择、放置等其实就是证明,证明的过程要使用证据。当然,有时可以证据自证从而不证自明。总之,考证学的核心是有据且证,据证合一。

从"据"的角度看,从事现代文学的考证性研究需要利用的证据包括书证、物证、人证、证词等。书证当然是指现代文学的各种书刊文献材料,也包括一些档案材料,是最常见的证据。物证包括现代文学作品和刊物的版本实物、作家故居、社团旧址及各种照片、图像等。如考证作品的版本变迁自然需要经眼版本实物或书影。又如,图像可视为物证,所谓以图证史是也。要考证"《论语》八仙"是哪些人,《逸经》第 28 期(1937 年 4 月 20 日)上的汪子美所作的"新八仙过海图"当然是重要的物证。人证是指现代文学史上的当事人、见证人等。20 世纪 90 年代以前,许多现代文学作家、批评家、出版家、编辑等都健在,所以当时的现代文学研究可以找到许多人证。证词既可指当事人、见证人的证言,也特指权威性的公论,如柯林武德谈到"历史的证据"时说:"一个权威所做出的、并为历史学家所接受的陈述,就被称为'证词'。"② 一些现代作家的自述和对其他作家、事件的评说皆是证词。但证词不是主体的证据,只能是一种辅助的证据。

我们还必须对证据的性质、价值等有所评判,而最基本的做法莫过于证据的"二分论",即把证据分为一手证据与二手证据、硬性证据与软性证据、刻意证据与非刻意证据等。一手证据来自一手材料:"一手资料有两个特征,一是属于问题所涉及的时代遗存下来,一是未经整理。"③ 据此,现代作家的手稿、书信、日记、自传等,作品的初刊或初版本,原始档案、广告等,这类同时符合以上两个特征的原始文献都可以作一手证据。而作品在另一个时代的修改本、作家后来的回忆录、另一个时代的整

---

① 〔英〕迈克尔·斯坦福:《历史研究导论》,刘世安译,世界图书出版公司,2012,第 134 页。
② 〔英〕柯林武德:《历史的观念》,何兆武等译,商务印书馆,2007,第 356 页。
③ 〔英〕迈克尔·斯坦福:《历史研究导论》,第 126~127 页。

理文献和研究文字等则只能提供二手证据。仅具有第一个特征也未必是一手证据,如当时的新闻报道,可能是带有记者偏见的转述;同时代的文学史、批评文字等也是研究一手材料之后的二手证据。硬性证据指的是"数字及符号",包括统计数据,它们可以计量,模糊性较小。现代文学书籍的价格、版次、发行量,作家的写作量、收入、稿费、版税、生活开销,刊物生存的时间等都是精确的数字或可以量化,是无争议的硬性证据。"至于'软性证据(soft evidence)'则可见于传统性历史文献之中,是用文字而非用符号来表达的,且所表述的多为理念而非计量。""采用'软性'一词,就表示它具有争议性、修饰性、变易性。它也可拥有一种以上的诠释,让人无休止的争论它的真义何在。""因为软性证据是在字词之中而非在数字之中,就产生了所有与语言相关的问题。"[①] 依据这种界定,所有的现代文学的文字文献都有可能只是软性证据。"最后一个区别则是证据是刻意营造以备未来诘问的人观察的,还是非刻意而为之。"[②] 现代作家有意要传之后世或经过修改的日记,还有自传、回忆录等提供的可能是刻意证据,而一般的日记、书信、广告、版权页等多属于非刻意证据。以上对证据的二分,使我们可以较快地判断证据的真实程度和价值层级。显然,一手证据比二手证据可靠,硬性证据比软性证据更有说服力,非刻意证据比刻意证据更真实,所以,前者都比后者有更高的证据价值和可靠性。其中非刻意证据与刻意证据的区别要更复杂一些,因为较难对这"意"进行判断,刻意和非刻意常混在一起。如《新月》第 1 卷第 8 号刊登的《志摩的诗》再版广告突出此版经作者修改后"内容"焕然一新,却不经意留下此诗集修改和版本变迁的证据。

我们了解证据的种类、性质、价值等,是为了在考证时能选用合适的证据。并不是所有的证据都可以成为合适的证据。按照证据法学所说,合适的证据应具备三种属性:相关性、可采性和证明力。文史考证的合适证据也应如此。胡适曾说:"凡是证据,不一定都可靠、都可用,所以就有所谓证据法(Law of Evidence)……我以为历史学家用证据,最好也学一学证据法。"他还设有四条原理:"一、不关本案的事实不成证据。譬如,

---

[①] 〔英〕迈克尔·斯坦福:《历史研究导论》,第 129~130 页。
[②] 同上书,第 130 页。

打老婆的人,你说他偷东西,这不能成为证据。""二、不可靠之事实,不算证据。""三、传闻(hearsay)之词不能成立。""四、个人之意见不能成立。"① 违反第一条原理,采用不具相关性的证据,在现代文学的考证中尚不多见,但采用后几种不合适证据的还是比较常见的。朱金顺曾举阿英的考证失误一例:阿英说瞿秋白翻译过苏联别德纳衣骂托洛茨基的长诗《没工夫唾骂》,而署名"芸生"的长诗《汉奸的供状》明显模仿此诗,因此《汉奸的供状》为瞿秋白所作。② 这里的证据不可靠,甚至不相关。这是阿英个人的看法,如果其他考证者又以阿英的说法去证明"芸生"即瞿秋白,则又违反了第四条原理。因此,不相关的证据明显不合适,不可靠的证据也不具有可采性或可用性。证词、二手证据、刻意证据虽然具有可采性,但证明力不够强,也不能算是最合适的证据。总之,对证据的辨别就是为了寻求合适的证据,有了这种证据,现代文学的考证工作已完成泰半。

前面从"据"的角度看,书证、物证、人证等皆是"证据",若从"证"的角度说,其实这些概念也可说是以书证之、以物证之、以人证之等。这里着重提及的一组概念是本证、旁证、反证。这一组概念在文史考证与法学中的含义有所不同。本证或叫内证是指应用本书、本人、本事的相关证据以证明、鉴别文学史料和史实的真伪、是非等,最典型的莫过于校勘中的本校法。旁证指采用他人、他书、他事所提供的间接证据来进行考证。如考证林徽因是否爱徐志摩的问题,本证应该是林徽因本人的诗作、书信等,其亲友的证词只能是旁证。反证是与本证、旁证刚好相反的证据,也可以说举反证以证之。梁启超说:"鉴别史料之误者或伪者,其最直截之法,则为举出一极有力之反证。"如有证明力强的反证,"但得一而已足"。③ 如为证明"徐志摩与林徽因之间这段令双方都刻骨铭心的爱情的断言"并非属实,有学者举了林徽因1932年1月1日致胡适的一封信作为反证,信中有"也许那就是我不够爱他的缘故,也就是我爱我现在的家在一切之上的确证"之类的话,就成为驳倒他人考证的杀手锏。还有一个概念是"理证"。陈垣把理证与书证、物证并提。这个"理"既指情理、

---

① 胡适:《史学与证据》,《胡适全集》第13卷,第782页。
② 朱金顺:《新文学资料引论》,北京语言学院出版社,1986,第66页。
③ 梁启超:《中国历史研究法》,中华书局,2009,第90页。

道理，也指推理，所以，理证既是证据更是证明。理证就是根据常识常理，结合逻辑推理去完成考证，一般是在找不到确凿证据和有说服力的证据的情况下才可动用。以上这组概念其实建构了现代文学考证研究如何正确使用证据的基本原则：主用本证，辅用旁证，贵在反证，慎用理证。

拿出合适的证据并正确使用是更好完成"证"的前提，但如何去"证"还涉及方法问题。古今文史学者总结了许多具体的考证方法，这些方法同样适用于现代文学研究。

首先是逻辑思维法。以前考据学者主要使用的是形式逻辑的方法，包括归纳法、演绎法、类推法、比较法等。其中归纳法被严复认为是一切法之法。这种元方法在考证中的使用最为普遍。所以梁启超总结说："清儒之治学，纯用归纳法，纯用科学精神。"① 而胡适则认为清人是归纳法、演绎法、类推法等多种方法并用，具体步骤是：

（1）每立一种新见解，必须有物观的证据。（2）汉学家的"证据"完全是"例证"，例证就是举例为证。（3）举例作证是归纳的方法。举的例不多，便是类推（Analogy）的证法。举的例多了，便是正当的归纳法（Induction）了。类推与归纳，不过是程度的区别，其实他们的性质是根本相同的。（4）汉学家的归纳手续不是完全被动的。是很能用"假设"的……他们所以能举例作证，正因为他们观察了一些个体的例之后，脑中先已有了一种假设的通则，然后用这通则所包涵（含）的例来证同类的例。他们实际上是用个体的例来证个体的例，精神上实在是把这些个体的例所代表的通则，演绎出来。故他们的方法是归纳和演绎同时并用的科学方法。②

戴震等的义例法大概也是这种归纳、演绎并用的考证法。比较法也是考证中最基本、最重要的方法之一，往往是通过对史料的纵横比较找出其异同，从而考证真相。包括同源史料的比较、异源史料的比较、二手史料与一手史料的比较等。③ 王国维的"二重证据法"就属于异源史料的比较。这些方法及其他逻辑方法都是文史考证中常用的，或多种方法综合运用，

---

① 梁启超：《清代学术概论》，东方出版社，1996，第56页。
② 胡适：《胡适全集》第1卷，安徽教育出版社，2003，第373页。
③ 杜维运：《史学方法论》，北京大学出版社，2006，第65页。

或侧重运用其中一两种。

在现代文学的考证研究中,归纳法和比较法用得更普遍。如考证《创业史》对"爱情"的删改问题就可用完全归纳法。笔者曾通过校勘,发现其定本几乎删改了初版中所有与"爱情"有关的字眼:"爱情"改为"感情","谈恋爱"改为"谈亲事","恋人"改为"他们"或"人",等等。还有关于梁生宝和徐改霞之间爱情的叙述、描写文字及由此引发关于爱情的议论文字等都被大量修改和删削。由此可以归纳说,《创业史》的定本是一个爱情几乎淡化到无有的文本。而孙玉石、方锡德对鲁迅佚文《自言自语》的考定则是归纳法和比较法相结合,总体上是归纳法,拿出三方面的确切证据,最终确定为鲁迅佚文。其中第三个证据又有比较,具体比较了《自言自语》中的篇章与鲁迅其他相关文章之间的相似、变异关系;从这种具体的比较中得出结论,又是一次小归纳。所以其考证方法是归纳法中含比较法,比较法中又含归纳法。现代文学的考证研究当然还会混合其他逻辑方法。如商金林在对所谓朱光潜的《给青年二十四封信》辨伪时,除了归纳法、比较法,还使用了类推法。朱光潜出版过《给青年的十二封信》,已证明《给青年的十三封信》是伪作(朱光潜自己已证明),其封面图案是对真作《给青年的十二封信》的模仿。《给青年二十四封信》封面亦仿《给青年的十二封信》图案(只把"的十二"改为"二十四"),与《给青年的十三封信》手法大致同,故亦是伪作。[①] 总之,现代文学研究中的考证类文章在发掘证据、组织证据和证明过程中,主要使用的是上述逻辑思维的方法。

其次是调查观察法。清代的考据学者除了使用逻辑思维的方法完成从文献到文献的研究工作外,还使用调查观察法。"特别是研究与自然界、器物等相关课题的学者,很注重用调查、观察的方法来获取资料,证成其说,'得诸目验,斯为不谬'。"[②] 目验、经眼主要就是观察法,在现代文学版本的考证中经常被用到。目验或经眼了版本实物便能直接证明或否定某些考证,有时只要凭借版本封面、版权页等书影即可。目验现代文学作品的初刊实物也常有意外收获。如要考证冰心的小说《我们太太的客厅》是影射林徽因的,我们去查看发表该作的《大公报·文艺副刊》,发现知情

[①] 商金林:《〈给青年二十四封信〉非朱光潜所作——评章启群先生对该书作者的"考证"》,《北京大学学报》(哲学社会科学版)2001年第2期。
[②] 郭康松:《清代考据学研究》,武汉崇文书局,2003,第171页。

人沈从文有意在该作文字的中下方另辟一块版面发表了林徽因的诗作《微光》,这种用冰心小说包裹林徽因诗作的版面安排是坐实冰心影射林徽因的证据之一。实地考察有点类似于社会学的田野调查法,更常常能解决考证中的某些问题。如鲁迅兄弟失和,据某些研究者推测,是因为鲁迅偷看弟妇沐浴。周海婴撰文说:"据当时住在八道湾客房的章川岛先生说,八道湾后院的房屋,窗户外有土沟,还种着花卉,人是无法靠近的。"[1] 如果按章川岛的说法去做一番实地勘察,即可证研究者的推测不成立。只是八道湾后院的布置现在已不存在,这时,如有当年照片即可返回当年场景。这样,以历史照片代替实地勘察也就成为现代文学考证中的一种特殊做法。如韩石山为了考证《我们太太的客厅》确实影射林徽因,将小说中对客厅内外的描写与当年梁家客厅、院子的照片一一比对。[2] 因此,现代的摄影、电影等技术为现代文学考证性研究的重返历史现场、目验当年实物等提供了可能,使以图像证史成为现代文学考证的新方法或一种特殊的调查观察法。由于现当代文学与我们的时代距离较近,我们还可以通过与作家或当事人往来书信、采访或访问等调查方式获得历史证据。金介甫写《沈从文传》,关于沈从文及其创作中的许多需要考证的问题就是通过以上调查方式解决的。这些调查所获取的"口述"史料,有助于考证,是还原文学史真相的重要方法之一。即便无助于问题的最终解决,这些资料亦可以"口述史"方式存在,以备待考。总之,在现代文学研究中采用调查观察法,可以有比古代更多的具体手段去获取人证、物证等信息,更快捷、直接地完成考证研究。

此外,还有一些辅助性的考证方法,如数学考证法、e 考证法等。有学者总结清代"考据学者将数学作为一种方法,直接用于非数学问题的文史研究的事实",主要是指"概算法""量化统计法"等。[3] 现代文学研究中也常有用数学方法辅助考证的例子。如朱金顺据稿纸行数、诗的行数推算柔石的《秋风从西方来了》一诗散佚 8 行并最终找到全诗。[4] 王彬彬从鲁迅日记推算 1936 年他病重期间的 6 月 6 日至 6 月 9 日是"颇虞奄忽"的

---

[1] 周海婴:《鲁迅与我七十年》,南海出版公司,2001,第 73 页。
[2] 韩石山:《民国文人风骨》,陕西人民出版社,2009,第 161~165 页。
[3] 郭康松:《清代考据学研究》,第 157~167 页。
[4] 朱金顺:《新文学资料引论》,第 52~53 页。

几日，从而证明《答托洛茨基派的信》不可能是鲁迅原话的"笔录"。①现代文学中有许多时间或日期的考定都可能会用到简单的数学运算，如秦贤次的《民国时期文人出国回国日期考》等。而要证明作品的修改程度、畅销与否等问题，则需要对修改次数、作品版次和发行量等进行量化统计。作家收入的统计也是数学考证法的好案例。如陈明远通过鲁迅的日记等材料弄清了鲁迅从1912年5月抵达北京到1936年10月病逝于上海这24年间的收入：平均每年相当于今天17万元、每月9000～20000元。从而证明这样的收入保证鲁迅能在北京的四合院、上海的石库门中写作，能在法西斯文化围剿中自食其力、自行其是，能保持他的自由思考和独立人格。②这类计量统计数据在考证中有较强的证明力。而所谓e考证法是当下互联网媒体时代新兴的考证法，主要是指利用网络电子数据库、网上图书馆、学术网站等来搜索证据，进行考证的方法。如《〈郭沫若论〉编者"黄人影"考》一文就使用了e考证法③，考证出"黄人影"其实就是"顾凤城"，而非许多资料显示的"阿英"。e考证在目前现代文学考证中的应用还不太多，而随着电脑技术的发展和现代文学文献数字化的完备，e考证将成为非常重要的辅助考证法。

严耕望论及陈垣、陈寅恪二位考证学巨擘的成就时，对考证作了分类：

> 考证之术有述证与辩证两类别、两层次。述证的论著只要历举具体史料，加以贯串，使史事真相适当的显露出来。此法最重史料搜集之详赡，与史料比次之缜密，再加以精心组织，能于纷繁中见其条理，得出前所未知的新结论。辩证的论著，重在运用史料，作曲折委蛇的辨析，以达成自己所透视所理解的新结论。此种论文较深刻，亦较难写。④

严耕望认为在考证过程中通常述证、辩证两者兼备，也可各有侧重，陈垣、陈寅恪就分别擅长这两种考证之术。严耕望对考证之术的二分，既总结了古今考证术的区别，即重"据"的考证乃述证，重"证"的考证乃辩证；又指出了诸多考证方法的不同侧重点，即逻辑思维法侧重辩证，而调查观察法、

---

① 王彬彬：《鲁迅与中国托派的恩怨》，《南方文坛》2008年第5期。
② 陈明远：《何以为生：文化名人的经济背景》，新华出版社，2007，第2～8页。
③ 贺宏亮：《〈郭沫若论〉编者"黄人影"考》，《博览群书》2012年第1期。
④ 严耕望：《治史三书》，上海人民出版社，2008，第174页。

数学考证法、e考证法等侧重述证。其实，在中国现代文学研究中，是述证或是辩证似乎都无关紧要。重要的是把一定数量的"据"，通过众多"证"的方法联系起来，形成完整的证据链，更可靠地去呈现文学史真相。而述证与辩证都是为了完美达成证据链之间事实及逻辑的环环相扣。

三 广涉之术

考证性研究虽然也涉及史料或史实的深入追问，但重点不是求取思想的深度，而是关乎知识的广度。从这个意义上说，考证其实是一种广涉性的学术。大体说来，古典文献学的考证涉及古书和史实，而现代文学的史料考证涉及书刊、图像等文献和文学史实。中国文史研究界一般沿用德国史学家伯恩海姆的分类法，把考证分为外部考证和内部考证。一般认为外部考证是低级考证，内部考证是高级考证，外部考证为内部考证作铺垫，内部考证则是外部考证的继续和深入。实际上，这种对考证的价值高低的评估和次序先后的安排并无多少实际意义，但外部考证和内部考证之分却有助于我们认知现代文学考证性研究的广涉内容及其性质。

史学家杜维运说："所谓外部考证，系从外表衡量史料以决定其真伪及其产生的时间、空间等问题。"[①] 他对外部考证所涉内容的划定大多可挪用于现代文学的考证性研究。一是对伪书（含伪文、伪篇等）及遗物、图像等的考辨。如对所谓朱光潜的《给青年二十四封信》一书的辨伪，章启群考证为真，商金林考证为伪。二是对文学史料产生的时代的考证。现代或当代的时代都已明确，重在考证一些时间点，考定了时间点，才可对史料内容作精确评估。如艾青《黎明的通知》一诗的写作时间被考证为1942年春天。[②] 三是对文学史料产生地点的考证。环境也是决定文本面貌和史料传播特点的重要因素，尤其是中国现代文学史料产生于苏区、解放区、国统区、沦陷区、租界等不同的政治文化环境，往往差异甚大。所以，文学史料的产生地点也有考辨的必要。如考定了艾青《黎明的通知》一诗写于延安，便有助于对诗作光明内涵的理解。如确知老舍的作品出版在伪满

---

① 杜维运：《史学方法论》，第121页。
② 朱金顺：《新文学考据举隅》，中国文史出版社，1990，第73页。

洲国，当定为盗版。四是对文学史料著作人的考证。杜维运认为，"影响史料最大者，为史料著作人。不知某史料出于某人，即难详知该史料的可信程度"。① 这里主要是"不知某史料出于某人"的问题，即现代文学辑佚、辨伪及笔名考证等。如《自言自语》是不是鲁迅的作品，《京话》是归于姚颖还是其丈夫王漱芳，等等。另外还需确认文学史料著作人的身份，是历史参与者、见证人，还是转述者。

波兰史学家托波尔斯基认为：外部考证主要涉及史料的可信性问题，内部考证则是对史料可靠性的研究，关注的是史料"与事实的相符合的程度"②，即在确证为可信史料的基础上再考证其可靠性程度。杜维运则说："所谓内部考证，系考证史料的内容，从内容衡量其是否与客观的事实相符合，或它们间相符合的程度。"③ 这首先是从史料著作人的信用、能力方面确定史料的可靠程度。如阿英、唐弢等信用度高，则提供的文学史料可靠性强；史济行、张紫葛等信用度较低，所述史料的可靠性便较弱。其次是对文学史料内容的真实程度的确定。杜维运认为在这方面文史学家总结了许多通例，如"（1）凡是两种记载，不相抄袭，即是毫不相干的两种记载，而所记某事相同，则某事可信。""（2）凡是有客观的证据，如日食、干支纪年、民族习惯（如避讳）等可资佐证者，则这一类的记载，确实可信。""（3）比较正反两方面的记载，代表反对方面者，对某事大加非难，代表正面者，保持缄默，不加辩护，则代表反对方面者的记载为可信。""（4）两种或两种以上的记载互相歧异，较古的记载，较为可信。""（5）文献记载得到实物的印证，则亲切可信。"④ 除此之外，可能还有其他通例，如伏尔泰说："两个互相仇恨的同时代人的回忆录都肯定同一事实，这一事实便无可置疑。"⑤ 这些历史学方法同样适用于现代文学史料的内部考证。

实际上，外部考证和内部考证有时很难作截然的区分。如杜维运认为在外部考证的诸项内容中，还有对史料原形的复原问题，这主要是用校勘的方法。但从四校法看，只有他校法即以他书校本书时才是外部考证，而

---

① 杜维运：《史学方法论》，第126页。
② 〔波兰〕托波尔斯基：《历史学方法论》，张家哲等译，华夏出版社，1990，第87页。
③ 杜维运：《史学方法论》，第121页。
④ 杜维运：《史学方法论》，第131~134页。
⑤ 转引自朱本源《历史学理论与方法》，人民出版社，2007，第327页。

对校法、本校法多与史料内部相关。又如辨伪书是外部考证，但辨书中的内容真伪时又是内部考证。很多时候是既要辨伪书，又要辨伪事、伪说（即书中的内容），如对瞿秋白《多余的话》的考证。现代文学的考证性研究往往既有外部考证又有内部考证。这说明考证之术广涉史料内外，涵盖了整个现代文学史料研究。

从考证与史料学学科分支关系的角度也能很好地说明现代文学的考证性研究所具有的广涉性。白寿彝说：

> 考证之学跟目录、版本、校勘、辨伪、辑佚、注释之学有密切的关联。它们离不开考证的方法，但不通过这些学问，也难以做到取材博、用材精、训释正、类例明，从而有正确的考据。可以说，考据之学在一定程度上就是目录、版本等文献之学的综合运用，而考据的方法又是文献研究进行到一定程度时所不可少的。[1]

这段话大致有两层意思，一是说考证学方法的应用之广，目录学、版本学、校勘学、辨伪学、辑佚学、注释学等都离不开考证的方法。二是说考证学方法需要运用的知识之广，是目录学、版本学、校勘学、辨伪学、辑佚学、注释学等方法的综合运用。所以，如果把考证看成一种科学方法，文献学或史料学的各学科分支都需要这种方法，同时这种方法又离不开各学科分支的具体方法。我们可以侧重从现代文学文献学的学科分支角度看考证方法的应用程度。

现代文学史料学或文献学的每个学科分支在文学史料的搜集、鉴别或整理中都有各自的方法，但都需要用到考证的方法。如辑佚中的线索追踪、由笔名而发现佚文等都需要细致的考证。辑佚中的"陋""误"等现象的出现也是缺乏考证所致。要避免这些现象，就须在辑佚时不凭猜测、感觉或孤证等定谳，而要进行周密的考证。如方锡德对冰心佚作《惆怅》的考证就提供了本证、旁证、书证、人证等七八条证据，运用了比较法等考证方法。而辨伪之学整个就是考证之学，辨伪的"辨"就是考辨、辨析。辨伪侧重施展辩证这类"曲折委蛇"的考证之术。在现代文学的辨伪实践中，就有一些精彩的考证文章。如商金林《〈给青年二十四封信〉非

---

[1] 白寿彝：《史学概论》，中国友谊出版公司，2012，第71页。

朱光潜所作——评章启群先生对该书作者的"考证"》一文的考证：先从该书的封面的笔迹、篇名、信的格式、写作时间、出版书店等方面考证该书为伪作，侧重的是外部考证；又对章启群《新发现朱光潜〈给青年二十四封信〉的考证》一文中书的内容应为一流学者所作、书中的政治思想和观点、哲学和美学观点、风格和文字、出版时间等五点考证逐一提出反证，重在内部考证。校勘则是侧重文献字句等细部的考证之术。对校法、本校法就是内部考证，而他校法、理校法偏于外部考证。从一般方法来说，"对校法实则是比较异同"，"本校法实则是分析和考证"，"他校法实则是考证"，"理校法实则是分析和考证"。① 这实际上是说，校勘其实就是一种正误汇异的考证。不过，当校勘成果仅仅寄身于一种版本（如精校本、汇校本等）时，我们无法呈现其考证的功夫。只有在校读记这类校勘研究著述中才能更好地体现考证的过程和方法。校勘一般偏于述证，其中理校法可能偏于辩证。在现代文学校勘研究中，也有许多体现考证特色的著述，如解志熙《考文叙事录》一书中的某些片段，王得后《〈两地书〉研究》一书中的校读记，等等。版本研究与考证的关系也十分密切。需要寻找诸种文献材料和版本实物这"二重证据"，必须有正文本和副文本因素的相互参证。版本源流和文本谱系的梳理往往采用述证，版本演进带来的文本蜕变则需要辩证。版本研究的著述形态如校读记、汇校本、书话等都离不开考证。依托版本研究而进行的文本发生学、版本批评或其他学科的研究，也需要有考证的基础。目录编撰亦与考证相伴，目录为辑佚、辨伪、校勘、版本研究的考证提供线索，而目录的最高境界"辨章学术，考镜源流"体现的也是考证的功力。总之，整个现代文学史料学或文献学的研究都要广用考证的方法，其他研究如索隐研究、本事研究、传记批评等离开考证也无法深入。同时，考证之术也要广借史料学或文献学分支的具体技术。

最后，跳出史料学或文献学的视域，我们仍能看到考证之术的广涉性。所以，白寿彝说："要从事历史的考证，仅有文献学的知识是不够的，还需要有逻辑的素养和有关的专业知识，如历法、地理等等……"② 现代文学的考证性研究也是如此，仅有文献学的知识是不可能圆满完成考证工

---

① 倪其心：《校勘学大纲》，北京大学出版社，2004，第 104~105 页。
② 白寿彝：《史学概论》，第 71 页。

作的。逻辑学素养的重要,前文已提及。因为研究对象是文学,涉及历法的问题不会太多,但我们应该知道延安的《解放日报》用的还是民国纪年等知识。地理学的知识当然必不可少,如知晓苏区、边区、伪满洲国、租界等政治地理区隔,注意南渡和西迁与现代文学的关系、留学作家的出游路线,甚至上海的望平街、福州路(四马路)、武康路等重要文化地址,等等。如吴福辉的《插图本中国现代文学史》对出版业、报刊与现代文学生产之关系的叙述,李永东的《租界文化与30年代文学》对相关主题的分析都涉及文学地理的考证。现代文学研究中的考证在某种程度上可以被看作历史和文学史的复原,所以各类历史知识和史学理论知识自然又是考证性研究的应有构成。考证之术与法学也有天然的关系。胡适甚至从发生学角度推想法学是考证学的重要来源:

> 我常推想,西汉以下文人出身做亲民之官,必须料理民间诉讼,这种听讼折狱的经验是养成考证方法的最好训练。试看考证学者常用的名词,如"证据"、"左证"、"左验"、"勘验"、"比勘"、"质证"、"断案"、"案验",都是法官听讼常用的名词,都可以指示考证学与刑名讼狱的历史关系。所以我相信文人审判狱讼的经验大概是考证学的一个比较最重要的来源。[①]

叶舒宪的《国学考据学的证据学研究及展望》一文也有考据学与证据法学的简单比照。现代文学的考证性研究也当学习法学的严谨,每一次文学史实的考证都应该被看作一次责任重大的文学断案。考证之术当然还需要其他相关的知识,学者要无所不窥,知识域越宽广,就越能有更多的"支援意识",越能达成科学的考证。从应用之广的角度说,史料学、文献学之外的许多研究方法或学科也都需要考证之术,如文学研究中的索隐研究、本事研究、传记批评等。总之,考证之术所需要的知识没有边界,考证之术是广涉之术。

四 较高级批判

胡适认为考证学可译成西方的 Higher Criticism。在西方,"'校勘'

[①] 胡适:《考据学的责任与方法》,《胡适全集》第13卷,第576页。

(Textual Criticism）又叫'初级考据'（Lower Criticism）；与此相对应的'高级考据'（Higher Criticism），是对文本作者、撰写时代、地点等问题的考证。之所以叫'高级考据'，只是因为它要以'初级考据'作为基础和前提"[1]。韦勒克和沃伦的《文学理论》一书也谈到了两个层次的考证问题，但中译本又把 Higher Criticism 译成"高级校勘"。如果我们要突出"批判"的意义，Higher Criticism 其实可直译为"高级批判"，严格意义上说，应译为"较高级批判"。考证实质上也是一种包含或基于初级批判的较高级批判。

考证之所以可以称为较高级批判，是因为它体现了一种较高的治学精神或境界，即一种"实事求是"的科学精神。清代的许多学者如钱大昕、汪中、阮元等都用"实事求是"一词评价朴学或考据学。"实事"用今天的话说是客观事物、事实或证据。"是"指的是真义、真相、正确性、最大值等。"实事求是"自然有其史学、哲学的内涵，但它也是考证学的理论总纲。梁启超谈辨伪正误时曾把乾嘉学者的"实事求是"概括为"求真"二字。[2] 考证中的实事求是精神应该具有多重内涵。其一是具有怀疑精神。梁启超评戴震，认为怀疑和追问是"戴氏学术之出发点，实可以代表清学派时代精神之全部。盖无论何人之言，决不肯漫然置信，必求其所以然之故；常从众人所不注意之处觅得间隙，既得间，则层层逼拶，直到尽头处；苟终无足以起其信者，虽圣哲父师之言不信也"[3]。陈垣也说："考证贵能疑，疑而后能致其思，思而后能得其理。"[4] 因此，实事求是的第一步是怀疑，怀疑才能读书得间，进而从间隙中进入。其二是具有批判意识。怀疑而能追问、审思，这已进入批判过程，然后是去蔽、揭露、臧否、重估或否定等进一步的批判。清代考据学的发展正是建立在对宋明理学末流的空疏学风、妄改古书、望文生义等错误做法及考据成果中的非实事求是倾向进行批判的基础上。其批判锋芒所向，虽师友都不规避，甚至进行自我批判。如戴震提倡学者当"不以人蔽己，不以己自蔽"，体现的正是一种强烈的批判意识，唯此，才能达成实事求是，求得"真是"。其

---

[1] 《西方校勘学论著选》，苏杰编译，上海人民出版社，2009，第 xiii 页。
[2] 梁启超：《中国历史研究法》，第 119 页。
[3] 梁启超：《清代学术概论》，第 31~32 页。
[4] 陈垣：《通鉴胡注表微·考证篇第六》，辽宁教育出版社，1997，第 76 页。

三是阙疑存异原则。关于此点，清代学者多有论及。简言之，阙疑存异就是涉疑处，不妄下断语，阙而不论以待查考；歧异处，不自逞臆见，并存加注以便省阅。这也正是一种实事求是的态度。总之，实事求是的精神用现代的观念说就是一种治学的科学精神。治学能否体现实事求是的精神，其学术效果将大不相同，正如凌廷堪在《戴东原先生事略状》中所言："夫实事在前，吾所谓是者，人不能强辞而非之，吾所谓非者，人不能强辞而是之也，如六书九数及典章制度之学是也。虚理在前，吾所谓是者，人既可别持一说以为非，吾所谓非者，人亦可别持一说以为是也，如理义之学是也。"① 中国传统的考据学因具有了这种实事求是的精神，其治学水平已达到了一种较高的境界。

实事求是的理念往往具体化为考证的方法。进入 20 世纪以后，学者们则从这些方法中提炼出"科学"精神。如梁启超在《清代学术概论》中说："清儒之治学，纯用归纳法，纯用科学精神。"② 他又在《论中国学术思想变迁之大势》中说：

> 本朝学者以实事求是为学鹄，颇饶有科学的精神……所谓科学的精神何也？善怀疑，善寻间，不肯妄徇古人之成说，一己之臆见，而必力求真是真非之所存，一也。既治一科，则原始要终，纵说横说，务尽其条理，而备其左证，二也。其学之发达，如一有机体，善能增高继长，前人之发明者，启其端绪，虽或有未尽，而能使后人因其所启者而竟其业，三也。善用比较法，胪举多数之异说，而下正确之折衷，四也。凡此诸端，皆近世各种科学所以成立之由，而本朝之汉学家皆备之，故曰"其精神近于科学"。③

在梁启超那里，实事求是、考据方法和科学精神之间几乎可以画等号。胡适在《清代学者的治学方法》一文中也总结："他们的方法是归纳和演绎同时并用的科学方法。""无论如何琐碎，却有一点不琐碎的元素，就是那一点科学的精神。"④ 这些文史学者既从传统考据学中阐发其科学精神，又

---

① 凌廷堪：《校礼堂文集》，中华书局，1998，第 317 页。
② 梁启超：《清代学术概论》，第 56 页。
③ 梁启超：《饮冰室合集》文集之七，中华书局，1989，第 87 页。
④ 胡乱：《胡适全集》第 1 卷，安徽教育出版社，2003，第 373、387 页。

借鉴西方学术思想和科学方法,如兰克的"史料批判"方法、杜威的实验主义等,更自觉地发明和应用新的考证方法。经过20世纪初期的进一步发展,现代考证方法既有实事求是的传统积淀,又有现代科学精神的灌注,演变为一种较高级的学术批判方法。

但是,对这种"较高级批判"的批判从未停止过。清代的学者如王引之、姚莹等就批判考据学有复古、门户之见,甚至有败坏风俗、人才的倾向。进入20世纪以后,梁启超、刘师培等也批判考据学有烦琐、视野局限等弊端。1950年,王瑶撰文《考据学的再评估》(后改题为《论考据学》),同时批判旧考据学和新考证学。文章认为考据学一是有治学方法的局限性:"考据学所用的方法完全是形式逻辑考察事物和现象的方法,是常识的思维方法;从乾嘉学者到胡适们,三百年来在方法上并没有什么进步。"新考证学的"贡献只是基于研究对象的转换和新材料的获得,而并不是处理方法的提高"。二是受材料的限制,"有些问题是永远不可能用考据学来证明的,如果没有新材料"。三是逃避现实且持单纯的技术观点。"五四"以后,知识分子"不敢正视接触现实社会了,就又唱出了整理国故的口号,向故纸堆中去逃避……正像学技术科学的人以为他可以不受政治的影响一样,研究文史的也把单纯的技术观点建立在他们的考据学上了"①。在50年代中期的《红楼梦》批判运动中,陈炜谟认为旧考据学有脱离现实和政治、主观臆断、烦琐拉杂、材料局限、绝少研究文学等缺点。胡适派的考证也有主观武断、烦琐拉杂、穿凿附会等特点,且"歪曲了清代学者的治学方法"②。这些批判有的的确道出了考据学的症结,但有的过于极端,有的失之于牵强,缺少学理依据。目前,考证的方法在不断增加,考证的材料也越来越丰富,因此,就有必要对这些批判进行再批判,尤其是不能简单沿袭旧的批判方法并挪用于新的批判。要对考证之术进行恰当的价值批判,应该注意以下几个重要方面。

第一,考证可定位于"述学"。从广义的角度论考证学方法,正如章学诚所言:"义理存乎识,辞章存乎才,征实存乎学,刘子元所以有三长

---

① 王瑶:《王瑶文论选》,人民文学出版社,2009,第78、75、81、84页。
② 陈炜谟:《论考据学在文学研究中的作用——兼评胡适的资产阶级唯心主义考据学及其毒害》,《四川大学学报》(哲学社会科学版)1955年第2期。

难兼之论也。"① 即考证性研究不逊于哲学的思辨和文字创作的才情,而重在以丰富的学识对史实与真相进行叙述、陈述,是"述学"。袁枚说得更具体:"古文之道,形而上,纯以神行,虽多读书,不得妄有攟拾。韩、柳所言功苦,尽之矣。考据之学,形而下,专引载籍,非博不详,非杂不备,词达而已,无所为文,更无所为古也。""六经、三传,古文之祖也,皆作者也。郑笺、孔疏,考据之祖也,皆述者也。"② 即考证不仅是"述学",要旁征博引地去"述",且无须文采,所谓"朴学"是也。从狭义的角度看考证之术,它与版本、目录、校勘、辑佚、辨伪等都是"述学",都可以算是"述而不作"。考证本身无论是述证还是辩证,主要也是采取"述"的方式。对考证这种"述学",自古以来一直有不同的价值评判,如袁枚就以形而上、形而下来作区分。在现代文学研究中,人们往往重视理论轻看考证。实际上,如果依据"论"和"述"两种不同的学术言说方式,可把现代文学的研究成果分成论著和述著两种。借用章学诚的"高明者,多独断之学。沉潜者,尚考索之功。天下之学术,不能不具此二途"③这一说法,这两种学术言说方式及其著作形态并无价值高低之分,而是相互借助、相辅相成的。考证所"述",正是"论"的基础。如朱光潜说:"考据所得的是历史的知识。""考据就是一种批评。""考据不是欣赏,批评也不是欣赏,但是欣赏却不可无考据与批评。"④ 这是说考证所得的历史知识有助于审美实践。其实,又何尝不有助于接受美学理论的研究呢?又如文本阐释及阐释学理论的深入等往往也离不开考证。当下,有些学术成果凸显"考论"二字,如付祥喜的《新月派考论》、解志熙的《考文叙事录》等,试图在考证中加入"论"的成分,从而提升考证的学术价值,其实都是对考证"述学"价值不自信的表现。当我们改变近几十年来形成的重"论"的价值观念和学术评价机制,或当我们重续朴学的学术传统,就会发现纯考证的学术成果(如朱正的《鲁迅回忆录正误》、吴永平的《〈胡风家书〉疏证》、郑子瑜的《〈阿Q正传〉郑笺》、陈永志的《〈女神〉校释》等"述著")也是值得提倡的著述类型,它们同样具有重要的

---

① 章学诚:《文史通义》第4卷,上海书店,1988,第5页。
② 袁枚:《小仓山房诗文集》第19卷,上海古籍出版社,1988,第1800页。
③ 章学诚:《文史通义》第5卷,上海书店,1988,第50页。
④ 朱光潜:《朱光潜全集》第2卷,安徽教育出版社,1987,第38~41页。

学术价值。要言之，现代文学的考证性研究的主要特征就是"述"，是真实地陈述现代文学背景的、历史的、隐藏的各种真相。

第二，考证有别于索隐。朱光潜认为考证学者的错误之一是"穿凿附会。他们以为作者一字一画都有来历，于是拉史实来附会它……《红楼梦》一部书有多少'考证'和'索隐'？"① 这是把考证和索隐混谈，且认为穿凿附会是考证之弊。实际上，穿凿附会之弊应归于索隐而非考证。索隐法是古代形成的一种文本解读法，是通过文本的表面意义索解其隐指的意义。考证在诸多方面有别于索隐。其一，索隐法主要用于文学文本，考证则适用于各类文本，且考证不限于文本。其二，索隐法主要是追索文学文本里隐藏的政治内涵或历史真相，所以有"政治索隐派"的说法。考证所考的内涵更宽泛。如在红学研究中，旧红学派即索隐派，认为"红楼梦"写的是清世祖与董鄂妃的故事。新红学派则考证为曹雪芹的自叙传，与作者及其家族有关。二者更为主要的区别是研究方法的不同。索隐常采用类比法、拆字法、谐音法、转义法甚至射覆法等去解读文本，有时会断章取义、望文生义、穿凿附会，充满主观随意性，往往会导致语言暴力，因此胡适曾讥笑索隐派是"猜笨谜"。而考证则追求客观性和科学性，"凡立一义，必凭证据。无证据而以臆度者，在所必摈"。② 需要本证、旁证俱全，内部考证和外部考证兼备，且使用归纳法等多种科学方法，更有说服力地呈现史料与史实真相。但另一方面，考证与索隐也有相通之处。如果是证据不足、述辩不周的考证，也容易像索隐一样具有穿凿附会之弊。索隐中的谐音法、拆字法等也可借用于考证，尤其是研究有影射倾向的文学作品。如对章克标的《银蛇》、徐志摩和邵洵美合写的《珰女士》的考证可以辅用谐音法和拆字法等解码方式。而现在的索隐研究也已开始吸收考证的方法而成为趋同于考证的"考索"。总之，简陋的考证可能形同索隐，而科学的考证当无穿凿附会之弊。

第三，考证不等于烦琐。考证学方法常被批判为烦琐。如历史上的宋学派常常指责考据学者为繁称杂引。学术史上确存在一些末流考据成果是无意义的烦琐之举，但宋学家对汉学家的指责常有门派偏见，是治学理念

---

① 朱光潜：《朱光潜全集》第2卷，第38页。
② 梁启超：《清代学术概论》，第44页。

不同等原因造成的。如有学者就指出："如果撇开宋学派别有用心的攻击这方面的原因不论，这种考据方法，与宋学言心言性不需用大量的文献材料作为依据的阐释方式的差异，是导致宋学派认为考据繁杂的原因。"① 而当代学者对考据烦琐的批判则主要源于对这种治学方法的不理解、不认同以及对这类文章的阅读有障碍等。考证学有一条定理是"孤证不为定说"，证据越多越好，所以博征繁引、参伍错综、论证缜密是考证学的内在要求。同时，考证最常用的方法是归纳法，而唯有最大限度地穷尽式归纳才能得出相对真确的结论。现代文学研究虽然不可能达到对传统经典考证那样举证上百条的程度，但恪守"孤证不为定说"，追求博证的原则还是应该坚持。至于解决烦琐考证带来的阅读障碍问题，古人已作过尝试，如制成图表就可以使考证变得直观简洁，现代文学考证也可继承此法。如作家踪迹的考证可画成行旅路线图，作品版本的考证可制作版本谱系图，其他有许多归纳性的考证皆可列为表格。此外，还有转成注释之法，即把次要的材料、证据放进脚注或尾注里。这样，正文就更容易阅读，丰富的证据材料也得以保存。最后，应辩证地看待烦琐问题。正如考据家顾颉刚所说："我们不能一看到考证史料的文章，就说这是搞'繁琐哲学'。繁琐不繁琐，不在于考证问题时所引用的材料的多少，而在于所引用的材料是不是为了解决考证的问题时所必需的，是不是都有内在联系。如果是必需引用的，各项材料都是有联系的外证和内证，那么虽多到数十百条，也不该说是繁琐；如果不是必需的，即使少到一二条，也该说是繁琐。"② 因此，现代文学的考证应规避无意义的烦琐，不避有意的烦琐，但为了阅读便利，也应尽量化约烦琐。

第四，不提倡有争议的考证。通常情况下，有些考证虽没有明显违背考证学规范，但因其常会引起争议，也不应被提倡。此考证主要有两类。一是默证。默证被指为消极的推断。"推理方法有二：其一为积极推理，即据已有推断实有，并判断实无；其二为消极推理，即据无有推断实无，并判断实有。此即史学家向来惯用之默证法。"③ 顾颉刚被认为是滥用默证最厉害的

---

① 郭康松：《清代考据学研究》，第253页。
② 顾颉刚：《彻底批判"帮史学"，努力作出新贡献》，《中华文史论丛》第7辑，上海古籍出版社，1978，第54页。
③ 王尔敏：《史学方法》，广西师范大学出版社，2005，第130~131页。

史学家，受到张荫麟、徐旭生等人的责难。张荫麟说："凡欲证明某时代无某某历史观念，贵能指出其时代中有与此历史观念相反之证据。若因某书或今存某时代之书无某史事之称述，遂断定某时代无此观念，此种方法谓之'默证'（Argument from Silence）。默证之运用及其适用之限度，西方史家早有定论。吾观顾氏之论证法几尽用默证，而什九皆违反其适用之限度。"① 张荫麟举顾颉刚默证一例：《诗经》《尚书》中皆有若干禹，但尧舜不曾一见，故尧舜禹的传说，禹先起，尧舜后起。我们亦可举例：英国学者弗朗西斯·伍德的《马可·波罗到过中国吗？》一书认为，马可·波罗《行记》中没有提到长城，证明他没有到过中国。现代文学研究者中也有学者用默证，如有人认为在五四时期名人的文献中未见"反帝"一词，故五四运动中无"反帝"主题。这种考证法及其结论皆值得质疑。如他是否阅尽当时名人的文献？该词在他人文献中是否一定没有？即便不存在于文献，五四时期是否就不存在反帝运动？故默证法在现代文学考证中亦不可滥用。二是"过限"考证。这不是指过量、过度的考证，而是指超过了考证应有的界限而进行的无关宏旨、意义屑小的考证，或如俞平伯所自称的那种"逢场作戏"的趣味考证，如考证宝玉为什么爱吃稀的，等等。现代文学研究中也有这类考证，如有学者在徐志摩传记中考证说，徐志摩与陆小曼越过男女之大防的具体时间是1925年1月19日晚上酒宴后。这类没多少学术价值、历史价值和现实价值的考证就可称为"过限"考证，也是不宜提倡的。

现代文学研究中的考证方法之所以只能被称为"较高级批判"，是因为它还较少达到更高级的境界。正如王瑶对考据学的批判及其所引恩格斯的话所说，考证家往往"孤立地考察一个问题或历史现象，在静止不动的平面上去考察这个问题或历史现象，排除了历史发展过程中的矛盾和史实间的联系，因而他们的结论或判断的正确性，就不可能超越了常识的范围，去全面地或概括地了解历史发展的规律性和它的丰富内容……恩格斯说：'人的常识，在四壁之内的家庭生活范围中，虽是极可尊敬的伴侣，但只要一踏上广大的研究世界时，它立刻就会经历最可惊的变故。形而上学的思维方法，虽然在某一多少宽广的领域中，是合用的甚至必要的，可

---

① 张荫麟：《评近人对于中国古史之讨论》，《张荫麟文集》，台北：中华丛书委员会，1956，第298页。

是迟早它总要遇着一定的界限,在这界限之外,它就变成片面的、局限的、抽象的,而陷于不能解决的矛盾之中;因为它只看到个别的事物,而看不到它们的互相联系;只看到它们的存在,而看不到它们的产生与消灭;只看到它们的静止状态,而忘记了它们的运动;只见树木,而不见森林。'这段话对于我们批判旧日考据学的治学方法的局限性和片面性,是完全的吻合的"。① 因此,现代文学研究中的考证方法还需要多运用马克思主义的辩证思维和批判精神,对文学史料的形构意图、本质属性、史料观等进行更高层级的批判,这样才能使之更加科学有效。

(原载《中国社会科学》2018年第12期)

---

① 王瑶:《王瑶文论选》,第78页。

译介学与中国现代文学研究的新变

熊　辉　西南大学中国新诗研究所

译介学随着 20 世纪 70 年代末期比较文学在中国的兴起而逐渐受到了部分学者的关注，其在比较文学视野下对翻译展开迥异于传统语言研究的跨文化研究，重点探讨文学翻译在促进文化交流中的中介作用、不同语言在翻译过程中出现的文化信息的失落与变形、"创造性叛逆"、翻译文学的国别归属等。20 世纪 80 年代末，中国译介学在理论建构和学科建设上迈出了坚实的步伐，国内译介学研究热潮的兴起促进了文学翻译研究范式的转变，人们纷纷从比较文学和翻译学的角度对之具有的学术价值和开创意义加以肯定。然而，译介学的价值和影响远不止于此，本文试图从以下几个方面来论述它对中国现代文学研究的启示，突出译介学的跨学科意义。

一　拓展现代文学研究的内容

译介学认为翻译文学是民族文学的重要构成部分，确立了翻译文学的国别身份，丰富了民族文学的内容。据此，自五四新文化运动以来大量涌现的白话翻译文学应该属于中国现代文学的范畴，进入中国现代文学的研究视野。中国现代文学研究以中国现代作家创作的文学作品、文学事件和文学史为基本的研究内容，但随着译介学的兴起，现代文学坚守了几十年的研究范畴因为翻译文学民族身份的认同而不得不做出新的调整。

第一，译介学扩大了中国现代文学的范畴。译介学认为文学翻译不是简单的语言转换和文化信息的复制传递，它具有文学创作的特质。文学翻译需要用艺术性的语言去呈现原作的"风韵"，译者翻译外国文学时必须结合中国现代文化语境，在中国现代语言系统中找到能激发中国读者产生与源语读者相同或相似的审美感受；译者与原作家之间都要对原作品中的人物、场景、情节及文化因素进行相应的体验和创造。文学翻译与文学创作的这些类似性决定了翻译文学应该归入译者的语言文化系统中，中国现代译者翻译的外国文学相应地也应该属于中国现代语言文化系统的构成要素，是中国现代文学的组成部分。随着译介学研究的深入，人们在翻译文学的国别归属上基本赞同翻译文学是民族文学（译入语国文学）的看法，比如贾植芳先生在《译介学》序言中说：

> 由中国翻译家用汉语译出的、以汉文形式存在的外国文学作品，为创造和丰富中国现代文学所作出的贡献，与我们本民族的文学创作具有同等重要的意义和价值。①

谢天振先生在其著作《译介学》第五章中以"翻译文学——争取承认的文学"为题专门探讨了翻译文学的国别身份和在民族文学中的地位，在考证了大量文学翻译作品的基础上理性而果断地认为：

> 既然翻译文学是文学作品的一种独立的存在形式，既然它不是外国文学，那么它就该是民族文学或国别文学的一部分，对我们来说，翻译文学就是中国文学的一个组成部分，这完全是顺理成章的事。②

著译不是中国近现代文学史上独特的文学现象，间接反映出现代文学早期对翻译文学民族身份的认同。王德威先生曾说："我们对彼时（清末民初——引者加）文人'翻译'的定义，却须稍作厘清：它至少包括意译、重写、删改、合译等方式"③，说明中国现代翻译文学融入了较多中国文化因素和译者的主观情思，具有创作性质和中国文学色彩。正是出于这样的原因，许多现代作家视翻译作品为创作作品并将其收入作品集，出现了翻译文学与中国现代文学"相互渗透，合而不分"④的"景观"，比如

---

① 贾植芳：《译介学·序一》，谢天振《译介学》，上海外语教育出版社，1999，第3页。
② 谢天振：《译介学》，上海外语教育出版社，1999，第239页。
③ 王德威：《想象中国的方法》，三联书店，2003，第5页。
④ 王建开：《五四以来我国英美文学译介史》（1919~1949），上海外语教育出版社，2003，第103页。

新文学史上第一部新诗集《尝试集》就收入了《老洛伯》《关不住了》《希望》等翻译作品。胡适依靠《关不住了》这首译诗确立了新诗的"新纪元",有力地证明了翻译文学既以"他者"的身份通过外部影响来促进新文学的发展,又以民族文学构成要素的身份直接参与现代文学的建构。但因为社会历史原因和学科划分界限过于清晰,翻译文学后来淡出了中国现代文学研究的视野,中国现代文学学科几十年来都理所当然地忽视了这个原本就属于自身构成要素的内容。今天,中国现代文学的范畴随着译介学理论的成熟得以扩大,人们开始承认用现代汉语翻译的外国文学属于中国现代文学。

第二,译介学丰富了中国现代文学研究的内容。中国现代文学范畴的扩大必然引起中国现代文学研究内容的丰富,长期以来被现代文学研究排除在外的翻译文学因为民族身份的确立会逐渐进入学者的研究视野。中国现代文学研究的内容通常包括这样几个方面:一是"作家论"的研究,二是思潮、流派、社团的研究,三是文学史现象研究,四是文体研究和作品细读研究,五是文学史的史料钩沉、收集、整理研究,六是跨学科的研究和文化研究。[①] 作家作品研究是中国现代文学研究的主要内容之一,是对中国现当代文学史上的重要作家进行个案研究,探讨这个作家创作的意义、价值及其文学地位。20世纪90年代中期以前中国现代文学的经典作家有所谓鲁、郭、茅、巴、老、曹的说法,随着时间的推移和观念的变革,经典作家的名单在不断增加,除上述作家之外,沈从文、钱锺书、张爱玲、金庸等作家都已经成为公认的文学大师。由此可见,目前现代文学研究界并没有将翻译了很多优秀外国文学作品的译者如傅东华、朱生豪等纳入作家群体中,即使对鲁迅、郭沫若等公认大师的研究也很少涉及他们的文学翻译成就。长期从事比较文学研究的贾植芳先生认为中国现代文学"就作家作品而言,应由小说、诗歌、散文、戏剧和翻译文学五个单元构成"[②]。既然现代翻译文学根据译介学的观点应当属于中国现代文学的范畴,那现代文学的作家作品研究理应将译者、翻译文学的成就划为必要的观照对象。中国现代文学史上的翻译文学成就斐然且数量庞大,对之加以

---

① 温儒敏:《中国现当代文学学科概要》,北京大学出版社,2005,第410~412页。
② 贾植芳:《译介学·序一》,谢天振《译介学》,上海外语教育出版社,1999,第3页。

研究势必会丰富中国现代文学研究的内容。

第三，译介学为"重写文学史"提供了学理性依据。随着文学研究视域和研究方法的更新，过去那种依靠主流意识捆绑文学作品和文学现象来书写文学史的做法遭到了普遍质疑，于是，20世纪80年代学术界兴起了"重写文学史"的热潮，不少学者从文学性立场出发对文学进行客观的打量，勾勒出了文学发展的自律性轨迹。然而，热闹的文学史书写现象与丰富的文学史研究成果并不能掩饰此次文学史书写浪潮的不足，其中，对翻译文学的遮蔽便可视为缺憾之一。译介学认为现代翻译文学属于中国现代文学，那中国现代文学史的书写和研究就不能不涉及翻译文学，只有包括了翻译文学的现代文学史研究才会具有全面、科学和客观的"史性"品格。五四新文化运动以来，胡适的《白话文学史》、陈子展的《中国近代文学之变迁》、钱基博的《现代中国文学史》等都把翻译文学网罗进了文学史的书写范围。但当代撰写的文学史很少承认翻译文学在民族文学史上的地位和作用，人为地将这个"单元"驱逐出了文学史的家园。难怪作为中国译介学学科奠基人的谢天振先生曾不无遗憾地说：

> 自1949年以来中国大陆出版的中国现代文学史无一例外地取消了论述翻译文学的专门章节，不仅如此，它们对作家们的翻译文学成就不是轻轻地一笔带过，就是视若无睹，缄口不谈。譬如，煌煌二十卷的《鲁迅全集》，其中一半是译作，而且鲁迅又有很高的翻译成就和不少关于翻译的真知灼见，又如郭沫若、茅盾、巴金等作家，他们的译作都相当丰富，但所有这些在我们的现代文学史上却几乎找不到它们的踪迹。①

就连目前影响较大的文学史著作如钱理群等撰写的《中国现代文学三十年》和朱栋霖等撰写的《中国现代文学史》（1917~1997）也只零星地提及了翻译文学对新文学的影响。从分体文学史著作来看，近年来出版的文学史著作中仅陈平原的《二十世纪中国小说史》（1897~1916）（第一卷）论述了翻译小说及其对中国小说新变的影响，骆寒超撰写的《20世纪新诗综论》简略地谈到了翻译诗歌对新诗的影响，其他分体文学史也忽略了翻

---

① 谢天振：《译介学》，第209页。

译作品。翻译文学的缺席无疑引发了"重写文学史"的缺憾,秦弓先生说:"目前流行的现代文学史,还有许多空白需要弥补。譬如:作家的生计与文学的生产流通处于怎样的关系……翻译文学在现代文学中占据何种地位"①,等等。译介学为重写中国现代文学史提供了新的学理性依据,越来越多的学者开始将中国现代文学史的研究与翻译文学联系起来,翻译文学不仅成为"重写文学史"的新鲜内容,而且是重新认识现代文学发生和发展的新鲜视角,我们期待在译介学影响下含有翻译文学的现代文学史能早日出版。

译介学扩大了中国现代文学的范畴,进而丰富了现代文学研究的内容,并为重写中国现代文学史提供了新的学理性依据,也正是从这三个方面讲,译介学在拓展中国现代文学研究的内容上体现出跨学科的价值和意义。

二 丰富现代文学研究的视角

译介学在摈弃传统翻译研究注重语言转换和信息传递的基础上,从文化研究的角度去审视翻译文学,将翻译文学的影响研究作为译本传播和接受的必要内容,从而发掘出比较文学和中国现代文学研究中被长期忽视的内容。由于译介学对翻译文学影响研究的重视,中国现代文学研究在对待中外文学关系和考察中国现代各体文学时获得了崭新的视角,不少学者突破了之前从单一的外国文学的角度去论述中国现代文学接受的影响,开始尝试从翻译文学的角度去研究现代文学的发生和发展。

文学理论的发展势必带来文学研究范式的转变,翻译文学研究从语言视角向文化视角的转向导致翻译文学对中国现代文学的影响成为主要的研究课题,这反过来又使中国现代文学研究获得了"翻译"视角。先前学术界对翻译文学的研究主要依照国外翻译语言学理论,将翻译看作两种语言的等值替换或等信息转换,将注意力集中到语言和技巧层面上。比如最先将语言学研究成果应用到翻译研究中的英国翻译语言学派代表约翰·卡特福德(J. C. Catford)认为翻译是"用一种等值的语言的文本材料去替换另

---

① 秦弓:《中国现代文学研究的进展、任务与期待》,《江西社会科学》2005年第9期。

一种语言的文本材料"①，美国翻译语言学派代表尤金·A. 奈达（Eugene A. Nida）也曾说："所谓翻译，是在译语中用最切近而又最自然的对等语再现原语的信息，首先是意义，其次是文体。"② 翻译语言学派的观点使学者们难以集中精力关注翻译文学的文本选择、传播、接受和影响等内容，中国现代文学自然也难以进入翻译文学研究的视野。西方文学理论研究从哲学向语言学的转向颠覆了传统的逻各斯中心主义，使语言上升为思想的本体："从索绪尔、维特根斯坦到当代的文学理论，20世纪语言学革命的标志认为意义不仅是被语言表达（expressed）或反映（reflected）出来的，而是被语言生产（produced）出来的。"③ 当代文学理论的"语言学革命"给翻译文学研究带来了革命性变化，改变了之前人们视语言为思想和表达工具的语言观念，认识到语言本身蕴含着意义和思想。所以，文学翻译不仅仅是两种语言的等值转换，而且是文化思想的转换和交流，文学翻译的研究不应只停留在语言和技巧层面上，而应上升到文化研究的高度，因而考察翻译文学在中国现代文化语境中的变化，以及它对中国现代文学和文化的影响等，理应成为翻译研究和中国现代文学研究的任务。

既然翻译文学是中国现代文学的构成部分，那翻译学引起的翻译文学研究视角的变化，其实也可以认为是中国现代文学研究视角的变化。西方文化研究的兴起再次改变了翻译研究的视角，美国学者安德烈·勒菲弗尔（Andre Lefevere）提出了翻译研究的"文化转向"，英国学者斯莱尔·霍恩比（Snell Hornby）说："译文文本不再是原文文本字当句对的临摹，而是一定情境，一定文化的组成部分。文本不再是语言中静止不变的标本，而是读者理解作者意图并将这些意图创造性再现于另一文化的语言表现。"④文化翻译研究学派的理论改变了翻译文学研究的对象和重心，突破了翻译文学文本的局限而将社会体制、价值观念、民族文化心理和审美趣味等文化形态联系起来，使文学翻译研究获得了更加丰富的视角，并再次与中国现代文学和文化的研究联系起来。如果说"文化研究介入到文学研究中最

---

① Catford, *A Linguistic Theory of Translation*, London: Oxford University Press, 1965, p. 20.
② 参见郭建中《当代美国翻译理论》，湖北教育出版社，2000，第65页。
③ Terry Eagleton, *Literary Theory: An Introduction*. Oxford OX4 1JF, UK: Blackwell Publishers (2nd edition), 1996, p. 52.
④ 参见廖七一《当代英国翻译理论》，湖北教育出版社，2004，第21页。

为明显的特征就是将以往研究所忽略的部分彰显出来"① 的话,文化翻译研究将会使翻译文学对中国现代文学的影响等被遮掩的内容回归为翻译研究的正题,带来现代文学研究的创新。郭建中先生认为:"文化研究对翻译研究产生的最引人注目的影响,莫过于 70 年代欧洲'翻译研究派'的兴起。该学派主要探讨译文在什么样的文化背景下产生,以及译文对译入语文化中的文学规范和文化规范所产生的影响。近年来该派更加重视考察翻译与政治、历史、经济与社会制度之间的关系。"② 正是由于翻译研究的文化转向,文学的翻译目的、制约文学翻译的因素、翻译文学对我国现代文学的影响、翻译文学对我国新文化的影响等问题便成为译介学研究不可回避的内容,中国现代文学的研究也因此获得了新的研究方法和视角。

在比较文学媒介学的基础上产生的译介学(medio – translatology)是对传统翻译研究的继承和扬弃,"是对那种专注于语言转换层面的传统翻译研究的颠覆"③。谢天振先生在《译介学》一书中认为翻译研究的对象不在语言层面,译介学"把翻译看作是文学研究的一个对象,它把任何一个翻译行为的结果(也即译作)都作为一个既成事实加以接受(不在乎这个结果翻译质量的高低优劣),然后在此基础上展开它对文学交流、影响、接受、传播等问题的考察和分析"④。所以相对于传统的语言研究来说,译介学拓宽了翻译研究的领域,将中国现代文学与外国文学的关系及所受到的影响纳入研究范围。译介学使我们不必再去计较诸如"诗的可译与否"、"好译本的标准"以及"作家译书的利弊"等问题,而是把所有的翻译文学都视为一个既定的客观文本,以这个客观的文本为依托展开文化的影响研究。这样,我们就可以理解许多在原语国不著名的作品可能会在译语国引起轰动、一部翻译作品质量的高低也不一定会成为它受到译语国读者欢迎与否的标尺等诸多看起来扑朔迷离的问题。译介学主张对翻译文学进行文化研究,为我们研究中国现代文学与翻译文学在文化上的交流、文体上的影响和互动提供了思路;译介学将"创造性叛逆"作为文学翻译中的重要现象,有助于我们理解翻译文学形式的"变形"和内容的"改写"或

---

① 王晓路:《当代西方方文化批判读本》,四川大学出版社,2004,第 2 页。
② 郭建中:《当代美国翻译理论》,湖北教育出版社,2000,第 156 页。
③ 曹顺庆:《比较文学论》,四川教育出版社,2002,第 138~148 页。
④ 谢天振:《译介学》,第 11 页。

"删减"在中国现代文学语境中的合理性,为我们研究中国现代社会的文学选择和文学需求提供了思路;译介学确立了翻译文学的归宿,有助于我们对现代文学的研究内容和现代文学史的书写内容做出新的调整。尤其对中国现代文学而言,从翻译的角度去研究其发生和发展的历史显得更加必要,因为"翻译文学与中国本国创作文学的极其密切的关系及其在中国现代文学发展史上所起的巨大作用,也是世界其他国家文学史上少有的。……尤其令人注目的是,对中国现代文学中几个主要文学样式的诞生与发展,如白话小说、新诗、话剧等,翻译文学都起了巨大的、有时甚至是决定性的作用"[①]。所以译介学为中国现代文学研究提供了不可或缺的视角。

译介学对翻译文学研究的重视和翻译文学研究的文化转向必然使翻译文学对中国现代文学的影响研究逐渐成为"显学"。在研究翻译文学对中国现代文学起到的"巨大"甚至是"决定作用"时,中国现代文学的发生和发展受到的外来影响、中国现代文学与外国文学的关系等原本属于比较文学研究的内容被纳入中国现代文学研究的范围。总之,通过换位思考我们就会发现,译介学其实是在从翻译这个崭新的角度对中国现代文学的部分内容进行研究。

三 确立中外文学关系研究的重心

译介学的产生原因之一就是对比较文学影响研究过程中媒介的重视,加上该学科强调对翻译文学这个"既成事实"的传播、接受和影响的研究,人们开始认识到翻译是中外文学发生关系的主要媒介,中国现代文学接受的外来影响主要是通过翻译的中介作用实现的。对中国广大读者而言,他们所接触到的外国文学实际上是外国文学的中文译本,而且从审美观念和接受情况来看,外国文学只有通过译本才能在译入语国中延续自己的艺术生命。外国文学要对中国现代文学真正形成影响就必须翻译成汉语文学,译作是外国文学影响中国现代文学的媒介,研究中外文学关系应该以翻译文学作为重心。

---

① 谢天振:《译介学》,第88页。

翻译体是外国文学在中国文化语境中的存在形式，外国文学对中国现代文学的影响实际上也并非原生态的外国文学，而主要是翻译文学。五四时期翻译外国文学的译者主要是创作中国现代文学的作家，外国文学正是在中国文化和审美观念的制约下通过作家的理解翻译进了中国，外国文学发生误译的原因是双重的：民族文化和审美观念会改变原作的内容和形式；译者会在母语文化和文化"原型"的支配下结合自己的审美理念来改译原作。这种误解（误读）导致的误译促进了中国现代文学的新变和发展，"诗的影响——当它涉及到两位强者诗人，两位真正的诗人时——总是以对前一位诗人的误读而进行的。这种误读是一种创造性的校正，实际上必然是一种误译。一部成果斐然的'诗的影响'的历史——亦即文艺复兴以来的西方诗歌的主要传统——乃是一部焦虑和自我拯救之漫画的历史，是歪曲和误解的历史，是反常和随心所欲的修正的历史，而没有所有这一切，现代诗歌本身是根本不可能生存的"①。如果发生在同一种文化内部的两位作家之间的"误解"是现代文学生存的原因的话，那缺少了发生在两种不同文化之间的诗人的"误解"导致的误译，中国现代文学也是"根本不可能生存的"，没有外来文学的刺激和启迪，中国文学要在自身内部实现新变是难以想象的。所以，外国文学对中国文学的影响也是通过误译后的外国文学译本来实现的。所谓译作，其实就是外国文学误译形态在译入语国文化中的存在形式，它是沟通外国文学和中国文学之间的桥梁和媒介。"在我国现代文学的形成、发展中，受到外国文学的很大影响，其中，翻译在文学媒介、实现影响方面所起的作用是极其明显的。"② 同样，外国文学如果不借助译作的媒介作用，其对中国现代文学的影响就会因为桥梁的短缺而望洋兴叹，至少说它的影响不会像现在这样明显。没有外国文学的误译，就不会有外国文学的接受，没有外国文学的接受，就不会有外国文学的影响，因此，翻译文学是外国文学影响中国现代文学的媒介。

外国文学对中国现代文学的影响主要是通过翻译文学实现的，因此，研究中外文学关系的关键在于研究翻译文学的传播和接受。正是由于翻译文学的存在，外国文学才在不懂外语的普通中国读者群体中得以广泛地传

---

① 〔美〕哈罗德·布鲁姆：《影响的焦虑》，徐文博译，三联书店，1989，第31页。
② 廖鸿钧：《中西比较文学手册》，四川人民出版社，1987，第103页。

播并被接受,进而对中国现代文学的创作和阅读期待产生影响,难怪卞之琳先生说:"译作,比诸外国诗原文,对一国的诗创作,影响更大,中外皆然。"① 由于语言的隔阂,能够直接欣赏原作的中国读者毕竟是少数,但从文化交流和文学需求的角度来讲,多数中国人还是需要阅读外国文学的,翻译文学自然就成了文化交流的中介。"整个20世纪,中国的诗人和文学读者的外语水平都不高,特别是很多年轻诗人轻视知识,外语水平普遍较低。外语文学主要是通过翻译进入中国,与其说一些国人模仿的是'外语诗'诗体,不如说是'外语诗的汉语翻译作'诗体"②。此话对20世纪诗人们的外语水平的估计是否属实姑且不论,但外国诗歌对中国现代新诗的影响主要是通过译诗来实现的这一论述是符合历史事实的。我们常说的对中国现代文学产生重要影响的外国文学实际上指的是翻译文学,因为翻译以后的作品才会对译入语国的作家和社会产生影响,纯粹外语形态的文学不会对我国文学产生影响,即便是那些懂外语并深谙外国文化的作家,外国文学都要经过内在思维和文化的翻译过滤才会对他们的创作产生影响。"我们知道,在任何国家里都有一个能阅读原文作品的读者群,然而,外国文学的影响却不是通过这批读者产生的,也不是通过其本身直接产生的,在大多数情况下它仍然需要借助翻译才能产生。"③ 也就是说,像"五四"那一代能够读懂外语原文的诗人,比如胡适、郭沫若、冰心、李金发、徐志摩、闻一多等人对中国诗坛的影响不是因为他们阅读了外国文学,而是因为他们翻译了外国文学。即使是对那些懂外语的人来说,借鉴外国文学的翻译文本进行创作仍然是一条便捷之途:"西方文学对中国文学创作的影响主要是通过翻译的中介而实现的,就是那些西文修养很好的人,借鉴译文仍然不失为一种学习的很方便的途径。"④

对于那些自身是作家而又兼事文学翻译的人来说,翻译过程也会对他们的创作造成影响。比如20世纪20年代中期以后,新诗创作开始从自由诗向格律诗转变,朱自清先生认为,"创作这种新的格律,得从参考并试验外国诗的格律下手。译作正是试验外国格律的一条大路,于是就努力的

---

① 卞之琳:《人与诗:忆旧新说》,三联书店,1984,第196页。
② 王珂:《百年新诗诗体建设研究》,上海三联书店,2004,第148~149页。
③ 谢天振:《译介学》,第18页。
④ 高玉:《现代汉语与中国现代文学》,中国社会科学出版社,2003,第185~186页。

尽量的保存原作的格律甚至韵脚"[①]。翻译外国诗歌不仅可以使我们学到外国诗歌的形式艺术，而且更为重要的是翻译过程成了中国现代格律诗的"实验场"，中国新诗的许多主张都是在翻译外国文学的过程中得到验证并逐渐成熟的。"西方诗，通过模仿与翻译尝试，在五四时期促成了白话新诗的产生"。当时很多译者都是诗人，究竟是译者的身份促进了他们诗人身份的产生呢，还是诗人身份促使他们去从事翻译？这是个两难的问题，或者说二者之间是相互促进的，但在翻译的过程中诗人自身的创作得以完善和成熟是可以肯定的，比如胡适用一首译诗来宣告中国新诗成立的"新纪元"，郭沫若认为他作诗经历了"泰戈尔式"、"惠特曼式"和"歌德式"，徐志摩在发表译作之前没有发表过像样的文学作品，等等，都说明了翻译对诗人创作的影响。五四前后著译不分的现象在很大程度上说明了诗人将翻译的过程当作了创作的过程，翻译活动会提高诗人的创作能力，影响他们的创作。翻译对于译者而言，其实也是在创作，他们在翻译的过程中学会了外国文学的表现方法，也应用和试验了自己的文学创作技巧，这也是作家的译作会染上他创作特色的原因；另外，译者相对于译作的其他读者而言，是最早接触到外国文学形式技巧和最早领悟外国文学艺术精神的读者。正是从这个角度讲，中国现代文学是在翻译外国文学的过程中逐渐走向成熟的，在这个过程中，作家不但习得了外国文学的形式技巧，而且使自己的创作风格得到了锻炼并趋于成熟。所以，译作主要影响那些不懂外文的人，译作过程主要影响那些既懂外文又兼事文学创作的人，翻译活动及译作是中外文学发生关系的直接纽带。

　　语言的天然障碍和文化交流的需要决定了翻译文学的产生，文化语境和审美观念的差异决定了外国文学的误译，民族文学的发展需要和国内读者对外国文学的接受现实决定了译作以及翻译活动必将成为外国文学影响中国现代文学的媒介。译介学确立了翻译文学是外国文学影响中国现代文学的中介，有助于我们更加实际和具体地探讨外国文学对中国文学的影响究竟是怎样发生的，从而将翻译文学确立为中国现代文学与外国文学关系的研究重心。

　　历史不容重新选择，我们今天再来假设中国现代文学的"传统"或"西

---

① 朱自清：《朱自清全集》（第2卷），江苏教育出版社，1988，第373页。

化"路向已经无法改变它近一个世纪的发展轨迹,在文化全球化语境中探讨中国文学是否应该审慎地吸纳翻译文学的艺术经验才能更好地保持民族特色也于事无补,我们对中国现代文学的研究只能在客观的历史背景和既成事实中去展开。好在译介学为我们从内容、视角和影响源等方面重新把握中国现代文学提供了有益的参考和启示,使现代文学研究的内容变得更加丰富,研究视角变得更加新颖,中外文学关系研究变得更加具体,不仅显示出中国现代文学研究范式的新变化,而且显示出译介学的跨学科意义。

正名与意义: 现代文学研究的"非文学期刊"视野[*]

凌孟华 重庆师范大学文学院

21世纪以来,现代文学研究界时见"困境"之说,时有"围困"之虑,也时闻"突围"之声,时有"重新发动"之势。一方面,是"由于研究对象存在的历史时限,中国现代文学研究的学术空间日渐狭小,困惑与困境的焦虑在学界日渐显现"[①];另一方面,是"现代文学研究界日趋活跃,似乎真有一个'重新发动'的势头。其中引人注目的有两个'发动',一个就是……'现代文学的文献问题',以及由'史料的新发现'引发的'文学史的再审视'问题"[②]。已有研究者敏锐地称之为现代文学研究的"文献学转向"[③]。的确,在现代文学学科发展的进程之中,寻找现代文学的"失踪者"、发掘不为人知的作家"佚作"、捡拾民国文史方面遗失的"明珠"、追求现代文学的历史"还原",是一个非常重要的向度,也是一个不断取得实绩的方面。不少专家都站在学科发展的高度发出呼吁,比如"历史还原是现代文学学科拓展的有效途径"[④],"在对象、时代与自我之间

---

[*] 本文为国家社会科学基金项目"抗战时期作家佚作与版本研究"(项目编号:14BZW113)阶段性成果。

[①] 张福贵、王俊秋、杨丹丹、张丛皞:《文学史的命名与文学史观的反思》,北京大学出版社,2014,第94页。

[②] 钱理群:《对现代文学文献问题的几点意见》,《河南大学学报》(社会科学版)2005年第1期。

[③] 王贺:《现代文学研究的"文献学转向"》,《长沙理工大学学报》(社科版)2016年第6期。

[④] 张中良:《历史还原是现代文学学科拓展的有效途径》,系"民国历史文化与中国现代文学研究"丛书之"总序二",见李怡《作为方法的"民国"》,山东文艺出版社,2015,第5页。

实现历史的还原和思想的创造,推动中国现代文学学科研究的发展"①,等等。

值得注意的是,中国现代文学研究的视野和范围越来越广阔,不再局限于原有的重要文学期刊与文学副刊,而是不断向周边拓展。不但将越来越多边缘性的、地方性的、影响有限的文学报刊纳入考察范围,而且注重收集作家手迹,爬梳机构与个人的档案文件,进而将目光投向形形色色的并不以文学为志业为宗旨为诉求的其他政治报刊、经济报刊、教育报刊、新闻报刊、军事报刊和学术期刊,在其中发掘新史料,发现新问题。对于这些文学期刊之外的其他刊物,特别是刊发部分文学作品的其他刊物,不同学者有不同称谓,有称"综合性期刊"者,有称"综合性文学期刊"者,有称"文化期刊"者,有称"边缘报刊"者,有称"准文学期刊"者,还有称"非文学期刊"者。

在我们看来,"非文学期刊"的提法源远流长,在学术史上有其位置;而且符合刊物实际,边界明晰,内涵清楚,有利于凸显此类刊物的地位,有利于文学史的还原,也有利于学术史的突围。盘点近年的现代文学辑佚成果,可知刊发在非文学期刊之中的佚文所占的比例呈上升趋势,甚至有超过文学期刊成为辑佚主战场的势头。对此,有的研究者敏锐地加以总结并公之于众,有的默而不宣却抓紧跑马圈地。前者如秦芬在评述"中国现代文学期刊研究"的"特点及可扩展空间"时,强调的重要一条就是"从主要研究文学类期刊,也开始涉足非文学类的一些杂志,从而又进一步开拓出以非文学期刊研究切入文学研究的问题"②,而笔者也曾公开指出"随着文学期刊上作家作品系统整理发掘工作的推进和发展,非文学期刊会成为作家佚作发掘的主战场"③。拙文虽有幸被人大复印资料《中国现代、当代文学研究》2015年第11期转载,产生了一定的学术影响,但迄今未见以"非文学期刊"为题的同行论文。寂寞之中,禁不住勉力为"非文学期刊"正名,为之鼓与呼,并就正于方家。

---

① 王本朝:《新史料的发掘与中国现代文学的学科诉求》,《甘肃社会科学》2010年第3期;又见《中国现代文学观念与知识谱系》,人民出版社,2013,第238页。
② 秦芬:《中国现代文学期刊研究评述》,《传播与版权》2014年第5期。
③ 凌孟华:《抗战时期非文学期刊与作家佚作发掘胜论——以〈国讯〉为中心》,《现代中文学刊》2015年第4期。

一 旧事重提：那些期刊"两分法"的声音

梳理学术史就会发现，将期刊分为"文学期刊"与"非文学期刊"的"两分法"，绝不是论者头脑发热，故意标新立异，而是简单明了，渊源有自，具备合理性与有效性。

非文学期刊、非文学杂志或非文艺杂志的提法始于何时，已不可考。所见中文文献中较早的可以追溯到清光绪三十三年（1907）。中国社会科学院近代史所虞和平编《近代史所藏清代名人稿本抄本》第1辑第104册"张曾敭档十六"抄录之《法政质疑会寄张中丞大人（张曾敭）请劝喻购阅〈法政质疑录〉启事》有云："八、《法政质疑录》者，非文学的杂志也。专门之学科，自有一定之学语，一定之文例，不许妄以他之文语变更之，盖有故也。本志非文学的杂志，故文章有不婉曲之时，势所不得已也。"① 此函虽系日本团体用中文写就，但所称"非文学的杂志"，无疑是强调与文学杂志的不同，故转录于此。之后的相关论述，分为三段各举数例予以呈现，即民国时期、新中国成立至20世纪末和21世纪以来。

1. 民国时期

1923年3月25日，闻一多在致闻家驷书信中，询问弟弟"你现在看些什么杂志"，指出"《创造》同《小说月报》都不可不看。别的非文学的杂志也要看"②。这里的"非文学的杂志"明显有着与《创造》同《小说月报》"等文学杂志的区分，可以体现闻一多的思想中对"文学杂志"与"非文学的杂志"的"二分法"。

1933年3月7日，谢六逸在其《小品文之弊》一文中写道："……这两年小品文忽然流行，作家又多喜写小品，非文艺的刊物也注重小品，大有从前新体诗的盛况。"③ 此处"非文艺的刊物也注重小品"之"也"字，暗含的自然是文艺刊物本身的注重小品，背后也可以窥知谢六逸对"文艺

---

① 虞和平：《近代史所藏清代名人稿本抄本》第1辑第104册，大象出版社，2011，第74页。原文无标点，引文标点为笔者所加。
② 闻一多：《致闻家驷》，《闻一多全集》（第12卷），湖北人民出版社，2004，第162页。
③ 谢六逸：《小品文之弊》，原载《太白》一卷纪念特辑《小品文和漫画》，上海生活书店，1935；又见陈江、陈庚初编《谢六逸文集》，商务印书馆，1995，第175页。

刊物"与"非文艺的刊物"的"二分法"。

1934年12月11日,李长之应约写了一篇长文,题为《一年来的中国文艺》,刊《民族杂志》1935年1月第3卷第1期。此文第二部分为"二十八种期刊的批判",讨论1934年的文艺杂志,在列举旧有的《现代》《文学》等之外,还列有"非文艺杂志而刊载文艺创作或论文的,则有《东方杂志》,《申报月刊》,《图书评论》,《新中华》,《国闻周报》和《中学生》"①,随后对这六种以及《论语》《人间世》等共计十一种"比较都不是纯文艺的刊物"进行评点。1934年被称为"杂志年",李长之在"杂志年"对"非文艺杂志而刊载文艺创作或论文的"的杂志进行专门讨论,可见其"文艺杂志"与"非文艺杂志"的划分观念。

1946年3月17日,李广田在《文学与文化——论新文学与大学中文系》一文中写道:"我们再看事实:在大学中文系里,或说在旧文学创作的课程中,不知到底有没有旧文学作家被造就出来,即在某些文学或非文学的刊物上看,也许我所见者少,却只见少数老先生在发表旧诗,旧词,旧文章,青年人的作品总不多见……"②这里直接将"文学或非文学的刊物"并列,清晰地展示了李广田关于"文学"与"非文学的刊物"的"二分法"。

2. 新中国成立至20世纪末

1986年4月,《中国现代文学研究丛刊》刊出陈福康的《略论中国现代杂文运动》,指出:"一些非文学刊物或综合刊物,如《申报月刊》、《东方杂志》、《新生》、《永生》、《大众生活》、《中学生》、《新认识》、《华美》、《自修大学》、《漫画生活》、《大众画报》等等,都发表过一定数量的杂文",这和前面提及的"以发表杂文为主的文艺刊物",以及"《作家》、《文学界》、《海燕》、《夜莺》、《光明》、《中流》等文学刊物竞相刊载杂文"③形成对照。其间"非文学刊物或综合刊物"与"文学刊物"的对举,透露着作者"文学刊物"与"非文学刊物"的"二分法"思维,

---

① 李长之:《一年来的中国文艺》,《民族杂志》1935年第3卷第1期"两周纪念号";又见《李长之文集》(第2卷),河北教育出版社,2006,第325页。
② 李广田:《文学与文化——论新文学与大学中文系》,《李广田全集》(第5卷),云南人民出版社,2010,第94页。
③ 陈福康:《略论中国现代杂文运动》,《中国现代文学研究丛刊》1986年第1期。

至于插入"综合刊物",则是"二分法"尚不彻底的表征。

1989年2月,《新文学史料》开始连载樊骏先生的长文《这是一项宏大的系统工程——关于中国现代文学史料工作的总体考察》,指出:"从《人民日报》到各地的大小报纸,文学的与非文学的,学术性的与非学术性的杂志上,也都可以经常读到这方面的材料;它们各有侧重和特点,层次和方面也有所不同,却都为及时发表现代文学史料,提供了宽广的园地。"① 此处明显可以看出樊先生的"二分法"思维,不仅从"文学"的角度二分为"文学的与非文学的",而且从"学术性"的角度分为"学术性的与非学术性的"。

1992年2月,《中国现代文学研究丛刊》发表封世辉的《三十年代前中期北平左翼文学刊物钩沉(之一)》,批评"1979年以来所出现的一批关于'北方左联'的回忆录……所提到的刊物……回忆失误之处也很多……有的误把非文艺刊物作为文艺刊物……"② 从中不难感受到作者对非文艺刊物与文艺刊物之间不容混淆的分明界限的强调,其"二分法"主张也就得到了明确的表达。

1996年3月,《中国现代文学研究丛刊》刊载汪晖的《我们如何成为"现代的"?》,认为"'现代'这个概念直到20年代才流行起来。不过在那之前,'新'已经成为特殊的价值观念,以至晚清至现代的许多文学的和非文学的刊物均以'新'命名"③。这里的"文学的和非文学的刊物",也是作者思维之中"两分法"观点的显示。

1999年1月,《太原文史资料》(第二十四辑)出版,刊出董大中的《三十年代初到抗战前太原出版的文艺报刊》,介绍说:"三十年代太原出版的刊物也很多,非文艺刊物有近二百种","纯文艺刊物实在不算少","太原出版的非文艺刊物,凡笔者所见到者,无不开辟有文艺栏目,发表文艺作品"。其中多次提到"非文艺刊物",而且与"纯文艺刊物"形成对照与补充,体现了作者划分"非文艺刊物"与"纯文艺刊物"的"二

---

① 樊骏:《这是一项宏大的系统工程——关于中国现代文学史料工作的总体考察》(上),《新文学史料》1989年第1期。
② 封世辉:《三十年代前中期北平左翼文学刊物钩沉》(之一),《中国现代文学研究丛刊》1992年第1期。
③ 汪晖:《我们如何成为"现代的"?》,《中国现代文学研究丛刊》1996年第1期。

分法"思维。

3. 21世纪以来

进入21世纪以来,随着文学研究的发展与文学观念的解放,学界对"非文学期刊"的关注和表达渐渐多起来,但仍然没有引起广泛的足够的重视。这里也举几个例子。

2001年7月,高等教育出版社出版郭延礼多卷本《中国近代文学发展史》,认为,"1905年后大批文学期刊和非文学期刊刊登翻译文学作品,是造成本时期翻译文学繁盛的又一个重要条件"[1]。作者看到了同样刊登翻译文学作品的期刊中,有"文学期刊和非文学期刊"的不同,正是我们所看重的"两分法"。

2002年12月,南京大学出版社出版刘中小的《瞿秋白与中国现代文学运动》,指出:"事实证明,瞿秋白先后在其主编的刊物《新青年》季刊、《热血日报》等非文学刊物上发表的《颈上血》《罢市五更调》《五卅纪念曲》等通俗歌谣,不仅活跃了版面,表达了劳工心声,扩大了革命运动的影响,而且为中国诗歌史增添了革命通俗歌谣这独特的一章。"[2] 这是正视文学发展现场,还原《新青年》季刊、《热血日报》等刊物的"非文学"属性的理性声音,值得援引。

2004年9月,河南人民出版社出版韩宇宏的《剧烈变动中的社会与文学:世纪之交中国文学蜕变的描述及社会文化背景论析》,认为"我们且不谈非文学期刊虚构、杜撰、文学化的是非曲直,有一点则可以肯定,那就是此举有利而决非有碍于它的发行量",质疑"非文学的期刊在极力文学化,而文学的刊物又在非文学化,都以对方为超生制胜的法宝,究竟谁更聪明"[3]。韩先生虽然谈的是"世纪之交中国文学",但其关于"非文学的期刊"与"文学的刊物"的"两分法",以及二者之间的彼此倚重与利用,于我心有戚戚焉。

2007年6月,新星出版社出版王本朝的《中国当代文学制度研究》,其第四章"文学传播与中国当代文学"有云:"就文学路线和政策而言,

---

[1] 郭延礼:《中国近代文学发展史》(第3卷),高等教育出版社,2001,第395页。
[2] 刘中小:《瞿秋白与中国现代文学运动》,南京大学出版社,2002,第49页。
[3] 韩宇宏:《剧烈变动中的社会与文学:世纪之交中国文学蜕变的描述及社会文化背景论析》,河南人民出版社,2004,第70页。

影响中国当代文学最大的是几种非文学的报纸，如《人民日报》，它是中国共产党中央委员会的机关报。"① 这是对《人民日报》等报刊的非文学属性的客观还原，背后"文学"与"非文学"的"两分法"，是本文得以产生的重要根源。

2010年1月，上海三联书店出版张永的《民俗学与中国现代乡土小说》，直接以"民俗学传播的文学及非文学刊物"为第一章的第四个小标题，非常醒目地凸显了作者"文学及非文学刊物"的"两分法"。作者的着眼点和侧重点虽然是"民俗学"，借"两分法"认为"中国现代文学与民俗学的结缘与互动，还体现在文学和非文学期刊对民俗学的介绍和传播，为现代作家民俗学知识结构的形成，创作视界的拓展提供了帮助"，但其"文学刊物、非文学刊物甚至包括民俗学刊物，都不同程度地参与了中国现代文学的建设"② 等观点，是切合现代文学实际的洞见。

2012年7月，人民出版社出版刘涛聚焦现代作家佚文的著作《现代作家佚文考信录》，《绪论——民国边缘报刊与现代作家佚文》指出："期刊中，由于性质不同，不同种类的期刊所得到的关注程度是很不相同的。与非文学类期刊相比，文学类期刊受到的关注自然较多。"③ 此处已经涉及"非文学类期刊"的话题，已是"两分法"的思路，只是作者更多还是提出"边缘报刊"概念并借以展开论述。

此外，还值得交代并致敬的是，人民文学出版社"猫头鹰学术文丛"2007年8月推出的周海波《传媒时代的文学》，其中第二章第二节专论"文学传媒与非文学传媒"，也是其"两分法"思路的突出体现。此著就"区别文学传媒与非文学传媒的意义""非文学传媒对文学的巨大影响"④ 等问题进行了具体论述，代表着笔者所见关于"非文学传媒"（期刊）论述的高度和深度。

二 谁的尴尬：被纳入文学期刊研究的非文学期刊

经过从晚清到民国，从新中国成立到20世纪末，再到21世纪以来的

---

① 王本朝：《中国当代文学制度研究》，新星出版社，2007，第114页。
② 张永：《民俗学与中国现代乡土小说》，上海三联书店，2010，第17、20页。
③ 刘涛：《现代作家佚文考信录》，人民出版社，2012，第9页。
④ 周海波：《传媒时代的文学》，人民文学出版社，2007，第52~73页。

梳理，学术史上那些主张期刊"两分法"的声音与线索虽然渐渐清晰，可以知晓其源远流长与时代发展，但究其影响，始终是微弱的、非主流的、非常有限的。一方面，"非文学期刊"概念没有得到正名，"非文学期刊"话语没能照亮，"非文学期刊"的旗帜没有升起，"非文学期刊"的窗户少人问津；另一方面，由于非文学期刊群体的庞大存在与巨大影响，由于其与文学期刊与现代文学的密切关系，还是有一批非文学期刊已经事实上进入了现代文学研究者的视野，被纳入文学期刊研究。这些期刊以其非文学期刊属性，却被纳入文学期刊研究，地位无疑颇有些尴尬。这种尴尬既是非文学期刊的尴尬，也是期刊研究者的尴尬。以下就几种文学期刊整理研究成果略作论析。

1. 几种重要文学期刊目录与非文学期刊

系统关注现代文学期刊并进行编目的成果，较早的是阿英主编的《中国新文学大系》之《史料·索引》卷之第七部分："杂志编目"。编者在《序例》中称"杂志总目，这里所收的，共达三百种。详细的编目，原稿钞缮好的也有二十种。为着篇幅关系，到付印时，只得割弃若干种，如《中国青年文艺作品目》之类"①。经核查，实际列出的杂志总目长达8页，共计284种，"主要杂志详目"列出《新青年》《新潮》《小说月报》《文学周报》《诗》《戏剧》《创造季刊》《创造周报》《创造日》《洪水》《语丝》等11种，另有"特刊专号"。

客观地说，阿英的"杂志编目"既开现代文学期刊编目的先河，也开将非文学期刊纳入文学期刊目录的先河。比如《新青年》，虽然阿英注意到"十卷改为季刊，为纯粹的政治刊物。故本目录，录至九卷六号止"②，但不论就其主张、宗旨，还是观其栏目、内容，前九卷也并不是狭义的文学期刊，而更多的是"作为思想启蒙刊物吸引了社会各界的注意力……《新青年》2卷6号以前，集中于反孔反儒、宪法与孔教、政治伦理等问题。文学问题并不显得特别突出，在数量上就一目了然"③。这已不是个别学者的看法，而是大多数真正检阅《新青年》原刊的读者都会得出的结论。陈平原也指出，"《新青年》的一头一尾，政论占绝对优势，姿态未免

---

① 阿英：《序例》，《中国新文学大系》（史料·索引），上海文艺出版社，2003，第6页。
② 阿英：《中国新文学大系》（史料·索引），第391页。
③ 王本朝：《中国现代文学制度研究》，西南师范大学出版社，2002，第42页。

过于僵硬；只有与北大教授结盟那几卷，张弛得当，政治与文学相得益彰。但即便是最为精彩的三至七卷，文学依旧只是配角"[①]。也就是说，严格说来，《新青年》其实是非文学期刊。周海波论及"许多优秀的文学作品首先发表在非文学传媒上面"时，举出的例子就是"诸如鲁迅的《狂人日记》、《孔乙己》等以及大量随感录就是发表在《新青年》上"，继而强调"《新潮》、《语丝》、《现代评论》、《莽原》等大量非文学报刊，几乎成为现代文学不可或缺的媒体，甚至可以说没有这些非文学性的媒体几乎就没有完整的中国现代文学"[②]。这是很有道理的。由此观之，"主要杂志详目"列出的 11 种期刊中，有 3 种其实是非文学期刊。而在"杂志总目"列出的 284 种期刊中，非文学期刊更是不在少数。比如《学生杂志》，乃"专供全国中等学生阅的月刊"，文艺只是其内容的一个方面，此外关于教育、科学、时政的内容不少，并不是纯粹的文学期刊；再如《新女性》，系"妇女问题研究会"编辑的女性刊物，内容丰富，文学只是其中的一个侧面，从其《本社投稿简章》首条之"关于妇女、家庭、儿童、性欲等问题的文字，无论撰译，都极欢迎"可见一斑，称"文学期刊"实在有些勉强；又如《解放与改造》，从其常设栏目"论说"、"思潮"、"评坛"、"译述"、"世界观"、"社会实况"及"本刊征文"之"本刊征求关于社会问题革新运动之著作与译述，又关于吾国妇女问题亦甚愿女界诸君各抒所见"看，是典型的社科综合类刊物，"文艺"只是其中一个并不固定的栏目，不是每期都有，即使有，所占版面也非常有限，以"两分法"衡量，无疑应该列入"非文学期刊"。类似的例子还有，限于篇幅，不再列举。

1961 年 12 月上海文艺出版社出版"现代文学期刊联合调查小组"编撰的《中国现代文学期刊目录》（初稿）虽然只有薄薄的 110 页，但列出的期刊多达 1300 余种，而且内部又分为"社团刊物、文学刊物、专门性刊物、综合性刊物四类"。虽然解释称"因为这个目录是文学期刊目录，专门性刊物及综合性刊物只是略有涉及"，但毕竟还是收录了不少非文学期刊，如《知识与生活》《现代新闻》《中国工人》等。

天津人民出版社 1988 年 9 月出版的唐沅、韩之友、封世辉、舒欣、孙

[①] 陈平原：《触摸历史与进入五四》，北京大学出版社，2005，第 80 页。
[②] 周海波：《传媒时代的文学》，第 62 页。

庆升、顾盈丰合作完成的《中国现代文学期刊目录汇编》,系《中国现代文学史资料汇编》(丙种)——"中国现代文学书刊资料丛书"之一,是当时最为完备与翔实的现代文学期刊资料,"选收了我国现代文学史上有影响的有代表性的因而有相当资料价值的期刊二百七十六种(另有附录四种)"。从编者的《前言》所称"其中绝大部分是文学期刊,也酌情选收了一部分与中国现代文学关系密切的综合性文化刊物"看,前辈们还是注意到所收期刊内部是不是"文学期刊"的差别,并用"综合性文化期刊"以示区别。那些"综合性刊物"如《新青年》《新潮》《努力周报》等,以"两分法"衡量,也应该视为"非文学期刊"。

迄今规模最大、收录数量最多,编制也最全的一部中国现代文学期刊目录索引工具书是上海人民出版社 2010 年 2 月出版的《中国现代文学期刊目录新编》,由吴俊、李今、刘晓丽、王彬彬主编。据编者在《前言》中统计,"逾 700 万字,收入中国现代文学(相关)期刊 657 种"。所谓"相关",已经暗示有的期刊不是现代文学期刊,而只是相关期刊。其接下来所谓"收入自 1919 年至 1949 年期间出版的中文文学期刊及与文艺有关的综合性期刊篇目,并以原刊目录为基础,参照原刊正文,进行必要的校勘、补正和整理,编制馆藏索引和注释"[①],更是点明 657 种期刊包括"中文文学期刊及与文艺有关的综合性期刊"。虽然表述不同,但思路与《中国现代文学期刊目录汇编》并无二致,有着明显的继承与延续关系。同样,若以"两分法"衡量其中的"与文艺有关的综合性期刊",就会发现大多其实可以归入"非文学期刊",除前文已提及的外,还可以列出《家庭良伴》《科学大众》《上海记者》等。

从这几种重要文学期刊目录成果看,有的非文学期刊对现代文学产生过非常重要的影响,如《新青年》《新潮》等,导致相关目录的编者无法割舍,只能变换着策略与说法把它们纳入文学期刊目录之中;同时,编者们也对文学期刊有着自己的尺度和判断,也并未把这些非文学期刊等同于文学期刊。此外,列出的文学期刊越多,考察的范围越广,所谓"关系密切的""相关的"刊物就越多,纳入的非文学期刊就越多,名不副实的尴

---

① 吴俊、李今、刘晓丽、王彬彬主编《中国现代文学期刊目录新编》,上海人民出版社,2010,第 1 页。

尬也就越多。

与之相反,有的阶段性的文学期刊目录,收录期刊的种类不是太多,就往往没有这种尴尬。如1962年11月山东师范学院中文系编印的《1937~1949主要文学期刊目录索引》,列出的是从《人世间》到《鲁迅风》共计30种文学期刊的发刊词和目录,就悉数为文学期刊,没有非文学期刊混淆其中。虽然"由于力量所限,有的期刊目录未能收全",但"先将散失最严重的1937~1949年一阶段整理印出"[1],已是功不可没。

如何避免这种尴尬,让"非文学期刊"可以名正言顺地走进文学研究领域呢?只能依靠文学研究者观念的调整与转变。

2.《中国现代文学期刊史论》与非文学期刊

也许是前述文学期刊目录成果的资料性质,使得他们都没有对"文学期刊"进行必要的界定,而是视为不言自明的概念直接使用。与之相比,刘增人等编写的《中国现代文学期刊史论》多了一些研究性质,是中国现代文学期刊研究史上一本划时代的已经产生并将继续产生重要影响的厚重之作。笔者近年来也从中受惠颇多,心存感激。但是,在对非文学期刊的处理上,《中国现代文学期刊史论》可能有更多的尴尬。

首先是定义的尴尬。此书《引言》认为,"所谓文学期刊,应该包括纯文学期刊与'准'文学期刊两大系列:纯文学期刊指发表各体文学创作(小说、诗歌、散文、戏剧文学、电影文学等)、文学理论、文学批评、文学研究、文学译介、民间文学、儿童文学等作品的期刊;'准'文学期刊主要指由文学家参与策划、编辑、撰稿、发行的,开设专栏或以相当篇幅发表文学类作品的综合性、文化类期刊,以及主要刊登书目、刊目、书评、刊评、读书指导、读书札记、出版消息等书评类刊物,刊登文化—文学类稿件的文摘类刊物"[2]。其中关于"纯文学期刊"的定义是比较周延的,值得参考;但另一系列——所谓"'准'文学期刊"就需要讨论了。"文学家参与策划、编辑、撰稿、发行"的期刊固然应当特别注意,但何谓"文学家"?取得何种地位才可以成为"文学家"?按照文学史上所谓

---

[1] 山东师范学院中文系编《1937~1949主要文学期刊目录索引》,山东师范学院,1962,编者《说明》。

[2] 刘增人等:《中国现代文学期刊史论》,新华出版社,2005,第1页。

"约定俗成"？那么文学史上的"失踪者"算不算"文学家"？过于强调"策划、编辑、撰稿、发行"的"文学家"身份，是不是一种期刊研究的"唯出身论"？会不会有悖于从期刊内容之实际出发的实事求是精神？此为其一。其二，"开设专栏"固然是一个醒目的区分标志，但是指一直"开设专栏"、长期"开设专栏"，还是一度"开设专栏"？若"开设专栏"而所占版面并不大，甚至很小，也视为"'准'文学期刊"？有的刊物不分栏目，但刊发有不少文学类作品，能不能算"'准'文学期刊"？其三，"相当篇幅"是多大的篇幅，一半，三分之一，四分之一，还是五分之一就行？这种量化标准虽然操作性强，但在具体比例设定上可能顾此失彼，宽严皆误。其四，对于"主要刊登书目、刊目、书评、刊评、读书指导、读书札记、出版消息等书评类刊物"，其"书"之范围何其广泛，未必有多少是"文学"类书籍，也都可以算作"'准'文学期刊"？

之所以会出现比较尴尬的定义，或许是因为定义者总想用一个"文学期刊"的定义把自己认为应该纳入考察范围的期刊都纳入其中。然而，强扭的瓜，据说不甜。其实，只要我们解放思想，实事求是，就会豁然。既然非文学期刊刊发有文学作品，为什么不能纳入文学研究呢？既然可以纳入，为什么一定要强行向"文学期刊"靠拢，不惜以"'准'文学期刊"这样尴尬的名义纳入，而不是以其本身属性，以"非文学期刊"的名义理直气壮地进入文学研究的殿堂呢？

其次是内容的尴尬。在有些尴尬的"文学期刊"定义下进行期刊发掘与叙录，难免会有些尴尬的内容，加之编者秉持的"宁滥勿缺"主张，就会进一步将内容的尴尬扩大化。在下编"史料汇编"之《中国现代文学期刊叙录》的《说明》中，编者指出，"本《叙录》在收罗、叙述文学期刊时，一向认同'宁滥勿缺'的主张，即使只知一个刊名或附带其笼统的创刊年代者，也不轻易放弃，这不仅因为自己历年来收集颇为不易，个中艰辛，非亲历者无从体会；更是由于深信中国有如许之大，很难确保永远无人对这些零碎的消息有所关注；更不安分的幻想，则是对尽量完备的文学期刊调查的一种莫名的希冀，希望给那未来的宏伟工程提供一点寻访的线索"[1]。这种"宁滥勿缺"的主张本身是没有问题的，其背后的强烈的学术

---

[1] 刘增人等：《中国现代文学期刊史论》，第218页。

使命感与高尚的学术情怀令人感佩。但既然是"叙录文学期刊",其前提就应该是"文学期刊",将一些"非文学期刊"内容纳入其中,总是难免尴尬。不仅前面提及过的那些"非文学期刊"大多在其中,而且随手一翻,就可以举出一些另外的例子,比如《汗血月刊》《新中国杂志》《现世界》《月报》《生活知识》等。

3.《1872~1949文学期刊信息总汇》与非文学期刊

《中国现代文学期刊史论》出版后,"引来许许多多专家的好评,得到过山东省和教育部的奖项,当然,也受到著名藏书家颇为严苛的批评"[①],编者再接再厉,又集十年之功,于2015年12月由青岛出版社出版四巨册《1872~1949文学期刊信息总汇》,最末所附《一卷编就,满头霜雪——五十余年,我陪文学期刊走过》,读来感慨万端,几欲泪奔。

此书收录期刊信息的范围更广,"上起1872年11月11日《瀛寰琐记》创刊,下迄1949年10月1日中华人民共和国成立,凡77年,约10100种"。对文学期刊的理解也有新的变化,其卷首《说明》第10则云,"本《信息总汇》所收,既有纯文学期刊,也有涉及文学的各种期刊,故杜撰名目曰'涉文学期刊',即广义的文学期刊。所谓纯文学期刊,除涵盖传统的小说、诗歌、散文、戏剧四大门类外,其他如电影文学、儿童文学、民间文学、外国文学等门类,文学史研究、文学理论研究等领域,均应列入收集范围;所谓涉文学期刊,即涉及文学的非纯粹文学期刊,系指设有文学、文艺栏目,或以一定篇幅发表文学、文化作品,文学研究、文化研究文章的综合性、文化性期刊,电影、戏剧等艺术类期刊,以及以一定篇幅发表文学、文化作品或文学研究、文化研究文章的其他专业性期刊,如校刊、学报、同学会会刊,同乡会会刊等"[②]。从这则近300字的说明,可以看出编者谨慎的调整。然而,所谓杜撰名目"涉文学期刊",并不能解决《中国现代文学期刊史论》之"'准'文学期刊"的尴尬问题。既然是"涉及文学的非纯粹文学期刊",已经从"两分法"角度提出"非纯粹文学期刊",何不简明些,直接称之为"非文学期刊"?对"涉及文学"的强调,延续着强行将"非文学期刊"向"文学期刊"靠拢的努力,

---

① 刘增人:《一卷编就,满头霜雪——五十余年,我陪文学期刊走过》,见刘增人等编《1872~1949文学期刊信息总汇》(4),青岛出版社,2015,第3页。
② 刘增人等编《1872~1949文学期刊信息总汇》(1),青岛出版社,2015,第3页。

以及用"文学期刊"收编一些相关"非文学期刊"的意图，思想仍未得到解放。甚至在《后记》中，刘先生已似乎忘却了其中"涉文学期刊"的差别，直接称"到2012年底，一部网罗了一万余种文学期刊的学术元信息的大型工具书总算完成"①。

在这"约10100种"包含"涉文学期刊"的"文学期刊信息总汇"中，事实上不具有"文学期刊"属性而是"非文学期刊"的条目就更多了。以其中的《新新新闻每旬增刊》为例，条目内容为"旬刊，1938·7·7创刊于四川成都，熊子骏等编辑，'成都新新新闻报馆'发行，1943·11出至第6卷第2期停刊。主要栏目有时评、论著、现代文献、国风、文艺、大众论坛、法规汇编等"②。且不说这样过于简略的没有列出主要作者、没有提及"鲁迅先生逝世三周年纪念特辑"与"平原诗页"等重要内容的一般性介绍到底有多大的参考价值，也不讨论在"上编时间序列中的文学期刊信息"之后，再将相同内容按地域音序重新编排"下编空间序列中的文学期刊信息"有无必要，仅以"文艺"栏只是众多《新新新闻每旬增刊》栏目之中不甚重要的一个地位看，显然不能视为"文学期刊"，而是"涉及文学的非纯粹文学期刊"，即典型的"非文学期刊"。

当然，非文学期刊的尴尬和期刊研究者的尴尬，既是现代文学研究界的尴尬，又不等于现代文学研究者的尴尬。说"是"，乃因为毕竟属于现代文学研究的范畴，是出于研究现代文学史料的目的；说"不等于"，是因为出色的现代研究者往往注意"独立的史料准备"，自行回到文学现场，爬梳检索报刊（包括文学期刊与非文学期刊）中的相关研究史料，往往在事实上会把部分非文学期刊刊发的材料纳入考察范围。但是，爬梳检索原始报刊毕竟是劳神费力之事，辨识、辑校更非一日之功。如若能以可靠的文本形式收入相关作家全集与史料集出版发行，对相关研究还是能够提供极大的便利，有利于提高效率和推进研究。所以，重视"非文学期刊"的作用，积极整理研究其中的文学史料，其意义不容小视。

---

① 刘增人：《一卷编就，满头霜雪——五十余年，我陪文学期刊走过》，见刘增人等编《1872~1949文学期刊信息总汇》（4），第3页。
② 刘增人等编《1872~1949文学期刊信息总汇》（2），2015，第1063页。

三　不惮前驱：非文学期刊正名及其意义

逻辑学告诉我们，划分是明确概念全部外延的逻辑方法。其中"二分法"是一种特殊的划分方法，它以"有无某种属性"为根据，把一个母项划分为一个正概念和一个负概念两个子项，正概念反映有某种属性，而负概念反映没有这种属性，如金属与非金属、生物与非生物等。这是逻辑学常识，类似表达很多，如"以概念反映的对象是否具有某一属性作标准，概念可以分为正概念和负概念"[①]。甚至有的学者有的"规划教材"虽然看似有了不同的表达，如"根据概念所反映的对象是否具有某属性，概念可分为肯定概念和否定概念"[②]，但其本质内容还是一致的。

"文学"与"非文学"也是"二分法"的结果，二者之间的复杂联系甚至互相转化一直是一个重要的文学问题，引起学界很多关注。诸如栾栋先生关于"文学非文学""文学既是文学，而又另有所是"的观点及其"辟文学"主张[③]，也颇有启示意义。

与之相应，"文学期刊"与"非文学期刊"的划分也是"二分法"的运用，其"有无某种属性"之"属性"，就是主观上和客观上都主要发表各体文学创作、文学翻译、文学理论、文学批评、文学研究等作品的属性。具有这种属性的期刊，就是"文学期刊"，不具有这种属性的期刊，就是"非文学期刊"。这里不仅要看期刊客观呈现出来的栏目设置、版面内容等因素，还要考量刊物编者在《发刊词》《编后记》《征稿启事》及广告宣传等文字中透露出来的主观愿望和诉求，把他们的"心"与"迹"结合起来。

当然，"非文学期刊"涉及的范围非常之广泛，又可进一步以"文学相关内容"之有无作为"属性"再次进行"二分法"划分。在这个意义上，具有此种属性，才接近刘增人先生所说的"涉文学期刊"，其实应该称作"涉文学型非文学期刊"；而没有这种属性的所有非文学期刊，都可以称作"其他非文学期刊"。对于现代文学研究界而言，非文学期刊史料

[①] 何向东、何名申：《逻辑学基础教程》，广西师范大学出版社，1990，第20页。
[②] 陈树铭：《逻辑学》（修订版），科学出版社，2013，第15页。
[③] 栾栋：《辟文学通解——兼论文学非文学》，《文学评论》2008年第3期。

发掘的重点,自然是"涉文学型非文学期刊"。但是否与文学有"涉",要翻阅核查之后方能知晓。所以,理论上全部"非文学期刊"都可以是现代文学史料研究的考察对象。

至此,可以尝试为"非文学期刊"下一简单定义。所谓"非文学期刊",是指不以"文学"为目的、主要刊载"非文学"内容、在主要方面不具有"文学"属性的期刊。其中发表有少部分各体文学创作、文学翻译、文学理论、文学批评、文学研究等作品的,为"涉文学型非文学期刊",此外的为"其他非文学期刊"。

值得指出的是,我们这里的"涉文学型非文学期刊"与刘增人先生提出的"涉文学期刊"并不是同一个概念,并不是绕了一圈之后又回到原点,而是基于不同的逻辑,有着重要的区别。也就是说,"涉文学期刊"在逻辑上对应的是"文学期刊",而"涉文学型非文学期刊"的逻辑对应是"其他非文学期刊"。"涉文学期刊"是作为"期刊"之一类,而"涉文学型非文学期刊"只是"非文学期刊"之一类,其再上一级单位才是"期刊",二者不在同一个逻辑层面。两者的首要区别在于立足点或曰立场不同,"涉文学期刊"的立足点(立场)在"文学期刊",试图将"涉文学期刊"纳入"文学期刊"研究,完成对"涉文学期刊"的收编;而"涉文学型非文学期刊"的立足点(立场)在"非文学期刊",正视相关刊物的"非文学期刊"属性,客观地讨论"非文学期刊"及其中的部分文学内容。也就是说,"涉文学期刊"首先关注的是"文学",是因涉及文学而关注"期刊",其处理方式类乎文学期刊,把"非文学期刊"当作"文学期刊"进行梳理;而"涉文学型非文学期刊"首先关注的是"期刊",继而注目其中的"文学",其讨论角度不同于文学期刊,把"非文学期刊"视为"期刊"本身进行发掘。

在我们看来,为"非文学期刊"正名,回到"非文学期刊",从"非文学期刊"视角考察中国现代文学具有重要的理论意义与值得期待的广阔前景。具体而言,至少表现在以下几个方面。

首先,回到"非文学期刊",才能正视"非文学期刊"在现代文学中的重要作用,厘清许多优秀的经典作品首发于"非文学期刊"的历史,还原"非文学期刊"与文学期刊既相互竞争又相互影响,共同形成现代文学赖以生存和发展的环境、场域与生态的文学史现场;能够不再无奈地把非文学期刊纳入文学期刊进行研究，才能与名不副实的尴尬告别，才能让非文学期刊理直气壮地走进文学研究的殿堂。朱晓进曾指出："20世纪各种政治的、经济的、文化的需求，尤其是包括战争、国共政治斗争和党内斗争在内的政治原因，使20世纪成为一个非文学的世纪"①，在"非文学的世纪"，存在着众多的"非文学期刊"，"非文学的世纪"需要专门研究"文学与政治文化关系"，也需要及时关注文学与"非文学期刊"的关系，呼吁学界进行深入的发掘与研究。

其次，回到"非文学期刊"，才能有效拓展中国现代文学研究的边界，进一步彰显中国现代文学与现代社会历史的紧密联系，展示其以文学的方式参与社会变革、推动社会进步、促进社会转型的过程与实绩；才能形成对中国现代文学形态变化的新认识，重新梳理其从杂文学形态到走向纯文学形态，再到走向新的杂文学形态的发展历程，形成现代文学观念的创新与突围。李怡曾指出，在大文学视野下解读作家日记"并不是简单地把这些定位模糊的文体捧进'文学'的光荣殿堂，而是在兼顾历史性与文学性的方向上，挖掘中国知识分子思想、个性和情怀的别样的表达，解释一种属于中国自己的文学样式"②。我们强调回到"非文学期刊"，也不是简单地把这些定位模糊的期刊"捧进'文学'的光荣殿堂"，而是"在兼顾历史性与文学性的方向上，挖掘中国知识分子思想、个性和情怀的别样的表达"，解释一种属于现代中国文学的存在方式。

最后，回到"非文学期刊"，才能解释现代文学研究新史料发掘的特点与趋向，才能从新史料出发，打开考察中国现代文学的"非文学期刊"窗口，看到文学发展变化的新景观。非文学期刊虽然全程陪伴着中国现代文学的发生和发展，在第一个十年、第二个十年均有重要作用和不俗表现，但其真正大爆发，是在抗战全面爆发之后。当抗日救亡、抗战建国成为时代主题与社会诉求，包括文学期刊与非文学期刊在内的各种社会力量都要服务于抗战需求，而文学正是抗战宣传、抗战动员的有力武器与有效渠道。所以，非文学期刊纷纷对文学敞开怀抱，借助文学的力量服务抗战大业，打开销路，维持运营，而且不论新旧、文白、雅俗，也不管是声音

---

① 朱晓进等：《非文学的世纪：20世纪中国文学与政治文化关系史论》，南京师范大学出版社，2004，第3页。
② 李怡：《大文学视野下的〈吴宓日记〉》，《文学评论》2015年第3期。

记录还是文字书写，只要能够满足为读者提供精神食粮、思想武器与抗敌激励之需要，就予以刊载。由此，就进一步形成和放大了抗战文学的"杂文学"特征，超越文学期刊，超越前后的现代文学，表现出最为突出的"杂文学"形态。对这种"杂文学"形态的重新勾勒与具体阐释，有望以不一样的抗战文学史观打开抗战文学的新视野，推动抗战文学研究的深入与"突围"。

此外，我们虽然不赞同邓集田将"但有比较多的文学内容（一般要占刊物内容的1/4或1/3以上）"的综合性期刊称为"综合性文学期刊"，"也算作文学期刊"的处理方式，但其"许多文学期刊都会适量刊登非文学性内容，综合性期刊也一样，常常到文学领域内抢生意，以便争夺更多的读者。这使得各种类型的期刊之间相互交错的现象比较明显"①。这种观点，却是敏锐的洞见。也就是说，非文学期刊可以有文学内容，而有的文学期刊也存在非文学内容；非文学期刊的文学内容不能左右其"非文学"属性，文学期刊的非文学内容也不能改变其"文学"属性。

总之，我们梳理从民国时期闻一多、谢六逸、李长之、李广田等先贤，到新中国成立后的樊骏、陈福康、封世辉、汪晖、董大中等前辈，再到21世纪以来诸多学者关于"文学期刊"与"非文学期刊"的"两分法"；分析讨论《中国新文学大系》之《史料·索引》《中国现代文学期刊目录新编》《1872～1949文学期刊信息总汇》等研究成果不得不将"非文学期刊"纳入"文学期刊"研究的尴尬，尝试进一步为"非文学期刊"正名，都是出于对"非文学期刊"概念与相关问题之理论意义的自信与期许。非文学期刊一直是与现代文学关系密切的巨大存在，从来就是现代文学的生产方式之一，参与着现代文学从发生到发展的全过程。聚焦非文学期刊，钩沉其中散落的作家集外作品与相关史料，不仅能够进一步拓展现代文学史料发掘的深度和广度，而且能够深度还原现代文学的历史现场与原始形态，照亮其结构与细节，阐发其特质与规律，从而推动现代文学研究向纵深发展。

王富仁先生三十多年前就有"开创中国现代文学研究的新局面"需要

---

① 邓集田：《中国现代文学出版平台：晚清民国时期文学出版情况统计与分析（1902～1949）》，上海文艺出版社，2012，第80页。

四个"新",即"新的眼光""新的角度""新的标准""新的态度"[①] 的倡导,我们以为,若以"非文学期刊"的眼光、角度、标准和态度考察中国现代文学,拓展现代文学研究的"非文学期刊"视野,完全有可能打开现代文学研究和史料发掘的"新局面"。我们希望有更多师友就"非文学期刊"概念及其意义与前景展开讨论,在"非文学期刊"的旗帜与视野之下汇集更多同路人,共同致力于现代文学新史料的发掘与研究事业。

当然,具体到操作层面,"非文学期刊"视野下的史料发掘研究还有许多值得讨论的问题与方法,其中尤为重要的是完成一个根本转变,即从以作家为线索的检索搜罗转变为以期刊为单位的系统发掘。关注不同研究对象的学者分头爬梳同一种非文学期刊,泛黄的民国期刊翻了再翻、卷曲的缩微胶片摇了又摇、海量的报刊数据库查了又查的方式,明显有重复劳动、效率不高之弊。不无遗憾的教训与值得称道的尝试都不少,且容今后另文细述。

---

① 王富仁:《开创新局面所需要的"新"》,《中国现代文学研究丛刊》1984 年第 1 期。

关于晚清文学的再认识

郑家建　福建师范大学文学院

晚清文学，学术界有时又称它为近代文学，是五四文学很重要的历史背景。第一代中国现代作家是成长于晚清历史语境之中的。没有晚清，何来"五四"？这不是一个故弄玄虚的提问。五四文学的许多问题，根源都在于晚清文学的历史语境。晚清文学存在着多元复杂的文学观，比如，梁启超的文学观，就是基于一种启蒙的立场。梁启超的新民体散文，是晚清文学的重要组成部分。通过对晚清文学的研究，中国文学将重新建立一种更加多元开阔的文学观。"五四"以来，人们对于文学观念的理解日益狭隘化，较多地从抒情的、审美的视野来看待文学。对晚清文学的再认识、再研究，将为重建一种大文学观找到充沛的历史资源。

研究晚清文学要认识以下两点。

首先要认识到，这是一个变革的历史时期，可以透过晚清文学了解中国知识分子内在的精神变化。在这个变革的转型时代，他们的心态与思想的变化及其痛苦，都是前所未有的。比如，龚自珍是一个非常敏感的士大夫，在去世之前，他就很敏锐地感觉到这个世界将要面临巨大的变革，这是一个典型的精神个案。晚清士大夫是如何感觉到周围世界正在酝酿着变革？对变革的预感和压力，又是如何成为晚清知识分子的普遍情绪？这些都是值得深思的问题。

在晚清知识分子中，还形成了一种很独异的精神类型，那就是烈士意识（张灏语）。比如谭嗣同，他完全有别的命运与出路可以选择，但是，他宁愿选择以自我牺牲来唤醒变革的诉求。这种强烈的烈士意识，可以透过许多晚清仁人志士的书信和日记读出来。林觉民的《与妻书》让人惊叹不已，在临危就义的前夜，一个人既能如此的一往情深，又能如此的理性清醒，这两种非常极端的情绪，竟然能在一个人的内心世界中如此有机地融合在一起，这不能不说是一种精神的奇迹。在晚清知识分子的烈士意识中，就常常包容了这两种情绪。除了谭嗣同之外，秋瑾也是如此。

我认为，这代人比"五四"一代人在精神世界上更有意思：极端的理想主义、英雄主义与极端的感情主义、主观主义，这两种极致化的情感在他们的内心世界中居然可以有机地融合。在这个意义上，晚清知识分子的心理特质和精神特质，在中国知识分子精神谱系中，可以说是空前绝后的。

从文学变革的层面来看，晚清文学正处于文学自身的转型期，对诗界革命、小说界革命、文界革命的倡导，对其所引发的文体变革的历史过程和复杂性，今天的研究仍然显得很不够。在我看来，如果没有梁启超对新文体的倡导，现代散文的产生与发展将是另一种面貌。

传统小说是通俗的闲书。到了近代，小说地位提高了，成为思想启蒙运动中一个很重要的工具，这种文体意识的转型对现代文学的影响十分深刻。可以说晚清文学开启了文体意识转型的历史过程，当然，晚清只是一个开始，并不是文体意识转型的完成。

其次要认识到，这是一个打开国门的历史时期。西方文学影响了晚清文学的进程，这个影响究竟达到怎样的程度？如何影响？对这些问题的研究，还很不够。晚清有两个福建人，严复和林纾，他们分别对近代中国思想和文学产生了十分深刻的影响。严复对进化论的译介，为近代中国人提供了一种全新的世界观。林纾的翻译给了近代中国人一种全新的抒情方式。但是，对这两个人的研究，都做得很不够。

在晚清文学中，中西文化交流之间存在着强势文化对弱势文化的影响。在这一过程中，必然存在着迎与拒、吐与纳的复杂性，这是十分敏感并且是个世界性的问题。今天的拉丁美洲文化和非洲文化也遇到同样的历史文化语境。

在晚清历史语境中，当强势文化进来时，晚清的知识分子则以自己的方式回应着外部世界。此时，他们的内心是很复杂的，既有自大、固执，更有焦虑和不安。从他们的日记、游记、书信中可以看到，此时他们的意识世界充满着光怪陆离，他们是在一个复杂的、动荡不安的情况下，看待外部世界、认知外部世界的，同时进行着自我调适和自我认同。这种情形,让我想起马尔克斯的《百年孤独》,这部小说写出了广大拉丁美洲知识分子在西方文化入侵之后,内心如何变得动荡而复杂。马孔多这个小镇以一种怪异的方式抵抗、吸收西方文化这一与其传统文化格格不入的价值观,这一过程充满着荒诞、奇迹和悲剧。

研究晚清文学,在方法论上,要注意以下三个方面。

第一,建立大文学观。晚清文学并不以追求审美的价值为目的,更多的是基于启蒙与变革的诉求。比如,出使英国的郭嵩焘日记,从审美的角度而言,并没有什么可研究的,但从文化史的角度来看,却十分有意思。他的日记不像郁达夫的日记那样,记录着个人的悲欢离合,主要是记录自己对新世界的认识与困惑,以及困惑之中对中国晚清文化的再体认。因此,对晚清文学的研究要建立大文学观。

第二,建立一种复杂认知。晚清文学从来没有给出答案,总是充满未完成性的认识,它的意义在于呈现了许多问题,令人困惑和不安,这是一个布满困惑的历史沼泽地。当时的人们所面对的问题很多,困惑也很多,而回应的方式却很笨拙。如何阐释这种历史的缠绕性,需要有对复杂性的认知。一般地说,刚打开国门,知识分子对外部世界的认知,既有新鲜感,更有不安和疑惑,这必然是一个问题丛生的时代。对于这种时代的思考与研究,需要历史哲学与文化哲学相结合的理论交汇和理论视野。

第三,建立一种未完成的观念。晚清文学是一个萌芽,它在生长之中,也必然是一个存在不少缺失的时代文学。在晚清,把文学作为推动变革的工具,使文学的功能焕发出新生的、萌芽的力量,充满变革的勇气和冲动,然而,这样就又把文学工具化了。作为一种启蒙的工具,文学更多地被赋予理性的意义,都深深地刻上工具论的烙印。因此,在这一时期,文学无论在审美创造还是在观念形态上,都存在着相互矛盾的结构。这是一个转型的时期,不仅是思想的转型,也是精神结构和文体意识的转型。这个过程必然是艰难曲折的,一定包含着新和旧、传统和现代、本土和外来的矛盾,这种各要素之间的矛盾性,不是简单的一次就能解决的,其中有着许多的中断和反复。

在我看来,正是这样一个充满博弈与冲突、充满连续与中断、充满继承与转型的晚清文学,孕育着五四文学一系列深刻的思想萌芽和精神新生。因此,没有晚清,何来"五四"? 应是题中应有之义。

晚清白话文与五四白话文的本质区别*

高 玉 浙江师范大学文学院

近十多年来，中国现代文学研究领域开始关注晚清白话文运动及其与五四新文化运动中的白话文运动之间的关系，普遍的观点是：晚清白话文运动是五四白话文运动的基础，或者说五四白话文运动是晚清白话文运动的继续。从表述上来说这没有错，但我认为这种表述其观点似是而非。事实上，晚清白话文运动和五四白话文运动理路、内涵、性质等都不同，仅只有时间上的先后性，并不具有逻辑关联性，五四白话文运动不是晚清白话文运动的逻辑延伸。晚清白话文和五四白话文是两种不同的白话文，二者具有质的区别。晚清白话文在清末汉语体系中是边缘性的，辅助性的语言，附属于文言文；而五四白话文在现代汉语体系中是主体性，也即"国语"，演变成现在的"现代汉语"，是国民标准语。

一 启蒙运动与思想革命

晚清白话文运动和五四白话文运动最大的区别在于，前者是启蒙运动，后者是思想革命。晚清白话文运动属于整个晚清思想启蒙运动的一个重要组成部分，也可以说是一种方式。晚清启蒙运动与西方启蒙运动不一样，它包括两方面内容：一是向民众宣传传统的思想和知识；二是向民众宣传西方的科学知识，也包括科学思想。"启蒙"在这里主要是中文原初

---

* 本文为国家社科基金重大项目"语言变革与中国现当代文学发展"（项目编号：16ZDA190）阶段性成果。

义，也即开导蒙昧之人，通过知识的方式，所以其对象是普通民众。这和西方启蒙运动的启蒙是有本质区别的，西方的启蒙运动本质上是反封建专制、教会愚昧的思想文化创新运动，是继文艺复兴之后的新的思想解放运动，是从内部发生的思想更新、文化更新运动。而晚清启蒙运动不具有这种政治性，它主要是通过学习中国传统知识和西方新知识来达到开启"民智"的目的，中国传统文化包括封建思想也是知识的一部分。理论上，中国传统文化"知识"以及格物等实业"知识"和西方的科学知识有很多矛盾和冲突，但在"知识"的层面上，它们和平相处并共存，这是晚清启蒙运动和后来的五四新文化运动的思想革命之根本不同。

五四白话文运动则属于五四新文化运动的组成部分，白话文在这里并不只是语言形式，更重要的是内容本身，也即它本身具有思想革命性。五四新文化运动虽然被美国学者格里德称为"文艺复兴"①，但它不是汉字意义上的复兴中国传统文艺，不是重现中国古代文艺或文化辉煌，恰恰相反，五四新文化运动从根本上是思想革命，其最重要的特征是反传统，思想解放。因为不是知识层面的启蒙，而是思想层面的革命，所以，西方的新的科学等思想和传统文化特别是封建思想在五四新文化运动中构成了尖锐的对立。与晚清启蒙运动不同，传统思想在新文化运动中不再是传播的对象，而是需要批判、破坏和打倒的对象。在这一意义上，五四新文化运动不是晚清启蒙运动的延续或者逻辑结果，也就是说，晚清启蒙运动不是五四新文化运动的原因，五四新文化运动也不是晚清启蒙运动的结果，五四新文化运动有更为复杂的社会和文化原因，它和晚清启蒙运动遵循的是不同的理路。晚清启蒙运动为五四新文化运动做了思想文化上的准备，二者是连续的历史过程，但这种连续性是时间上的而不是逻辑上的。

晚清白话文运动和五四白话文运动在外在语言形式上很相似，在功能外表上也非常相似，但内涵上具有本质的不同。晚清启蒙运动为什么要用白话？根本原因是文言文作为语言太难懂，文言文繁难艰深，大量的偏僻汉字、偏僻词语，大量的用典，大量的不可理解的套语，不讲文法，等等，不仅一般士人阅读困难、掌握困难，普通百姓更是听不懂、读不懂。

---

① 参见〔美〕格里德《胡适与中国的文艺复兴——中国革命中的自由主义（1917~1950）》，鲁奇译，江苏人民出版社，1989，该书第二部分《中国的文艺复兴》。

文言文造成了中国古代普通百姓包括中下层读书人对思想的深深隔膜，中国传统思想文化在书籍知识的层面上，不管是"经""史"还是"子""集"，不管是思想还是物质和技艺，大多数应该是平实的，普通人是能够理解的。但事实上，在中国古代，思想文化知识基本上是上层社会和少部分知识分子的特权，而绝大多数国民则被剥夺了接受知识和思想的权利，这当然与经济条件、教育条件有很大的关系，但语言则是一个很重要的因素，文言文犹如一堵墙，把普通国民隔在知识和思想之外，这严重地降低了中国国民的素质。所以晚清思想文化界使用白话文的原因非常简单，就是把文言文承载的思想、普通的知识用白话文传授给识字的普通百姓，讲给不识字的普通百姓听，当然也是让小知识分子可以看懂，白话文运动就是为了解决中国古代思想文化以及知识普及的问题，而不是解决中国古代知识和思想文化本身的问题。

用白话文传播封建思想文化其实早在清中叶就开始了，比如康熙皇帝曾发布 16 条"圣谕"，雍正皇帝对它进行了详细的阐释，于雍正二年即 1724 年发布《圣谕广训》。"圣谕"和《圣谕广训》都是用文言文写的，虽然都是中国封建社会的日常道理，但普通百姓听不懂，也看不懂。为了解决这一问题，清中期以后出现了很多白话《圣谕广训》，比如《圣谕广训通俗》《圣谕广训疏义》等，最有代表性的是《圣谕广训衍》和《圣谕广训直解》，比如"圣谕"第一条是："敦孝弟以重人伦"，雍正《圣谕广训》对它进行了充分的阐释，其中有这样一段话："夫孝者，天之经、地之义、民之行也，人不知孝父母，独不思父母爱子之心乎？"[①]《圣谕广训衍》的解释是："怎么是孝呢？这个孝顺的道理大得紧，上而天、下而地、中间的人，没有一个离了这个理的。怎么说呢？只因孝顺是一团的和气。你看天地若是不和，如何生养得许多人物出来呢？人若是不孝顺，就失了天地的和气了，如何还成个人呢？如今且把父母疼爱和您们的心肠说一说。"[②]《圣谕广训直解》是这样解释的："怎么是孝呢？这孝顺爹娘，在天地间为当然的道理，在人身上为德性的根本。你们做儿子的，不知道孝顺你的爹娘，但把爹娘疼爱你们的心肠想一想，看该孝也不孝？"[③]这里所

---

① 周振鹤撰集《圣谕广训集解与研究》，顾美华点校，上海书店出版社，2006，第 162 页。
② 同上书，第 163 页。
③ 同上书，第 165 页。

谓"衍""直解",其实就是白话翻译,只不过不是"直译",而是"意译"罢了。清末提倡白话文,遵循的是同一理路,只不过因为使用广泛而发展成为一种"运动"而已。王照在《挽吴汝纶文》中说:

> 今吾中国公文中,亦恒曰养民教民,实则发之者官吏,收之者官吏,解之知之者,仍此官吏也。民固无从知也,纸上之政治,自说自解,自唱自和,视民之苟且妄作,辄于纸上骂以心死,责以无良,而民又不知其纸上云何也。①

清末白话文就是为了解决这种问题,当然解决的方法除了提倡白话文以外,文字改革也是一个很重要的方面。

另外,晚清时期,西方的宗教文化、科学和技术知识已经大量传入中国,少量的社会科学、人文科学也传入中国,文言文汉字单字的表达方式完全无法适应这种知识的大爆炸。

一是文言文无法准确地表达西方传入的新事物、新文化,文言文是在中国社会和思想文化的发展过程中逐渐产生并发展演变的,它主要是命名中国的事物,表达中国的思想和文化,西方的自然和物质包括社会的基本构成,中外没有太大的差别,所以很容易就能够在文言文中找到对应的词语、对应的表达,但对于西方新的事物、新的科学和思想文化知识,文言文则无法表达或者无法准确地表达。胡适说:"时代变的太快了,新的事物太多了,新的知识太复杂了,新的思想太广博了,那种简单的古文体,无论怎样变化,终不能应付这个新时代的要求。"②傅兰雅引西人说:"中国语言文字最难为西人所通,即通之亦难将西书之精奥译至中国。盖中国文字最古最生而最硬,若以之译泰西格致与制造等事,几成笑谈。然中国自古以来,最讲求教门与国政,若译泰西教门与泰西国政,则不甚难。况近来西国所有格致,门类甚多,名目尤繁;而中国并无其学与其名,焉能译妥,诚属不能越之难也。"③现在看来,这种翻译的困难主要是文言文的

---

① 王照:《挽吴汝纶文》,《清末文字改革文集》,文字改革出版社,1958,第31页。
② 胡适:《中国新文学运动小史(〈中国新文学大系〉第一集的〈导言〉)》,《胡适文集》第1卷,北京大学出版社,1998,第108页。
③ 傅兰雅:《江南制造总局翻译西书事略》,罗新璋、陈应年编《翻译论集》,商务印书馆,2009,第284页。

困难。近代文言翻译的困难,当时就有很多学者、翻译家表达过,比如严复说:"求其信,其大难矣。""新理踵出,名目纷繁,索之中文,渺不可得,即有牵合,终嫌参差。"① 过去我们多把严复的"信、达、雅"说从翻译的技术角度进行理解,但实际上严复主要是讲文化的差异性、语言的差异性问题,之所以翻译难"信",根本原因在于语言的不对等,而不是翻译能力欠缺。

二是西方的思想文化用文言翻译,即使勉强表达了,一般人也看不懂,不能产生社会效果。傅兰雅说:"已译成之书大半深奥,能通晓之者少,而不明之者多。"② 之所以不能"通晓","不明",倒不是西学有多难懂,其在很大程度上是文言文作为语言的障碍造成的。而在表达新事物、新知识上,白话具有很大的优势,文法是一方面,更重要的是词语,文言文主要是单字使用的语言,在文言文语言体系中,增加新事物和新概念主要是增加汉字,或者用句子表达,这在中国古代社会和知识发展缓慢的情况下还勉强胜任,但晚清新事物剧增,知识特别是西方知识大爆炸,用增加汉字的办法来解决事物的命名、知识的概念等根本就没有可行性,且汉字在清《康熙字典》中就收录4万多,对于学习者来说,这已经是一个天文数字,已经达到了学习的极限,即使是专业人士也不可能掌握这么多汉字,普通人更没有可能了,汉字数不能再增加了。而常用字组合词(即白话词)本身通俗易懂,而且大大减少汉语的识字量,且用白话词也解决了物质名词以及科学技术和文化知识的翻译问题。

所以,晚清白话文运动中,白话不仅表达和传播旧知识,也表达和传播新知识。

与此相关,晚清白话文运动针对的是普通民众以及"小知识分子",而知识分子仍然是阅读和使用文言文。胡适批评清末白话文运动:"他们最大的缺点是把社会分作两部分:一边是'他们',一边是'我们'。一边是应该用白话的'他们',一边是应该做古文古诗的'我们'。我们不妨仍旧吃肉,但他们下等社会不配吃肉,只好抛块骨头给他们去吃罢。"③ 周作人说:"在这时候,曾有一种白话文字出现,如《白话报》《白话丛书》

---

① 严复:《〈天演论〉译例言》,罗新璋、陈应年编《翻译论集》,第202、203页。
② 傅兰雅:《江南制造总局翻译西书事略》,罗新璋、陈应年编《翻译论集》,第287页。
③ 胡适:《五十年来中国之文学》,《胡适文集》第3卷,第252页。

等，不过和现在的白话文不同，那不是白话文学，而只是因为想要变法，要使一般国民都认识些文字，看看报纸，对国家政治都可明了一点，所以认为用白话写文章可得到较大的效力。"① 他认为晚清白话本质上是平民语言："而以前的态度则是二元的，不是凡文字都用白话写，只是为一般没有学识的平民和工人才写白话的。因为那时候的目的是改造政治，如一切东西都用古文，则一般人对报纸仍看不懂，对政府的命令也仍将不知是怎么一回事，所以只好用白话。但如写正经的文章或著书时，当然还是作古文的。因而我们可以说，古文是为'老爷'用的，白话是为'听差'用的。"② 朱自清在《论通俗化》中说：

> 文体通俗化运动起于清朝末年。那时维新的士人急于开通民智，一方面创了报章文体，所谓"新文体"，给受过教育的人说教，一方面用白话印书办报，给识得些字的人说教，再一方面推行官话字母等给没有受过教育的人说教。原来这种白话只是给那些识得些字的人预备的，士人们自己是不屑用的。他们还在用他们的"雅言"，就是古文，最低限度也得用"新文体"；俗语的白话只是一种慈善文体罢了。③

我们可以看到，晚清大力提倡白话文的学者比如裘廷梁和黄侃等人，他们提倡白话文的文章却是用文言文写的。这都说明，晚清白话文运动主要是由精英知识分子发动的一个文化普及运动，主要是针对普通民众和小知识分子的运动，它不触动中国传统思想的核心。

而五四白话文运动则是完全不同的情形，它的主要目的不是传播知识，而是思想革命。五四白话文运动不关心知识问题，不管是西方的知识还是中国传统的知识，它更关注的是思想和文化问题，对于中国传统思想的核心内涵，它不仅不传播和宣传，恰恰相反，是批判和否定的。它主要是承续晚清就已经开始的对西方现代思想文化的接受，而把它向前延伸、扩大，更重要的是把西方现代科学、民主等现代精神应用于社会思想文化

---

① 周作人：《中国新文学的源流》，河北教育出版社，2002，第51页。
② 同上书，第51~52页。
③ 朱自清：《论通俗化》，《朱自清全集》第3卷，江苏教育出版社，1996，第142~143页。

领域，从而重建中国现代社会、思想和文化。胡适说：

> 从前那些白话报的运动，虽然承认古文难懂，但他们总觉得"我们上等社会的人是不怕难的：吃得苦中苦，方为人上人"。这些"人上人"自己仍然应该努力模仿汉魏唐宋的文章。这个文学革命便不同了；他们说，古文死了二千年了，他的不孝子孙瞒住大家，不肯替他发丧举哀；现在我们来替他正式发讣文，报告天下"古文死了！死了两千年了！"①

宣布文言文死亡，其实是宣布中国传统思想之核心和主体的死亡，文言文作为语言体系的死亡也即中国古代思想体系的死亡，或者说中国传统文化作为类型的死亡。把白话和文言文对立起来，并且废除文言文，这是五四白话文运动和晚清白话文运动最大的不同。陈独秀说出两者的区别："文言文—古文—古事；白话文—今文—今事。"② 这可能过于机械了，但这是很深刻的区分。

二 工具性与思想本体

晚清白话文运动不同于五四白话文运动，其深层的原因在于晚清白话文和五四白话文具有质的区别。从语言形式上来说，两种白话没有太明显的差别，语法基本相同，语音基本相同，词汇有很大的共同性，我们很难具体地说哪些是古代白话，哪些是现代白话，但从思想上来说，整体上它们具有根本的不同，最重要的不同在于表达思想的术语、概念、范畴和话语方式都发生了根本性的变化。中国人表达思想和观念，不再是用"道""器""理""仁""气""韵""孝""忠""君""臣""纲""常""格物"等，虽然这些字或词在现代白话中并没有消失，但它们已经不再是核心概念，现代白话的核心概念是"科学""民主""社会""国家""自然""法律""自由""理性""感性""现代""思想""观念""真理"等，

---

① 胡适：《五十年来中国之文学》，《胡适文集》第3卷，第253页。
② 陈独秀：《我们为甚么要做白话文？——在武昌文华大学演讲底大纲》，《陈独秀著作选编》第2卷，上海人民出版社，2009，第194页。

这些概念就是在五四白话文运动中建立起来的，它们主要是从西方引入的，以翻译的形态存在。在这一意义上，晚清的白话文是文言文的翻译语言，其作用是把文言文的思想用口语进行表达；同时是西方事物和自然、社会与科学知识的大众语的命名形态，也即用口语的方式翻译西方的事物和自然、社会与科学知识以及表达中国新生的事物。晚清言说中国思想的主体语言是文言，白话则是具有工具性的大众语，主要限于日常层面的交流。而五四白话文除了具有工具性以外，根本的差别在于它具有思想本体性，五四白话文实际上是一种新的语言体系，新的语言体系也即新的思想体系。

五四白话文在思想的层面上具有现代性，其根本原因在于它向西方学习而来，五四新文化运动向西方学习实际上已深入西方的核心——思想文化，五四白话文实际上就是这种学习在语言上的表现，所以五四白话文是一种具有现代思想内涵的白话。关于二者之间的差别，新文学家们有清醒的认识，郭沫若说："我们现在所通行的文体自然有异于历来的文言，而严格的说时，也不是历来所用的白话"①，而是"欧化的白话"。过去我们把"欧化"解释为语法上的，这当然也是一方面，但语法上的"欧化"是五四白话文极其次要的特征，五四白话文更重要的是思想上的欧化。胡适说："我们也知道新文学必须要有新思想做里子。"② 傅斯年说："思想依靠语言，犹之乎语言依靠思想，要运用精密深邃的思想，不得不先运用精密深邃的语言。"③ 所谓"新思想"不是抽象的，也不是空洞的，而就体现在具体的表达即语言之中。鲁迅说："欧化文法的侵入中国白话中的大原因，并非因为好奇，乃是为了必要。……要说得精密，固有的白话不够用，便只得采些外国的句法。比较的难懂，不像茶淘饭似的可以一口吞下去是真的，但补这缺点的是精密。"④ 胡适也说："只有欧化的白话方才能够应付新时代的新需要。欧化的白话文就是充分吸收西洋语言的细密的结构，使我们的文字能够传达复杂的思想，曲折的理论。"⑤ 两人所谈最后都归结到

---

① 郭沫若：《文学革命之回顾》，《沫若文集》第 10 卷，人民文学出版社，1959，第 364 页。
② 胡适：《〈尝试集〉自序》，《胡适文集》第 9 卷，第 82 页。
③ 傅斯年：《怎样做白话文》，《傅斯年全集》第 1 卷，湖南教育出版社，2003，第 133 页。
④ 鲁迅：《玩笑只当它玩笑（上）》，《鲁迅全集》第 5 卷，人民文学出版社，2005，第 548 页。
⑤ 胡适：《中国新文学运动小史（〈中国新文学大系〉第一集的〈导言〉）》，《胡适文集》第 1 卷，第 130 页。

了思想或者思维上面,鲁迅强调五四白话文在思想上的"精密"性,胡适则强调五四白话文在思想上的"复杂"性,可见五四白话文的思想本体性特点。

与此相关的是白话文的逻辑性问题,这是当时就讨论比较多的问题,一般认为五四白话文具有逻辑性、科学性,但五四白话文的科学性、逻辑性主要不是来自语法,而是来自词语,也即体现出理性精神和科学精神的术语、概念和范畴,它们主要来自西方。陈独秀说:

> 白话文与古文的区别,不是名词易解难解的问题,乃是名词及其他一切词"现代的"、"非现代的关系"。①

这才是五四白话文的本质。所以,把"汝"改为"你",把"曰"改成"说",这不是五四白话文的本质。同时,使用古代已有的白话,这也不是五四白话文的本质,五四白话文当然也承继了古代口语的白话,但这只是现代白话中的一部分,且主要限于日常层面。而五四白话文最重要的部分是吸收西方的思想文化,"科学""民主""自由""知识""理性""人权""女性"等这些才是真正的五四白话,很多"词语"虽然古已有之,但内涵已完全不一样。

正是因为五四白话文是思想性的白话文,所以我们确认鲁迅的《狂人日记》为中国新文学第一篇现代小说。事实上,白话小说进而白话文学早在中国的汉代就开始了,晚清也产生了很多白话小说,但为什么不能把晚清的白话小说也看作"新文学"呢?根本原因就在于新文学与旧文学的区别不是在语言形式上,而在于语言性质,古代白话文学使用的是"旧白话",也即作为口语的工具性的白话,而现代白话小说使用的是新白话,也即具有现代思想的白话。朱希祖说:"文学的新旧,不能在文字上讲,要在思想主义上讲。若从文字上讲,以为做了白话文,就是新文学,则宋元以来的白话文很多,在今日看来,难道就是新文学吗?"② 单从白话形式上我们不能把晚清白话小说和五四白话小说区分开来,但在思想层面上,

---

① 陈独秀:《我们为甚么要做白话文?——在武昌文华大学演讲底大纲》,《陈独秀著作选编》第 2 卷,第 197 页。
② 朱希祖:《非"折中派的文学"》,载《中国新文学大系·文学争论集》,上海良友图书公司,1935,第 86 页。

二者具有明显的区别。

瞿秋白对这两种白话文作了详细的区分,他把五四白话称为"非驴非马的新式白话",而把传统的旧白话称为"章回体的白话":"这五四式的白话仍旧是士大夫的专利,和以前的文言一样。现在新式士大夫和平民小百姓之间仍旧'没有共同的言语'。革命党里的'学生先生'和欧化的绅商用的书面上的话是一种,而市侩小百姓用的书面上的话,是另外一种,这两种话的区别,简直等于两个民族的言语之间的区别。……现在的中国欧化青年读五四式的白话,而平民小百姓读章回体的白话。"① 瞿秋白把这种欧化的白话文称为"新式文言"(或"半文言")是有道理的,虽然我不同意他对这两种白话文的态度,比如他把五四白话文称为"骡子话"②、"杂种话"③,可见其鲜明的倾向。对于五四白话文的性质,我认为瞿秋白的分析是正确的,他说:

> 五四式的白话,表现的形式是很复杂的:有些只是梁启超式的文言……有些是所谓"直译式"的文章,这里所容纳的外国字眼和外国文法并没有消化,而是囫囵吞枣的。这两大类的所谓白话,都是不能够使群众采用的,因为读出来一样的不能够懂。原因在于:制造新的字眼,创造新的文法,都不是以口头上的俗话做来源的主体,——再去运用汉文的,欧美日本文的字眼,使他们尽量的容纳而消化;而是以文言做来源的主体,——甚至于完全不消化的生硬的填塞些外国字眼和文法。结果,这种白话变成了一种新式文言。④

五四白话文和晚清白话文不同,晚清白话文是真正的民间口语,是口语的书面化,是大众化的语言,或者大众使用的语言,这种白话文在五四新文学运动之后仍然是存在的,但不是主流。五四白话文有口语化、大众化的一面,但在思想的层面上它只是形式上的白话,内涵则是现代性的,其所

---

① 瞿秋白:《普洛大众文艺的现实问题》,《瞿秋白文集(文学编)》第1卷,人民文学出版社,1958,第465页。
② 同上书,第467页。
③ 同上书,第495页。
④ 同上书,第466~467页。

包含的深刻的哲学、历史、文学、社会、政治等思想则是一般民众不能理解的。文学上可以大众化、通俗化，所以任何时候都有大众文学、通俗文学，但思想只是"有"与"无"，没有通俗与深奥之分，没有丰富的思想术语、概念、范畴和话语方式，就不可能有深刻的思想，也不可能有真正的哲学、史学、文艺学等思想体系，晚清白话文如果作为汉民族通用语，传统中国思想在很大程度上就会消失，这也意味着对西方思想文化的拒绝，那将是中国思想文化的巨大倒退。

五四时期，真正的大众化、通俗化的文学是"鸳鸯蝴蝶派"文学、"礼拜六"文学等，他们使用的是晚清作为口语的、工具性的白话文，白话不够用时就用文言，可以说是白话不够文言来凑。而五四新文学运动中胡适诗歌、鲁迅小说以及周作人散文等所用的白话在工具层面上和晚清白话无异，但在思想上则是充分"西化"的白话，正是因为其思想性，所以它迅速地延及思想文化各领域，成为汉语通用语，也就是当时的"国语"、后来的"现代汉语"。现代汉语不仅是白话文，更重要的是在思想的层面上它包容了文言文，也包容了西方语言，所以它不是口语，不是大众语，而是民族标准语。五四新文化运动之后，白话文一直在变化发展，汉语向何处走也有很多争论，特别是文学上有各种尝试，比如有人向古文学习把白话典雅化，有人把白话通俗化、大众化、口语化，白话更"白"，但现代汉语的思想本体性始终没有变，现代汉语在思想层面上始终具有现代性。

五四白话文的形成，因素很多，但核心内容是西方性，是对西方思想文化的表达，这种表达是通过翻译逐渐完成的。中国对西方的学习大致经历了从器物学习到制度学习到思想文化学习的三个阶段，从中国的角度来看，这三个阶段是递进式的发展。西方的器物虽然很多，但翻译其实相对简单，本质上是"词"与"物"的命名问题，只有规定性，不存在错误或者不准确的问题，所以文言文基本可以胜任这种翻译。但到了社会性问题的翻译时，文言文就有点勉为其难了，所以，严复翻译西方的社会科学著作如《天演论》《原富》《群己权界论》《名学浅说》等时，就变得非常艰难，所谓"天演""原""群""己""名学"其实都不准确，非常勉强，这些词后来在现代汉语中有了更准确的表达。到了五四时期，西方大量深层次的哲学、历史学、法学、教育学、文艺学的思想输入中国，此时文言文完全无法胜任了，根本原因就在于文言文中就没有西方思想中"宪法""人权""学术""社会""研究""逻辑""典型""创作方法"等对应的术语、概念、范畴和相应的话语体系，所以，这些概念从内容上来源于西方，但从语言上来说则是创造，这才是五四白话文的实质，也即从思想的角度来说，它是一种新的语言，与西方语言更具有亲和性，与晚清白话文具有根本性的不同。

文学翻译也是这样，纵观近代至现代文学翻译史我们可以看到，早期的文学翻译基本上可以说是"改写"，林纾是大翻译家，但有意思的是他并不懂外语，他的翻译主要是由懂外语的助手先把外国小说用口语即白话进行翻译，然后林纾再把它改写成"古文"，即当时标准的汉语。这一事实的背后有丰富的历史内涵，用今天的眼光来看，助手或者合作者的"口译"恰恰是非常准确的，至少比林纾改写之后的翻译要准确，但在当时，白话是不入流的口语，书面语还是文言文，文学翻译作为一种正统的"雅"事，必须用纯正的文言文中的"古文"。但西方文学比如莎士比亚的戏剧和大仲马、小仲马、狄更斯、托尔斯泰的小说所反映的内容，文言文根本就不能准确地翻译，或者翻译了一般读者也不能理解，所以林纾的办法有二：一是"删"，把中国人不能理解和不容易理解的内容删去；二是"改"，把西方的故事改成中国古代的故事，把西方的情理改成中国的情理，把西方的说话方式改成中国的表达方式，同时增加一些中国式的故事、细节以及对话等，这在今天看来是"错误"的，但在当时恰恰是"正确"的。郑振铎认为林纾"错误"的翻译是"口译者所误"："这两个大错误，大约都是由于那一二位的口译者不读文学史，及没有文学的常识所致。他们仅知道以译'闲书'的态度去译文学作品，于是文学种类的同不同，不去管他，作者及作品之确有不朽的价值与否，足以介绍与否，他们也不去管他；他们只知道随意取得了一本书，读了一下，觉得'此书情节很好'，于是便拿起来口说了一遍给林先生听，于是林先生便写了下来了。"[1] 我认为这是值得商榷的，林纾的翻译方式与口译者有一定的关系，但根本原因还是林纾的自我选择，而选择的根本原因是对翻译的理解，在

---

[1] 郑振铎：《林琴南先生》（载《中国文学研究》下册），《郑振铎全集》，花山文艺出版社，1998，第367页。

当时的文化、文学背景以及语言背景下，林纾的翻译恰恰是标准的翻译。傅兰雅介绍当时的翻译："至于馆内译书之法，必将所欲译者，西人先熟览胸中而书理已明，则与华士同译，乃以西书之义，逐句读成华语，华士以笔述之；若有难处，则与华士斟酌何法可明；若华士有不明处，则讲明之，译后，华士将初稿改正润色，令合于中国文法。"[①] 这和林纾的翻译情况是一样的，也是先翻译成口语即白话文，然后加工成书面语即文言文。

　　用白话翻译，理论上应该有很多读者，会受到民众的欢迎，但其实恰恰相反，晚清具有阅读外国文学能力和水平的读者主要是旧式知识分子，而旧式知识分子的语言是文言文的，晚清尤其盛行典雅的桐城派古文，他们是不会读白话作品的，不仅仅是因为与他们的身份不符合，更重要的是与他们的审美观不同，在他们看来，文言文是高雅的，而白话文是通俗的，这也是外国文学在晚清必须用文言文翻译的重要理由。白话是民众的语言，但晚清白话还只是在口语的层面上通行，民众识字有限，接受教育有限，所以虽然白话文他们能够理解，也能够懂，但实际上他们没有阅读的能力，也没有阅读的条件，因而白话文翻译实际上没有读者，这其实是晚清外国文学翻译不能用白话文的真正理由。

　　用文言文翻译西方文学在晚清大行其道，但随着越来越多的人懂得西文，随着翻译观念的发展变化，这种翻译变得越来越难，内在原因是相异的语言，相异的文学趣味，文言文根本就不能准确翻译西方文学特别是其艺术性，文言文翻译过来的西方小说怎么看都像是中国古代小说，鲁迅和周作人合译《域外小说集》2册，初版时一共卖出41册，以今天的眼光来看，在文言文的限度内这可以说是上乘的翻译，但购买者很少，这说明用文言文翻译外国文学在当时已经没有市场。而外在原因则是清末民初汉语正在悄悄发生变化，汉语的西方因素越来越多，也越来越向白话转变，也即白话的使用越来越广泛，文学翻译不仅越来越趋向准确，也越来越趋向用白话，白话翻译不仅更准确，也能够拥有更多的读者。

　　晚清的白话文主要是命名西方新事物，而五四白话文除了命名西方事物以外，主要是增加新思想，这种新思想的加入最终从根本上改变了白话文的性质，也即使它从交际性的工具语言变成了书面性的思想语言。所

---

① 傅兰雅：《江南制造总局翻译西书事略》，罗新璋、陈应年编《翻译论集》，第287页。

以,"思想"才是五四白话文取代文言文并最终成为"国语"的最重要的原因。胡适在《建设的文学革命论》等文章中称文言文是死了的语言文字,认为"死文字决不能产出活文学"①,这是正确的,但这里的"死语言文字"不是从表达上来说的,也即不是从语言形式上来说的,而是从思想内容上来说的,形式上文言文并没有死,当时很多人还用文言写作,但从思想上来说,文言文是旧的语言体系,它不能准确地表达新的西方思想,因而可以说是"死的"。

三 语言之辅与语言之主

晚清白话文与五四白话文之间的根本区别不仅在于作用上的"启蒙"与"革命"、性质上的"工具"与"思想",还在于地位上的"辅助"与"主体",也就是说,晚清白话是文言文的辅助语言,当时正统的、居于主导地位的、通用的、作为汉语语言体系的是文言文,白话主要是口语、民间语言、大众语言,还不能构成完整的书面语体系,白话在思想的层面上不能独立表达,还必须借助文言,所以,白话在晚清时实际上只是补文言之不足,即弥补文言在民间事物以及西方事物表达方面的不足,具有从属性。相反,五四白话文从一开始就是要取代文言文从而取得正统或中心地位,不是要提高地位,而是要"当家做主"成为民族共同语即"国语",事实上,五四白话文最终成为一种新的语言体系。"五四"之后,文言文在一定范围和层面仍然在使用,但文言文总体上是逐渐退出现实使用而"历史化",最终成为辅助性的语言,主要作用是言说中国古代思想文化,在文学上则是表达传统趣味。官方的文件、通告,中小学教育,其语言全改成白话,今天,一般民众,不要说表达和写作用文言文不可能,就是能够读懂文言的都是极少数,文言文在通用语言的意义上可以说是彻底废弃了。

胡适曾描述晚清一般人的语言过程:"那些用死文言的人,却须把这意思翻成几千年前的典故;有了感情,却须把这感情译为几千年前的文

---

① 胡适:《建设的文学革命论》,《胡适文集》第 2 卷,第 45 页。

言。"① 这其实也说明了晚清的语言状况,那时,文言是"法定"的民族共同语,是正规的语言、是雅正的语言,白话思想和表达只有转换成文言思想和表达才具有"合法"性、正统性,才可以抵达主流的领域比如学校、官府、图书出版等。不仅当时的文学翻译是这样,思想文化翻译是这样的,很大一部分人的思维也是这样的,不排除很多知识分子的思想语言是文言文,但很大一部分知识分子思维语言是白话文的,书面表达是文言文的,正如今天很多人学外语一样,思维是中文的,不论是理解还是表达,中间始终有中文"翻译"的存在,真正的直接用外文进行思维的其实非常少。这种语言方式麻烦、别扭,丢失信息很多,在晚清社会和文化状况下还可以勉强运行,而到了现代时期,特别是在外国思想文化和语言环境中,完全行不通,根本原因是现代的、西方的思想没法用文言进行翻译和表达,强行把现代思想用中国典故来表达,已经不是翻译意义上的语言"转换"了,而是"改写""再创造",不只是形式上的不同,而且具有质的变化。同样,在文学上,强行把现代人的情感和审美用文言文来言说,实际上是把现代古代化,最后体现出来的是古代的情趣,这同样是性质的改变。胡适在美国求学八年,他的整个思想方式、知识体系都发生了变化,中西比较和转换在他那里是通过白话文和英文来完成的,但他要把他的思想传播到国内,还需要把白话文再转换成文言文,这不仅是麻烦和"工序"复杂的问题,更重要的是不可操作的问题,所以胡适提出直接用白话文进行表达,不仅"准确",而且"现代",这才是他提倡白话文的根本原因,也是现代汉语最深层的逻辑。

所以,五四之后的白话文,后来定为"国语"并继续发展为现在的现代汉语,它的内涵远比晚清白话文丰富,是各种因素构成的,也包括文言文的因素。文言文作为语言体系,它仍然存在,却是以历史的形态存在,现代人也偶用文言文作文,但这非常边缘,构不成主流。文言文要言说现代思想和现代情感,必须借助白话文,包括现代术语、概念、范畴和话语方式。而晚清的汉语状况是相反的。所以,就提倡白话文来说,清末的裘廷梁、陈子褒比胡适更早,但他们提倡的背景不同,希望达到的目的不同,具体内涵也不同,二者具有本质的区别。

---

① 胡适:《建设的文学革命论》,《胡适文集》第 2 卷,第 46 页。

20世纪50年代"胡适思想批判"运动中,很多人对胡适的文学贡献包括提倡白话文的贡献进行了批判和贬低,除了一些"时论"以外,也有一些非常严肃的学术讨论,比如谭彼岸认为,"晚清白话文运动是五四运动白话文运动的前驱,有了这前驱的白话文运动,五四时期的白话文才有历史根据"①。据此,谭彼岸认为"胡适可以从心所欲地盗窃晚清白话先驱者的主张,割断晚清白话文运动,而使人不知不觉被欺骗了"②。他批评胡适"把白话文的发祥地硬搬到美国去"③。我认为,这就是没有认识到晚清白话文与五四白话文之间的根本性质不同,从时间上来说,晚清白话文的确先于五四白话文,胡适以及陈独秀都是晚清白话文运动的重要参与者,胡适曾主编白话报《竞业旬报》,陈独秀曾创办并主编《安徽俗话报》④,他们在"五四"之前都曾尝试写作白话文,他们对晚清白话文运动的过程以及作用等都非常清楚,五四时期胡适提倡白话文显然和他晚清提倡白话文不是一个理路。况且,白话文也不是从晚清才有的,早在汉代就有了,因此即使在形式上,胡适的白话文也不仅是延伸晚清白话文。当然,胡适用《白话文学史》一部书来证明白话文"古已有之",从而证明五四白话文的合理性,这是错误的,由此也可见他本人对五四白话文在思想上、现代性上的认识不足。

刘禾描述五四白话文运动,"无论是从规模上还是在影响的程度上,都是前所未有的。它几乎在语言经验的所有层面上都根本改变了汉语,使古代汉语几乎成为过时之物。"⑤ 取代文言文而成为新的通行语言,或者说建立一种新的语言体系而取代旧的语言体系,这才是五四白话文区别于晚清白话文的最重要特点。夏丏尊曾批评白话文:"白话文最大的缺点就是语汇的贫乏。古文有古文的语汇,方言有方言的语汇,白话文既非古文,又不是方言,只是一种蓝青官话。从来古文中所用的辞类大半被删去了,各地方言中特有的辞类也完全被淘汰了,结果,所留存的只是彼此通用的

---

① 谭彼岸:《晚清的白话文运动》,湖北人民出版社,1956,第3页。
② 同上书,第4页。
③ 同上书,第4页。
④ 参见陈独秀《开办〈安徽俗话报〉的缘故》,《陈独秀著作选编》第1卷,第17页。
⑤ 刘禾:《跨语际实践——文学、民族文化与被译介的现代性(中国,1900~1937)》,宋伟杰等译,三联书店,2002,第26页。

若干辞类。"① 夏丏尊这里所说的白话文其实更像是晚清白话文,他所批评的就是后来"国语"建设解决的问题,事实上,五四白话文就是在充分融合古文、方言、外国词汇等基础上建立起来的新的语言体系,它不仅融汇文言文,也包容中国古代作为口语的白话,更重要的是它大量吸收了西方语言因素。

从五四白话文到"国语"到现在完备的"现代汉语",这也有一个过程,这个过程我们可以称之为汉语"现代化"的过程,并且这个过程目前还没有完成。所以,20世纪50年代翻译家傅雷从翻译的角度谈到当时白话文的不足:"白话文跟外国语文,在丰富、变化上面差得太远,文言在这一点上比白话就占便宜。……文言有它的规律,有它的体制,任何人不能胡来,词汇也丰富。白话文却是刚刚从民间搬来的,一无规则,二无体制,各人摸索各人的,结果就要乱撞。同时我们不能拿任何一种方言作为白话文的骨干。我们现在所用的,即是一种非南非北,亦南亦北的杂种语言。凡是南北语言中的特点统统要拿掉,所剩的仅仅是些轮廓,只能达意,不能传情。故生动、灵秀、隽永等等,一概谈不上。"② 当然,这只是傅雷个人的感受,其实50年代现代汉语已经完成了体系的建构,只是还需要丰富完善而已,但这说明当时的现代汉语还有弱点,特别是在翻译上有局限性,这种弱点和局限在80年代之后中国重新向世界开放之后得到了极大的改善,现代汉语在90年代之后可以说更成熟了,特别是在"现代性"方面有了长足的进步。而在这个"现代化"的当代进程中,傅雷的翻译语言对于丰富和发展现代汉语具有重要的作用,他主要从翻译的角度对现代汉语做出了一定的贡献。

在语言上,五四新文学是现代汉语的文学,是正统、主流的文学,相反,文言文即古汉语的文学被称为旧文学,则沦为边缘、次要、点缀性的文学。

在文学上,晚清也有白话文学,但它和五四白话文文学具有质的不同,晚清白话文学是通俗文学,是传统文学的通俗化,也即思想趣味上虽然是高雅的,但形式上是大众化的;同时是民间文学,即下层文学,也表

---

① 夏丏尊:《先使白话成话》,《夏丏尊集》,花城出版社,2012,第266页。
② 傅雷:《致林以亮论翻译书》,罗新璋、陈应年编《翻译论集》,第611~612页。

现和迎合下层人民的审美趣味。晚清白话文学不管是通俗文学还是民间文学，都是附属性的、补充性的、次要的、低层次的，正宗的文学是文言文的文学，它代表了晚清文学的类型、高度和水平。而五四白话文学即新文学，是纯文学，代表了民族文学的最高层次，是现代时期的主流文学，是正宗的中国现代文学，和晚清的白话文学具有实质性的区别，二者处于完全不同的地位。

晚清所谓"通俗文学"，本质上是文化"下移"的结果，王尔敏说："晚清流行通俗文学，十分繁富，在当时言，并无认识上之困扰。其意旨在于通俗，而其文体形式则什九并非白话。当时人重在雅俗之别，并未考究文体表达之如何浅白。虽然同时有人提倡白话文，亦有少数人从事白话文写作，但在当时通俗文学之中，白话文所占分量甚小。通俗之重点在于俗，必为习俗所能接受，习俗接受不必即是白话，此为当时通俗文学一致之现象，后人不可误解。……质言之，我辈在此必须了解清楚：通俗文学并不等于白话文学，而只可以包括若干白话文学。"[1] 也就是说，晚清的白话文学只是晚清文学通俗化的一种方式，通俗文学只是晚清文学的一个次要种类，附属于作为纯文学的文言文学，而白话文学又只是通俗文学的一个种类和方式，可见晚清白话文学的微不足道，在当时根本就没有地位，也没有产生什么有影响的、真正对中国文学的进程具有推动意义的作家和作品。反过来，五四白话文学是当时最先进的文学，是纯正文学，是高雅文学，是新文学，不论在思想上还是在艺术上都具有革命性，不是"通俗文学"，相反，它思想上的深刻性、艺术上的创新性，不仅一般大众不能理解，很多知识分子也不能理解，它的"通俗"仅是文字和语言形式上的。正如陈独秀在《新文化运动是什么?》中所说：

> 通俗易解，是新文学底一种要素，不是全体要素。现在欢迎白话文的人，大半只因为他通俗易解；主张白话文的人，也有许多只注意通俗易解。文学、美术、音乐，都是人类最高心情底表现，白话文若是只以通俗易解为止境，不注意文学的价值，那便只能算是通俗文，不配说是新文学，这也是新文化运动中一件容易误解的事。[2]

---

[1] 王尔敏：《中国近代文运之升降》，中华书局，2011，第76页。
[2] 陈独秀：《新文化运动是什么?》，《陈独秀著作选编》第2卷，第219页。

也就是说，通俗文学是由很多因素构成的，白话只是其中的要素之一。反过来，不一定白话的就是通俗的。五四白话文学在形式上的确有通俗的因素，但在内容上，不论是思想上还是艺术上都是纯文学，"通俗"与它相距甚远。

五四时期，周作人提倡"平民文学"，很多人认为"平民文学"就是通俗文学，周作人特别作了辩解："平民文学决不单是通俗文学。白话的平民文学比古文原是更为通俗，但并非单以通俗为惟一之目的。因为平民文学不是专做给平民看的，乃是研究平民生活——人的生活——的文学。他的目的，并非要想将人类的思想趣味，竭力按下，同平民一样，乃是想将平民的生活提高，得到适当的一个地位。凡是先知或引路的人的话，本非全数的人尽能懂得，所以平民的文学，现在也不必个个'田夫野老'都可领会。"① 五四白话追求"通俗"，希望新文学能够有更多的读者，让更多的人接受和享受这种文学，从而达到"立人"和改造"国民性"的作用，傅斯年说五四白话文运动是："借思想改造语言，借语言改造思想。"② 可见白话文只是手段，比白话文更深层的是思想改造，诸如反封建、反礼教，提倡科学、民主，建立新的人的文学，这才是五四白话文学的根本目的，在这一意义上，五四新文学不是迎合平民，恰恰是提高平民、改造平民。

五四白话文学是中国现代文学之主体，而晚清白话文学则是晚清文学之辅助，这从根本上是由"语言之主"与"语言之辅"决定的，也可以说是"语言之主"与"语言之辅"在文学的外在表现。

总之，晚清白话文和五四白话文在外在形貌上很像，但在具体内涵、地位、性质上都具有本质的区别。这种区别对于我们认识中国现代思想文化、中国现代文学都是非常重要的。中国现代思想文化、中国现代文学是如何生成的，可以从五四白话文这里得到深刻的阐释。

（原载《文艺理论研究》2019 年第 5 期）

---

① 周作人：《平民的文学》，《艺术与生活》，河北教育出版社，2002，第 5 页。
② 傅斯年：《怎样做白话文》，《傅斯年全集》第 1 卷，第 133 页。

中国新文学抒情话语的价值建构

黄 健 浙江大学中文系

文学作为语言艺术,在新旧文学的交替过程中,要完成"新"与"旧"的价值转换,就必须使文学语言在新的文化语境和结构模态创制中,建构起新的话语范式,由此形成新文学的新的语法规则,以便能够更好地传达现代人的思想和情感,如同巴赫金所指出的那样:"我们的任务是尝试理解作为以话语为材料的特殊审美交往的形式的那种艺术表述形式。"① 在中国新文学生成与发展中,确立以白话文取代文言文的话语方式,看起来只是单纯的语言转换的问题,但实际上涉及语言背后不同的价值观念和审美理想的较量,特别是涉及一种全新的抒情话语体系和价值建构的问题。

无疑,中国新文学对诗性智慧的弘扬,从中建构起新的抒情话语策略,这不仅是对新文学诗性本体的强调,也更表明现代人在诗性智慧中对审美自由、圆融充盈的新文化理想的渴求。如果说在文化的新旧转型的大变革时期,由特定文化所保存的传统文化获得了创造性转化,并由此走向新的综合、统一,那么,中国新文学对传统的诗性智慧的弘扬,其真正的意图就在于要在整合中西两种不同性质的文化精神中,构筑成现代人向往和为之奋斗的"自由"思想,灌注"自由"的灵魂。换言之,中国新文学的抒情文学话语体系的建构,不仅仅是一项文体上的变革,也更是对传统诗性智慧的弘扬、改造和转换,或者说也更是一个极其富有创造性、创新性的想象力和情感力的勃发,更多地显示出对新的文化与审美自由理念的

---

① 〔俄〕巴赫金:《巴赫金全集》,李辉凡等译,河北教育出版社,1998,第83页。

秉持。从这个意义上来说，中国文化传统的和从西方引进的现代文化的诗性智慧，共同给予了中国新文学抒情话语的建构以充分的价值资源支持。

在中国新文学的建设中，确立白话文的话语范式，一开始就非常注重以白话（也即现代汉语）为主要形态的文学抒情话语的价值建构。钱玄同在《寄陈独秀》一文中指出："胡君（指胡适——引者注）'不用典'质论最精，实足祛千年来腐臭文学之积弊。"① 为了推动白话抒情的发展，中国新文学的倡导者们在新文学生成之初，甚至是主张废象形文字，而倡导拼音文字，倡导世界语，如鲁迅、钱玄同，就是其中的代表性人物。在1918年第5卷第5号的《新青年》上，发表了鲁迅和钱玄同题为《渡河与引路》的通信。在信中，鲁迅就指出，就人类发展趋势而言，"人类将来总当有一种共同的言语，所以赞成 Esperanto（世界语）"。而钱玄同也依据进化的历史观，明确指出："世界万事万物，都是进化的，断没有永久不变的；文字亦何独不然。象形文字不适用了，改为拼音文字；习惯文字有了不规则的发音，无谓的文法，（如法德文中之阴阳性等）不适用了，改用人为的发音正确，文法简赅的文字：这都是到了当变之时，不得不变，其事至为寻常。"但是，在中国新文学的倡导者看来，提倡白话文替代文言文，不仅仅是单纯的语言转换的技术性问题，而且是观念上的一种创新，一种新的美学原则的确立。鲁迅在与钱玄同的通信中进一步指出："我还有一个意见，以为学 Esperanto 是一件事，学 Esperanto 的精神，又是一件事。——白话文学也是如此。——倘若思想照旧，便仍然换牌不换货；……所以我的意见，以为灌输正当的学术文艺，改良思想，是第一事。"② 很显然，新文学倡导者们的目的很明确，就是要使抒情文学获得一种新的话语权力，使现代抒情文学的思想观念能够迅速地占领旧文学长期把持的阵地，而走向文学历史舞台的中心位置。正如米歇尔·福柯所认为的那样，话语是一种权力："话语既可以是权力的工具，也可以是权力的结果。"③ 雅克·德里达也说："当自我亲近的自然受到阻碍或妨碍、当言语无法守护在场的时候，写作就成为必要的了。它必须紧急追加于言语。……言语是自然的，或至少是思想的自然表达，是表述思想的最自然

---

① 钱玄同：《寄陈独秀》，《新青年》1917年3月1日第3卷第1号。
② 鲁迅、钱玄同：《渡河与引路》，《新青年》1918年11月15日第5卷第5号。
③ 〔法〕米歇尔·福柯：《性史》，张廷琛等译，上海科学技术文献出版社，1989，第98页。

的制度或惯例的形式。"① 用这个观点来看,中国新文学倡导者在"五四"时期所进行的文言与白话两种话语的新旧交替与思想价值观念的互动,实际上也就是在语言结构的内部,反映出文学话语权力的一种运作,其中所代表的也是一种特定的权力、意识形态和新的文化观念与审美理想。正是从这个意义上来说,中国新文学倡导者及其现代作家积极参与的白话文与文言文的较量,在抒情话语的建构上所反映出来的,乃是白话文与文言文所代表的两种文化和审美价值系统的较量,两种不同的文化和审美理想及其抒情理念的对冲,是在特定历史时空的一次交锋。它表明长期占据权威位置的传统抒情话语,受到了新文学所代表的现代抒情话语发展必然性的强有力挑战。文白两种语言符号系统及其价值的转换,其中所蕴含的和涌动的实际上就是一种思想解放、文化观念转变和文学审美理念更新的大潮。所以,笔者认为,中国新文学倡导者发起白话文运动不应只是一个简单的语言学事件,更是一场以启蒙为核心的思想解放运动和建构新的审美理想及其抒情形态的文学事件。在思想大解放及白话(现代汉语)话语范式的确立中,中国新文学倡导者们为新文学抒情话语的建构确立了相应的价值规范和美学原则。

一 抒情话语的思想价值建构

"五四"文学革命选择从语言转换为突破口来倡导新文学,是充分地考虑到了文学的语言艺术特性的。因为语言不单单是语言自身的问题,而且是一个民族文化、民族思想、情感和精神的载体,如同德国历史学家赫尔德所强调的那样,语言"反映着一个生活在特定地域、特定时期、特定自然条件下的民族(即语言发明者)独特的思维方式和观察方式",同时,语言"是一座人类思想的宝库,藏有每一个人以自身的方式做出的贡献;它是一切人类心灵持续活动的总和"②。在"五四"时期,白话取代文言被看作新文学在语言形式上的一个重要标志。傅斯年说:"新文学建设的第一步,就是应用白话做材料。"③ 从话语范式对语言的约束和规范上看,新

---

① [法]雅克·德里达:《文学行动》,赵国兴等译,中国社会科学出版社,1998,第47页。
② [德]赫尔德:《论语言的起源》,姚小平译,商务印书馆,1998,第57、104页。
③ 傅斯年:《怎样做白话文?》,《新潮》1919年2月1日第1卷第2号。

文学选择白话做"材料",其语法规则是要求新文学创作必须清晰明了地表现现代人的思想和情感,特别是能够更准确地表达现代人复杂的内心情感和生命感悟与体验,而不是像文言文的表意那样笼而统之,特别是在"五四"时期,新旧文化的碰撞、各种思潮的风起云涌、社会发展节奏的不断加快,都使得文学的话语总是与启蒙、解放、自由等一类的宏大叙事有关。同样,新文学抒情话语的建构也自然离不开抒发时代情感的主线。这一类由觉醒的知识分子所掌握的话语,就像萨义德所说的那样,现代知识分子"是以代表艺术(the art of representing)为业的个人,不管那是演说、写作、教学或上电视。而那个行业之重要在于那是大众认可的,而且涉及奉献与冒险,勇敢与易遭攻击"[1]。基于思想文化启蒙的需要,传统的文言文自然难以负载新时代所赋予的巨大思想内容,也无法抒发出大变革时代的情感。文言的模糊性固然有诗一般的优雅和朦胧美感,却不能清晰地传达新时代的新思想,以及现代人更为复杂的情与思。钱玄同指出:"语录以白话说理,词曲以白话为美文,此为文章之进化,实今后言文一致的起点。……白话小说能曲折达意,某也贤,某也不肖,俱可描摹其口吻神情。故读白话小说,恍如与书中人面语。新剧讲究布景,人物登场,语言神气务求与真者酷肖,事观之者几忘其为舞台扮演,故曰与白话小说为同例也。"[2] 促使新文学语言由模糊向清晰转变,强调抒情话语的思想性价值建构,新文学倡导者们所强调的是作为语言艺术的新文学,在其话语范式建构当中,必须承担起新文学所肩负的"五四"启蒙的思想重任。

康德曾认为,启蒙"就是人类脱离自己所加之于自己的不成熟状态。……要敢于认识! 要有勇气运用自己的理智! 这就是启蒙运动的口号"[3]。其意思是说启蒙者应负有运用思想和理智,引导处于蒙昧状态的民众认识自己、认识历史、认识人生的责任。所以,思想启蒙运动在为现代中国先进的知识分子提供启蒙话语空间的同时,也为中国文学话语权力的转换提供了历史的机遇,尤其是在大变革的时代,为新文学的抒情话语的思想性建构,也即为现代抒情文学提供了相应的思想方面的价值规约。由此,新文学倡导者们所大力提倡的以建构思想性为主导的抒情话语,就成

---

[1] 〔美〕萨义德:《知识分子论》,单德兴译,三联书店,2002,第 17 页。
[2] 钱玄同:《寄陈独秀》,《新青年》1917 年 3 月 1 日第 3 卷第 1 号。
[3] 〔德〕康德:《历史理性批判文集》,何兆武译,商务印书馆,1990,第 22 页。

为现代抒情文学新的抒情话语崛起的标志。

鲁迅在论述诗的作用时指出：

> 盖诗人者，撄人心者也，凡人弦之心，无不有诗……惟有而未能言，诗人为之语，则握拨一弹，心弦立应，其声彻于灵府，令有情皆举其首，如睹晓日，益为之美伟强力高尚发扬，而污浊之平和，以之将破。平和之破，人道蒸也。①

在鲁迅看来，文学抒情话语要能够"撄人心"，需要有力度的思想贯穿其中，以形成"美伟强力"，消除"四平八稳""空洞无物"的"平和""中庸"之伪情，抒发出"人道"之真情。在《摩罗诗力说》中，鲁迅以摩罗诗人为例，强调了抒情话语的思想价值建构原则，他指出："摩罗之言，假自天竺，此云天魔，欧人谓之撒但，人本以目裴伦（G. Byron，通译拜伦）。今则举一切诗人中，凡立意在反抗，指归在动作，而为世所不甚愉悦者悉人之。"在鲁迅看来，正是因为摩罗诗人的抒情话语中贯穿着"立意反抗"的思想内涵，他们的抒情才具有"声之最雄桀伟美"的特色。在《随感录·四十三》中，鲁迅以美术家创作为例再次强调："美术家固然须有精熟的技工，但尤须有进步的思想与高尚的人格。他的制作，表面上是一张画或一个雕像，其实是他的思想与人格的表现。令我们看了，不但欢喜赏玩，尤能发生感动，造成精神上的影响。我们所要求的美术家，是能引路的先觉，不是'公民团'的首领。我们所要求的美术品，是表记中国民族知能最高点的标本，不是水平线以下的思想的平均分数。"② 文学创作其实也是一样，文学抒情话语的价值建构，如果缺少了思想内涵的支撑，也就失去了抒情的灵魂。周作人在提倡"平民文学"当中，也曾反复强调指出，要用"普通的文体""真挚的文体""写普遍的思想与事实""记真挚的思想与事实"③，同样将思想价值建构放在文学创作的首位。在他看来，新文学抒情话语也自然离不开这种价值原则的规约。

中国新文学倡导者们对新文学抒情话语的思想价值建构的强调，推

---

① 鲁迅:《坟·摩罗诗力说》，《鲁迅全集》（第1卷），人民文学出版社，1981，第68页。
② 鲁迅:《随感录·四十三》，《新青年》1919年1月15日第6卷第1号。
③ 仲密（周作人）:《平民文学》，《每周评论》1919年1月19日第5号。

动了整个现代抒情文学的发展,并达成了相应的共识,强调无论是在理论建构还是创作实践上,对抒情文学话语的思想价值建构原则的确立,都不仅仅是白话与文言的抒情形式的区分,而且更是两种不同语言、不同抒情话语方式及其负载的思想观念和审美理想的区分。刘半农曾斥责文言的抒情话语是"不知言为心声,文为言之代表",并告诫新文学创作者:"吾辈心灵所至,尽可随意发挥。万不宜以至灵活之一物,受此至无谓之死格式之束缚。"这也就是说,现代抒情文学的话语之为"心声",所抒发的应是现代人的思想和情感,这种具有"自由"思想价值内涵的抒情话语,不应为文言的"空洞无物"的抒情方式所束缚,所以,他强调:"吾辈生于斯世,惟有尽思想能力之所及,向'是'的一方面做去而已。"① 在大力提倡"国语的文学——文学的国语"当中,胡适也更进一步地明确强调文学语言要切实做到"不做言之无物的文字",指出"一切语言文字的作用在于达意表情"。所谓"达意表情",强调的自然是语言的表达应具有思想价值的内涵。现代抒情文学的话语建构,也离不开这一基本原则的规约。他断言:"那已死的文言只能产出没有价值没有生命的文学,决不能产出有价值有生命的文学。"② 傅斯年在批评文言抒情话语时指出其最大的毛病就是"思想简单",他认为,"制造白话文"与"长进国语",就要"借思想改造语言",而"要运用精密深邃的思想,不得不先运用精密深邃的语言"③。新文学倡导者们要求抒情文学对白话文学语言全新建构,特别强调要对抒情话语做出相应的思想价值规范,这对推动现代抒情文学的发展、创造中国文学新的抒情话语体系发挥了重要作用。

二 抒情话语的艺术价值建构

语言是思想的直接现实,思想通过词语的形式显示自身的内容。中国新文学的语言革命,在摆脱文言权威话语符号体系规约的同时,还需要在白话语法的建构和表述新的思想当中,建构自身的艺术价值体系,以便能

---

① 刘半农:《我之文学改良观》,《新青年》1917年5月1日第3卷第3号。
② 胡适:《建设的文学革命论》,《新青年》1918年4月15日第4卷第4号。
③ 傅斯年:《怎样做白话文?》,《新潮》1919年2月1日第1卷第2号。

够更进一步地使新文学真正取得文学革命的实绩。周作人当时就明确指出:"我们平常专凭理性,议论各种高尚的主义,觉得十分彻底了,但感情不曾改变,便永远只是空想,没有实现的时候。"① 要将现代抒情文学肩负思想文化启蒙的历史理性,转化为现代中国人的心灵世界的情感分子,还需要追求白话表述的艺术规范,特别是要确立抒情话语的艺术价值。换言之,也即要求通过艺术化的白话对应现代人的心理情感,使之能够将复杂而充满矛盾的现代人的心理情感清晰地抒发出来。

然而,如何确立新文学的抒情话语艺术价值呢?在新文学倡导者看来,首先要追求白话文语言的精密性,只有确立精密性的艺术价值原则,才能使抒情话语的艺术价值确立起来。因为强调建构抒情话语的精密性艺术价值原则,是准确地抒发现代人内心情感的重要前提。鲁迅曾指出:"中国的文和话,法子实在太不精密了。……这语法的不精密,就在证明思路的不精密,换一句话,就是脑筋有些胡涂。"② 后来,他更明确地指出:"白话文应该'明白如话'……倘要明白,我以为第一是在作者先把似识非识的字放弃,从活人的嘴上,采取有生命的词汇,搬到纸上来。"③ 同时,又说:"精密的所谓'欧化'语文,仍应支持,因为讲话倘要精密,中国原有的语法是不够的,而中国的大众语文,也决不会永久含糊下去。"④ 在论述文言和白话的区别时,鲁迅再次指出:"文言比起白话来,有时的确字数少,然而那意义也比较含糊。我们看文言文,往往不但不能增益我们的智识,并且须仗我们已有的智识,给它注解,补足。待到翻成精密的白话之后,这才算是懂得了。"⑤ 如此之含混、晦涩和糊涂,当然会带来情感抒发的糊涂,而糊涂实际上也就无艺术规范性可言。在鲁迅眼中,由于文言几千年"修行"为一套笼统性、集约性、保守性的话语系

---

① 周作人:《〈点滴〉序》,高瑞泉编《理性与人道——周作人文选》,上海远东出版社,1994,第9页。
② 鲁迅:《二心集·关于翻译的通信》,《鲁迅全集》(第4卷),人民文学出版社,1981,第382页。
③ 鲁迅:《且介亭杂文二集·人生识字糊涂始》,《鲁迅全集》(第6卷),人民文学出版社,1981,第296~297页。
④ 鲁迅:《且介亭杂文·答曹聚仁先生信》,《鲁迅全集》(第6卷),第77页。
⑤ 鲁迅:《花边文学·"此生或彼生"》,《鲁迅全集》(第5卷),人民文学出版社,1981,第500页。

统,断绝并封锁了语言的外向性,扼杀了语言的创造性和情感的勃发性,所以,要求白话的抒情话语具有自身的独立品格,就首先要打破文言抒情话语的模糊性、集约性、笼统性的艺术规约的束缚。

为使语言重获自由,新文学倡导者对抒情话语的艺术价值建构,就不仅仅是追求文字形式的转换,更重要的是进行一整套的话语系统的价值转换,这显然触及了文化和审美的深层价值系统,并在思想层面上推动中国文学"深度现代化"的完成,进而在审美层面上推动中国文学整体性的现代转型,使之与大变革时代的情感抒发相吻合。在新文学倡导者看来,文言的模糊性造成了文学表意的模糊性,掩盖了人的内心真实情感,也使文学反映生活流于表层化,不仅造成了人物性格刻画、心理展示和叙事的困难,也造成了"伪抒情"的泛滥。茅盾曾指出:

> 中国古来文人对于文学作品只视为抒情叙意的东西;这历史的重担直到现在还有余威,虽然近年来创作家力矫斯弊,到底不能完全泯灭痕迹,无形之中,也把创作家的才能束缚不少呢。①

他还公开反对这种表意模糊的"伪抒情":"我们决然反对那些全然脱离人生的而且滥调的中国式的唯美的文学作品。我们相信文学不仅是供给烦闷的人们去解闷,逃避现实的人们去陶醉;文学是有激励人心的积极性的。"② 在现代中国社会变迁和文化转型时代,文言抒情话语的语言系统与日新月异的生活用语脱离,与滚滚向前的时代脱节,无异于自绝生命之源。随着社会关系和文化结构重组的激烈波动,行使白话话语主体的新文学,就对包括抒情话语在内的新的话语权产生了强大的意义诉求。著名汉学家普实克认为,文言话语"基本方法是从现实中选取一些富有强烈情感而且往往能表现主要本质的现象——我们实际上可以把它们称之为表记或象征——用它们创造某种意境,而不是对某一特定现象或状态进行准确的描叙",因此,"中国旧文学在旧的诗歌和散文中使用的方法是综合性的,而现代散文(当然还有现代诗歌)使用的方法则是分析性的"③。分析性语

---

① 郎损(茅盾):《社会背景与创作》,《文学旬刊》1922 年 5 月 11 日第 37 期。
② 雁冰(茅盾):《"大转变时期"何时来呢?》,《文学》1923 年 12 月 31 日第 103 期。
③ 〔捷克〕普实克:《普实克中国现代文学论文集》,李燕乔等译,湖南文艺出版社,1987,第 44 页。

言,应是精密性语言,或曰精细性语言。其含义在于能够通过精密(细)的分析,准确无误地将思想、情感传达出来。因为语言形式也是"有意味的形式"(significant form),甚至是"生命的形式"(form of life)①,抒情话语的语言形式更是如此,如郑振铎所说的那样:"诗人把他的锐敏的观察,强烈的感觉,热烘烘的同情,用文字表示出来,读者便会同样的发生出这种情绪来。"②不能用精密、精细的白话语言将其传达出来,也就不能使现代人适应现代社会的飞速发展而被挤出"世界人"的行列。所以,新文学倡导者大力促进新文学抒情话语艺术价值的建构,所排斥的不仅是文言文话语作为文化、精神外壳的符号,也排斥文言文字符号所承载的旧的思想和情感。鲁迅曾批评用文言抒情话语作文的人是"做了人类想成仙;生在地上要上天;明明是现代人,吸着现在的空气,却偏要勒派朽腐的名教,僵死的语言,侮蔑尽现在,这都是'现在的屠杀者'"③。鲁迅直接将语言的革新与抒情话语的艺术价值建构联系起来,并尖锐地指出其关键的则是要用现代白话来展现现代思想和抒发现代人的心理情感。他说:"我们要说现代的,自己的话;用活着的白话将自己的思想,感情直白地说出来。"同时,还"要大胆的说话,勇敢地进行,忘掉了一切利害,推开了古人,将自己的真心的话发表出来。……只有真的声音,才能感动中国的人和世界的人;必须有了真的声音,才能和世界的人同在世界上生活"④。面对"现在的屠杀者",白话的抒情话语要真正取得其实质的胜利,那就要把话语系统中精确的"能指"与"所指"平衡起来。因为新的"能指"表达新的"所指",需要通过话语的具体运用(文学创作)来实现对其"所指"的充分表达和创造。符号的变化最终要通过不断创造和挖掘其"所指"的无限含量,扩张意义范围,为自己寻求存在的合理化、合法性。这显然不单纯是语言学的范畴,而进入了文化、文学、美学,乃至思想、意义的创造范畴,这使新文学的抒情话语也更具抒情的精密性和明白通晓性。

---

① 〔美〕苏珊·朗格:《艺术问题》,滕守尧、朱疆源译,中国社会科学出版社,1983,第68、54页。
② 西谛(郑振铎):《新文学观的建设》,《文学旬刊》1922年5月11日第37期。
③ 鲁迅:《热风·现在的屠杀者》,《鲁迅全集》(第1卷),人民文学出版社,1981,第350页。
④ 鲁迅:《三闲集·无声的中国》,《鲁迅全集》(第4卷),第15页。

所以，郑振铎说："文学是人的情绪流泄在纸上，是人的自然的歌潮与哭声。……纯正的文学，却是诗神的歌声，是孩童的，匹夫匹妇的哭声，是潺潺的人生之河的水声。"① 新文学抒情话语的自然之声，当然是精密地、通晓明了地抒发现代中国人的心灵情感。它使新文学抒情话语自然地回归到诗意的本域，而不只是单纯地靠语言的模糊来表现诗意朦胧的艺术效果。

三　抒情话语的情感价值建构

鲁迅曾批评说，中国"难到可怕的一块一块的文字"，"许多人都不能借此说话了，加以古训所筑成的高墙，更使他们连想也不敢想"，就"像压在大石底下的草一样"，"默默的生长，萎黄，枯死了"。② 这也就是说，文言文抒情话语在表达情感方面，受传统伦理道德的制约，往往不能够直接和真诚地抒发人的内心情感，从而造成人们彼此之间不能"心心相印"。这样，新文学倡导者们对新文学抒情话语价值建构的同时，还强调要对抒情的情感价值进行有效的规约。

新文学的抒情话语对情感价值的建构，主要表现在两个方面：一是效法西洋语法，将白话文的句法拉长，同时添加了标点符号，再加上从日文转借来的不少新词，构筑新文学抒情话语的语法规则；二是为克服白话话语由于过分强调语言的精确而损失其艺术的朦胧美感的缺陷，强调要不断增强话语的诗性艺术传达，也即今天人们常引用的俄国形式主义批评流派所说的，追求"陌生化"的艺术效果，以增添新文学抒情话语的艺术和美学色彩。

从克服文言抒情话语的情感间隔性缺陷上来看，新文学倡导者们一开始仍是"破"字当头，以"破"求"立"。鲁迅曾经愤激地说："汉字也是中国劳苦大众身上的一个结核，病菌都潜伏在里面，倘不首先除去它，

---

① 西谛（郑振铎）：《新文学观的建设》，《文学旬刊》1922年5月11日第37期。
② 鲁迅：《集外集·俄文译本〈阿Q正传〉序及著者自叙传略》，《鲁迅全集》（第7卷），人民文学出版社，1981，第81~82页。

结果只有自己死。"① 为增强新文学抒情话语的直接与真挚的清晰表达，他主张直接"装进异样的句法去，古的，外省外府的，外国的，以后便可以据为己有"②。钱玄同则以历史的进化观指出，新文学采用白话抒情作文，不主张用典则是历史的进步，因为白话作文，并"不特以今人操今语，于理为顺，即为驱除用典计，亦以用白话为宜"③。新文学倡导者们以破旧立新的方式，为新文学抒情话语进行情感维度规约，确立了求真、求善和求美的基本指导思想。

从新文学对抒情话语的情感规约实践上来看，过于清晰、精密的白话文法，对文学的诗性自然也是一个冲击。鲁迅就充分地注意到了这个问题，指出用白话作为新文学抒情话语方式，将可能出现过于清晰、精密、明白的现象，从而也有可能走向它的反面——啰唆、重复、拖沓，并导致新的"含糊"的产生，使人不容易分辨词语的意义。为克服新文学抒情话语的这种弊端，鲁迅认为，应当简约行文，注重文字的意义生成，而非单纯地追求文字之美。他指出："文字一用于组成文章，那意义就会明显。"④他还主张在情感十分强烈的时候，并不急于作诗，因为可能会扼杀"诗美"⑤。在鲁迅看来，对新文学抒情话语的情感维度的规约，目的是要增强抒情话语的诗性，借用话语理论来说，也即要增强新文学抒情话语情感表述的"陌生化"。

所谓"陌生化"，就是"使对象陌生化，使形式变得困难，增加感觉的难度和时间的长度"⑥。陌生化的"能指"符号——白话（现代汉语），首先是取代文言符号体系，结束文言话语对人的思想意识的操纵和控制，有效地消除文言抒情话语的间隔性缺陷所带来的情感表述的失真；其次是用白话的"所指"——个人化的陌生话语，干预常规性白话话语对人的思维感觉的钝化，防止白话抒情话语过于清晰、明了而造成毫无节制的抒情，破坏白话抒情话语的美感。同时，日常性的白话话语由于其世俗性和

---

① 鲁迅：《且介亭杂文·关于新文字》，《鲁迅全集》（第6卷），第160页。
② 鲁迅：《二心集·关于翻译的通信》，《鲁迅全集》（第4卷），第382页。
③ 钱玄同：《寄陈独秀》，《新青年》1917年3月1日第3卷第1号。
④ 鲁迅：《且介亭杂文二集·论新文字》，《鲁迅全集》（第6卷），第442页。
⑤ 鲁迅：《两地书·三十二》，《鲁迅全集》（第11卷），人民文学出版社，1981，第97页。
⑥ 〔俄〕维·什克洛夫斯基：《作为技巧的艺术》，转引自《散文理论》，百花洲文艺出版社，1994，第109页。

口语化，往往会造成思想与情感的脱节，变得暧昧、低俗、重叠，从而阻碍人们的视线，遮蔽人们的真实情感，成为思想与情感的遮蔽物——"瞒"和"骗"，形成一个隐蔽而强大的世俗网络，而强大的惯性、惰性又致使人陷于熟视无睹或者视而不见的境地，造成心灵情感的麻木和迟钝，致使所有感觉都因为不断重复而机械化、自动化了，对任何有价值的事情也都兴味索然，甚至是又聋又哑又瞎，情感的价值与意义也被消解一空。所以，以"陌生化"规约白话抒情话语的情感维度，新文学倡导者的目的是要冲破保守陈腐的文言抒情语言的束缚，并抵御低俗白话抒情话语的侵蚀，而使真正的白话抒情话语能够形成一种情感冲击力，震撼心灵，打碎刻板、僵化的文言抒情话语的语言印象，恢复白话（现代汉语）抒情话语语言的动态、睿智和美感：

当我沉默着的时候，我觉得充实；我将开口，同时感到空虚。
过去的生命已经死亡。我对这死亡有大欢喜，因为我借此知道它曾经存活。死亡的生命已经朽腐。我对于这朽腐有大欢喜，因为我借此知道它非空虚。①

被称为"灵魂独语"的散文诗《野草》，其抒情话语的语言实践就有"陌生化"的艺术效果。既有文言抒情话语的语言简约、朦胧之美，又有白话（现代汉语）抒情话语的语言清晰、精细之美。其艺术特色很鲜明：一方面，用陌生化使语言驻留于人们意识的时间得到延长，增加情感抒发和感受的难度，增强情感抒发的思想深度；另一方面，以真挚情感的直接抒发，震撼人们的心灵世界，改变中国人含含糊糊的思维方式和愚昧麻木的精神状态。鲁迅的"陌生化"的抒情话语，把个人独特的情感体验与人的存在状态相糅合，咬碎语言的茧壳，重生为新的生命活力的话语，透视出人的心灵世界。

又如，郁达夫小说的一段文字：

城外一带杨柳桑树上的鸣蝉，叫得可怜。它们得哀吟，一声声沁入了我的心脾，我如同海上的浮尸，把我的情感，全部付托了蝉

---

① 鲁迅：《〈野草〉题辞》，《鲁迅全集》（第2卷），人民文学出版社，1981，第159页。

声,尽做梦似的站在丛残的城堞上,看那西北的浮云和暮天的急情,一种淡淡的悲哀,把我的全身溶化了……把我灵魂和入晚烟之中……①

再如,陈梦家、戴望舒诗歌的诗句:

你睁开/眼睛,看见纵不是青天,也是烟灰/积成厚绒,铺开一张博大的幕,/不许透进一丝一毫真诚的光波,/关注了这一座大都市的魔鬼。②

你看他走在黑夜里:/戴着黑色的毡帽。/迈着夜一样静的步子。③

这种增添白话抒情话语诗性和感觉难度的做法,使明晰、精细的白话抒情话语也能够潜在地融化实在的对象,将本身也成为思想的实在,成为真诚的情感本身,使语言——作为"存在的家",不再是空话或套话,不是那种僵死的、程式化的八股文话语,毫无生气,毫无生命力,而是具有诗的意蕴、思想的意蕴。

在抒情话语的情感维度规约下,新文学的作家尤其注重具有诗性特质的意象的构筑与传达。如徐志摩的散文《印度洋上的秋思》开篇,这样写道:"黄昏时西天挂下一大帘的云母屏,掩住了落日的光潮……低压的云夹着迷蒙的雨色,将海线逼得像湖一般窄,沿边的黑影,也辨认不出是山是云,但涕泪的痕迹,却满布在空中水上。"④ 雨、湖、山、云及至泪,这些在古典诗词中一般象征着阴性、温婉情感的意象,被徐志摩选择用来传达内心细腻而敏感的情绪。用简单的词语将它们连串成句子,在细致的描述中,流露出秋日里漂泊的愁绪,如他写道:"她精圆的芳容上似乎轻笼着一层藕灰色的薄纱;轻漾着一种悲唱的音调;轻染着几痕泪化的雾霭。"这些清丽的词语,缓缓地诉说着婉约、美丽而带着淡淡忧愁的情愫,是那么地不可触摸,却又在人心间形成馥郁的舒适的美感。而更为精妙的是,

---

① 郁达夫:《还乡记》,《郁达夫文集》(第3卷),花城出版社,1982,第35~36页。
② 陈梦家:《都市的颂歌》,《梦家诗集》,新月书店,1933,第75页。
③ 戴望舒:《夜行者》,《望舒诗稿》,上海杂志公司,1937,第121页。
④ 徐志摩:《印度洋上的秋思》,《徐志摩散文集》,太白文艺出版社,2016,第1页。

徐志摩还善于安排一系列的意象来绘制一幅五彩斑斓的图景，冲击着读者的视觉："只见一斑斑消残的颜色，一似晚霞的余赭……廊前的马樱、紫荆、藤萝、青翠的叶与鲜红的花……"① 各种色彩的杂陈，令人目不暇接。正如他在《"浓得化不开"》中所强调的那样："就得浓，浓得化不开，树胶似的才有意思。"② 海德格尔曾就诗性语言的特性指出："言说和心态及领会同源"，这样才会做到"'诗意的'言说"。③ 新文学的作家在这方面创作所取得的成就，充分地显示了白话作文、写诗的"实绩"，从中奠定了新文学抒情话语的基本语法法则，也由此确立了新文学抒情话语的基本价值规范。

赫尔德指出："一个作家的最美的图画必须用言语表达成最美的东西，即在最美的东西存放的地方，把它说出来：一朵对它的土地来说是最自然的花，就是最美的花。把它挖出来，栽在同类的十朵花中，而不是按它的方式，它的天，它的地，那么它的地位。它的本性、它的最美之处也就被剥夺了。"④ 对于新文学抒情话语体系的建构，中国新文学倡导者们所做的就是要按照白话（也即现代汉语）抒情的本质特性来建立相应的规范，所以，在这个意义上，中国新文学对抒情话语的建构及其基本范式的奠定，也是基于民族的语言文化和审美的特性——诗性特质来进行抒情话语的建构的，其实质也是对新文学（现代文学）的艺术特质和审美特性进行基本的规定。尽管在特定的历史年代，中国新文学充当了中国新文化和社会变革的急先锋，但它不同于其他的社会意识形态，也不同于其他艺术样式，它的话语方式，与其他的话语方式有着截然的不同。中国新文学倡导者们对新文学的艺术和审美特质的有效规范，确保了对新文学抒情艺术的强调和护守。在后来"革命文学"的论争中，当一些人将文学当成革命宣传的工具时，鲁迅对此就批评道："我以为一切文艺固是宣传，而一切宣传却并非全是文艺，这正如一切花皆有色（我将白也算作色），而凡颜色未必都是花一样。革命之所以于口号，标语，布告，电报，教科书……之外，

---

① 徐志摩：《北戴河海滨的幻想》，《徐志摩散文集》，第30页。
② 徐志摩：《"浓得化不开"》，《徐志摩散文集》，第141页。
③ 〔德〕海德格尔：《人，诗意地安居》，郜元宝译，上海远东出版社，1995，第59页。
④ 转引自〔德〕卡岑巴赫《赫尔德传》，任立译，商务印书馆，1993，第110页。

要用文艺者,就因为它是文艺。"① 在《中国小说的历史的变迁》一文中,鲁迅还坚持强调:"文艺之所以为文艺,并不贵在教训,若把小说变成修身教科书,还说什么文艺。"② 郁达夫虽然强调"文学作品都是作家自叙传"③,但也特别指出,这种"自叙传"不是作家个人的自传,而是以作家自我为代表的主观情感的"自我表露"和"自我抒发",是希望"赤裸裸地把我的心境写出",以求"世人能够了解我内心的苦闷",所看重的仍然是主体层面的诗意抒怀。显然,在那个思想大于一切而激情四射的年代,强调文学的独特性,建构新文学抒情话语的价值体系和语法规范,其根本意义就在于:建构新文学抒情话语的基本范式,保持新文学创作,特别是抒情文学创作的多样性、抒情方式的多样性、文体的多样性和语言的丰富性。

---

① 鲁迅:《三闲集·文艺与革命》,《鲁迅全集》(第4卷),第84页。
② 鲁迅:《中国小说的历史的变迁》,《鲁迅全集》(第9卷),人民文学出版社,1981,第319页。
③ 郁达夫:《五六年来创作生活的回顾》,《文学周报》1927年10月第5卷第11、12期合刊。

中央苏区文艺制度生成论

周建华　赣南师范大学文学院

"新时期"以来的中国现代文学史书写中,中央苏区文艺一直是个"缺席者"。形成此种情形的原因颇多,从其自身角度观之,文艺创作质与量的先天不足可能是其中比较重要的因素。文学史是文学创作与发展的历史,但它同时也解释历史,承担着总结历史经验和教训的职责。因此,一个时段内文学创作成就的高低是衡量该时段文学史地位高低的重要参考依据,但它为日后的文学发展所提供的经验或教训、产生的影响以及自身在文学发展与流变中的角色地位,可能是更为重要的参考因素。如果从这个角度观察,中央苏区文艺无疑值得我们去认真思考与研究。中央苏区文艺制度产生之前,中国现代文学的制度建设尚处于由自发向自觉发展的不十分完善的状态,中央苏区率先建立起了自己完整的文艺制度,而且对后来的延安文艺制度和中国当代文学制度都产生了深刻的影响。考察中央苏区文艺的制度特色与生成,不仅有助于学界更好地了解中央苏区文艺的本质内涵,也将会为开辟中央苏区文艺研究的新路径提供有益的借鉴。

一　中央苏区文艺制度架构与特色

关于制度的定义,日常生活中一般指书面的规定,包括法律法规,也包括各种机构或组织的章程规定等。作为学术概念,不同领域的学者对制度的定义往往带有该领域的学术特质,如政治学视野中的"制度"强调的是"规则"和"程序",经济学视野中的"制度"突出的是"行动的规则",社会学领域中的"制度"关注的是人的"思维方式"和"行为方式",等等。这就意味着,制度不仅是人类行动所应遵守的基本规则,也包括人类行动所应依循的程序、伦理规范等,有正规的、非正规的,也有可能是随时间演进的。具体到文学,就是关于文学的规章制度与伦理规范,它们既包括文学方针、政策、文学组织的章程等具体的文学规范,也包括与文学相关的意识形态或伦理道德规范等。中华苏维埃高度重视文艺制度的建设,拥有严密的文艺组织机构及各类文艺组织和文艺活动章程,营造了浓郁的苏维埃文化氛围。

中华苏维埃第一次全国代表大会后,中央苏区的文化建设主要归属于教育人民委员部,下设初级教育局、高级教育局、社会教育局、艺术局、编审局和巡视委员会等职能机构,瞿秋白任教育人民委员。二苏大上,瞿秋白连任教育人民委员。1934年2月,瞿秋白到达瑞金,他与徐特立、沙可夫等同志一起,逐渐完善了中央苏区的文化教育法规。教育人民委员部先后颁布了一系列的相关法规,如《苏维埃剧团组织法》《工农剧社简章》《俱乐部纲要》《高尔基戏剧学校简章》等。在中央苏区的文艺宣传机构中,俱乐部是最为重要的一个活动组织,它分为军队和地方政府两条线以及成人和儿童两个层次俱乐部。军队中,以师为单位设俱乐部,以连为单位设列宁室。俱乐部有管理委员会,下设有晚会、艺术、墙报、体育、文化委员;俱乐部设主任一人,由政治机关委任,计划执行俱乐部一切对内对外的事情,并领导各列宁室的工作。列宁室设有干事会,下设有讲演、游艺、体育、识字、墙报和青年等活动小组。其组织架构图示如下:

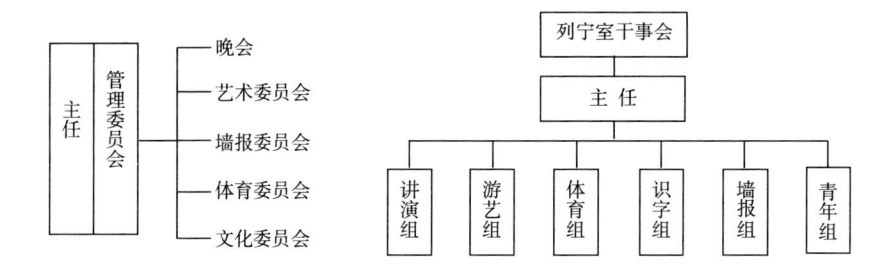

地方每级政府机关,以及各个区、乡也仿效军队做法,建立俱乐部组织,凡苏维埃公民都必须加入,俱乐部设有讲演、文化、游艺三个股,游艺还下设歌谣、图画、戏剧和音乐小组。儿童俱乐部主要以列宁小学为单

位进行组织，全体列宁小学的儿童都应该参加，儿童大会选出管理委员会，下设墙报组、讲演组、运动组和游艺组，选出组长各一人，与主任一起组成管理委员会。其组织架构图示如下：

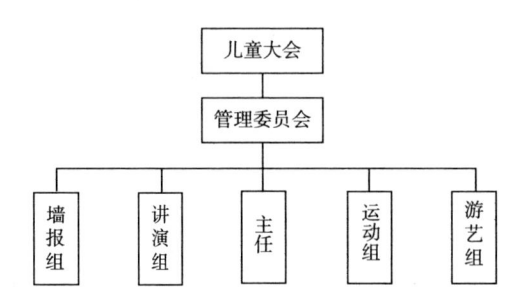

```
          ┌──────────┐
          │ 儿童大会  │
          └────┬─────┘
          ┌────┴─────┐
          │ 管理委员会 │
          └────┬─────┘
   ┌──────┬────┼────┬──────┐
 ┌─┴─┐ ┌─┴─┐ ┌┴─┐ ┌┴──┐ ┌─┴─┐
 │墙 │ │讲 │ │主│ │运 │ │游 │
 │报 │ │演 │ │  │ │动 │ │艺 │
 │组 │ │组 │ │任│ │组 │ │组 │
 └───┘ └───┘ └──┘ └───┘ └───┘
```

县一级俱乐部，有条件的可以组织各区/各乡的工农剧社（支社），各工农剧社支社可以联合起来成立该县工农剧社分社，各县工农剧社分社有能力的，还可以组织临时苏维埃剧团。实际上，整个苏维埃土地上的工农群众都被吸纳进了俱乐部，成为"组织人"。关于俱乐部的定位及组建俱乐部的主要目的，当时的《俱乐部纲要》是这样界定的，"俱乐部应该是广大工农群众的'自我教育'的组织"，它的一切工作"都应当是为着动员群众来响应共产党和苏维埃政府每一号召的。都应当是为着革命战争，为着反对封建资产阶级意识的战争的"。[①] 无论是各级俱乐部还是列宁室，抑或是单列出来的高尔基戏剧学校等，它们既是一个文艺活动单位，也是一级党的组织，都被置于中国共产党的绝对领导之下，服从和服务于"组织群众，武装群众，建立政权，消灭反动势力，促进革命高潮"[②] 这一大局，这同时造就了中央苏区文艺制度"天然的"革命化的特质。

首先，它是伴随革命而生的极具宣传色彩的政治化文艺活动规范。在中国近现代的社会历史变迁中，"革命"是一个动态的概念，具有非常丰富的含义。一般而言，它既具有全面革新、变革的含义，也有用暴力手段夺取政权的含义，在中央苏区范围内，"革命"主要指后者。中央苏区的文艺管理，从一开始就被纳入政治的轨道——宣传上，成为政治这架机器

[①] 汪木兰、邓家琪编《苏区文艺运动资料》，上海文艺出版社，1985，第34页。
[②] 同上书，第3页。

上的"螺丝钉"。毛泽东早在《红军宣传工作问题》中就明确阐明,各支队宣传队,受支队政治委员指挥,全军宣传队,受军政治部宣传科指挥。中央苏区的文艺组织建设中,无论从俱乐部到列宁室,还是从俱乐部到工农剧社到临时苏维埃剧团,两者都是一种垂直的纵向组织结构,在各层次的文艺组织内部,亦制定了严密的组织管理制度。以工农剧社为例,剧社最高权力机关为全体会员大会,大会闭幕后执委为最高机关,执委闭幕后,常委为最高机关。执委设委员十五人,常委设委员七人。经本社执委和红校政治部认可后可成立分社,分社设执委七人,常委三人。[①] 工农剧社的组织结构与运作形式即政府权力部门的组织架构与运作形式,二者没有任何分别,是一种典型的政治化层级结构系统。

与文艺组织政治化的层级结构相伴而生的是动员性的文艺活动安排。中央苏区的文艺活动并非原生态的民间文艺活动的简单翻版,不仅内容方面经过了改编与过滤,而且活动本身也经过了严格设计与组织安排,是一种功能化的建构。换言之,中央苏区文艺活动是一种任务和安排,直接服务于战争需要。每当有战斗发生或者战斗胜利,都会有相应的文艺活动进行鼓舞或庆祝。比如,1930年12月,第一次反"围剿"前夕,红军政治部在黄陂召开宣传工作会议,毛泽东在会上阐明了红军"空室清野,诱敌深入"的作战方针。红四军宣传队就根据这个方针,编排了话剧《活捉敌师长》和《空室清野》。1931年1月,红军在龙岗活捉张辉瓒,取得第一次反"围剿"的胜利。在之后的庆祝大会上,就编唱了《活捉张辉瓒》的歌曲,既表达了胜利的喜悦,又鼓舞了士气。这种现象也为一些学者所认识,"当时的中央苏区和各革命根据地内,每当打土豪、分田地、打仗、生产、扩大红军等,都要唱几首山歌,或演一出戏进行宣传鼓动"[②]。但是唱什么歌或演什么戏,却是根据具体任务需要而定,即"什么时间布什么任务,就演什么戏",每一次的演出主题并不是随意而定,而是一种"规定"。这就关涉文艺活动中活动主体角色、活动与观众关系诸问题。

中央苏区文艺活动以歌舞和戏剧表演为主,考察中央苏区文艺活动发

---

① 汪木兰、邓家琪编《苏区文艺运动资料》,第16页。
② 刘云主编《中央苏区文化艺术史》,百花洲文艺出版社,1998,第18页。

现，现代都市社会的文学创作与出版、评价与接受、作家与读者等诸多复杂的文学关系在中央苏区基本不存在，一切都简化为群体性的文艺娱乐活动，只是一种简单的表演与观赏的关系，或者一起表演的娱乐关系。文艺表演主要由工农剧社、高尔基戏剧学校和苏维埃剧团等承担，由于场地、任务等诸多因素，中央苏区的文艺活动基本属于广场化的大众文艺活动，群众往往既是文艺活动的对象，又是文艺活动的主体，他们获得形式上的主体地位。恰恰在这一点上，他们与现代都市社会的作家们存在本质上的差异，后者是完全意义上的创作主体，拥有比较自由的创作空间，具有鲜明的自我主体意识，他们的创作是一种个人化的行为。而中央苏区的群众基本不具备文学创作的能力，他们的文艺表演大多是一种粗糙的文艺娱乐，更谈不上个人化的创造，而且表演什么、有没有表演资格也不由他们自己决定，他们的"身份"是组织给的，活动是组织安排的，他们有一个共同的名字——"群众"。

其次，中央苏区文艺制度体现了中国现代文学从"革命文学"到"革命艺术"的内在发展轨迹，是一种革命化的意识形态。五四新文化运动，白话文学获得合法地位，借文学来改造社会也基本取得知识界的共识。"我们如能够容纳新思想，来表现及解释特别国情，也可望新文学的发生，还可由艺术界而影响于实生活。"[①] 但是，这个新思想是什么，知识界并没有达成一致，随着"主义"的出现，才逐渐向"革命"合流。1924年1月，国民党第一次全国代表大会召开，国共实现正式合作，一个有主义、有组织的革命政党开始广泛发挥作用。孙中山学习苏俄"以党建国"，筹建国民政府，力图用政党的力量改造国家。[②] 社会上论政风气由之兴起，文化讨论逐渐被各种有"主义"的政治批评所取代，各种政治团体在激烈的论争中分化组合。随着像瞿秋白、蒋光慈、曹靖华等一批旅俄之年青革命者的陆续回归，他们将自己认为的先进文艺引进中国，形成一种新的文艺运动。1924年8月，蒋光慈发表《无产阶级革命与文化》，介绍苏俄文化立场，揭橥无产阶级文化。1925年11月，郭沫若借为《文艺论集》写序的机会将自己与过去划清了界限，"我从前是个尊重个性，景仰自由的

---

① 周作人：《文学上的俄国与中国》，《艺术与生活》，河北教育出版社，2002，第75页。
② 《总理对于组织国民政府之说明》，中国第二历史档案馆编《中国国民党第一、二次全国代表大会会议史料》，江苏古籍出版社，1986，第13页。

人,但在最近一两年之内与水平线下的悲惨社会略略有所接触,觉得在大多数人完全不自主地失掉了自由,失掉了个性的时代;有少数的人要来主张个性,主张自由,总不免有几分僭妄"。① 郁达夫、成仿吾、沈雁冰等也先后经由文学进入"革命"。

"革命文学"这一概念的历史性叙述的转折发生在1927年。在这一年,笼统的"革命文学"与一种明确的历史意识结合了起来。"1927~1928年逐渐明朗化的无产阶级文学思想浪潮集中诉诸一种历史意识——无产派青年用新学到的政治话语重述'五四'以来的文化史,呼唤一个新的历史起点,并把自己的言论看成它的开端。"② 1927年的国共分裂给国民党左派和共产党以重大打击,却也刺激了后者开始独立地思考革命,并将理论斗争转移到文化圈的努力。早在1928年的革命文学论争发生前,革命新中心的武汉就发生了什么是革命文化的讨论,像邓演达、张崧年、傅东华等都参与其中。张崧年认为,革命为的是民众,所以革命的文化也必须是民众的,傅东华解释心目中的革命文艺时,其中的一条就是它不必一定是纯文艺,报纸上的论文、宣言、图画甚至演说等都可以归入它的名下。樊仲云则非常欣赏苏俄的民众艺术,认为他们的演讲、演剧、吟唱、游行,都是应用艺术的地方,是从民众生活中迸发出来的东西。③ "民众艺术"被提取出来作为革命文艺的一种必备形态,"民众的"成为革命文艺的必备特征,反映了革命时期的"民众崇拜"现象。但是,革命文艺绝不是简单地以革命为题材,反映革命的文艺,而是一种全新的文艺形态,它不仅是关于"革命"的文艺,而且必然是文艺领域中的"革命",中央苏区文艺正是这样一种"革命"文艺。《俱乐部纲要》明确规定,"一定要尽量利用最通俗的、广大群众所了解的旧形式而革新它的内容——表现发扬革命的阶级斗争的精神","戏剧及一切表演的内容必须具体化,切合当地群众的需要"。④ 它是"民众"文艺,也是"革命"文艺。

---

① 郭沫若:《文艺论集序》,《洪水》第1卷第7号,1926年1月1日再版。
② 程凯:《革命的张力——"大革命"前后新文学知识分子的历史处境与思想探求(1924~1930)》,北京大学出版社,2014,第187页。
③ 仲云:《红色的艺术》,《中央副刊·上游》1927年7月3日第14号,总第99号。
④ 汪木兰、邓家琪编《苏区文艺运动资料》,第36~37页。

二 制度变迁与中央苏区文艺制度的生成

有学者在研究中国现代文学时发现，它与中国近代文学在文学史地位、编写模式等方面差异巨大，前者地位远高于后者，"在文学史地位上，为什么现代文学与近代文学有如此大的差距？以及中国现代文学史的编写模式，等等"①，其编写模式也迥异于后者。这种现象是否意味着两者之间存在着断裂呢？这确实值得人们深思。王德威曾言，"没有晚清，何来'五四'"，在"晚清"与"五四"二元对立的惯性思维中发现"习惯"的谬误，正是"晚清"文学的现代性萌芽催生了"五四"现代文学。那么，中央苏区文艺制度又与中国近代文学制度构成何种关系？中央苏区文艺制度的形成受到中国传统文学制度、西方文学制度尤其是俄苏文学制度的显著影响，是中国现代文学制度发展的一种结果。"制度实际上具有文学作为社会表象的深层结构性，它是文学的深层基础和社会根源之一。"② 所谓深层结构，也即社会心理、文化习惯等精神层面的东西，意即文学制度反映了社会的深层心理、文化取向，它们同时决定了文学的发生与基本面貌。从制度的深层心理视角考察中央苏区文艺制度的生成，极有可能为研究者们提供一条打开中央苏区文艺核心景观的新通道。

在中央苏区，从事文艺活动者主要是部队中的宣传队员、工农剧社和苏维埃剧团中的演员等，此外还有客串的群众和将士，他们是一个个个体，也是公家人，其文艺活动是任务需要，虽然也具有某些个体化的特质，但不存在什么商业出版与市场消费。按正常逻辑，中央苏区文艺制度应该具备典型的"现代"特质，实际上却依然保存有不少"前现代"要素，如极权性、自我主体的缺失性等。这恰恰表明它与过去文学制度的一脉相承性，中央苏区文艺制度的产生是过去文艺制度变迁的必然结果，我们"今天和明天的选择是由过去决定的"，而"过去只有在被视为一个制度演进的历程时才可以理解"③。因此，我们探讨中国近代乃至古代文人的

---

① 高玉：《评王本朝的〈中国现代文学制度研究〉》，《中国现代文学研究丛刊》2003 年 4 月。
② 同上。
③ 〔美〕道格拉斯·C. 诺思：《制度，制度变迁与经济绩效》，刘守英译，三联书店，1994，"前言"。

文学创作状况有助于加深对中央苏区文艺制度的理解。中国真正意义上大规模生产现代知识分子应该是从1905年9月清廷诏准停止科举考试、推广学堂教育开始。科举考试的废除，标志着存续了一千多年的文人传统生存方式的终结。在此之前，文人主要通过科举考试晋升仕途，"作文"始终作为选拔人才的主要方式而存在，但并不作为士子们的谋生手段，吟诗作赋、琴棋书画不过是士子之间的酬唱，或仕宦生活的点缀，是科举制度的附属产物。换言之，文学始终是作为科举考试的附属品而存在，并没有脱离传统的经学和史学知识走向独立，更主要的是，科举成功的士子们登堂入室成为正式的"皇家人"，科举失意的士子们则一生都在为争取成为正式的"皇家人"而努力。不管最终是否成为正式的"皇家人"，事实上都是"皇家人"，"皇家"的思想就是士子们的思想，维护皇权权威、为皇家服务是士子们终生的志业。皇权崩塌、科举废除之后，社会制度与知识分子的生存方式都发生了巨大的变化，文学获得了独立的品格，传统的文学制度又是经由什么路径影响了后来的制度呢？美国学者道格拉斯·诺思在研究西方经济制度变迁的时候发现，制度的变迁存在报酬递增的正反馈机制和自我强化现象，而且制度变迁相比技术变迁更为复杂，行动者的观念在制度变迁的过程中起着更为关键的作用。

制度变迁中的报酬递增主要受这么几个因素制约：①制度重新创立时的建设成本越高，重建的可能性越低，即成本效应；②与现存制度框架和网络外部性以及制度矩阵有关的学习效应，社会知识累积度越高，制度建设平均成本越低；③通过合约与其他组织和团体在互助活动中的协调效应，即人们在制度变迁过程中与其他行动者共享相同的路径而带来的认可现行制度的成倍优势；④以制度为基础增加的签约由于持久而减少了不确定性的适应性预期，即某项制度一旦通过并实行就会排除其他替代方案干扰的可能性，制度被锁定在特定的路径依赖槽上，也即锁定效应。前面我们分析了中央苏区文艺制度政治化的层级结构、动员性的活动安排及自我主体的缺失等典型特质，这些特质并非中央苏区的创造，在晚清及以前的各个朝代里就典型地存在着。一千多年来的科举考试早已为士子们所熟悉，内化为他们的血液，这就是尽管很多人知道科举并不能真正地选拔人才却又一直沿用至晚清的真正原因。因为为大家所熟悉、所认可，所以一直是各个朝代人才选拔和士子们晋阶成本最低的那个制度，而且它一旦被认可，就很难被取代。康熙二年的八股文考试改革失败、清末康有为和梁启超上书废除科举险遭刺杀和殴击都生动地说明了这一点。中央苏区组织性、建构性文艺活动的熏陶，反复的、简单的、暴力性的革命宣传大大强化了群众集体性的革命意识，以致每一个参与活动的人对自己的阶级诉求、革命斗争方法哪怕出现是否有效、是否合法的丝毫疑虑时，"都会让人产生一种离经叛道的犯罪感"①。长期、反复的学习和训练使士子们适应了八股考试，自觉地维护科举。同理，建构性的、反复的文艺宣传不仅使苏区群众自觉接受了苏维埃政府的革命主张，而且共同的活动坚定了他们共同的苏维埃选择。两者时代不同，方法却很相似，它们所要达成的目标实际上也是非常相似的，后者是前者合乎逻辑的延伸。正是在制度重建成本、学习所产生的相同社会知识累积和协调效应等诸多因素的共同作用下，传统的文学制度并没有在中央苏区真正走向现代意义上的自由、开放，而是在变异中得到有效的承袭。这种承袭又因为方法的高效与成本的低廉而不断地得以自我强化。

如果说报酬递增的正反馈机制强化了制度选择的"正当性"的话，"路径依赖"则昭示了制度选择的应然性。所谓路径依赖，"是指过去的制度选择对现在和将来的制度产生的重要影响，制度在变迁过程中总是表现出对以往制度形式和变迁历史的高度依赖性，即初始选择的制度会在以后的发展中沿着一个既定的路径演进而且很难被其他更优的制度体系所代替"②。路径依赖理论认为，一旦进入（这种进入具有偶然性）某一路径，依照惯性，就会沿着该路径一直发展下去并锁定在该路径上。科举制度消失之后，传统一体化的路径以何种形式进入中央苏区，又如何彰显于文学呢？答案就在文艺活动的组织化和文艺组织的政治化之中，而政权的组织形式又集中体现于苏维埃制度。中华苏维埃临时中央政府体现了现代民主政治的基本特征，如议会制、选举制、代表制、妇女参政及科层制等，这在诸多关于中央苏区的史料中都有详细记载。毛泽东在才溪乡的调查中就发现，妇女参政的比例非常高，"在苏区城乡苏维埃代表大会中，客家妇

---

① 陈德军：《乡村社会中的革命——以赣东北根据地为研究中心（1924~1934）》，上海大学出版社，2004，第45页。
② 杨德才、李梦飞：《制度变迁、路径依赖与王朝周期性兴衰——以中国封建王朝制度变迁为例》，《安徽师范大学学报》（人文社会科学版）2018年第3期。

女代表一般占代表总数的25%以上,而闽西上杭的上、下才溪乡,妇女代表分别占60%和66%"①。妇女们不仅被推选为大会代表,而且不少妇女还担任各级各类要职,如"在赣南苏区的16个县中,1933年有县一级妇女干部27人,兴国县有20多名妇女担任乡苏维埃政府主席"②。史料的记载确实说明了历史的巨大进步,不过,从具体实施的相关规定中还是可以发现其中的裂隙,如不拥护苏维埃的不具代表资格,妇女代表及工农兵代表比例虽然很高,但文化程度非常之低,基本不具备参政议政的实际能力,书面上最高权力机关是苏维埃代表大会,实际上最高权力掌握在代表大会常委会中,这是一种金字塔式的、权力高度集中的政治体制。传统文学的一体化的思维和体制借助中华苏维埃生存需要建立起来的金字塔式文艺架构,成功而有效地得以承续。

路径依赖很容易形成路径锁定。受心理定式、惰性习惯和选定的路径等因素的影响,一旦选定某条道路就会产生按这一道路走下去的心理定式,而且囿于习惯与惰性也不会轻易做出改变。尤其是选定的路径,因为路径的产生是历史地形成的,不是一朝一夕的,它有着深厚的历史文化根源和民族心理积淀,是民族文化心理的反映。

三 中央苏区文艺制度生成的启示

由于报酬递增的正反馈机制和路径依赖的惯性选择所发挥的巨大影响,中央苏区文艺制度承袭了过去传统的文艺管理的某些方式,尽管在形式上存在很大差异,但在精神层面上却具有明显的延续性。它同时昭示了,行动者在这一过程中并不是一味地被动,他的主观认知、对现实环境的解释因素的影响,尤其是行动者的主观动机对于制度的最终走向具有非常重要的影响。此外,由于受制度变迁过程中偶然性、随机性因素的影响,也有可能改变制度的路径走向。制度变迁和路径依赖理论所展示出来的价值不仅具有积极的理论意义,而且具有极大的现实意义。

首先,在制度变迁过程中,要充分利用学习效应和协同效应所带来的

---

① 毛泽东:《才溪乡调查》,《毛泽东农村调查文集》,人民出版社,1982,第336页。
② 江西省妇联编《女英自述》,江西人民出版社,1988,第240页。

低成本效应，克服旧制度在演变过程中的低"成本"优势，推动制度的创新发展。一般情况下，因为已有规则的成熟、人们的习惯以及思维的定式等诸多因素，旧的制度在演变过程中拥有较大的"成本"优势，因而相沿成习，往往成为制度创新的阻力。如果制度创新的成本大大降低，接近并低于维持旧制度的成本时，制度创新就成为可能。其中，学习效应和协同效应是关键，也是一把双刃剑，如果利用它为旧的制度服务，就可能阻碍制度的创新发展，如果能够很好地利用它为创新制度服务，它就可能成为新制度产生的催化剂。要使它向制度创新催化剂的利好方向转化，须做好几个方面的工作：一是大力宣传新制度、充分传播新制度的相关知识，形成全社会的新制度知识累积效应；二是充分展现新制度的优势，形成社会性的新制度共享路径，从而形成新制度发展合力。中央苏区在这两个方面做的是比较成功的，不过在实施过程中由于实际条件的限制或其他一些无法克服的原因，新制度发展得并不充分，旧制度以变形的形式在新制度架构中出现，值得研究者们深思。

其次，在制度变迁过程中，路径的选择受偶发性、随机性因素的影响比较大，一旦选定就容易产生排他性，形成路径依赖。因此，在产生路径依赖之前，要充分抓住制度变迁过程中的偶发因素，为制度创新服务。偶发性因素，是事物发展过程中的不确定性因素，实际上也属于变革的一种。在制度变迁过程中，相比于路径锁定，偶发性因素所产生的新路径完全可能是一种机遇，从而带来新的局面。因此，作为制度变迁推动者的行动者如何发挥主观能动性，变被动的承袭为主动的创造、变偶然性的路径选择为科学化的路径筛选，实现文艺制度的优化与长远发展，需要行动者认真思考和总结。中央苏区文艺制度是特定历史环境的产物，受现实环境影响深远，行动者的主观动机和环境的相互激荡如何影响了它的发展，它在实践过程中所形成的经验和不足无疑是一笔宝贵的历史遗产，需要后来的研究者和行动者们加以清理。

最后，在制度变迁过程中，路径依赖容易造成路径锁定，但是在选择时，受行动者的主观动机和对环境的解释的影响，尤其是前者的影响非常大。行动者究竟要选择一条什么样的道路，受其认知和文化心理的影响颇深。但在历史转折时代，往往又是社会大变革的时代，是破旧立新的时代，英雄人物，也即行动的主导者起着至关重要的作用，他们的选择往往影响着历史发展的方向。

中央苏区文艺制度的生成，有历史与现实的客观因素，但最关键的还是中国共产党的建国理念，它决定了中华苏维埃政府的政治架构，也规定了其文艺制度的基本属性与角色定位。从制度变迁的角度，运用路径依赖理论来认识中央苏区文艺制度，可以为我们带来更多的启示。

制度变迁不是一个简单的社会进步过程，而是一个动态的、复杂的发展过程，还可能出现倒退现象，存在某种不确定性，具有独特的路径依赖特征。中央苏区文艺制度的生成具有典型的路径依赖特征，在其向前演化的过程中，虽然做出了巨大的革新，也取得了比较醒目的成绩，但在质的规定性上，它并未脱旧制度的窠臼，文学依然没有从政治这架机器上剥离而独立出来，反而得到某种程度的加强。路径锁定这只看不见的"巨手"扼死了路径选择的"偶然性"可能，而行动主导者自身的因素又决定了其无法放弃自己追求的最大化，这注定了中央苏区文艺制度是一顿不可能得到充分变革的"夹生饭"。这顿"夹生饭"在特殊的社会政治环境里曾经发挥过巨大的作用，但特殊的社会政治环境毕竟是一个特殊的存在，难以成为常态。"在面对一个共同的受憎恨的压迫者时，放弃财富和收入以换取其它价值是一回事，但这种交易的价值会随着压迫者的消灭而变化。因此，在一定程度上，新的正规规则是建立在一种为意识形态承认的激励体制上的。"[①] 当"特殊"不再、"常态"成为常态时，它是否还能够继续发挥作用呢？它是沿着既有的路径发展，抑或应该做出怎样的变革呢？

（原载《红色文化学刊》2019 年第 2 期）

[①] 〔美〕道格拉斯·C. 诺思：《制度，制度变迁与经济绩效》，第 121 页。

域外与本土：比较视域的延安书写

赵学勇　陕西师范大学文学院

中国现代文学的本土与域外的互动与对话，总是呈现出多元化、多角度以及复杂性的整体态势。这里，我想主要谈谈延安时期的中外文学对话与融通。

20世纪三四十年代，延安的战时环境与封闭地域，使得本土与域外的跨文化交流，在客观上与中国现代文学、当代文学的其他时段相比，在汲取与借鉴域外文化方面显得相对微薄，且以单向度的介绍和借鉴为主（更确切地说，是以译介苏联文学作品与理论为主）。然而，事实上从1936年开始，大批域外作者奔赴延安，并创作出数十部有关延安经历的纪实文学作品。从某种角度看，这是近现代以来国际社会第一次大规模地自觉主动地靠近中国、书写中国的历史、文化、现实等，它不但成就了本土与域外文学交流的双向对话，更是打破了"译介行为"的限制，以蔚为大观的域外作家群体造访与直面延安的书写，建立起了域外作家与延安的关系，丰富了延安文学的视野与内涵，也为我们留下了更多的历史启示与思考。而这方面的研究，是学界一直所忽略的。

现在看来，斯诺的《红星照耀中国》、海伦·斯诺的《续西行漫记》、史沫特莱的《中国的战歌》、詹姆斯·贝特兰的《华北前线》、冈瑟·斯坦因的《红色中国的挑战》、杰克·贝尔登的《中国震撼世界》等一系列作品，在中国抗日战争与解放战争的背景下，书写了中国共产党领导的人民大众的历史创造，开拓了延安文学的世界性维度，也扩展了延安革命文化的"跨语际实践"[①]。我们可以从叙述手法、叙述结构、叙述主题、叙述语

[①] 〔美〕刘禾：《跨语际实践：文学，民族文化与被译介的现代性（中国：1900—1937）》宋伟杰等译，三联书店，2002，第1页。

言等四个层面,对比分析本土与域外作家延安书写的异同,以及他们的创作所达到的高度。

其一,从叙述手法来看,在现代世界文学中,"风景"意识作为"现代"文学的表征,是文学书写的普遍现象。应该说,"风景"是一种自觉的现代书写意识。这一点,也普遍存在于域外作家与接受"现代"文学观念的本土作家的延安文本之中。比如,"风景"书写在斯诺、贝特兰、有吉辛治等域外作家的作品中俯拾皆是。那种旷达、粗粝的山地"风景",是域外作家有意识的写作取向,生态环境的凋敝与经济状况的滞后和神秘与原始的社会文化感受相结合,使得域外作家对"风景"进行情感性的"阐释",从而使陕甘宁边区被创构为具有高度象征性的文化符号,透视出域外作家对延安革命文化的认知与情感联系。当时,在延安的陈学昭的域外经历,以及她与延安革命文化的心理距离,都是借用"风景"得以呈现的。孙犁以浪漫抒情的散文笔法书写至善至美的乡土中国,有意绕开革命斗争的"暴力"叙述,迂回地表现别样的延安革命历程与人民的乐观反抗精神。丁玲作品《在医院中》的灰暗色调,以及《太阳照在桑干河上》中沸腾的果园,都是运用"风景"营造氛围、表达情感的典型例证。值得注意的是,根植于乡村社会的赵树理,其客观的文本描述使他较少"意义化"的"风景"意识,而更多是对故事环境的简述和基于乡村生活经验的泛谈。

其二,从叙述结构看,在域外作家那里,如贝尔登作品的叙述结构是以人物为中心视点,这种通过人物来推动故事发展的创作理路,体现出明显的时间意识。这与赵树理以故事带动人物的手法相异趣。中国的叙述传统,在赵树理那里表现为"讲故事"的过程,故事的推展是借助紧凑的人物对话展开,在他的作品中,矛盾纠结的最终方案,往往以边区政府的干预力量来解决乡村社会"问题"为叙述动力。而在贝尔登看来,赵树理"对于故事情节只是进行白描,人物常常是贴上姓名标签的苍白模型,不具特色,性格得不到充分的展开,其最大的缺点是,作品中所描写的都是些事件的梗概,而不是实在的感受"[①]。其实,根植于中国乡土社会的"农民作家"赵树理,与贝尔登同样,其作品都体现着延安文学的核心价值与精神向度——人民性,但是基于不同的文学传统,贝尔登以"西方"原则

---

① 〔美〕杰克·贝尔登:《中国震撼世界》,邱应觉等译,北京出版社,1980,第117页。

为统一标准，无疑遮蔽了本土作家对民族形式的执着与坚守。在贝尔登看来仅为"梗概"的故事"骨架"，正是赵树理文学创作的基本单元，精练的乡土俗语为空间化、粗线条的故事增添了中国民间情趣的独特韵味。

其三，从叙述主题来看，域外与本土作家对历史英雄表现不同。我们知道，历史从来不缺少英雄，"'历史'与'英雄'一直是两个被捆绑在一起的概念"①。书写延安的域外作家，同样将目光投向延安的"大众"英雄，以及具有"大众"英雄元素的革命领袖。不同的是，域外作家的延安书写往往淡化本土作家所关注的英雄的"荣光"或者"亮色"，反而冷静直视光芒下的"阴影"，书写隐遁于"阴影"之中的苦难的褶皱。而同一个英雄故事，本土作家倾向于阶级性与民族性相结合的"社会革命"的讲述，而域外作家则更青睐"个人革命"的想象。中国文学传统惯于书写个人所置身的社会与历史（环境）筑起的波澜图景，突出环境与人的"间性"关系。因此，即使个人被赋予英雄、模范的意义，延安时期的本土作家仍然倾向于对社会与时代的抒情，身处时代的个人往往被一同时代化、历史化、崇高化。因此，域外与本土"英雄"的书写之"异"，似乎暗合了中国文学的家族叙事传统，这与美国、欧洲文学的家世叙事传统不同，域外作家更强调独立于环境之外的个人的意义。

其四，域外与本土作家的延安文本，即便体裁各异，但在语言风格上大体趋同。这是因为，纪实文学创作为了强化细节与事件的真实展现，总是力避夸饰辞藻，追求朴素简洁的语言。本土作家本着"为工农兵"的文艺思想，要求作品语言明白易懂，以表达工农的思想意识。然而，在有限的空间中试图提升叙述语言的艺术高度，这在域外与本土作家创作中均有所探索。以报告文学的写作为例，在艺术审美方面，斯诺与"二战"时期活跃在欧洲战场的萧乾，他们二人无疑是20世纪三四十年代域外与本土纪实文学创作的"双峰"。相较而言，斯诺作品的语言存在政论化倾向，显得严肃老成，他的人物描写往往趋向静态化的铺排，人与景都是被定格的，叙述中的历史往往成为永恒的瞬间。然而萧乾则试图抓住人物的"一鼻、一嘴、一毛"②，将静物生灵化，使其笔下的人、物、景均有魂有骨。

---

① 曹文轩：《二十世纪末中国文学现象研究》，作家出版社，2003，第291页。
② 鲁迅：《〈准风月谈〉后记》，《鲁迅全集》第5卷，第402页。

萧乾运用声、色、光的艺术，小处着眼，写意传神，语言诗化，以及"滋味"、"韵味"与"至味"的艺术情愫，均脱胎于中国文学传统。如果仅以纪实文学的审美要求来看，萧乾作品的艺术价值已经超越了域外作家的延安书写。

从上述对比中不难发现，本土与域外作家尽管面对同一创作对象与叙述命题，进行几乎同步的艺术探索，却是不同的文学呈现。即使就本土的延安文学作品而言，域外文思与理念的渗入，在作家那里的吸收与反馈同样存在极大差异。从"五四"走向延安的丁玲，她的创作不单因袭中国的文化传统，更有来自域外的文学新质。而本就蛰伏于中国民间的赵树理，则流淌着浓厚的传统文化血液。域外文学之于丁玲的创作，可以看到其文本缝隙的文化碰撞，即她的创作所表现出的外部刺激与自身思考的碰撞、融合以及对中国现代文学历史嬗变的推进。赵树理则是在中国古典文脉中勤耕，在一定程度上昭示了本土文学传统无远弗届的生命力，但也必然使中国现代文学的创造性与融变性受限。赵树理源于中国文学传统的创作实践，促使我们进一步思考所谓"现代"的问题，以及深入挖掘与重视本土创作经验的迫切性。然而，若以丁玲与赵树理的文学实践来看，丁玲无疑是一位反复冲破藩篱、不断适应时代的作家，而赵树理则在创作信仰与开放变通之间徘徊。

本土与域外作家的延安书写，不单开掘了延安文学的研究视域，更引入了"世界文学"的概念，为汲取域外新质与葆有本土传统二者的"重识"提供了积极的思考，也对中国当代文学的理论与实践具有极大的历史价值与现实意义。

中 编
各体文学研究

现代小说的"时空"形式
——"心灵"之于"世界"的"赋形"问题研究

贺昌盛 厦门大学中文系

最初的时候,人、神、自然和世界被认为是一个圆融的统一体,"诗"即是这个统一体之"总体性"(totality)的直接呈现,是人类"心灵"(soul)赋予那个可感知却又无可捉摸的"无形"统一体以可把握的"形式"(form)的"赋形"(form-creation)活动。古希腊时代的"诗剧"或"史诗"借信使赫尔墨斯(Hermes)之名传达着来自统一体的诸般讯息与启示;中国的"古诗"则借仓颉造字为依托记录了天道人伦的序列与情感的本初形态。"口传"的"歌"被书写成为"诗",则富于结构、修辞、韵律和节奏的"诗"就被确定为真正能够与原初的统一体相沟通的可把握的"形式"了。因此,"诗"一直被看作对统一体本质的最为切近的呈现,诗人则是被赋予了特殊"禀性"而有能力完美地传达天道、神谕、真理、德行和本心等隐秘信息的代言人。

中世纪的"神本"时代结束以后,西方世界逐步进入了一个无须"神"的指引而"人"自身作为"主体(自主其体)"可以"自主决断"的以"理性"为支撑点的"人本"的"现代"世界。在人类告别由"神"所主宰的统一体世界之后,"诗"虽然仍保留着呈现和传达"真理"的功能,但它用于呈现和传达"真理"的方式,已经由直接的"神谕/启示"式的呈现转换成了追寻和探问已经逝去的神圣超验的"统一体"世界"本源"之"道"的"人"之"所思/所感"式的呈现——"诗"的"真理性"功能部分地被以"理性"为根基的哲学形而上学和历史学所取代,而"诗"之"史"(史诗/诗剧)的"叙事"功能则催生出了一种与"现代"

世界相互呼应的全新的形式，即"小说"（romance/novel）。伊恩·瓦特认为："自文艺复兴以来，一种用个人经验取代集体的传统作为现实的最权威的仲裁者的趋势也在日益增长，这种转变似乎构成了小说兴起的总体文化背景的一个重要组成部分。"① 卢卡奇也曾指出："小说的结构类型与今天世界的状况本质上是一致的。""史诗为从自身出发的封闭的生活总体性赋形，小说则以赋形的方式揭示并构建了隐藏着的生活总体性。""小说是这样一个时代的史诗，在这个时代里，生活的外延总体性不再直接地既存，生活的内在性已经变成了一个问题，但这个时代依旧拥有总体性信念。"② 为"现代"世界"赋形"的"小说"成了与"现代性"相对应的最为突出的"形式"，"诗"对于"真理"的召唤（对"诗意"生存的追徊）日趋衰微并最终退居到了边缘地带。

"小说"赋予了"现代"世界以可感知且可把握的"形式"，从"小说"由诞生、成熟到变形、否定的过程可以见出"现代"世界从规划、成型到变异、反思的清晰的轨迹。即此而言，"写实性"可以看作"小说"几乎与生俱来的"本性"，"小说"呈现的是人类心灵所感知的"现世/当下"的实存世界的总体性"经验"事实，这是倾听来自"超验"世界的信息的"诗"，以及"剖面"式展示有限时空的"现代"生活的"话剧"等所无法实现的。如果我们承认现代中国文学是在广泛接受域外文学的深刻影响之下逐步成长起来的话，那么，现代中国小说的演化历程就完全可以看作如何寻找和确立为"现代"中国"赋形"的文学"形式"的过程。一方面，中国的"现代性"的展开刺激着新式的"汉语"及其"叙事"形态对其自身做出不断的调整；另一方面，"汉语"与"叙事"也在以其对"现代"世界的构想和描摹参与着"现代"中国的实践建构。但同时必须承认，中国的"现代性"还远没有达到成熟和完善的程度，在传统、现实和域外因素等的多重刺激之下，"汉语"与"叙事"的"赋形"使命并没有真正最终完成。从这个意义上讲，肇始于"现代白话"的现代中国文学其实一直都处在寻找"赋形"路径的"形式"焦虑之中。

---

① 〔美〕伊恩·P. 瓦特：《小说的兴起：笛福、理查逊、菲尔丁研究》，高原、董红钧译，生活·读书·新知三联书店，1992，第7页。
② 〔匈〕卢卡奇：《小说理论》，《卢卡奇早期文选》，张亮、吴勇立译，南京大学出版社，2004，第65、36、32页。

"小说"形式的成熟与"现代"世界的日趋"定型"是同步推进的。当圆融的"诗"的时代和多重意义取向的"散体"的时代过去以后,"讲述"(telling)和"展示"(showing)生存于"现代"的"人"的真实境遇的"小说—叙事"就天然地开始承担起了为世界"赋形"的使命。小说在"时间"维度上描绘着"现代世界"逐次演化的"历史"轨迹,同时在"空间"维度上质疑和反思着"现代"取向所可能隐含的弊端。

一 现代"小说"的诞生

"现代"世界的建立是以"个体独立"和"人人平等"为基本前提的,所有的个体都拥有"描述"自身在"现代"境遇中的切实体验的权利,但只有那些具有敏锐的把握能力和传达能力的人才能真正实现这一目标。作为"代言者"的"作家"的职业化正是"现代"世界演进过程中的必然结果,而经由"市场"将"文本"转递给阅读者则是"生产者"与"消费者"之间所达成的"契约"形式;以"叙事"为基本特质的"小说"其实从一开始就具有世俗性和商品性的"现代"属性——与古典时代"诗/剧"对明确对象的"献/奉"划清了明晰的界限。"经济"是人类生存的物质根基,"现代"世界的"成型"得力于以"商品—市场—交换"为基础的公平"契约"原则的确立;"契约"原则打破的是古典时代依"等级"来"分配"的惯例,它同时赋予了每一个劳作者以其劳动和获得来证明其自身价值的平等机会。"现代"意义上的"小说"(novel)自其诞生即是以"印刷品"的商品样式进入市场的流通与消费系统之中的,所以,"小说"的世俗属性(满足读者市场的需求)和商品属性(换取利润以保障作者自身的生存)正是"现代"世界的常态。

但是,仅仅停留于"世俗"的"低层次"精神享受并不是"现代"世界所追求的最终目标;当"人"的创造欲望被无限制地激发出来以后,"人"的精神层面的丰富性与复杂性就会呼唤更为准确和精致的呈现"形式"。19~20世纪"小说"的结构形式日趋成熟和发达,即是"现代"世界持续催生和不断刺激的必然结果;"小说"在满足读者市场需求的同时,在以"塑造"读者来提升阅读需求品位的方式参与着"现代"世界的精神性建构。正是在这个意义上,"小说"才被认为是为"现代"世界"赋形"的最具典范意味的"形式"。

以此为参照来反观汉语小说，当不难发现汉语的"小说"与西语的"novel"之间的同质与差异之处。尽管在汉语语境中，"小说"可以追溯到庄子、《汉书·艺文志》、"志人/志怪"、唐传奇等，但真正意义的"汉语小说"只能以宋元时代的"说话"为其正源；"话本—拟话本—文人独立创作"构成了"汉语小说"渐次演进的特定过程，并且完成了"小说"由书面"语体"向口语"话体"的转变。"小说"的命名是晚清时代赋予除"正史"以外的所有"叙事文本"的一个"总称"，"小说"之"小"预示其所"叙述"的多为街谈巷议、奇闻逸事、坊间趣谈之类微不足道的"琐碎"之事，而正是这类"琐碎"之事构成了"人"的日常生活形态；"小说"之"说"更近于生活口语的自由而随意的表达，因而，"汉语小说"自身就带有其天然的世俗性质。自明代中叶起，当"印本"技术介入"小说"的搜集、整理、创作和阅读的流通过程之中时，"小说"又被赋予了特定的"商品"属性，为满足具有一定购买力的阅读者的需求，"小说"开始趋向迎合市场的粗制滥造。特别是在晚清的 1905 年取消科举制度以后，大批的文人转向以翻译和创作"小说"为谋生之具，"汉语小说"自身也就变成了狭邪、黑幕之类呈现"低俗"生存样态的"低级形式"。

对"汉语小说"的重新认知始于新文化运动以后（《小说月报》的改版可视为其标志之一）。"汉语小说"的根本性变革并不单纯显示在"白话汉语"的"创制"和"应用"上，而是在于对"小说"作为"心灵"呈现"形式"的"精神性"特质的重新发掘上。"文学研究会"之"研究"即旨在开拓"文学"之于"人生（人之生存）"的关系及其"精神"意味，"创造社"之所谓"创造"也正在于重新寻找到能够赋予"现代人"的"心灵"以可透视、可把握的直接呈现的"（艺术化）形式"。事实上，基于中国传统所固有的"文/野""雅/俗"等观念的制约，以及由来已久的"士农工商"的等级序列对于"商业主义"的排斥，新文学初期对于"汉语小说"的重新定位，在刻意强调其新的"精神"特质的同时，一直都在有意无意地排斥和回避"小说"自身的"世俗性"与"商品性"（如"京派"与"海派"之间的争论）。"小说"的"新"与"旧"，不在其语言和体例，而在于"精神"形态的"内质"

上的彻底转换，新文学作家们在这一点上确实抓住了"现代小说"的根本。但对"小说"自身的世俗性与商业性的无意识排斥却也相对"窄化"了"汉语小说"探索和建构更为丰富和更加复杂的"现代"世界的可能路径。必须承认，白话的"汉语小说"借助"现代"观念的逐步普及和推广，确实培育和提升了一大批认同"白话汉语"的新的读者的阅读品位，但也应当看到，这种培育和提升其实恰恰是在"市场"的推动作用之下才得以实现和完成的。报章杂志或者单本的小说，都需要拥有一定规模且具有购买能力的读者群体，否则，小说的"生产"和"流通"就无法形成合理的良性循环（多数新文学杂志不得不中途夭折的原因即在于此）。白话的"汉语小说"面对的主要是接受过新式学堂教育的青年学生，他们既是形成新的"市民"阶层的核心力量，也是保证"新文学"作为一种"新式商品"能够进入并占据"市场"的关键因素——书刊的销售以稿费和版税的形式为作家的生存提供必要的保障——"世俗性"和"商品性"是"小说"得以在"现代"世界日趋成熟和壮大的基本前提。

　　之所以强调"小说"与"经济"因素的密切关系，一个更深层面的原因就是，"经济"的力量往往能够借助"小说"自身的"世俗性"与"商品性"来引导和操纵"小说"的"精神"向度。在古典形态的"统治者—贵族—平民"的金字塔式"三角形"的社会中，符合"秩序"结构的"诗剧"（如"三一律"戏剧）或"程式化"的"戏曲"（如昆曲、京剧等），虽然是对应于古典社会形态的典范形式，但它们并不是真正意义上的"商品"，也并不广泛地服务于普通的"世俗"阶层。当以"资本"为基础的"契约/经济"方式出现时，"现代"形态的"政府—中产阶层—底层民众"的橄榄式"菱形"社会开始形成，而满足作为"中间主体"的中产阶层的阅读趣味（俗世生活的美感）与观念取向（自由、平等、权利、道德等）的"小说"就以"商品"的方式进入了"现代"世界之中，"小说"也因此被看作中产阶级生存形态的典范"形式"，"小说"既在呈现和记录中产阶级的世俗生活与情感欲望，也在推广和强化中产阶层的意识形态观念，借以扩大和巩固"现代"社会的结构性基础。"经济"的掌控与制约对于意识形态向度发挥着潜在的引导功能。

二　通俗小说:"日常生活史"书写

　　白话的"汉语小说"自诞生之日起,由于重在强调对于"现代"观念的广泛传播(如早期小说中普遍存在的突出所谓"思想性"的新式"文以载道"现象),进而忽略了"小说"的"通俗"形态自身所包含的更为隐形的"现代"特质。因此,作为完全的"舶来形式"的"政治小说"、"侦探小说"和"科幻小说"这类的新式"小说"样式始终都被归在"通俗"之列,而未能引起新文学作家们必要的重视。事实上,当我们把这类小说还原到其创作伊始的本初目的时,就不难发现,所谓"政治小说",正是对"现代"世界的多重向度的制度性想象、设计与呈现;"侦探小说"是在展示现实人性的"自由"向度(本能欲望)与"法"的社会制约(以契约来规范道德及其行为)之间的矛盾与冲突关系;"科幻小说"则在借助对"科学"的想象力来描画和构想"现代"世界可能的未来图景。三类小说虽然是以彼此独立的差异性"样态"显示出来的,但在呈现"现代"世界"整体"形态的意义上隐含着"制度设计—社会实践—未来形态"这样一种"线性时间"序列的结构"形式"。而且,随着"现代"世界的逐步"成型",单一形态的"政治—侦探—科幻"也开始向"观念演绎—对抗叙事—异态想象"等层面逐步拓展,直至趋向于"综合性"的融合。

　　"政治—侦探—科幻"的小说样式是基于以"城市化"为特定形态的"现代"社会结构的形成而产生出来的"叙事"形式,这类叙事的目的主要是吸引和动员底层的普通民众参与到"现代"市民社会之生活形态的设计与建设之中。因此,这种貌似松散而独立的小说样式实际上正隐含着一种潜在的有关普通民众生存形态的"日常生活叙事"的连续性和普遍性;这种"历史"是由民众日常所经历的"意愿—摩擦—期望"等琐碎的生活事件构成的,但所有的"琐碎"事件共同地蕴含着"庸常生活史"的本质。它们既是市民生活中可供消费的"商品"(娱乐性),又是市民的"俗世"生活最为切近的呈现"形式"(通俗性)。虽然这类小说并不以"艺术之美"为最高的追求目标,但它们是一种能够产生广泛影响的巨大力量。所以,我们可以看到,在民族危亡的历史时刻,"政治动员—战争故事—生存希望"式的小说叙事往往比正统的主流小说所发挥的作用更加明显。而当"国家意志"掌握了"叙事"的主导权时,隐形的"底层历史叙事"就会被转换成"政策宣传—政治实践—政治蓝图"的模式,并对"建构历史"直接发挥效用;"赵树理方向—肃反/反特/阶级斗争叙事—合作化小说与《艳阳天》及《金光大道》"就是此种以"小说"来建构"历史"的具体体现,而"金庸小说"之所以在市民生活中能够长久地风靡不衰,也正是被"统合"起来的"政治隐喻—侦测叙事—传奇式异态生活图景"的隐性结构"形式"在潜在地发挥着作用。

三 成长小说:"个体精神史"书写

将"小说"的转换定位于"精神"形态的呈现,确实是"小说"作为"形式"的关键。"现代"世界首先就是一个以"个人"为本位的全新的价值世界,区别于"特定个体"(君王或英雄)的普通"个人"的"传记"(自传与他传),所显示的即是俗世"个人"所历经和体验的相对完整的"现代"世界的雏形。自 18 世纪中期开始,以记述凡俗之人的日常经验与精神历程为目的的"传记"作品大量涌现,包括卢梭的《忏悔录》、歌德的《诗与真》,以及本杰明·富兰克林、亨利·亚当斯、格特鲁德·斯泰因的"传记"等。值得特别注意的是,中国文坛在 20 世纪 20 年代后期至 30 年代,也曾兴起过一股撰写"传记"的热潮,胡适、郭沫若、李季、陈独秀、郁达夫、张资平、沈从文等多数新文学作家曾发表和出版过"自传"形式的著述。川合康三认为:"中国的自传虽然是在西欧自传的影响下产生的,但与西欧自传相异的中国自传独特的性格,也同时与生俱来。从忏悔、告白出发的西欧自传,其本质是自我省察,即今日之我已非昨日之我,然回顾昨日之我,乃知自己之非。作为'精神的自我形成史'的'西欧近代的自传',就是这样发展起来的。""社会是个人的背景,个人存在于社会之中——这种紧密结合社会、时代来描述个人的方式,正是与缺乏自我省察精神互为表里的中国式自传的重要特征。……在中国式的自传里,个人与时代密不可分,作者记录的不仅仅是个人,记录时代,抑或更在个人之上。"[①]"个人的精神历程"与"个人对时代的观察记录"确

---

① 〔日〕川合康三:《中国的自传文学》,蔡毅译,中央编译出版社,1998,第 2~3 页。

实是西方"传记"与中国"传记"的一种根本性的差别,但从另一方面来看,现代中国作家尽管没有在"传记"中透露出更多的"精神"信息,却在以"自叙传""日记体""书信体"等为名目的"小说"中呈现了其自身"精神形态"的"真实"境况。"传记"是欧洲"小说"的先声,"小说"则是中国式"传记"的换形。

卢卡奇将"小说"定义为"心灵"赋予"现代"世界之"总体性"的最为突出的"形式"。他认为:

> 小说的内部形式被理解为成问题的个人走向自我的旅途,那条路从纯粹现存现实——一个本质上是异质的、对个人又是无意义的现实——之阴暗的囚禁中延伸出来,朝着那明确的自我认识走去。在达到这样的自我认识之后,如此被发现的理想虽然作为生活的内在意义照射进了生活之中,但应有和实有之间的冲突仍旧没有得到消除,在这些事件发生的领域即小说的领域里,它们也并没有也没法被消除;能够达到只是一个最大限度的接近——一个人因为生命的意义而具有的深刻而强烈的辐射。小说形式所要求的意义的内在性,通过他的这种体验得以实现,即,他对意义的惊鸿一瞥就是生活所能提供的最高体验,就是惟一值得整个生活全力以赴的东西,就是惟一值得为之奋斗的东西。这个探寻的过程将终人一生,它的方向和范围随同其规范的内容和那条通向其自我认识的路一并被赋予。过程的内部形式及其最充足的赋形手段——传记形式——最清楚地展示了小说素材之离散的无限性和史诗素材之类似的连续无限性之间的巨大差别。小说是内在生活的内在价值的历险形式;小说的内容是心灵出发寻找自我的故事,是心灵为接受检验的、而且由此找到其本质的历险故事。[①]

之所以是"小说"而不是"诗/剧"能够为"现代"世界"赋形",根本原因就在于,由"诗/剧"所"赋形"的那种与"心灵"相呼应的圆融循环的静态"古典"世界的"总体统一性",已经为"个体"的在多重向度上的自主精神探索而形成的线性延展的动态"现代"世界的"差异性"所取代;"世界"从"一"转变为"多",统一的"总体性"也从单一的"恒常/恒定"变成了"线

---

① 〔匈〕卢卡奇:《小说理论》,《卢卡奇早期文选》,第54、62页。

性延展"意义上的富于变化的"叙事"——个体以"传记/小说"的方式"记录/讲述"各自不同的"故事/经历",从而留下自身"在世"的痕迹,而"故事"本身的"线性"结构"形式"却正与"世界"依据"现代"观念逐次推延的"过程"(这一过程被表述为"进化")恰相呼应——"叙事"因此成为呈现"现代"世界之本质的典范"形式"。

"传记"(blography)和"小说"(novel)虽然与"传奇"(romance)同属于"叙事"的范畴,但它们彼此间存在着根本性的区别。"传奇"虽然描述的是不同英雄或骑士各自的非凡经历,但主人公的精神气质、人物之间的关系及事件的缘由结果等,都具有明显的"同质化"、"类型化"与"可预知"的特征(因而具有"可摹仿性");换言之,"传奇"并没有从根本上摆脱静态的"古典"世界的统一的"总体性","人"的行动只能依照"总体性"的既定轨迹来完成,所"传"之"奇"只在"特异之人"与"凡俗之人"的差别。相比之下,"传记/小说"以普通个体的绝对"差异"("我"是不同于"他者"的异质个体)与个体"行动"的"不可预知"(未知的偶然性)彻底消解了"古典"式"总体性"的"必然律","变/易"和"不确定"成为"现代"世界最为本质的特征。所以,"传奇"虽具备"叙事"的特征,却不能被看作呈现"现代"世界的突出"形式"。

更为重要的是,"传记/小说"的"线性延展"不只是构成了"叙事"所必需的"情节",在更深的层面上,它使得在"古典"时代始终被遮蔽的"时间"维度得到了前所未有的凸显。如果说古典形态的农耕文明时代的"日复一日"意味着微弱的"时间感"几乎可以忽略不计,因而常常被排除在"心灵感知"之外的话,那么,现代工业文明所带来的生存过程的加速与效率,就使所有个体都不由自主地产生了"急迫"和"焦虑"等全新感受。有限的"生命"被无限的"时间"切割成了不同的"片段",古典时代原本自在的"生命价值"变成了仿佛必须与"时间"赛跑才能换取的"价值"争夺。伊恩·瓦特认为:"描绘内心生活的主要问题,本质上是个时间尺度的问题。个人每天的经验是由思想、感情和感觉的不断流动组成的;但大多数文学形式——例如传记甚至自传——都是粗疏的时间之网,尤以保留内心的真实;因此,其大部分只是回忆。而正是这种每分每秒的意识的内容,才构成了个人的个性并支配着他与别人的关系。"① "传记/小说"中的主人公的"行动"即是其在"时间"维度上所留下的"痕迹",而由这种"痕迹"的连续性所构成的"情节"就是对被遮蔽的"时间"的呈现和凸显。卢卡奇所定义的"传记/小说"中"成问题的个人",一方面是指有着自主决断能力的独立思考的"个我/主体",总是会"带着问题(疑问)"来感知、描画和记录其所身处的"现代"世界;另一方面也是指主人公能够借助对其自身"经历/经验"的讲述与剖析,来寻回"迷失"于"现代"世界的本真的"自我";"传记/小说"因此就成了具有"映射"功能的特定的"镜子",它在"映射"着"现代"世界的同时,"映射"出了本真的"自我"。"时间"是构成"历史"的根本维度,从这个意义上讲,"传记/小说"既是不同个体自身逐步"成长/生成"出成熟的"心灵自我"的"个体经验史"的描绘与讲述,也是"人"所感知的当下的"现代"世界之真实情状的忠实记录与写照。即此而言,"写实性"才是"传记/小说"真正内在的本质规定。

带着质疑和探寻的目光游走于世间的"成问题的人"的出现,意味着"小说"开始具有了一种全新的质素。"汉语小说"演进至晚清,虽然也出现了有着明显"问题"意识的主人公,但这类人物的"问题"指向仍然未能摆脱古典时代所固有的"定式";呼唤"清官"而不是探究"正义"(如《老残游记》),谴责贪腐却并不质疑体制(如《官场现形记》),哀叹悲苦又只是归咎于宿命(如《断鸿零雁记》)。古典的"汉语小说"有其自身的"天道/人伦/秩序"的封闭性"意义结构",这个"意义结构"能够为小说中出现的所有"问题"提供现成的答案,诸如道德教化、惩恶扬善、因果报应、仕途进取、入世出世、山林归隐、公序良俗等。而新型的"白话小说"则是将"问题"带入"小说"之中,并尝试借助"经验"的"叙事"来寻求可能的答案,以此来呈现主人公真实的"精神历程"。比如郁达夫的《沉沦》和《迷羊》、丁玲的《梦珂》与《莎菲女士的日记》,以及冰心的《超人》等。正因为主人公对其自身生存过程中的诸般经验产生了"疑问",这些"经验"才变成了无可摆脱的"问题",对"问题"的持续追问描绘出了主人公"心灵"变化的"轨迹",而这些"轨迹"即

---

① 〔美〕伊恩·P. 瓦特:《小说的兴起:笛福、理查逊、菲尔丁研究》,第215页。

是主人公逐次"生成"其"精神"形态的"历时性"呈现,这就是所谓个体的"精神生成史"或"精神成长史"。当个体的"经验"尚未趋于完整和成熟时,"小说"的"叙事"多显示为描述零散经验的"短篇形制";而同类"短篇"的连续性序列——由不同主人公所各自呈现的多种侧面和不同阶段的"经验"——则可以构成某种相对完整的"精神史",比如鲁迅笔下由华老栓、单四嫂子、豆腐西施、闰土、阿Q、祥林嫂、孔乙己、吕纬甫、魏连殳等所共同构成的被扭曲的"总体精神形态",以及由"我"、狂人、涓生、过客所构成的"有疑问的人"的"精神探索轨迹"。此种意义上的作家"写作史"也可以看作作家自身"精神"演进的"心灵史"。当个体的"经验"以一个较长的时间段来呈现时,主人公的经历就会显示为一种相对完整的"传记",比如叶圣陶的《倪焕之》、茅盾的《蚀》三部曲(《幻灭》《动摇》《追求》)、路翎的《饥饿的郭素娥》与《财主的儿女们》、杨沫的《青春之歌》、路遥的《人生》、张贤亮的"唯物论者的启示录"系列(《绿化树》《男人的一半是女人》《习惯死亡》)、贾平凹的《废都》和史铁生的《务虚笔记》等。如同从笛福的《鲁滨孙漂流记》到司汤达的《红与黑》和狄更斯的《大卫·科波菲尔》,再到福楼拜的《包法利夫人》等的演进一样,以"传记"的"形式"来全面展示个体"心灵"的"成长史",正意味着真正的"长篇形制"的"现代小说"(novel)的诞生与日趋成熟。

四 史诗小说:"民族国家史"书写

独立个体的"精神成长"既是不断变动的"现代"世界所催生的必然结果,也是"现代小说"区别于古典"传奇"的一个显著的标识。从变化的"经验"世界中发现和探究"问题",与带着既有的观念原则(上帝意志或道德规范等)去完成自己的行动,其间是有着本质的差异的;后者是证明和充实"世界"所本有的"意义",而前者则是"赋予"无可捕捉因而本无"意义"的"世界"以可把握的"意义"。"个体成长史"正是个体尝试赋予其所处身的现存"世界"以"意义"的"精神历程"的具体记录。进一步说,当差异的不同个体以其各自的方式来参与赋予"世界"以"意义"的活动之时,这种共同的参与也就构成了对于"总体世界"的"宏大叙事"——一种由各自独立的个体的"普通人"所共同创造出来（而非统治者或英雄"独舞"）的"历史叙事"；记录和呈现这一"历史叙事"的"小说"因此就具有了"现代史诗"的特征。比如雨果的《巴黎圣母院》和《悲惨世界》、狄更斯的《双城记》、巴尔扎克的"人间喜剧"以及托尔斯泰的《战争与和平》等。中国现代的诸多作家同样以"小说"的方式参与书写了"现代中国"的这一"历史"进程，比如茅盾的"农村三部曲"、李劼人的《死水微澜》和《大波》、丁玲的《太阳照在桑干河上》、周立波的《暴风骤雨》以及路遥的《平凡的世界》等。

以现代白话为载体的新型"汉语小说"自诞生之时起，就面临着一种极为尴尬的"形式"困境。新文学作家并非寻找不到对应于"现代"世界的"小说"形式，而是面对已经成熟到近于极致的"汉语小说"的古典形态时，不得不首先考虑应当如何回避乃至摧毁"小说"所固有的"古典"形态，以便重新确立起"现代小说"所应有的全新形态。鲁迅曾在其《中国小说史略》中将除"志人/志怪"及"传奇"等之外的基本具有成熟"形式"的小说划分出了讲史、神魔、人情、市人、讽刺、狭邪、侠义公案及谴责等多种类型，这是就古典小说的取材所作的一般分类。而古典形态的小说在其"总体形式"上其实一直都隐藏着一种追求"圆满"的潜在取向。王国维就曾说过："吾国人之精神，世间的也，乐天的也，故代表其精神之戏曲、小说，无往而不著此乐天之色彩。"[①] 鲁迅也曾敏锐地指出：

> 因为中国人底心理，是很喜欢团圆的，所以必至于如此，大概人生现实底缺陷，中国人也很知道，但不愿意说出来；因为一说出来，就要发生"怎样补救这缺点"的问题，或者免不了要烦闷，要改良，事情就麻烦了。而中国人不大喜欢麻烦和烦闷，现在倘在小说里叙了人生底缺陷，便要使读者感着不快。所以凡是历史上不团圆的，在小说里往往给他团圆；没有报应的，给他报应，互相欺骗。——这实在

---

① 王国维：《红楼梦评论》，姚淦铭、王燕编《王国维文集》第一卷，中国文史出版社，1997，第10页。

是关于国民性底问题。①

"这闭着的眼睛便看见一切圆满,……于是无问题,无缺陷,无不平,也就无解决,无改革,无反抗。因为凡事总要'团圆',正无须我们焦躁;放心喝茶,睡觉大吉。""《红楼梦》中的小悲剧,是社会上常有的事,作者又是比较的敢于实写的,而那结果也并不坏。……末路不过是一个归结:是问题的结束,不是问题的开头。"②唯其如此,作为现代"白话汉语小说"开创者的鲁迅才断然地把自己的创作与人们普遍认同的"小说艺术"作了根本的区分。"我便将所谓上流社会的堕落和下层社会的不幸,陆续用短篇小说的形式发表出来了。其意实只不过想将这示给读者,提出一些问题,并不是为了当时的文艺家之所谓的艺术。"③"旧形式是采取,必有所删除,既有删除,必有所增益,这结果是新形式的出现,也就是变革。"④

追求"圆满"与"完美"并不单是一种"文体形制"的问题,在其根柢上,实际正意味着"人"的"心灵"对于"圆融/和谐"的生存形态的依赖和迷恋;"圆满"的"形式"以"诗意"的幻境回避和消解了一切的矛盾与冲突,将生存世界所必然出现的"问题"掩盖起来或者消弭于无形。正是在这个意义上,古典"形式"的"圆融"才成了"现代"世界的大敌,同时与"现代小说"的"寻找"和"发现"问题以赋予"世界"以"意义"的根本取向形成了对立。正因为如此,以体现"完满/圆融"为基本特征的现实形态的"家/家族"就成为独立个体"摧毁—依恋—重建"的核心对象。

与以"个体"为基本元素共同参与的"宏大历史叙事"有所不同,汉语的"现代小说"对于"现代历史"的"整体叙述"主要是以"家/家族"为基本单位得以呈现的,即借"家/家族"的"历时性"变迁来描述"现代历史"的演进历程,比如巴金的激流三部曲、林语堂的《京华烟

---

① 鲁迅:《中国小说的历史的变迁》,《鲁迅全集》第9卷,人民文学出版社,2005,第326页。
② 鲁迅:《坟·论睁了眼看》,《鲁迅全集》第1卷,人民文学出版社,2005,第252、253页。
③ 鲁迅:《集外集拾遗·英译本〈短篇小说集〉自序》,《鲁迅全集》第7卷,人民文学出版社,2005,第411~412页。
④ 鲁迅:《且介亭杂文·论"旧形式的采用"》,《鲁迅全集》第6卷,人民文学出版社,2005,第25页。

云》、老舍的《四世同堂》、陈忠实的《白鹿原》、阿来的《尘埃落定》等。以"家/家族"为平台来呈现"历史"并不始于现代小说,古典形态的《金瓶梅》和《红楼梦》即是"家族—历史"叙事的典范案例,而其间的差异只在于如何赋予"家族—历史"以"意义"。《金瓶梅》和《红楼梦》虽然全面展示了一种"家族—历史"从荣盛到衰落的过程,但它们的"意义"是在凸显"因果"和"宿命"等"必然律"的无可对抗——"意义"本有而只需"图解"呈现,其"哀悼"的是一种"善"和"美"的"完满/圆融"世界终究趋于消逝的无奈;现代小说的"家族—历史"叙事则强调"人"在此一过程中的"主动/决断"功能,即不是无能为力地被动地"顺应"于"家族—历史"的变化,而是借助主动的"参与"来构成和改变"家族—历史"的现实形态——"人"的行动赋予其新的"意义"。鉴于中国传统文化中"家/国"在"体制"形态上的"同构"特性,"家/家族"就往往被看作"国家/民族"的"缩微"形态;"国"在"自然疆域(country)—民族特质(nation)—政权体制(state)"上的统一性,与"家"在"生存居所(house)—家庭属性(home)—成员结构(family)"上的自足性同样有着内在的对应关系。所以,有形的可把握的"家/家族"叙事可以成为"赋予"无形的却又无处不在的"国家/民族"以能够被感知的"总体性"的有效"形式"。当"政权体制"需要从"自然疆域(本有属性)"与"民族特质(历史延续)"中寻找其意识形态的合法性依据时,"民族国家"的"宏大叙事"就常常会以"大家庭想象"式的样态得到呈现,比如梁斌的《红旗谱》和柳青的《创业史》;而"家/家族"叙事中作为"成员"的"主人公"对于其"居所(入居/出离)"与"家庭(认同/否弃)"的"自主决断"的选择行为,也往往隐含着某种特定的意识形态意味,如茅盾的《子夜》、老舍的《四世同堂》、陈忠实的《白鹿原》等。"稗官野史"形态的"小说"一直承担着补充和校验"正史"的功能,如鲁迅所言:"历史上都写着中国的灵魂,指示着将来的命运,只因为涂饰太厚,废话太多,所以很不容易察出底细来。……但如看野史和杂记,可更容易了然了。"[1]"家"与"国"的这种"同构/对应"关系,既是传统中国的文化延续,也是中国在建构其"现代"图景过程中

---

[1] 鲁迅:《华盖集·忽然想到(四)》,《鲁迅全集》第3卷,人民文学出版社,2005,第17页。

以"小说"的叙事来想象和建构"现代中国"之"历史"样态的特定"形式"。

五 "城市"空间的出现与"小说"的反思

除了线性叙事的"时间—历史"形式以外,小说在"空间"层面上的形式建构也是现代小说的突出特征。这里的所谓"空间",指的主要是"心灵"借以"安居"的场所。与俗世生活史、个体成长史及宏大历史叙事的"线性"时间结构有所不同,"空间形式"往往呈现为一种相对"恒定"的特性,即在一种被限定的"区域/处所"内出现的人及其活动基本具有较为一致的统一印象和感觉;或者说,同一"空间"的"心灵"样态总是呈现出某种较为稳定的"同质化"的特征,被抽取出来加以精细描绘的人及其活动的任何片段或剖面,都能呈现"心灵"自身的总体面貌,而且任何或然性因素的出现也都不可能改变其所本有的特性。如果说在"时间形式"中,"心灵"之于"世界"的感知是以"线性延续"的方式连接起来的话,那么,在"空间形式"中,"心灵"的感知形态则是以场景式"并置"的方式得以呈现的。

"现代"世界从设计调整到构建成型,都是依据"人"自身的"理性"力量逐步完成的,马克斯·韦伯因此将"现代性"称为一种"理智化"的过程,即依据"理性"构建出一个适合于"现代人"之"群体"生存的"合理化/秩序化"的"社会"形态,这种社会形态的典范样本就是"城市"。"城市"不同于传统意义上的以维护"权力"(政治中心)和特定阶层"利益"(经济交换)为主要目的的封闭性的"城堡"、"城邦"或"集市","城市"是由具有"自主"意识的不同个体经过协商而建立起来的能够为所有参与者提供自由生存环境的独立而开放的"共同体"。"城市"以"选举—代议"的行政制度为全体居民提供"政治"保障,以"契约—法"的形式建立合理的商业市场秩序,以对不同"阶层—利益"的维护来形成有效的社会结构与生存协作系统。由此,"城市"就以公平竞争和交易的"商业精神"取代了王朝或封建形态的"权力意志",在实现由"政治—权力"中心向"资本—经济"中心转移的同时,逐步建构起了"现代"世界的"秩序化"模型。

但是从另一方面来看,"城市"之于"人"实际上是一种利弊参半的混合体,"城市"能够保障人的合理化群体生存境况,却又限制和规范着每个个体的自由。"最深入的理性化无法克服在评估与可能的结果之间的众多冲突,因为理性化不可能一劳永逸地认同真理、正义、善良、美好、自由、平等及益处等。理性化不仅控制人的外部联系,而且将通过官僚主义化和技术实用主义奴役人的灵魂和精神。"[①] "城市"为"人"提供了高效便捷的生存方式,而"心灵"所感知的却是"人"在"城市"生活中的颓废、堕落、伪装、隔膜与虚无。在"城市"出现之初,"浪漫派"还能够借助对"乡村田园"的想象为"心灵"构建一个赖以安托的自在的自然之所,但随着"城市"的不断扩张,"乡村"作为附属之地,已经逐步被纳入了"城市"的整体系统之中——农耕形态的文明最终为以工业化、资本化和信息化等为标志的"现代城市"文明所彻底取代。

"城市"成为"现代"世界的一种巨大而牢固的"人造之物",它既是人类为自己"手造"的"新"的安居之所,又是人的"心灵"不得不顺应于"秩序"而日趋"异化/物化"的"牢笼";被统归在"现代主义"名目之下的诸多"书写"形态即是"现代心灵"之"异化"情状的真实写照,包括象征主义对"彼岸"世界的隐喻性想象和重构,超现实主义的"自动书写"对理性规范的蔑视,"意识流"所呈现的潜意识层面的"无序"之于"秩序"的对抗,"新感觉"对于转瞬即逝的微弱的"美"的捕捉,以及永远也无法进入的"城堡"和虚妄而又无奈的"戈多"式的期待,等等。如果说"小说"在"时间"维度上所呈现出来的俗世生活史、个人精神史和宏大叙事史,曾赋予"现代"世界的生存形态以尚值得肯定的合法性历史依据的话,那么,以"城市"为"空间"形态所呈现出来的"小说"形式,几乎都可以被看作对"现代"生存形态的根本性否定——人类付出漫长而艰苦的努力建构起"现代"世界不过是一场荒诞的"智力实验",空前而残酷的毁灭性战争就是这场实验所带来的必然结果。唯其如此,返回前古希腊时代的那种"公共/共产/共享"式的自然生存形态("左翼"乌托邦文学)或者回到中世纪以重新寻回"上帝"之"爱"的庇护("神性信仰"的回归),就成了与现代主义的否定性"书写"相互

---

① 朱元发:《韦伯思想概论》,台北远流出版事业股份有限公司,1990,第168页。

配合的主要"心灵形式"。

六 "移植"式"都市"书写

相比之下，与西方的那种以"城市"来同化"乡村"的趋向完全相反，现代中国的"城市"恰恰一直是以接纳和扩展"乡村"形态的方式来形成其结构形态的；出现在中国的"城市"不是以具有自主意识的独立个体的联合协商来建立全新的"城市"形态，而是把农耕文明所固有的政治权力结构直接移植进了"城市"的构成系统之中——以"省会"为名目的"城市"只是权力集中实施的场所，而不是现代"人"的"安居之所"。所以，"城市"之于现代中国，仍然主要具有"政治中心"的意义，而并不具有"自由市场"、"公平竞争"与"契约秩序"的"现代"意味。马克斯·韦伯曾敏锐地指出："在亚洲，城市基本上没有自律性的行政；更重要的，城市的团体的性格，以及（相对于乡野人的）城市人的概念，从未存在于亚洲，就算有，也只是些萌芽罢了。中国的城市居民，从法律上而言，只是其氏族（因此也就是其原籍村落）的成员，那儿有他崇拜祖先的祠堂，透过祠堂，他得尽心维护己身所属的团体。""与西方中古及古代形成强烈对比的是，在东方我们从未发现城市——以工商业为主，且相对而言较大的聚落——的居民对当地行政事务的自律权力及参与的程度，会超过乡村。事实上，一般而言都比不上的。"[①] 中国传统文化中由来已久的对于"重商主义"的轻视和排斥，以及被一直沿袭下来的"宗族"关系是"现代"城市实现其"自治/自律"功能的关键障碍。"乡民"虽然移居城市成了"市民"，但受制于国家整体发展水平的有限的工商业，并不能为他们提供充裕的市场收入来保障其生存和扩大再生产；当"市民"的生存仍然需要依赖于"乡村"时，"市民"与乡村土地及其宗族亲属的联系也就被完整地保留和延续了下来。中国的"城市"在其本质上只是"乡村"的扩展，"城市"的繁荣与革新所依靠的不是工商业的自主与自由的发展，也不是"市民"在政治意识上的自觉与自律，而恰恰是源于乡村"家长"

---

① 〔德〕马克斯·韦伯:《非正当性的支配：城市的类型学》,《韦伯作品集》（四），康乐、简惠美译，广西师范大学出版社，2005，第24、26页。

式的权力结构——只有"帮会"式的暴力群体而缺乏"自治/协作"式的"行会/工会"组织,更没有生成"契约/法"的自觉意识,它也因此很容易对更大的"国家权力"表现出服膺与顺从。

尽管如此,在"现代"中国仍然能够寻找到"城市"的痕迹,比如上海和香港。不过,这种"痕迹"并非自发形成的,而是"殖民"移植的结果——特定的"租界文化"即是"城市"移植形态的最为突出的体现。穆时英或刘呐鸥的所谓"新感觉"小说,透露的是"城市"的光怪陆离所带来的新奇的表层感官刺激与欲望的躁动,而不是现代主义式的对于"城市"之"异化"生存形态的反思与否定。徐訏和无名氏(卜乃夫)的小说在一定程度上蕴含了现代"人"之于"城市"生活的焦虑与不安的意味,却又在另一方面为迎合市民的"猎奇"阅读取向而刻意营造出某种"异态/传奇"情调,进而同样失去了其深入探究"常态"城市之于"人"的生存的更为深层的意味的机会。

"城市"在现代中国一直是一种偏于"畸形"的混合体,乡村"家长"式的权力结构,夹缝中生存的工商业系统,沿袭自农耕文明的生活方式、人际关系与礼仪秩序,城市"区块"结构所造成的新的隔膜,现代"器物"的新奇刺激,自由欲望的膨胀及其与保守观念的冲突,等等,相互交织而又掺杂不清。处身于"城市"之中,一如张爱玲所谓的"金锁",既绚烂夺目灿若珍宝,又故步自封荒诞可悲;"倾城"之际却转瞬即逝的一抹亮光,也正是生活于现代都市的中国人之无望无奈的"心灵写照"。或者如钱锺书的《围城》所传达的那样,城外的人想冲进来,以为能够求得全新而安逸的生存;城内的人想走出去,却又受困于种种无形的羁绊而行之不得。正因为如此,作为现代"空间"的"城市"未能为白话的"汉语小说"提供更为丰厚的有利于现代主义持续演进的土壤,以"城市"为"空间"观照对象的"汉语小说"也总是呈现出某种潜在的"洋装包裹"式的"移植"特性;而缺少了深切的透视与反思,"现代主义"自身也就变成了某种单纯的技术性方法和"策略"。

一个值得特别注意的现象是,无论是穆时英、刘呐鸥或者徐訏、无名氏,还是张爱玲和钱锺书,他们的"城市"书写在他们所生存的20世纪三四十年代其实都没有成为被关注的焦点或者"小说"创作的主流趋向,但是在80年代以后,他们的"小说"却不约而同地被重新"发掘"出来。

这其中，固然有诸如意识形态或战争因素等的原因，80年代以后市场经济在中国的初步形成以及"城市"之功能结构的根本性变化，却可能是真正的主导性的因素——有了初步的"市民感"的人们终于从他们的小说中读出了作为"空间"的"城市"之于"人"的"现代"意味。"城市"是"现代"世界的"固化"形态，当其尚未"成型"之时，建构的"过程"主要是以"历史"的方式显示出来的，所以小说在"时间"维度上呈现为"生活演化史""精神成长史"，乃至宏大的"现代史诗"式的"形式"样态；当其已经"成型"，被"固化"的"城市"就成了"规训/制约/驯化"人的"心灵"的"异己"力量，以"空间"形态所呈现的小说"形式"也就取代了历时性的"时间"维度，小说关注的核心对象由"人"对于"世界"及其自身的创造转向了"物"的恒定样态及其对"人"的控制。"心灵"与"城市空间"之间的冲突（现代主义）、"心灵"向"多元意义"的拓展与逃逸（后现代），以及"心灵"对"居"的"诗意"的重新寻找（"神性"回归）等，就为推进小说自身的"形式"演化提供了新的可能路径。

七 作为心灵"栖居地"的"中国乡土"

与现代主义所呈现的"异化/物化"形态及后现代式的以"书写游戏"来消解形而上意义的形式都有所不同，白话的"汉语小说"贡献给"现代"世界的"中国经验"并非来源于"城市"，而恰恰来自"乡土"。对于以"城市"形态为典范的"现代"世界而言，中国的"乡土"既是对一种从未间断过的"古典"生存形态的保留，也是因区域的差异而得以延续下来的与"现代"世界可资比照的"异质性"形态。这类"异质"形态包括沈从文的"湘西"边城式的自然人性，汪曾祺的"高邮"水乡的恬淡平和，贾平凹的"商州"秦地的古风俗礼，莫言的"高密"乡村的原始血性，阿来的"藏地"边民的睿智彪悍，阎连科的"耙耧"山地的酷绝坚韧，等等。特定的"空间"培育了特定的"人"的情性与"心灵"形态，这些形态可能会因为"区域"的差异而有所不同，但它们都与其所处的"乡土"保持了"心灵—故地—形式"在"总体"上的"本然"统一性。"乡土"赋予了白话的"汉语小说"以富有创造性的"多元—统一"的特殊品质,"乡土小说"因此才成为能够与"城市"书写"并置"存在的独特的现代"空间形式"。

从某种程度上说,将汉语的"乡土小说"简单地等同于哈代式的"田园"诗意、屠格涅夫式的自然"山林",抑或福克纳式的对于已经逝去的"古典"生存形态的哀悼等,都可能是一种误解。中国传统文化中的"天—人"关系从来都是以"同一"而非"差异"的形态得以保留的,土地山川与"人"的生命一直存在着密不可分且相互依存的关系;生活在"乡土"世界的人们不是以"时间"来感知"世界"的"变/易",而是以相对静态"空间"的和谐一致来体味"世界"和"生命"的存在——"桃源"生存形态可视为其最高的"形式"典范。与"城市"书写所描述的"心灵"的迫压扭曲及欲望的盲目奔突不同,"乡土小说"的"空间形式"总是呈现一种本然自在的"自发"生成形态;"心灵"所感知的不是对于"城市"秩序的自觉服从与自我压抑,而是对已经融入日常生活与血脉的自然之"道"的感悟、变通与顺应。如果说"城市空间"往往被视为"恶"的"寄居地"的话,那么,"乡土空间"则就有可能成为"心灵"重获其"诗意"的"栖居所"。中国特定的"城/乡"结构形态为"汉语小说"提供了一种极为独特的"并置空间"的"形式"资源。

"现代"世界的转换标志之一,是"城市"和"乡村"界限的日趋淡化与消逝——"现代心灵"已经不再以"城/乡"来区划"人"自身的"身份",而只以生存形态的自主选择作为身份认同的尺度。但是,这一转换在中国还并未完全实现——相对成熟的"乡土"形态与尚未成型的"城市"形态"共时性"地存在于同一时空之中,则"城/乡"式的空间"并置"就形成了一种既相互"映射"又彼此"交流"的奇特关系。一方面,用于透视"城市空间"的不是"城市"自身所自行生成的"尺度"(价值标准、法的原则及契约意识等),而恰恰是来自"乡土空间"的既定"惯例"(道德认同、等级秩序、人际关系与权力意识等);另一方面,成熟稳定的"乡土空间"又永远是"人"自身时刻准备逃离"恶"的"城市空间"的"隐遁地"——生活在"城市"的小说家和读者一直都在扩张和膨胀对于"乡土"形态的想象,在否定"城市空间"的同时,"乡土空间"及其内在结构的稳定性得到了持续的强化。作为"空间形式"的"乡土"基本"逸"出了"历时性"的"时间/历史"维度之外,因而会呈现

中编　各体文学研究

为一种超越历史的"永恒性"存在；尽管"乡土"形态自身可能因特定的时代或偶然性因素而发生某种变化，但这种变化并不会显示为那种"线性"的依时间而"推衍"变迁的状态结构，其本质性的"内核"也总会保持"恒定"不变。即此而言，"乡土"书写实际上是在弥补"汉语小说"在"城市"书写层面上的某种天然的不足。

"城市"和"乡土"所提供的都是一种相对"封闭性"的"空间"，因而呈现在"小说"之中的就不是"人物"性格的复杂变化，或者所发生事件的离奇曲折的情节，而主要是"人"对于其所"居"之"空间"样态的日趋细腻的感受与反应；与"时间形式"的那种"叙述"（接下来会发生什么）相比，"小说"的"空间形式"更加注重"语言"自身的"描摹"特性（还能够发现什么）。而且常常会以突然结束式的"任意中止"来完成小说的叙述——这种"中止"不是"时间形式"的那种"终结"式的完成（比如主人公的死亡或事件的最终结果等），而是一种虽未可知却无须赘言式的"余味"——合于逻辑的延续已经交由读者去自行完成。这种取向既给予创作者以更大的"语言实验"的余地（对于语言常规的破坏以及新的"语言"形态的生成），也更有利于使读者充分接受有关该"空间"的完整的直觉知识，甚至于希望成为该"空间"之中的一员（对于"空间"的想象性重建）。"空间形式……的效果在字句顺序内，甚至在作者所描写的情节内都可能显现出来。成功的原因在于，情节并不是在叙述的变化中得到了描绘，准确地说，是它本身作为一幅画、一个人造物而得到了表现。小说并不是在试图模仿一个可见世界里发生的一个情节，而是在试图创造情节的各种因素；这些因素在读者的想象内——而不是在历史的记录上，依赖于时间和顺序、原因和结果从而发展成为一个故事。"[①]"性格刻画对情节的替代，缓慢的速率，事件结局的欠缺，甚至是重复——都是空间形式的正当印记。"[②]"语言"创制与读者的自觉参与，使"小说"的"空间形式"又获得了某种程度的"开放性"，"封闭"与"开

[①] 〔美〕杰罗姆·科林柯维支：《作为人造物的小说：当代小说中的空间形式》，〔美〕约瑟夫·弗兰克等编《现代小说中的空间形式》，秦林芳编译，北京大学出版社，1991，第52页。

[②] 〔美〕戴维·米切尔森：《叙述中的空间结构类型》，〔美〕约瑟夫·弗兰克等编《现代小说中的空间形式》，第141页。

放"的结合为"小说"的"空间形式"提供了充分的合法性依据,而"城/乡"式的"空间并置"又为"汉语小说"提供了区别于西方小说的独特的现代"空间形式"。

以"西方"为蓝本的"现代"世界形态,从一开始就是以"人"与"自然"的分离——"自然"成为"人"的认知对象——为根本前提而逐步建构起来的,所以,"现代"正意味着"人"对于"自然"及其"自身"的彻底改造与重新"塑形"。当其"塑形"出现向"异化/物化"的趋势倾斜的危机之时,以自我审视与自我否定为突出特征的"反思"就开始重新寻找危机的缘由及其可能的新的出路。由此我们才看到,西方世界自身既出现了向"两希(希腊与希伯来)"向度的回归,也出现了法兰克福学派式的对于以"资本"为核心的"现代"体制的质疑与批判,更有向"西方"之外的"东方"世界重新寻找思想资源的"生态主义"与"后殖民"式的趋向,包括"汉学—中国学—东方学"等的兴起。但这一切的前提都不是为了以"两希"或者"东方"的生存形态来完全取代"现代"世界的既有形态,而是在矫正"现代"弊端的基础上,重建能够为人类"心灵"所共生共享共在的"共同体"世界——一如"道"的思想之于海德格尔的启发。在"现代之后"(后现代)的世界里,"心灵"之赋予"共同体"世界的可能不再是单一的叙事性"小说"形式,而是"诗—剧—散文—小说—神话—传奇"甚至与影像等技术性媒介相结合的具有多重感知功能的"综合性"的"形式";"文学"的终结不是指"心灵"之于"世界"的"赋形"活动本身的终结,而是指诗、剧、小说等具体的单一"文体形制"可能将不复存在;以"互文/重组/参与/非确定"等新的"形式"来呈现"世界"的方式将成为"常态"。而如何赋予这一"常态"以新的"命名",同样是"心灵"之"赋形"活动所固有的必然使命。

中国乡土小说理论的百年流变与学术建构

李兴阳　南京大学中国新文学研究中心

中国乡土小说理论的开启，就能看到的资料而言，始于1910年的《〈黄蔷薇〉序》。在这篇具有"创世纪"意义的序言中，周作人将匈牙利作家约卡伊·莫尔的《黄蔷薇》推许为"近世乡土文学之杰作"，中国的新文学话语从此有了"乡土文学"概念。以此作为历史起点的中国乡土小说理论，至今已逾百年。在百余年的曲折发展中，中国乡土小说理论经历了引介与初创、形成与分化、变异与沉寂、复兴与拓展等几个阶段，每个阶段都有既丰富多彩又歧见纷呈的理论言说。

一百多年来，活动在不同历史时期的中国作家、批评家、学者，如周作人、鲁迅、茅盾、沈从文、赵树理、陈映真、王拓等，从各自独特的文学观念、小说观念出发，提出了各具特色的乡土小说理论，为中国乡土小说理论留下了有价值的思想，成为中国乡土小说理论发展史上不可或缺的重要环节与组成部分。他们用以承载和传达自己乡土小说理论的文体样式是多种多样的，有序言、跋、创作谈、批评文章及各类学术研究与理论争鸣文章等。其中，序言、跋等单篇文章最多，理论专著较少见，目前仅见谢六逸著《农民文学ABC》一种。这部著作也不是纯粹的"农民文学理论"，而是"世界农民文学史"，主要介绍世界各国的农民文学，仅在绪论部分有关于"农民文学"的理论描述与阐释。中国乡土小说理论的形态也是多种多样的，有外来乡土文学理论的引介与移植，有作家个体与社团流派创作经验的总结与阐发，有基于不同文学观念或特定政治文化意图的理论倡导与推演。如此多样的理论形态，并没有孕育或催生出被普遍认可的完备的乡土小说理论。不成体系而又丰富多彩的中国乡土小说理论，散落在有关"乡土文学""农民文学""农村小说""乡村小说""农村题材小说"等的理论表述中,需要通过历史梳理与理论整合,才有可能发现其历史演进的思想流脉、内在结构与外在关系。

一 乡土小说理论的引介与初创

中国乡土小说理论的开创是从引介西方乡土小说及相关理论开始的,其先行者是周作人。周作人不仅是域外乡土文学的最早的引介者,也是中国乡土文学最早的倡导者。在作于20世纪20年代初的《旧梦》《地方与文艺》等文章中,周作人大力倡导乡土文学。他所倡导的乡土文学,其实是与世界文学或异域文学相对应的"本土文学",其要义有三。第一,文学上的地方主义。地域、风土与文学风格有密切的关系,不同的地域有不同的风土,即不同的民风民俗,而"风土的力在文艺上是极重大的"[1],文学因不同的风土而显示出不同的风格。第二,地方性涵养个性。周作人"推重那培养个性的土之力",认为人是"地之子",应"忠于地",有个性的乡土艺术应有"土气息,泥滋味"。"国民性、地方性与个性"是一部作品"应具的特性"[2],也是一部作品的生命。第三,地方趣味是世界文学的一个重大成分。周作人"相信强烈的地方趣味也正是'世界的'文学的一个重大成分",越是本土的和地域的文学越能走向世界,作家创作应有"世界民的态度",更要有"地方民的资格"[3],二者是密切相关的。严家炎认为,在"五四"新文学时期,周作人倡导乡土文学,意在促使中国新文学扎根本土,克服思想大于形象、概念化等毛病,努力在世界文学之林中获得应有的地位[4]。此说很有道理。

在周作人之外,新文学初期倡导乡土文学最力的人是茅盾。如上文所述,在中国文学话语中,最先引入"乡土文学"概念的是周作人,而最先引入"乡土小说"概念的是茅盾。在同名文学词条中,茅盾给乡土小说下了一个最早也最明确的定义:"叙述乡村人生,以乡村风物为背景,并用各乡方

---

[1] 周作人:《旧梦》,《自己的园地》,北新书局,1929,第152页。
[2] 周作人:《地方与文艺》,《谈龙集》,河北教育出版社,2002,第10~12页。
[3] 周作人:《旧梦》,《自己的园地》,第153页。
[4] 严家炎:《中国现代小说流派史》,人民文学出版社,1989,第43~45页。

言为书中人物之口语者,曰乡土小说。"① 这个定义,可以说是茅盾早期乡土小说理论观念的集中表达。茅盾早期乡土小说理论的要义有三。第一,乡土小说的叙事对象是乡村人生,是农民生活,这是茅盾最为看重的。在《评四、五、六月的创作》中,茅盾将"描写农民生活"概括为一个题材类型,与"描写城市劳动者生活的"题材等类型并列。第二,乡土小说的叙事背景是乡村风物,描写地方的特殊风俗与景物,这能形成文学上的地方色彩。茅盾眼中的地方色彩,不是一般意义上的自然美,亦不是"某地的风景之谓。风景只可算是造成地方色彩的表面而不重要的一部分。地方色彩是一地方的自然背景与社会背景之'错综相',不但有特殊的色,并且有特殊的味"。② 比较而言,地方色彩只是故事托足的地方,茅盾更重视对农民生活的反映,对出现在新文学中的"只见'自然美',不见农家苦"现象持批评态度。第三,乡土小说中的人物语言应用"各乡方言"。各乡方言的运用,可以真实地描写农村和农民生活,凸显特定的地域风情与地方色彩。在后来的评论与理论阐述中,方言口语的适当运用,成为茅盾颇为关注的一个重要方面。

在中国乡土小说理论开创之初,与"乡土文学""乡土小说"并重的概念是"农民文学",这与1925年前后兴起的无产阶级文学浪潮有关。在此思潮的影响下,茅盾、郁达夫、谢六逸等都有关于农民文学的论述,如郁达夫的《农民文艺的实质》、谢六逸的《农民文学ABC》等。郁达夫把农民文艺归为四大类,第一类是反映农民生活的,第二类是为农民代言的,第三类是有地方色彩的农村文艺,第四类是引导农民起来斗争的。谢六逸把农民文学分为六类,第一类是描写田园生活的,第二类是描写农民与农民生活的,第三类是教化农民的,第四类是农民自己创作的或有农民体验的人创作的,第五类是以地方主义为主的。这些分类描述,虽然各有差异,但都将农民作为关注的核心,引入了阶级觉醒和阶级反抗等内容。这条乡土文学的理论流脉,在后来的岁月里,其影响力越来越大。

与上述大陆乡土小说理论之初创相呼应的,是台湾乡土小说理论的开创。20世纪30年代,在日本殖民统治的历史大背景下,台湾文学界就乡土文学问题展开了一场争论。这场论争,以黄石辉发表于1930年的《怎

---

① 茅盾:《"乡土艺术"、"乡土小说"、"地方色彩"》,《茅盾全集》第31卷,人民文学出版社,2001,第348~349页。
② 茅盾:《小说研究ABC》,世界书局,1928,第108~116页。

样不提倡乡土文学》为开端，终于 1934 年，其后余波一直未息。参加这场论争的人有黄石辉、郭秋生、林克夫、廖毓文、朱点人、赖和、黄得时、赖明弘、吴坤煌、张深切等。出现在这场论争中的"乡土文学"概念，歧义丛生，其所指有四个内涵与外延不尽相同但又相互交叉重叠的对象，具体如下。其一，指所谓的"台湾话文"，这是黄石辉等人倡导的，主张用台湾话作文，其理由主要有两点。一是"台湾是一个别有天地，政治上的关系不能用中国的普通话来支配；在民族上的关系（历史上的经验）不能用日本的普通话（国语）来支配，这是显然的事实"[①]。二是"解决台湾人的文盲症"，白话文和浅白文言文都不行，只能靠台湾话文[②]。如何建设"台湾话文"，倡导者们提供了许多具体的方案，其最基本的思路就是要做到"言文一致"。其二，指台湾的民间文学，这是黄得时等人的主张，主要有台湾民间舞蹈、民歌、小唱、儿歌、童谣、谜语、歌仔戏等，这些民间文学含有各地的人情、风俗、动物、植物等，有丰富的"地方色"[③]，因此被论者们视为台湾的乡土文学。其三，指台湾本土文学，即台湾文学。黄石辉倡导台湾人要写台湾文学，"你是台湾人，你头戴台湾天，脚踏台湾地，眼睛所看到的是台湾的状况，耳孔所听见的是台湾的消息，时间所历的亦是台湾的经验，嘴里所说的亦是台湾的语言；所以你的那枝如椽的健笔，生花的彩笔，亦应该去写台湾的文学"[④]。清叶持相近的观点："我们把台湾当成自己的乡土，从这乡土产生的所有的文学，我主张称为台湾文学"，清叶眼中的台湾文学主要有"都会文学、田园文学、农民文学、左翼文学、专业文学"等[⑤]。其四，指台湾乡土文学，只有这个所指与现今通行的乡土文学概念相近。与之有关的理论表述，不论是赞成的还是反对的，归纳起来主要有几点。第一，乡土文学是农村文学，

[①] 黄石辉：《我的几句答辩》，〔日〕中岛利郎编《1930 年代台湾乡土文学论战资料汇编》，高雄春晖出版社，2003，第 70 页。
[②] 郭秋生：《建设"台湾话文"一提案》，〔日〕中岛利郎编《1930 年代台湾乡土文学论战资料汇编》，第 46 页。
[③] 黄得时：《谈谈台湾的乡土文学》，〔日〕中岛利郎编《1930 年代台湾乡土文学论战资料汇编》，第 322 页。
[④] 黄石辉：《怎样不提倡乡土文学》，〔日〕中岛利郎编《1930 年代台湾乡土文学论战资料汇编》，第 1 页。
[⑤] 清叶：《具有独特性的台湾文学之建设——我的乡土文学观》，〔日〕中岛利郎编《1930 年代台湾乡土文学论战资料汇编》，第 329 页。

"以保持农村的色彩与不脱出地方的界限为特色"①。第二,乡土文学以农民及其在日本殖民统治下的生存状态为主要叙事对象,"热带的台湾拥有三分之二的农民兄弟,他们的生活状态怎么样呢?尤其是小作问题和蔗作问题,岂不是材料中的特色"②。第三,台湾乡土文学可以适当使用台湾的方言土语来描写台湾事物,这类的主张和论述最多。第四,乡土文学应有民族性与地方色彩,"在台湾的诸多文学创作中,如果那些描写台湾人生活的作品里没有民族性的动向,没有洋溢地方性色彩的话,也就无法称得上是他们一向所主张的乡土文学了"③。

台湾乡土文学理论的上述分歧,不仅与文学观念有关,而且与20世纪30年代台湾特定的政治、经济、文化、民族等问题密切相关。具体而言有三点。其一,在日本殖民统治的大背景下,倡导台湾乡土文学,不管是上述哪种意义上的乡土文学,都具有反抗日本殖民统治与殖民文化、维护民族文化的重大意义,是民族观念与民族精神的一种独特体现。其二,国族意识与本土观念兼容并包,台湾乡土文学的倡导者大都具有强烈的民族国家观念,对台湾文学本土性的强调,大都皈依在中国的国族意识之下,"和中国全国都有连带的关系"④。其三,启蒙话语与阶级话语并存,台湾乡土文学的倡导,有的受中国大陆"五四"新文学的影响,意在推广新知,开启民智,使台湾民众觉醒;有的则与中国大陆左翼文学有密切的关系,特别关注社会下层民众的生存状态。不论从哪个角度看,本时期的台湾乡土文学理论与中国大陆的新文学有紧密的联系,是初创期中国现代乡土文学理论的重要组成部分。

二 乡土小说理论的形成与分化

20世纪30年代中期至40年代,是中国乡土小说理论形成并进一步分

---

① 赖明弘:《对乡土文学台湾话文彻底的反对》,〔日〕中岛利郎编《1930年代台湾乡土文学论战资料汇编》,第385页。
② 林克夫:《对台湾乡土文学应有的认识》,〔日〕中岛利郎编《1930年代台湾乡土文学论战资料汇编》,第373页。
③ 吴坤煌:《论台湾的乡土文学》,〔日〕中岛利郎编《1930年代台湾乡土文学论战资料汇编》,第482页。
④ 黄石辉:《怎样不提倡乡土文学》,〔日〕中岛利郎编《1930年代台湾乡土文学论战资料汇编》,第2页。

化的时期。这一时期的中国乡土小说理论，虽然依旧没有普遍认同的系统而严谨的纯粹理论，但已有了鲁迅、茅盾、沈从文等名家影响深远的权威表述。1935年，茅盾撰写的《〈中国新文学大系〉小说一集导言》与鲁迅撰写的《〈中国新文学大系〉小说二集导言》，是中国乡土小说理论形成的标志，也是进一步分化的标志。启蒙主义作家、自由主义作家、左翼作家都有各自不同的乡土小说理论。

鲁迅是中国乡土小说的开创者与最有成就的实践者，也是对中国早期乡土小说进行系统的历史描述与评价的批评家。在作于1935年的《〈中国新文学大系〉小说二集导言》中，鲁迅借评点同时代几位青年作家的小说创作阐述了自己的"乡土文学"观念，其要点有四：第一，作者身份是离开了故土的"侨寓者"；第二，叙事内容是作者所关心的故乡；第三，情感基调是乡愁；第四，审美风格与构成要素有异域情调。在《我怎么做起小说来》等文章中，鲁迅还强调启蒙主义、为人生、地域色彩等。鲁迅的这些理论言说，对后来的乡土文学理论、创作、批评与研究都产生了巨大而深远的影响。

茅盾是中国乡土小说最早的倡导者，也是很有成就的实践者，其早期乡土小说理论与周作人和鲁迅有诸多不同之处。茅盾的早期乡土小说理论，在陆续发表于20世纪20年代初至30年代中期的《评四、五、六月的创作》《〈中国新文学大系〉小说一集导言》《关于乡土文学》等文章中有系统的表述。其要点有四：第一，以农民为主要叙事对象，叙述乡村人生；第二，有独特的地方色彩，特殊的风土人情；第三，有普遍性的、共同的对于命运的挣扎；第四，乡土作者要有特定的世界观与人生观。茅盾把世界观置于重要地位，"是为'为人生而艺术'的现实主义道路服务的，它推动了'乡土小说'在现实主义方向的迅速发展，亦给'乡土小说'走向一个较狭窄的创作地带提供了理论和概念上的根据"。[①]

沈从文是"京派"的代表，其乡土小说与有关的理论言说别具一格。在作于20世纪30年代初中期的《〈从文小说习作选〉代序》等文章中，沈从文阐述了自己的小说观与小说创作经验，提出"以小说代经典"，书写"永恒人性"，表现优美健康的"人生形式"，应善于"节制情感"，做

---

① 参见丁帆《五四以来"乡土小说"的阈定与蜕变》，《学术研究》1992年第5期。

好"情绪的体操",创造作品"和谐"的美学境界。沈从文不认可自己的乡土小说是"农民文学",他将乡土小说称为"以农村为背景的国民文学"①,认为这类小说应写出对农民的"原始的同情",有"泥土气息"和"林野气息"。沈从文的这些理论表述,与周作人、废名等"京派"作家是声气相通的。至此,以沈从文小说理论为代表的京派乡土小说理论,在与鲁迅的启蒙乡土小说理论、茅盾的左翼乡土小说理论的对话和论争中,共同形成了20世纪三四十年代的多元乡土小说理论景观。

20世纪40年代,毛泽东《在延安文艺座谈会上的讲话》发表后,解放区发现了赵树理,周扬等人提出了"赵树理方向"。陈荒煤所阐释的"赵树理方向"的要点有三:第一,有很强的政治性,站在"人民的立场",写农民与地主阶级的矛盾斗争;第二,创造为广大群众所欢迎的民族新形式,一是"选择群众的活的语言",二是"着重写故事",三是不单独叙述和描写人物与风景;第三,有全心全意为人民服务的创作态度。②赵树理自己的小说观念与此有所不同:第一,做"文摊"作家,站在农民的立场,为农民服务;第二,写"问题小说",坚持从"群众工作"和"群众生活"中取得材料,从工作中找到"主题","在工作中找到的主题,容易产生指导现实的意义";第三,提倡大众化与通俗化,用农民的语言,讲农民读得懂、听得懂的故事;第四,提倡民族化,以民间文艺为师,向民间文艺学习,也兼收并蓄中国传统文学、"五四"文学和外国文学的有益成分以作补充。赵树理的"农民文学"观念,与解放区的正统文学观念存在一些或隐或显的抵牾,为其后来的悲剧命运埋下了伏笔。在解放区的正统文学话语中,"乡土文学""乡土小说"等概念已难寻踪迹,取而代之的是"农民文学"与"农村文学"等。

20世纪40年代末,结束日本殖民统治不久的台湾,开展过台湾新文学的论争。论争的阵地是《台湾新生报》副刊《桥》,论争的核心问题是台湾文学对中国文学的归属问题,乡土文学亦在被讨论之列。本次与乡土文学有关的论争,其成就和影响远远不及分别发生在20世纪30年代和70年代的两次乡土文学论争,因而亦较少被人提起,几乎淡出了人们的文学记忆。

---

① 沈从文:《〈幽僻的陈庄〉题记》,《沈从文文集》第11卷,湖南人民出版社,2013,第38页。
② 参见陈荒煤《向赵树理方向迈进》,《人民日报》1947年8月10日第2版。

三 乡土小说理论的变异与沉寂

20世纪50~70年代，中国乡土小说及其有关的理论在大陆与台湾面临着不同的历史境遇，出现了不同的变异路径，最终都走向了沉寂。

在中国大陆，本时期与乡土小说有关的通行概念是"农村题材文学""农村题材小说"。与之有关的理论批评，被包裹在有关"社会主义现实主义""革命的现实主义与革命的浪漫主义相结合""三突出"等理论批评话语中，没有获得独立的理论地位。本时期，赵树理发表的创作经验谈及序跋，其表述的理论核心，延续了他在延安时期的农民文学观念，也结合时政话语作了一些调整。周立波、柳青、浩然等作家的创作经验谈，都在自己所处的时政话语中，分别谈论民族化、群众化、英雄人物、中间人物、典型形象、典型化原则、农村读者等问题。本时期，茅盾有关农村题材小说的理论与批评，一方面回应了时政话语的要求，另一方面又坚持了自己的现实主义主张，具有一定的艺术纠偏作用。邵荃麟于1962年8月所作的《在大连"农村题材短篇小说创作座谈会"上的讲话》，在极为困难的时代语境中，左支右绌地提出"现实主义深化"论与"写中间人物"论，对当时越走越偏的农村题材小说创作，同样起到了艺术纠偏的作用，但也在后来的岁月里给邵荃麟带来了意想不到的厄运。总的来看，本时期大陆的乡土小说理论虽然还没有完全断流，但已处于沉寂状态。

在中国台湾，20世纪70年代，在"现代诗论战"之后，爆发了一场乡土文学论战。这场论战，是在中美、中日关系正常化，保钓运动，国民党政权被迫退出联合国等大背景下发生的。在这场论战中，提倡乡土文学的有陈映真、王拓、尉天骢、黄春明、胡秋原等，反对的则有彭歌、余光中、银正雄等。这场持续两年左右的论战，提出的问题很多，涉及台湾社会的政治、经济、文化、意识形态等各个层面。其中，与乡土文学理论有关的问题，主要有如下三个方面。

其一，台湾乡土文学概念的界定。如何界定台湾乡土文学，论者们提出了多种不同的观点。观点一，认为乡土文学就是"乡村文学"，是"以乡村为背景，以乡村人物的生活为主要描写对象，并且在语言文字上运用许多方言的作品"①。乡土文学"所关怀的多是乡村地区或小城生活,罕有以大都市生活为中心者。为了写某个特殊地区,他必须使这个地方非常突出、非常鲜明,因此他必须描写这里的衣物、风俗等等"②,亦即要有地域色彩,异域情调。观点二,认为台湾乡土文学是本土文学抑或民族文学。叶石涛即言,"所谓台湾乡土文学应该是台湾人(居住在台湾的汉民族及原住种族)所写的文学"③。齐益寿亦言,"特殊的乡土文学,与其说是文学上的一种派别,不如说是文学潮流变革的一种信号,是文学由虚伪变为现实,由外国文学的附庸变为独立的民族文学、本土文学的一种信号"。④观点三,乡土文学就是现实主义文学,是有"风土,乡土味"的现实主义文学。这样的文学,其描写对象"包括农村与都市"⑤。观点四,乡土文学就是国民文学,在以《乡土文学就是国民文学》为题的文章中,赵光汉申述了此种观点。持相同或相近观点的论者不在少数。本次台湾乡土文学论争,如陈映真所说,由于"理论发展的不足","'乡土文学'、'民族文学'和'民众文学'都不曾有科学的界定"⑥。

其二,台湾乡土文学的"台湾意识"、"民族意识"与"中国意识"。主要涉及三个问题。一是"台湾意识",叶石涛提出的"台湾意识"是指"居住在台湾的中国人的共通经验,不外是被殖民的,受压迫的共通经验;换言之,在台湾乡土文学上(所)反映出来的,一定是'反帝、反封建'的共通经验以及筚路蓝缕以启山林的,跟大自然搏斗的共通记录"⑦。二是"台湾意识"与"民族意识",出现在本次论争中的"台湾意识"也是一种"民族意识",乡土文学的提倡者们强调台湾乡土文学的民族性,所要抵抗的是20世纪70年代台湾的"西化"。尉天骢在论争中即提出,乡土文学"最重要的一点,便是反买办、反崇洋媚外,反逃避、反分裂的地方主义"⑧。三是"台湾意识"与"中国意识"的关系。陈映真对叶石涛的

---

① 王拓:《是现实主义文学,不是乡土文学》,《仙人掌》1977年第2期。
② 何欣:《乡土文学怎样"乡土"?》,《中央月刊》1977年7月刊。
③ 叶石涛:《台湾乡土文学史导论》,《夏潮》1977年第4期。
④ 齐益寿:《乡土文学之我见》,《中华杂志》1978年第2期。
⑤ 王拓:《是现实主义文学,不是乡土文学》,《仙人掌》1977年第2期。
⑥ 陈映真:《回顾乡土文学论战》,《文艺理论与批评》1994年第2期。
⑦ 叶石涛:《台湾乡土文学史导论》,《夏潮》1977年第4期。
⑧ 尉天骢:《文学为人生服务》,《夏潮》1977年第6期。

"台湾意识"提出批评,认为是"用心良苦的,分离主义的议论";陈映真强调,"从中国的全局去看,这'台湾意识'的基础,正是坚毅磅礴的'中国意识'"①。在后来的发展中,叶石涛的"台湾意识"逐渐背离"中国意识",演变成为鼓吹"台独"的分离主义,应验了陈映真当年的批评论断。

其三,台湾乡土文学与中国文学的关系。论争中,一些论者强调台湾乡土文学的本土性,一些论者则强调包括乡土文学在内的台湾文学是中国文学的一部分,是"中国文学大传统"的接续。如陈映真即言:"台湾的新文学,受影响于和中国五四运动有密切关联的白话文学运动,并且在整个发展的过程中,和中国反帝、反封建的文学运动,有着绵密的关联;也是以中国为民族归属之取向的政治、文化、社会运动的一环。"②

20世纪70年代末期的台湾乡土文学论战,不仅如陈映真所说,是1970～1973年台湾"现代诗论战"的延长③,而且一些论争话题也是20世纪30年代台湾乡土文学论争的继续,如台湾乡土文学的概念、台湾乡土文学与中国文学的关系、台湾乡土文学的民族意识、台湾乡土文学与殖民统治及"西化"的关系等,这些话题在本次论争中既有延续,又有变异。这次论争的时间不长,仅有两年左右,短暂的热闹过后归于沉寂。

四 乡土小说理论的复兴与拓展

20世纪70年代末80年代初,中国大陆的乡土文学创作再度复兴,乡土文学的理论探索与学术研究也随之兴起。最引人瞩目的,首先是刘绍棠的乡土文学创作、理论倡导及由此引起的论争,其后是汪曾祺等关于"风俗画""风俗画小说"的论述。20世纪90年代,冯骥才等将书写都市民俗风习的小说纳入乡土小说中,有论者甚至将其命名为"都市乡土小说"。21世纪以来,随着中国大陆乡土小说创作出现新变化,人们开始对乡土小说进行新的理论思考与理论拓展。与大陆不同,进入20世纪80年代之后的台湾乡土文学及其理论走向分裂,最终被"本土论"的"台湾文学"所

---

① 陈映真:《乡土文学的盲点》,《台湾文艺》1977年第2期。
② 同上。
③ 陈映真:《回顾乡土文学论战》,《文艺理论与批评》1994年第2期。

湮没和取代。

中国大陆乡土小说理论在20世纪80年代的复兴，其醒目的标志就是作家刘绍棠发表在《北京文学》1981年第1期上的《建立北京的乡土文学》。在这篇文章中，刘绍棠提出："对世界，我们要建立中国的国土文学；在国内，我们要建立各地的乡土文学。"① 在《关于乡土文学的通信》中，刘绍棠将自己的乡土文学理论归纳为五大要点："一、坚持文学创作的党性原则和社会主义性质；二、坚持现实主义传统；三、继承和发扬中国文学的民族风格；四、继承和发扬强烈的中国气派和浓郁的地方特色；五、描写农村的风土人情和农民的历史和时代命运。"② 比起他自己的创作经验谈，刘绍棠的乡土文学理论并无多少新意。其"旧话重提"的理论史意义，就在于使"乡土文学"在沉寂多年之后再次成为人们广泛关注的"文学母题"。

刘绍棠的乡土文学倡导及其理论主张，产生了较大的影响，引起了文学界的争议，有人反对，也有人支持。反对者中，有名的是孙犁和骞先艾。这两位都是中国乡土小说史上有一定成就的作家，但他们都不认可有刘绍棠所说的那种乡土文学。孙犁认为，"就文学艺术说，微观言之，则所有文学作品，皆可称为'乡土文学'，而宏观言之，则所谓'乡土文学'实在不存在。文学形态，包括内容和形式，不能长久不变，历史流传的文学作品，并没有一种可以永远称之为'乡土文学'"③。支持者中，有一定影响的是雷达，但雷达的乡土文学观念与刘绍棠相去甚远。雷达认为：

> 我认为，所谓乡土文学指的应该是这样的作品：一、描写农村生活的，而这农村又必定是养育过作家的那一片乡土的作品。这"乡土"应该是作者的家乡一带。这就把一般描写农村生活的作品与乡土文学作品首先从外部特征上区别开来了。二、作者笔下的这一片乡土上，必定是有它与其他地域不同的，独特的社会习尚、风土人情、山川景物之类。三、作者笔下的这片乡土又是与整个时代、社会紧密地内在联系着，必有"与我们共同的对于命运的挣扎"，或者换句话说，

---

① 刘绍棠：《建立北京的乡土文学》，《北京文学》1981年第1期。
② 雷达、刘绍棠：《关于乡土文学的通信》，《鸭绿江》1982年第1期。
③ 孙犁：《关于"乡土文学"》，《北京文学》1981年第5期。

包含着丰富广泛的时代内容。①

雷达的乡土文学观念杂糅了鲁迅与茅盾的乡土文学理论，其对"描写农村生活的作品与乡土文学作品"的区分，缩小了乡土文学的所指范围。

20世纪80年代中期，汪曾祺、吴调公、许志英对"风俗画"的讨论，延续和加深了对早期乡土小说理论即已提出的"风土""地方色彩""民族特色"等问题的认识。在《谈谈风俗画》中，汪曾祺提出了"风俗画小说"概念。汪曾祺认为，"风俗是民族感情的重要的组成部分"，"风俗画和乡土文学有着血缘关系"，描写风俗画的小说有几个特点：其一，文体朴素。这是因为"风俗本身是自自然然的"，"风俗画小说所记述的生活也多是比较平实的，一般不太注重强烈的戏剧化的情节"。其二，在本质上是现实主义的。其三，写风俗的目的还是写人，不是为写风俗而写风俗。汪曾祺认为，"风俗画小说"也有局限性，"一是风俗画小说往往只就人事的外部加以描写，较少刻画人物的内心世界，不大作心理描写，因此人物的典型性较差。二是，风俗画一般是清新浅易的，不大能够概括十分深刻的社会生活内容，缺乏历史的厚度，也达不到史诗一样的恢宏的气魄。因此，风俗画小说常常不能代表一个时代的文学创作的主流"②。汪曾祺虽没有对"风俗画小说"做明确的界定，其基于自身创作经验的理论阐述还是很有价值的。吴调公的《风俗画与审美观》对小说中的风俗画进行了多角度的理论分析。其一，风俗画体现社会美，风俗是特定民族、社会、时代的风土人情，具有社会性，是人物性格形成的民族历史土壤，"卓越的风俗画必然包含着社会美的理想性因素"。其二，风俗画体现自然美，"社会环境和自然环境不容分开，风俗画和风景画原来是相因为用的"。其三，风俗画体现艺术美，"风俗画所显示的艺术美，关键在于社会环境的典型性之有无或高低。成功的风俗画应该是情节的有机成分，更应该是典型环境的有机成分"③。这里的风俗画"三美"，其最终指向是民族特色与时代精神。许志英的《从现代小说的风俗画谈起》分析了现代乡土小说的风俗画特征，认为"文学中地方风俗的描写，最容易显示出文学的民族特色"。

---

① 雷达、刘绍棠：《关于乡土文学的通信》，《鸭绿江》1982年第1期。
② 汪曾祺：《谈谈风俗画》，《钟山》1984年第3期。
③ 吴调公：《风俗画与审美观》，《钟山》1984年第3期。

"文学的民族化必然要求广泛继承和发扬民族文学的优秀传统。但民族化并不仅仅意味着'古已有之'。被一个民族所接受所消融的外来文学因素也可以构成这个民族文学的特色。"[1] 这些都是鲁迅观点的重申,亦可视为对"五四"传统的历史呼应与重续。

20世纪90年代,冯骥才将自己写天津都市风俗的小说称为乡土小说,认为乡土小说要"有意地写出这乡土的特征、滋味和魅力来。表层是风物习俗,深处是人们的集体性格。这性格是一种'集体无意识',是历史文化的积淀所致。写作人还要把这乡土生活和地域性格,升华到审美层面。这种着力凸现'乡土形象'的小说,才称得上乡土小说"[2]。这种乡土小说其实是一种"地方文学",或者是汪曾祺所说的"风俗画小说"。与冯骥才观点相近的是范伯群。范伯群将书写都市民俗风习的小说视作"都市乡土小说",其理论依据是周作人的"风土的力"。冯骥才与范伯群的观点没有得到学界的响应,聊备一说。

21世纪以来,随着中国乡村社会的快速转型,乡土小说从外形到内质,都发生了不同于以前的颇为显著的变化,生长出许多不容忽视的新质,亦即发生了新的转型,乡土小说理论也亟待新的发展,从而实现中国乡土小说理论和史论的深化与创新。在中国大陆学界和理论界,丁帆对乡土小说理论的新思考与新阐释,拓展了乡土小说的理论空间。他将乡土小说的艺术形态与基本特质概括为"三画四彩",对其文化与审美内涵作了独到而深入的理论阐释。"三画",即风景画、风俗画和风情画;"四彩"即自然色彩、神性色彩、流寓色彩和悲情色彩[3]。如贺仲明所言,丁帆的新乡土小说理论"是建立在鲁迅、茅盾等前辈作家和学者的理论基础上,又贯注了作者对当前乡土小说创作现状的崭新思考,是对'乡土小说(文学)'概念的理论提升,也是对乡土小说独特的品格充分的凸显。无论是从内涵的现代性还是外延的严密性,无论是从科学性还是学术性,这一概念都对此前有明确的推进,是乡土小说理论的重要创新和收获"[4]。

与大陆不同,进入20世纪80年代之后的台湾乡土文学及其理论走向

---

[1] 许志英:《从现代小说的风俗画谈起》,《钟山》1984年第3期。
[2] 冯骥才:《关于乡土小说》,《文学自由谈》1995年第1期。
[3] 丁帆等:《中国乡土小说史》,北京大学出版社,2007,第19~28页。
[4] 贺仲明:《乡土小说理论的开拓与创新》,《文学报》2007年5月17日第4版。

分裂,并在台湾文学本土化、多元化的喧闹中走向沉寂。这与台湾社会的快速现代化、城市化、民主化与自由化等变化有关。台湾政治、经济及城乡人口的变化所带来的社会结构的急剧变化,也使台湾人的思想意识发生了前所未有的复杂变化。就乡土小说理论而言,潜含在20世纪70年代末乡土文学论争中的分歧,演变为"中国意识"与"台湾意识"之间的"统""独"之争。陈映真、尉天骢等强调台湾乡土文学的"中国意识",强调"台湾文学"就是"中国文学"的一部分;而"台独"倾向日益凸显的叶石涛、彭瑞金等人,强调独立于"中国意识"之外的"台湾意识",否认"台湾文学"是"在台湾的中国文学"。在分离主义日益泛滥的情势下,台湾乡土文学及其理论已湮没于台湾文坛的"众声喧哗"之中,逐渐失去了自己的身影与声音。

五 乡土小说理论的学术建构

中国乡土小说理论经过上述引介与初创、形成与分化、变异与沉寂、复兴与拓展等四个阶段的发展,从无到有,形成具有中国特色的理论体系,这不仅得益于作家的创作经验总结、理论家的理论思考、批评家的批评实践,也得益于研究者们的学术建构。在中国乡土小说理论百年发展的每个阶段,都有研究者适时进行历史描述与理论总结。特别是20世纪80年代以来的30多年间,中国乡土小说及其理论发展成为专门的研究领域,以此为志业的研究者对中国乡土小说理论及其发展历史进行了多维度的研究。研究的关注点,集中在名家理论、核心概念、理论源流、演进轨迹、多重关系等几个方面。

在名家理论研究中,最受关注的是周作人、鲁迅、茅盾、沈从文、赵树理、刘绍棠、陈映真等名家的乡土小说理论。所研究的问题主要有五个方面。其一,名家理论的基本构成。被研究得最多也最充分的是周作人、鲁迅和茅盾的乡土文学理论的基本构成,如周作人乡土文学理论的基本构成,被研究者分析概括为四个构成项,即地方主义、自然美、个性和风土[1]。对每个构成项,研究者都引经据典地予以分析阐释,发掘其蕴含的

---

[1] 余荣虎:《论周作人的乡土文学理论》,《南京师大学报》(社会科学版)2008年第4期。

理论观念，或注入研究者自己的思想观念。其二，名家理论的思想来源。周作人、鲁迅、茅盾等名家的理论，无疑都是在特定历史时期的独特思考与理论创造，但都不是无源之水无本之木，都有其理论思想来源，如周作人与日本学者柳田国男民俗学的影响关系，鲁迅的"侨寓文学"与丹麦学者勃兰兑斯的"侨民文学"的影响关系，茅盾与美国乡土文学的影响关系。对此，研究者们也进行了沿波讨源式的考辨，从而将中国乡土文学纳入"世界性母题"的宏阔视野中[1]。其三，名家理论的异同辨析。周作人、鲁迅、茅盾、沈从文等名家理论之间的联系与区别，也是学界的研究课题，并在研究中形成了一些观点相近的认识。一般认为，周作人、鲁迅和沈从文的乡土文学理论视角是文化，且三人的文化蕴涵是有所不同的；茅盾、赵树理的乡土文学理论视角是政治，但其政治的具体蕴涵也是不同的。还有其他一些理论问题的异同辨析，这里从略。其四，名家理论创造的动机或原因。名家倡导或创造乡土文学理论，各有其原因和动机，探明其原因和动机也是学术研究课题。如周作人提倡乡土文学的理由和根据，严家炎认为有三条：一是"五四"新文学运动是从国外引进的，要在本国土壤上扎根，就必然提倡乡土艺术；二是要克服思想大于形象的概念化弊病，就应提倡本土文学的地方色彩；三是要使中国新文学自立于世界文学之林，就必须发展本土文学，从乡土中展示民族特色[2]。其五，名家理论的影响与历史地位。周作人、鲁迅、茅盾、沈从文等名家的乡土文学理论都是有影响的理论，都形成了各自的乡土叙事传统。由于名家理论出现的历史时期不同，影响大小不同，所形成的乡土叙事传统也不同，其在乡土小说发展史和理论史上的地位也是不同的。如何判定其影响与历史地位，也是学界研究的课题，并在研究中形成了一些观点相近的认识。一般认为，周作人最先提倡乡土文学，有首倡之功，也是京派文学的开山之祖，后继者有废名、沈从文、汪曾祺等；鲁迅是中国乡土小说的开创者，其基于启蒙立场的乡土文学理论对中国乡土文学创作及其理论的发展产生了深广的影响；茅盾也是中国乡土文学的最早提倡者，其有特定政治文化价值取向的乡土文学理论，对左翼文学产生了深远的影响。概言之，这种"六

---

[1] 丁帆：《作为世界性母题的"乡土小说"》，《南京社会科学》1994年第2期。
[2] 严家炎：《中国现代小说流派史》，人民文学出版社，1989，第43~48页。

经注我，我注六经"式的理论研究，将中国文学名家吉光片羽般的乡土小说理论言说，建构成系统性的名家理论，使其成为进行乡土文学创作、批评和研究的理论知识与理论依据。

中国乡土小说理论的一些核心概念，如"乡土文学""乡土小说""农民文学""乡村小说""风土""地方色彩""异域情调""风俗画"等，也是学界研究较多的问题。在所有这些概念中，最核心的概念是"乡土文学"。包括乡土小说在内的乡土文学概念，无论在大陆还是台湾，都是讨论最多歧见最大的问题，至今未能形成共识。就大陆学界而言，主要有两种不同的界定。一是以民俗风习描写为考量标准，凡有风俗画描写且有地方色彩的，不论其书写的是都市生活还是乡村生活，都视作乡土文学。这种理论，始自周作人的地方主义与"风土"说，延至冯骥才、范伯群的"都市乡土文学"观，成为一条贯穿百年的理论流脉。二是以叙事对象为考量标准，凡以农民和乡村生活为书写对象，且有民俗风习描写和地方色彩的，才能视作乡土文学。与此说有交集的概念是"农民文学"、"乡村小说"和"农村题材小说"等。这种理论，始自茅盾1925年所作的"乡土小说"定义，迁延至今成为第二条贯穿百年的理论流脉，并且已成为事实上的主流理论。中国最具代表性的乡土文学史著作，如陈继会的《理性的消长：中国乡土小说综论》（1989）、丁帆的《中国乡土小说史论》（1992）、朱晓进的《"山药蛋派"与三晋文化》（1995）等，均以书写农民和乡村生活的小说为研究对象，书写都市生活的不在讨论之列。

中国乡土小说理论，是在复杂多变的历史文化语境与地缘政治语境中发生发展的，其贯穿百年的两条理论流脉，不论是哪一条，都涉及历史与现实的多方面关系。其一，"本土化"与"西化"，这是包括台湾文学在内的中国新文学的发展难题。对此，有各种不同的理论与主张。最有影响的是周作人解决难题的理论思路，就是提倡乡土文学，借以促使新文学在本国土壤中扎根。这种理论在不少后来者那里得到了继承和发展。其二，"地域性"与"世界性"，与之相关的有"地方性"与"世界性"、"民族性"与"世界性"等。对此，也有各种不同的理论观点，最有影响的是周氏兄弟的理论观点。周作人认为，"强烈的地方趣味也正是'世界的'文学的一个重大成分"[①]；

---

① 周作人：《旧梦》，《自己的园地》，第153页。

鲁迅亦言:"现在的文学也一样,有地方色彩的,倒容易成为世界的,即为别国所注意。"[1] 这种观点影响深广。其三,文化与政治,是中国乡土小说理论的两种视角或曰价值取向。在近 30 多年的理论研究中,有影响的观点有两种:一是认为周作人、鲁迅和沈从文的乡土文学理论视角是文化的,茅盾、赵树理等人的乡土文学理论视角是政治的;二是认为大陆的乡土小说及其理论的演进轨迹是文化—政治—文化[2]。其四,乡土意识、民族意识与中国意识,三者间的复杂关系在台湾乡土文学理论中表现得最为突出。日据时期的台湾乡土文学理论中的"乡土意识""台湾意识"是一种反抗日本殖民统治的"民族意识"和"中国意识";出现在 20 世纪 70 年代末乡土文学论争中的"台湾意识"出现分裂,一种继续归属于"中国意识",另一种则演变成为分离主义的"台独意识"。其五,城市与乡村,学界一般认为,以农民和乡村生活为书写对象的乡土小说是以现代城市文明为参照的,若失去现代城市文明这个参照系,现代乡土小说就失掉了应有的意义。丁帆即言:"只有社会向工业时代迈进时,整个世界和人类的思维发生了革命性变化后,在两种文明的冲突中'乡土文学'才显示出其意义。"[3]

(原载《当代作家评论》2019 年第 2 期)

---

[1] 鲁迅:《致陈烟桥》(1934 年 4 月 19 日),《鲁迅全集》第 12 卷,人民文学出版社,1981,第 391 页。
[2] 参见丁帆《五四以来"乡土小说"的阈定与蜕变》(《学术研究》1992 年第 5 期)、陈继会《概念嬗变在文学批评中的意义》(《中州学刊》1996 年第 2 期)等文章的相关论述。
[3] 丁帆:《作为世界性母题的"乡土小说"》,《南京社会科学》1994 年第 2 期。

文史对话中的"文学"

——以《狂人日记》为例

李 怡 四川大学文学与新闻学院

一般认为,20世纪90年代以后的现代中国文学(包括中国现代文学与中国当代文学)研究,最明显的变化便是从对"文学审美"的追寻逐渐转移到将文学研究置于更大的历史文化的场景之中,在文学与社会历史的广泛对话当中发掘各种"文化意味",有人将之称作"文化研究"。考虑到具体的文学研究更多涉及历史文化的问题,我们在这里姑且将这一倾向概括为"文史对话"。

显然,这带给我们许多新的启示,更新了我们看待文学现象的角度和方法,尤其打破了对纯粹文学追求的迷信。然而,新的问题也来了:好像我们研究文学的理论、我们讨论的范围早已经远远跨越了文学,但是,却不容易令其他领域的学人认可。

在过去,我们倾向于认为这是一个"文化研究"中容易产生的跨界问题,因为借助其他社会文化现象来解释文学,所以不断跨越文学的边界进入别的领域,最终却根本上逾越了边界而无法返回我们学科,就像我们常常说"文史互证"来自史学家陈寅恪,但陈寅恪的文史互证严格说来是以文学现象来论证历史,这与我们作为文学研究者的任务其实有着很大的不同,再遥远的文化跨界终究需要返回到文学文本自身,因为,文学研究最终需要解释的还是文学作品的独特性。为什么需要跨越?因为,中国现代文学创作所摄取、关注的确就不是纯文学的艺术性,而是包含了我们各自现实需要和人生经验的东西,跨出文学进入复杂的社会文化,可以帮助我们更清晰、更细致、更复杂地把握最佳的人生经验,是为了更深入地解读文学创作现象。但是，这样一来，是不是取消了文学与历史事件的差异，或者说将文学的表达完全混同于社会历史呢？在我看来又不是这样。

应当说，近来的文学研究与历史研究的确出现了某些趋同的现象，比如"大文学"视野容纳了社会历史的关怀，而"新史学"（或曰"新文化史研究"）则改变了我们熟悉的宏大历史考察、与个人无关的社会史研究，将个人的经验甚至思想情感也纳为历史观察的对象，文学研究与历史研究得以相互接近。但是，学科的接近和沟通（也就是我强调的"文史对话"）并不等于学科边界的取消，不等于各自独特优势的丧失与模糊。新史学介入个人经验世界，但归根结底它还是着眼于社会历史问题；大文学钟情于社会历史，但它所要解决的根本问题还是作家创作的秘密，只不过在大文学视野之下，社会历史的内容成了理解作家内部精神的重要因素，是最终"内化"为思想与情感的"结构"。

历史研究与文学研究依然存在差异，这就如同历史学家陈寅恪的"文史互证"最终是借助文学信息补充历史研究一样，作为文学研究"文史对话"肯定是以历史信息启发我们对作家精神追求的认知。在这里，我们可以得出"大文学"研究方式的更深入的总结：大文学研究，最终还是以作家的语言文字的创作为根据，以破解写作者的精神追求——对世界的感受体验为目标的，任何社会历史的知识都是为了帮助我们进一步"走进"作家的精神世界而存在的，而不是相反——将作家的文字表达直接等同于这些社会历史现象本身。丰富的社会历史信息都被纳入我们的文学解读过程，但是，这里一定存在一个基本的认知前提，即作家到底不是直接的社会历史的书写者、记录者与学术呈现者，他不过是置身于社会历史之中的个人思想与情感的传达者，理解文学首先要理解这些个人的思想与情感，研究文学也最终是为了准确把握和说明这样的思想与情感。一位文学创作者，再丰富的历史知识最终都是为了他的情感表达服务的，再犀利的社会历史判断都首先属于特殊的个人感受的一部分而不是历史研究的成果，当然，更不适宜被我们当作历史事实的"原貌"。这里，存在着大文学研究与历史研究的微妙而重要的差异，因为微妙，有时我们的确难以把握，但毕竟重要，所以准确把握这个边界十分必要；否则，我们很可能既扭曲了历史，又不足以深入窥探写作的奥妙与独特价值。

应当承认，在实际的中国现代文学研究中，我们不时混淆着两者的边界，以致陷入许多似是而非的结论当中，其中，对《狂人日记》的理解和阐释就是一个典型。

众所周知，《狂人日记》最惊世骇俗的判断就是"吃人"，这是"狂人"的重要发现，似乎也是鲁迅的重要发现。问题在于，"吃人"的结论基于什么的事实，又在何种层面上产生着自己的意义？在过去，我们常常将之置放在中国社会的概括层面之上，作为鲁迅洞穿历史真相——中国传统文化本质的一个基本表现，几乎就成了鲁迅作为"反封建"思想先驱的最富有战斗力的例证，进而也属于五四"反帝反封建"先进文化的体现。至于这部小说的"文学"意蕴，则相对退居其次，即便讨论，也不过就是保证这些"反封建"先进思想如何更艺术地表达的特征，没有人会刻意揭示作为社会历史结论与作为文学性的表达到底有什么不同。

事实上，将鲁迅的《狂人日记》当作社会历史文献还是文学作品是两种不同的读法，前者将"吃人"视作对中国传统文化性质的理性概括，而后者则是作家对人生与世界的直觉性的感受。在过去，大的社会环境让"反封建"不容置疑的时候，"传统文化吃人"是理所当然的正确判断，问题是，一旦时过境迁，例如"传统文化"身价陡增之际，再刻意突出"吃人"就有点不尴不尬了。同样是一部《狂人日记》，在不同的历史时期引发褒贬不一的议论，这本身倒也并不奇怪，但问题是颠来倒去的不是小说的思想与艺术，而是外在环境与所谓主流价值观的变更，这与作为"文学"的《狂人日记》究竟有什么关系呢？众说纷纭的议论都有可能离开作品真实的"文学"形态，而恰恰是后者才体现了鲁迅对世界的与众不同的观察、感受和文学形式的建构，是现代中国的白话文学在起始之日就直接步入现代主义境界的典范，它昭示着鲁迅感知和表达人生的最独特的思维的经久不衰的价值。

于是，我们极有必要重新讨论一个问题：作为文学的《狂人日记》，可能有什么独特意义？

《狂人日记》是文学作品。这个判断是不是没有意义呢？当然不是。因为，我们先前的阅读常常把它视作其他——比如"反封建"的战斗檄文，比如勘定"传统文化"的诊断书，那样的"读法"其实已经开始改变了它的"文学"属性，成为另外的需要——例如认定封建社会罪恶本质、揭示传统文化特征——的文字根据，虽然同为"文字"作品，但作为社会文献特别是历史文化文献与作为"文学"文献，其形态是大相径庭的。对于"文学"而言，那段历史的"事实"固然重要，但更为关键的是写作者自身的情感态度和情绪反应，这里固然也有写作者对历史性质的判断，但这样的判断却与历史学家、社会学家的严格的学术结论不同，更属于个人直觉体悟的表达，文学的写作与情感的结论，不必以理性的周全取胜，不必求诸学术探讨的逻辑、文献使用的规范，它的主要价值还是体验的独特性，在这里，个体情绪的锐利乃至偏激是得益于体验的独特力量的。文学的表述自然也呈现为某种思想，但这里的思想也不是以社会"公认"为最大诉求的理论自洽，而是以个人独创的启迪为目标的力量的传达。

提醒这样一种区别，乃是为了指出：我们过去对《狂人日记》的解释常常忽略了它的"文学"属性，匆忙地急切地将它作为社会历史判断的权威文献，而后来引发的种种质疑和批评其实也依然尊奉了这样的思维。也就是说，我们还是不够重视《狂人日记》的文学性，没有沿着文学的脉络来触摸鲁迅的情感独特性。

应当看到，在《狂人日记》的阅读史上，它首先还是被当作了社会历史文献。

众所周知，1918年《狂人日记》发表之后，最早评论的文字出现在1919年2月1日《新潮》第一卷第二号，这就是傅斯年署名为"记者"的《书报介绍》，它称《狂人日记》是"用写实笔法，达寄托的（symbolism）旨趣"。在这里，《狂人日记》便被视作"写实"了。两个月后，傅斯年再署名"孟真"，在《一段疯话》中将"狂人"的言行当作现实的指导，从而开启了从现实社会需要来认可"狂人"思想的道路："我们最当敬从的是疯子，最当亲爱的是孩子。疯子是我们的老师，孩子是我们的朋友。我们带着孩子，跟着疯子走，——走向光明去。"七个月后，吴虞《吃人与礼教》一文更将阅读的启示直接指向对"礼教"的批判。如果说，傅斯年、吴虞的随笔式评论分明还是对文学创作的激情体悟，那么越到后来，人们越倾向于从对现实的社会文化的"理性定性"中理解《狂人日记》，无论是对它"反封建"的高度肯定还是如钱杏邨一般有所挑剔。

一个世纪以来，我们都不断从鲁迅的小说中汲取现实判断的资源，将狂人视作鲁迅考察中国现实与中国文化的代言人，以致在这位"代言人"

的性质认定上也时有争论:"狂人是谁?狂人是否真狂?回答不外四种,一是并未发狂或只是佯狂的战士,二是真的发了狂的战士,三是寄寓了作者思想的普通的精神病患者,四是同样寄寓着作者思想的具有初步民主主义思想的半狂半醒者。"这些讨论固然反映了中国学界数十年在阅读《狂人日记》方面"读书之细、态度之诚、用功之深",但平心而论,其中相当多的推测还是将"文学叙述"与现实判断混淆在一起。回到文学的世界里,许多疑问其实并不存在:狂人当然是确确实实地"发狂"而非"佯狂",否则他就是一个"别有用心"的人!他"真的发了狂"但不是刻意的"反封建反传统"的"战士","狂人"的"吃人"发现在文学的逻辑上就是一次疾病状态下的"洞见",而不是现实层面的颠覆制度的文化反叛——尽管文学的"洞见"带给了我们深远的思想启示;至于称之为"民主主义思想""半狂半醒者"等,都是将"洞见"的启示与现实的人物定位混为一谈了。

回到"文学"的《狂人日记》,我们恰恰可以获得理解的宽阔与自由。

《狂人日记》的核心判断是"吃人",在小说中,这一"吃"的意象和词语一共出现了76次,包括咬、嚼、咽、食、舐等相关的表达。鲁迅几乎是调动各种情绪、取法各种角度、探入各种层面述说"吃人"的无所不在,整个《狂人日记》就是不断营造一个摆不脱、挣不开的严密的"吃人"氛围。如何理解这样的"吃人"呢?我们实际上存在着不同的"读法"。

作为历史文化文献的阅读,"吃人"就是鲁迅所要揭露的旧制度的本质,是他对中国传统文化基本特征的重要发现,而来自"中国现代伟大的思想家"的结论无疑便成了一切历史批评和思想斗争的有力支持,在这个时候,鲁迅判断的尖锐性也让我们无暇顾及情感的复杂性与文学表达的特殊性,几乎是径直吸取了鲁迅的结论,剩下的工作就成了努力佐证这一结论的正确性而不是剖析这一表述的复杂与多层意蕴。"文学"的《狂人日记》就这样被有意无意地忽略了,遮蔽了。

作为"文学"的《狂人日记》,不是鲁迅的学术笔记,而是对自己感受的记录。感受自然也是立足于"事实"的,但不会是对所有历史事实的搜集和呈现,理所当然地,它将筛选出那些最触目惊心最难以忘怀的事实,而筛选则与作家自身的人生观念密切相关。所以说,作为文学的《狂人日记》理所当然是对历史的某种选择,对这样的"文学"加以评价,依据就不应该是它所摄取的现实事实的比例,而是作家认知的真切性。

今天,一些学者特别是海外汉学家评价"吃人"一说,他们认为鲁迅对如此丰富的中国文化竟然做出了如此简单的判决,分明有"以偏概全"之嫌疑,至少也属于一种"不完全概括"。这就是将小说当作了学术文献。

人生有各种现象,衣食住行,吃喝拉撒,但并不是每一种现象都能在我们的精神世界里占据着同等的分量,有一些可能会平淡如水,随风而散,有一些则可能会铭心刻骨,历久弥新,例如因为生命问题而引发的事实就会格外深刻地镌刻下来,因为我们本身也是一种生命现象,关注其他生命的遭遇就是关注我们自己。也就是说,并不是人生世界与人类社会的每一部分都可能在我们的主观感受中拥有同等的位置,那些联系着我们生存发展核心事实的东西理所当然地会被我们的心灵"放大",这是人类的天性使然,在我们的主观感受的世界里,为生命的遭遇保留了更多的位置,这当然不能视作人类的"偏心",而恰恰是最合理的"正常"。如果是这样的话,作为一个以表现主观感受为己任的作家,将人类的这一份正常的关注置于首位加以充分的表现,我们能够指责这一判断的"偏激"和"不完全"吗?阅读《狂人日记》之时,我们千万要牢记两个最重要的前提:其一,这是一个珍惜生命的人在珍惜我们共同的生命;其二,这是一部以表现人的主观感受为己任的"文学作品",而不是关于中国文化研究的学术论文。对于文学作品而言,深刻的独特的判断归根结底都是作家从某一角度感知人生的结果,这里已经无所谓什么"偏激"!

作为"文学"的《狂人日记》,其感知的对象也不可能是古代中国的全部历史,甚至也不可能是古代中国的全部文化现象,而是鲁迅最关切的那一部分,这就是人的内在精神生活——我们的生存原则与精神人格。众所周知,早在日本留学时期,鲁迅就体现出与一般知识分子全然不同的关切,他跨越了"器物文化",迈过了"制度文明",直接抵达对人精神情怀的拷问,所谓"掊物质而张灵明",所谓"盖科学发见,常受超科学之力,易语以释之,亦可曰非科学的理想之感动",所谓"内部之生活强,则人生之意义亦愈邃,个人尊严之旨趣亦愈明,二十世纪之新精神,殆将立狂风怒浪之间,恃意力以辟生路者也",始于留日时期的"立人"理想终于在五四新文化运动中汇入了陈独秀"吾人最后之觉悟",——伦理层面的反思和诉求,其实也就是对人的精神情怀与人伦态度的重建。

鲁迅说过，《狂人日记》"意在暴露家族制度和礼教的弊害"。这里的"礼教"与其说是指称中国传统文化中的礼乐文化、所有行为处世的文化传统，毋宁说是鲁迅感受中的人伦现实。此时此刻，作为文学家的鲁迅没有义务在表达自己的现实感受之前，必须完成一部理性的客观的《礼乐文化史》，他只需表达对现实中国人精神状况的评估。当他发现这里普遍存在着对个体精神的压榨与摧残，到处目睹人格的委顿和扭曲，又怎能不发出愤怒的声讨？《狂人日记》表达得很清楚，"狂人"，作为一个"精神病患者"，他无意也不可能对整个传统中国文化展开理性的考察，得出"科学"的判断，他所传递的就是人直觉状态下的敏锐感受，是在纯精神层面上对世界的把握。正如现代心理学家都高度重视精神病患者基于病理性直觉的"真实"一样，我们绝没有理由否定"狂人"在精神直觉中对世界的"偏激"认知。

在小说中，鲁迅一直在刻画着这种特殊的精神感受的逻辑。"序"里说得很清楚："某君昆仲，今隐其名，皆余昔日在中学校时良友；分隔多年，消息渐阙。日前偶闻其一大病；适归故乡，迂道往访，则仅晤一人，言病者其弟也。劳君远道来视，然已早愈，赴某地候补矣。因大笑，出示日记二册，谓可见当日病状，不妨献诸旧友。持归阅一过，知所患盖'迫害狂'之类。语颇错杂无伦次，又多荒唐之言……"狂人既非作家本人，也非现实中的朋友，而是一"分隔多年，消息渐阙"、最终也未能谋面的故人，迷离模糊的身影，是鲁迅的叙事策略，意在通过这种"疏离当下"的讲述，将我们的注意力带入朦胧的精神感知当中，这里其实已经表明，下面的文字不能寻求历史文化的"实证"，它本来就是一种精神的顿悟——是在人的特殊精神状态下对人的精神存在方式（生存原则、人格理想等"礼教"内容）的体悟。小说一开头就不断强调着这一角度："我"同狼子村人的敌意原本就是"精神"层面的："我同赵贵翁有什么仇，同路上的人又有什么仇；只有廿年以前，把古久先生的陈年流水簿子，踹了一脚，古久先生很不高兴。"到了后来，"我"又悟到"我未必无意之中，不吃了我妹子的几片肉"，这就进一步从对现实生存的"直觉"转入了对自我潜意识世界的"窥视"，这当然更不是在讨论"中国礼乐文化"的学术问题了。

"狂人"的发现反映的是鲁迅对中国式生存的诸多精神品质的顿悟，

这些顿悟都是十分深刻、伟大的，但不能说是对全部历史事实的全称判断，尽管它的表达形式很可能是全称式的，在这里，"全称"主要体现为一种道德激情的勇气而不是学术理性的力量。鲁迅的杂文同样具有这样的文学直觉，杂文的思维与结论常常与小说相互印证。在著名的《灯下漫笔》一文中，鲁迅清理的便是中国人在人格、心理等"精神"层面上的扭曲，其"吃人"一说便是在这个意义上提出来的："所谓中国的文明者，其实不过是安排给阔人享用的人肉的筵宴。所谓中国者，其实不过是安排这人肉的筵宴的厨房。不知道而赞颂者是可恕的，否则，此辈当得永远的诅咒！""这人肉的筵宴现在还排着，有许多人还想一直排下去。扫荡这些食人者，掀掉这筵席，毁坏这厨房，则是现在的青年的使命！"

透过温柔敦厚的道德传统，洞悉世界"吃人"的秘密，接着发现"吃人"的普遍事实，进而觉悟到拯救的绝望，最后体察到自我沉沦、未来绝望的困境，这是一种充满诱惑的精神探险，直到最后，我们发现了一个黑暗的自我，以及黑暗力量持续生长、难以断绝的趋势，至此，鲁迅算是完成了对中国人精神世界的一次前所未有的、惊心动魄的探测。

超越一般的物质现实层面、直接透入对幽暗人性、人的内在精神世界的挖掘，这正是西方现代主义所展示的文学图景，当然现代主义并非西方文学的专利，大幅度跨入人的内在精神的观照，同样是新文学开创者鲁迅的尝试，是他的洞察力与文学表现力在一开始就将我们的新文学推向了高峰。对于这样的文学，我们当有特殊的阅读准备与心理准备，对于一推窗便面对的时代高峰，当不至于以平庸的丘陵等闲视之，犹如20世纪的现代主义文学，只要我们不至于将现代主义文学的黑暗揭示简单等同于现实主义式的"社会记录"，就不应该将鲁迅忧愤深广的情怀对立于中国文化民族认同判断的逻辑之上，而忽略作为文学家的鲁迅在新文学创立伊始就直奔现代主义式精神探险的伟大探索，最终惊叹于这样的创造和这样的发现的勇气。

老舍文学经典的生成及其当代意义

谢昭新　安徽师范大学文学院

谈到中国现代文学史上的经典作家，最权威的也是最为人们接受的排序法即是人们常说的"鲁郭茅巴老曹"：鲁迅、郭沫若、茅盾、巴金、老舍、曹禺。那么，老舍是如何经典化而成为现代经典作家的？是他成为经典作家后才生成文学经典作品，还是他的文学经典作品成就了他的现代经典作家地位？老舍的文学经典作品有哪些？老舍文学经典又是怎样生成的？其类型、特征是什么？老舍文学经典对当代文化建设有何意义？这是本文要探讨的几个问题。

一　经典作家老舍的经典化历程

一个作家必须经过经典化才能成为经典作家，经典作家及其文学经典是文学发展历程中的重要标志，更是文学发展史中的最醒目的流传物。经典作家和非经典作家的不同处，就是经典作家在文学史中具有显赫的位置，而非经典作家仅仅在文学史上留有其名，但掀不起文学史的大波大澜。老舍与一般作家的不同之处，就是他一登上文坛就不同凡响，他的《老张的哲学》《赵子曰》《二马》[①] 掀起了"打破当时一般作家的成规，另向新的风格方面创作"[②] 的大波澜。这三部小说发表后，立即引起精英批

[①]　《老张的哲学》于 1926 年 7~12 月《小说月报》上连载，1928 年 4 月由商务印书馆出版单行本；《赵子曰》初载 1927 年 3~11 月《小说月报》，1928 年 4 月商务印书馆初版；《二马》初载 1929 年 5~12 月《小说月报》，1931 年商务印书馆初版。

[②]　王哲甫：《中国新文学运动史》，北平杰成印书局，1933，第 225 页。

评家、文学史家朱自清的评价和赞赏。朱自清在《〈老张的哲学〉与〈赵子曰〉》中一是评价其讽刺艺术特色，它们与清末"谴责小说"接近；二是认为在人物性格上的扩大（张）的描写方法与《阿Q正传》接近；三是称赞老舍是写景能手，"写景是老舍先生的拿手戏，差不多都好"①。也就在1929年，朱自清在北京师范大学、燕京大学等高校开设中国新文学史课程，编有《中国新文学研究纲要》，在该书的第五章"长篇小说"一节中，评述了老舍的《老张的哲学》、《赵子曰》与《二马》，突出了它们的讽刺的个性及讽刺的发展，由前两部小说的"过火的讽刺"而发展到《二马》则成了"恰如其分的讽刺"，尤其可贵的是他发现老舍受"鲁迅的影响"，这就提升了老舍的地位。因此，《中国新文学研究纲要》是老舍经典化的开端。在此之前的文学史影响较大的，比如1926年大光书局出版的赵景深的《中国文学小史》，其中最后一节是讲新文学的，评述的作家作品较多，突出彰显作家地位的是鲁迅的《呐喊》《彷徨》，郭沫若的《女神》，茅盾的《蚀》和《虹》。那时已经把鲁迅视为中国思想界的领袖，现代中国文学的实际大家。当然，赵景深出版这部文学史时，老舍早期的三部小说还未问世，他未对老舍加以评论也在情理之中。但到了1933年出版的王哲甫的《中国新文学运动史》时，老舍作为现代作家经典化的程度已上升到了鲁迅、郭沫若、茅盾之后的第四位了。黄修己称王哲甫的《中国新文学运动史》"是第一部具有系统规模的中国新文学史专著"②，具有文学史的权威性。在这部文学史中，第五章"新文学创作第一期"，小说部分评述了鲁迅等26家，重点突出鲁迅；诗歌部分突出胡适、郭沫若。第六章"新文学创作第二期"，小说部分评述的小说作家分别为茅盾、老舍、巴金、丁玲等19家，从这部文学史看，已初步显露出"鲁郭茅老巴"的经典性位置了。这部文学史对老舍的评价相当高，对具体作品作了富有特色的评点，认为《老张的哲学》是一部讽刺小说，"给读者换了一种新鲜的口味"；《赵子曰》《二马》仍然保持着"讽刺的风味"，《二马》具有"异国情调"；《猫城记》"对于婚姻及教育各种问题，都有深切的讥讽"。而且从总体上评价老舍是"以夸大的诙谐的笔锋，描写故都的风物，陈旧的社

---

① 朱自清：《〈老张的哲学〉与〈赵子曰〉》，1929年2月11日《大公报·文学副刊》第57期，署名"知白"。
② 黄修己：《中国新文学史编纂史》，北京大学出版社，1995，第43页。

会"的天才作家,"就作风上说,在当时的讽刺小说也不是没有,然像这样雄宏的气魄,冗长的题材,巧妙的诙谐,除了老舍的作品以外,尚找不出第二人。只就他打破当时一般作家的成规,另向新的风格方面创作而言,已经值得我们佩服了"①。这就突出了老舍的经典所在:他是描绘故都北平市民社会生活、风俗民情的开创者,是现代讽刺小说、诙谐幽默艺术风格的创造者。

20世纪30年代是老舍创作的丰收期,发表出版的长篇小说有《小坡的生日》《离婚》《猫城记》《牛天赐传》《骆驼祥子》等,短篇小说集《赶集》《樱海集》等。《离婚》《猫城记》曾得到众多文学批评家尤其像李长之、王淑明等大批评家的评论、赞赏,大多认为这两部小说达到了老舍创作的成熟的阶段,称《离婚》是作者创作中的第一本完美的作品;《猫城记》表露了作家的国家观念、爱国思想和对国民性的批判态度。成熟之作、完美之作,无疑提升了老舍作为经典作家的经典质素,而到了《骆驼祥子》这部文学经典的出现,更加固了老舍经典性的地位。虽然30年代的左翼文学家和文学批评家对老舍有这样或那样的质疑,像舒乙于2014年2月22日在西城区第一图书馆讲老舍时所说的,左翼文艺思潮对老舍作品的评价是不高的,把他看成了另类,但是"另类"并不影响作家成为经典,因为老舍有大量的精品尤其是经典作品。

在抗战全面爆发后的20世纪40年代,作为经典作家的老舍的经典地位已经上升到了辉煌阶段。1938年3月27日,中华全国文艺界抗敌协会在武汉成立,老舍当选为"文协"的总务部主任,即相当于我们现在所说的文联、作协的主席,因战时特殊原因,"文协"不设主席、副主席,全部的事务、责任都由总务部主任统管。所以这个时期老舍的地位,很明显是在鲁迅、郭沫若之后,茅盾、巴金、曹禺之前了。当然,老舍自己是不在乎也从不计较什么地位、荣誉的,他始终把自己视为"写家""文艺界尽责的小卒"。但是,他为了配合抗战、宣传抗战,激励民气,创作发表了大量的通俗文艺作品、抗战话剧、抗战诗歌、抗战散文,到抗战中后期,创作发表长篇小说《火葬》、《四世同堂》(《惶惑》《偷生》),登上了文学创作(小说创作)的第二个高峰。老舍为抗战文艺以及"文协"所做的不朽贡献,深得广大民众和各阶层、各党派作家的高度赞赏。1944年4

---

① 王哲甫:《中国新文学运动史》,北平杰成印书局,1933,第225页。

月，在重庆由邵力子、郭沫若、茅盾等 29 人联名发起老舍创作 20 周年纪念活动。4 月 17 日，各界人士 300 余人向老舍表示祝贺，十余家报纸开设专栏，共发表数十篇文章，对老舍的为人为文作了高度评价。他们称老舍为"新文艺的一座丰碑"，他在"新文艺上划出了一个时代"，"无论在做人做文上，都为我们创作出更多不朽的范本，使我们的新文艺愈加充实光辉，文艺界愈加团结一致，促进抗战的胜利，建国的成功"①。这已将老舍放在新文化新文艺运动的旗手、主将后面了。同时，老舍此间的通俗文艺创作、话剧《残雾》《国家至上》、小说《火葬》《四世同堂》等，也都进入了蓝海（田仲济）的《中国抗战文艺史》②。40 年代另有一本较有影响的李一鸣的《中国新文学史讲话》③，将现代小说分为四派，鲁迅、叶绍钧、老舍等为第一派，是新文学前十年中主要的一派。应该说，进入文学史并在文学史中占有突出地位，是作家经典化的重要标志。

从抗战时代起，老舍就不断地追随时代，到新中国成立后，他更将自己真诚的情感融入新社会、新时代的大潮中，他常以新旧对比的模式，歌颂新中国、新社会、新制度。20 世纪 50 年代初期，他以话剧《方珍珠》尤其是《龙须沟》的创作，获得了现代作家中唯一一位由政府颁发的"人民艺术家"的荣誉称号。作为当时主流意识形态下的权力话语的代言者的周扬，在五六十年代的报告、发言中，肯定了现代经典作家们的经典地位，其中包括他对老舍的定位。他认为，老舍是改造自己并很快实现"转型"的一个典型。他在《从〈龙须沟〉学习什么？》一文中，提出主要"学习老舍先生的真正的政治热情与真正的现实主义的写作态度"④。老舍本来是伦理文化型作家，当他在政治生活化的社会氛围下，完成像周扬所说的向富有"真正的政治热情"的政治文化型转化，再加上"人民艺术家"的头衔，这样既保持又发展了经典作家的经典性。特别是到了 1957 年话剧经典《茶馆》的出现，更将老舍作为经典作家推向了经典化的第三个高峰阶段。可见，经典作家催生了经典作品，经典作品又推动了经典作家的经典化进程。

---

① 邵力子、郭沫若等：《老舍先生创作生活二十年纪念缘起》，曾广灿、吴怀斌编《老舍研究资料》（上），北京十月文艺出版社，1983，第 244 页。
② 现代出版社，1947。
③ 世界书局，1943。
④ 周扬：《从〈龙须沟〉学习什么？》，《人民日报》1951 年 3 月 4 日。

从文学史进行考察，20世纪五六十年代，老舍作为经典作家的定位，在新中国成立后的第一部权威文学史即王瑶的《中国新文学史稿》① 中得以充分展现。"鲁郭茅巴老曹"的专章模式及叙述方法虽未浮现于史书，但对他们进行了"新民主主义"的评价。老舍虽未设单独章节，但在上册第8章第4节"城市生活的面影"中，评述老舍、叶绍钧、沈从文、张天翼、欧阳山等，显然，老舍的篇幅居第一；而下册第3编第13章第1节"战时城市生活种种"中，在诸多作家中，评点了老舍的短篇小说集《火车集》《贫血集》和长篇小说《火葬》，第14章第2节"抗战与进步"，在介绍诸多抗战戏剧时，介绍了老舍的《残雾》《面子问题》《张自忠》《大地龙蛇》《归去来兮》等。其后的文学史著作像带有政治化色彩的丁易的《中国现代文学史略》②，以政治划线，分革命文学作家、进步作家和资产阶级作家，突出鲁迅的旗手地位、郭沫若及茅盾的革命文学作家特质，将老舍和巴金置于进步作家中加以评述。但不管怎么划线，"鲁郭茅老巴"的文学史位置显现出来了。这个时期还有刘绶松的《中国新文学史初稿》③，突出了鲁迅，以专章加以评述，而将叶圣陶、巴金、老舍诸作家，放在"对于现实的暴露和批判"的标题下加以介绍，显得对他们的地位及价值认识不足。在司马长风的《中国新文学史》④ 中，上卷突出了鲁迅（设专章）、郭沫若（设专节）；中卷第十九章介绍长篇小说七大家中介绍了巴金的《家》、老舍的《骆驼祥子》和茅盾的《子夜》等，在短篇小说一节介绍了老舍的《月牙儿》；下卷第二十六章"长篇小说竞写潮"中介绍了老舍的《四世同堂》。文学史发展下来，到了新时期开端，唐弢主编的《中国现代文学史》⑤，"鲁郭茅巴老曹"全以单独章节现于书面，第二册第九章第二节"老舍和他的《骆驼祥子》"。这之后的钱理群、吴福辉、温儒敏所著的《中国现代文学三十年》，以"鲁郭茅老巴曹"为序设专章，第十二章"老舍：现代中国的'市民诗人'"，将老舍定格为中国现代文学史上最杰出的"市民诗人"；严家炎主编的《二十世纪中国文学

---

① 王瑶：《中国新文学史稿》上册，开明书店，1951；下册，新文艺出版社，1953。
② 作家出版社，1955。
③ 作家出版社，1957。
④ 香港昭明出版社，1976。
⑤ 人民文学出版社，1979～1980。

史》①（上、中、下三册），按"鲁郭茅巴老曹"为序设专章或专节；朱栋霖、朱晓进、吴义勤主编的《中国现代文学史 1917～2013》（上、下册）②，按照"鲁郭茅老巴曹"为序设专章。总之，20 世纪八九十年代以及 21 世纪以来的诸多"中国现代文学史"著作，大都以"鲁郭茅巴老曹"的专章专节形式出现，进一步确立了现代经典作家的文学史定位，同时在史书中出现的作为老舍文学经典的是《骆驼祥子》《四世同堂》《茶馆》。

二　老舍文学经典的生成及其类型、特征

经典作家老舍的经典作品是《骆驼祥子》《四世同堂》《茶馆》。它们既为文化精英、社会大众所公认，也是文学史所接受定位的。它们不仅在文学作品内部具有内涵的丰富性、实质上的创新性、无限的感染力，而且在文学作品外部的社会、时代、文化权力、大众接受等方面，也具有时空的跨越性和永久的生命力。

文学经典的生成是文学发展史上的一个重要文学现象，这种文学现象是由多方面的文化文学因素组成的。老舍文学经典的生成也有着多种文化文学因素。首先，它们是在作家经验主义的创作基础上产生的，是历经作家精心打磨而成的，带有经验型的特征。老舍在《骆驼祥子》产生前，已出版了长篇小说《老张的哲学》《赵子曰》《二马》《小坡的生日》《猫城记》《离婚》《牛天赐传》，以及《赶集》《樱海集》短篇小说集。同时，在创作经验集《老牛破车》中，也已写成了像《我怎样写〈老张的哲学〉》式的"我怎样写九部作品"的 9 篇文章。到 1936 年夏《骆驼祥子》写完后，又补写了《我怎样写〈骆驼祥子〉》等文章，使《老牛破车》成了老舍式的"经验主义"的创作理念和文学批评观的理论之作，而不是单纯的创作经验谈。《老牛破车》所说的老舍式的"经验主义"的文学批评观，都是从创作实践中来，为创作实践所需要，也受到创作实践要解决的实际问题的启发而形成的，还会再回到实践中去，在指导实践的过程中，进一步提高实践也即作品的质量。从《我怎样写〈老张的哲学〉》到《我

---

① 高等教育出版社，2010。
② 高等教育出版社，2014。

怎样写〈骆驼祥子〉》，可以看到是老舍创作的不断发展成就了文学经典《骆驼祥子》的诞生。从小说创作题材上看，从写学堂、商人（《老张的哲学》），"五四时期"的学生生活（《赵子曰》），市民公务员的灰色人生（《离婚》），社会组织体制的整体剖析（《猫城记》），再到市民社会贫民阶层的生活、精神遭际（《骆驼祥子》），题材贴近生活的关系更加成熟；从人物描写上看，由类型化逐渐走向典型化，创造出市民社会中的车夫祥子"这一个"典型；从人性展示、性格刻画看，从描写好坏对立的一元化的好就是好、坏就是坏的人性及性格形态，发展到真正描绘出了像祥子那样的"好人也有缺点"，以及虎妞、刘四式的"坏人也有好处"的人性的多样性和性格的丰富性、复杂性；从读与写的经验的增多促成文学形式之美考察，由初期两部作品受狄更斯影响下的"泼辣恣肆"到采用康拉德说故事似的往"细"里写《二马》①，继之读法国小说，回国后读俄国小说"觉得俄国的小说是世界伟大文艺中的'最'伟大的"。"读的多了，就知道一些形式，而后也就能把内容放到个最合适的形式里去"②，加之写的多了历经艺术形式上的磨炼，才使《骆驼祥子》达到了艺术上的完美。从幽默艺术风格上看，从初期的"立意幽默"到《猫城记》"禁止幽默"到《离婚》"返归幽默"再到《骆驼祥子》幽默的成熟，老舍说："它的幽默是出自事实本身的可笑，而不是由文字里硬挤出来的。"③ 而且小说的文字"极平易，澄清如无波的湖水"，再加上提炼过的北平的口语俗语，"给平易的文字添上些亲切，新鲜，恰当，活泼的味儿。因此，《祥子》可以朗读。它的言语是活的"④。这就在"经验主义"创作基础上形成了《骆驼祥子》内涵的丰富性、实质上的创新性、艺术的感染力。同样，《四世同堂》是在《大地龙蛇》对东方文化进行全面审视的基础上，也是在总结《火葬》写战争经验得失的基础上的大发展，实质上的创新性；《茶馆》是在他"经验主义"的诸多话剧创作的基础上，在艺术技巧上的大创新、大发展，也是在《秦氏三兄弟》（《茶馆》前本）的创作经验的基础上产生的经典话剧。

---

① 老舍：《我怎样写〈二马〉》，《老舍文集》第15卷，人民文学出版社，1990，第173页。
② 老舍：《写与读》，《老舍文集》第15卷，第546页。
③ 老舍：《我怎样写〈骆驼祥子〉》，《老舍文集》第15卷，第207页。
④ 老舍：《我怎样写〈骆驼祥子〉》，《老舍文集》第15卷，第208页。

老舍文学经典的生成与作家创作时对"经典"的潜心追求也有一定的关系。老舍在创作《骆驼祥子》时，在心理愿望上就很想把它打造成文学经典。他是在辞去山东大学教职后拟做"职业写家"而开始写《骆驼祥子》的，老舍说："《骆驼祥子》是我作职业写家第一炮。这一炮要放响了，我就可以放胆的作下去。"① 他满怀信心要放响这"第一炮"，他写完后就认为这部小说是"最使我自己满意的作品"②，文学经典已经住进了他的心中。同样，《四世同堂》也是在他经验主义的创作基础上，经过精心打磨而成的文学经典。如果说《骆驼祥子》酝酿构思的时间长，搜集的材料相当的多，那么到了《四世同堂》，它创作的时间更长，从 1944 年 1 月写第一部《惶惑》、1945 年写第二部《偷生》到 1947~1949 年写第三部《饥荒》，历经 6 年的精心磨炼，才成就了《四世同堂》文学经典。老舍说过："就我个人而言，我自己非常喜欢这部小说，因为它是我从事写作以来最长的，可能也是最好的一本书。"③

文学经典的生成必须有广泛的阅读接受，必须具备跨时代被接受的品质。老舍这三部文学经典从问世以来，一直具有超越时空的广泛的传播接受的品质，而且不断地形成时空的传播接受"热潮"。老舍的作品大都先在报刊上连载，继之出单行本，这三部文学经典与其他作品相比较，高明处在于它们的版本多，流传广。《骆驼祥子》在《宇宙风》杂志连载后，1939~1941 年，上海人间书屋共出版 6 次，1941~1949 年，文化出版社共出版 11 次；新中国成立后不同出版社的版本有十余种。国外有日、朝、英、法、德、意、瑞士、西班牙、南斯拉夫、匈牙利、捷克、丹麦、瑞典、俄、拉脱维亚、哈萨克等文的译本，直到 2017 年，被马西娅·施马尔茨译成葡文，首次被译到巴西出版。《骆驼祥子》创造了广泛的时空传播接受之最，它的不同译文的出现，即带来了该地域、该民族的老舍"阅读热"和老舍"研究热"，这种文学现象最集中的表现是在日本、俄罗斯和西欧。以苏联、俄罗斯为例，《骆驼祥子》的各种译本就有十余种，由此带来了老舍研究"热潮"，据统计："1953 年至 80 年代末的 30 多年间，俄

---

① 老舍：《我怎样写〈骆驼祥子〉》，《老舍文集》第 15 卷，第 205 页。
② 老舍：《我怎样写〈骆驼祥子〉》，《老舍文集》第 15 卷，第 207 页。
③ 老舍：《致劳爱德》，舒济编《老舍书信集》，百花文艺出版社，1992，第 171 页。

罗斯共发表出版了老舍研究论文、论著约 120 篇（部）。"① 《四世同堂》也是如此，以它在日本的传播为例，从 1949 年至 1983 年就有日文译本 7 部，其中邻木择郎等于 1951～1952 年间翻译的《四世同堂》引起了强烈反响，成为畅销书。芦田孝昭译《四世同堂》（上），竹中伸、芦田孝昭译《四世同堂》（中），日下恒夫译《四世同堂》（下），也都是日译本名著。在日本，更出现《四世同堂》"研究热"，据不完全统计，仅 20 世纪五六十年代就有 14 篇评论文章。此外，《四世同堂》还有德译版、英译版等。

《四世同堂》在国内的传播"热潮"是循序渐进的，且直到当下还出现新的热浪，形成一种独特的文化现象。《四世同堂》的第一部《惶惑》初载于 1944 年 11 月 10 日至 1945 年 9 月 2 日重庆《扫荡报》，1946 年 1 月由上海良友图书公司出版单行本；第二部《偷生》初载于 1945 年 5 月 1 日至 12 月 15 日重庆《世界日报》"明珠"副刊，1946 年 11 月由晨光出版公司分上、下册出版。第三部《饥荒》只在 1950 年 5 月至 1951 年 1 月《小说》月刊连载了前 20 段，即因故中止。在特殊年代作者手稿丢失，此书遂成残璧。1981 年，马小弥根据浦爱德翻译、美国哈考特·布拉斯出版社 1951 年出版的《四世同堂》节译本《黄色风暴》，转译了该书的最后 13 段，补足了作家原设计的全书的 100 段。马小弥转译的 13 段中文稿，载《十月》杂志 1982 年第 2 期。之后，大陆流行的《四世同堂》主要版本，后面的 13 段都是马小弥所译。近年来，上海译文出版社的赵武平在哈佛大学的艾达·普鲁伊特的档案里，发现了《黄色风暴》之前的英文手稿本，这个手稿本比《四世同堂》的 100 段的版本多出了整整 3 段，这就使《饥荒》在 20 段后有了 16 段，全书成为 103 段。这部分与马小弥转译本不同的内容，经由赵武平的转译，发表于 2017 年第 1 期《收获》杂志。同年 8 月，上海东方出版中心出版了《四世同堂》的完整版（103 段）。接着又有天津人民出版社果麦版的《四世同堂》完整版 104 段；2018 年 6 月，人民文学出版社出版了《四世同堂》完整版（103 段）。这就形成了文学经典传播的独特的文化现象：各种文学版本均以"完整"和后 16 段的翻译出色而竞放光彩，从而使得学界对《四世同堂》文学版本的研究还将继续下去。

---

① 宋绍香：《中国新文学 20 世纪域外传播与研究》，学苑出版社，2012。

老舍文学经典不仅在纸制版本的广泛传播上显示其经典品格，而且在戏剧影视改编、演出上，更能凸显它们的经典品格。老舍作品被改编成电影、电视剧的就有二十多部（从 1950 年的电影《我这一辈子》至 2016 年的电影《不成问题的问题》，据不完全统计有 21 部，不包括小说改编的话剧），在现代作家中，他的文学经典被改编成戏剧影视的数量最多，且精品、经典纷呈。《骆驼祥子》改编成戏剧影视的有：（1）话剧《骆驼祥子》，1957 年 7 月，梅阡改编同名五幕六场话剧，成为北京人民艺术剧院的经典话剧（主要演员：舒绣文、李翔、英若诚、于是之等），从剧本发表至 1958 年 3 月不到一年的时间，梅阡说它已演出 100 场以上；（2）电影《骆驼祥子》，1982 年 9 月，由凌子风编导，北京电影制片厂摄制同名电影，成为电影经典；（3）京剧《骆驼祥子》，1999 年 1 月，江苏京剧院上演；（4）电视连续剧《骆驼祥子》，李翔改编，1999 年 2 月播出；（5）北京曲剧《骆驼祥子》，2011 年上演；（6）歌剧《骆驼祥子》，2014 年 5 月，国家大剧院首演；（7）广播剧《骆驼祥子》，香港版，共 5 集。一部文学经典产生出这么多的经典的剧种剧目电影电视作品，是少见的文化艺术现象。电影《四世同堂》，1985 年，林汝为导演；电视剧《四世同堂》，2009 年，汪俊导演；这两部也成了影视剧经典。

如果说《骆驼祥子》《四世同堂》在广泛的多姿多彩的戏剧影视改编上创造了经典品格，凸显其经典特征，那么《茶馆》则在广泛的跨越时空的经久出新的演出中，创造出奇迹般的经典品格，彰显其经典特征。1958 年 3 月 29 日，北京人民艺术剧院演出第一场《茶馆》，焦菊隐、夏淳导演，于是之、郑榕、黄宗洛、蓝天野、英若诚等著名表演艺术家演出，立即产生轰动效应。之后常演常新，经久不衰，精彩纷呈，创造了北京人艺的演剧经典。总导演焦菊隐把苏联斯坦尼斯拉夫斯基演剧体系和中国戏曲艺术相结合，为中国话剧民族化作了有益探索，进而形成了北京人艺演剧学派。而北京人艺一代卓越的导演和表演艺术家，对确立《茶馆》的当代"经典"地位起到了重要作用。到了 1992 年 7 月 16 日，北京人艺的第一版本结束了第 374 场的演出。1999 年，由林兆华执导，梁冠华、杨立新、濮存昕等演出的《茶馆》第二个版本上演，至 2018 年 6 月 17 日演出了 336 场，这样《茶馆》上演 60 年，计 700 场，而且每一轮上演都引起了全城轰动，造成一票难求的场面，成为一种文化现象。由这种文化现象，又派生出另一种形式的演出方式：2017年11月，由李六乙导演，四川人艺演出的四川方言版的《茶馆》上演；2017年7月21日，导演王翀将19世纪的"茶馆"搬到了21世纪的校园里，在北京师范大学第二附属中学演出了"残酷校园"版《茶馆2.0》；2018年由中国出版集团数字传媒有限公司制作出品广播剧《茶馆》，高度还原了老舍作品精髓，填补了《茶馆》在听觉艺术领域的空白；2018年10月18～21日，在乌镇戏剧节上演了由孟京辉执导、文章领衔主演的中德合作剧《茶馆》，此版全新的舞台剧是站在当代角度，用整个人类的视角观察周遭，将当下融于传统进行再创造，打造一场抽象现实主义的时空碰撞；此戏在乌镇首演后，又开启了德国、法国、北美洲等世界各地巡回演出。根据舞台演出搬上银幕的电影《茶馆》也成了电影经典。作为文学经典《茶馆》在国内不断地创造奇迹，而到国外的演出传播更展现了中华民族的文化艺术光辉，显示了它的更加灿烂的经典品格。1980年，《茶馆》赴联邦德国、法国、瑞士进行了为期50天、巡回15个城市的访问演出，掀起了欧洲"《茶馆》热"，被誉为"东方舞台上的奇迹"。这是新中国话剧第一次走出国门，也是新时期中外文化交流史上的盛事。1983年，《茶馆》在日本演出，创造了继20世纪50年代和70年代"老舍热"而掀起的第三次"老舍热"。2016年，北京人艺赴加拿大演出《茶馆》，创造了加拿大的"老舍热"。总之，老舍的文学经典是跨时代的、跨地域的、国际化的，永远闪耀着思想艺术光辉。

三 老舍文学经典的当代意义

从上述经典作家老舍的经典化历程可以看到他是追随时代的，是随着时代的发展而进入文学史的经典定位的。从上述老舍文学经典生成的实质上的创新性和无限的感染力看，他是属于民族的文化伦理型的经典作家。他既从伦理范畴反映人伦关系以及维持人伦关系所必须遵循的规则，又以道德目光审视社会上的生命，以道德标准考量人性、人伦，进而调节人与人、人与自然之间关系的行为规范。我们从老舍作品尤其是经典作品中，总能受到伦理力量的感化，伦理力量成为老舍文学经典的最终的具有决定性的感化力量。老舍作品始终都有"善"者形象的存在，以"善"者形象感化人。以女性形象为例，初期《老张的哲学》中李静为救叔父而嫁给老张，后被人救出，最终抑郁而死，是个守爱情、讲人伦的"善"者形象；《月牙儿》中的女儿为生活所迫也为养活年迈的母亲而卖身；《骆驼祥子》中的小福子，有着为父亲和弟弟们的温饱生活而献身的精神。老舍不是把这些妓女形象作为有违人伦道德的化身，而是把她们作为为父母家庭献身的"善"者形象塑造的。到了《四世同堂》中的韵梅，她不仅是贤妻良母形象，而且在民族危亡、战争灾难中，凭着坚忍的精神维持着"四世同堂"全家人的生活，帮助丈夫保持着一家人的清白，是一位伦理化、道德化、民族化的"善"者形象。即使像虎妞，也有"善"待祥子的一面。至于《四世同堂》中的几位老太太，她们身上或许存在这样那样的国民精神弱点，但她们对家庭子孙以及对街坊邻里的"善"，也都为人们所喜爱。在老舍伦理化的审视中，善与恶的对立，总能让人感悟到"善"能净化社会风气，人们能够从社会的善者、良者身上得到伦理道德的完善；而"恶"则是滋生社会腐败的细菌，从而引起人们对"恶"者的憎恨，消除滋生"恶"者的细菌土壤，这同样能起到道德完善的感化作用。当然，老舍文学作品尤其是文学经典作品中对"善"与"恶"的伦理化、形象化的描绘，对人性的揭示、考量，又是多元的、丰富的、复杂的，就是在那些为作家所张扬、同情的"善"者形象身上，也有着人性丑恶的一面，而人性丑恶的一面，恰恰是人类社会的通病，老舍对这一人类社会通病的批判，往往是以对"国民性"的揭示与反思来实现的，这又使老舍文学经典具有非常重要的普遍性价值。

老舍以伦理目光审视社会上的生命，以道德标准考量人性、人伦，又使他的文学经典具有传承中国优秀传统文化的功能。老舍对待中国传统文化既不是全盘颂扬也不是全盘否定，而是批判地继承。他继承的是优秀的中国传统文化，批判的是中国传统文化中的劣性的东西。作为优秀中国传统文化的核心价值观是爱国主义、民族精神，而爱国主义、民族精神则是贯穿老舍一生创作的思想情感主线。爱国情感在创作于国外的《二马》中表现尤为强烈，老舍回国后，20世纪30年代创作的小说大都以暴露、批判现实为主调，但在暴露、批判中蕴含着忧国忧民的爱国情感、民族精神。到了40年代的《四世同堂》爱国主义情感、民族精神的主题发展到了高峰。中国传统文化中的"天下兴亡，匹夫有责""杀身成仁，舍生取义"的爱国主义和献身精神，在钱默吟身上得以充分展示，而在祁瑞宣身上，则让我们看到了抗战时期的知识分子家国情怀发展的心路历程。作品通过全面抗战时期亡城北平中的各色人物的人生、人性、人情的描绘，让人看到"小羊圈胡同"乃至整个北平城里的爱国主义的正气始终成为压倒汉奸们卖国行为的试金石，正义、和平、爱国、民族复兴，成为中国人民共同的理想追求。《茶馆》的爱国主义思想情感蕴藏在"埋葬旧时代"的主题表达之中，剧本最后的舞台展示：三个老头走完了他们的人生路，撒纸钱以祭奠自己，各自发出了悲愤的倾诉。王利发一辈子没忘记改良，只盼着"孩子们有出息，冻不着，饿不着，没灾没病！""我可没作过缺德的事，伤天害理的事，为什么就不叫我活着呢？我得罪了谁？"秦仲义办民族工业，为国家做好事，可到最后他的工厂被腐败的政府给拆了，所以他悲愤地说："有钱哪，就该吃喝嫖赌，胡作非为，可千万别干好事！"常四爷说："我盼哪，盼哪，只盼国家像个样儿，不受外国人欺侮。"可他迎来的是国家越来越不像个样儿，外国人在中国横行霸道，人民群众爱国有罪，学生爱国运动受到镇压，"我爱咱们的国呀，可是谁爱我呢？"[①] 这些爱国主义的思想情感是很能教育人、感化人的。

王利发、秦仲义、常四爷三位老人的人生悲叹，爱国情感的倾诉，也深深地带有老舍自身"爱国"心路发展的特点。老舍在《我们在世界上抬起了头》一文中，写出了他的"爱国"心路历程，特别真诚。他说：在小学读书的时候，"我已经会说'爱国'两个字"，可那时国旗上画着一条张牙舞爪的龙，国旗上的"龙"与皇帝本是一体的，那时候的爱国前面还有忠君二字，所以他讲那时候会说"爱国"两个字，就"有些不大自然"，不懂得"龙"和皇帝为什么代表中国。到了民国，五色旗代替了龙旗，爱国上面已不必加"忠君"，感到轻松些了，"爱国心也就更大了"。可是军阀混战，各处都有土皇帝，"使我莫名其妙，不知道到底哪里才是中国"。到了蒋介石当权，"我几乎没法爱国了，因为爱国就有罪"。老舍到过欧美各国，"一出国，我才明白中国为什么可爱"，尽管他在国外明白了"中国与中国人的伟大"，"我却抬不起头来"，无论在纽约、伦敦还是罗马，"我都得低头走路"，因为人家看不起中国人。新中国成立后，不一样了，"到哪里都可抬头走路了"，他怀着满腔的爱国热情，呼喊"爱我们的国家吧，这国家值得爱！"[②] 老舍这种

---

① 老舍：《茶馆》，《老舍文集》第 11 卷，人民文学出版社，1987，第 421 页。
② 老舍：《我们在世界上抬起了头》，《人民日报》1951 年 3 月 13 日。

真诚的爱国主义的心路历程,王利发、秦仲义、常四爷们也都经历过,常四爷深深感受过"爱国有罪"的灾难痛苦;秦仲义的"实业救国"被外国人的小手指头和国内的反动势力给打倒了。只不过他们没有盼到国家真的像个样儿,所以才发出他们内心的悲愤感喟。

老舍文学经典不仅前有传承,传承中国文化传统,而且后有影响,影响了当代文学创作。他以写老北京的市井人生、民俗风情、世间百态,开创了现代京味小说,影响了新时期的京味小说家,像邓友梅、刘心武、陈建功等继承了老舍经典小说的传统和风格,促成了新时期京味小说的发展。在话剧创作上,比如《茶馆》以其经典性的散点透视的"人物展览式"结构,开了中国话剧文学的先河,对《小井胡同》《天下第一楼》等后世名剧有着明显的影响。老舍文学经典不仅在文学内部的艺术经典性上影响了后世作品,而且在戏剧影视的改编传播上,促成了老舍诸多作品向着经典化方面增容、扩展。长篇小说《离婚》《猫城记》以及中篇《月牙儿》《我这一辈子》《微神》等,已经有了不同版本的戏剧、电影、电视剧,像《离婚》有:1992年,王好为导演,赵有亮、丁嘉莉、李丁、陈小艺主演的同名电影;1998年,马军骧导演,葛优、陶红等主演的同名电视剧;2007年,根据《离婚》改编的电影《纳妾》,马军骧导演,葛优、陶红、傅彪等主演。1950年石挥导演、主演的电影《我这一辈子》,早已成为电影经典和导演、表演艺术家的表演艺术经典;2001年,又有了张国立导演、主演的电视剧《我这一辈子》。《月牙儿》既有电影《月牙儿》(1986),又有电视剧《月牙儿》(1986)、《月牙儿与阳光》(2006)。以上这些影视艺术作品,全都得力于老舍的原著,但它们的广泛传播,又对老舍作品的经典建构的扩展起到了重要作用。像这样的老舍作品的戏剧影视改编与老舍作品经典建构的互动关系,近年来又出现了"热潮",据我所知的就有:2011年版和2013年版的一直演下来产生轰动效应的话剧《老舍五则》,改编自老舍5篇小说《柳家大院》《也是三角》《断魂枪》《上任》《兔》。电影《不成问题的问题》(根据老舍1943年的同名小说改编),由梅峰编剧并执导,在国内上映并引起轰动,在2016年11月3日第29届东京国际电影节上获最佳艺术贡献奖。近年来,由方旭执导并主演的话剧(全男班演员)《我这一辈子》(1人演)、《猫城记》(2人演)、《离婚》(3人演)、《二马》(5人演)、《老舍赶集》(由老舍4篇短篇小说、2

篇幽默小说改编，6人演），在北京、上海、重庆、沈阳等地演出，反响空前。由老舍小说不断地被改编与演出而出现的"热潮"，以及被改编的话剧不断地向短篇小说、幽默小品扩展，也带来了老舍作品经典建构的扩展，这些作品能否成为经典，还将经过长时期的检验，但它们围绕在《骆驼祥子》《四世同堂》《茶馆》三部文学经典的周围，像群星围绕北斗那样，一齐放射出璀璨夺目的光彩。

旧事重提：也谈《家》在民国时期的接受与传播

宋剑华　暨南大学中文系

探讨巴金小说《家》的经典化过程，其首要条件就是必须回归历史原场，去考察它在民国时期的传播途径与接受情况，这样我们才能建立起一种思维缜密的逻辑关系。如果缺乏历史资料的有力佐证，《家》的经典性也是难以确立的。故学界在这方面做了大量的工作，并呈现了许多值得称道的研究成果，比如辜也平的《读者接受与巴金研究的新视角》、吴福辉的《〈家〉初刊为何险遭腰斩》、杨天舒的《巴金小说的接受研究（1929~1949）》、刘福泉与王宏力的《在接受中走向经典——巴金〈家〉的接受史研究》等，都从不同的角度切入，得出了他们自己的判断和结论，这是一项令人敬佩的艰巨工作。而在民国期间，谈及《家》的文章数量众多，分别代表着不同的社会阶层；由于研究者的价值取向以及视野局限，关于《家》的接受史研究，也就难免"挂一漏万"，有失客观了。比如，《家》在《时报》连载时为什么会被"中断"？《家》在读者心目中究竟是怎样的一部作品？改编对于《家》的经典化都产生了哪些影响？这些像谜一般的历史疑问，每一个研究者都想搞清楚，却又没有办法说清楚。为此，我先后从民国时期的报纸杂志上，收集了300多篇评论《家》的文章，并通过归纳总结、认真分析，尽量去还原《家》在民国时期的接受真相。

一　《家》被《时报》中断连载的原因探秘

巴金在谈到《家》的成因时，曾说过这样一段话："写《家》的念头在我的脑子里孕育了三年。后来得到一个机会我便写下了它的头两章，以后又接着写下去。"① 巴金说虽然《家》的酝酿时间很长，但他一直都没有动笔；是因为一个偶然的"机会"，才促成了他把《家》从想法变成了现实。而这个"机会"，正是《时报》副刊的约稿。以市民阶层为阅读对象的《时报》副刊，为什么会向以青年学生为阅读对象的巴金约稿？学界历来都这样认为：自《灭亡》问世以后，巴金在青年中的名声大噪，《时报》希望借助巴金的声誉，以提升自己的社会知名度。其实，这种说法根本就站不住脚。

众所周知，《时报》创刊于 1904 年，是享誉上海滩的三大报纸之一（其他两家分别是《申报》和《新闻报》），在市民阶层中具有很高的社会影响力。《时报》当时并没有副刊，1906 年包天笑应聘为编辑后，便专辟一栏取名"余兴"，刊发新闻政论以外的趣味文章。受其影响，《申报》也开办了"自由谈"，《新闻报》也开办了"快活林"，于是报纸办副刊的风气也在全国各地迅速蔓延。报纸办副刊的主要目的是吸引读者，提高发行量；由于报纸的读者多为市民阶层，故副刊的消闲性和趣味性就显得格外重要。《时报》是办副刊的先驱者，它对市民趣味了如指掌，曾邀请了一大批通俗作家加盟，把副刊办得风生水起、人人爱看。到了 20 世纪二三十年代，周瘦鹃、张恨水等"鸳鸯蝴蝶派"作家纷纷介入报纸副刊，使通俗文学与庸俗文化之风越刮越盛，几乎达到了登峰造极的地步。正如郑振铎批评《新闻报》副刊"快活林"时所指出的那样，"怪胎闹鬼之事，时见记载；最无根据的剑客侠士的消息，也常有详尽的报告。此外，中医的神效，西人的怪事，以及五六十年前笔记中所常有的神怪记载，也无不应有尽有。……附张的罪状，言之不尽"②。《时报》当然也未能脱俗。时任总主笔吴霜是位有识之士，他看到了报纸副刊的种种弊端，故痛下决心、立志改革，这才给了巴金一个完成《家》的"机会"。作为巴金与《时报》结缘的牵线人，斐予在其《巴金的〈家〉》一文中，详细地谈到了这段历史：

> 正在这时期，上海《时报》馆的总主笔吴霜——海上重来客——，他鉴于全国日报上所刊的长篇小说，完全由章回作家分别担任，其意识

---

① 巴金：《关于〈家〉（十版代序）》，《巴金全集》第 1 卷，人民文学出版社，1986，第 442 页。
② 郑振铎：《评上海各日报的编辑法》，《文学周报》第 8 卷第 13 期（1929 年 3 月 24 日）。

不免稍差，而站在读者的立场上看来，得到的实义，自极低微；故他决意要换一换空气，便到处与朋友谈及，委托代征新作家的文章。……

《时报》馆吴霜的改变主张，不是标新立异，而要创始各大日报的长篇小说，以新文学为主脑罢了，（为了便利说明起见，这里只得姑分新旧。）而且当时新文学只限于杂志，杂志的销路总比报纸少，以推动新文学的意义和使命来讲，其任务是相当艰重而收效也相当宏伟的。吴霜起先就拟定了两位作家，（一）沈从文，（二）巴金。

那时从文已去北平编《晨报》副刊，巴金恰好住在上海吕班路。从文早先住过的俄国菜馆的一间像电梯似的小屋子，却临时租于南京《创作》月刊编辑汪漫铎。就在这小小的地方，我替吴霜把意思说明白后，巴金便推一推他鼻上的白眼镜，很奇怪地问：

"真的？那让我考虑一下子吧！"

"文字发表的地方，也有什么考虑？……"给三四个人怂恿，他无可如何地笑着，并没有答应。其后，说过也就走向楼下吃酒去了。

……大约经过两个星期，在闸北世界语学会又碰见了巴金。这次他告诉我：《时报》馆的主编既然殷勤征稿，自然很好，但每天写多少字？每天登多少字？能不能偶然中断？每千字多少稿费？

我一一给了他满意的答复。约定再过三天他把稿子送我转去。……果然，两天之后，他托桂先生带给我一个厚厚的信封，拆开一看，是那样细密的钢笔蓝墨水字，涂改的地方很少，不像从文那样东一勾西一抹的改之又改、修之又修。但文字的流利畅通，对话的切合身份，与第一章描写两兄弟在大雪天上学的那段文章，真令人看了温暖愉快，流出心灵深处的爱之眼泪。第二章后，他又在旅行途中随写随寄，随寄随发表。

这就是登在时报上的《激流》，不曾冠上"家"字。等到《激流》连刊了将近一年的辰光，版权给开明书店拿了去，出版专册的时候，才以"家"字印了上去。好像当初《时报》的稿费，每千字四块钱，而开明书店出版《家》时，巴金本人，只拿得了六本赠书。……[1]

---

[1] 斐予：《巴金的〈家〉》，《上海半月刊》1943 年第 57、58 期。

斐予向我们传达了三个重要信息：首先，吴霜是想打破报纸副刊由"鸳鸯蝴蝶派"一统天下的低俗局面，借机向广大市民灌输新文学的现代意识，其主观愿望是好的，我们应该给予充分的肯定；其次，吴霜最早是想邀请沈从文为其撰文，但因沈从文北上才选择了巴金，如果沈从文没有北上的话，巴金的《家》何时能写出来还不一定呢；最后，《时报》是主动与巴金签约的，每期发一千余字，每千字四块大洋，一直到作品全部连载完。正是因为双方达成了一致，《激流》（《家》）从1931年4月18日起，便开始在《时报》副刊上连载。报社为了彰显对《激流》的重视，还特意配发了"编者的话"："本报今日起揭载/新文学巨子/巴金先生作/长篇小说《激流》/按日刊登一千余字/不至间断/阅者注意。"

然而令巴金没有想到的是，《激流》刊登到了第184期，即到了1931年11月底，《时报》违约停止了连载。巴金得知消息后，感到非常不满："'九·一八'沈阳事变后，报纸上发表小说的地位让给东北抗战的消息了。《激流》停刊了一个时期，报馆不曾通知我。后来在报纸上出现了别人的小说，我记得有林疑今的，还有沈从文的作品（例如《记胡也频》），不过都不长。我的小说一直没有消息，……果然在我决定匆匆收场，已经写到瑞珏死亡的时候，报馆送来了信函，埋怨我把小说写得太长，说是超过了原先讲定的字数。信里不曾说明要'腰斩'我的作品；但是用意十分明显。"① 后来巴金表示可以不要稿酬，《时报》才同意从1932年1月26日继续连载，且冠冕堂皇地向读者解释说："因为'九·一八'事变发生，多登国难新闻，没有地位续刊下去，空了近两个月，实在对不住读者和作者"，并为此表示深深的歉意。② 学界对于"国难"说和"太长"说，都给予了有力的驳斥。比如，吴福辉先生就认为，《时报》当时所提出的两条理由，实际上一条也不能成立："比如张恨水的《金粉世家》在北平的《世界日报》连载，从1927年2月14日到1932年5月22日，后期经历了从'九一八'到'一·二八'的全过程（与《激流》同年同月载毕）。以地理位置论，北平受'九一八'国难刺激应当更剧，但没有影响刊出。如举上海报纸连载张恨水长篇为例，曾因1930年连载《啼笑因缘》而获得

---

① 巴金：《关于〈激流〉》，《巴金全集》第20卷，人民文学出版社，1993，第676页。
② 《关于小说》，《时报》1932年1月24日，转引自龚明德《文事谈旧》，中国电影出版社，2000，第55页。

巨大利益的老牌《新闻报》，在1931年9月到1932年3月26日又连载了张恨水的《太平花》。此书在张恨水小说中并不出色，文学史地位更无法与《家》抗衡，可是《新闻报》从'九一八'到'一·二八'的时间内都不曾中断连载。这与同处于一地的《时报》形成鲜明对照。"至于说《激流》写得太长，那更是无稽之谈。"《激流》的长度是三十万字左右，从《激流》到《家》，后来曾经发生过一些修改，但都没影响到总的字数。这要与上面所举的张恨水三部小说来比，本不应该对长度构成问题。《金粉世家》是一百一十万字，《啼笑因缘》和《太平花》与《激流》都是一般长短"，可为什么编辑不嫌张恨水的作品长呢？吴福辉先生分析得非常精细，论述得很充分也很有说服力，但他最后得出的结论，我个人却并不太赞同。他说"一张商业性的报纸，之所以愿意连载小说，是要借文学的力量扩大它的销路"；一旦作品失去了对读者的吸引力，报纸发行量必然会随之大幅下降，言下之意这才是《时报》停载《激流》的根本原因。①吴福辉先生的说法，完全否定了《时报》主笔吴霜的一腔热情，这不但有失公允，也有违于历史事实。既然学界都认为，巴金的《激流》是精英文学，不适合市民读者的审美趣味；那么至多说明《时报》试图去推广新文学，并没有达到他们的预期目的，而不能说他们太功利了。我同样可以举出一个例子，斐予在他的文章中还告诉我们，"《时报》从'激流'停登的那一天起，就开始登了从文的《记胡也频》。文章相当受人注意，期间穿插着北大的风华，丁玲等等往还的罗曼蒂克"②。沈从文与巴金同样为精英作家，可为什么编辑不仅没有停载《记胡也频》，相反还表示"拟于下月起设法地位，每天多刊数百字，以副爱读者君雅意"③？停载巴金的《激流》而给沈从文的《记胡也频》增加版面，这恰恰从一个侧面衬托出了《激流》受冷落的真实原因——读者觉得不好看，编辑感到很无奈，巴金本人更尴尬。现在学界有许多人盲目地相信，《家》自从开明书店初版，就一直在社会上大受欢迎，实际情况却并非如此。开明书店初版本不给巴金稿费，巴金本人无疑是认同的，因为他们当时都预料到了这本书不会畅

---

① 吴福辉：《〈家〉初刊为何险遭腰斩》，《书城》2008年第2期。
② 斐予：《巴金的〈家〉》，《上海半月刊》1943年第57、58期。
③ 《编者按语》，载《时报》1931年10月15日，转引自陈思广《审美之维：中国现代经典长篇小说接受史论》，四川大学出版社，2012，第87页。

销,故只印了一两千册。即便是到了1937年开明书店印了十版,每一版也就两千册左右,又何来"热销"一说呢?由《激流》到《家》并被读者逐渐接受,那是一个经过作者不断修改的漫长过程。

我们绝不能把《时报》停载《激流》,简单地视为一种办报人的媚俗行为,这种传统士大夫"上智下愚"的陈腐思想,在当前学界仍根深蒂固、不可动摇。读者拒绝接受《激流》,这是《时报》与巴金都没有想到的一个结果。吴霜原本希望借助《激流》扩大新文学在大众读者群体中的社会影响,而巴金也想借助《时报》使自己的作品获得更多的市场占有量。可是大众读者的漠视态度,却彻底打破了他们的良好愿望。对于巴金而言,没有大众读者他还有青年读者,但对于《时报》而言,失去了大众读者报社就得关门。故追根溯源,《时报》停载《激流》,问题恐怕不是在于编辑的态度转变,而是在于《激流》这部作品本身。综合当时社会对于《激流》的各种反映,《时报》停止连载的理由无非有二。

其一,《时报》版的《激流》故事结构过于松散,情节缺乏吸引力,大段抒情式的独白,很不适合报纸连载。众所周知,巴金是一位思想性作家,他擅长以激情叙事,表达自己的思想观念,讲故事则明显不是他的专长。而这一点,在《激流》中表现得尤为突出。当时就有读者认为,"在巴金的作品中,结构松散是美中不足的一点"①。后来徐中玉在《评巴金的家春秋》一文里,虽然充分肯定了《家》的反封建创作主题,但是他同样指出《家》的故事叙事,节奏缓慢且主线不突出,甚至一些不必要的情节穿插,还大大冲淡了"大家庭"的罪恶。故他毫不客气地指出,巴金"在《家》里用了五章五十多页的篇幅来描述的一次军阀的混战,像他这样的描写,这件事情对于这个大家庭,有什么必要的关系呢?"②徐中玉说得切中要害,本来故事叙述到了过年,梅表姐已经出现,鸣凤的悲剧也露出了端倪,情节正在一步一步地走向高潮,然而作者突然插进了两万多字的军阀混战,完全打乱了读者的阅读思维。由于报纸每天只登一千余字,这就意味着大众读者必须耐着性子看上二十多天,才能够回到前面的故事情节。其实在第二十章"围城"以前,《激流》故事叙事的散漫性就已经很严重了,比如

---

① 陶愚川:《巴金论》,《大夏周报》1933年第9卷第29期。
② 徐中玉:《评巴金的家春秋》,《时代中国》1942年第6卷第2期。

第十三章仅高家青年一辈的划拳行令就要连载两天，第十八章高府里的"耍龙灯"也要连载四天，第十九章觉慧等在湖中划船游玩更是要连载七天。出现这种情况，显然与巴金的精力不集中有关。因为《激流》还在连载时，巴金却率先完成了《雾》和《新生》（第一稿），这样自然会影响到《激流》思路的连续性，所以情节拖沓也就不可避免了。再加上这些场面描写不具有"故事性"，难免会使大众读者产生厌倦心理。相比之下，张恨水的小说跌宕起伏、丝丝入扣，每天都能留给读者一个悬念，令他们欲罢不能，这才是报纸连载小说的巨大魅力。

其二，《时报》版的《激流》主题鲜明但题材陈旧，无论是恋爱自由还是离家出走，都是因袭五四新文学的传统套路，让人读起来缺乏新奇感。在大众读者的眼中，与其说《激流》是反封建叙事，还不如说它是爱情叙事，觉慧、觉民与琴之间，觉民、剑云与琴之间，觉新与瑞珏、梅之间，无非就是一种小资情调的三角恋爱。比如有读者就曾批评道：

> 现在据说巴金作品的畅销，其原因也正相同于张恨水。不过，巴金比张恨水是更进步了的新鸳鸯蝴蝶派。张恨水只能很浅薄地写国内新旧军阀的穷奢极侈，男女学生的浪漫败检，以及善良百姓的痛苦无从告诉。而不如巴金那样更能抓住青年读者的核心，以五四以来的伟大的人民运动为背景来写青年男女们在这个时代里的苦闷与跳跃，这样的更切合于青年读者环境的文学，是他能代替张恨水而更能获得广大读者的不二法门。①

这段话很有意思，论者把巴金和张恨水放到了一起，认为他们同属于"鸳鸯蝴蝶派"；只不过巴金要比张恨水聪明得多，他以五四新文化运动为背景去描写男欢女爱，所以才会取代张恨水成为"新鸳鸯蝴蝶派"的领军人物。将《激流》视为"新鸳鸯蝴蝶派"小说，我们姑且不论这种说法是否荒谬，但《激流》"故事中表哥与表妹、少爷与丫环的恋情跟当时正流行的海派小说中城市男女的悲欢与张恨水式的社会言情相比过于古典，已不够新鲜和刺激"②。伴随着小说《家》的逐渐畅销，后来又有人觉得用

---

① 大风：《张恨水、巴金被骂记》，《海星》1946年第25期。
② 杨天舒：《巴金小说的接受研究（1929~1949）》，《中国文学研究》2004年第4期。

"新鸳鸯蝴蝶派"还不足以概括巴金小说的思想内涵,于是干脆直接称其为"旧才子佳人的小说",且认为它仅学得了中国古典言情小说的皮毛,而未学得其真正的精髓。① 值得注意的是,大众读者一旦把《激流》等同于言情小说,那么它的艺术欣赏价值便远不像"鸳派"作品那样,符合大众读者的消闲口味,这应是《激流》连载受阻的另一原因。

通过上述分析我们不难看出,文学生产取决于读者市场,如果大众读者拒绝接受,那么再好的文学作品,也不能发挥其社会作用,更不要谈什么思想启蒙了。不过《时报》停载《激流》,对于巴金来说确是一件好事——直接推动了巴金对《家》的八次大修改。在谈到为什么要修改《家》时,巴金曾直言不讳地说:"无论如何,修改一次总比不修改好,至少可以减少一些毛病。"② 现在,我们终于可以解开一个"谜"了——"全集本"之所以要对《时报》本进行大幅度的修改和删节,其实正是巴金为了尽量减少《家》的"一些毛病",所做的一种事后补偿;故经过删改并成为经典的《家》,其结构布局更趋紧凑合理,而故事主线也更加突出了。这是一个众所周知的客观事实。

二 对《家》的早期社会反响的全面考察

1933年5月,《激流》由开明书店出版,并被重新冠名为《家》,"激流"便成为一个总称。截至1941年,开明书店一共印刷了十八版,故当时有人推测说,《家》"在全国拥有百余万青年读者"③。这个推算不免有些夸张。因为每版只印两千册左右,十八版最多不过四万册,一册有二十五人阅读,这是不大可能的事情。即便是信息技术高度发达的今天,官方所统计的数字也表明,人均年阅读纸质版图书也不过4.6本④,难道民国时期人们都去集中读《家》了吗?我个人对此存有疑问。

开明书店吸取了《激流》连载失败的经验教训,为了引起读者的广泛注意,还专门发布了新书广告,叶圣陶也在由他主编的《中学生》杂志

---

① 铁工:《小论巴金》,《求是》1949年第2卷第1期。
② 巴金:《谈〈秋〉》,《收获》1958年第3期。
③ 默生:《巴金名著〈家〉搬上银幕》,《游艺画刊》1941年第2卷第10期。
④ 杨欣如:《速览》,《传媒评论》2015年第9期。

上,以显赫位置转载了这一广告。尽管如此,《家》在 1940 年以前,社会反响并不那么强烈,不仅大众读者反应冷淡,就连左翼文坛也都保持沉默。这无疑是一个非常有趣的历史现象。首先,鲁迅和茅盾两位文学巨匠,在向外国读者介绍巴金的创作时,只字不提《家》这部作品,而是重点推荐他的小说《将军》:"《将军》作者巴金是一个安那其主义者,可是近来他的作品渐少了安那其主义的色彩,而走向了 realism 了。他是青年学生——尤其是中学生所爱读的作家。他的作品有长篇小说《灭亡》,《雨》,短篇小说集《萌芽》等等七八种,《灭亡》是他的处女作。最近他的《灭亡》和《萌芽》都被禁止发卖,因为这两本书里都讽刺国民党。《将军》是他的近作,登在北平出版的《文学季刊》,一个自由主义的刊物,一九三四年一月出世。"① 可见在当时,鲁迅和茅盾并不看好《家》。其次,从 1933 年至 1949 年,文坛上先后出现过十数次的"巴金论",比如陶愚川的《巴金论》、之文的《巴金,安那其主义者》、吴穆的《从巴金说起》、夏一粟的《论巴金》、余生的《论巴金》、王传钟的《论巴金》、上风的《关于巴金》、铁工的《小论巴金》等,令人感到诧异的是,这些文章几乎都不提《家》,而关注点却在《灭亡》《新生》《死去的太阳》《雾》《雨》《电》等作品上。这也再次说明,《家》同样没有引起评论界的高度重视。

鲁迅与茅盾把巴金定位于"中学生所爱读的作家",这恐怕是当时文坛的一致共识。比如有人就曾调侃说,"巴金底读者,大都是中学以上的青年,至少也是个小布尔乔亚,或者是正从那一阶级跌落出来的"②。更甚者说巴金是女中学生的专属作家:"那还是很几年以前的事了,据说一个女子中学检查寝室的时候,在五百个学生的枕头底下发现了两百几十本巴金的书,这数目也许不免有点夸张,但巴金的作品特别为女学生群所爱读却差不多是公认的事实。……她们刚刚从阴暗的深闺踏出门来,几千年来多愁善感的传统还或多或少地存留给她们一些影响,如是巴金的热泪便正好一滴一滴地打动她们的心。"③ 现今的学界,基本上承袭了这一观点,比如有许多学者认为,巴金的《家》是"向青年读者定位",故使"他与青

---

① 鲁迅、茅盾:《〈将军〉作者简介》,《中国现代文艺资料丛刊》第五集,上海文艺出版社,1980,第 9 页。
② 朱际虞:《关于巴金》,《初阳文艺月刊》1937 年第 2 卷第 1 期。
③ 风展:《怎样读〈春〉》,《妇女生活》1940 年第 9 卷第 1 期。

年学生读者之间构筑了文学作品以外的另一座桥梁"①。但是,这又使我们必须面对两个问题:一是从五四时期起,新文学便被视为思想启蒙的工具利器,如果脱离了大众读者群体,启蒙还会有什么社会效应?二是《家》对民国青年的影响极大,"《开明》和《中学生》上留下的几乎都是正面的反响"②,可实际情况到底是如何呢?还需要我们研究者去做客观的分析。

我们仅以《中学生》杂志为例,就很能够说明青年学生对于《家》的"反响",未必全部是"正面"的;虽然杂志的编辑也会经常站出来为《家》进行申辩,可那只能代表他们自己的观点。根据我个人所掌握的资料来看,《中学生》杂志上客观存在着正反两方面的意见。我在这里举一个例子。1933 年《家》出版以后,《中学生》杂志为了配合《家》的出版发行,从 1934 年到 1935 年,连续两年以"家"为主题,征集中学生的作文。对《家》持"正面"态度者认为,《家》真实地反映了历史与现实:"时代的齿轮时刻在向前转着,陈旧的尸骸是要被遗蜕下来的;然而新社会一方面在形成时,旧社会的恶魔总是不愿轻易放弃他最后的挣扎,从巴金的《家》中,很鲜明而雄劲有力地叙述了出来。"③ 甚至还有学生模仿巴金的小说,用故事叙事的形象化方式,揭露自己家庭的黑暗与堕落,以及青年一代的不幸遭遇:

> 大门外两堆垃圾堆得高高的,一群红头苍蝇在奏乐竞飞。大门是半掩着,上面斑剥了的红底黑字"忠厚传家久、诗书继世长"黯淡无光。……还没有进那最后一重院子的月亮门,一阵打骂声便很残酷地透出来,原来又是继母在那里,像对待下人一样,折磨自己的弟弟。④

作者泣泪洒血,把自己的"家"描写得像一座人间地狱。在文章的结尾处,作者更是模仿着《家》中的觉慧,鼓励"弟弟"离家出走,去寻找自己的未来幸福。这种看法在当时的确具有一定的代表性,正如学生时代

---

① 杨天舒:《巴金小说的接受研究(1929~1949)》,《中国文学研究》2004 年第 4 期。
② 同上。
③ 董德:《家》,《中学生》1935 年第 57 期。
④ 徐盈:《家》,《中学生》1934 年第 46 期。

的季羡林,在《大公报》上撰文所说的那样:"家,谁能没有家呢?……人人都要有家,大部分人又有资产阶级的家。描写的不正是我们吗?在这里面,我们能发现个人的影子,其余的对我们也不生疏,因为,在家庭里,每日围绕着我们的就是这些影子。这大概是我们读起来觉得很亲切的原因罢。"① 然而,《中学生》杂志上的作文,并不都是如此,也有相当一部分文章,对于小说《家》所表达的"反家"倾向,感到有些困惑不解。比如有学生说:"总得有这么一个家,你的生活方可安定一些,也温暖一些。"如果没有了"家",我们又将皈依何处呢?他们甚至还讥讽道:"'匈奴未灭,何以家为!'这样好听的夸张的借口我不敢说也不好意思说。"② 还有一些中学生,干脆就以直抒胸臆的表达方式,去追忆"家"的温馨、怀念"家"的美好:

在一个山岭重重的乡村里,我有一个梦寐中至今还有我自己生活在其中的家。在那个家里,喝的酒,穿的鞋,吃的猪肉鸡肉,以及一切袜子,衣衫,蔬菜,豆腐,酱油,火腿,蛋糕,汤团,面,饼,小孩的帽子等等家用日常物品,没有一件不是由家人亲自辛苦经营的。③

正是因为有相当一部分中学生并不认同巴金对《家》之"罪恶"的激情描写,所以他们才会向其同类发出严正的警告:"我们不要上巴金先生的当,理想中的事实,是虚浮的,是构造的。我们只能在他的作品中捉摸他的意识,我们不能相信他的幻美的事实。……你若要你的路,你须以你的理智,来决定你的路。"④

我们再来看看读者和学界的不同"反响"。民国时期,读者参与作品评论的热情,要远远高于现在;并且他们的一些看法,往往还会影响到作家的创作倾向,以及评论界的声音。民国时期读者与学界对于《家》的评价,也呈现出正反两方面的意见。

对《家》持赞成态度者认为,"读了《家》,已是使我对于巴金先生倾佩,在这厚厚的一本书里,作者写出了大家庭崩溃的过程和新旧势力的

---

① 季羡林:《巴金著长篇小说〈家〉》,《大公报·文艺副刊》1933 年 9 月 11 日。
② 所北:《家》,《中学生》1935 年第 58 期。
③ 蔡慕晖:《家》,《中学生》1934 年第 50 期。
④ 扉深:《文坛上两位不同姿态的作家:巴金与张天翼》,《吴县教育》1936 年第 4 卷第 2 期。

冲突；在性格悬殊的祖孙两代里，把一切社会问题，正面地展开在我们眼前了；使我们对于这过渡时代有一种充分的理解；而人物的描写和选择，作者是具有特殊的功绩的。《家》告诉我们该'毅然地和旧势力奋斗到底！'是的，在这时代，我们正该奋斗到底啊！"① 还有读者说他之所以欣赏《家》，是因为巴金在这部作品里触及了青年人的心灵之痛，"我也算是一个大家庭里的人物，虽然因为时代的不同，没有像《家》里一样的情形，但是，这种一贯性的大家庭的罪恶和丑陋，却仍是存在着。我是怀着一颗怎样的同情的心读完了《家》"②。更有年轻读者看完了《家》，在那里热血沸腾地呐喊道："激流三部曲——《家》《春》《秋》——看过的吧？它暴露了封建家庭里被摧残吞噬的情形；它启示了唯有不妥协才有出路。……直到现在，中国青年，不知多少处在这样的'家'里，被老辈埋葬了幸福，同时又有多少在苦闷着啊！激流三部曲里喊出了青年为自己而抗争的呼声，愿听到这呼声从全世界每一个场合响应起来。"他们不仅情绪激昂，甚至还抱着感恩的心态，去向巴金致以崇高的敬意："无数青年由于这多产的青年作家的启示而跑上了征途，挣脱了枷锁，找到了追求光明和自由的路。"这既是《家》的胜利，更是巴金的胜利。③ 读者的反应，很快便感染了评论界，他们又从理论上深刻地阐述了《家》的现实意义。其中又以徐中玉的《评巴金家春秋》一文最具有代表性。该文长近万言，从四个大的方面总结《家》的成败得失。其一，《家》不是描写巴金个人家庭的"罪恶"，而是揭示了几千年来中国封建社会的"本质"："巴金先生用了他那汹涌的热情写下了这个'正在崩坏的资产阶级大家庭底全部悲欢离合的历史'，的确是真实的历史。他给我们展示了一幅五四以后一般青年反抗封建势力，反抗吃人礼教的鲜明动人的图画。这是一幅充满着血与泪、爱与恨、欢乐与受苦、有形的与无形的斗争底图画。"但封建家族制度是不甘心自行退出历史舞台的，它仍然要做"垂死的呼号，垂死的挣扎！"因此青年一代的奋起反抗，恰恰反映出了反封建的时代诉求。其二，《家》中以觉慧为代表的青年形象，都是经过五四洗礼的过渡性人物，"我们知道五四时代一般'叛逆'青年精神之根本的特点是天真和勇敢……他

---

① 东溟：《巴金及其作品》，《烽烟》1936 年第 3 期。
② 许寰：《巴金的〈家〉和〈春〉》，《众生》1938 年第 2 卷第 3 期。
③ 星星：《巴金和青年》，《联声》1940 年第 3 卷第 2 期。

们的优点是：热情、勇敢、大胆、不断地追求和反抗；他们的缺点就是：思想不深刻，观察不精细，对于真正应走的道路还很茫然"。巴金以高家三兄弟的不同性格与结局，向那些仍徘徊于封建家庭中的青年发出了强烈的警告，但并没有给他们指出未来的前途。其三，《家》中的女性描写是成功的，对于传统的女性如梅、瑞珏，巴金"充满着同情、悲愤与憎恨，使我们感到同样的激动"，且又哀叹她们的不幸遭遇。对于新女性琴而言，尽管她的全部的热情都用在了"恋爱自由"，但她毕竟是"这个大家庭里几个被压迫女子的唯一的安慰者和鼓励者"，同时她也明白要"把一切不平等归咎于不合理的社会制度"，这无疑是新女性自我解放的先决条件。其四，《家》在暴露"大家庭"的吃人罪恶方面是值得肯定的，但在阐释"大家庭"的崩溃原因方面用力不够，因为"决定着这个资产阶级大家庭的崩溃的命运的经济和社会环境两方面因素，在这三册书里并没有得到适当的足够的反映"——以小农经济为基础的乡土中国，正在被现代工业化文明所瓦解，由于巴金没有充分地意识到这一点，故"在他的认识和表现之间，还存在着一些距离"。文章最后总结说：《家》"在对于五四以后一般觉悟的小市民的知识青年对封建势力反抗的描写上，在对于当时一般的市民大家庭崩坏的描写上，虽然在根底上还存在着若干缺点，可是大体上却不能不承认是相当成功的"[①]。

对《家》持否定态度者，他们的看法主要有两点。首先，他们认为《家》所讲述的故事，缺乏鲜明的时代感，"《家》里的事情大体说来，已经是过去的事情了，高家的大家庭在今天已不多见，觉慧的行动已经是'旧货色'，而'到上海去'这一出路在今天已没有意义可讲了"[②]。而"高觉慧所表现的只是厌恶家庭所加给他的桎梏，此外，便一无所有，他最后的出走，是打破了家的桎梏，亦即完成了他的最高理想"[③]。如果"社会不改变，家庭是没有出路的，什么地方都是一样，谁也不该逃避"。他们甚至还断言："'觉慧的时代'是过去了！我们需要创造一个新的'觉慧'，他不逃避困难，在黑暗中奋斗下去。"[④] 尤其是"抗战以后，青年大

[①] 徐中玉：《评巴金的家春秋》，《时代中国》1942年第6卷第3期。
[②] 柳央：《〈家〉我的感想》，《联声》1941年第3卷第7、8期合刊。
[③] 上风：《关于巴金》，《作家》1942年第2卷第1期。
[④] 张诚：《看了〈家〉后》，《联声》1941年第3卷第7、8期合刊。

批流浪到内地,流离失所,八年中生活困苦异常,莫不思念家庭,反以家庭是温暖之所,这对于巴金也是一种莫大的悲哀,因为在《家》之内,巴金要读者反抗旧礼教,离开家去过一番新生活也"①。故他们不无挖苦地嘲讽说,"假如有人问巴金先生'家居何处?'他的回答是'天下即吾家'。他还向你解释:'家是束缚人类的自由的东西,它是人类自由发展的障碍,要它何用?我永远不需要家,人没有家是顶自由,随便到哪里去都不必担心,又没有累赘,够多么快乐呢?'"②这些否定性意见概括起来,就是认为《家》中所选择的父母包办婚姻、儿女盲从长辈意志等题材,"内容老套""观念陈旧",而青年人的反抗途径,也无非是"学潮、请愿、办刊物"和"离家出走"等教条说教。在他们看来,"旧社会的罪恶,真是家喻户晓,人人都能数它们的害处。再让我们看那些新思想呢?破除迷信吗?对,小学里的老师讲过了。婚姻自主吗?对,已经有恋爱对象了。……所以我们不但觉得《家》中所写旧社会的种种面目,都听得烂,背得熟,就是书中提倡的新思想,我们也可以随手拈一个项目,做一次长篇大论的演说,更不必作者来提示,来替我们表达了!"③ 其次,《家》在艺术上乏善可陈,许多人觉得《家》就是《红楼梦》的现代翻版,"赵景深教授曾说:'巴金的激流,全是模仿红楼梦写的',不错,但《红楼梦》深刻、动人,'激流'呢?故事的琐碎,中心人物又未能抓住,仅袭来了《红楼梦》的外貌,却未有《红楼梦》的深刻的表现技巧,为了求全一个有希望的作家,我们说:'激流是巴金的失败作,大约是不会过甚的'"④。有人通过比较《家》和《红楼梦》,还得出了这样的结论:

> 这是一部二十余万字的长篇小说,在今年暑假中出版的。在量上很可与茅盾的《子夜》媲美。但我在最近才花了三个晚间把它读毕。掩了书本,把疲酸了的眼帘合起,书中的人物便模模糊糊的在我的眼前蠕动:人道主义者觉慧,无抵抗主义者觉新,恋爱至上主义者觉民,为阶级和命运所牺牲的婢女鸣凤,……最后浮上我的脑层底,便

---

① 佛手:《巴金的声誉已失时》,《吉普》1946 年第 20 期。
② 之文:《巴金,安琪那主义者》,《微言》1934 年第 2 卷第 2 期。
③ 丁志进:《巴金的〈家〉》,《语林》1945 年第 1 卷第 5 期。
④ 贻徵:《从"激流"说起——巴金作品研究外篇》,《一中学生》1943 年创刊号。

是整个的《红楼梦》上的人物与事实；于是黛玉、宝钗、宝玉、凤姐的影子便代替了觉慧、觉新……的了。

这两部小说，无论从什么地方看都觉得很相似。如果有一点不同的话，那就是《红楼梦》是整个大家庭的解剖，里面丝毫看不见当时社会的影子。而在《家》的里面，则有些是在剥露统治社会的丑恶罢。但作者的笔锋太浅近了，太笨拙了：他尽力想在一个旧式大家庭的崩溃里刻上社会的影子，却越觉其模糊，而影响到他就是在解剖大家庭的现象这一点上，也没有《红楼梦》的成功，也没有《红楼梦》那样的真挚与自然。"心有余而力不足"，以作者空虚的想象，不从社会演化的历史上加以研究和观察，便想抓住大家庭崩溃的核心，这态度是不正确的。他给大众的力量是薄弱的。……到最后，要想写觉慧的出"家"，而苦于找不到有力的因子，便生吞活剥地处瑞珏于死，这一点尤觉得不自然。而且这又是受宝玉出家的暗示。①

所以，持否定态度者奉劝巴金，"勿要为读者所弃，爱惜个人的精力和时间"，多向鲁迅和茅盾等文学大师学习，"研究他们的成功所在，来充实自己"，机械地模仿，是没有出路的。②

民国时期对于《家》的看法，虽然褒贬不一，却没有主次之分，每个人都可以自由地发表自己的见解。不像我们现在，一部作品的优劣好坏，完全由批评家的审美标准来决定，根本就不管读者有什么样的切身感受。如果《家》的那些负面意见出现在当今社会，恐怕学界早已群起攻之、口诛笔伐了。可是为什么在 20 世纪三四十年代人们会相互容忍呢？这的确值得我们做深刻的反省。

三 《家》的改编对其传播的巨大影响

早在 20 世纪 30 年代，巴金就已经是蜚声文坛的著名作家了。当时有

---

① 闻国新：《家》，北平《晨报》副刊《学园》1933 年 11 月 7 日第 598 期，转引自李存光编《巴金研究资料（下）》，海峡文艺出版社，1985，第 544~545 页。
② 贻徵：《从"激流"说起——巴金作品研究外篇》，《一中学生》1943 年创刊号。

人断言:"自从鲁迅先生死后,中国文坛上的领袖便当推郭沫若和茅盾,次于他们二人的,就要算巴金了。"① 这真是一个非常准确的历史预判,我们现在编写的《中国现代文学史》,就是这样为巴金定位的。那么巴金在民国时期,究竟拥有多少读者呢?恐怕没有人能够说得清楚。但有人则信心满满地认为,"他的作品,已给每一个文艺爱好者读到,销行的区域,只要是邮便之处,以及出版物可能到达的地方,都曾经发现过,也为一般读者所习知了"②。不过有一点应该加以纠正,读者当时"所习知"的巴金作品,是《灭亡》、《死去的太阳》、《新生》和"爱情三部曲",而不是他的《家》;《家》的传播与影响,是始于 1940 年以后,即通过各种文艺形式的改编才得以实现的。也就是说大多数人是通过电影、话剧或连环画才知道了这部作品,而纸质版的小说《家》,却并没有产生广泛的社会影响。正如王易庵所感叹的那样,《家》"改编成话剧,天天卖满座,改摄成电影,连映七八十天",以至于这部作品风靡一时,"家弦户诵,男女老幼,谁人不知,哪个不晓"③。

1940 年,具有商业头脑的国联公司,以一千元大洋的酬金,从巴金那里获得了《家》的电影改编权,并组织了一个强大的演员阵容,在一年内拍摄完毕。电影《家》一经上映,立刻便轰动了上海滩,用当时报纸的话来讲,"不知道骚动多少万影迷"④。关于民国时期的电影《家》,我将另外撰文讨论;在这里,主要谈谈话剧《家》的两次改编。1940 年 9~12 月,《家》首先是由吴天执笔,改编成了五幕话剧,并从 1941 年初开始,在上海"辣斐"剧场公演了三个月,场次多达 174 场(也有人说是 176 场)。吴天的改编应该说是非常成功的,再加上众多著名演员的加盟,"上座始终不衰,打破话剧界未有之记录,感受到七万余观众的交口称赞"⑤。由于连续三个月的上演,"演员因体力不支而病倒者颇多,两位女台柱蓝阑夏霞亦在休息中……因之《家》的延期势不可能,非换新剧而调剂演员精神不可云"⑥。这既说明观众对于话剧《家》的喜爱程度,也说明演员演

---

① 《巴金到电影院去打瞌睡》,《青青电影》1939 年第 4 卷第 2 期。
② 刘玉声:《记巴金》,《春云》1937 年第 3 期。
③ 王易庵:《〈家·春·秋〉及其它》,《杂志》1942 年第 9 卷第 6 期。
④ 《巴金名著之一——〈春〉上银幕》,《三六九画报》1942 年第 16 卷第 1 期。
⑤ 默生:《巴金名著〈家〉搬上银幕》,《游艺画刊》1941 年第 2 卷第 10 期。
⑥ 《小动作》,《中国艺坛日报》1941 年第 23 期。

得更是十分卖力。1942年初，曹禺又在重庆再次把《家》改编成话剧，并于1943年公演，也连续上演了两个月，一共演出了67场，同样轰动了整个山城。实事求是地讲，"曹禺本"要比"吴天本"改得好看，可是"吴天本"的舞台效果却又比"曹禺本"好得多。对于这一点，当年的演剧人最有发言权，他们认为"曹禺的《家》的卖座不及吴天的盛，这也许是前者文艺气息太重"；"吴天的《家》一开场，观众对剧中人的关系立刻即明了，曹禺的《家》虽然多文艺的气息，诗意的台词，但不是一般观众能接受的"①。关于"吴天本"和"曹禺本"孰优孰劣，并不是我要讨论的主要话题；我只想通过两个话剧版本与原著之间的对比分析，求证话剧《家》到底对观众产生了什么样的思想影响。

"吴天本"也可以说是一个通俗本，人物众多、情节复杂、矛盾集中、场面热闹，几乎小说中的重要角色都被编排了一定的戏份，非常适合普通观众的审美要求。"吴天本"的改编思路就是要尊重小说原著，用他自己的话来说，"写作是个痛苦的过程，也是愉快的过程，但是对于改编《家》，前者的成分却更多一些。为了《家》的读者拥有千千万万，我不得不忠实原著，即虽在某些必要的部分加以更正，也得费着大大的考虑。这是改编工作不如'创作'痛快的地方"②。"吴天本"《家》的五幕设计，从除夕夜为高老太爷拜寿起，到后来高老太爷被气而亡，深刻地揭示了封建大家庭内部的激烈冲突："一方面是觉慧三弟兄年青的一代，另一面则是高老太爷以及其它许多家里的男男女女年老的一代。封建大家庭在血斗中已被摧毁，新时代的青年是已失去了他们的枷锁，如今他们已可以在自由自在的'家'中呼吸新鲜空气了。"③ 即使我们今天去读"吴天本"的《家》，有几个亮点仍然是值得称道的。首先，作者以觉慧和鸣凤的爱情为切入点，对原著内容做了高度的浓缩与整合，一改小说因过于诗意化而导致结构松散的毛病，使整个故事情节变得既紧凑又顺畅。比如他全部删去了"除夕"以前的十四章，把《新青年》《新潮》对于高家青年一代的思想影响、觉新与梅的不幸遭遇，以及冯乐山要讨鸣凤为姨太太等信息，全

---

① 谢其章：《黑暗年代的灿烂话剧》，载单维权、罗恩美主编《在中国话剧一百年的时候纪念文集》，中国戏剧出版社，2007，第176~177页。
② 吴天：《〈家〉编完后》，《小剧场》1941年第5期。
③ 吴天：《〈家〉本事》，《家》，上海光明书局，1941，第193~197页。

都穿插于不同人物的对话之中,令每一幕都高潮迭起、引人入胜。其次,作者把高老太爷和冯乐山这两个封建代表人物,从小说的幕后推向了话剧的台前,并重新为他们设计了一套新台词,从语言到形象都进行了彻底的"丑化"处理。比如描写冯乐山看上鸣凤那段,高老太爷恭维冯乐山,"乐翁主持孔教会,的确足以做中流之抗柱"。冯乐山则谦虚地回答道:"岂敢岂敢,也无非是聊表寸心,试行圣人之道,欲挽狂澜于既倒罢了!"紧接着,冯乐山又色眯眯地盯着鸣凤上下打量,话里有话地说上一句"较上次尤佳"。原著中的冯乐山,并没有真正露过面,读者对他的印象也不深;但"吴天本"不仅让其登场,还让他充分地表演,这当然有助于提升《家》的反封建意义。再者,鸣凤的悲剧,是"吴天本"暴露"大家庭"罪恶的重要环节,故作者给了鸣凤很大的戏份,像她与觉慧的爱情对话、投湖自杀前的大段独白,都与原著保持了高度的一致,只不过语言更加通俗、冲突更加集中。以鸣凤之死去激化全剧的各种矛盾,很能够获得广大观众的同情心,也极大地强化了《家》的悲剧气氛,这是"吴天本"的最大看点。因为超越身份界限去自由恋爱,早已被市民社会所广泛接受,所以"在鸣凤和觉慧最后分别的一场,可谓楚楚动人",满场观众,无不泪奔。① 这就是"吴天本"的艺术魅力。当然了,"吴天本"也自有它的不足之处,如过分强调忠实于原著,缺乏改编者的创新意识;人物编排得太多,势必会导致场面有些混乱。对此,《新民报》记者在看完演出以后,就曾毫不客气地批评说:"当高老太爷死的时候,观众竟有发出笑声的。起初我想观众的浅薄,后来,我感到剧本对悲剧气氛的处理也有一点问题……高老太爷将死,周围绕着一大群孩子,及至死,大家一拥而上,放声大哭。这里只有闹,没有声:自然也会发生喜剧效果,失去悲剧作用。"② "吴天本"令无数没有读过小说的普通观众,通过觉慧和鸣凤的爱情悲剧,不仅看到了封建"大家庭"的腐败与崩溃,更知道了巴金有部小说叫《家》,这对于扩大《家》的社会影响并推动其迅速地走向经典化,无疑起到了无可替代的巨大作用。

已经有了"吴天本",为什么曹禺还要再次改编《家》呢?他自己曾

---

① 《关于巴金的小说〈家〉被改编成剧本的几句话》,《新民报半月刊》1941 年第 3 卷第 6 期。

② 同上。

这样解释说:"巴金到我家来了,把吴天改编的《家》带来了。我看过,觉得它太'忠实'于原著了。我和巴金是多年的老朋友了,我心想应该由我来改编,不能说是他请我来改编,我也意识到这是朋友间油然而生的责任。"① 从曹禺的话中我们不难看出,他认为吴天只是"忠实"于原著,没有提炼出《家》的思想精髓,故他有责任重新改编,让社会对于《家》的反封建意义有一个更深刻的思想认识。因此"曹禺本"不同于"吴天本",作者"以觉新、瑞珏、梅小姐三个人物的关系作为剧本的主要线索……着重突出反抗封建婚姻这一方面,描写觉新、瑞珏、梅小姐这三个善良青年在婚姻上的不幸"②。"曹禺本"共分四幕,由于是以觉新、瑞珏和梅的感情纠葛为叙事主体,所以故事是从觉新和瑞珏成亲开始,又以瑞珏在城外难产而死告终,除了最后一幕是在钱太太的"旧屋内",其他场景多以"觉新卧室里"为主。曹禺不愧为编剧圣手,他所改编的《家》,故事情节更为集中,文字叙事也更加优美。比如第一幕是写觉慧和瑞珏的结婚场面,幕布刚一拉开,先让克安和克定的夫人上场,并通过她们二人的随意闲谈,把高家的各种矛盾都告诉了观众,使他们对后面的故事有所期待。比如是冯乐山促成了高家的婚事、觉新感到无比地绝望、觉慧为淑贞与五婶发生冲突、冯乐山要讨鸣凤作妾等细节,都是从这两个女人的口中——道出的。然后其他人物才纷纷登场,自然而然地展开故事情节。"曹禺本"围绕着觉新和瑞珏去讲故事,故作者给予他们两人的篇幅也最多;尤其是从生疏到亲密再到生离死别,赚足了观众们的同情眼泪。我个人总觉得"曹禺本"受郭沫若《屈原》的影响很大。1942年4月,《屈原》在重庆上演,引起了山城民众的热烈反响,"'上座之佳,空前未有。'许多人甚至半夜就开始排队买票……并由此形成了一股长久不衰的'屈原热'。"③ 观众之所以推崇《屈原》,一是婵娟的美好人格,二是屈原的大义凛然——特别是气势磅礴的"雷电颂",更是人人朗诵、众口相传。这对正在改编《家》的曹禺来说,无疑是一种巨大的心灵震撼。因此,"曹禺本"或多或少都借鉴了郭沫若的笔法,比如将瑞珏塑造成"真、善、美"的化

---

① 参见田本相、宋宝珍《中国话剧百年史述》,辽宁教育出版社,2013,第335页。
② 《曹禺同志漫谈〈家〉的改编》,《曹禺全集》第7卷,花山文艺出版社,1996,第275、276页。
③ 庞佳:《话剧〈屈原〉留在重庆的几件珍贵文物》,《红岩春秋》2013年第5期。

身，就像《屈原》里的婵娟一样，纯洁无瑕、温柔善良，一切都为他人着想。故每当她一出场，"观众都被引入剧情中去，全场静悄悄的"，不时有人哀叹或哭泣。① 又如"曹禺本"的人物独白，也是典型的"雷电颂"模式，当觉新因不幸婚姻而倾情苦诉时，那种强大的情感爆发力，同样会引起台下观众的内心共鸣：

> 啊，如果一万年像一天，一万天像一秒，
> 那么活着再怎么苦，
> 也不过是一睁眼一闭眼的功夫。
> 做人再苦，也容易忍受啊！（略顿）
> 因为这一秒钟生，下一秒钟就死；
> 睁眼是生，闭眼就是死，
> 那么"生"跟"死"不都是一样的糊涂？
> ……
> 几十年的光阴，
> 能自由的人也许觉得短促，
> 锁在监牢里面的，
> 一秒钟就是十几年，
> 见不着阳光的冬天哪！

像这种浪漫主义的抒情诗句，在曹禺以前的作品中几乎是没有的，但在"曹禺本"的《家》中，比比皆是、随处可见。诗意不但可以催生悲剧审美的感伤气氛，更能强化舞台表演的艺术效果；文化程度较高的观众青睐"曹禺本"，这恐怕是一个非常关键的重要因素。

"曹禺本"的艺术水准要高于"吴天本"，而"吴天本"的上座率却又高于"曹禺本"，学界曾对这一现象感到很是不解。于是他们只好推测说，"由于吴天较为准确地把握了巴金小说的社会意义，具有较强的适时性和现实性，因此，在上海孤岛时期，上海剧艺社连续上演三个月不衰，

---

① 《曹禺同志漫谈〈家〉的改编》，《曹禺全集》第7卷，第275、276页。

观众的反响异常热烈"①。而"曹禺本"过于精英化，人物大段大段的抒情独白，容易冲淡戏剧情节的紧张性，故很难使观众接受。②我个人认为，这些都是无稽之谈。"吴天本"在上海大受欢迎，那是因为正值"孤岛时期"，文艺创作已经受到了日伪限制，话剧舞台多上演古装戏和"鸳派"戏，如《梁上君子》《秋海棠》等作品。故对于看腻了这类题材的观众来说，《家》所带来的自然是一种新鲜感，连续上演三个月并不足为奇。"曹禺本"则有所不同，大后方重庆正在经历"国破山河在"的巨大痛苦，人们急切地盼望着有更多像《屈原》那样的爱国主义作品，去提升民族精神、鼓舞民族士气，《家》在此时上演，的确有点游离于大的时代背景。再说了，郭沫若《屈原》的对白与独白，要比"曹禺本"《家》更加诗意化，为什么观众却偏偏喜爱呢？问题还是时机选择得不对。但有一点则是可以肯定的，即无论是"吴天本"或"曹禺本"，它们对于推动小说《家》的经典化，都可圈可点、功不可没。

在吴天改编话剧《家》的同时，1941年8月，上海万叶书局出版了由钱君匋编、费新我绘的连环画《家》，全书共有164幅画页。这本连环画《家》的封面设计，很是耐人寻味：左上角印着一个红色的大字——"家"，中间是一个抓着猎物疾飞的蝙蝠，下面有一张古筝和一盏熄灭了的油灯；扉页则是一个嘴巴大张的老虎头，虎口的正中也是一个"家"字，另一侧是巴金的素描像。陈秋草在开篇序言里，用钢笔手书这样写道："万叶版"连环画的创作目的，是要"以艺术为桥梁而达到教育大众的意义"，故"本书在制图的时候，对于每一幅画像位置，书中人物面貌的揣摩和语意的象征写出等，都有过很审慎的思考。这是具有'新启蒙运动'价值的艺术，让大家来欣赏这本《家》的默片演出吧"③。从"教育大众"的角度出发，我们便不难理解封面的寓意了："蝙蝠"是影射封建"礼教"，"猎物"是代表被吞噬的青年，"古筝"象征着中国古老的文化"传统"，熄灭了的"油灯"则暗示旧家庭的"黑暗"。连环画《家》虽然对

---

① 王鸣剑：《曹禺改编巴金〈家〉的心态探析——兼论吴天版〈家〉的得失》，《四川戏剧》2008年第3期。
② 谢其章：《黑暗年代的灿烂话剧》，载单维权、罗恩美主编《在中国话剧一百年的时候纪念文集》，第176~177页。
③ 陈秋草：《关于〈家〉的连环画》，载连环画《家》，万叶书局，1947，第1页。

小说原著进行了简化和压缩,却保持了原著的基本风貌。比如第一页是介绍成都的高公馆,画面是高府门前一对威严的石狮子。第二页和第三页更有意思,把《家》中主要人物的头像,都一一画了出来,并标上他们的名字:觉新三兄弟是分头,瑞珏挽着发髻抱着个孩子,高老太爷是半秃顶,冯乐山戴着瓜皮帽和老花镜,琴留着短发,等等。然后,按照小说故事的叙述顺序,以文字和图画展示情节。"万叶版"《家》的制作也很特别,版本页面较大,上半幅是文字叙事,下半幅是人物素描,不像后来的"小人书",画面大而文字少。我们不妨举两个例子:文字叙事是"夜间,仆婢室里一张板床上睡着猪样的张嫂,一张板床上坐着十六岁的婢女鸣凤",那么就画上一个裹着棉被的胖女人,旁边坐着一个少女;文字叙事是"忽然瑞珏放下海臣,走到觉新前呜咽说,我不能离开你,我死也要和你在一起",那么就画上一个女人拉住一个男人的衣襟,一个孩童又抱住那个女人的大腿。"万叶版"《家》画面简洁、文字通俗,即便是不识字的人也能看懂。尽管这部连环画没有标明印数,由于连环画本身就是一种普及性读物,发行量一定不会很少。我们千万不可小瞧连环画的启蒙作用,许多成年人都是看着"万叶版"《家》长大的,尽管后来他们才去阅读《家》的小说原著,然而连环画的印象早已深深地刻在了他们的大脑记忆里。邵燕祥在谈到《家》对他的思想影响时,就曾满怀深情地回忆说:"我大约在1942年读小学三四年级时得此书,是读到巴金《家》的原著以前,因此后来读原著时,心目中印象不脱费新我笔下的影响。费新我人物素描功底很深,每一个人物,不管喜怒哀乐情景不同,各如其面,栩栩如生。"① 邵燕祥的一番告白,让我们了解了一个历史事实:在民国时期,大多数青少年都是通过连环画才知道巴金和《家》的;因此连环画对于小说《家》的经典化过程,同样起到了不容小觑的推动作用。

通过考察《家》在民国时期的接受与传播,我认为有两个问题应当引起学界的高度重视。一是当初巴金在写《激流》时,恐怕并不像他后来所说的那样,是投入了全部的情感和精力,更没有想到这部作品会成为"经典"。二是无论话剧改编抑或连环画改编,改编者都声称他们"尊重"原著,其实他们"尊重"的都是修改本而不是原创本,《家》的

---

① 邵燕祥:《〈家〉的绘图本》,《旧时船票》,上海远东出版社,2008,第302页。

真实原貌早已被历史遮蔽了。《家》的自我经典化与社会经典化过程，绝不是一种特殊的个例现象，而是中国现代文学史的普遍现象；故只有将初版作为研究对象，我们才能真正回到"历史原场"，去深入了解文学经典的形成真相。

［原载《暨南学报》（哲学社会科学版）2018 年第 5 期］

"既遥远又无所不在"

——《围城》中作为讽喻和寓言的"战争"话语

吴晓东　北京大学中文系

一

钱锺书先生在1979年提及自己写于抗战时期的长篇小说《围城》时说，他试图让"战争既遥远又无所不在，就像简·奥斯丁小说中的拿破仑一世战争一样"[①]。

《围城》问世以来遭受的诟病之一即这部战时作品没有正面书写这场伟大的抗日战争。[②] 或许钱锺书晚年拿简·奥斯丁的小说来比附自己这部被文学史家称为"中国近代文学中最有趣和最用心经营"[③]的作品，乃一种追溯式的自我辩解。[④] 不过，尽管钱锺书把拿破仑一世战争理解为简·奥斯丁小说中"既遥远又无所不在"的存在，但在西方文学批评史上，关于简·奥斯丁在小说中有意或者无意识回避这场战争的类似判断依旧是层出不穷。正如有西方文学批评家描述的那样："一直有人反复指出，奥斯

[①] 转引自胡志德《钱锺书论》，张泉编译《钱锺书和他的〈围城〉》，中国和平出版社，1991，第238页。

[②] 参见汤溢泽编《钱锺书〈围城〉批判》（湖南大学出版社，2000）论文集中所收始于1947年的若干篇文章。胡志德在《钱锺书论》中也指出钱锺书的《围城》"之所以引人注意，主要是因为他没有明确涉及战争中的重大政治斗争或肉体痛苦"。参见张泉编译《钱锺书和他的〈围城〉》，第238页。

[③] 夏志清：《中国现代小说史》，浙江人民出版社，2016，第446页。

[④] 参见吴其南《〈围城〉修辞论》，中国广播电视出版社，2005，第21页。

丁创作小说期间正值拿破仑战争爆发，但她在小说中连拿破仑的名字都没有提到。"[1]"人们往往不认为简·奥斯丁是时代的女儿。维多利亚和爱德华时代的人常说她未提及法国革命或拿破仑战争，而20世纪的批评家则将这一指责（如果这算是指责）现代化，对她遗漏了工业革命而表示遗憾。"[2]

到了雷蒙·威廉斯那里，简·奥斯丁对战争的回避则被判定为一种"故意忽视"："简·奥斯丁故意忽视她生活的时代的决定性历史事件，这是举世公认的事实。人们仍然在问，拿破仑战争到哪里去了？那是真正的历史浪潮。"[3] 这种"故意忽视论"多少类似于哈罗德·布鲁姆的"排除论"："所有文学巨著都建立在排除的基础上"，"奥斯丁再一次显示出，她的卓越艺术是建立在排除的基础之上"。"奥斯丁的浓厚兴趣在于清教意志的实际和世俗后果。"[4]

布鲁姆的说法或许也为理解《围城》提供了一个可能的视角：钱锺书所侧重书写的人性和人物心理状态似乎也可以从"战争"的"实际和世俗后果"的角度进行阐释。但这一阐释视野可能是钱锺书所无法感到满足的，甚至会在地下发出嘲弄的笑声，因为至少在他1979年的言说中，《围城》与奥斯丁的小说一样，并没有遗漏、规避、忽视或者排除战争。换句话说，战争在简·奥斯丁小说中没有缺席，而是"无所不在"的因素。正如有研究者阐述的那样：

> 奥斯丁最伟大的地方就在于她不动声色地将时代的重大变化天衣无缝地编织在她所反映的日常生活中，以其独特的方式表现时代的变迁是如何在芸芸众生不知不觉中影响着他们的命运。假使没有与拿破仑的战争，军人也就不会成为绅士淑女迷恋的对象，就不会有民团驻扎在麦里屯，也就不会出现与军人私奔的一系列事件；假使没有工业革命和法国大革命对于贵族阶层社会地位的冲击，奥斯丁小说中的绅

---

[1] 〔美〕路易斯·奥金克洛斯：《简·奥斯丁与美好生活》，收入苏珊娜·卡森编《为什么要读简·奥斯丁》，王丽亚译，译林出版社，2011，第144页。
[2] 〔英〕玛里琳·巴特勒：《浪漫派、叛逆者及反动派：1760~1830年间的英国文学及其背景》，黄梅、陆建德译，辽宁教育出版社，1998，第155页。
[3] 〔英〕雷蒙·威廉斯：《乡村与城市》，韩子满等译，商务印书馆，2013，第159页。
[4] 〔美〕哈罗德·布鲁姆：《西方正典》，江宁康译，译林出版社，2005，第159页。

士阶层也许就不会那么赤裸裸地数钱，那么盛气凌人、不得体地强调自己高人一等的身份。①

如果说，奥斯丁是"不动声色地将时代的重大变化天衣无缝地编织在她所反映的日常生活中"，那么，钱锺书同样以其独特的方式表现了战争对芸芸众生命运的深刻影响，而且与奥斯丁的不动声色相比，作为时代重大主题的"战争"在《围城》中的呈现，则是刻意而为甚至是颇费周折的。

因此，讨论的方向就不仅仅是《围城》是否触及了战争，而是战争以何种形态出现在文本之中。正如在奥斯丁的小说中，真正值得讨论的问题不是奥斯丁的小说内景是否与进行中的历史潮流有关，而是以怎样的方式相关联的。在这个意义上，萨义德在《文化与帝国主义》中的什么方式值得借鉴。通过对奥斯丁的小说《曼斯菲尔德庄园》的分析，萨义德洞察的是英帝国主义的海外殖民不仅构成了时代背景，而且是奥斯丁小说中的结构性因素："在该书中，托马斯·伯特兰姆在安提瓜的奴隶种植园，对于曼斯菲尔德的庄园的静谧和迷人有着无可名状的重要性。""在这方面，奥斯丁的想像力以钢铁般的严格通过我们可以叫做地理的与空间的清晰的方式得到了表现。"② 通过建构一种地理和空间的桥梁，萨义德发明了一种"全球视点"：

> 只有在简·奥斯丁及其人物所显示出的全球观点中，才能弄清小说的十分惊人的总体立场。……有必要强调，因为《曼斯菲尔德庄园》把英国的海外力量的现实与伯特兰姆庄园所代表的国内复杂情况联系起来，不从头到尾地阅读那本小说就不可能了解"感觉与参照的体系"。③

萨义德的"总体立场说"对于考察《围城》也许同样有借鉴意义。笼罩在《围城》的叙事河流之上的，同样有一个"无所不在"的战争图景，也决定了钱锺书对于战争的总体立场，这种立场正是在作者1979年的追溯

---

① 陈晓兰主编《外国女性文学教程》，复旦大学出版社，2011，第18页。
② 〔美〕萨义德著《文化与帝国主义》，李琨译，三联书店，2004，第78、118页。
③ 同上书，第132页。

式评论中可以确凿见出的。而通过《围城》中作为比喻修辞的战争话语的诗学分析，我们也许可以进一步发掘小说中一种"感觉与参照的体系"，一种战争年代所特有的情感和认知结构，进而揭示《围城》中的现实感和历史性。

因此，钱锺书晚年对战争书写的强调，为后人提供了解读《围城》的一个弥足珍贵的视角。通过重读《围城》，可以领悟到"战争"是《围城》中的结构性的在场，尽管钱锺书在小说中的确并未直接或者正面书写战争题材和重大历史事件，但"战争"作为小说叙事者和人物的一种生活底色和存在背景，其实是"无所不在"的存在。而"战争"也可能生成透视《围城》的一个微观诗学视野：所谓"无所不在"的战争在小说文本中到底是怎样具体书写与呈现的。本文试图提出的核心判断，是《围城》中的战争主要表现为一种话语、一种以比喻为核心的讽喻修辞；通过大量的讽喻修辞，战争也为小说中的人物提供着表意形态，进而使小说丧失了意义远景，也使钱锺书贡献了人类危急时刻的特有言说方式；而危急时刻的言说，也表征着"忧乱伤生"的写作者的文明反思向度和历史忧患意识，我们由此看到了一个战时的"中国人文主义者"的面影。

二

战争在简·奥斯丁的小说中虽然"无所不在"，但毕竟更像舞台的某种"后景"或者"景深"，而《围城》尽管也没有正面书写战场或者直面重大事件，却充斥了叙事者和人物对战争和与战争直接相关的政治时局的指涉与议论，使"战争"构成了小说的主题级话题，搭建的是作品的"前景"。

> 这一年的上海跟去年大不相同了。欧洲的局势急转直下，日本人因此在两大租界里一天天的放肆。后来跟中国"并肩作战"的英美两国，那时候只想保守中立；中既然不中，立也根本立不住，结果这"中立"变成只求在中国有个立足之地，此外全盘让日本人去蹂躏。约翰牛一味吹牛，Uncle Sam 原来就是 Uncle Sham；至于马克斯妙喻所谓"善鸣的法兰西雄鸡"呢，它确有雄鸡的本能——迎著东方引吭长

啼，只可惜把太阳旗误认为真的太阳。美国一船船的废铁运到日本，英国在考虑封锁滇缅公路，法国虽然还没切断滇越边境，已扣留了一批中国的军火。物价像得道成仙，平地飞升。公用事业的工人一再罢工，电车和汽车只恨不能像戏院子和旅馆挂牌客满。铜元镍币全搜刮完了，邮票有了新用处，暂作附币，可惜人不能当信寄，否则挤车的困难可以避免。生存竞争渐渐脱去文饰和面具，露出原始的狠毒。廉耻并不廉，许多人维持它不起。发国难财和破国难产的人同时增加，各不相犯；因为穷人只在大街闹市行乞，不会到财主的幽静住宅区去，只会跟着步行的人要钱，财主坐的流线型汽车是赶不上的。贫民区逐渐蔓延，像市容上生的一块癣。政治性的恐怖事件，几乎天天发生。有志之士被压迫得慢慢像西洋大都市的交通路线，向地下发展，地底下原有的那些阴毒暧昧的人形爬虫，攀附了他们自增声价。鼓吹"中日和平"的报纸每天发表新参加的同志名单，而这些"和奸"往往同时在另外的报纸上声明"不问政治"。[1]

在《围城》中关于战争时事和政治局势的议论中，这是篇幅最长也最有代表性的桥段。叙事者临时客串了一个有着后见之明的战时观察家，所发表的时事评论堪称总揽全局，国际国内，阶级阶层，尽收眼底，叙事调子中则充满戏谑和讽喻。但这种酷似集团军倾巢出动的宏大场面在小说中并不多见，战争话题在《围城》中更表现为化整为零突放冷枪的游击战术，或在叙事者的故事情境中作为点缀，或干脆下放给小说人物，成为他们社交场合、茶余饭后的当令谈资。或许正因如此，小说中的战争才真正佐证了钱锺书所谓的"无所不在"。

而"无所不在"的"战争"，在《围城》中主要是以类比和比喻的修辞方式进入小说的叙事流程、话题空间以及人物的生活情境，有如战时雾都的大雾一般具有弥漫性和渗透性。也正是在这个意义上，本文把《围

---

[1] 《围城》初刊本载《文艺复兴》1946年2月25日第1卷第2期至1947年1月1日第2卷第6期，单行本由上海晨光出版公司1947年5月初版，作者有较大的改动。重印本由北京人民文学出版社1980年10月出第1版，作者又大改一次，1985年8月北京第4次印刷，是所谓定本。参见金宏宇《中国现代长篇小说名著版本校评》，人民文学出版社，2004，第168~169页。为呈现钱锺书《围城》写作的原初面貌，如未加专门说明，本文所引小说原文均采用初刊本。

城》中的"战争"理解为一种结构性的因素，是小说叙事者以及人物的一种生活底色、思维惯习和存在背景，常常是在叙事者的涉笔成趣以及人物的妙语连珠中加以指涉。比如对战争将要持续多久的体认，就是通过小说人物的对话传达的：

> "我倒有句忠言奉劝。这战争看来不是三年两年的事，要好好的拖下去呢。等和平了再结婚，两位自己的青春都蹉跎了。'莫遣佳期更后期'，这话很有道理。"

这是借助人物汪处厚之口表达战争将旷日持久的预言，也因此意味着战争是小说人物所面临的常态化的存在，对人物的心理情绪、生存状态乃至行为方式，都具有重要的影响。

下一段从战火中引发出的言论，首先是人物的道白，继而叙事者不失时机地加以讽喻：

> 两人同声赞美他住的房子好，布置得更精致，在他们这半年来所看见的房子里，首屈一指。汪先生得意地长叹道，"这算得什么呢！我有点东西，这一次全丢了。两位没看见我南京的房子——房子终算没给日本人烧掉，里面的收藏陈设都不知下落了。幸亏我是个达观的人，否则真要伤心死呢。"这类的话，他们近来不但听熟，并且自己也说惯了。这次兵灾当然使许多有钱、有房子的人流落做穷光蛋，同时也让不知多少穷光蛋有机会追溯自己为过去的富翁。日本人烧了许多空中楼阁的房子，占领了许多没有存在的产业，破坏了许多片面相思的因缘。譬如陆子潇就常常流露出来，战前有两三个女人抢着嫁他，"现在当然谈不到了！"李梅亭在上海闸北，忽然补筑一所洋房，如今呢？可惜得很！该死的日本人放火烧了，损失简直没法估计。方鸿渐也把沦陷的故乡里那所老宅放大了好几倍，妙在房子扩充而并不会侵略邻舍的地。

叙事者似乎不满于阿Q的一句"我们先前——比你阔的多啦！"中表露的抽象富裕，而替自己笔下的人物铺排出各色具体充实的阔法，为有战时特色的精神胜利法画像。战争既是一面哈哈镜，也是一块试金石，凸显出和平年代或许不那么容易显现的嘴脸，更检验出人的性格和品行，从而服务于作者塑造人物针砭人性的修辞目的。这一类与战争相关的话语在《围城》中层出不穷，可以见出战争书写在钱锺书那里是有全局性和整体性的构想的。

《围城》开头第一段就直接触及了战争话题："这是七月下旬，合中国旧历的三伏，一年最热的时候。在中国热得更比常年利害，事后大家都说是兵戈之象，因为这就是民国二十六年。"钱锺书把故事的初始时间设定在"七七事变"之后不久，从一开始就把小说叙事置于战争时代，"兵戈之象"则是叙事者借助于所谓"大家"的口吻，直接把天热视为"战争"的征象，也为小说预示了一个总体性的战争情境。

而小说直接言说已经处于战争状态的中日关系则是到了第二章："中日关系一天坏似一天，船上无线电的报告使他们忧虑。八月九日下午，船到上海，居然战事并没发生。"在《围城》1985 年的定本中，"居然战事并没发生"的"居然"二字被钱锺书改为"侥幸"，小说中的人物正是抱着这种侥幸心理去应对战事。

> 鸿渐忽然觉得，在这种家庭空气里，战争是不可相信的事，好比光天化日之下没人想到有鬼。父亲母亲的计划和希望，丝毫没为意外事故留个余地。看他们这样稳固地支配着将来，自己也胆壮起来，想上海的局势也许会和缓，战事不会发生，真发生了也可以置之不理。

这一段也可以看作对相当一部分民众战时心理的写相，作者试图呈现和反思的，正是一些鸵鸟心态的国民，一厢情愿地相信自己可以对战争置若罔闻，直到从天而降的炸弹轰毁了自我欺瞒的幻象。这种被轰毁的妄想，同样是钱锺书短篇小说《纪念》中的题旨。

> 曼倩好像许多人，有个癖见，她知道有人被炸死，而总不相信自己就会炸死。才叔常对朋友们称引他夫人的妙语："中空袭时的炸弹像中航空奖券头彩一样的难。"[①]

> 去年春天，敌机第一次来此地轰炸。炸坏些房屋，照例死了几个

---

① 钱锺书：《纪念》，《人·兽·鬼》，上海开明书店，1946，第 153 页。

不值一炸的老百姓。这样一来,把本市上上下下的居民吓坏了;就是天真未凿的土人也明白飞机投弹并非大母鸡从天空中下蛋,不敢在警报放出后,街头聚着仰面拍手的吵闹。①

有研究者评论说,《纪念》中的"空袭重复了这样一个主题,即除了妄想中的庇护所之外,决没有使生存免遭毁灭的任何其他庇护所。钱锺书小说中的人物总是需要这种神话般的支持力量,而且他们都不可避免地面临着毁灭"②。钱锺书对敌机空袭的状写,每每针砭的是国人自我欺瞒的顽症甚或神话,给战争语境涂抹冷峻的现实主义色调。与这种冷峻的色调互为表里的,是字里行间所体现的戏谑式讽喻美学。

由于《围城》中的诸多人物没有邂逅敌人肉身的遭际,也没有亲临战场的阅历,敌机的空袭于是就构成了战时日常生活的重要组成部分,难免成为小说叙事者和人物常常触及的话题。

> 辛楣等刚走,忽然发出空袭警报,鸿渐着急起来,想坏运气是结了伴来的,自己正在倒霉,难保不炸死,更替船上的李顾担忧。
>
> 这乡镇绝非战略上必争之地,日本人唯一豪爽不吝啬的东西——炸弹——也不会浪费在这地方。
>
> 辛楣说,国际局势很糟,欧洲免不了一打,日本是轴心国,早晚要牵进去的,上海天津香港全不稳,所以他把母亲接到重庆去。……辛楣看看天道:"好天气!不知道重庆今天晚上有没有空袭,母亲要吓得不敢去了。"

上引文字中,第一段写方鸿渐听闻空袭警报的忧惧,第二段交代三闾大学的战略优势之一是能够免遭空袭,第三段则是赵辛楣对战时首都是否要遭空袭的担心。尽管作者没有直接描写诸如敌机造成的破坏和惨状,但空袭带来的更是心理上惘惘的威胁感,足以令小说人物谈虎色变。作为战时平民的噩梦,空袭堪称《围城》中所运用的大量比喻修辞中的最佳喻体。如写方鸿渐与孙柔嘉订婚后赴香港见到赵辛楣,赵向方暗示孙呕吐的

---

① 钱锺书:《纪念》,《人·兽·鬼》,第129页。
② 〔美〕耿德华:《被冷落的缪斯——中国沦陷区文学史(1937~1945)》,张泉译,新星出版社,2006,第284页。

可能原因时,叙事者就不惜动用"空袭"的喻体:"鸿渐没料到辛楣又回到那个问题,仿佛躲空袭的人以为飞机去远了,不料已经转到头上,轰隆隆投弹,吓得忘了羞愤,只说:'那不会!那不会!'同时心里害怕,知道那很会。"只有借助头顶上掉炸弹的空袭恐惧症,才可以凸显方鸿渐从赵辛楣的推测中所受到的惊吓。紧接着小说写赵辛楣谈及故人苏文纨每次从香港飞回重庆,都要挟带点私货,"鸿渐惊异得要叫起来,才知道高高荡荡这片青天,不是上帝和天堂的所在了,只供给投炸弹、走单帮的方便"。方鸿渐把苏文纨的走私行径与敌机空袭类比性并置,也有助于彰显苏文纨的"走单帮"对他心理所造成的冲击。

《围城》中对敌机空袭真正意义上的直接摹写是下面一段:

> 开战后第六天日本飞机第一次来投弹,炸坍了火车站,大家才认识战争真打上门来了,就有搬家到乡下避难的人。以后飞机,接连光顾,大有绝世佳人,一顾倾城,再顾倾国的风度。……以后这四个月里的事,从上海撤退到南京陷落,历史该如洛高(Fr. Von Logau)所说用刺刀磨尖的笔,蘸鲜血滤成的墨水,写在把敌人皮肤制造的纸上。

作者所拟想的真正意义的历史书写,该是前方浴血奋战的将士才力有所及,但小说对德国17世纪讽喻诗人洛高(Fr. Von Logau)言论的征引,同样在表达同仇敌忾之心。而这一段中同样令人瞩目的是叙事上的戏谑调子,标志着作者以比喻修辞为核心技巧的讽喻美学已然形成了风格。

讽喻在钱锺书的小说中当然应该理解为总体叙事格局中的标志性风格,不过一旦与战争情境相关,反讽修辞的色调就尤其鲜明。再如《围城》第三章开头:

> 也许因为战事中死人太多了,枉死者没消磨掉的生命力都并作春天的生意。那年春天,气候特别好。这春气鼓动得人心像婴孩出齿时的牙龈肉,受到一种生机透芽的痛痒。上海是个暴发都市,没有山水花柳作为春的安顿处。公园和住宅花园里的草木,好比动物园里铁笼子关住的野兽,拘束,孤独,不够春光尽情的发泄。春来了只有向人的身心里寄寓,添了疾病和传染,添了奸情和酗酒打架的案件,添了

孕妇。最后一桩倒不失为好现象，战时人口正该补充。

钱锺书正是以讽喻的方式处理小说叙事者以及人物对战争的观感、认知和态度，由此形成了以比喻修辞为核心的讽喻式的战争话语形态。

三

理论家费什曾认为："世界——尤其是与知识有关的部分——是由修辞构成的。我们关于这个世界的话语使这个世界成为我们所见的样子。"[①]套用这句话，不妨说钱锺书也把他的世界认知转化为修辞，营构了我们所见的《围城》中的无所不在的战争话语。当《围城》中关涉战争的话语多以比喻形态呈现于读者眼前的时候，"无所不在"的战争就成为钱锺书小说修辞表意的重要组成部分。

而当《围城》中的战争话题穿插在小说人物日常交际的过程中，成为寒暄和戏谑的主要话题的时候，战争话语也就同时承担着塑造人物进而推动叙事的修辞功能。钱锺书最善于描摹的，是男女主人公的各种社交场合，小说所呈现的性别话题的独特性，即把饮食男女置于战争话语情境中，刻画出一些战争时期特有的交际场景。[②]

方鸿渐身陷苏文纨精心布置的情场，苏文纨"要借赵辛楣来激发方鸿渐的勇气，可是方鸿渐也许像这几天报上战事消息所说的，'保持实力，作战略上的撤退'"。情场话语和战争话语就是这样以讽喻的方式纠结在一起。如果说这一语境中，作者的联想路径是从日常话语过渡到战争话语，下一个例子中则恰好相反：

> （沈先生）在讲他怎样向法国人作战事宣传，怎样博得不少人对中国的同情："南京撤退以后，他们都说中国完了。我对他们说：'欧

[①] 转引自〔美〕詹姆斯·费伦《作为修辞的叙事》，陈永国译，北京大学出版社，2002，前言、第17页。

[②] 这种把战争话题与饮食男女纠结在一起的修辞使人联想到战前张若谷的《战争·饮食·男女》（上海良友图书印刷公司，1933）一书，该书上编写淞沪抗战，中编命名为"灵与肉的饮食"，下编则起名"男女两性的苦闷"，把战争主题与饮食、男女奇妙地并置在一处，可谓意味深长。见吴晓东《"一·二八"事变与战争文学热》，《1930年代的沪上文学风景》，北京大学出版社，2018。

洲大战的时候，你们政府不是也迁都离开巴黎么？可是你们是最后的胜利者。'他们没有话讲，唉，他们没有话讲。"鸿渐想政府可以迁都，自己倒不能换座位！

交际语境被战争话语随时嵌入，一方面表征着战时的日常生活其实是一直笼罩在战争的阴影里；另一方面，两种语言的杂糅与互渗，也是一种互喻的过程，各自为对方提供某种功能质，从而使两种话语都增添了新的意涵，也增加了新的理解和阐释空间。当然，借助这种互渗式的笔法，小说也避免了单纯书写战争话语的长篇大论所可能具有的单调和枯燥。因此修辞的钟摆就在两种话语之间建立起一种动态的平衡。

又如《围城》第三章中写方鸿渐初识唐晓芙便一见倾心，施展口才想吸引她的注意，得知唐晓芙学的是政治学，方鸿渐的话题就沿着女人与战争和政治的关系敷演。

> 把国家社会全部交给女人有许多好处，至少可以减少战争。外交也许更复杂，秘密条款更多，可是女人因为身体关系，并不擅长打仗。女人对于机械的头脑比不上男人，战争起来或者使用简单的武器，甚至不过捋头发，抓脸皮，拧肉这些本位武化，损害不大。无论如何，如今新式女人早不肯多养孩子了，到那时候她们忙着干国事，更没工夫生产，人口稀少，战争也许根本不会发生。

唐晓芙的回应则是："方先生真会说话，可是我不知道你是侮辱政治还是侮辱女人，至少都不是好话。"对一个初次见面的男性把女人与政治进行轻佻的比附，唐晓芙显然心生本能的敏感和警觉。而把女人与战争进行比附的相似路径在钱锺书写于20世纪40年代的短篇小说《猫》中也有例证。

> 最能得男人爱的并不是美人。我们该提心吊胆防备的倒是相貌平常、中等姿色的女人。见了有名的美人，我们只能仰慕她，不敢爱她。……她的美貌增进她跟我们心理上的距离，仿佛是危险记号，使我们胆怯，害怕，不敢接近。就是我们爱她，我们好比敢死冒险的勇士，抱有明知故犯的心思。反过来，我们碰见普通女人，至多觉得她长得还不讨厌，来往的时候全不放在眼里，嚇！忽然一天发现自己糊

里糊涂的爱上了她,不知什么时候她在我们心里做了小窝……美人像敌人的正规军队;你知道戒惧,即使打败了,也有个交代。平常女子像这次西班牙内战里弗朗哥的"第五纵队",做间谍工作,把你颠倒了,你还没知道。①

这一段中"正规军队""第五纵队"的喻体,从比喻修辞的技巧上看,称得上是朱自清所阐发的"远取譬"②的佐证,也在实践着钱锺书自己的比喻理论。钱锺书称"比喻正是文学语言的特点",并引发出"中国古人对比喻包含的辩证关系"的总括:"比喻的原则:一方面'凡喻必以非类',另一方面'凡比必于其伦'",进而从本体与喻体的"不同"与"相同"的辩证性的视角透析比喻的本质:"不同处愈多愈大,则相同处愈有烘托;分得愈远,则合得愈出人意表,比喻就愈新颖。"③借助于"正规军队""第五纵队"这种"必以非类"的譬喻,与你分得本来足够远的前线部队甚至远在西班牙的军事间谍也与你身边的女人有了关联。除了远取譬带来的修辞效果的出人意表之外,"正规军队""第五纵队"这类修辞话语也参与建构了战争想象甚至战争境遇本身,使读者也仿佛身临其境。战争由此不是仅作为背景因素,而是时时渗透在作者的审美思维和文学奇譬中,这是战争话语渗透到日常生活情境中的一个典型的钱氏比喻。

而当方鸿渐与被父母戏谑为"交际明星"的唐晓芙开始熟稔,两个人之间有一段同样涉笔军事类符码来组织譬喻的对话:

唐小姐道:"方先生,我今天来了有点失望……我以为你跟赵先生一定很热闹,谁知道什么都没有。"

"抱歉得很,没有好戏做给你看。赵先生误解了我跟你表姐的关系——也许你也有同样的误解——所以我今天让他挑战,躲着不还手,让他知道我跟他毫无利害冲突。"

"这话真么?只要表姐有个表示,这误解不是就弄明白了?"

"也许你表姐有她的心思,遣将不如激将,非有大敌当前,赵先

---

① 钱锺书:《猫》,《人·兽·鬼》,上海开明书店,1946,第63~64页。《围城》中写方鸿渐谓孙柔嘉消息真灵,"怪不得军事间谍要用女人",与《猫》中的拟喻也构成了某种呼应。
② 朱自清:《新诗的进步》,《新诗杂话》,广西师范大学出版社,2004,第2页。
③ 钱锺书:《读〈拉奥孔〉》,《七缀集》,上海古籍出版社,1985,第43页。

生的本领不肯显出来。可惜我们这种老弱残兵，不经打，并且不愿打——"

"遣将""激将""大敌当前""老弱残兵""不经打""不愿打"，都是方鸿渐借用一整套军事话语在向唐晓芙表白心迹时的自我修辞。而心领神会的唐晓芙也同样谙熟方鸿渐的比喻套路。

"何妨做志愿军呢？"

"不，简直是拉来的伕子。"说着，方鸿渐同时懊恼这话太轻佻了，唐小姐难保不讲给苏小姐听。

"可是，战败者常常得到傍人更大的同情——"唐小姐觉得这话引起误会，红着脸——"我意思说，表姐也许是赞助弱小民族的。"

由上文"不经打，并且不愿打"的"老弱残兵"的喻体引发出唐晓芙"志愿军"的喻体，再延宕出"拉来的伕子""战败者"等身份和称谓，一个个比喻展开和推衍的过程，在某种意义上也就构成了喻体叙事。[①] 多米诺骨牌一般生成的喻体就这样别致地参与到小说的叙事流程之中，在彰显男女主人公情商和智商旗鼓相当的同时，也使修辞产生了叙事推动力，由此修辞与叙事在微观诗学意义上合氅为一体。唐晓芙接下来称方鸿渐"你说话里都是文章"，其实她自己也不知不觉中把方鸿渐的修辞（"文章"）承续了下去。比喻修辞也由此构成的是主人公心智和趣味的某种表征，相当微妙地传达了男女主人公调情的机巧。从这个意义上说，小说中所指涉的战争话语既构成了叙事者的叙事修辞，也构成了小说人物的表意形态。

这种情场话语与战争话语稍显刻意的缝合，在《围城》中屡见不鲜。如小说这样谈论失恋者："有人失恋了，会把他们的伤心立刻像叫花子的烂腿，血淋淋地公开展览，博人怜悯，或者事过境迁，像战士的金疮旧斑，脱衣指示，使人敬佩。"再如赵辛楣向方鸿渐叙述自己参加苏文纨的

[①] 所谓"喻体叙事"是指作者借助于比喻的相似性原则在拟想了一个初始比喻的喻体之后，又由该喻体催生了一系列的比喻，从而使文本的叙事流程似乎是靠喻体之间的延宕而推动的。见吴晓东《镜花水月的世界——废名〈桥〉的诗学研读》，广西教育出版社，2003，第210页。

婚礼:"(唐晓芙)那天是女傧相,看见了我,问我是不是来打架的,还说行完仪式,大家向新人身上撒五色纸条的时候,只有我不准动手,怕我借机会掷手榴弹,洒消镪水。""情场如战场"的俗语就这样生动地化为小说中的具象比喻情境。

这种比喻中对战争话语的指涉,在钱锺书这里似乎也有个自觉的过程。第五章中赵辛楣预备与阿福打架一段,相比于《文艺复兴》上的初刊本,初版本增加了一个比喻:"(赵辛楣)嘴里的烟斗高翘着像老式军舰上一尊炮的形势,对擦大手掌,响脆地拍一下。"这一尊延时增设的老式军舰上的"炮",凸显出了赵辛楣的煞有介事和虚张声势,也被有研究者解读为"衬出赵辛楣的盛气凌人"[1]。再如初刊本写李梅亭"仗着黑眼镜,对孙小姐像显微镜下看微生物似的细看",到了初版本则改为"梅亭仗着黑眼镜,对孙小姐像望远镜侦察似的细看",显微镜换成了望远镜,临镜的主体是同一个李梅亭,但发生了身份的调整,话语情境也从实验室挪到了战场。类似的军事化比喻也见于钱锺书描摹几个次要和过场人物,如形容沈太太:"眼睛下两个黑袋,像圆壳行军热水瓶。"这与作者形容"褚哲学家馋看着苏小姐,大眼珠险的学德国哲学家雪林(Schelling)的绝对观念,像'手枪里弹出的子药'(das Absolute sei wie aus der Pistole geschossen),双管齐发,突破眼眶,迸碎眼镜",在喻体的选取方面,一样异曲同工。再比如小说临近结尾,写忠实的用人李妈听闻女主人孙柔嘉受欺,便破门而入,"像爆进来一粒棉花弹"[2]。这些层出不穷的比喻都与小说意欲凸显的战争语境若合符节。

战争与军事语码穿插渗透在《围城》的比喻修辞之中,也由此体现出一种时代的症候性,意味着《围城》中的战争并不那么"遥远",至少比奥斯丁小说中的战争要切近得多,甚至可以说就在自家门口虎视眈眈。这些与战争话语相关的比喻,虽在《围城》的比喻修辞总体中占的比例有限,却往往别出心裁,匪夷所思,因而显得特别醒目,使"既遥远又无所不在"的战争得以具象化地呈现,同时体现着作者的战时人生经验和文学想象力。再譬如下段中的两个比喻:

---

[1] 金宏宇:《中国现代长篇小说名著版本校评》,第173页。
[2] 《围城》中出现的与"炮""弹"等语码互文的还有时髦的"原子弹":"(高松年)那时候没有原子弹可讲,只可以呼唤几声相对论。"

(方鸿渐和鲍小姐) 便找到一家门面还像样的西菜馆。谁知道从冷盘到咖啡,没有一样东西可口:上来的汤是凉的,冰淇淋倒是热的;鱼像海军陆战队,已登陆了好几天;肉像潜水艇士兵,会长时期伏在水里;除醋以外,面包、牛油、红酒无一不酸。

有研究者指出:"读者也许会根据生活经验推断出冰淇淋不可能是'热'的,这是话语上的夸张。但究竟是不够冰、不够凉还是温的却无从判断,或许它确实是热的?在此读者已无法依据生活经验来建构独立于话语的故事内容。同样,读者很可能会怀疑肉曾'长时期'泡在水里,但只能怀疑,无法确定。一般在传统现实主义小说中,读者能根据生活经验来建构故事,并确切推断出作者在话语上进行了何种程度的夸张。在《围城》的这一段中,我们却难以依据生活经验将话语形式与故事内容分开。这或许与钱锺书受现代派的影响不无关系。"[1] 这段论述关注到了《围城》中"话语形式"的相对独立性与独特性,印证的是钱锺书精心打造修辞时的意向性快感超越了依循真实生活经验的写实性迷恋。想必钱锺书写这一段文字时,比喻修辞的情境成为他聚焦的重心,而不大在意所写细节是否符合现实生活经验。但与其说这是钱锺书受现代派影响的结果,不如说是战争年代的超越常规的特殊体验真正激发了作者的修辞灵感,而战时语境下的读者可能比和平年代更容易体认钱锺书这一略显夸张的比喻情境。"海军陆战队"和"潜水艇士兵"两个喻体堪称妙手偶得,既出自战争年代的经验背景,也来自作者精妙的文学想象。杨绛在《记钱钟书与〈围城〉》中曾讨论过"经验"与"想象"的关系:"创作的一个重要成分是想象,经验好比黑暗里点上的火,想象是这个火所发的光;没有火就没有光,但光照所及,远远超过火点儿的大小。"[2]《围城》中奇警的比喻修辞之所以一直为研究者和读者称道,就是因为作者把源于经验之火尽量撩拨得最旺,进而火光冲天,显然要归功于作者独异的文学想象力的助燃。虽然《围城》中较少直接状写战争体验,但类似于"海军陆战队"和"潜水艇士兵"的喻体却从话语层面呈现了战争大背景的存在,可以称为战争年代特有的修辞形态。它们就像小说作者为笔下人物播放的背景音乐,忙

---

[1] 申丹:《叙述学与小说文体学研究》,北京大学出版社,1998,第22页。
[2] 杨绛:《记钱钟书与〈围城〉》,湖南人民出版社,1986,第2页。

里偷闲的时候，就会钻入耳鼓，提醒着他们生存于其中的战争环境和历史处境。借助战争话语修辞术，钱锺书营造了一种战争背景从未离场的总体感受，从而使小说中侧重刻画的战时的平民和以方鸿渐为代表的边缘知识分子始终笼罩在战争的低气压中而须臾不离。这也证明了战争年代中国版图上的任何一个地区，任何一个国民都与战争的时代主题维系着最直接的关联性。

"战争"这一主题在《围城》中不仅仅呈现为特定年代的特有语汇，成为叙事者认知和感受时代的话语定式，成为小说人物的表意内容和表意方式本身，还表现为一种思维的底色和背景，最终则化为叙事者和人物无所不在的潜意识，虽难以捕捉，却也无所不在。就像张爱玲强调的"市声"成为都市人的下意识的背景一样："我喜欢听市声。……城里人的思想，背景是条纹布的幔子，淡淡的白条子便是行驶着的电车——平行的，匀净的，声响的河流，汩汩流入下意识里去。"① 如果说张爱玲的下意识的呈现方式是"声响的河流"，钱锺书的下意识则外显为对修辞语言形态的执念。如果说，"一切语言从一开始就是修辞性的。语言按本义的即指称性的用法，不过是忘记语言隐喻的'根'之后产生的幻想"②，那么，对《围城》的重释，或许正是一个还原其隐喻之"根"的过程。

从这个意义上说，"比喻修辞学"是讨论《围城》修辞技巧的核心论题。③《围城》是一个堪比巴比伦城的"比喻之城"④，而这一比喻之城之所以得以建成，正在于作者在语言的七宝楼台之下深藏着一个由比喻符码夯实的地基，一个只有作者本人才掌握密码的隐喻系统，透露出钱锺书卓异的还原隐喻之"根"的能力。

---

① 张爱玲：《公寓生活记趣》，《天地》1943年第3期。
② 语出米勒《传统与差异》，转引自张隆溪《二十世纪西方文论述评》，生活·读书·新知三联书店，1986，第166页。
③ 关于《围城》中比喻的研究已经蔚为大观，如吴其南著《〈围城〉修辞论》（中国广播电视出版社，2005）以及田建民著《鲁迅、钱锺书论稿》（人民出版社，2015）等著作。
④ 金宏宇："《围城》正是一座'比喻之城'，有人统计它用了500多个比喻，有人统计是700多个。它运用比喻数量之多、技艺之高妙、功效之神奇，少有作品能比。"《中国现代长篇小说名著版本校评》，第186页。

四

《围城》中战争话语修辞的普遍化和总体性,充分意味着战争是以文学样态存在于文本的文学想象之中的,或者说,战争获得了修辞性的文学表现。《围城》中通过对"无所不在"的战争话语的修辞性运用,使战争感受内在化为小说的一种结构性存在,既是文学的关键性结构,也是历史的关键性结构,文学和历史,在此意义上构成了逻辑上的同构关系。在这个意义上,钱锺书所理解的"既遥远又无所不在"的"简·奥斯丁小说中的拿破仑一世战争",或许可以启迪我们小说文本语境与所由产生的历史语境之关系的复杂性。萨义德这样讨论简·奥斯丁小说的复杂性:

> 一部伟大的作品最有趣的地方在于,它产生了更多(而不是更少)的复杂性,随着时间的推移,就成了雷蒙·威廉姆斯所说的通常是相互矛盾的文化观念构成的整个网络。比如,即使是简·奥斯丁那些精巧打造的小说也跟她那个时代的生活环境有关;这就是为什么她详细参考了奴隶制度和争夺财产之类的肮脏的现实。然而,再说一遍,她的小说绝不可能还原成只是社会、政治、历史和经济力量,而是相反,它们处于一种尚未解决的辩证关系,同时,处于一个明显依赖于历史而又不能还原为历史的位置。我想,我们必须假定,始终有伴随着艺术作品而产生的现实,否则,我在此谈论的那种人文主义实际上没有本质的内涵,而只是一种手段。[1]

萨义德对简·奥斯丁的阐释同样有助于我们理解《围城》中的战争现实,它是"伴随着艺术作品而产生的现实",是文学想象之物,更以一种文学性的话语形态而出现,这种话语形态"依赖于历史而又不能还原为历史的位置",而更诉诸文学话语的诗学独特性,是伴随文学修辞而产生的文本现实,伴随着作者的书写而得以生成。因此,一个作者只有忠实于自己的现实经验、忠实于自己的文学才情和修辞想象力,才能真正忠实于时代和历史。

---

[1] 〔美〕萨义德:《人文主义与民主批评》,朱生坚译,新星出版社,2006,第75页。

也正是在这个意义上,萨义德更倾向于把"社会环境""描述成美学和历史领域之间的东西",而"文学文本来自某种假定的个别作家的隐秘和孤独,但是作家的特殊处境和社会处境之间的紧张也永远存在"[①]。文学作品既是具有创造力的作家个体生命"隐秘和孤独"的产物,由此保证的是文本诗学的独特性,同时文学作品也永远处于作家与社会处境之间的紧张关系之中,由此保证的是文学文本与时代和历史语境之间的对话关系。而关于《围城》中的战争话题,或许正处于文本和社会历史处境之间的对话关系中。这一紧张关系,在《围城》的阐释史上得到了充分的印证。

《围城》是在20世纪最后十几年成为世纪性文学经典的,而关于《围城》的正反两方面的一些判断也大体在这一时段定型。当有评论者诟病《围城》没有直面战争场面时,辩护者多从人性批判的力度以及生命哲学的强度表彰钱锺书的超越性。比如强调《围城》中作者凸显小说主题的强力修辞方式,例如"围城"的隐喻,就是蕴含深刻的人生乃至人性意涵的主题级的修辞话语,是小说的核心象征。

> 慎明道:"关于菩蒂结婚离婚的事,我也跟他谈过。他引一句英国古话,说结婚仿佛金漆的鸟笼,笼子外面的鸟想住进去,笼内的鸟想飞出来;所以结而离,离而结,没有了局。"
>
> 苏小姐道:"法国也有这末一句话。不过,不说是鸟笼,说是被围困的城堡(fortresse assiégée),城外的人想冲进去,城里的人想逃出来。"

哲学家褚慎明谈到罗素(菩蒂)引用的英国古话"结婚仿佛金漆的鸟笼"的比喻与苏文纨联想到的法国谚语"被围困的城堡",从内在寓意上看,两个喻体并没有根本性的差异。但征诸战时的历史语境,则"围城"显然更有既视感、切身性,也就有了现实度,是寓意更具有时代感和象征性的比喻。小说之所以没有被钱锺书命名为"金漆鸟笼",而是"围城",恐怕正是在于"围城"更能吻合战争年代从作者到人物的具有整体性的情感和认知结构,从而成为概括一个时代的核心语境的某种关键范式。作为小说题目,"围城"这个比喻在概括小说核心意旨方面的重要性当然是不

---

① 〔美〕萨义德:《人文主义与民主批评》,朱生坚译,第87页。

言而喻的,以至于后来方鸿渐进一步阐发其寓意空间:"我还记得那一次褚慎明还是苏小姐讲的什么'围城'。我近来对人生万事,都有这个感想。""人生万事"的措辞,使"围城"的意涵的确进一步获得了普遍性和超越性的升华[1],因此辩护者试图从文化批判和哲学人类学的视野提升《围城》的内在寓意的思路是具有其合理性的。

但另一方面,这种辩护在洞察了《围城》中所蕴含的人生哲学的同时,却也多少遮蔽了小说与时代的特定关系,以及《围城》中固有的现实感和历史性。应该说,小说哲理升华的前提是"围城"所传达的战争年代的总体感受,"战争"作为《围城》中的内在视景,揭示了钱锺书与时代之间相联结的独特而具体化的方式。如果抽离了特定的战时情境和战时体验,再高级的升华也难免抽象和架空之感。其实恰是小说中战时背景和战争母题使这种升华的阐释空间具有了历史具体性和可理解性。因此强调"围城"的象征性中凝聚了战争年代特有的战时体验和世界感受,不仅没有减弱《围城》的普遍性,反而为这种普遍性提供了现实性依据。正是在这个意义上,《围城》中的"战争"话语也可以作为一种隐喻和寓言来进行诗学解读,《围城》中的战争书写联结了小说与政治、诗学与历史,是作者传达时代症候的有意味的小说形式,也是人类危急时刻——有什么比第二次世界大战更能构成人类文明危机的表征呢——钱锺书式的特有言说方式。

也有一些不失精彩的文章指出《围城》反思了"现代文明",这并没有错,但有些失之笼统。如果把战争作为《围城》的总体背景,小说所内含的反思的意向性可能会显得更为具体。可以说,作为叙事者和人物的生存底色的战争,表征的是特定时期"中国某一部分社会,某一类人物"[2]生存的空虚感和无意义感的根源,是边缘态的知识分子生存状态的具有根本性的决定因素。战争作为一种思维底色和背景,作为隐喻总体,对战时边缘知识分子最致命的影响,是生命观、历史观、文明观均丧失了意义远景。《围城》中所指涉的战争话语在构成小说人物的表意形态的同时,也

---

[1] 如温儒敏在《〈围城〉的三层意蕴》一文中指出:《围城》中具有"更深藏的含义——对人生对现代人命运富于哲理的思考"。温儒敏:《文学课堂》,吉林人民出版社,2002,第190页。

[2] 钱锺书:《围城》序。

在承担使小说失落了意义远景的功能性使命。小说也因此呈现的是人类进出于围城的封闭式循环论,而缺乏马克思主义式的螺旋式上升的进步史观,进而也决定了小说叙事者所选择的核心叙述调子——一种对人性理想的怀疑以及由人性的失落而来的反讽。正像张爱玲所说:"人类的文明努力要想跳出单纯的兽性生活的圈子,几千年来的努力竟是枉费精神么?"[①] 钱锺书1946年写的《围城》序言一直被评论者集中引述:"写这类人,我没有忘记他们是人类,只是人类,具有无毛两足动物的基本根性。"赞誉者看重钱锺书反思人性的高妙,批评者则强调作者的冷漠和置身事外的超脱。客观说来,钱锺书对人的动物性的强调的确有丧失历史感的危险。而唤回小说的历史性的途径之一正是还原战争语境和人物所处的战争历史处境。

从今天的后设历史视野来看,《围城》或许也借助于战争文化语境和特定的时代气候反思了资产阶级意识形态乃至现代性的危机。在钱锺书这里,人性的失落不仅仅是战争的结果,反倒可以看作战争的原因。由此进一步阐发,在钱锺书这里,人性的失落也许更是现代性的后果,而战争则是现代性的危机的最突出的体现。在《魔鬼夜访钱锺书先生》一文中,钱锺书借魔鬼的口吻做出如下判断:"到了十九世纪中叶,忽然来了个大变动。除了极少数外,人类几乎全无灵魂。"[②] 人类灵魂的丧失被钱锺书追溯到19世纪中叶,这个大变动的时间节点,似乎已成共识。罗兰·巴尔特在《符号学原理》中试图为资产阶级意识形态统一性的破裂寻找一个转折点,他认为是在1850年。[③] 这也是波德莱尔的时代,波德莱尔在《1846年的沙龙》一文中称:"伟大的传统业已消失,而新的传统尚未形成。"[④] 雅克·里纳尔在《小说的政治阅读》一书中找到的是1848年:"写作的危机是与1848年后不久的资产阶级意识危机息息相关的。"[⑤] 对这种资产阶级意识的危机的体认也直接影响到钱锺书的人性观甚至现代观。《围城》中对人性的讽喻姿态既可推溯到战争的具体背景中,也需要到这一人类历史危机

---

① 张爱玲:《烬余录》,《天地》1944年第5期。
② 钱锺书:《写在人生边上》,上海开明书店,1941,第8页。
③ 〔法〕参见罗兰·巴尔特《符号学原理》,李幼蒸译,三联书店,1988,第65页。
④ 〔法〕波德莱尔:《波德莱尔美学论文选》,郭宏安译,人民文学出版社,1987,第299页。
⑤ 〔法〕雅克·里纳尔:《小说的政治阅读》,杨令飞、吴延晖译,湖南文艺出版社,2000,第17页。

的大背景中去寻求理解，背后深藏的可能是一种基于危机的忧患意识和反思意向。[1] 但这种忧患感和反思性，除了少数评论家，也许是战后文坛主流意识形态无法充分体认的。胡志德在《钱锺书论》中指出："1947年—1948年期间，对待《围城》的态度是粗暴的和偏狭的。""第二次世界大战后的苦难年代没有时间去笑，或者甚至没有时间去进行大量的自我检讨。"[2] 从这个意义上看，《围城》可以看成钱锺书对时代的检讨，对战争年代文明现状的自我审视，从而使中国知识分子在时代正在行进的过程中就补上了文明批判和人性反思的一课，尽管评论界很晚才真正意识到钱锺书的这一历史贡献。

而钱锺书在《围城》初刊本序中所说的"忧乱伤生，屡想中止"[3] 的因由也多在于此。当评论者大多根据"具有无毛两足动物的基本根性"这一太过著名的措辞批判《围城》中隐含着一个高高在上的上帝视角的时候，钱锺书一句"忧乱伤生"的剖白却似乎能流露更多的心迹。[4] 这一剖白也重启读者进入《围城》世界之门，发现了小说叙事者其实并不总是那么高高在上，而是随时在呈现人物的内心活动，尤其经常进入所谓焦点人物的内心，有时甚至高松年、唐晓芙这一类次要角色，都会成为叙事者进行心理聚焦的非中心人物。伴随着讽喻的核心修辞的，还有小说内在的心理叙事特征。《围城》力图表现的是战时沦陷区和大后方平民和学院中人生活的日常性。这种日常性固然匮乏比如正面战场直接浴血杀敌的宏大性，但同样以修辞手段建构起来一种心理隐喻模式，提供了一种现代主义式的心理深度，进而在文本的意蕴图景中注入了生命哲理和反思向度。于是我们就会捕捉到人物（尤其是方鸿渐）的内省姿态，也捕捉到作者在方鸿渐身上逐渐呈现出的怜悯。[5] 在作者的戏谑姿态后面其实隐含着自省和

---

[1] 解志熙在《人生的困境与存在的勇气》一文中指出：《围城》是"对整个现代化文明现代人生进行整体反思和审美观照的艺术结晶，它所要反映和揭示的是整个现代文明的危机和现代人生的困境"。载《文学评论》1989年第5期。
[2] 胡志德：《钱锺书论》，张泉编译《钱钟书和他的〈围城〉》，第279页。
[3] 《围城》的定本改为"忧世伤生"。
[4] 即便是方鸿渐的父亲方遯翁，作者也书写了其战争年代感时伤生的情怀："去年战事起了不多几天，老三凤仪的老婆也养个头胎儿子，方遯翁深有感于'兵凶战危'，触景生情，叫他'阿凶'，根据墨子非攻篇为他取学名'非攻'，倒是个和平运动的先声。"尽管其中讽喻口吻同样以一贯之。
[5] 参见胡志德《钱锺书论》，张泉编译《钱钟书和他的〈围城〉》，第242页。

怜悯的情怀，只是相当一部分评论者被那个高高在上的冷漠姿态所蒙蔽了。

或许正是在这个意义上，胡志德才把钱锺书看成一个"中国人文主义者"①。这一判断堪称耐人寻味。当钱锺书打造的《围城》的叙事者更多呈现出一个恃才傲物者的形象的时候，无形中就深掩甚至埋没了一个忧乱伤生甚至忧愤深广的作者。

而胡志德关于《围城》的人文主义视野也事关小说的新的阐释图景。萨义德在《人文主义与民主批评》一书中曾借用尼采的名言：

> 人类历史的真理是"一支隐喻和换喻的机动部队"。其中的含义有待于通过阅读和解释进行不断的解码，而这种阅读和解释的基础是作为现实——一种隐藏、误导、抗拒、艰难的现实——载体的言词。换言之，阅读的科学对于人文主义知识是极为重要的。②

这里所谓"作为现实载体的言词"与前引萨义德所说"我们必须假定，始终有伴随着艺术作品而产生的现实，否则，我在此谈论的那种人文主义实际上没有本质的内涵"，都是在论说人文主义知识与一种"艺术作品的现实"密切相关。因此，"阅读的科学"对于人文主义才是极为重要的。也是从"阅读的科学"的意义上，萨义德认为奥斯丁的《曼斯菲尔德庄园》，其"美学的知识的复杂性要求一种长时间的、缓慢的分析过程"③。之所以要求"长时间的、缓慢的分析"，恰是因为奥斯丁时代的帝国主义意识形态已经在小说中化为复杂的美学问题，而非美学化的直观而粗疏的一目十行的读法是无法解码这种美学与历史关系的复杂性的。与此相类，《围城》中的修辞美学也需要转化为"阅读的科学"。在萨义德那里，这种"阅读的科学"对于人文主义有毋庸置疑的重要性，因为只有"通过阅读

---

① 胡志德：《钱锺书论》，张泉编译《钱钟书和他的〈围城〉》，第278页。倪文尖也通过与卡夫卡《城堡》的比较指出："辅以钱先生在'序'中体现的全球意识，《围城》是完全能够达到乃至超越《城堡》的境界的，一个艺术化显现的人本意味与总体象征已将飘然而降。"尽管倪文尖最后认为"成为文本的《围城》，无情地断送了这一巨大可能性，留下'文不及题'的永远遗憾"，但其"人本意味"的说法也应和了"人文主义者"的判断。参见倪文尖《欲望的辩证法》，上海远东出版社，1988，第123页。
② 〔美〕萨义德：《人文主义与民主批评》，朱生坚译，第68页。
③ 〔美〕萨义德：《文化与帝国主义》，李琨译，第133页。

和解释进行不断的解码",人类历史的真理含义才能够不断显现。既然"阅读和解释的基础"是"作为现实载体的言词",因而人类的真理堪称是藏在"隐喻和换喻"之中的,由此"阅读和解释"的核心技术,也正表现在比喻修辞学中。修辞因此不仅仅是一种文学性的技巧,而且对于人文主义知识具有本体性的意义,关涉人类获得和理解"人类历史的真理"。

这一视野对经典作品的"阅读和解释"是同样有效的。真正的文学经典不是被一些成见和定见所木乃伊化了的僵尸,而是具有无穷的阐释性。这种无穷阐释性就表现在不断再经典化的过程性和历史性。而《围城》中作为讽喻和寓言的"战争",也为这种不断的再阐释性提供了真正的历史性和可能性。

(原载《中国现代文学研究丛刊》2019年第7期)

百年新诗抒情性、戏剧性和叙事性建设的诗学反思*

杨四平 上海外国语大学

何为新诗的"三性"?我指的是,新诗的抒情性、戏剧性和叙事性。

新诗的抒情性,是新诗最基本的特性。"抒情性"是克罗齐发明的诗学术语。他认为一切文体皆具抒情性,诗与散文没有分别;如果有区别的话,那也只是抒情性强弱的差别。[①] 在古代中国,有"诗言志"和"诗缘情"二说,而"言志"与"缘情"之辨,并没有动摇诗歌抒情性的千年根基。只是到了清末,诗歌抒情已然成为陈词滥调,被目为"文言误国""文言亡国"的"谬种""妖孽",因此白话新诗顺理成章地荣登历史舞台,成为启蒙和革命的左膀右臂。正是此种现实功利的诉求与律求,使得郭沫若"狂飙突进"式的现代抒情诗成为长期占据中国新诗长河里的主流。因此,在百年新诗记忆里,经久不息地回荡在我们脑海和耳际的经典诗句有,"我是一条天狗呀!"(郭沫若)、"立在地球边上放号"(郭沫若)、"教我如何不想她"(刘半农)、"轻轻的我走了,/正如我轻轻的来"(徐志摩)、"撑着油纸伞,独自/彷徨在悠长、悠长/又寂寥的雨巷"(戴望舒)、"大堰河,我的保姆"(艾青)、"雪落在中国的土地上"(艾青)、"我爱这土地"(艾青)、"生活是多么广阔"(何其芳)、"假使我们不去打仗"(田间)、"哭亡女苏菲"(高兰)、"夜莺飞去了,/带走迷人的歌声"

---

* 本文为国家社科基金项目"现代汉诗的叙事形态研究"(项目编号:15BZW123)阶段性成果。

① 参见 Daniel Albright, *Lyricality in English Literature* (Lincoln: University of Nebraska Press, 1985)。

（闻捷）、"情一样深啊，梦一样美，/如情似梦漓江的水"（贺敬之）、"放声歌唱"（贺敬之）、"甘蔗林—青纱帐"（郭小川）、"小时候/乡愁是一枚小小的邮票"（余光中）、"这是四点零八分的北京"（食指）、"一月的哀思"（李瑛）、"祖国呵，我亲爱的祖国"（舒婷）、"中国，我的钥匙丢了"（梁小斌）、"小草在歌唱"（雷抒雁）、"我骄傲，我是中国人"（王怀让）、"将军，不能这样做"（叶文福）、"为高举的和不举的手臂歌唱"（刘祖慈）、"请举起森林一般的手，制止！"（熊召政）、"阳光，谁也不能垄断"（白桦）、"中国，站在高高的脚手架上"（曹汉俊）、"面朝大海，春暖花开"（海子）等。这些脍炙人口的新诗抒情，其情感的饱和度恰到好处。但情况并不总是如此，百年新诗抒情不尽如人意之处比比皆是。我们常常听到这样的说辞：诗写得是好是坏并不重要，重要的是要写出真实的自我。因此，回归自我，凸显自我，迷恋自我，乃至沉溺自我，就成为持"新诗自我论"者高扬的旗帜。殊不知，一个多世纪以来，中国人完全误读了西方人本主义。人本主义主要针对的是西方"创世神话"，是专门用来反对神权的；而到了现代中国人这里，被"改写"为本土化的自我与个性的伸张了。一句话，中国的自我中心论和个性解放与西方的人本主义完全是两码事。长期以来，在吸收外来思想和文化时，我们很容易犯望文生义、张冠李戴的错误。而且，这种"唯我独尊"，不能看到真正的自我，抒发的只能是缥缈的自我；如此一来，"新诗自我论"就成了许多诗评家口诛笔伐的"新诗小我论"。有的专家将其定义为"浪漫的""纯诗化"的抒情主义。[①] 同样，我们也常常听到这样的高论，诗人是人民的代言人，诗歌是时代的宣传品；新诗要抛弃个人的小情小调及其伪感伤伪浪漫，要大抒特抒人民之情、时代之情、家国之情；如此一来，"新诗人民论"就成了不少诗评家力挺的"新诗大我论"。有的专家将其定义为"写实的""大众化"的抒情主义。[②] 但是，许多此类写作过分青睐、依赖激情，只是他们不明白激情本身并非就是诗，必须经过诗性转化方能成为诗。一言以蔽之，有的新诗抒情，因抒情主体的收缩，致使其情感凸显苍白干瘪；而有的新诗抒情，因抒情主体的扩张，导致其情感空洞虚假。其实，新诗抒

[①] 参见张松建《抒情主义与中国现代诗学》，北京大学出版社，2012，第63页。
[②] 同上。

情既不排斥自我，也不背弃人民，反而，既要抒"自我之情"，也要抒"人民之情"。这与戴望舒的"情绪和谐论"比较吻合。他说，诗是"以文字来表现的情绪的和谐"①。至于怎样才能使诗歌抒情做到"情绪的和谐"，关键在于如何理性把握好抒情主体的"情度"——情感的量是否饱和、情感的质是否醇正。针对当年到处弥漫的不守纪律的"抒情主义"，梁实秋以白璧德的新古典主义和亚里士多德的"净化"为支援，充满喟叹地说："'抒情主义'的自身并无什么坏处，我们要考察情感的质是否纯正，及其量是否有度。从质量两方面观察，就觉得我们新文学运动对于情感是推崇过分。情感的质地不加理性的选择，结果是：（一）流于颓废主义，（二）假理想主义。"②总之，要用理性节制情感，要把生活情感转化为艺术情感。

百年新诗抒情传统比较丰厚。它们在不断地唤醒和重临中，如幽灵般不断与现代抒情彼此呼应和创化，因而也就不断地厚植起来。正如莎士比亚的影响对英国文学来说是一场巨大灾难那样，新诗抒情传统也给新诗继续发展带来了不小的阴影，致使新诗抒情越来越趋向同化和固化。新诗抒情追寻"纯艺术"，外加社会运动风起云涌，还有西方新的诗学理论及时输入，致使新诗抒情"在凝聚了强大能量的同时，也蕴含着内爆的危机和走向衰颓的可能性"③。为化解新诗"抒情之困"，抵御遍及新诗领域的情绪感伤和政治感伤，一批现代派诗人主动摒弃西方诗歌的抒情观念，与时俱进，与西方现代诗观念对接，提出"诗底戏剧性"④。袁可嘉说："'客观联系物'彻底粉碎了这种几近自杀的狭窄圈子，吸收一切可能的相关的感觉方式，平行或甚至相反的情绪都可融在一起，假使你具有足够的'融'的能力，现代诗中所表现的现代人思想感觉的细致复杂，戏剧意味的浓厚——实际上就等于说，人性的丰富——不可比拟地超过了幼稚而天真的浪漫诗人。"⑤更有甚者，利维斯在其《作为诗人的约翰逊》里说，"没有戏剧感觉"，"不能戏剧性地呈现或构思他的主题"，是差诗人的表

---

① 戴望舒：《诗论零札》，《华侨日报》"文艺周刊"1944年2月6日。
② 梁实秋：《现代中国文学之浪漫的趋势》，《浪漫的与古典的》，新月书店，1927，第16页。
③ 张松建：《抒情主义与中国现代诗学》，北京大学出版社，2012，第75页。
④ 袁可嘉：《新诗戏剧化》，《诗创造》1948年6月第12期。
⑤ 袁可嘉：《论诗境的拓展与结晶》，《经世日报》"文艺周刊"1946年9月15日第5期。

现。① 徐迟倡导"抒情的放逐"②。艾略特说："诗歌不是感情的放纵，而是感情的脱离；诗歌不是个性的表现，而是个性的脱离。当然，只有具有个性和感情的人们才懂得想要脱离这些东西是什么意思。"③ 虽然他们口头上说"放逐""脱离"，但是他们的原意不是弃绝抒情，而是要用"非个人化"的新的表现手段以期达到诗意效果。持新诗戏剧性观念的诗人，不是从情感而是从经验出发，并且用理性和机智来调动、组织经验，尤其是那些具有戏剧性的现代经验，或者说直接凸显经验里具有矛盾冲突的元素，创作出具有较强思想内涵和艺术张力的现代诗。这种戏剧性新诗曾有效地克服了新诗创作领域里大面积存在的主观主义和公式主义。卞之琳的《断章》，把一些在时空上具有相对意义的元素并置在一起，使得"看"与"被看"、"装饰"与"被装饰"、主体与客体、实体与表象、微观与宏观具有戏剧性，传达出诗人片刻体悟到的心情或意境。戏剧性新诗里的经验，有些是直接经验，有些是间接经验。它们平常散落在世界的各个角落，彼此之间没有多少关联，更谈不上戏剧冲突；只是当诗人把这些平日里见惯不惊的经验"特别一提"即艺术转化之后，它们之间的戏剧性才得以彰显。这种对经验的诗性处理，西方叫"陌生化""文学性"，中国叫"化腐朽为神奇"。当然，这些经验，有的的确是"陌生"的；有的却很熟悉，只不过诗人要使熟悉的经验再次陌生化。正是在这个意义上，我们才声称：诗是发现，不是发明。超现实主义所想象的西红柿上跑马、苹果上驰象常常为人诟病。其实，西红柿上跑马、苹果上驰象，这些"超验"的想象，完全可以成为艺术性的想象，也可以说是具有梦幻性质的经验，完全没有必要大惊小怪，更不能妄加指责。总之，新诗戏剧化，需要很强的理性，很高的机智和很妙的技巧。首先，戏剧性新诗里的主体常常是分裂的。在一首戏剧性新诗里，通常有两个或两个以上的主体，比如，有感性的主体和理性的主体，有现实的主体、历史的主体和梦幻的主体，等等。穆旦《诗八首》就存在此种分裂的现代主体。早在1948年，唐湜就说，穆旦诗中的自我是一分为二的，一个是自然的生理的自我，一个是社会的

---

① 转引自 S. W. 道森《论戏剧与戏剧性》，艾晓明译，北京昆仑出版社，1992，第106页。
② 徐迟：《抒情的放逐》，《星岛日报》"星座"1939年5月13日。
③ 托·斯·艾略特：《传统与个人才能》，《艾略特文学论文集》，李赋宁译注，百花洲文艺出版社，1994，第11页。

心理的自我。① 正是这种分裂的自我,使得穆旦诗歌呈现情感线团化。其次,戏剧性新诗的"线团型情感",是通过"冷抒情"的表现方式呈现的,具体来说,是通过使用象征、暗示和玄学等现代技法达到戏剧化的诗歌效果的。不过,对于新诗戏剧化而言,如果用脑过度,用力过猛,再加上违背生活逻辑、过分追求戏剧化紧张冲突的艺术效果,"戏份"过足,就会出现雕琢痕迹,产生"做诗"的嫌疑。也许,正是出于此种考量,史蒂文斯才说"诗必须成功地抵制智力"②。其实,王维老早就把思维视为写诗的"毒龙"加以防御。③ 这是由于诗的基质是情,而不是智,智只是达情的手段之一。因此,我们不能错把手段当作目的,一犯再犯本末倒置的错误。质言之,新诗写作可以"跨文体"地借鉴戏剧的表现技法,克服自身艺术表现的惰性和疲乏,提升和增强自身的表现张力,拓宽自身艺术表现的新的可能和时空;但切不可将其视为一场智力竞赛,更不可故弄玄虚,最终写出一些不知所云的"诗谜"来,就像近年来出现的机器人"小冰"所谓的"写诗"那样。我想,没有几个人会认同机器人根据预先设计好的软件程序随机排列组合出来的分行文字是诗吧!

回到日常,回到常态,已然成为自新诗诞生以来一直隐而不现但在 20 世纪 80 年代中后期强劲表现的诗学张目和诗歌特色。如果说此前的新诗写作多为在庙堂里、广场上的主流意识形态写作,那么 80 年代中后期的新诗写作则更加倾向于民间写作了。在西方现象学、后现代主义、解构主义等人文思潮的影响下,在国内政治生态和思想渐进解放的历史条件下,"日常生活美学"开始消解"启蒙美学"和"革命美学",具体到新诗写作而言,就是"第三代诗歌"以及 90 年代的"民间写作"和"知识分子写作"的高调登场。从历史脉络和直接影响上看,90 年代"民间写作"是 80 年代中后期"第三代诗歌"的接续发展;而 90 年代"知识分子写作"是对 80 年代前期"朦胧诗"的反思与创化,其转向的风向标是欧阳江河的宏论《1989 年后国内诗歌写作:本土气质、中年特征与知识分子写作》。"民间写作"与"知识分子写作"诗学观念上的分歧以及历史上的矛盾由

---

① 唐湜:《穆旦论》,《中国诗歌》1948 年第 8~9 号。
② 史蒂文斯:《扛东西的人》,《史蒂文斯诗集》,西蒙、水琴译,国际文化出版公司,1989,第 152 号。
③ 参见王维《过积香寺》里的诗句"薄暮空潭曲,安禅制毒龙"。

来有自。晚清前，知识分子几千年来在政治舞台上发挥着"为天地立心，为生民立命，为往圣继绝学，为万世开太平"（张载）的重要作用。晚清后，知识分子退出庙堂、走上社会，对底层进行启蒙，鼓动他们去翻身解放。但"属下能说话吗？"① 底层能担当叙述主体吗？历史经验表明，从五四到延安文艺座谈会，包括工农兵在内的底层，仍不是叙述主体！站在发言席上的依然是知识分子。真正的底层认识不到他们是具有共同阶级意识的共同体。"他们无法表述自己；他们必须被别人表述。"② 此后虽然有很长一段时间，党和国家力挺工农兵当家做主，请他们到政治舞台中心发言；但自改革开放以来，在多元价值体系下，底层话语再次退为背景，知识分子的再启蒙话语重新登台，使得文学的底层结构再度缺失；到了80年代中后期，草根性的底层话语以"新民间文学"③ 的面貌，在攻坚克难中东山再起，并以造反的极端方式，力图恢复文学的底层结构。但是，底层话语与知识分子话语之间，有无对话的可能呢？就90年代的诗歌论争来说，表面上看，对话是不能的；其实，往深里看，对话却在悄然发生，而且是以诡异的、对抗的方式进行的，如西川当年在诗中所言，"从一场蒙蒙细雨开始"。以我个人之见，民间写作对文学底层结构的修复，并与文学上层结构乃至文学中层结构一道，创建均衡发展的文学社会，所做出的历史贡献要远远大于知识分子写作。尽管两者都主张并践行新诗叙事④；

---

① 参见南帆《五种形象》，复旦大学出版社，2007，第46页。
② 〔美〕萨义德：《东方学》，王宇根译，三联书店，1999，第29页。
③ 参见欧阳友权《网络文学概论》，北京大学出版社，2008，第104～109页。
④ 叙事不等于叙述，叙事通常包括故事、话语和叙述，因而叙事性不同于叙述性。诗歌叙事性也不等于叙事诗，但包括叙事诗。诗歌叙事性是一种比较新的诗学观念。在国内，20世纪90年代有臧棣、孙文波、程光炜、王家新、姜涛等人纷纷撰文进行探究；在国外，这方面研究的专家有布赖恩·麦克黑尔、费伦、彼德·许恩、迪普莱西、约翰·肖普托等。而且，臧棣与布赖恩·麦克黑尔都提到了"诗歌叙事学"，臧棣写有《记忆的诗歌叙事学——细读西渡的〈一个钟表匠的记忆〉》（参见臧棣、肖开愚、孙文波编《激情与责任：中国诗歌评论》，人民文学出版社，2002），布赖恩·麦克黑尔写有《关于建构诗歌叙事学的设想》；显然，臧棣比较感性、比较微观，而布赖恩·麦克黑尔比较理性、比较宏观。布赖恩·麦克黑尔从诗歌的故事、话语和视角层面，以及诗歌自身的韵律、字词、短语、行、句、节、章等这些他所指称的诗歌"段位"，全面深入地讨论了诗歌叙事性；总之，布赖恩·麦克黑尔的"诗歌叙事学"，"重点探讨了叙述序列与诗歌文本的相互关系，以及叙事性与段位性之间的相互强化、相互对位、相互抵消的方式"（参见布赖恩·麦克黑尔《关于建构诗歌叙事学的设想》，尚必武、汪筱玲译，《江西社会科学》2009年第6期）。

但是前者把叙事姿态放得更低，使叙事视角尽可能客观，努力看到眼前的事物、日常生活的场景和普普通通的生活细节。要做到这些，在当时，对一个诗人来说，是多么难啊！毕竟，叙事性的民间写作，其场景细节、客观视角、叙述风格、摇曳句法，既从诗体类型上改造并丰富了诗歌想象力，也从实际效果上给新诗写作与阅读带来了潜力、活力和冲击力。那么，我们如何估价民间叙事性新诗的消极面呢？首先，这种民间叙事性新诗写作体现的是一种亚文化。诗歌主体自恋倾向严重，有时还故作自我矮化的恶作剧。叙述主体不停地絮叨，叙述吃喝拉撒睡；而且其叙述语调要么冷嘲热讽，要么波澜不惊，呈现一种自然主义的写作态度，乃至有人讥之为"段子诗歌"、口水诗。民间写作还存在明显的物质主义倾向，把琐碎灰暗视为一切；但这并非生活的真相，更不是生活的全部。"生活是一圈明亮的光环"[1]。诗人要把内心的光亮传给世人。海子曾恳切地吁请道："诗人必须有力量把自己从大众中救出来，从散文中救出来，因为写诗并不是简单的喝水，望月亮，谈情说爱，寻死觅活。重要的是意识到地层的断裂和移动，人的一致和隔离。诗人必须有孤军奋战的力量和勇气。"[2] 其次，民间叙事性新诗写作努力把新诗写得不像诗，不像先前那种抒情性和戏剧性那般诗意浓浓的诗，有行为主义的嫌疑。再次，民间叙事性新诗写作把新诗写成"说话的诗"，主张陈述即展示——不只是诗人在自说自话，而且让语言说出它自己，更有甚者，仿佛不是诗人在陈述、展示，而是语言在自动陈述、展示。这就使得此类写作具有存在论的哲学意味。诗里的一切均不言自明。诗里常常出现"是""在""有"这样一些自明性的词语，完全不顾念词语、陈述、展示的历史图谱，仿佛以此宣示：诗只有陈述！诗到陈述为止！最后，民间叙事性新诗写作采用的是"说话"的叙述方式，常常出现"以文为诗"的状况；尽管有"散文诗"一体，但我们不少诗人在看到诗与文统一性的同时却没能区分两者的矛盾性，致使许多叙事性很强的诗类同于分行的散文。郑敏曾经警示：虽然有跳跃，不一定是好诗；但是没有跳跃的诗，仅"尸存"而已！[3] 概言之，新诗在叙事时，切不可把"叙"变成"絮"，不能深陷"事"潭，亦不能就事论事。

---

[1] 〔美〕伍尔夫：《论现代小说》，《论小说与小说家》，瞿世镜译，上海译文出版社，1986，第 8 页。
[2] 西川编《海子诗全编》，上海三联书店，1997，第 888 页。
[3] 郑敏：《中国诗歌的古典与现代》，《诗歌与哲学是近邻》，北京大学出版社，1999，第 318 页。

如果从通常意义上的"现代"进行考察，在新诗百年的历史进程中，新诗的抒情性给人"前现代"感觉，仿佛新诗的戏剧性才是十足的"现代"，而新诗的叙事性给人冷冰冰的"后现代"的感受。如果从"诗皆抒情"的"泛抒情论"出发，新诗一开始推崇"抒情主义"，随后由于诗歌内外变迁，更由于诗人对于抒情的再认识、再发现和再巩固，"反抒情主义"和"深度抒情"（新诗戏剧性和新诗叙事性）的呼吁与实践就出现了。由此，我们不难认识到，新诗抒情性、戏剧性和叙事性，的确存在一个明显的"进化"过程，给人节节攀升的良好感觉，而且仿佛后来者都是对前者的危机、断裂与超越，长江后浪推前浪，一个比一个先锋，不先锋，毋宁死！先锋永远在路上！好像只有先锋方能推动新诗进步。先锋就像一条疯狗不停地追赶着诗人一路狂奔！这种各领风骚不几年的窘迫和焦虑，使得诗人们在还没有做好充分准备的情况下，不得不通过炫奇搞怪等类似于行为艺术的方式来标明自己先锋的符号、身份和形象，从而制造了比比皆是的"伪先锋"，给新诗带来了灾难性的虚假与媚俗。时至今日，先锋观念以及先锋行为本身，说轻一点，已经黯淡无光，说重一点，令人不胜其烦。其实，我不大赞同新诗历史进化观。就新诗"三性"而言，后来者未必就比前者优秀，因为对文学来说，进化不等于进步！无论是就"文类"还是就"模式"而言，新诗"三性"难分伯仲。它们只是表明百年新诗在不同历史阶段各有侧重而已。我们可以把后者视为对前者的纠偏、丰富和创化。正如一首诗在另一首诗中那样，一种诗观也往往在另一种诗观里。然而，许多诗人持新诗历史进化观和新诗"永远先锋观"，因此总好以先锋者自居自傲，仿佛先锋就等同于优秀；"因新障目"，看不到自身的历史与传统，仿佛自己是从石头缝里蹦出来的，仿佛自己写的诗字字句句都是神来之笔，首首篇篇都是旷世杰作！因而也就不会从前人那里汲取营养，出现营养不良也就顺理成章了。申言之，如果持新诗抒情性观、持新诗戏剧性观、持新诗叙事性观的诗人们懂得彼此欣赏，互为借镜，相互成就，并且能以反讽贯之，我所说的大诗和伟大的诗就有可能产生。正是基于此，我主张：以抒情性为基质的新诗"三性"，必须进行诗性的深度融合。

诗学视域中"歌词"身份考辨

傅宗洪　西华师范大学文学院

歌词在历史上有种种的称谓：歌、声诗、歌诗、词、诗馀、音乐文学等，尽管称谓有别，但其所指涉的对象均为这样一种抒情文类：在文体特征上基本类同于"书写—阅读"式的诗，但通过谱曲并以人声为传播媒介、以听觉为接受方式的文学样式。这样的类型划分十分重要，它既标示出歌词所属的知识谱系，又在这样的谱系中凸显对象的独特性和自足性。换句话说，在抒情文学的种族中，除了人们长期谈论、研究的供案头阅读的"诗"以外，还有另一个重要的抒情话语类型——歌词。

"歌词是诗吗？"许多人在遭逢我这一陈述的时候，心中的疑云可能会油然升起。

一

传统中国关于"诗歌"的命名及其理论描述从来都是"诗"与"歌"的双向展开：离乐为"诗"，和乐为"歌"；所谓"诗歌"，即是对"信口而谣"的诗与"和乐而唱"的歌的命名，所谓"律其辞之谓诗，声其诗之谓歌"①，即是对歌词"和乐而唱"性质的肯定。也就是说，"诗歌"原本是一个复合性名词，涵括了抒情文类的两种基本类型——"诗"与"歌"。任半塘先生将前者称为"徒诗"，后者称为"声诗"。② 对"诗歌"这一概

---

① 陈仲子：《音乐与诗歌之关系》，原载《音乐杂志》1920年第1卷第2号，见王宁一、杨和平主编《二十世纪中国音乐美学文献卷（1900～1949）》，现代出版社，2000，第59页。
② 参阅任半塘《唐声诗》，上海古籍出版社，2006。

念内涵的认定，在今天已经超越了学术界，成为一种社会"通识"。比如《辞海》对"歌"作了这样的解释："能唱的诗。《书·舜典》：'诗言志，歌咏言。'孔传；'谓诗言志以导之，歌，咏其义以长其言。'是古代诗与歌的区别。后来也称诗为'歌诗'，现代则统称'诗歌'"①；《现代汉语词典》解释歌曲为"供人歌唱的作品，是诗歌和音乐的结合"②。

朱光潜先生从艺术发生学的角度对"诗""歌"的同源性进行了辨析：

> 从多方面的证据看，在起源时诗歌音乐跳舞是一种混合的艺术。……它们公同的命脉在节奏，或者说，它们是同一节奏的三方面的表现。在这种混合艺术中，诗歌可以忽略意义，跳舞可以忽略姿态，音乐可以忽略和谐（melody）。它们的主要功用都在点明节奏。后来原始的歌舞混合的艺术逐渐分化，诗歌偏向意义方面走，音乐偏向和谐方面走，跳舞偏向姿态方面走，于是逐渐形成三种独立的艺术，它们虽然分立，却都还保存它们的原始的公同的命脉——节奏。③

从古文字学考察，"诗"字的"言"，是人的嘴含着笛子的象形，"寺"是人的舞蹈的象形，而"歌"与"啊"通，这也表明诗、乐、舞在起源上的同一性。对于这种同源性，中国古典诗论均有过层出不穷的阐释，《毛诗序》就认为，"情发于声，声成文谓之音"；朱熹则认为："人生而静，天之性也。感于物而动，性之欲也。夫既有欲矣，则不能无思。既有思矣，则不能无言。既有言矣，则言之所不能尽，而发于咨嗟咏叹之余者，必有自然之音响节奏而不能已焉。此诗之所以作也。"④

在西方语言中，lyric 既是指歌词，也可作"抒情"解，作为一个文学理论的概念，它有着特殊而丰富的意义。在欧洲文学传统中，lyric 一词是从古希腊文中的七弦琴（lyre）一词演变而来的。"lyre"原指一种由七弦琴伴唱的抒情短歌，后来发展为意指一种偏于个人内心情感的文学类型。

凡此种种，其实都在逼近这样一个事实："诗"与"乐"是血脉相连、

---

① 参阅《辞海》，上海辞书出版社，1999，第 4345 页。
② 参阅《现代汉语词典》，商务印书馆，2005 年第 5 版，第 459 页。
③ 朱光潜：《从研究歌谣后我对于诗的形式问题意见的变迁》，原载《歌谣》1936 年第 2 卷第 2 期，见《朱光潜全集》第 8 卷，安徽教育出版社，1993，第 414~415 页。
④ 朱熹：《诗传序》。

不可分离的一种关系类型。

但是,"诗"与"乐"最终走向了分化,促使这一分化的根本原因是人类语言的发明与逐渐的成熟,其显著的标志便是文字的出现。自从文字出现以后,诗歌表情达意的工具由言语进化为文字,"诗歌遂复分化而为两种形式。诗自诗,而歌自歌。歌如歌谣、乐府、词曲,或为感情的言语之复写,或不能离乐谱而独立,都是可以唱的。而诗则不必然"[1]。不过,这样的分化并非一蹴而就,而是有着漫长的进化过程。就中国诗歌的演变史来看,它大致经过了四个时期:(1)有音无义时期,(2)音重于义时期,(3)音义分化时期,(4)音义合一时期。[2] 学界普遍认为,"音""义"的分化起始于战国时代,荀子把"诗"与"乐"分开,各自变成了表现圣人之道的不同方面,"诗"变成了《诗经》,"乐"变成了《乐记》;一个派生出"诗学",一个连接到"乐论"。从荀子开始的这种音乐与文学的分离,向来被认为是文学独立发展的标志——诗歌不仅寻找到一条不依附音乐而谋求其独立的文学空间开创之路,而且,在诗歌内部也开始了"诗"与"歌"的分裂,前者完全独立于音乐而存在,后者则依然保持着与音乐的紧密联系——和乐而歌。不过,即使努力谋求自身文学潜能的挖掘与文学价值的增长,"诗"最终不能完全离开音乐而存在,恰如朱光潜先生所言,"诗本出于音乐,无论变到怎样程度,总不能与音乐完全绝缘"[3]。从中国古代诗歌的演进历程我们也可以看出,"音乐性"这一奠基性机制怎样韧性地制约着同时推动着中国诗歌的发展:汉代的五言诗来自乐府歌词,乐府的发展原本就是音乐性的发展;从魏晋南北朝到唐代,诗歌创作表现出一种强烈的不依附音乐旋律与节奏运动的形式美,意象的娴熟经营与意境的精致构造均向世人表明,中国诗歌的空间开创已经达到了一个历史的峰顶。不过,成熟往往意味着衰落的开始,高峰轮廓线的逐渐清晰则意指波谷的接踵而至——"诗歌到唐代已经做完"——这几乎成了学界的一种共识。但就是在唐代,与精美绝伦的文人诗逆向展开的还有另

---

[1] 郭沫若:《论诗三札》,杨匡汉、刘福春编《中国现代诗论》上编,花城出版社,1985,第51页。
[2] 参阅朱光潜《诗论》,《朱光潜美学文集》第2卷,上海文艺出版社,1982,第201~202页。
[3] 同上书,第202页。

外的一条路径：教坊梨园和青楼唱诗。随着唱诗的大行其道，一种对"文学性"高度发达的近体诗形成强烈解构之势的新的诗体样式——词——开始了中国诗歌重返音乐故里的历程。当词被士大夫接受并自觉参与后，民歌又以一种反叛的姿态疏离了文学性，再度向音乐性靠拢，以至于文人士大夫也把这些民歌称作"真诗"。

由此可以看出，中国诗歌并非走着一条不断寻求"文学性"的进化之路，而是在"文学性"与"音乐性"之间不断逆反、以否定自身价值来获取更大发展的两极"振荡"之路。有学者认为，中国诗歌在"诗"与"歌"之间振荡的根本原因是其艺术特征上的二重性："从诗歌的原始性质来看，它是音乐性的，也就是说是情感在时间过程中运动所构成的形式，审美体验方式是咏叹的、节奏化的运动形式；而作为文学的诗歌则在分离和独立发展中形成了第二种性质或者说是继发的性质，这是文学性的，即在想象的空间进行意象构造的，审美体验方式是回忆、联想和想象的空间形式。"[①]

可以说，"诗"与"歌"共同构成了中国传统抒情话语的基本"力场"，古典诗歌的发展就是这两种类型的此消彼长、互为参差、相互涵养、共同推进的历史过程。

二

西方文学由于一以贯之的叙事传统，诗歌的这种两极振荡的特征并没有中国诗歌那么突出，但是，其发展也与我国诗歌类似，经历了由与音乐相伴到独立成诗的阶段。从其发展历程中我们也可以看出，诗歌并没有温顺地臣服于强大的文学力量，诗人们不断地冲破坚固的"文学性"藩篱，寻求与音乐家的握手言欢：莎士比亚、拜伦、雪莱、歌德、海涅、普希金、莱蒙托夫、伊萨科夫斯基的许多作品都是借重音乐的翅膀，才得以飞越重洋，传遍全世界。尤其是歌德的诗，堪称歌唱的典范。据统计，仅由舒伯特、贝多芬、古诺、莫索尔斯基等世界著名作曲家谱曲且传播到中国来的就有《野玫瑰》《魔王》《五月之歌》《土拨鼠》《花之歌》等二十多

[①] 参阅高小康《在"诗"与"歌"之间的振荡》，《文学评论》2002年第2期。

首。歌德之外，其他如莎士比亚的《听，听，云雀》《布谷》、彭斯的《友谊地久天长》《我心怀念高原》、海涅的《乘着歌声的翅膀》《洛雷莱》、席勒的《欢乐颂》、雨果的《小夜曲》等，都是脍炙人口的诗人与音乐家握手言欢的珍贵遗产。象征主义诗歌运动的蓬勃兴起，就源于其肇始者对浪漫主义诗歌无节制倾诉以及由此带来的散文化倾向的不满，他们要"向音乐要回属于他们的财产"[1]。诗歌"歌唱性"的原始性质为诗人们提供了重新审视诗歌创作价值建构模式的另一维度，因为，在所有的艺术之中，音乐是最能体现远离"再现性"而追求"纯粹性"的艺术形式，因而也更能表现灵魂的细腻、幽微、缅邈与丰富；象征主义作为一种追求对内在心灵进行"暗示"而非对自然进行模仿的诗学，自然而然地在音乐中看到了自己的理论与实践基础。尽管这一诗美潮流曾因将诗歌引向神秘主义的渊薮而不断遭人诟病，但其对音乐精神的执拗追求又体现了对诗歌的本质特性的透彻领悟。有趣的是，曾经直接给予象征主义诗歌以深刻音乐启示的作曲家瓦格纳，对音乐与诗的再度联姻也表达了一个音乐家的独特看法，他在1860年所撰写的《论音乐的信》中就认为，音乐作为一种诉诸灵魂的语言，为了展示"另一个世界"并使其传达的信息为公众接受，它必须得到诗歌的帮助。诗歌与音乐应当达到一种互补性，而同时超越自己的局限性。[2]

不过，真正被公众所接受的并非瓦格纳那些呕心沥血的音乐剧——尽管这些作品卓越地体现了他的诗歌与音乐"互补"的理想，而是以摇滚、乡村民谣等为发端的流行歌曲。进入20世纪以后，随着机械电子传媒技术的日益普及，流行音乐以其通俗质朴、亲切随和的风度很快击退了音乐剧等近代音乐与文学相结合的形式而成为大众真正的宠爱；大众在这里读出了自己的心事，也读出了属于自己时代具有广泛辐射力的人性的声音。从象征主义诗歌寻求音乐力量的支持与瓦格纳等音乐家寻求诗歌力量的帮助，到流行歌曲将这样的理想从艺术的高端灌注到社会的底层，我们可否将之看作西方正在走着一条结束诗歌与音乐相分裂的道路？从原始的诗、

---

[1] 〔法〕瓦雷里：《女神的知识·前言》，转引自董强《梁宗岱：穿越象征主义》，文津出版社，2005，第167页。
[2] 参见董强《梁宗岱：穿越象征主义》，文津出版社，2005，第170页。

乐、舞的合一到后来三者的逐渐分化,再到现代流行音乐对动态参与①的询唤,这三种艺术是否又在谋求一种新的综合?

三

早在20世纪初始,维新运动的主将梁启超就对中国近世诗歌中音乐精神的丧失表达过痛切之情:"本朝以来,则音律之学,士大夫无复过问,而先王乐教,乃全委诸教坊优伎之手矣……若中国之词章家,则国民岂有丝毫之影响耶?推原其故,不得不谓诗与乐分之所致也。"在他看来,"盖欲改造国民之品质,则诗歌音乐为精神教育之一要件";他甚至将这一问题上升到国家治理的高度:"此非徒祖国文学之缺点,抑亦国运升沉所关也。"②

遗憾的是,梁启超的这些显得有些惊世骇俗的痛切之思并没有很好地成为中国现代诗学建构的可贵资源。一个不容辩驳的事实是,关于现代"诗歌",迄今学界中的多数人依然把它理解为一个单解性概念而根本忽略了它的复合性质——"诗"与"歌"的复合构成;而且,长期以来,我们的理论描述和文学史叙事都隐含着这样一种内在理念:"诗"即"诗歌"。于是,作为诗歌重要组成部分的歌词往往被弃置在诗歌的疆域以外;更为糟糕的是,我们已经借助现代性的理念建立起一种迥异于汉语诗学传统的现代诗学观念,由此还表现出一种本质主义倾向,即把同质性、整一性看作现代诗歌的内在景观。于是,在现代诗学的历史建构中,歌词往往被排除于文学正典之外。也即是说,在现代抒情文类的话语谱系中,歌词一直是无处栖身的。作为现代诗歌类型之一种,它却几乎从文学学科的视野中

---

① 所谓"动态参与",从艺术形态学的角度看,也就是诗歌、音乐、舞蹈三者再度"联手"的一种重要的话语实践方式,是三种艺术类型自我否定式的"回旋"发展。恰如诗论家唐晓渡所言:"艺术创造及其发展有自身独特的时间方式,这是一个被'时间神话'一再遮蔽乃至取消,而今天仍然面临着类似危险的命题……这是在表面看来一去不返、分分秒秒都在死去的时间中回旋、逆折,忽而升腾其上,忽而深潜其里,聚散不定、辐射无疆的生生不息的时间,是不断从历史性中寻求活力和可通用性,而又通过共时呈现对抗、消解和超越其历时性的时间,是空间化了的时间、时间中的时间!"参见唐晓渡《时间神话的终结》,《文艺争鸣》1995年第2期。

② 以上引文分别见梁启超《饮冰室诗话》第77则、第54则,人民文学出版社,1959。

消失。我这样说，并非意指诗界与学界完全无视歌词的存在，而是说他们大多对于歌词的文学合法性缺少足够的同情，偶有提及歌词，往往在态度上也是模棱两可或者语焉不详，甚至是避而不谈。比如，兼有诗人、理论家双重身份的金克木先生，他一方面认为"歌也属于广大的诗的范围"①，诗人可以创作有韵诗和能唱的歌②；但另一方面他又回避谈"歌"，在其著名论文《论中国新诗的新途径》一开始"阐明题旨"的时候，他就特别指出："为方便起见，将歌提出来姑且不论。"③ 这样的"取消"意味深长，但肯定和他个人的诗学观念有关。诚如洪子诚先生所言，对于这些人文知识分子，"新文学不是意味着包容多种可能性的开放格局，而是意味着对多种可能性中偏离或悖逆理想形态的部分的挤压、剥夺，最终达到对最具价值的文学形态的确立。也就是说，五四时期并非文学百花园的实现，而是走向'一体化'的起点：不仅推动了新文学此后频繁、激烈的冲突，而且也确立了破坏、选择的尺度"④。恰是这样的"破坏"与"选择"，对于作为原生形态的文学史具有强大的"解构"力量。

现代诗歌自诞生以来，关于诗歌的知识性书写基本上就围绕着"诗"展开，某种普遍性的——其实是基于知识分子化的审美期待或者说是基于现代纯文学约束的——"诗"话语，成为审视、评价现代诗歌历史的主要标准，由此逐步建立起一个自足的、封闭的、"制度化"的诗歌历史的想象空间。反观业已完成的层出不穷的"诗歌史"就可以看出，与其说是"诗—歌"的历史，不如说是一代又一代从事"书写—阅读"式诗歌创作与理论批评的人，根据自己的诗学观对徒诗历史进行阐释而产生的"叙述"史。学界在使用"诗歌""新诗"等概念的时候，除了特殊情况，所指即是这一类型的诗歌。从这里我们可以看出，"一个概念形成之后，维持这种概念纯粹本质的冲动就会逐渐加强。这种本质主义的冲动导源于静

---

① 柯可（金克木）：《论中国新诗的新途径》，原载《新诗》1937 年第 4 期，参见杨匡汉、刘福春编《中国现代诗论》上编，花城出版社，1985，第 259 页。
② 参见金克木《杂论新诗》，《新诗》1937 年第 2 卷第 3、4 期合刊；参见潘颂德《中国现代新诗理论批评史》，学林出版社，2002，第 305 页。
③ 见杨匡汉、刘福春编《中国现代诗论》上编，第 259 页。
④ 洪子诚：《关于 50~70 年代的中国文学》，《当代文学概说》，广西教育出版社，2000，第 22~23 页。

态的分类体系——仿佛所有的分类体系都是一铸而定，不可更改"①。金克木的对歌词的避而不谈的背后，其实所隐藏的无不是这种维护"现代诗歌"概念本质纯粹性的学术冲动。

四

和其他的文学种类相比，歌词的传达方式不是"说"，而是"歌"，它的接受方式不是"看"，而是"听"。这就注定歌词永远是一种"另类"的文学样式。理想境界的歌词都不是叙说的，而是歌唱的，因此从歌词诞生的那天起它就和音乐结伴而行甚至浑然一体。

即以《诗经》开篇之作《关雎》为例。作为孔子《论语》中唯一做出具体评价的作品，《关雎》在文学史上地位显赫，但是，仅就文学文本而言，这首作品可以说乏善可陈。更多的人在对之进行分析、解读时往往用心于在其情感内蕴上作道德文章。颇可玩味的是，孔子在评价它时，却说"关雎之乱，洋洋乎，盈耳哉"②，欣悦、激动之情溢于言表。那么，这种感动从何而来？在我看来，除了文辞之外，更主要的是来自其合乐的歌唱以及演唱时的现场感——"乱"字泄露了天机。对此，音乐史家杨荫浏进行了大胆的美学想象："很可能，它有着华丽的光彩，热情的气氛；很可能，它已不像一般的民歌那样，仅由一个人唱，而是有多人参加同唱；也很有可能，它已不限于一般无伴奏的民歌唱法——所谓'徒歌'，而已有着器乐的伴奏与烘托。"③换句话说，孔子"乱"的迷醉体验是来自音乐介入后所产生的综合性的"询唤"力量，来自现场表演对歌词简单甚至有些呆板的结构模式的冲破及由此带来的"狂欢化"情景。

这样看来，歌词中有一部分和音乐是重合的，在那个部分里，歌词和音乐是同一个东西。抛弃了对这一部分的注意，歌词肯定难逃"诗馀"的命运（从文学研究的角度看，长期以来我们对它的"误读"恰恰是从这里开始的）；但如果我们能够紧紧抓住这一部分，就会发现歌词的天地有一种仅属于它的审美的神圣与光荣，其内部可以言说的东西也是丰富而深广

---

① 南帆：《后革命转移》，北京大学出版社，2005，第266页。
② 孔子：《论语·泰伯》。
③ 杨荫浏：《中国古代音乐史稿》上册，人民音乐出版社，1981，第61~62页。

的。这种丰富与深广表现为：歌唱中的歌词不仅进入听众——从文学接受的角度看即是读者——的思想，更重要的是进入听众的感觉系统，甚至进入听众的无意识。规训感觉、感性、感官经验和无意识是作为文学的歌词的擅长，它的思想即是从这里启动的。而且，如果我们突破"新批评"等以"文本"为中心的封闭式批评模式的话，就会发现这样一个事实：一个社会的文化记忆绝不仅仅是由一系列文学经典构成的。在这个巨大而又无形的记忆空间中，处处密布的不是文学经典的网络，而是大多不能登大雅之堂因而处于边缘和无序状态的大众文学——包括以歌词为主体的大众抒情文学。在这样的意义上，我认为我们有必要对乔纳森·卡勒的如下质疑给予充分的重视："杰出的文学价值这个观点本身一直是个值得争议的问题。它是不是把某一种文化的利益和目的神化了，好像只有它们才是评价文学优劣的唯一标准？"[①] 沿着卡勒的质疑，我们可以进一步追问：从这种已经"制度化"的审美前提出发，是否会遮蔽现代诗歌对多种可能性形态的追寻？其他可能性的形态就诗歌本体而言是否具有合法性？这样的合法性因素是否能构成现代诗歌既有空间的有效成分以及未来诗歌发展的内在动力？凡此种种，均构成现代诗学可以进一步展开与延伸的并非"鸡肋"一般的话题。

其实，这样的质疑并非始于今日，而是伴随着现代诗歌发展演变的整个过程。比如，关于现代诗歌"歌唱性"匮乏的批评便是其中之一；这一尖利的"话语"形象曾将它自己多次塑造成现代诗潮的"主角"，它本身就可以构成现代诗歌的一部"问题史"。鲁迅作为现代诗歌初期建设的参与者，即是一个坚定的维护"唱诗"合法性并积极倡导现代诗歌坚守"歌唱性"的文学家。在其为数不多的关于新诗的文字中，他多次表达过自己一以贯之的观点：

  诗须有形式，要易记，易懂，易唱，动听，但格式不要太严。要有韵，但不必依旧诗韵，只要顺口就好。[②]

  我只有一个私见，以为剧本虽有放在书桌上的和演在舞台上的两种，但究以后一种为好；诗歌虽有眼看的和嘴唱的两种，也究以后一种为好；

---

① 〔美〕乔纳森·卡勒：《文学理论》，李平译，辽宁教育出版社、牛津大学出版社，1998，第52页。
② 鲁迅：《致蔡斐君》，《鲁迅全集》第13卷，人民文学出版社，1981，第220页。

可惜中国的新诗大概是前一种。没有节调，没有韵，它唱不来；唱不来，就记不住，记不住，就不能在人们的脑子里将旧诗挤出，占了它的地位。许多人也唱《毛毛雨》，但这是因为黎锦晖唱了的缘故，大家在唱黎锦晖之所唱，并非唱新诗本身，新诗直到现在，还是在交倒楣运。[①]

从这些文字中我们可以看出，鲁迅先生尤为关注"唱"对于新诗走出"倒霉运"的重要意义——黎锦晖的成功在他看来主要就是"唱"的成功。鲁迅的如上论述，虽然曾经反复被学界引用，但由于被限定在"纯粹"诗歌的逼仄范围，因而其隐藏着的更为深广的诗学光辉并没有能够充分释放出来，其所言之"歌唱性"问题往往也只是作为"文本化"诗歌的文体特征而得到阐发。

20世纪90年代以后，随着一批具有一定人性深度与艺术冲击力的流行歌曲作品（其中尤其是以崔健为代表的摇滚歌曲以及以罗大佑等人为代表的城市民谣），对朦胧诗所占据的抒情话语空间的蚕食及主流文化界对这些作品的接纳，作为抒情文类重要一脉的歌词开始引起了学术意义上的关注，不少学界人士撰文对之进行批评；其中尤其值得一提的是，谢冕、钱理群先生主编的《百年中国文学经典》将崔健的歌词选入[②]，陈思和主编的《中国当代文学史教程》将崔健的歌词《一无所有》作为"正典"纳入文学史的阐释视域中[③]，随后由陈洪主编的《大学语文》选入了罗大佑的歌词《现象七十二变》。[④] 对于歌词，也是对于现代诗歌，这一系列的

[①] 鲁迅：《致窦隐夫》，《鲁迅全集》第12卷，人民文学出版社，1981，第556页。
[②] 谢冕、钱理群主编《百年中国文学经典》北京大学出版社，1996，第7卷选入崔健摇滚歌曲《一无所有》《这儿的空间》的歌词。
[③] 参见陈思和主编《中国当代文学史教程》第十九章第二节"摇滚中的个性意识：《一无所有》"，复旦大学出版社，1999。
[④] 该教材为普通高等教育"十五"国家级规划教材，2005年3月由高等教育出版社出版，《现象七十二变》列入其"诗歌篇"。在"导语"中，编者认为："今天的流行歌曲，或许就是明天的诗。以此审视，流行歌曲自有超越通俗文化的意义与价值。罗大佑歌曲的价值，在于他唱出了二十世纪八九十年代，海峡两岸中国青年面临社会转型时所特有的迷惘、困惑、痛苦和思考。"此教材的主编、教育部中文学科教学指导委员会副主任、南开大学教授陈洪认为，流行歌曲通常被定位在大众文化，不能进入严肃艺术的范畴，离文学似乎更远，其实这是短视的偏见。从诗歌历史看，很长一段时间内，诗就是歌，歌就是诗。中国早期的"诗三百"都是有曲调、可以吟唱的。诗不能吟唱，是最近一百年的事。从这个角度看，现代的流行歌曲，就是传统意义上的乐府诗。参见2005年4月4日"新华网"胡梅娟的报道。在随后出版的三卷本《〈大学语文〉拓展读本》中，编者又分别选入了港台音乐人李宗盛、梁弘志、黄霑等人的歌词作品多首。

"编选"或"叙事"意味着,歌词作为现代诗歌的一部分,从此开始走向合法化、正典化了。这是现代诗学发展值得予以关注的新动向。

基于这样的诗学背景,我认为我们有必要对中国现代诗学的内部空间进行一次历史诗学的解构,对持续不断地维护"诗歌"概念纯粹本质的观念大胆质疑,将"歌词"这一在抒情话语现代转型后相对独立发展的类型纳入新的历史诗学建构体系中,对其进行合理的历史阐释与价值评估,释放长期以来被主流观念压抑的这一重要的诗歌现象,由此凸显现代诗歌发展的另一个向度。

近十年来走向世界的郭沫若研究

魏　建　山东师范大学文学院

学术研究的国际化程度是衡量一个学科或研究对象学术水准的重要标尺。作为具有世界影响的中国文化巨人，郭沫若虽出自中国，但郭沫若研究不应局限于中国境内，而应是属于世界的。最近十年，在中外学者的共同努力下，郭沫若研究的国际化程度不断推进和扩展，不仅提升了自身的学术水平，而且带动了相关研究领域的国际化步伐。

上篇　国外风景

2008年以来，郭沫若和郭沫若研究在国外的境遇与国内对待郭沫若的态度出现了很大的反差，国外郭沫若研究的热度远超出国内学人的想象。首先，外国学者发起、在国外名校注册成立了国际郭沫若学会（IGMA）；其次，在国外频繁地举行郭沫若研究的国际学术研讨会或高端学术论坛；最后，郭沫若研究的国际化不断扩大：从亚洲到北美，到欧洲，到大洋洲，再到非洲。这十年来一次次在国外举行的国际学术会议，成为郭沫若研究国际化不断扩展的一个个重要标志。

（一）"福冈会议"：一个重要的起点

2008年8月31日至9月2日，日本郭沫若研究会与日本九州大学共同举办了"郭沫若与日本"国际学术研讨会。会议在福冈日本九州大学举行。应邀参加学术研讨会的有来自日本、中国、韩国的郭沫若研究专家近40人。在会上发言或书面发言的33人，其中做学术报告者29人[1]。中国

---

[1] 〔日〕岩佐昌暲等：《郭沫若的世界》，日本花书院，2010，第265~266页。

社会科学院郭沫若纪念馆的蔡震研究员在会上做了题为《"郭沫若与日本"在郭沫若研究中》的"基调讲演",认真梳理了这一课题所取得的研究成绩和存在的不足,并提出了如何深化的具体意见。这次会议虽然叫国际学术会议,其实更像是双边的学术对话。对话主要是在中日两国的学者之间展开的。双方发言的人数几乎对等,会议的工作语言有两种:日语和汉语。日本郭沫若研究会会长岩佐昌暲教授的发言,主要论述了20世纪初期日本文坛的未来派文艺思潮如何通过荻原朔太郎影响了郭沫若的思想和创作。中国乐山师范学院税海模教授对郭沫若留学日本的三个方面的人生意义做出了较为充分的论证。会上讨论最集中、最深入的话题是,福冈与《女神》的关系。澳门大学教授朱寿桐对郭沫若创作的空域背景的研究,上海财经大学教授武继平对博多湾赋予《女神》两种性格的探索,日本学者小崎太一对《女神》与游泳的分析和岸田宪也对郭沫若眼中"千代松原"的考察,共同深化了对郭沫若留日时期特定空间因素与其早期新诗创作的思考。日本学者横打理奈和中国学者陈俐对郭沫若与医学关系的研究,日本学者大高顺雄和中国学者魏建对郭沫若与外来文学/文化关系的研究,等等,都引起与会者的重视。此外,以藤田梨那为代表的一些日本学者和以黄曼君为代表的一些中国学者的研究成果,都不同程度地推进了郭沫若研究的深化。这次会议的论文集《郭沫若的世界》[①] 2010 年在日本正式出版发行。

福冈会议的意义有两点值得总结。首先,这是郭沫若研究中、日两国前沿学者的一次深层次学术对话。日本学者擅长的史料考证和中国学者擅长的义理阐释,在这次会议上相互补充,相互促进,相得益彰。其次,正是在这次福冈会议上,中、日、韩三国学者的代表酝酿组建一个真正国际性的郭沫若研究的学术组织,并发起筹办一次真正国际化的郭沫若学术研讨会。

(二)"华盛顿会议":IGMA 的诞生

2009 年 8 月底,第一次国际郭沫若学术研讨会在美国约翰斯·霍普金斯大学华盛顿特区学区召开。来自美国、中国、日本、韩国、中国台北、中国澳门的 30 位专家出席了这次会议。出席这次会议的学者被戏称为国际

---

① 〔日本〕岩佐昌暲等:《郭沫若的世界》,日本花书院,2010。

郭沫若学会的"一大"代表。这次会议具有多方面的里程碑意义。里程碑意义之一是诞生了国际性的郭沫若研究组织——国际郭沫若学会。该学会在美国注册，办公地点设在位于华盛顿特区的约翰斯·霍普金斯大学。该学会至今每1~2年举办一次国际学术会议。里程碑意义之二，这次会议的中心议题是国际化的——"世界文学与文化视野下的郭沫若"。里程碑意义之三，多国学者在会议中心议题之下，分别就"国际郭沫若研究活动""郭沫若与文学研究""郭沫若与中国文化和中国文字研究""郭沫若诗词研究""郭沫若生涯与国际关系和文学""郭沫若与历史和医学"等专题进行了各自的学术探讨。中国郭沫若研究会会长蔡震、日本郭沫若研究会会长岩佐昌暲、韩国外国语大学教授朴宰雨分别介绍了所在国郭沫若研究的情况。除获奖论文外，日本学者藤田梨那、大高顺雄、河内利治等，美国学者陈小明、周海林等，韩国学者李琮敏、赵洪善、林大根等人的论文和发言都给与会者留下了深刻的印象。日本学者藤田梨那根据论文内容分别运用日语、英语和汉语的学术发言，充分展示了国际化学者的多语交流能力。这次会议设立了"IGMA优秀研究论文奖"和"IGMA优秀青年论文奖"。中国山东师范大学教授魏建论文《郭沫若文学佚作的报告》、中国澳门大学教授朱寿桐论文"On the Area Background GuoMoruo's Writings"、韩国东国大学教授金良守论文《凝视"关东大地震"的三个视线：郭沫若·李箕永·中岛敦》、中国北京师范大学教授李怡论文《欲望的生成与焦虑的克服》、中国台湾修平技术学院副教授金尚浩论文《论郭沫若浪漫爱情诗的思维意象》荣获"IGMA 2009优秀研究论文奖"。日本九州大学博士研究生岸田宪也论文《试论日本九州大学所藏郭沫若相关文物》、中国华北科技学院讲师钱晓宇论文《并非矛盾之选》荣获"IGMA 2009优秀青年论文奖"（以上均按公布和颁奖顺序排列）。国际郭沫若学会创会会员来自13国50多人[①]。出席这次会议的会员代表选举藤田梨那为国际郭沫若学会会长、魏建为执行会长，选举藤田梨那（日本）、魏启明（美国）、张宽（美国）、魏建（中国）、朱寿桐（中国澳门）、李怡（中国）、金良

[①] 以上论文内容详见"PROCEEDING OF INTERNATIONAL GUO MORUO ACADEMY（First World Congress of the International GuoMoruo Academy）"Johos Hopkins University Washington DC, USA August, 2009；会议信息参见钱晓宇《第一届世界郭沫若研究学会（IGMA）学术研讨会纪要》，《郭沫若学刊》2009年第4期。

守（韩国）、许福吉（新加坡）为首届理事会理事。以这次会议为标志，郭沫若研究迈开了真正国际化的步履。

（三）"圣彼得堡会议"：空前的国际化

2012 年 6 月底，第五届远东文学研究论坛暨纪念郭沫若诞辰 120 周年学术研讨会在俄罗斯圣彼得堡举行。主办方是圣彼得堡大学、国际郭沫若学会、中国社会科学院郭沫若纪念馆，承办方是圣彼得堡大学东方系及孔子学院。这也是国际郭沫若学会主办的第三次学术研讨会（第二次学术研讨会 2010 年在中国举行）。本届论坛共有五个议题，第一个议题是"纪念中国现代文豪郭沫若先生诞辰 120 周年及其对人类文明的贡献"。在这个中心议题之下，还设立了四个分议题：一是郭沫若与 20 世纪国际文化交流——郭沫若与俄罗斯文学、欧美文学及远东文学；二是郭沫若的多元学术成果：史学、考古学、文字学、书法等；三是郭沫若研究的国际性空间；四是郭沫若的海外传播。论坛邀请两人做主旨报告，一位是俄罗斯科学院院士 B.C. 米亚斯尼科夫教授，另一位是中国山东师范大学魏建教授。

在推动郭沫若研究的国际化方面，这次会议"亮点"颇多。首先，这是第一次在欧洲举行的郭沫若国际学术研讨会；其次，与会学者的国别大大增加，来自俄罗斯、中国、美国、日本、澳大利亚、斯洛伐克、保加利亚、奥地利、乌克兰、韩国、瑞士等 11 国的 30 多位专家在会上做了关于郭沫若研究的学术发言；最后，外国学者提交的论文对郭沫若的世界意义做了多方位的阐发，其中，俄罗斯学者表现突出。他们多是从人类文明的视野来观测郭沫若。

会议更大的"亮点"来自俄语世界的中国文化光彩。俄罗斯汉学家以良好的汉语基础和中国文化功底投入这次郭沫若研究的盛会。前四届远东文学论坛的工作语言都是俄语和英语。我本人接到做主旨报告的邀请后，要求论坛的工作语言加上汉语。从此开始，以后的历届远东文学论坛将汉语作为工作语言成为定例。这次论坛期间，俄罗斯汉学家们的中文水平之高、对中国文化理解之深，明显高于其他国家的非华裔学者。这次论坛的 logo 就是俄罗斯人设计的：一幅惟妙惟肖的郭沫若剪纸头像，其色块和较粗的线条由 120 枚郭沫若印章组成。据说，这些印章都是设计者亲自篆刻的。印章形状大小不一；印文有阳文、有阴文，不仅安排得匀称妥贴、疏密统一，而且讲究章法和意趣，显示了极高的中国文化造诣。主持分论坛的俄罗斯学者还能适时地用汉语插科打诨。本届论坛提交的学术论文特别多,论文集编为三大卷,于会前出版。[①]

(四)"维也纳会议":单向深入的突破

2014年9月11~14日,国际郭沫若学会第四次学术研讨会在奥地利维也纳大学举行。会议主题是:"医学·文学·身体"。会议由维也纳大学东亚研究所及维也纳大学孔子学院承办。与会学者来自中国、日本、法国、德国、马来西亚、奥地利、斯洛伐克等国家。此次会议的所在地,是著名学者弗洛伊德曾经工作过的地方。会议主题"医学·文学·身体"与这样一个具有特殊意义的地点有着密切的关联。

这次会议的专题性很强,在国际郭沫若学会历史上是学术研究"单向深入"的成功范例。会上宣读的多篇论文受到与会者的关注并引发进一步的学术思考:法国巴黎第七大学Victor Vuilleumier的论文《身体的再现、医学与解剖:20与30年代郭沫若小说里的一种含混的态度》,分析了郭沫若小说如何把他对于身体的再现以及对于身体的叙述进行医学化的观测,进而创造出对于身体的一种新再现。并且,医学与身体作为符号或隐喻来运作,承载可能的意义的双重方向:个体或民族,主体性或客观化。山东师范大学魏建的论文《郭沫若"弃医从文"考辨》在会上发表后引发热议。论文以大量的史料考证否定了郭沫若"弃医从文"的学界定论,尽力复原被"弃医从文"说所简化的丰富内涵,并揭示出郭沫若人生选择的复杂性和多种可能性。中国社会科学院郭沫若纪念馆李斌的论文认为:学医受挫,给郭沫若带来了"推理的真"的匮乏,这一匮乏急需新的科学理论弥补。通过翻译《社会组织与社会革命》,接受马克思主义理论使这一匮乏得到满足,并成为他此后精神生活的重要一维。日本国士馆大学藤田梨那的论文以《残春》为例,分析结核病作为隐喻在郭沫若小说叙事中发挥的作用,并且发掘出这种小说叙事与这个时期郭沫若尝试心理描写、告白,重视自由恋爱、张扬个性的深层关系。中国社会科学院郭沫若纪念馆张勇的论文在梳理郭沫若留日期间医学专业的学习与早期翻译活动有关史料的基础上,考证郭沫若从事白话文学活动的最初时间,进而回答郭沫若

---

① 《郭沫若研究年鉴》(2012年卷),人民出版社,2013,第385~388页;会议论文集由圣彼得堡大学出版社于2012年出版。

最初文艺选择的方向和创作手法以及早期中国知识分子文化方向抉择等方面的问题。另外，奥地利维也纳大学的冯铁、德国海德堡大学的萧瑟、南京大学的沈卫威、日本法政大学的王敏、马来西亚拉曼大学的许文荣以及日本学者川崎馨子等人的论文和发言也都具有较高的学术水平①，不同程度地深化了对会议主题的思考。

（五）"东京会议"：新的希望

2016 年 8 月下旬，百年来越境的现代中国文学——纪念郭沫若田汉留日一百周年国际学术研讨会暨国际郭沫若学会第五次学术研讨会，在日本东京法政大学召开。会议主要研讨了七大议题：郭沫若留学与异文化认识，郭沫若及田汉留学时期的文学创作，《女神》研究，郭沫若文学对中国古典文学、西方文学、日本文学的接纳与发挥，创造社的文学活动，日本留学生与现代中国文学的关系，等等。来自日本、中国、美国、法国、韩国等国的 40 多位学术同人，围绕上述议题发表各自的研究成果并展开了交流和讨论。中国山东师范大学魏建应邀做了重识《女神》的"基调演讲"，主要是通过重返历史现场，还原被遮蔽或扭曲的《女神》，从而重新认识《女神》对中国诗歌的特殊贡献。中国青岛大学周海波对郭沫若《我国思想史上的澎湃城》做了细致缜密的考论。日本郭沫若学会会长岩佐昌暲《关于 1920 年 3 月田汉博多访问》一文综合日本气象记录等资料，来考辨郭沫若、田汉等人记忆的偏差，显示了日本郭沫若研究界重视史料考辨的学术传统和扎实严谨的优良学风。同样，乐山师范学院廖久明《〈我的丈夫郭沫若〉相关问题梳考》、南京大学沈卫威《郭沫若是如何当选院士的》、华南师范大学咸立强《田汉参加和脱离创造社时间问题的考辨》等文也都是文献史料研究上的佳作。中国社会科学院郭沫若纪念馆李斌、河北师范大学熊权及美国维拉诺瓦大学周海林围绕郭沫若与河上肇关系展开的讨论给人印象深刻。虽然三位学者观点各异，但扎实的功底、较真儿精神和坦荡胸襟展现了优良的研究实力和学术品格。法国巴黎第七大学 Victor Vuilleumier 论文《郭沫若 20 年代〈分类白话诗选〉里的歌德译诗：

---

① 以上论文内容详见 "PROCEEDING OF INTERNATIONAL GUO MORUO ACADEMY (4nd World Congress of the International GuoMoruo Academy)" University Wien, September, 2014；会议信息参见张勇《"医学·文学·身体"第四届郭沫若国际学会双年会议纪实》，《郭沫若研究年鉴》（2014 年卷），中国社会科学出版社，2016，第 425～427 页。

论翻译与陌异性，新诗与跨文化的现代性》从翻译的角度，揭示郭沫若译诗的独特性——在地道的德语分析和诗歌拆解之后，郭沫若在汉语现代改造上的种种尝试被呈现出来。美国布兰代斯大学王璞从翻译与语言的角度考察郭沫若早期新诗，在文学与文化的比较中，用细致的文本分析和语言拆解，还原了诗中"呼语"所代表的"时代精神"。日本国士馆大学藤田梨那的《郭沫若的汉诗创作》，以日本体验为视角比较了郭沫若留学日本前后的古体诗歌的变化，对其接受西方文学的影响和在此影响下重新审视古典诗歌后在旧体与新诗、古典与现代精神上的尝试与突破。中国郭沫若研究会会长蔡震关注到郭沫若在留日期间文学创作的一个特殊现象——古代文学经典的现代改编，通过细致的文本比读，对郭沫若戏剧创作的源头和契机提出了全新的观点。这次会议最可喜的现象是国际郭沫若学会增添了大量年轻新锐，平均年龄比八年前的福冈会议下降了十岁还要多。这为郭沫若研究及其国际化昭示了更大的希望。

（六）"埃及会议"：走进非洲

2018 年 4 月 23～25 日，"郭沫若与世界文化"高端学术论坛在埃及伊斯梅利亚举行，本次高端论坛由中国社会科学院郭沫若纪念馆、埃及苏伊士运河大学共同主办，由苏伊士运河大学孔子学院承办。来自中国和埃及的 30 余位学者参加了论坛，就郭沫若与世界文化以及中埃文化交流等问题进行了学术研讨。中国社会科学院文学研究所刘跃进研究员、埃及爱兹哈尔大学中文系阿卜杜·阿齐兹教授、山东师范大学魏建教授、埃及本哈大学中文系迪娜·图哈米博士做了主旨报告。主旨报告之后，有十余位学者进行了大会学术发言，题目涵盖郭沫若研究的诸多领域，所有学者参加了研讨和交流，这也是埃及的郭沫若专门研究学者首次齐聚一堂。其中，中国社会科学院郭沫若纪念馆赵笑洁的发言概述了郭沫若与埃及的渊源，中国社会科学院文学研究所程凯的发言考察了"和平签名运动"在中国的脉络与郭沫若的作用，中国社会科学院郭沫若纪念馆张勇的发言分析了"一带一路"倡议下如何进行郭沫若文化的海外传播，中国社会科学院文学研究所孙少华的发言论述了郭沫若《十批判书》与"新时代"诸子研究。埃及学者的发言集中在郭沫若文学创作方面，例如哈桑·拉加布教授谈了"郭沫若诗歌创作的新收获"、哈桑·优素福教授论述了"埃及人民眼中的郭沫若诗歌价值"，艾哈迈德·阿布·瓦法先生对郭沫若诗歌《女神》进行了分析，拉沙·卡玛尔女士论述了郭沫若的短篇小说，夏依玛·卡玛尔女士谈到郭沫若翻译作品研究的若干问题。论坛上的讨论十分热烈，学者们纷纷表示，此次高端论坛为埃及的中国学研究，特别是对以郭沫若为代表的现当代文化名人的研究，以及中埃学术和文化的沟通与合作提供了一个重要的平台。苏伊士运河大学语言学院院长哈桑·拉加布教授在闭幕式上希望将高端论坛继续举办下去，使中埃学术交流更上台阶。同时，他提出在埃及设立"郭沫若研究学会"，愿意与中国学者共同推进郭沫若研究的国际化。与此前国内外举办的郭沫若国际学术研讨会相比，这次论坛的学术水平并不高，取得的成果也并不理想，然而，这次论坛有其特殊的意义：这标志着郭沫若研究走进非洲的开始。

近十年郭沫若研究在国外"火"起来了，并不限于以上列举的六次会议，只是这几次会议特别重要而已。这期间国外举办有关郭沫若研究的国际会议还有很多，如2010年6月的日本冈山会议[①]、2016年4月的加拿大温哥华会议等。十年前，国外的郭沫若研究者，主要集中在日本、俄罗斯等少数国家，不仅数量少，而且缺乏联系，呈散兵游勇状态。近十年，随着国际郭沫若学会频繁的学术活动，这些国外的郭沫若研究专家逐渐形成合力，发挥了合作攻关的优势。郭沫若研究，这一中国的学术课题，获得了越来越广泛的国际关注和更开阔的国际视野。

下篇 国内的推动

以上简单梳理了近十年国外郭沫若研究的概况，主要展示的是国际郭沫若学会与其合作单位组织的学术活动。然而，在如此频繁而且方兴未艾的国外郭沫若研究景观背后，有许多来自国内的重要推手。中国境内的一些有关机构、高校和学者做了大量工作，不断推动郭沫若研究的国际化。

（一）中国社会科学院郭沫若纪念馆和中国郭沫若研究会的"组合拳"

在推动郭沫若研究的国际化方面，中国社会科学院郭沫若纪念馆和中国郭沫若研究会贡献最大，近年来的成绩尤为显著，主要表现在以下几个方面。

---

① 《郭沫若研究年鉴》（2010年卷），人民出版社，2011，第320～323页。

1. 通过在国外举办展览和学术讲座，推动郭沫若和郭沫若研究"走出去"

近十年来，中国社会科学院郭沫若纪念馆联合北京八家名人故居在国外频繁地举办"中华名人展"，向国外观众宣传包括郭沫若在内的中国现代文化名人。在这其中中国社会科学院郭沫若纪念馆不仅发挥了重要的纽带作用，而且特别注重加强与当地文化机构、学术机构和高等院校的交流，如2012年法国展期间与法国巴黎中国文化中心的交流[1]、2013年巴基斯坦展期间与巴基斯坦旁遮普大学的交流[2]、2014年土耳其展期间与土耳其DOGUS大学的交流[3]、2015年肯尼亚展期间与肯尼亚内罗毕大学的交流[4]、2016年加拿大展期间与加拿大英属哥伦比亚大学的交流、2016年埃及展期间与埃及苏伊士运河大学的交流等。这些交流活动不同程度地促进了中国郭沫若研究会与这些国外机构的学术交流，甚至成为此后重要学术会议的铺垫。在此基础上，中国社会科学院郭沫若纪念馆与中国郭沫若研究会联手，在国外举办展览期间同时举办有关郭沫若的学术讲座，借以扩大和推进郭沫若研究的海外影响和国际学术交流，如2015年4月中旬中国社会科学院郭沫若纪念馆的研究人员与中国郭沫若研究会的专家应邀出访新西兰举办"郭沫若与路易·艾黎文化展"并举办学术讲座[5]；在2016年加拿大展期间也请中国郭沫若研究会的专家在加拿大英属哥伦比亚大学做了"中国现代文化与郭沫若"的学术演讲。最成功的是，中国社会科学院郭沫若纪念馆在埃及建立了"郭沫若中国海外研究中心"[6]，在埃及苏伊士运河大学孔子学院设立了永久性的"郭沫若生平展"和郭沫若雕像，还与埃及金字塔集团达成协议出版郭沫若作品和郭沫若研究成果的阿拉伯文版。

2. 与国内外学术单位合作，举办郭沫若研究的国际学术研讨会

以往中国郭沫若研究会主要是在中国境内举办学术研讨会和相关学术活动。从2010年起，中国郭沫若研究会、中国社会科学院郭沫若纪念馆先后与

---

[1] 《郭沫若研究年鉴》（2012年卷），人民出版社，2013，第410页。
[2] 《郭沫若研究年鉴》（2013年卷），中国社会科学出版社，2015，第536页。
[3] 《郭沫若研究年鉴》（2014年卷），中国社会科学出版社，2016，第518~519页。
[4] 《郭沫若研究年鉴》（2015年卷），中国社会科学出版社，2017，第448~449页。
[5] 同上书，第445~446页。
[6] 张勇：《"郭沫若中国海外研究中心"成立》，《中国社会科学报》2016年8月19日。

中编　各体文学研究

山东师范大学[1]、西华师范大学[2]、四川省郭沫若研究中心等四川省有关单位[3]、俄罗斯圣彼得堡大学[4]、加拿大英属哥伦比亚大学等单位联合举办国际学术研讨会，而且多是在国外举办。2014 年 6 月，中国郭沫若研究会在贵阳举行学术研讨会，会议主题就是"走向世界的郭沫若和郭沫若研究"[5]。

3. 利用郭沫若研究的连续出版物发表和转载国外的前沿学术成果

从 2011 年起，中国郭沫若研究会、中国社会科学院郭沫若纪念馆先后与山东师范大学、西华师范大学、四川省郭沫若研究中心等单位合作，共同编辑《郭沫若研究年鉴》，每年出一册。《郭沫若研究年鉴》不仅深受郭沫若研究界的欢迎，而且越发受到相关学科学者的高度重视。该年鉴能及时地转载郭沫若研究的最新成果和最新信息，其中包括最前沿的国外郭沫若研究成果，及时报道郭沫若研究的国际化进展。2017 年，中国郭沫若研究会和中国社会科学院郭沫若纪念馆又恢复了中断多年的《郭沫若研究》辑刊，其中特辟"海外研究"专栏，大量发表国外最新学术论文。

4. 以北京郭沫若纪念馆为基地，不断扩大与国外郭沫若研究专家的交流

中国郭沫若研究会和中国社会科学院郭沫若纪念馆以北京郭沫若纪念馆为基地，每年接待大量中外学者与中国学者进行学术交流，几乎所有著名的国外郭沫若研究专家都到该纪念馆做过学术访问。北京郭沫若纪念馆还与国外的一些学术组织一同举办学术交流活动，如 2010 年与国际芥川龙之介学会的交流活动[6]、2012 年与国际博物馆协会文学专业委员会合作举办《女神》克罗地亚文首发式[7]等。另外，北京郭沫若纪念馆已经成为多所国外大学的教学基地，其中与北京语言大学的合作最为成功。这些国际学术交流活动逐年增多，交流程度不断加深。

（二）郭沫若的故乡：认真做推手

郭沫若故乡四川从来就是郭沫若研究的重镇。近十年来，四川郭沫若研究界，对国际化贡献最大的是四川省郭沫若研究中心。该中心 2005 年在

---

[1] 《郭沫若研究年鉴》（2010 年卷），人民出版社，2011，第 309 页。
[2] 《郭沫若研究年鉴》（2011 年卷），人民出版社，2012，第 345 页。
[3] 《郭沫若研究年鉴》（2012 年卷），人民出版社，2013，第 389 页。
[4] 同上书，第 385 页。
[5] 《郭沫若研究年鉴》（2014 年卷），中国社会科学出版社，2016，第 419 ~ 423 页。
[6] 《郭沫若研究年鉴》（2011 年卷），人民出版社，2012，第 360 ~ 361 页。
[7] 同上书，第 410 页。

乐山师范学院成立并被批准为四川省教育厅人文社会科学重点研究基地，2007年升格为四川省人文社科重点研究基地。该中心贯彻机构开放的原则，联合省内外、国内外的郭沫若研究工作者一道，组织重大科研攻关，完成了多项重大成果，如《郭沫若研究文献汇要》《郭沫若研究数据库》《郭沫若在日本的史料搜集及研究》等。后者由日本学者申报，并作为四川郭沫若研究中心重点项目立项资助。该课题获准立项后，日本郭沫若研究会高度重视，组织了实力强大的科研团队参与其事，日本郭沫若研究会会长岩佐昌暲教授和副会长藤田梨那教授亲自主持这一课题的研究。他们充分利用日本公私图书馆的丰富藏书，广泛搜集郭沫若在日本的资料并进行分类整理。该课题已于2010年结项。这些资料为掌握日本郭沫若研究现状，更为郭沫若研究的深化提供了有力的支撑。

四川省郭沫若研究中心、四川省高校多次举办国际学术会议，其中近十年影响最大的是"郭沫若与文化中国——纪念郭沫若诞辰120周年国际学术研讨会"。这次研讨会于2012年11月15~17日在郭沫若诞生地隆重召开。会议由四川省、乐山市及四川有关高校和科研机构与中国郭沫若研究会等九家单位共同举办，由四川郭沫若研究中心等五家单位承办。来自中国、斯洛伐克、克罗地亚、韩国等国的近150名专家学者参加了此次研讨会，共提交会议论文110余篇[1]。

四川省郭沫若研究会主办的《郭沫若学刊》近十年不断开辟有关栏目，如"郭沫若与外国文学""郭沫若与日本""郭沫若作品在国外""郭沫若翻译研究""日本人眼中的郭沫若""中外文化交流"等，定期发表有关国外郭沫若研究的论文和相关信息。四川郭沫若研究中心每年设立一批研究项目，其中总有郭沫若翻译、郭沫若与外国文学、郭沫若与世界文化、郭沫若的海外传播等涉外的研究课题立项。其中，影响最大的是杨玉英主持的《英语世界的郭沫若研究》[2]，该书出版后产生了很大的影响，对推动郭沫若研究的国际化发挥了很大作用。

（三）山东学人的贡献

早在20世纪80年代初，山东就成立了郭沫若研究会。这是除郭沫若

---

[1] 《郭沫若研究年鉴》（2012年卷），人民出版社，2013，第389~393页。
[2] 杨玉英：《英语世界的郭沫若研究》，复旦大学出版社，2011。

故乡四川以外,唯一的省级郭沫若研究学术团体。进入90年代以后,郭沫若研究越发冷寂,难得山东的郭沫若研究学者执着坚守。进入21世纪以来,以山东师范大学为代表的郭沫若研究成绩较为突出。2007年山东师范大学中国现当代文学学科被评为国家重点学科以后,郭沫若研究被打造成一个在国内外影响较大的学术高地。第一个郭沫若研究的国家社科基金一般项目和第一个国家社科基金重点项目都是该学科获得的立项。在这里,郭沫若研究著作的出版、高层次刊物上发表的郭沫若研究论文密度极高。平均两年就有一篇郭沫若研究的博士学位论文在该学科通过论文答辩。

在郭沫若研究的国际化方面该学科贡献更大。其中影响最大的是2010年8月举行的郭沫若文献史料国际学术研讨会暨国际郭沫若学会第二次学术研讨会。此次会议,由中国郭沫若研究会、中国社会科学院郭沫若纪念馆、国际郭沫若学会和山东师范大学联合主办,由山东师范大学文学院中国现当代文学国家重点学科承办。会议主要围绕郭沫若研究的文献史料问题,展开了探索、交流与争鸣。较之以往,这次会议的国际化程度有了大幅度提高。标志之一是与会学者的国别多,包括中国、美国、日本、韩国、斯洛伐克、新加坡、奥地利等7国的学者出席了这次会议。标志之二是海外著名学者多,如欧洲著名汉学家斯洛伐克科学院院士高利克,日本郭沫若研究名家岩佐昌暲、藤田梨那,新加坡著名学者吴耀宗,等等。标志之三是提交会议的论文代表了学术前沿的国际化水平,例如,斯洛伐克学者高利克的论文,从歌德作品的德文原版入手,对照郭沫若的译本,探究郭沫若在最初翻译《浮士德》这一时期所经历的思想变化如何成为他译介这部作品的重要动因;再如,美国纽约大学王璞的论文,打通了郭沫若的文学实践和史学实践,勾勒出郭沫若古代社会想象中的一个特殊谱系——"公"与"私"的变奏,揭示出这种历史想象力所具有的文化政治的能动性;新加坡学者吴耀宗的论文,通过分析郭沫若20世纪20年代多篇小说中的父母杀死亲生子嗣的情节,论述郭沫若这种开拓性艺术经营为中国小说所建构的前所未有的现代性;美国学者周海林对在美郭沫若文学研究的考察、韩国学者林大根通过报刊所挖掘出的郭沫若在韩国的接受情况等,对与会学者都有很大启示。会议期间,国际郭沫若学会再次举行"IGMA优秀青年论文奖"评奖和颁奖活动①。

近十年来山东师范大学中国现当代文学学科在郭沫若研究领域的成绩得到国内外学术界的普遍肯定，应邀出国做郭沫若专题讲座和出席国外郭沫若学术研讨会的学者逐渐增多：2011年3月一人应邀专程到新加坡国立大学中文系做题为《郭沫若的贡献与局限》的学术讲座；2012年6月两人应邀出席在俄罗斯圣彼得堡举行的第五届远东文学研究论坛暨纪念郭沫若诞辰120周年学术研讨会；2013年11月一人应邀到比利时鲁汶大学做有关郭沫若的学术讲座；2014年9月一人应邀到维也纳出席国际郭沫若学会第四次学术年会；2015年4月一人应邀到新西兰路易·艾黎学院访问并做有关郭沫若学术讲座；2016年8月两人应邀出席在日本东京举行的国际郭沫若学会第五次学术年会；2017年4月一人应邀出席在加拿大英属哥伦比亚大学举行的国际学术研讨会，还为该校亚洲学院的师生做了有关郭沫若的学术演讲。2016~2017年魏建的论文被日本郭沫若研究会会长岩佐昌暲教授译成日语在日本《郭沫若研究会报》上连载。

国际化不仅是要"走出去"，还要"请进来"。在"请进来"方面该学科也做了大量工作。近十年山东师范大学两次邀请德国波恩大学教授沃尔夫冈·顾彬到该校访问，第一次是2012年6月专程来做学术讲座，第二次是2015年5月来出席学术论坛做大会发言；邀请日本郭沫若研究会会长岩佐昌暲教授于2010年8月来该校做学术演讲；邀请国际郭沫若学会会长日本国士馆大学藤田梨那教授分别于2010年和2015年来该校做专题学术讲座；2016年9月邀请法国巴黎第七大学汉学研究中心主任宇乐文来该校做专题学术讲座。以上这些人都是国外研究郭沫若的一流学者。另外，该校连续编辑出版了国际郭沫若学会学术研讨会论文集，如2010年的国际学术研讨会论文集《郭沫若文献史料研究与国际视野》于2011年出版；2014年的国际郭沫若学会第四次学术年会论文集《医学·文学·身体》中文版于2015年出版。

十年来郭沫若研究在国际化方面取得了显著的成绩，但也存在不少问题，例如，郭沫若研究的国际化来得太快，多数中国大陆学者明显跟不上，在外语水平、国际交流经验等方面大都落后于国外学者；对于研究对

---

① 《郭沫若研究年鉴》（2010年卷），人民出版社，2011，第309~319页。

象的国际化潜质,无论中国学者还是外国学者都远没有挖掘出来;中国大陆学者尚未实现与国际通用的学术范式、学术理念、研究方法、研究手段等方面的全面对接;如何解决国际化与本土化的关系,多数中国学者在理论上并未弄清楚;一些国际学术会议论文集的中文版至今未能出版;等等。

然而,我们不应该为"国际化"而"国际化"。推动"国际化",既是为了世界,又是为了中国,更是为了解决中国当下的学术问题。增强我们与外国学者的学术对话固然重要,推动郭沫若与国内学者的学术对话更加重要,因为国内学人有些对郭沫若的偏见较深,隔膜较厚。近十年来郭沫若研究国际化步伐的加快,受益于国内郭沫若研究的推动,而国外郭沫若研究对国内学术研究的大力助推,才是郭沫若研究界以及相关学科专家们更想看到的。

[原载《山东师范大学学报》(人文社会科学版)2018年第4期]

论鲁迅散文的文体艺术[*]

汪文顶　福建师范大学文学院

鲁迅是举世公认的散文大师。研究鲁迅散文，历来注重其思想艺术的突出贡献；对作为文体家的鲁迅在散文文体上的独到成就，因散文的文体研究缺乏像诗学、小说叙述学那样可用的方法论而难以措手和深化。本文试图从典范文本的解读入手，围绕"怎样写"的问题，着眼于语言、章法和体性等文体要素，对鲁迅各体散文的文体成就进行较为具体的探讨。

一　鲁迅杂文的论辩风骨

鲁迅毕生以杂文创作为主。他从 1918 年开始为《新青年》写稿，在创作小说的同时写了一批随感录和《我之节烈观》等长文，参与现代杂文草创期短评和随笔两类文体的创制。到了《语丝》时期，他自觉转向杂文写作，坦然自称：

> 也有人劝我不要做这样的短评。那好意，我是很感激的，而且也并非不知道创作之可贵。然而要做这样的东西的时候，恐怕也还要做这样的东西，我以为如果艺术之宫里有这么麻烦的禁令，倒不如不进去；还是站在沙漠上，看看飞沙走石，乐则大笑，悲则大叫，愤则大骂，即使被沙砾打得遍身粗糙，头破血流，而时时抚摩自己的凝血，觉得若有花纹，也未必不及跟着中国的文士们去陪莎士比亚吃黄油面

---

[*] 本文为国家社科基金重大项目"两岸现代中国散文学史料整理研究暨数据库建设"（项目编号：18ZDA264）的阶段性成果。

包之有趣。①

这种文体选择，既适应时代的启蒙和战斗需要，又出于自己自由思想和自由言说的内在需求，具有率性书写、自创新体的自觉性和使命感。1927年大革命失败以后，他更专注于杂文创作，既把杂文锻造成为"感应的神经""攻守的手足"②，又造就"论时事不留面子，砭锢弊常取类型"③的论战艺术，富有"和现在切贴，而且生动，泼刺，有益，而且也能移人情"的艺术特长，从而引领杂文"侵入高尚的文学楼台"④，跃居散文史以至文学史的主流。

鲁迅杂文公认是现代中国的思想高峰和文学宝藏。鲁迅博大精深的思想智慧在杂文中表现得最为自由而充分，杂文就相应成为鲁迅思想最为得心应手、契合无间的表达形式。因此，鲁迅杂文成为思想与文体互动相生、完美结合的典范，以至成为现代杂文的一种代称。

"鲁迅的文体简练得像一把匕首，能以寸铁杀人，一刀见血"⑤，郁达夫的论断代表了世人的一种定评。这一特长主要见之于鲁迅的杂感短评。鲁迅最早结集的杂文集《热风》，专收1918～1924年所作随感录和短评，既充满破旧立新、启蒙觉世的五四精神，又显示简练警策、犀利辛辣的个人特色。例如，开篇的《随感录二十五》，针对国人对于孩子"只要生，不管他好不好"的问题，从"立人"的思想高度和历史进化的眼光，看出"小的时候，不把他当人，大了以后，也做不了人"的严重危机，并嘲讽"只会生，不会教"的"孩子之父"一类"父男""还带点嫖男的气息"，希望开办"父范学堂"，让他们变成"'人'之父"，"生了孩子，还要想怎样教育，才能使这生下来的孩子，将来成一个完全的人"。这篇随感录只有上千字，即小见大，由表及里，炼意遣词，切中要害，既有"父男"加"嫖男"的尖锐讽刺，又有"父范学堂"的善意幽默，还有"'人'之父"和"'人'的萌芽"的热切期望，一开始就确立其杂文是"有情的热

---

① 鲁迅：《〈华盖集〉题记》，《鲁迅全集》第3卷，人民文学出版社，1981，第4页。
② 鲁迅：《〈且介亭杂文〉序言》，《鲁迅全集》第6卷，人民文学出版社，1981，第3页。
③ 鲁迅：《〈伪自由书〉前记》，《鲁迅全集》第5卷，人民文学出版社，1981，第4页。
④ 鲁迅：《徐懋庸作〈打杂集〉序》，《鲁迅全集》第6卷，第291～292页。
⑤ 郁达夫：《〈中国新文学大系〉散文二集导言》，《中国新文学大系·散文二集》，上海良友图书印刷公司，1935，第14页。

讽"而非"无情的冷嘲"①的热讽基调。

在《语丝》和《申报·自由谈》时期，鲁迅的杂感短评更为丰富多彩、精悍老辣。《华盖集》及其续编中的《忽然想到》《无花的蔷薇》等系列小品，整部《伪自由书》《准风月谈》和《花边文学》，以及其他大量的千字文，大多是匕首式的短评，具有尖锐犀利的穿透力和简隽辛辣的杂文味。其中，有格言警句，如《无花的蔷薇之二》中的"血债必须用同物偿还。拖欠得愈久，就要付更大的利息！"这是对"三一八惨案"的愤怒声讨，更是对历史哲理的深刻提炼。有类型形象，如《夏三虫》中的蚊子和苍蝇，《一点比喻》中的山羊，《小杂感》中的叭儿狗，《二丑艺术》中的二花脸，简直是勾魂摄魄的讽刺漫画。也有归谬反讽，如《文章与题目》，针对"攘外必先安内"的反动政策及其各种辩护文章，设想还有三种"新花样的文章"，"不但做得出，而且也行得通"，即"安内而不必攘外"、"不如迎外以安内"和"外就是内，本无可攘"，反话正说，归谬审丑，把反动当局的卖国嘴脸揭露无遗。还有辩证思辨，如《战士和苍蝇》在形象对比中揭示："有缺点的战士终竟是战士，完美的苍蝇也终竟不过是苍蝇"，"虽然生着翅子，还能营营，总不会超过战士的"，言近旨远，一语破的。

鲁迅文体的简练是他思想敏锐深刻的表征和结晶。他曾在《两地书》中与许广平探讨过文体问题。他批评有些"辩论之文"，"历举对手之语，从头至尾，逐一驳去，虽然犀利，而不沉重，且罕有正对'论敌'之要害，仅以一击给与致命的重伤者"②。自称"好作短文，好用反语，每遇辩论，辄不管三七二十一，就迎头一击"③。还说"猛烈的攻击，只宜用散文，如'杂感'之类，而造语还须曲折，否，即容易引起反感"④。他所作短文，总是抓住要害，凝思炼意，揭开表象透视内里，撇开枝蔓切中肯綮，而又意到笔随，删繁就简，巧用反语，曲尽其妙，造就犀利辛辣、简练隽永的效果，极大地提升了杂感短评的论辩艺术。

鲁迅杂文还有从容舒卷、议论风生的随笔体长文，增强了杂文的思辨

---

① 鲁迅：《〈热风〉题记》，《鲁迅全集》第1卷，人民文学出版社，1981，第292页。
② 鲁迅：《两地书·一〇》，《鲁迅全集》第11卷，人民文学出版社，1981，第40页。
③ 同上书，第47页。
④ 同上书，第97页。

性和扩张力。他的杂文集《坟》与《热风》有所不同，专收较长的文章，大多以随笔漫谈、游刃有余见长，又有妙语连珠、警策精悍之风。其中，《我们现在怎样做父亲》承《随感录二十五》立意而畅论父子问题，也就是"革命要革到老子身上"了。他依据进化论思想，比随感录更深入更系统地剖析"父为子纲"旧伦理旧孝道的反动性和荒谬性，提倡"幼者本位""解放子女"的新思想新道德，呼唤"觉醒的父母，完全应该是义务的，利他的，牺牲的"，"对于子女，应该健全的产生，尽力的教育，完全的解放"，"自己背着因袭的重担，肩住了黑暗的闸门，放他们到宽阔光明的地方去；此后幸福的度日，合理的做人"。全文洋洋洒洒近万言，"一面清结旧账，一面开辟新路"，大破大立，大爱大憎，立论高超，辩驳有力，引证周密，说理深透，议论风发，文气充沛，显示了鲁迅杂文特有的历史广度、思想深度和艺术高度。《我之节烈观》《娜拉走后怎样》《再论雷峰塔的倒掉》《论"费厄泼赖"应该缓行》等，也都具有深广透彻、汪洋恣肆的论辩风度。

《坟》中的《春末闲谈》和《灯下漫笔》，进一步提高了随笔体杂文的艺术品位。《春末闲谈》从细腰蜂的麻醉术谈到统治者的愚民统治术，视角独到，思索深广，由此及彼，鞭辟入里。开头谈起细腰蜂捕捉小青虫的情景，特别生动风趣。"瞥见二虫一拉一拒的时候，便如睹慈母教女，满怀好意，而青虫的婉转抗拒，则活像一个不识好歹的毛鸦头"，这拟人的妙喻真让人忍俊不禁，更让人想探个究竟。于是科学来"搅坏了我们许多好梦"，揭穿了细腰蜂的鬼把戏："她知道青虫的神经构造和作用，用了神奇的毒针，向那运动神经球上只一螫，它便麻痹为不死不活状态，这才在它身上生下蜂卵，封入窠中。……"由细腰蜂麻痹术的精明可怕引发了作者的深广联想，这类人间"毒针"，早有"我国的圣君，贤臣，圣贤，圣贤之徒"在炮制和施行了。然而，"治人者虽然尽力施行过各种麻痹术，也还不能十分奏效，与果蠃并驱争先"。这笔锋一转，承前启后，剥笋见心，看穿了统治者狡诈而又无能的底细，提升了立论审丑的制高点。于是，他以反讽的笔调、归谬的手法，戏拟统治者的心思和口吻，设想他们的"棘手"之处，只能采用"禁止集合""防说话"等专制手段，还是"无法禁止人们的思想"，从而对造物主怀有"三恨"，以致为了维护暂时的统治，"也还得日施手段，夜费心机，实在不胜其委屈劳神之至……"

这荒诞的心机，是典型的戏拟，绝妙的反讽，诛心的妙论，凸显了鲁迅杂文的讽刺锋芒。结尾借用《山海经》中刑天的神话传说，进一步抨击统治者的痴心妄想，他们梦寐以求的"理想底好国民"，是"没有了头颅，却还能做服役和战争的机械"，而刑天却还要"执干戚而舞"，连陶渊明也歌咏其"猛志固常在"，"可见无头也会仍有猛志，阔人的天下一时总怕难得太平的了"。这类戏拟体察入微，逼真传神，思辨透彻，庄谐杂出，深化了麻醉统治术险恶、荒谬而终将失败的主旨，强化了全文的讽刺效果。

《灯下漫笔》有两则，其一论治乱循环。从时局变动中钞票兑换银元的一件小事下笔，引发感想，转入正题："我们极容易变成奴隶，而且变了之后，还万分喜欢。"这看似小题大做，实为借题发挥，别有见地，由感性体验升华为理性透视，透过现象看到问题的实质，洞见国人的奴性心理和奴隶处境。他引经据典，历数改朝换代时期的治乱更替，抨击官府和强盗的杀掠争斗，体察百姓的怕乱苟安心理，从而直截了当地把一部中国史概括为两个时代的循环："一，想做奴隶而不得的时代；二，暂时做稳了奴隶的时代。"这论断一针见血，振聋发聩！他联系现实，暗讽又处在"想做奴隶而不得"的时代，热切希望人们特别是新一代青年"不满于现在"而"创造这中国历史上未曾有过的第三样时代"。其二，紧接上文反封建奴役的主题而另辟蹊径，转入对"中国固有文明"的集中批判。他透视以等级制为基础的封建礼教，"其实不过是安排给阔人享用的人肉的筵宴"。对此，他早在小说《狂人日记》中就批判过，因为"这人肉的筵宴现在还排着，有许多人还想一直排下去"，促使他在杂文中一再加以抨击，大声疾呼："扫荡这些食人者，掀掉这筵席，毁坏这厨房，则是现在的青年的使命！"

《春末闲谈》和《灯下漫笔》是鲁迅杂文中谈古论今、嬉笑怒骂的名篇，也是鲁迅杂文艺术成熟的显著标志。闲谈漫笔的随笔体裁，给予作者自由广阔的思辨空间和随意挥洒的创作自由。他把历史与现实、微观与宏观、行为与心理、具象与抽象有机结合起来，从渊博学识中提取典型材料，从生活现象中发掘普遍问题，透过现象抓住要害，深入剖析，触类旁通，见常人所未见，言前人所未言，直捣封建"铁屋子"的思想根基。他以理性照妖镜洞彻一切鬼把戏，以漫画似的形象勾勒和戏拟的心理刻画揭穿丑类的真面目，在夹叙夹议、舒卷自如中饱含着愤怒与鄙夷的战斗激情，充满着嬉笑怒骂、所向披靡的讽刺锋芒，也透露出真理在握、沉着应战的哲人风度。这类文史随笔名篇，还有《坟》中的《说胡须》《看镜有感》，《而已集》中的《魏晋风度及文章与药及酒之关系》，《南腔北调集》中的《由中国女人的脚，推定中国人之非中庸，又由此推定孔夫子有胃病》，《且介亭杂文》中的《关于中国的两三件事》《买〈小学大全〉记》《病后杂谈》，《且介亭杂文二集》中的《在现代中国的孔夫子》《"题未定"草》，等等。

《记念刘和珍君》和《为了忘却的记念》则是纪念性杂文的代表作。前者不是一般的悼念文章，而是一篇战斗檄文，也是一篇哲理诗篇。开头交代写作缘由，充满着爱憎分明、悲愤交加的激情，并将思想激情升华为哲理警句："真的猛士，敢于直面惨淡的人生，敢于正视淋漓的鲜血。"这给全篇的立意确定了诗化哲理的制高点。随即进入第二部分的纪念内容，回忆与刘和珍交往的往事，描述刘和珍遇难的经过和场景，突出她"始终微笑着"的温和性情与"临难竟能如是之从容"的勇毅品格，"当三个女子从容地转辗于文明人所发明的枪弹的攒射中的时候，这是怎样的一个惊心动魄的伟大呵！中国军人的屠戮妇婴的伟绩，八国联军的惩创学生的武功，不幸全被这几缕血痕抹杀了"，以强烈的对比和愤激的反语抨击军阀政府屠杀爱国青年的暴行，进而迸发出悲愤激昂的警句："惨象，已使我目不忍视了；流言，尤使我耳不忍闻。我还有什么话可说呢？我懂得衰亡民族之所以默无声息的缘由了。沉默呵，沉默呵！不在沉默中爆发，就在沉默中灭亡。"情理交融，力透纸背。最后进一步开掘惨案的教训和意义，即事究理，具象含情。一是徒手请愿无济于事，"人类的血战前行的历史，正如煤的形成，当时用大量的木材，结果却只是一小块，但请愿是不在其中的，更何况是徒手"。二是"血痕"必将"扩大"，"苟活者在淡红的血色中，会依稀看见微茫的希望；真的猛士，将更奋然而前行"。三是"中国的女性临难竟能如是之从容"，"这一回在弹雨中互相救助，虽殒身不恤的事实，则更足为中国女子的勇毅，虽遭阴谋秘计，压抑至数千年，而终于没有消亡的明证了。倘要寻求这一次死伤者对于将来的意义，意义就在此罢"。全篇因情生文，即事见理，义正词严，情理兼到。鲁迅的独到见识远超当时所有的纪念文章，他的沉痛悲愤和血性骨气也是无与伦比的。

《为了忘却的记念》也是情真意切、有血有肉的纪念文杰作。全文着重记述与自己交往较深的殷夫、柔石两烈士的文艺活动和遇难经过。选写与殷夫三次相见的情形，显示殷夫的诗人性格，并非"高慢"而是敏感、热情，既是诗人又是革命者，多次被捕而不屈不挠。写到柔石，作者对他接触更多，了解颇深，就从日常交往的记述中写出他的迂执、敬业、善良和硬气。他参与朝花社文艺活动，借钱出书刊，亏本后就拼命译书还款，表明他对事业的执着和负责精神。他相信人们是好的，在现实中碰了钉子也只是叹息"真会这样的么"，说明他本性善良天真。他和女性一同走路总要相距三四尺，跟我同行"可就走得近了，简直是扶住我，因为怕我被汽车或电车撞死"，这有趣对照，鲜明体现了他那矜持而善良的品格。他对双目失明的母亲的"拳拳的心"，他被捕后明知"周先生地址"而决不出卖给敌人，在狱中还想跟殷夫学德文，还误以为以前政治犯不上镣铐，更在关节口上见出他品性的善良、迂气和硬气。作者在追忆时重提殷夫留下的裴多菲诗集，引述其中的译文"生命诚宝贵，爱情价更高；若为自由故，二者皆可抛！"含蓄暗示"左联五烈士"都是为自由而投身革命、英勇献身的。鲁迅从自己的视角来叙事写人，纪念烈士，充满着"忍看朋辈成新鬼，怒向刀丛觅小诗"的悲愤感情，从开头一直流贯到结尾，激荡出悲愤交加、沉郁顿挫的绝唱："不是年青的为年老的写纪念，而在这三十年中，却使我目睹许多青年的血，层层淤积起来，将我埋得不能呼吸，我只能用这样的笔墨，写几句文章，算是从泥土中挖一个小孔，自己延口残喘，这是怎样的世界呢。夜正长，路也正长，我不如忘却，不说的好罢。但我知道，即使不是我，将来总会有记起他们，再说他们的时候的。"这或许是"为了忘却的记念"的题名和全文，在"哀悼和铭记"的同时寄寓的战斗感召和哲理启示吧。

这两篇血写的纪念文章，既有对烈士品行的赞颂，又有对凶手暴行的控诉，还有对惨案意义的思索和发掘，比一般纪念文写得沉痛悲愤，蕴涵深广，把哀悼文改造为战斗檄文，也把杂文写成抒情论文了，从而抵达诗性杂文的极致。比较而言，《记念刘和珍君》更像释愤抒情的杂文，以立意高远、情理激越而令人奋然前行。《为了忘却的记念》则像带有杂文味的叙事抒情散文，以情真意切、含蓄蕴藉而耐人咀嚼。鲁迅杂文集之中的纪念文章，还有《忆韦素园君》《忆刘半农君》《关于太炎先生二三事》《我的第一个师父》等。

仅从上述三类作品，就可见鲁迅杂文的风骨，鲁迅文体的独创。他是思想文化界"真的猛士"，敢于直面惨淡人生，勇于搏击飞沙走石，全力攻打"铁屋子"，深入解剖国民性，始终战斗在思想文化斗争的最前沿，以强悍的思想激情警醒读者奋起抗争，创立了现代杂文的思想启蒙与现实战斗相结合的精神传统。他铁肩担道义，辣手著文章，论时事不留面子，砭锢弊常取类型，以雄辩的事实、传神的漫画、警策的议论和尖锐的讽刺来破旧立新，释愤抒情，使杂文的论辩说理和揭露批判抵达形象化、情意化、理趣化以至诗性化的艺术高度，创造了杂文论战艺术的雄伟高峰。其中，有直击要害的短兵相接，也有闲谈漫笔的从容论战；有仗义执言的冷嘲热讽，也有释愤抒情的歌哭笑骂；有针针见血的锐利锋芒，也有谈言微中的含蓄笔调；有精警奇特的格言警句，也有言近旨远的日常话语……如此等等，世事洞明有血性，嬉笑怒骂皆文章，抵达极高的自由创造境地，造就了鲁迅杂文多样统一的雄奇风格，充分体现了鲁迅文体的独创性和创造性，鲁迅思维的敏锐性和深刻性，鲁迅精神的丰富性和崇高性。

二 鲁迅散文的抒情风采

鲁迅不仅以杂文创立论辩体散文的雄伟高峰，还在抒情性散文领域树立《野草》和《朝花夕拾》两座艺术丰碑。

《野草》写于1924～1926年间。鲁迅当时处于"荷戟独彷徨"的境地，在写作《彷徨》集内小说、《坟》后半部和《华盖集》正续编杂文的同时，"有了小感触，就写短文，夸大点说，就是散文诗"[1]，连续发表了《野草》的系列性作品23篇。它是鲁迅心血的结晶，感触之敏锐、思索之深广、郁结之纷繁、意蕴之深厚，在现代散文诗中无可匹敌。鲁迅倾注他的艺术创造力，发展和突破了早先《自言自语》的格局，着重发掘自我内心积蓄的复杂而深邃的思想情感，更切近心灵深处的隐秘和郁结，更大胆展开奇诡的想象，将现实、历史和幻想，外界变动、内心起伏和幽微感兴，都融汇心底而凝聚笔端，把直觉、错觉、梦幻、象征等外国现代诗艺的常用手法和比兴、白描、寓意、用典等传统艺术手段融会贯通，自由运

---

[1] 鲁迅：《〈自选集〉自序》，《鲁迅全集》第4卷，人民文学出版社，1981，第456页。

用独语、对话、辩驳、戏拟、隐喻、画梦、造境、象征诸形式，融诗情、理趣和散文美为一体，创造了幽深瑰奇的艺术世界，卓立于现代散文诗的巅峰。

《秋夜》是《野草》的第一篇，是别开生面、独标高格的咏秋名作。全文从枣树下笔，转向夜空，又俯察地面，再平视枣树，进而仰视枣树向夜空的抗争，然后过渡到室内，领略小飞虫的扑灯图景，又浮现室外的景象，紧接着收回思绪，以敬奠小青虫而告终。这样的文思意脉，全凭自我的视线和思绪对纷繁物象加以整合重构，具有运思活跃、意脉贯通的思维特点，吸引我们追随作者的眼光，跟作者一样观看、体察、沉思和移情，进入特定而特别的"秋夜"境地。所见虽是秋夜常见的景物，如夜空、星星、月亮、野花草、粉红花、落叶的枣树、夜游的恶鸟、追光的小飞虫；但这些寻常的物象在作者的眼中已显得不同寻常，饱含着作者的主观感受和审美态度，都被写意化、人格化了，并形成一系列对比和映衬关系。不能简单孤立地看待这些意象，把它们比这比那，那将肢解一篇有机统一的作品，难免盲人摸象。而应从作品的有机整体着眼，体会各个意象在作品中的含意和作用，把握意象之间的区别和联系。总体上看，夜空与地面是鲜明对立的，奇怪而高的夜空对地面的生物很冷漠和残酷；地面上的生物又有不同的生存姿态：有的无可奈何，只好"瑟缩地做梦"；有的执着抗争，用"一无所有的干子"直刺夜空，"一意要制他的死命"；有的以哇叫声打破秋夜的沉寂；有的飞身追求光明，碰壁扑火也在所不惜。尤其是枣树刺天的意象，不仅赋予枣树独战夜空、不屈不挠的雄奇人格，还刺破夜空外强中干、诡谲无行的丑陋面目，把枣树与夜空的对立斗争推向高潮，突出了枣树抗天的坚韧性、永恒性和崇高性。这样的"秋夜"，在整体上就不是自然景象的写照，而是自然、人生、社会某种状态的浓缩和象征，是作者心态的投射和表现。作者正视秋夜的肃杀冷酷，而又蔑视夜空的外强中干，赞赏枣树的韧性抗争，理解和同情小粉红花的柔弱天真，怜惜和敬奠小飞虫的执着追求，甚至对夜游恶鸟的哇叫声也感到窃喜。这些情感思绪，不就是鲁迅那直面惨淡人生、在困境中顽强抗战而又宁愿牺牲自己、成全新人的精神写照吗？这样的"秋夜"境界，就不仅是当时后园所见所思的表现，也不仅是当时社会现实的影射，还可以引申到人生自然的类似境遇，提高到人生哲学的高度来看待，来思索人生该如何应对"凛秋"般境地。如此说来，《秋夜》是借秋景写心境，抒写着作者正视逆境、独战黑暗的悲壮心怀，寄寓着鲁迅的人格精神和人生哲学，象征着人生存在的普遍状态和应有态度。同时开始奠定了一部《野草》抒写心境的沉郁顿挫、幽深奇诡的精神基调。从《影的告别》《复仇》《希望》《雪》《过客》《死火》《这样的战士》《淡淡的血痕中》等诗篇，是可以多少领略到《秋夜》般的情调意蕴的。

《过客》以老翁、女孩、过客三个角色的对话上演一出人生的象征剧，既独创了散文诗剧的新颖文体，又创造出独特的探寻前路的过客典型。老翁走过许多来路，看到前面是一片坟地而裹足不前，半途而废，不再理会"前面的声音"的叫唤了。女孩伴随老翁生长在土屋，只看见坟地"那里有许多许多野百合，野蔷薇"，不失童真、好奇、善良和梦想的天性。过客不知道"我本来叫什么"，"从那里来"，"到那里去"，只是"从我还能记得的时候起，我就只一个人"，"我就在这么走"，"要走到一个地方去，这地方就在前面"。这些话语分明代表着三种不同的人生状态，老翁委顿于中途，女孩沉湎于幻想，过客执着于前行。于是产生了内在的戏剧冲突。三者对前方坟地有不同的看法。过客在感情上也认可女孩的感觉，感谢她布施的好意，但在理性上否定蔷薇似的美梦，对真情美意的拖累保持高度的警觉。过客在理智上认同老翁的看法，"前面，是坟"，"前去也料不定可能走完"，但毅然拒绝"回转去""休息一会"的劝告，深知"回到那里去，就没一处没有名目，没一处没有地主，没一处没有驱逐和牢笼，没一处没有皮面的笑容，没一处没有眶外的眼泪。我憎恶他们，我不回转去！"对于老翁传授的对付前面叫唤声的秘方，过客也沉思默想过，但"忽然吃惊"，"惊醒"，还是"倾听着"前面的叫声，尽管"我的脚早经走破了，有许多伤，流了许多血"，又明知前面是坟，是死，还是要追问"走完了那坟地之后呢？"还是"息不下"，"我只得走"，"即刻昂了头，奋然向西走去"。这样，过客不仅超越了女孩和老翁，也超越了自我的情感和理智、困顿和犹疑，听从前面的呼唤，全凭内在的精神意志继续走在前行路上，走向坟地……这三人既是人生三种类型的戏剧化演示，也可说是过客自身情感、理智和意志三种生命力内在冲突的诗化象征，寄寓着鲁迅甘当过客、执着探索的人生观、生命观和精神人格，也浓缩着人生普遍存在的生存方式和精神现象。

鲁迅于1927年为《野草》结集出版而写的《题辞》，一唱三叹地吟咏着生命的悲壮之歌。他把生命、野草、地面和地火的关系整合为一组意象群，以生命的野草为核心意象，寄寓自我的生命意识和人生态度。生命与野草一样，有荣有枯，有生有死。生存时尽管"根本不深，花叶不美"，也是一样地"吸取露，吸取水，吸取陈死人的血和肉"而滋长繁荣；又难免屡遭践踏、删刈，直至于死亡而朽腐，也证实自己曾经存活过，并非空虚无物。这样的生命观，坚执而坦然，自信而悲壮，从而高唱着"我坦然，欣然。我将大笑，我将歌唱"的野草之歌，吟味着野草似的生存方式、死亡意义和生命哲学，憎恶着"这以野草作装饰的地面"，渴望着"地火"喷出来"烧尽一切"，以独到的内心体验和极度的爱恨情仇来谱写生命的慷慨悲歌。从这个意义上说，整部《野草》是鲁迅精神生命最深切、最奇特的吟唱。其深切，深至心灵最痛楚、最幽微之处，发出的绝叫声最为沉郁惨烈，震撼人心！其奇特，发常人所未发之声，见常人所未见之境，炼常人所未炼的诗心，富有独特的感觉和想象，奇诡的意象和象征，独创的文体和意境，在散文诗史上独一无二而又无与伦比。《野草》不仅开辟了中国散文诗的崭新天地和发展道路，对当时和后来的散文诗创作产生了重大而深远的影响，而且走向世界，超越波德莱尔、屠格涅夫等散文诗大家的杰作而更富有现代艺术气息。

《朝花夕拾》是鲁迅作品中最为亲切有趣的散文名著。原作写于1926年，总题为《旧事重提》，1927年结集时改为《朝花夕拾》。鲁迅是在45岁之际追忆21岁以前的生活经历的，前七篇写儿时生活，后三篇分别写南京求学、留学日本和回乡从教经历。他在《小引》中说："这十篇就是从记忆中抄出来的，与实际容或有些不同，然而现在只记得是这样"，"带露折花，色香自然要好得多，但是我不能够"。这说明作品的回忆性质，题名《朝花夕拾》比《旧事重提》更形象更有诗意，同时含有事后追忆、无法完全保留原有风味的感慨。这是回忆性写作的实情，总是选写记忆深刻的往事，重提的旧事正像夕拾的朝花一样，难免有些褪色，让自己倍感珍惜。也正因为经过时间和记忆的过滤，加上写作时融入现实人生体验的咀嚼和反思，写下的往事就有新的理解和阐发，比幼时的懵懂感觉更真切深刻了。所以，品读《朝花夕拾》，既要回归童真状态，跟鲁迅一起体验早年的经验感受，又要回到年长境地，像作者那样体味往事的蕴涵和价值。

《从百草园到三味书屋》写幼时的玩乐和学习生活，依据场景变化分为前后两部分。百草园虽然"只有一些野草；但那时却是我的乐园"，开头的回忆就直奔主题，进入"乐园"的境地：先把百草园里动植物的盎然生趣写得活灵活现，同时把自己沉湎其中的嬉游乐趣写得津津有味，真像回到四十年前的童真时代。接着转述长妈妈讲述的美女蛇故事，渲染神秘离奇的场景氛围和惊惧好奇的儿童心理，使百草园含有惊险神奇的另一层趣味。再写冬天的百草园，还有与闰土父子一起在雪地捕鸟的乐趣。他从这三方面抒写"我的乐园"，完全沉浸在这方小天地中，感觉特别敏锐鲜活，连斑蝥"拍的一声，从后窍喷出一阵烟雾"的细节也记忆犹新，覆盆子"又酸又甜，色味都比桑椹要好得远"的滋味也新鲜如初，写起来自然是笔底生花，文采飞扬，童趣盎然，余味无穷。难怪写到离别时他还追述儿时的疑问和责难，表达出特别的依恋和不满的混杂情绪。由此过渡到三味书屋，情随境迁，对着"扁和鹿"行礼拜师，当然呆板无趣，每天的功课也了无生趣，请教"怪虫"的问题又受到冷遇，作者回忆时味同嚼蜡，匆匆带过，而重点叙写逃课偷玩、念书取乐、私下描画的三个片段，既表现儿童天性的不可压抑和随机流露，又暗讽私塾教育的陈腐枯燥和背离童心。对照百草园的无限趣味，三味书屋愈显索然寡味，只有偷玩时才能自得其乐。"读的书多起来，画的画也多起来；书没有读成，画的成绩却不少了"，这是对旧式教育的一个幽默。寿镜吾先生是本城中极方正、质朴、博学的人，读起古书很入神，"总是微笑起来，而且将头仰起，摇着，向后面拗过去，拗过去"，这是一幅活脱的漫画，更富有幽默味。从百草园到三味书屋，不仅是时空场景的变动，而且是成长经历和人生教育的变化，是从乐园到失乐园、从自然生长到人工培育的变迁。作者有意把二者联系起来回味，本身就具有前后关联和对照的关系。关联之处是葆有童心天趣，在百草园自然流露，在三味书屋也随机生发。对比之下，前后反差更大，儿童天性在自然天地中自由生长，却在书塾教育中受到压抑改造，这不仅含有批判旧教育的思想意义，也带有教育该如何促进少年儿童健康成长的启发意义。

《藤野先生》就写人来说，写医学老师藤野先生也像写保姆长妈妈那样，由表入里，欲扬先抑，于细微处发掘出感人至深的美质。先写他上第一堂课的模样，引出留级生取笑他的掌故。但很快进入正面的描写，他上课一周后就约"我"面谈,每周为"我"改正讲义笔记,细心订正一条血管的位置并给予和蔼而严谨的科学教育,还担心"我"不肯解剖尸体,向"我"了解中国女人裹脚损害足骨的情形。这些课外的身教言传,显示他对异国学子的特别关心,对教学工作的高度负责精神,对医学科学的诚敬严谨态度。接着写到讲义风波和幻灯片事件,既显示藤野先生的正义感,还陈述自己弃医从文的缘由,反映了日本歧视中国的时代背景,为表现主人公藤野先生的人格精神也起到凸显作用。接着写下惜别的情景,进一步显示他内心对"我"的超越一切的深情厚谊。最后,作者直抒自己对藤野先生的怀念和理解:尽管多年没联系,"但不知怎地,我总还时时记起他,在我所认为我师的之中,他是最使我感激,给我鼓励的一个。有时我常常想:他的对于我的热心的希望,不倦的教诲,小而言之,是为中国,就是希望中国有新的医学;大而言之,是为学术,就是希望新的医学传到中国去。他的性格,在我的眼里和心里是伟大的,虽然他的姓名并不为许多人所知道"。这是点睛之笔,不仅揭示了藤野先生对医学事业的执着精神,还显示了他在民族歧视严重的国度中毫无民族偏见的可贵品格。作者也不仅称颂老师的伟大人格,还在结尾抒写老师的精神影响。"他的照相至今还挂在我北京寓居的东墙上,书桌对面。每当夜间疲倦,正想偷懒时,仰面在灯光中瞥见他黑瘦的面貌,似乎正要说出抑扬顿挫的话来,便使我忽又良心发现,而且增加勇气了,于是点上一支烟,再继续写些为'正人君子'之流所深恶痛疾的文字。"这是神来之笔,把藤野先生给予的影响升华到精神境界的传承光大上,转化为以笔医治国民灵魂的精神动力和自觉行动。如果联系前文写到的私塾先生,藤野先生的精神人格和教育风格更显得光彩夺目,既令人崇敬又引人亲近。

从这两篇散文约略可见《朝花夕拾》的文体特色。鲁迅的回忆,视野开阔,思维活跃,感觉灵敏,体察入微,在如实抒写中不仅表现了自己的成长经验和真切感受,还折射着当时当地的风俗人情和社会风貌,可谓自叙传、人物画、风俗画、世态画的融化无间。他在过去与当今的时空范围中自由出入,对人生记忆进行取舍、品味、还原和复活,既回归童真心灵,回味过往经历的甜酸苦辣、喜怒哀乐,又回到写作时态,把鲜活的往事与现实的感怀联系起来细加咀嚼,品出新的味道,发挥了旧事重提、回忆再生的审美意义。他抒写自己难以忘怀的经验感受,无论是人生历程中的重大遭遇，还是日常生活中的琐碎片段，都是深有体会、饱含感情的，也都是烂熟于心、出口成章的，行文就特别亲切活泼、流丽多姿，堪称絮语散文任心闲话、文情并茂的文体典范。叙事写人有机结合，叙述生动，细节传神，又夹叙夹议，情理交融，深化和升华了人事场景的情趣意蕴。这部散文像鲁迅小说《故乡》《社戏》那样活泼有趣，而更加真切自然，更能见到鲁迅的真性情。他后来还写了《夜记》《我的种痘》《"这也是生活"……》《死》《女吊》等感性散文，不再单独结集，都辑入编年的杂文集。

三　鲁迅文体的创新成就

综上所述，鲁迅的各体散文，都是他得心应手、随感赋形的思想浮雕和艺术结晶，都具有师心使气、释愤抒情的诗性文心和血性气骨，都打上了鲁迅人格精神、思维艺术和审美意识的深刻印记，都富于博采众长而自铸伟辞的独创性、现代性和先锋性，为现代散文的文体创造创立了经典性的文体范式，做出了开创性的艺术贡献。

鲁迅被称为文体家，其在文体艺术上的造诣和贡献，可从语言、章法和体性三个层面加以考察分析。鲁迅曾自述创作经验："我做完之后，总要看两遍，自己觉得拗口的，就增删几个字，一定要它读得顺口；没有相宜的白话，宁可引古语，希望总有人会懂，只有自己懂得或连自己也不懂的生造出来的字句，是不大用的。这一节，许多批评家之中，只有一个人看出来了，但他称我为 Stylist。"[①] 他历来重视语言美，在《汉文学史纲要》开篇就先论《自文字至文章》，标举基于汉字音形义三合一特性而产生的文章"三美"："意美以感心""音美以感耳""形美以感目"。[②] 他在自己的创作实践中也自觉追求"三美"统一。在以白话取代文言的语体转换中，他努力"博采口语，来改革我的文章"，"将活人的唇舌作为源泉，使文章更加接近语言，更加有生气"，但也意识到当时白话还有"穷乏欠缺"之处，"须在旧文中取得若干资料，以供使役"，目的是使白话"丰富起来"[③]。他以白话为主体，吸收和化用文言、方言和外来语的词语和句式，博采众长，

[①] 鲁迅：《我怎么做起小说来》，《鲁迅全集》第4卷，第512~513页。
[②] 鲁迅：《汉文学史纲要》，《鲁迅全集》第9卷，人民文学出版社，1981，第344页。
[③] 鲁迅：《写在〈坟〉后面》，《鲁迅全集》第1卷，第286页。

融会铸新，丰富和增强了白话文的表现力和创造力。他在《野草》中的诗化吟咏极其凝练精美，在《朝花夕拾》中的叙事抒情话语也很流丽多姿，无疑是"三美"融合的范例。即便是杂文中的说理论辩话语，他也精心锤炼字句，力求精确传神、简练隽永。例如前引《无花的蔷薇之二》中的格言警句："血债必须用同物偿还。拖欠得愈久，就要付更大的利息！"不仅表意精密深刻，"意美以感心"，也有表象简明鲜活的"形美以感目"，表音铿锵有力的"音美以感耳"，还有三者合成的悲愤交加、情理融化的气韵引人寻味。又如《春末闲谈》中戏拟"治人者"不满"造物主"的"三恨"："一恨其没有永远分清'治者'与'被治者'；二恨其不给治者生一枝细腰蜂那样的毒针；三恨其不将被治者造得即使砍去了藏着的思想中枢的脑袋而还能动作——服役"，在这大体对称的句式和排比道来的语势之中，不仅语感畅达，声情兼到，酷似角色怨语，而且反话正说，归谬反讽，充满戏谑嘲讽意味，成为鲁迅笔法的特有标志。再如《二丑艺术》第二段："义仆是老生扮的，先以谏诤，终以殉主；恶仆是小丑扮的，只会作恶，到底灭亡。而二丑的本领却不同，他有点上等人模样，也懂些琴棋书画，也来得行令猜谜，但倚靠的是权门，凌蔑的是百姓，有谁被压迫了，他就来冷笑几声，畅快一下，有谁被陷害了，他又去吓唬一下，吆喝几声。不过他的态度又并不常常如此的，大抵一面又回过脸来，向台下的看客指出他公子的缺点，摇着头装起鬼脸道：你看这家伙，这回可要倒楣哩！"用词平易朴素，夹带"谏诤""殉主""凌蔑""琴棋书画""行令猜谜"几个文言词也明了易懂，都用得准确、生动、简洁、传神；造句以短句为主，两个长句也是由多个简短子句构成，但在句法上是判断与陈述相结合，对偶与对比相匹配，转折与层递相配合，使语句既简洁明晰，又含义丰富，既明快畅达，又婉曲多姿，活灵活现地揭示了"二丑"的嘴脸和性格，也不动声色地表现了作者对这类人物的鄙视和讽刺。此类例证不胜枚举，可见鲁迅杂文语言充分发挥了汉语"三美"的表达功能，固然以"意美""思想美"独步文坛，但也有"音美""形美"的自然流露，相辅相成地言说自己的真知灼见，造就诸多脍炙人口的美言隽语，使思想美与文体美相得益彰。总之，鲁迅散文语言丰富多彩，因体因篇有别，却总是意到笔随，无所不达，曲尽其妙，各极其致，富有艺术表现力和感染力，激活了汉语的创造活力和文学魅力，成就了鲁迅式"三美"合一的白话美文,"在表示旧文学之自以为特长者,白话文学也并非做不到"①,并以洗练劲健、生动泼辣的文风开拓和引领了现代语体散文发展的新方向。

如果说语言是文体的表征,章法则是文体的脉络,是缀文成篇的关键。古人云:"文有大法,无定法,观前人之法而自为之,而自立其法。"②鲁迅散文是自立其法、文成法立的典范。他与新文学家一道突破"古文义法"的束缚,而又弘扬古代散文言之"有物""有序"的大法,在各篇散文中总是有感而发,有意而为,以意役法,自主创新。他说过:"散文的体裁,其实是大可以随便的,有破绽也不妨。"考其上下文的本意,旨在维护"抒写的自由"③。他译介厨川白村评价兰姆随笔之语:"那写法,是将作者的思索体验的世界,只暗示于细心的注意深微的读者们。装着随便的涂鸦模样,其实却是用了雕心刻骨的苦心的文章。"④ 他致信指导青年作家写作时说:"应该立定格局之后,一直写下去,不管修辞,也不要回头看。等到成后,搁它几天,然后再来复看,删去若干,改换几字。在创作的途中,一面练字,真要把感兴打断的。"⑤ 这说明鲁迅的创作主张是自由随意与深思熟虑的辩证统一。即使写杂感短文,他也要精心构思,炼意明理,讲究谋篇布局、起承转合、错综交织、言之有序等结构艺术和表达方法,用以表现思维的流动、明晰、缜密和完形。例如,《中国人失掉自信力了吗》是一篇不到八百字的驳论,针对笼统的"失掉"论而辨明是非:先从三件"事实"入手,由表入里,去蔽见真,辨清"他信力"、"自欺力"与"自信力"的本质区别,再从历史和现实中发现"我们有并不失掉自信力的中国人在"的实证,从而论断:"说中国人失掉了自信力,用以指一部分人则可,倘若加于全体,那简直是诬蔑","要论中国人,必须不被搽在表面的自欺欺人的脂粉所诓骗,却看看他的筋骨和脊梁。自信力的有无,状元宰相的文章是不足为据的,要自己去看地底下"。这是事理论证与思辨逻辑的统一,批驳有力,破中有立,不仅揭穿"失掉"论的片面性和欺骗性,弘扬中国脊梁的自信力和感召力,也启示人们看待问题要辩

---

① 鲁迅:《小品文的危机》,《鲁迅全集》第4卷,第576页。
② 郝经:《答友人论文法书》,陶秋英编选《宋金元文论选》,人民文学出版社,1984,第477页。
③ 鲁迅:《怎么写》,《鲁迅全集》第4卷,第23~25页。
④ 厨川白村:《出了象牙之塔》,鲁迅译,未名社,1925,第12页。
⑤ 鲁迅:《致叶紫》,《鲁迅全集》第13卷,人民文学出版社,1981,第257页。

证，看人要看他有无"筋骨和脊梁"。真是立意高远，言简意赅，又说得丝丝入扣，天衣无缝！又如散文诗《好的故事》，也不到八百字，抒写梦幻景象，意象纷繁而又井然有序。从入梦情形到梦中美景，再到碎梦难寻而永记，起承转合相当自然而精巧，连三个段落之间的两个过渡句，"我在朦胧中，看见一个好的故事"，"我就要凝视他们……"也相互照应，承前启后，衔接紧密，转折递进，显然是梦醒后的精心加工。梦境中的六个自然段，长短交织，意象迭出，疏密相间，收放自如，很契合梦中影像的聚散变幻，尤其是抒写山阴道美景的长段："两岸边的乌桕，新禾，野花，鸡，狗，丛树和枯树，茅屋，塔，伽蓝，农夫和村妇，村女，晒着的衣裳，和尚，蓑笠，天，云，竹，……都倒影在澄碧的小河中，随着每一打桨，各各夹带了闪烁的日光，并水里的萍藻游鱼，一同荡漾"，"错综起来像一天云锦，而且万颗奔星似的飞动着，同时又展开去，以至于无穷"，确实"美丽，幽雅，有趣，而且分明"，最引人"凝视"和梦怀。最后因梦醒而连"碎影"也追寻不到了，"但我总记得见过这一篇好的故事，在昏沉的夜……"如此大开大合，绘声绘影，正应合梦思的变幻莫测和心怀的起伏动荡，成就了一篇融辞藻、章法和意趣为一体的美文精品。短文尚且如此覃思，长文就更费思量、更见功力了，如前述《我们现在怎样做父亲》《春末闲谈》《记念刘和珍君》《从百草园到三味书屋》《藤野先生》诸篇。可以说，鲁迅的散文杂文，几乎每篇都有各自的写法，貌似信笔写来，实为精心结撰，总是意在笔先，胸有成竹，以意役法，随感赋形，既率意奔放又凝思内敛，从心所欲而自出机杼，使文法与文思契合无间，自由与自律完美结合，堪称"出新意于法度之中，寄妙理于豪放之外"①。

语言和章法又与体性密切相关，量体裁衣、设体成文是文体创造的常规和完形。作家个人的文体创造，既受已有体制成规的制约，又有自由创造创新的空间，既能形成因人而异的文体风格，又能为文体因革做出各自的艺术贡献。鲁迅各体散文在这层面的成就和贡献更引人瞩目。鲁迅是现代杂文的开山大师和第一高手，他把古已有之的杂文体式改造、发展成为现代文学的重要形式，极大地开拓、革新和提高了杂文议论、说理和批评的主要功能，并融入具象、抒情、讽刺、幽默、隐喻、风趣、理趣和诗化

---

① 苏轼：《书吴道子画后》，王水照选注《苏轼选集》，上海古籍出版社，2014，第394页。

等艺术质素，更赋予针砭时弊痼疾、高扬现代意识的特性和使命，使杂文成为现代文章的典型代表而跃居文学殿堂的崇高地位。对于杂文，鲁迅用过杂感、杂文、随感录、短评、短论、短文、杂谈、漫笔、评论、批评、论文等名称和体式，统称为杂感或杂文，并分辨小品文中有"匕首和投枪"一类作品，也把随笔视为"杂文中之一体"[①]。他在写作中以短小精悍的杂感小品和从容挥洒的随笔体杂文为主体，在前述各体外还采用书信、日记、序跋、演说、对话、独白、答问、寓言、集纳、按语等体式，堪称各体兼备，各有创新，都凝聚为博大精深、雄奇伟美的"鲁迅风"和仪态万千、庄谑杂出的"鲁迅笔法"。鲁迅又以《野草》的诗意吟咏，开创散文诗的新形式和新境界；还以《朝花夕拾》的从容自叙，拓展和升华叙事抒情散文的艺术境地；二者都代表了散文抒情言志的创新性、深广度和新标高。鲁迅在杂文、散文诗和叙事抒情散文三类文体上的艺术创造和形式创新，既超越古文大家，又超过现当代作家，迄今仍是难以企及、令人仰止的散文高峰，永远值得我们学习钻研和阐扬光大。

---

① 参见鲁迅杂文集序跋和《小品文的危机》、《徐懋庸作〈打杂集〉序》等。

"心"与"体":郁达夫关于现代散文理论建设之思考*

黄科安　福建师范大学文学院

郁达夫在《〈中国新文学大系·散文二集〉导言》中提出建设现代散文的"心体"理论。他以为散文的"心"即"照中国旧式的说法,就是一篇的作意,在外国修辞学里,或称作主题(Subject)或叫它要旨(Theme)的",有了这散文的"心",然后方能求散文的"体",即"如何能把这心尽情地表现出来的最适当的排列与方法",也就是散文的艺术形式问题。郁达夫认为,中国传统散文之所以没有太大的变化就在于它身上有两重的"械梏",一是中国传统散文的"心"一直为"尊君"、"卫道"与"孝亲"、"三大厚柱"所钳制;二是传统散文的"体"也如此,"行文必崇尚古雅,模范须取诸六经"[①]。然而,这两重"械梏"终因"五四"新文化运动的到来,而遭到彻底的否定与抛弃。

因此,郁达夫提出现代散文的"心体"理论,是着眼于"五四"新文学运动的现代散文要以全新的"心"和"体"进行构建,它应与过去的传统散文有着本质的区别。因此,探讨郁达夫有关现代散文理论的建树,应该从这个基点出发,全面深入地梳理和总结其独到的理论视野和重要的学术贡献。

---

* 本文为国家社科基金重大项目"两岸现代中国散文学史料整理研究暨数据库建设"(项目编号:18ZDA264)的阶段性成果。

① 郁达夫:《〈中国新文学大系·散文二集〉导言》,《中国新文学大系·散文二集》,上海良友图书印刷公司,1935,第4页。

一 个人本位：重塑现代散文的"心"

文学是时代的产物，中国现代散文理论之建设也是如此。郁达夫曾在《文学漫谈》中引述德国哲学家叔本华的观点："每一时期的时代精神（Zeit-geist）正像尖利的东风，它是无物不洞穿吹过的。所以吾人在无论哪一种作为思想和写作的东西上，或在音乐、绘画之中，与夫这种那种艺术的消长之内，都可以看出它的痕迹来。"[①] 郁达夫关于现代散文的"心"之建设同样深深地打上"五四"时代精神的印迹。那么，"五四"的时代精神是什么？郁达夫如何抓住"五四"时代精神的主轴来开展现代散文理论的内涵探究？其现代散文理论的主要特征是什么，又是如何融化自己的"个性"特点，从而彰显其散文理论独特的学理内核和历史价值？

"民主"与"科学"被陈独秀誉为"舟车之两轮"[②]，毫无疑问它们最能彰显"五四"的时代精神。而要落实这两大口号，关键在于"开民智"，即进行现代的思想启蒙。正如鲁迅所指出："其首在立人，人立而后凡事举；若其道术，乃必尊个性而张精神。"[③] 这意味着"立人"乃是思想启蒙的核心所在，其理路在"尊个性而张精神"。郁达夫对此感同身受，他在总结"五四"新文化运动的三大历史价值时，其中就认为："五四运动，在文学上促成新的意义，是自我的发见。"[④] 后来他在《〈中国新文学大系·散文二集〉导言》一文中更是直截了当地说："五四运动的最大的成功，第一要算'个人'的发见。"[⑤] 该观点扼要精辟，一语中的，其旨在揭示"主张个性""强调自我"是造就"五四"时代精神的最根本基石，也是高扬"科学"与"民主"这两面旗帜最主要的支点。

众所周知，以"个人"为本位的文学理念，是西方文艺复兴以来一条

---

① 郁达夫：《文学漫谈》，《青年界》月刊1932年10月20日第2卷第3号。
② 陈独秀：《敬告青年》，陈独秀在文中称："近代欧洲之所以优越他族者，科学之兴，其功不在人权说下，若舟车之有两轮焉"，主张"科学与人权并重"。载《青年杂志》创刊号1915年9月15日。
③ 鲁迅：《文化偏至论》，《鲁迅全集》第1卷，人民文学出版社，1981，第57页。
④ 郁达夫：《文学漫谈》，《文学》月刊创刊号，1933年7月1日。
⑤ 郁达夫：《〈中国新文学大系·散文二集〉导言》，《中国新文学大系·散文二集》，第5页。

很重要的文化主脉。郁达夫之所以拥有别具一格的思维和眼光,与对西方文化思潮的兴味是分不开的,他从俄国的批判现实主义、德国浪漫派入门而逐渐扩展开来,自然对西方文艺复兴以来的"主张个性""强调自我"耳濡目染,深受熏陶。他说:"浪漫主义打破古典主义的武器,就在主张个性重视的一点。"① 1923 年,郁达夫曾向国内读者介绍唯我主义者 Max Stirner 的文章,他说:"'自我就是一切,一切就是自我',个性强烈的我们现代的青年,哪一个没有这种自我扩张(Erweiterung des Ichs)的信念?"② 郁达夫对此倾心膜拜,热烈拥抱这个"唯我至上"的精神理念,他说:

> 我们的生活,就是我们的全个性的表现这一句话,是可以说得罢!行住坐卧之间,我们无处不想表现自己,小自衣食住的日常琐事,大至行动思想事业,无一处不是我们的自己表现,所以一分一刻,我们一边在努力表现,一边就在创造新的自己。③

既然生活是作家的一己体验和个性表现,那么作家的创作自然是因情而生,随感所发,通脱任性,文气郁勃!在他早期的散文创作中,直接摹写自己内心情怀的抒情散文,如《归航》《还乡记》《还乡后记》《零余者》《北国的微音》《一个人在途上》等,虽然内容有异,但那种"忧郁"情绪的连续,"零余者"的心态,其"一味悲痛的情调"前后一贯,这组文章与他小说一样,典型地反映了他的主张"文学作品,都是作家的自叙传"④。可见,郁达夫是将现代散文的"心"构建在"个性"基石上,这一散文创作理念在当时的"五四"文坛影响很大,遂引来不少的文学青年竞相仿效。

然而,郁达夫在度过最初散文创作的"主情主义"阶段后,并没让"自我"画地为牢。正如英国作家伍尔芙所指出:"个性虽是文学中必不可少之物,同时却也是它最最危险的对手;你要想在文学中充分发挥你的个性,必须首先深明作文之道。千万不可是你自己而又永远是你自己——这

---

① 郁达夫:《文学概说》,《郁达夫全集》第 10 卷,浙江大学出版社,2007,第 342 页。
② 郁达夫:《自我狂者须的儿纳》,《郁达夫全集》第 10 卷,第 48 页。
③ 郁达夫:《文学概说》,《郁达夫全集》第 10 卷,第 316 页。
④ 郁达夫:《五六年来创作生活的回顾》,《文学周报》1927 年 10 月第 5 卷第 11、12 号合刊。

就是问题所在。"① 伍尔芙告诫这一类推崇"情感"至上的散文作家，自己最危险的"对手"恰恰是"自我"，勿让"自我"成为散文写作的囚笼，这就是所谓的"千万不可是你自己而又永远是你自己"。令人欣喜的是，郁达夫并没有沉溺于一己之情，而是以"自我"为出发点，注重吸纳和创化西方以个人为本位的近现代理性批判精神。因而，他身上表现出来强烈的"自我意识"，既构成比他人更具有显示度的个性张扬的标志，同时在架构"自我"与"社会"之间的连接桥梁，使自己的散文创作呈现出不断地从"自我"走向"社会"，让"自我"的思维与评判成为衡量社会人生的重要标尺。

面对几千年中国封建专制对"人"的压迫与钳制，郁达夫试图将以"人的解放""个性的解放"为核心的人本思想作为战斗武器，不计个人得失，火力全开，以期攻陷顽固的封建专制堡垒。他称："我想以一己的力量，来拼命的攻击这三千年来的恶势力。我想牺牲了我一己的安乐荣利，来大声疾呼这中国民族腐劣的遗传。我想以一枝铁笔来挽回那堕落到再无可堕落的人心"，同时他还规划好自己的行动路径和战斗步骤："我们最初是要求人心的解放，其次是旧道德的打破，第三步就和那些无聊的偶像决斗，接着就与资本家脚下的文人，启了衅端。"② 郁达夫这种不屈的战斗意志和强劲的批判精神，得到了充分的宣泄和自由的高扬。他撰写了一批剖析社会、直击黑暗的杂文，如《给一位文学青年的公开状》《艺术家的午睡》《对话》《谈健忘》等，这类杂文题材不一、风格各异，或短兵相接、直击要害，或声东击西、冷嘲热讽，或妙语连珠、谈言微中，均显示其过人的胆识和批判的锋芒，烙下了郁达夫式的深深印痕。自然，强大的旧习惯势力也使郁达夫等"五四"知识者在残酷的现实面前，常常被撞得头破血流，四处奔波，有时甚至因为失业而陷入经济上捉襟见肘、生活上温饱无着的窘境。在此情形下，作为文人的郁达夫在情绪和情感上就会出现较大的波动和挫折感。他说："文人的多病……他的神经比常人一倍的灵敏，感受力也比常人一倍的强，所以他常常离不了'自觉'（Selfconsciousness）

---

① 〔英〕伍尔芙：《当代散文》，乔继堂等主编《伍尔芙随笔全集》第1卷，刘炳善译，中国社会科学出版社，2001，第204页。
② 郁达夫：《公开状答日本山口君》，《洪水》半月刊1927年4月1日第3卷第30期。

的苦责。"① 因而,他深感幻象破灭的悲哀,如千寻飞瀑,直向脑门搏击下来,他宣称:"人生终究是悲苦的,我不信世界上有快乐的两字。人家都骂我是颓废派,是享乐主义者,然而他们哪里知道我何以要去追求酒色的原因?……我的哀愁,我的悲叹,比自称道德家的人,还要沉痛数倍。"② 尽管如此,郁达夫虽有时也借酒浇愁,放浪形骸,但并没有丝毫的畏惧和退缩。他说:"在这一个弱者处处被摧残的社会里,我们若能坚持到底,保持我们弱者的人格,或者也可为天下的无能力者被压迫者吐一口气。"③ 在这个时候,郁达夫充当的是塞万提斯笔下的那位勇于和风车搏斗的堂吉诃德的疯骑士形象。

概而言之,以郁达夫等为代表的"五四"知识者将"'个人'的发现"作为一种"觉醒的思想",彻底颠覆了几千年来亘古不变的"文以载道"的思想,使"个性"得到解放和张扬,使现代散文的"心"得以再造和形塑。因而,现代知识者的"自我"通过散文这一文类而突入至"五四"时代的精神内核,同样"五四"时代精神也通过作家的"自我"表现,而得到淋漓尽致的彰显。郁达夫认定:

> 现代的散文之最大特征,是每一个作家的每一篇散文里所表现的个性,比从前的任何散文都来得强。古人说,小说都带些自叙传的色彩的,因为从小说的作风里人物里可以见到作者自己的写照;但现代的散文,却更是带有自叙传的色彩了,我们只消把现代作家的散文集一翻,则这作家的世系,性格,嗜好,思想,信仰,以及生活习惯等等,无不活泼泼地显现在我们的眼前。这一种自叙传的色彩是什么呢?就是文学里所最可宝贵的个性的表现。④

中国现代散文因"个性"而滋生,得时代精神而壮大,从而谱写出最炫丽的"五四"散文的艺术篇章。可以这么认为,以"个人"为本位的文学理念,体现了"五四"知识者把现代散文当作一种充分"个性化""人

---

① 郁达夫:《〈小说论〉及其他》,《洪水》半月刊1926年3月16日第2卷第13期。
② 郁达夫:《〈茑萝集〉自序》,《中华新报·创造日》1923年9月3日第41期。
③ 郁达夫:《卷头语》,《创造月刊》1926年3月16日第1卷第1期。
④ 郁达夫:《〈中国新文学大系·散文二集〉导言》,《中国新文学大系·散文二集》,第5页。

格化"的文学形式，从而承载着中国现代知识者的自由创造意识和理性批判精神，而恰恰是这一点，才构成有别于传统的现代散文的学理内涵和理论生长点。

二 情与智：辨析现代散文的本质属性

就散文的本质属性而论，它究竟属于"情"的文学，抑或是"智"的文学？学界历来是各持己见，见仁见智。郁达夫在《文学概说》一文中，借引19世纪英国浪漫派批评家德昆西（Thomas De Quincey）的观点，将文学区分为"力"的文学与"知"的文学，即"知的文学重教我们以知识，力的文学重在使我们感动"，知的文学属于"记述文学"，使"我们能得到精确的知识，例如历史、哲学批评之类皆是"，力的文学是指"纯文学"（"诗"），属于"创造文学"，"系创造从来所没有的东西的"[①]。其言下之意是散文主"知"（"智"），而诗歌主"情"。关于这一点，郁达夫的《诗论》也有类似的观点，他引述美国学者盖利（C. M. Gayley）在《英诗选》"绪论"里所说："诗和散文不同的地方，就是散文的言语，系日常交换意见的器具，而诗的实质，系一种高尚集中的想象和情感的表现。诗系表现在微妙的，有音节的如脉动的韵语里的。"[②] 如果按照盖利的观点来作区分，散文的言语，比喻成"日常交换意见的器具"，显然归属于"智"的方面；而诗系"一种高尚集中的想象和情感的表现"，则归属于"情"的方面。因此，无论是德昆西还是盖利，其实他们秉持的诗文观并不新鲜，其背后代表着西方学界从古希腊的亚里士多德到19世纪德国的黑格尔长期以来一直坚持的"扬诗抑文"的观点。[③] 而我们感兴趣的是郁达夫的散文观在多大程度上接受他们的影响，同时他又是在此基础上如何加以创新和发展的？

郁达夫在《〈中国新文学大系·散文二集〉导言》中对"散文"名称

[①] 郁达夫：《文学概说》，《郁达夫全集》第10卷，第328、350~351页。郁达夫在此文中将德昆西（Thomas De Quincey）译成第琴稷。
[②] 盖利（C. M. Gayley）之语，转引自郁达夫《诗论》，《郁达夫全集》第10卷，第185页。
[③] 黑格尔有关"散文"的论述观点，具体可参见黄科安《另一种比较和参照：黑格尔〈美学〉"诗与散文"的理论研究》，《福建师范大学学报》（哲学社会科学版）2001年第1期。

和在中国的渊源进行了一番梳理和辨析。他说，六经中除了《诗经》，其余全是散文，因此，"中国古来的文章，一向就以散文为主要的文体，韵文系情感满溢时之偶一发挥，不可多得，不能强求的东西"。此观点大抵没错，然而接下来他笔锋一转："正因为说到文章，就指散文，所以中国向来没有'散文'这一个名字。若我的臆断不错的话，则我们现在所用的'散文'两字，还是西方文化东渐后的产品，或者简直是翻译也说不一定。"其实，据现有资料可考，南宋罗大经所著的《鹤林玉露》就说过："四六特拘对耳，其立意措词贵于浑融有味，与散文同"，"山谷诗骚妙天下，而散文颇觉琐碎局促"。① 显然，这里的"散文"是与"四六""诗""骚"相对的文体概念，尽管这个名称不常用，其范畴也会因不同时代而有所变化，但它与韵文、骈文相对立的内涵始终未变。可见，郁达夫所说的"散文"这一名称是西学东渐的舶来品是不准确的。至于认为它与西方"Prose"相当，用以与韵文"Verse"对立的文体概念，大致是说得过去的。

既然郁达夫是接受西方语境中与"韵文"相对立的"散文"文体概念，自然就排除文字上音韵的规约与限制，理论上散文作家只要在创作时"辞能达意""言之成文"即可。郁达夫关于"散文"的理解，如果仅停留于此，那么他充其量也不过是西方散文理论的二道贩子。然而，他并没有裹足不前。1933 年，他在中国公学的一次演讲中提出："有些文学如散文、史传、论文，是偏重在智的方面的。但就是在这些作品中，能于智的价值之外，更加有丰富的情的价值，则该作品的成功和评价，一定也愈来得高。"② 也就是说，郁达夫对"散文"文体的认识，已越出西方学界固有的观点，即觉得散文除了"智"的价值之外，还需要拥有"情"的价值。至于这个"情"是何性质，它和诗歌等其他韵骈文追求的东西有何区别，这里并没有给出明确的答案。然而，两年后，他在此基础上，又进一步推进自己在这方面的理论探索与思考：

---

① 罗大经：《鹤林玉露》"天集"卷之二"刘锜赠官制"；"人集"卷之二"文章有体"，上海书店出版社，1990。
② 郁达夫：《文学上的智的价值》，《现代学生》1933 年 6 月第 2 卷第 9 期。

不过在散文里，那一种王渔洋所说的神韵，若不依音调死律而讲，专指广义的自然的韵律，就是西洋人所说的 Rhythm 的回味，却也可以有；因为四季的来复，阴阳的配合，昼夜的循环，甚至于走路时两脚的一进一出，无一不合于自然的韵律的；散文于音韵之外，暗暗把这意味透露于文字之间，也是当然可以有的事情；但渔洋所说的神韵及赵秋谷所说的声调，还有语病，在散文里似以情韵或情调两字来说，较为妥当。这一种要素，尤其是写抒情或写景的散文时，包含得特别的多。①

郁达夫在这里明确提出散文虽与诗歌所追求"音韵"的理路不同，但它也有"自然的韵律"问题，应该拥有自己独特的"情韵"或"情调"，即"于音韵之外，暗暗把这意味透露于文字之间"，那些"抒情"或"写景"的文章尤为如此。这一理念彻底打破了西方学界把散文当作"知"（"智"）的文学的固有观念和仅作为"日常交换意见的器具"的论调，颠覆了长期以来"扬诗抑文"的传统。散文也讲究"情调"和"韵味"，也是一种富有意味的艺术创作，除了"智"价值外，还拥有"丰富的情的价值"。

郁达夫关于散文的"情智"融合论和标举"情韵"或"情调"主张，一方面基于早期接受西方浪漫派"主情主义"的影响，用他的话来描述："情之所发，不怕山的高，海的深，就是拔山倒海，也有所不辞，这就是浪漫主义的好处。"② 这一点在他早期创作的抒情散文作品中就得到充分的印证，其表征的是一种青春期性的苦闷和被抛到社会底层的生的苦闷的混合"情绪"的宣泄。另一方面，他有热爱大自然、追求"静的艺术"和"遁世文学"的偏嗜。郁达夫从小失父，性格内向敏感，上小学时总爱到家乡的江边独自玩耍而耽于幻想："置身入这些绿树浓荫的黄沙断岸中间，躺着，懒着，注目望望江上的帆船——那时候这清净的钱塘江上并没有轮船的——和隔江的烟树青山，我总有大半日白日之梦好做。对于大自然的

---

① 郁达夫：《〈中国新文学大系·散文二集〉导言》，《中国新文学大系·散文二集》，第 2 页。
② 郁达夫：《文学概说》，《郁达夫全集》第 10 卷，第 333 页。

迷恋，似乎是我从小的一种天性。"① 后来到日本留学后，他开始广泛涉猎西方文学著作，对于一些描写大自然作品较为偏嗜。如他欣赏挪威作家般生（Bjoernstjerne Bjoernson），其作品描写渔村青年迷恋大自然，抒发一种对空远的幻想和愿意做一个"永远的旅人"的渴望②；他喜欢德国作家施笃姆（Theodor Storm），以为施氏是一个非常的"沉静的梦想家""大大的怀乡病者"，其作品里有"故乡的悲思"的深味③；随着年龄的增长，郁达夫褪去身上的"浪漫感伤"，更加嗜读那些所谓"清静的遁世文学"。他在一篇推介文章中如数家珍般提及梭罗的《瓦尔登湖》、吉辛的《亨利·莱克洛夫脱的手记》、史密斯的《梦乡随笔》、爱米尔的《反省日记》等一列散文佳作，这些均隶属于"遁世文学"，并称自己"现在渐入老境，愈觉孤独，和这些少日的好友，更是分不开来了"④。

　　郁达夫在度过早期"主情主义"阶段后，就特别注意如何驾驭、节制和沉淀自我情感，从而使散文理论与创作迈上新的阶段。1932年，他为自己一本作品选集作序时说："散记清淡易为，并且包含很广，人间天上，草木虫鱼，无不可谈，平生最爱谈这一类书，而自己试来一写，觉得总要把热情渗入，不能达到忘情忘我的境地，如日本芭蕉翁的奥之细道，英国Richard Tefferies的野外生涯。"⑤ 这是他为该选集收入五篇"散记"所作的说明。这五篇散文时间跨度较大，从1923年发表的《海上通讯》至1932年发表的《钓台的春昼》，几近十年，跨越郁达夫前期的"主情主义"阶段和中期的"情感节制"阶段，因而各篇在"情绪"的把控上迥然有别，表现文章的"情调"格局也大不一样。由此观之，这段文字并非对五篇文章的总体评价，而是借题发挥，道出郁达夫对当时散文创作的看法。虽然"散记"清淡易为，似乎可以信手拈来，任意挥洒，但要警惕过度的"滥情"。郁达夫检讨自己总让"热情"渗入，不能真正达到"忘情忘我"的境地，反衬出他极力追求散文创作上"情韵"或"情调"的高远境界。

---

① 郁达夫：《忏余独白》，《郁达夫全集》第10卷，浙江大学出版社，2007，第498页。
② 同上书，第498~499页。
③ 郁达夫：《施笃姆》，《郁达夫全集》第10卷，第8~17页。
④ 郁达夫：《静的文艺作品》，《黄钟》月刊1934年1月15日第4卷第1期。
⑤ 郁达夫：《〈达夫自选集〉序》，《郁达夫全集》第11卷，浙江大学出版社，2007，第33页。

那么，郁达夫追求散文创作中的"情智"融合，其所谓的"情韵"或"情调"的高远境界是什么？有无可衡量的具体审美标准？在他1933年撰写的《清新的小品文字》一文中可以找到答案。在郁达夫看来，散文小品追求的"情韵"或"情调"的高远境界就在"清新"二字。他称："周作人先生，以为近代清新的文体，肇始于明公安、竟陵的两派，诚为卓见。"自然清新的小品文字，最宜用表现田园野景、闲适的自然生活和纯粹的情感之类的题材。郁达夫还尝试勾勒出这系脉的小品文字的渊源：

远如陶渊明的《归去来辞》，近如冒辟疆的"忆语"，沈复的《浮生六记》，以及史悟冈的《西青散记》之类，都是如此。日本明治末年有一派所谓写生文体，也是近于这一种的体裁，其源出俳人的散文记事，而以俳圣芭蕉的记行文《奥之细道》一篇，为其正宗的典则。现在这些人大半都已经过去了。只有斋藤茂吉、柳田国男、阿部次郎等，时时还在发表些这种清新微妙的记行记事的文章。[①]

显然，与"五四"时期相比，郁达夫的心智更为成熟，他已从原来事事倚重于西学知识谱系，转向东方乃至本土寻找文化资源，这不能不是一个文化立场的重大转向。不仅如此，他还发现："我总觉得西洋的Essay里，往往还脱不了讲理的Philosophising的倾向，不失之太腻，就失之太幽默，没有东方人的小品那么的清丽。"秉持东方小品的"清丽"观，反观西洋的Essay，就发现它们的短板和弊病。西方人长于哲理，善于论辩，"智"胜过于"情"，其结果容易导致"失之太腻"，或"失之太幽默"。而东方人懂得"情智融合"，追求"情调"或"情韵"的高远境界，显示出作品的"清新动人"品格。那么，为了达到这一艺术境界，有无具体衡量的审美标准？郁达夫做出如下的回应：

原来小品文字的所以可爱的地方，就在它的细、清、真的三点。细密的描写，若不慎加选择，巨细兼收，则清就谈不上了。修辞学上所说的Trivialism的缺点，就系指此。既细且清，则又须看这描写的真切不真切了。中国旧诗词里所说的以景述情，缘情叙景等诀窍，也就

---

① 郁达夫：《清新的小品文字》，《现代学生》月刊1933年10月第3卷第1期。

在这些地方。譬如"杨柳岸晓风残月",完全是叙景,但是景中却富有着不断的情;"万里悲秋常做客,百年多病独登台。"意在抒情,而情中有景,也萧条得可想。情景兼到,既细且清,而又真切灵活的小品文字,看起来似乎很容易,但写起来,却往往不能够如我们所意想那么的简洁周至。①

郁达夫提出了"细""清""真"三点审美标准,以衡量小品文是否达到"清新动人"品格。"细"要求描写的"细密";"清"要求描写的"别择";"真"要求描写的"真切"。他于此借重和援引了中国传统抒情文化中"情景交融"的理论,以阐释三者之间是彼此勾连,互为映发,交融契合,无论是"以景述情"还是"缘情叙景",最后都期待达成"情景兼到"、"既细且清"而又"真切灵活"的小品文字。

幽默(humour)作为西方的舶来品,在"五四"知识者大力引荐与移植下,已然成为郁达夫所称的"现代散文的特征之一"②。谈及"幽默",郁达夫首先追问"幽默是属于情呢还是属于智的?"这同样涉及"情""智"的辨析问题。从表面上看,幽默属于"智"的部分较多,涉及"情"的地方较少,甚至有时和"机智"(Wit,或称"急智")混为一谈,因为二者都是由"一种颠倒(incongruity 或作失谐或失调)与对称(counteract)的感知而来"。然而实际上,"急智是才智的巧运,而幽默为天性的流露。急智是心灵的自觉的机巧,而幽默却出自人性的深处,往往不自觉地从性格中表现出来"③。正因为如此,机智是不动声色,没有情感,而幽默不同,它来自人性的深处,有柔情、怜情与哀情。郁达夫指出:"假使幽默而不带一点情味,则这一种幽默,恐怕也不会有多大的回味。"他举例说:"俄国柴霍甫的小说、戏剧的所以受人欢迎,妙处也就在他的滑稽里总带有几分情味,所以有人说微苦笑的心境,是真正的艺术心境。"④因此,幽默不是与"情"无关,相反它的感人之处,就在于诉诸以"情"。

---

① 郁达夫:《清新的小品文字》,《现代学生》月刊 1933 年 10 月第 3 卷第 1 期。
② 郁达夫:《〈中国新文学大系·散文二集〉导言》,《中国新文学大系·散文二集》,第 10 页。
③ 郁达夫:《Mabie 氏幽默论抄》,《论语》半月刊 1935 年 1 月 1 日第 56 期。
④ 郁达夫:《略谈幽默》,《青年界》月刊 1933 年 9 月 1 日第 4 卷第 2 号。

不过从程序上说，幽默应"先诉于智，而后动及于情"，"方为上乘"①。大幽默作家能站在世界的圈外，静观人生，以悠然泰然之姿游戏人间。当然，郁达夫也特别关注"五四"后"幽默"的"本土化"及其"智"的社会功用问题。他说："在现代的中国散文里，加上一点幽默味，使散文可以免去板滞的毛病，使读者可以得到一个发泄的机会，原是很可欣喜的事情。"但如果仅是空空洞洞，毫无目的，如同小丑登台，让观众轰然一笑而不留存半点回味的东西，那只会走上一条绝路。所以，郁达夫提出："幽默要使它同时含有破坏而兼建设的意味，要使它有左右社会的力量，才有将来的希望。"② 这个话无论是当时还是今天，对于那些把玩"幽默"的作家都是有警示意义和借鉴价值的。

三 文学性：推动现代散文的文类转型

在"五四"新文坛，人们理解"散文"的内涵与外延，确实和以往大不一样。由于"五四"知识者以主动开放的态势，积极接受西学的文学理念。刘半农就明确提出："所谓散文，亦文学散文，而非文字散文。"③ 这种彻底抛弃传统散文的"经世致用"一面，而突出强调"文学"的审美性，成为"五四"时期人们判别散文体裁的一个重要评价标准。清代姚鼐的《古文辞类纂》列出13种散文文类，但到"五四"时期，应用性、文字性的文类不再归入。以现代西方"四分法"建构起来的散文文类，有效地打破了传统散文的超稳定性一面，使之赋予新的"体"与"型"。那么，在这场推动散文文类的现代转型过程中，郁达夫如何通过"个性本位"的精神内核重塑，以彰显"文学性"的内涵，从而言说他眼中的现代散文的文体形态与类型特征呢？

无疑，在"五四"新文坛上，大行其道的散文文类首先是深受西方"Essay"影响的小品散文（或散文小品）。郁达夫曾对此现象给予关注，

---

① 郁达夫：《文学上的智的价值》，《现代学生》1933年6月第2卷第9期。
② 郁达夫：《〈中国新文学大系·散文二集〉导言》，《中国新文学大系·散文二集》，第12页。
③ 刘半农：《我之文学改良观》，《中国新文学大系·建设理论集》，上海良友图书印刷公司，1935，第66页。

并谈了一番自己的理解：

> 近来有许多人说，中国现代的散文，就是指法国蒙泰纽（Montaigne）的 Essais，英国培根（Bacon）的 Essayes 之类的文体在说，是新文学发达之后才兴起来的一种文体，于是乎一译再译，反转来又把像英国 Essayes 之类的文字，称作了小品。有时候含糊一点的人，更把小品散文或散文小品的四个字连接在一气，以祈这一个名字的颠扑不破，左右逢源；有几个喜欢分析，自立门户的人，就把长一点的文字称作了散文，而把短一点的叫作了小品。其实这一种说法，这一种翻译名义的苦心，都是白费的心思，中国所有的东西，又何必完全和西洋一样？西洋所独有的气质文化，又哪里能完全翻译到中国来？所以我们的散文，只能约略的说，是 Prose 的译名，和 Essay 有些相像，系除小说，戏剧之外的一种文体。至于要想以一语来道破内容，或以一个名字来说尽特点，却是万万办不到的事情。①

文中的"小品"一词本是佛家用语，用来指涉佛经典籍的缩略本，与原典籍即"大品"对举。明代文人将之借来称呼那些平常"不拘格套，独抒性灵"的短小之文，以示区别于那些正襟危坐而撰写的"郊庙大章""朝廷述作"的"大品"。"五四"引入的西方"Essay"，本意为"试笔"，现通译成"随笔"，是由文艺复兴晚期的法国蒙田创立而后在英国文坛上大放异彩的一种散文文类。日本文艺理论家厨川白村认为，"Essay"有其独特的艺术风貌，其一属于作家"随随便便"，与好友"任心闲话"的即兴作品，题材不拘，海阔天空，想到什么就纵谈什么；另一个特质是"将自己的个人底人格的色彩，浓厚地表现出来"②。因而，在相当不少的"五四"知识者看来，西方的"Essay"，与晚明的"小品"从"形"到"神"有惊人的相似之处，周作人甚至认为："新散文的发达成功有两重的因缘：一是外援，一是内应，外援即是西洋的哲学科学文学上的新思想之影响，

---

① 郁达夫：《〈中国新文学大系·散文二集〉导言》，《中国新文学大系·散文二集》，第 3 页。
② 〔日〕厨川白村：《Essay》，鲁迅译，《京报副刊》1925 年 2 月 15 日第 61 号。

中编　各体文学研究

内应即是历史的言志派文艺运动之复兴。"① 自然这"外援"有西方"Essay"引入的贡献，而所谓"历史的言志派"指的是晚明公安竟陵的小品创作流派。正因为如此，周作人、钟敬文、李素伯、梁遇春、林语堂等都倾向以"小品文"作为西方"Essay"的译名，而且也把这类散文创作称为"小品文"、"小品散文"或"散文小品"。这不能不说"五四"知识者这番努力的"用心"，有其历史的渊源与合理之处。然而，郁达夫却对此译名持否定态度，并且从东西文化差异的角度谈了这种做法的"苦心"与"白费的心思"，主张"我们的散文，只能约略的说，是 Prose 的译名，和 Essay 有些相像，系除小说，戏剧之外的一种文体"。这个说法似乎很在理，但经不起推敲，因为它没有有效解决人们现实中碰到的疑虑和困惑。现代"散文"在西方文学体裁的"四分法"下，固然卸下了一些的"重负"，然而它依然是一个人丁兴旺的文类大家族。郁达夫用"散文"指涉"Prose 的译名"，其内涵与外延大致相称，是没问题的。但他要将"散文"说成与"Essay 有些相像"，其实是不对称的，因为"散文"的内涵与外延显然大于"Essay"，二者不具备对等的操作性空间。退一步说，即便我们对"小品散文"或"散文小品"这一说法不认同，但是学界后来也没想出更好的其他名称来替代。况且这类文章在"五四"乃至以后相当长的时期内，又是占据着现代散文文类的显赫地位。正如鲁迅指出："到五四运动的时候，才又来了一个展开，散文小品的成功，几乎在小说戏曲和诗歌之上。"② 这也说明鲁迅在晚年时也是用"散文小品"来指涉这类文体所取得的非凡业绩。有鉴于此，笔者以为，用"小品散文"或"散文小品"指涉"五四"知识者创作这类深受西方"Essay"影响的文字，还是较为妥当的。

小品散文因"个性的解放而滋长"，也更因个性的彰显而被称为"个人文体"③。所谓"个人文体"，当然是指涉撰写出来的那些文字与个人经验紧密相关，并且形成一种艺术风格即"style"。在郁达夫看来，小品散

---

① 周作人：《〈中国新文学大系·散文二集〉导言》，《中国新文学大系·散文一集》，上海良友图书印刷公司，1935，第 10 页。
② 鲁迅：《小品文的危机》，《现代》1933 年 10 月 1 日第 3 卷第 6 期。
③ 郁达夫：《〈中国新文学大系·散文二集〉导言》，《中国新文学大系·散文二集》，第 6～7 页。

文已经形成一种"不拘形式家常闲话式的体裁"（Informal of Familiar Essays）。在题材上，广泛涉猎，宇宙万有，无一不可；在写法上，可以幽默，可以感伤，可以辛辣，也可以柔和，只要亲切的家常闲话式即可。与那些坐而论道的正规文章相比，显然不在同一频道对话。它们是属于"智"的范畴，而小品散文却是讲究文学性的内涵，有技巧，有审美，强调以情感人。郁达夫借用美国文艺理论家尼姊（Nitchie）的观点："比起正式的散文更富有艺术性，由技巧家的观点说来，觉得更不容易写好的那种散文，却是平常或叫作 Informal 或叫作 Familiar（家常闲话式的）或叫作 Personal（个人文体式的）Essays，这种散文的名称，就在它暗示着它的性质与内容。它是没有一定的目的与一定的结构的。它的目的并不是在教我们变得更聪明一点，却是在使我们觉得更快乐一点。"① 尼姊的观点很值得重视。首先指出散文文类有"正式"（Formal）和"非正式"（Informal）之分；其次着重谈"更富有艺术性""更不容易写好"的"非正式"（Informal）散文的文体特征，即"平常或叫作 Informal 或叫作 Familiar（家常闲话式的）或叫作 Personal（个人文体式的）Essays"。这类"非正式""家常闲话式""个人文体式"的小品散文，不仅给人以"智"的教益，更重要的是给人以"情"的感染，即给人以"快乐"。再者，尼姊所谓的"家常闲话式"，并非指作家就可以不正经的偷懒写法，其实是在这容易表面下的"努力"与"苦心"。有时候，题材虽小，却能以微知著，管中窥豹。正如郁达夫所说："一粒沙里见世界，半瓣花上说人情。"② 这又成为现代小品散文的一个特征。

在"五四"文坛上，由于受西方现代散文文类的影响，现代知识者关注日记、书简、传记等"私"作品的写作与出版，似乎成为一种风气，而郁达夫是引领这股潮流的弄潮儿。他最早发表的公开日记是1921年在日本盐原游踪的《盐原十日记》，而最让他负有盛誉的是1927年出版的《日记九种》，该书出版后"七八年来，日记作者渐多，而坊间的单行本，汇选

---

① 尼姊语，转引自郁达夫《〈中国新文学大系·散文二集〉导言》，《中国新文学大系·散文二集》，第9页。
② 郁达夫：《〈中国新文学大系·散文二集〉导言》，《中国新文学大系·散文二集》，第9页。

本，也出得有十数种以上，足见中国近来大家都有了记日记的习惯"①。日记本脱胎于"编年纪事史"，其作用就在于"备遗亡""录时事""志感想"，古今中外文人确实为此留下不少具有历史价值的日记文献。然而，郁达夫对日记的关注重点不是为了"备遗亡""录时事"，而是"志感想"，是关注作家如何从"史"的定位，提升至富有文学的意味。

1927年，他发表了《日记文学》②一文，开篇即言："散文作品里头，最便当的一种体裁，是日记体，其次是书简体。"一下子就从文学体裁的角度，提出"日记体"的概念，以示区别日记与日记文学的不同。并且指出："日记文学，是文学里的一个核心，是正统文学以外的一个宝藏。"为什么郁达夫如此高看日记文学呢？这与他认为文学作品都是作家的自叙传有很大的关系。日记文学除了记事之外，还张扬个性，剖析自我，坦露自己的心路历程。周作人就认为，日记是"文学中特别有趣味的东西，因为比别的文章更鲜明的表出作者的个性"③。郁达夫说："我们大家都有过记日记的经验，都晓得在日记里，无论什么话，什么幻想，什么不近人情的事情，全可以自由自在地记叙下来，人家不会说你在说谎，不会说你在做小说……"因此，日记最大的特点在于"真实性"的确立，它能有效破除其他文体因第三人称叙述而带来一种"幻灭之感"，"使文学的真实性消失的感觉"。郁达夫在文中以德国作家亚米爱儿（Amiel）的日记为范本，以为他"日日在解剖自己，日日在批评文化，日日在穷究哲理"实在少见，尤其卷中所阐明的苦闷心理比比皆是，记录他由苦闷生发出一种自我鞭挞，是如何的伤心！是如何的苦痛！因而，郁达夫毫不掩饰自己的喜爱之情，夸赞道："就孤陋寡闻的我看来，像亚米爱儿的这一部日记，大约是可以传到人类绝灭的时候的不朽之作。"

然而，日记，尤其是日记文学都能做到确如郁达夫所说树立牢不可破的"真实性"吗？鲁迅对此就提出疑问，他以为让人们感到"幻灭""与体裁似乎不关重要"，"只要知道作品大抵是作者借别人以叙自己，或以自己揣测别人的东西，便不至于感到幻灭，即使有时不合事实，然而还是真

---

① 郁达夫：《再谈日记》，《文学》月刊1935年8月1日第5卷第2号。
② 郁达夫：《日记文学》，《洪水》半月刊1927年5月1日第3卷第32期。
③ 周作人：《日记与尺牍》，《雨天的书》，人民文学出版社，2000，第10页。

实"①。郁达夫在《再谈日记》里提及鲁迅的批评，也认为他"所论极是"，因而提出一些矫正的措施。他借西方日记作家的话题，称日记作者应有"无问世之野心""只为了取悦于自己"，或"只有技痒难熬之隐衷，而并无骄矜虚饰，坦白地写下来的关于自己关于当时社会的日记，才是日记的正宗"。"好的日记作家，要养成一种消除自我的意识的习惯，只为解除自己心中的重负而写下，万不要存一缕除自己外更有一个读者存在的心。"②可见，郁达夫为了规避日记作家掉入鲁迅所指出的"幻灭"的陷阱，提出作家的"自律"意识，这个问题其实是很难判断和操作的，包括郁达夫自己一而再，再而三地出版大量的日记作品，难道就已"消除自我的意识"和没有"问世之野心"？！郁达夫貌似接受鲁迅的批评，其实并没有真正领会鲁迅的意思。鲁迅在此强调的是能让人产生"幻灭"的，无关乎体裁，任何体裁的作品都有可能；然而"文学的真实"与事实是不能等同，是允许存在的，"倘若作者如此牺牲了抒写的自由，即使是极小部分，也无异于削足适履的"。由此观之，鲁迅的观点确实比郁达夫更能解释日记文学在创作中遇到的一些困惑问题，日记文学作者应有"抒写的自由"，应有追求"文学的真实"，还是鲁迅说得好："倘有读者只执滞于体裁，只求没有破绽，那就以看新闻记事为宜，对于文艺活该幻灭。而其幻灭也不足惜，因为这不是真的幻灭。"③

从某种意义说，传记文学是最能体现郁达夫宣扬所谓"文学作品都是作家的自叙传"的散文文类之一。在"史传合一"的中国古代，"传记"是归属于"历史学"范畴的。司马迁撰写《史记》，创立"列传"一体，后世文人以此为范例，心仪模仿，"史传"一体最终成为中国最具特色的历史散文流脉，颇为兴旺发达。然而，当历史进入20世纪后，新文化的主要倡导者胡适却提出："传记是中国文学里最不发达的一门。"④郁达夫也认为，自司马迁之后，"中国的传记，非但没有新样的出现，并且还范围日狭，终于变成了千篇一律，歌功颂德，死气沉沉的照例文字"。因此，他呼吁："我们现

---

① 鲁迅：《怎么写——夜记之一》，《莽原》半月刊1927年10月10日第18、19期合刊。
② 郁达夫：《再谈日记》，《文学》月刊1935年8月1日第5卷第2号。
③ 鲁迅：《怎么写——夜记之一》，《莽原》半月刊1927年10月10日第18、19期合刊。
④ 胡适：《〈南通张季直先生传记〉序》，《吴淞月刊》1930年1月第4期。

在要求有一种新的解放的传记文学出现,来代替这刻板的旧式的行传之类。"① 看来,胡适、郁达夫心中"传记"并非中国这一"列传"(或"行传")一体,而是另有别择,即呼唤一种"新的解放的传记文学"的出现。

所谓"新的解放的传记文学",指的是借鉴西方的现代传记文学经验而催生出新的中国现代传记文学。西方传记到了近现代,已经完成"由史入文"的现代性转型。对此,郁达夫在《什么是传记文学》中描述道:

> 新的传记,是在记述一个活泼泼的人的一生,记述他的思想与言行,记述他与时代的关系。他的美点,自然应当写出,但他的缺点与特点,因为要传述一个活泼泼而且整个的人,尤其不可不书。所以若要写新的有文学价值的传记,我们应当将他外面的起伏事实与内心的变革过程同时抒写出来,长处短处,公生活与私生活,一颦一笑,一死一生,择其要者,尽量来写,才可以见得真,说得像。

显然,现代传记要告别"史"的衣钵,摒弃那些"谀墓"写法,其关键在于将这一文体当作"一种艺术的作品",凸显由史入文的"文学"特性。郁达夫以英国的利顿·斯屈拉基(Lytton Strachey)、法国的安特来·莫洛亚(André Maurois)、德国的爱弥尔·罗布味希(Emil Ludwing)为例,认为斯屈拉基的《维多利亚名人传记》以"白描个人排斥向来的谀墓式的笼统写法,实是独创的风格";莫洛亚的《雪莱传记》却"完全把一生的史实小说化了,而且又化到了恰到好处";罗布味希"专喜以伟大的题目来写精细的文字","大刀阔斧"的场面变化,还带点"电影式的趣味性"。这些传记文学大师无一例外,为了自己的撰写对象显得"活泼生动",就会运用更多富有文学意味的艺术技巧,使之作品带有"历史传奇小说的色彩"。

必须指出,郁达夫不遗余力地推介和引入西方现代传记的理论观点和创作实践,有力地推动中国传记从传统向现代的转型,极大地开拓了中国现代传记发展的新空间。然而,这种导向具有"双刃剑"作用,有利也有弊。传记毕竟不能等同一般的文学创作,它具有"历史"的属性。英国作家伍尔芙先后撰写《新派传记》《传记的艺术》两篇理论文章,对传记写作曾做出深入而系统的阐述,而在论述过程中,其核心的问题是传记家如

---

① 郁达夫:《什么是传记文学》,《郁达夫全集》第11卷,第205页。

何坚守"史"的品性。她在《新派传记》中，一开篇就引述英国作家西德尼·李爵士的观点："传记的目的，就是忠实地传达人的品性。"① 可见，伍尔芙对于传记"史"的品性的追求，比任何一个西方现代传记理论家和作家来得执着和坚定。其实，在当时国内也不乏持类似观点的学者如朱东润，他对传记文学的本质属性就采取了双重认识，主张"传记文学是文学，同时也是史"。他还说："中国所需要的传记文学，看来只是一种有来历、有证据、不忌繁琐、不事颂扬的作品。"② 笔者以为，伍尔芙或朱东润的观点，是很值得重视的，他们在传记文学的文史属性上把握了一个很好的"度"的平衡，从而确保现代传记文学的特殊品质。令人遗憾的是，我们没有看到郁达夫有这一方面的自省意识，自然也就制约了进一步拓展其传记理论的广度和深度。

[原载《福建论坛》（人文社会科学版）2018 年第 12 期]

---

① 〔英〕伍尔芙:《新派传记》，乔继堂等主编《伍尔芙随笔全集》第 4 卷，张军学译，中国社会科学出版社，2001，第 1700 页。
② 朱东润:《〈张居正大传〉序》，《张居正大传》，百花文艺出版社，2000，第 4~12 页。

动态的"画框"与历史的光影

——以卞之琳的"战地报告"为中心

姜 涛 北京大学中文系

1938年8月,诗人卞之琳与何其芳、沙汀夫妇结伴,从成都辗转来到延安。几个月后,他又参加"抗战文艺工作团",深入晋东南,翻越太行山。旅行途中及返归之后,先后写下了报告文学《晋东南麦色青青》《第七七二团在太行山一带》、诗集《慰劳信集》等一系列作品,不着力表现战争的悲壮与残酷,却保持了"那个叫做卞之琳的诗人"的本色,文笔轻快,趣味盎然,"写人及其事,率多从侧面发挥其一点,不及其余(面)"[1]。这段战地旅行的经历及相关写作,作为战时"京派"作者"转向"的一个典型个案,后来也得到了持续的关注,在一般性的赞许之外,也包括对其内在限度的检讨。诗人穆旦当时就批评《慰劳信集》写得过于"机智","'新的抒情'成分太贫乏了",仅限于"脑神经的运用",没有能"指向一条感情的洪流里,激荡起人们的血液",卞之琳所完成的只是"部分的、侧面的拍照"[2]。无独有偶,闻家驷也称,诗人带回的只是"几个简单的手势、几幅轻淡的画景"[3]。21世纪以来,更有年轻研究者着眼于"旅程与文学"之间的辩证关联,深入分析卞之琳"战地写作"的内在困境,认为战时的流动性,并没有带来新的主体生产,由于诗人在历史中的占位,是一种"道旁"位置,其"战地书写"仍不断回收于"看风景"的主体装

---

[1] 卞之琳:《十年诗草·重印弁言》,《卞之琳文集》上卷,安徽教育出版社,2002,第5页。
[2] 穆旦:《慰劳信集——从〈鱼目集〉说起》,原载《大公报·综合版》1940年4月28日;收入《穆旦诗文集》第2卷,人民文学出版社,2006,第53~58页。
[3] 闻家驷:《评卞之琳的慰劳信集》,《当代评论》1941年第1卷第15期。

置之中。①

　　这样的批判性透视,基于主体性理论的新视点,在一定程度上也延续了当年穆旦、闻家驷的观感,"部分的、侧面的拍照"并没有提供一种真正在场的历史呈现。进一步说,美学上的局限,根本上还是与战地访问者的身份、位置相关:自由知识分子虽然置身前线、深入战地,但走马观花,难免只留下一个"过客"的身影。可以参照的是,即便翻转评价的标准,将这一姿态正面建构为现代"抒情传统"之一部分,也不过是以另一种方式,强化了抒情与时代、诗与史的分别与对峙。② 事实上,卞之琳对此并非没有觉悟,在1941年开始创作的小说《山山水水》中,他就借从前方转回延安的作家亘青之口,说出了这种尴尬:

> 我们想去服务战争,结果却像是战争服务了我们:让纶年在一个角落里泡了一下,让我在几个区域里游了一下,无非让我们添了谈话的资料。③

　　然而,果真如此吗?诗人的战地旅行,果真只是为了增加见闻和谈资,最终被精巧的文学趣味所吸纳吗?如果"我们"没有为"战争"带来实在的助益,而"战争"确实"服务"了"我们",那这种"服务"是否只是表现为个人心智的扩张,而缺乏对战时社会组织、人我关系、时代总体趋势的领悟?这样的追问不仅涉及文学本身的评价,也指向战时知识分子历史参与可能性的检讨。

一

　　依照卞之琳1939年致友人信中的说法,他"在北边走了一年"之后,

---

① 王璞:《论卞之琳抗战前期的旅程和文学》,《新诗评论》2009年第2辑。
② 卞之琳的友人陈世骧,1971年发表《论中国抒情传统》一文,在海外中国文学研究界影响深远,王德威、陈国球等学者由此出发,致力于梳理、检讨"五四"以来现代中国的抒情论述,而卞之琳的《慰劳信集》及陈世骧1942年所作评论《一个中国诗人在战时》("A Poet in our War Time")也被纳入这一谱系当中。参见陈国球《"抒情传统论"以前——陈世骧早期文学论初探》,陈国球、王德威编《抒情之现代性:"抒情传统论述"与中国文学研究》,三联书店,2014,第720~721页。
③ 卞之琳:《山山水水》之《桃林:几何画》,《卞之琳文集》上卷,第327页。在小说的这个片段中,主人公梅纶年和亘青刚从前方游击区返回延安,梅纶年似乎就是卞之琳本人的投影,而亘青在北平出版过《掠影记》,多少会让人联想到《画梦录》的作者何其芳。

中编　各体文学研究

于创作上的收获,包括以下几种类型:其一为"通讯报告一类的文字",发表在《文艺战线》上,这应该就是后来收入《卞之琳文集》的系列报告《晋东南麦色青青》;其二,"在延安和前方途中写的一些故事小说",原计划"凑一本小书叫《游击奇观》",可惜这个计划后来取消;其三,"现在又想写些诗,都叫'慰劳信'",这就是有名的《慰劳信集》;其四,"前几天总算还了一笔心愿,写全了一篇算是历史:《第七七二团在太行山一带》"[①]。不难看出,1938~1939年的战地旅行,为诗人带来一个拓展的契机,他似乎在自觉变换文体,去处理同一段山水行程的经验,这些报告、散文、故事、小说、诗歌,由此构成了一个彼此关联的"战地书写"系列。而1941年暑期开始动笔的长篇小说《山山水水》,以男女主人公的战时迁徙为线索,在武汉、延安、成都、昆明四个城市之间"螺旋式"展开,其中"第三卷随纶年从敌后抗日根据地回来,所到的战区中心城市却是延安了"[②],某种意义上,也可以看作该系列的延伸。在以往的讨论中,这个系列中的"诗"与"小说"——《慰劳信集》与《山山水水》,似乎得到了更多的关注,但实际上,其中可以笼统归为"报告"的部分,更是这个系列的中心。[③] 它们在文体上更为流动、开放,介乎散文、故事、奇观、"小史"之间,卞之琳独特的书写视角与辩证的想象力,就生成于这样的文体流动性、开放性之中。

作为一种纪实性、先锋性的文体,报告文学在20世纪的勃兴,离不开现代传媒与读者大众的发展,同时潜在呼应了世界历史的剧烈变动,从西方到东方,正是这个"短的20世纪"所发生的一系列革命、战争,促动了这一文体的生成与传播。讨论现代中国报告文学的发展,一般会从30年代"左联"的提倡说起,战争的迫近、民族危机的加剧,也使得报告文学的政治意义在"救亡"的层面得到了空前提升。尤其在抗战爆发之后,受所谓"前线主义"的驱动,众多新文学作者深入战地、探访前线,"战地

[①] 卞之琳:《寄自峨眉山》,原载上海《大美报》1939年12月8日第八版"浅草"副刊,引自解志熙《卞之琳佚文佚简辑校录》,《文学史的"诗与真":中国现代文学文献校读论集》,北京大学出版社,2013,第332页。

[②] 卞之琳:《山山水水(小说片段)·卷头赘语》,《卞之琳文集》上卷,第266页。

[③] 在这个系列中,"诗"与"报告"有着极强的互文性,《晋东南麦色青青》中的许多人物、事件,也出现在《慰劳信集》中。换言之,"报告"为诗人后来的诗歌写作奠定了经验基础。

访问""战地报告",最为"烽火之旁"的作家和读者青睐,催生出一大批的访问记、速写、通讯、游记、印象记。考察抗战初期此类文体的生产与散播,不能不提到当时一种特殊的作家组织,即所谓的"笔部队"——原本身份自由的作家、知识分子,组织成各类访问团、服务团,活跃于前线阵地,宣传鼓动,报道战争的实况,联系前方与后方、国内与国际。[1] 卞之琳参加的"抗战文艺工作团"就是这样一支"笔部队",该"工作团"由陕甘宁边区文协和八路军总政治部组建,先后派出6组,分赴晋察冀、晋东南和陇海前线等地。卞之琳为第3组成员,团长为吴伯箫,他们于1938年11月至1939年4月沿西安、晋东南、晋察冀一带活动。[2] 与此同时,与卞之琳同赴延安的沙汀、何其芳,也作为鲁艺教员,带领了一部分鲁艺学生,跟随贺龙的部队奔赴了晋西北。他们这师生一行,也可以看作一个别样的"小分队"。

大大小小、形式多样的"笔部队"的存在,意味着"战地报告"的写作与一般的游记、报告不同,并不一定发生于个人的"内面",更多具有"组织"的性质,甚至是一种"集体写作"的产物[3]。战地旅行的目的也不单指向"作品"的完成,还应与各种各样的战地"工作"相关,诸如收集材料、宣传抗战、推动基层文艺运动、掌握根据地情况、进行抗战动员等。在这个意义上,如何协调"写作"与"工作"的关系,如何摆正位置,找到有效的方法、路径,深入多层次的战地生活现场,都是"笔部队"成员必须面对的问题。以沙汀、何其芳为例,这两位作家与卞之琳同

---

[1] 有意味的是,"笔部队"这个说法却可能来自战时的"敌方"。1938年8月,日本军部组织菊池宽、吉川英治、佐藤春夫等20多名作家,到当时规模空前的"武汉会战"前线访问,日本媒体对此大肆宣传,称这批作家为远征中国大陆的"笔部队"。参见王向远《"笔部队"和侵华战争》,昆仑出版社,2005。有关战争初期中国作家"笔部队"的考察,参见杨洪承《抗战文学中活跃的"笔部队"作家群体考察》,《文艺争鸣》2015年第7期。

[2] 吴敏:《宝塔山下交响乐——20世纪40年代前后延安的文化组织与文学社团》,武汉出版社,2011,第35页。

[3] 以王礼锡带领的"作家战地访问团"为例,宋之的、李辉英、白朗、陈晓南、葛一虹、以群、杨骚等十三位作家在出发后的半年多时间里,完成了《川陕道上》《陕西行记》《在洛阳》《中条山中》《王礼锡先生的病和死》等多种"集体日记",并以"笔游击"为题,在《抗战文艺》上连载。相关作品收入廖全京等编《作家战地访问团史料选编》,四川省社会科学院出版社,1984。

赴延安的动机，最初就包含了"写作上的企图"①。后来，他们追随贺龙的部队，也是想"去搜集材料，就回来写自己的作品"②。特别是沙汀，为了写一本关于贺龙将军的"印象记"，在材料的收集和记录上，的确曾费过一番苦心，也积累了相当丰富的第一手材料。然而，由于无法有效参与部队的战斗与生活，一种百无聊赖之感时刻萦绕在两位作家的心头。沙汀甚至开玩笑说："我们是一二〇师喂的两匹牲口！……既没有具体工作，也不了解敌我情况，每天就杂乱无章地吃、喝、睡眠和行军。"③ 为了摆脱"作客"的尴尬，何其芳主动要求离开司令部，去政治部做宣传工作，但效果并不理想。最后的结果，是"一个可羞的退却"，这支"小分队"离开了前方，选择返回延安。

沙汀、何其芳遭遇的尴尬，在抗战初期随军访问的作家、文艺家当中，或许并不鲜见。④ 如何突破"作客"的限制，更为有效、内在地"服务于战争"，不仅是一个收集材料、锤炼写作技术的问题，同时涉及实践方式的调整，从延安"整风"之后的视角看，则是一个知识分子"自我改造"的问题。对于战地文艺工作内在的难度，卞之琳其实也深有体会。1939 年 9 月，从前方返回延安后，他与吴伯箫联名发表了一份总结《关于战地文艺工作》，结合亲身的经验，从"组织""人选""路向""关系""计划""方式"等诸多方面，梳理了战地文艺工作的困难和挑战，其中包括几点有待解决的矛盾：

> （1）走上层与（2）走下层；（1）走得远与（2）住得久。这两种相反的路向所引起的见闻上的特性也就是（1）全面与（2）局部；（1）广泛与（2）深刻；（1）概念与（2）具体。要兼两者之长，在

---

① 沙汀当时"希望从延安转赴华北八路军抗日根据地，住上三五个月，写一本像立波《晋察冀边区印象记》那样一本散文报导"。（沙汀：《漫忆担任代主任后二三事》，《延安鲁艺回忆录》，光明日报出版社，1992，第 493 页）何其芳在《星火集·后记一》也提到自己决心到延安去，"还带着一种写作上的企图。我当时打算专心写报告"。（《何其芳全集》第 2 卷，河北人民出版社，2000，第 99 页）
② 何其芳：《改造自己，改造艺术》（1943 年 3 月 29 日），收入论文集《关于现实主义》（海燕书店，1950），引自《何其芳全集》第 2 卷，第 349 页。
③ 沙汀：《敌后七十五天》，《沙汀文集》第 6 卷，上海文艺出版社，1991，第 143 页。
④ 丁玲在小说《入伍》中就以漫画的笔法，勾勒了几位"新闻记"的形象，他们在军中过着"鸡吃米"的访问生活，游离于实际的工作之外。（《丁玲文集》第 3 卷，湖南文艺出版社，1983，第 180~181 页）

限定的时期内，是很困难的。文艺工作者在二者不可得兼中显然较宜于舍（1）而取（2）。不过对于主要的潮流，对于总的趋势，摸不清楚，则对于眼前的事态容易有不正确的判断。①

"上层"与"下层"、"走得远"与"住得久"、"全面"与"局部"、"广泛"与"深刻"、"概念"与"具体"，这一系列层层展开的矛盾，不只是战地文艺工作的难度所在，从文体自身的角度看，也是报告文学作者必须面对的挑战。1936 年，周立波就批评当时中国的报告文学"只能说是一种速写，虽有感情的奔放，却缺乏关于现实事件的立体的研究和分析——常常忽视了事件的历史动态"。在他看来，在文学的能力、新闻的敏感之外，能否具有一种在动态进程中透视全体、把握历史方向的洞察力，也决定了中国报告文学的发展前景。② 在吴伯箫、卞之琳这里，这个话题被进一步打开了，即：能否超越"局部""具体"的经验，提取"主要的潮流""总的趋势"，在作者认识能力的提升之外，根本上还有赖于"作客"位置的改造。吴伯箫、卞之琳就特别指出：文化人"最好是参加实际工作，因为这样可以避免'走马观花'、'浮光掠影'的毛病"③。

然而，在随军访问的途中，当"作客"的位置尚无缘改造，"走马观花"一时也难以避免，又该怎样在"限定的时期"内"兼两者之长"呢？对于卞之琳而言，这个问题更有特别的含义。当初他从成都出发，奔赴延安，已经计划了后来的返回，按照他自己的说法：

> 其实来去都在我预定计划之内，纵然时间有了长短，路线有了出入，结果也有了歧异。可是我还是我。……在抗战观点上来说，则我还是一个虽欲效力而无能效多大力的可愧的国民。所不同者，我现在知道了一点，虽然还是不太够。④

---

① 吴伯箫、卞之琳：《关于战地文艺工作》，原载《文艺战线》1939 年 9 月 16 日第 1 卷第 4 期；引自解志熙《卞之琳佚文佚简辑校录》，《文学史的"诗与真"：中国现代文学文献校读论集》，第 380~381 页。
② 周立波：《谈谈报告文学》，《读书生活》1936 年 4 月 25 日第 3 卷第 12 期。
③ 吴伯箫、卞之琳：《关于战地文艺工作》，解志熙：《卞之琳佚文佚简辑校录》，《文学史的"诗与真"：中国现代文学文献校读论集》，第 381 页。
④ 卞之琳：《第七七二团在太行山一带·初版前言》，《卞之琳文集》上卷，第 398 页。

所谓"我还是我",意味着卞之琳对自己"客"的身份,始终有着清醒的自觉。这个"过客"如何与历史发生关联?这种关联是否有效?"我现在知道了一点,虽然还是不太够",这"知道了"的一点又是什么?要回答这些问题,我们可以先从他的"趣味主义"说起。

二

熟悉卞之琳的读者都知道,经由自我"包装","小处敏感、大处茫然"似乎是他留在文学史上的基本形象,他也坦言自己创作规格不大,"喜爱淘洗,喜爱提炼,期待结晶,期待升华,结果当然只能出产一些小玩艺儿"[①]。这一"小处敏感"的眼光,自然也体现在他抗战初期的战地报告中。无论探访乡民生活点滴、撷取道旁的风景与闲话,还是体察各阶层心态的变化、关注社会组织的形成,他确实多着眼于"局部""侧面""小玩艺儿"。即使是书写战斗的过程,他也尽量凸显传奇性、趣味性,"文字节奏也轻松,有时还兴味盎然"。后人褒贬多由此引发,卞之琳后来就回忆:"因此同道中不记得谁善意要我警惕过'趣味主义'。"[②] 然而,穿行于战火硝烟、崇山峻岭之间,这种碎片化的呈现方式,其实也是"战地纪行"一类文字普遍的特征。与卞之琳同行的吴伯箫,沿途写下的《夜发灵宝站》《送寒衣》《路宿处处》《潞安风物》《沁州行》等报告,恰好可与《晋东南麦色青青》诸篇参看。二人记录的是同一旅程,许多人物、事件、风物乃至细节,同样出现在两位作者笔下。在某些段落中,吴伯箫对于场景、细节的刻画,甚至比卞之琳要更为细腻。

谈及"全面"与"局部"、"概念"与"具体"的矛盾,吴伯箫、卞之琳给出的建议是"二者不可得兼中显然较宜于舍(1)而取(2)"。因而,"小处敏感"似乎是战地文艺工作一种不得已的选项,但更重要的是,将局部的、微观的书写,认定为一种"小处敏感"、一种"趣味主义",这其中显然包含了某种对"大处"的想象:激烈的战争场景、宏大的民族叙事、血污与死亡、苦难与新生。何其芳反省自己的随军经历时,就曾这样

---

① 卞之琳:《〈雕虫纪历〉自序》,《卞之琳文集》中卷,第444页。
② 卞之琳:《第七七二团在太行山一带·新版弁言》,《卞之琳文集》上卷,第380页。

写道:

> 我原来希望碰到的是这样的场面：我们的军队收复了一个城，于是我们就首先进去，看见了敌人的残暴的痕迹，看见了被解放的人民的欢欣。总之，是这一类比较不平凡的事物。

但因为"只是听着战斗而没有看见战斗"，没有亲身经历"比较不平凡的事物"，他"写报告的热忱渐渐地消失了"①。同样，在穆旦提倡的"新的抒情"中，"强烈的律动、宏大的节奏、欢快的调子"，是"自然也该如此"的风格，"新的抒情"指向了一个在战斗中蓬勃、痛苦、激动的"中国"②。

因而，"小"与"大"、"平凡"与"不平凡"的差异，不完全是风格层面的问题，也涉及观察、认识的角度，涉及怎么想象战斗中的"中国"。需要指出的是，战争带来的巨大影响，除了"比较不平凡的事物"，事实上也显现于社会、文化、意识等多个"平凡"的层面。仅就在山地、平原开展的游击战而言，就不是单一的军事行动，而是"以军事斗争为主体，包括政治、经济、文化各个方面的综合斗争。游击战争必须与群众的政治、经济要求密切结合，才能完成一定的战略任务与政治任务。否则游击战争变成了只是游击部队单纯的军事活动，其结果，必然是忽视群众利益与群众的发动，使武装斗争与一般的群众斗争隔离"③。卞之琳晚年回忆，自己曾在延安读书的浪潮中泡了一阵，读过《实践论》《矛盾论》《论持久战》《论新阶段》《联共党史》等著述④，加上行军途中耳濡目染，对于游击战、根据地的理论，他应该说并不陌生。在这个意义上，他写人写事"率多从侧面发挥其一点，不及其余"的方式，其实有着特别的着眼点：在山道行走，他听过查路的儿童"呀呀地"学语，走到下一处，发现站岗的小孩已懂得敬礼、立正、严肃答问；夜宿村公所，借了昏暗的烛火，他辨认屋内的对联、匾额，观察村中富户的战时心态，不仅"利济行旅"，

---

① 何其芳：《报告文学纵横谈》，《何其芳全集》第2卷，第452页。
② 穆旦：《〈慰劳信集〉——从〈鱼目集〉说起》，《穆旦诗文集》第2卷，第54～55页。
③ 齐武编著《一个革命根据地的成长——抗日战争和解放战争时期的晋冀鲁豫边区概况》，人民出版社，1957，第17页。
④ 卞之琳：《"客请"——文艺整风前延安生活琐忆》，《卞之琳文集》中卷，第114页。

更要"利济抗战";进入城镇,他又注意收集街头的标语、壁报,感叹"这座僻处在山中的小城也不忘记世界,不忘记欧洲";参加一个座谈会,他又不厌其烦,记下签到簿上的团体名录,什么县政府、游击队、自卫队、妇救会、干部学校、大众剧团……①

这些段落,卞之琳写得兴味盎然,虽然只是短暂接触,却也激发了"知道"的热情,其"趣味主义"的笔法,往往蕴含了某种敏锐的政治感受。换言之,他非常关注战争中晋东南的社会风气及活力,诸如各个阶层意识状况的变动、群众组织的增加、人民的觉悟、文教事业的普及,以及"共同体意识"的生成等。收入《晋东南麦色青青》的《长治马路宽》一篇,记录了参加"第五行政区工人救国会成立会"的见闻。在描述会场气氛时,卞之琳就特别注意到了"帽子"这样的"小玩艺儿":

> 参加这个成立会的各县工人救国会代表一共到了200多人,其中十分之一光着头,十分之二用毛巾包头,十分之五戴瓜皮小帽、十分之一戴皮帽,十分之一戴军帽。可是一听说唱歌,老老少少,毫不扭捏,"工农兵学商……"大家合上来唱了。②

这段文字有一种极强的视觉感、现场感,不同的穿戴、帽子,代表了士绅、军人、农民、干部等多种身份,在光头、毛巾、各种帽子的攒动中,"工农兵学商"欢聚一堂的氛围,象征了"统一战线"的活力。抗战初期,八路军之所以能够在山西迅速打开局面,就因为利用牺盟会、民先队等组织,在统一战线的框架下,调动各方的热情和积极性,完成了社会的组织和动员。这或许正是卞之琳"知道了"的一点。有意味的是,所谓"戴阎锡山的帽子"、讲"山西话",正是牺盟会之"统一战线"工作的独特性所在③,"帽子"恰好也构成了这一实践路线的特殊隐喻。

---

① 参见《晋东南麦色青青》中《向上的道路》《"利济行旅"》《阳城在动》《村公所夜话》等篇。
② 卞之琳:《长治马路宽》,《卞之琳文集》上卷,第531页。
③ 这一特殊形式的"统一战线",当时在中共内部也引发了一些争议,被称为"沁州路线"。参见薄一波《七十年奋斗与思考》上卷《战争岁月》,中共党史出版社,1996,第264~269页。

另外，通过细部的动态把捉，来构造一种群像式的场景，这一手法也会让读者联想到《慰劳信集》第一首那个著名的开头：

<blockquote>
在你放射出一颗子弹以后，
你看得见的，如果你回过头来，
胡子动起来，老人们笑了，
酒窝深起来，孩子们笑了，
牙齿亮起来，妇女们笑了。
</blockquote>

在一颗"滑亮的小东西"——"子弹"的牵引下，整个画面"动"了起来，所有人的五官、表情，以及群体的意识状态，都"动"了起来。1938年在成都时，卞之琳曾作短文《地图在动》，借"沉睡的地图在动了"这一形象，暗示全国各地民众意识的觉醒。① 在晋东南访问途中，他又写下《阳城在动》一文，似乎"无意识"暴露了写作的意图，即：要写出一个"动起来"的晋东南，一个部分与全体配合交织、"动起来"的战时社会。

上面论及的"报告通讯"，多收入《晋东南麦色青青》中，卞之琳表示"自己很不喜欢"，他更为满意、认为"还了一笔心愿"的，是在大后方完成的"战斗小史"《第七七二团在太行山一带》。② 这部"小史"的写作，一部分基于诗人随军访问的亲身见闻，一部分取材于该团政治处主任卢仁灿的日记及相关文献，记述了1937年10月至1939年9月一二九师三八六旅七七二团在太行山内外的战斗历程，包括八路军战史上一系列著名战例，如"长生口夜袭""七亘村伏击""神头岭歼敌""响堂铺拒敌"，以及晋东南根据地奠基的一战——"长乐村战斗"。虽然有人善意提醒他，要警惕自己的"趣味主义"，但卞之琳似乎积习难改，"在记述大事件当中不时穿插一些琐闻末节"，对战士的意识状况，部队内部活泼、昂扬的氛围，都有极其用心的刻写。

---

① 《地图在动》发表于1938年5月1日出版的《工作》第4期，收入《卞之琳文集》中卷，第84~85页。
② 卞之琳：《寄自峨眉山》，解志熙：《卞之琳佚文佚简辑校录》，《文学史的"诗与真"：中国现代文学文献校读论集》，第332~333页。

据沙汀的记录，贺龙曾和他谈起一些随军文化人抱怨在军中"没有材料"可写，贺龙对此很不以为然："在我看来，材料就丰富得很。单是把我们新兵入伍后的变化反映出来，这个对抗战就有很大帮助。"① 依照贺龙的标准，卞之琳在挖掘材料方面就很有眼光，那些"琐闻末节"恰恰蕴含了某种政治性的理解，即：一支部队便不单是一个战斗的"单元"，更是一个集体、一所学校，战争对人的洗礼，也表现为视野的扩张、意识的转换。比如，他非常关注官兵在战斗中获得的新经验、新感受，像第一次"正式坐火车"、"第一次进省会"、第一次在战斗中缴获了"照相片"，这些都让"土包子开了洋荤"②。从人物塑造的角度看，这部"小史"采用了群像式的描写，写到了多位八路军的干部、指挥员。在勾勒战斗峰峦的间隙，卞之琳每每不忘回溯一下人物的过往，像何时加入红军、参加过什么战斗，乃至遭遇过怎样的家庭变故等。这样的写法，不仅会使人物的形象更为鲜活、生动，更重要的是，当不同的个人经历，呈现于一支部队的战斗背景中，那么一个人的成长与一个"团"的成长，也就有了共同的呼吸和节奏，自然融为了一体。

当然，在战斗的叙述中穿插过多的闲笔、趣事，会招致"不严肃""不虔敬"的批评。晚年的卞之琳也曾自我辩护："一般老一代革命家都有这样的宽阔胸襟。而事实上，别看他们做起报告来，一本正经，十分严肃，在日常生活里和普通战士在一起，都总是有说有笑，极富幽默感的。"③ 喜欢说说笑笑，好像只是私人领域的事，但对于一支部队而言，官兵之间轻松和谐的关系，则代表了一种集体性的活力。正是这种活力提供了一个"团"的内在凝聚力，也可焕发为一种艰苦环境之中的蓬勃战斗力。在《晋东南麦色青青》中，卞之琳也曾特意写到八路军爱玩，一到村里，马上就有了球场，他们都轻松、都愉快，唯其如此，"他们才会轻松而愉快地创造惊天动地与可歌可泣的故事"④。在这个意义上，卞之琳的"趣味主义"，绝非"不严肃""不虔敬"，"趣味"的背后连缀了一种特殊

---

① 沙汀：《记贺龙》，《沙汀文集》第6卷，上海文艺出版社，1991，第90页。
② 参见卞之琳《第七七二团在太行山一带》中《阳泉下火车》《七亘村两次伏击》《响堂铺拒敌》等章节。
③ 卞之琳：《第七七二团在太行山一带·重印说明》，《卞之琳文集》上卷，第390页。
④ 卞之琳：《老百姓和军队》，《晋东南麦色青青》，《卞之琳文集》上卷，第545页。

的政治性感受。这种感受力的获得,与战地文艺工作的深入,与他对一个"团"内在有机性、组织性的理解,都不无关联。

1949 年,卞之琳在《未刊行改名重版序》中,对于这部"小史"潜在的政治意涵,也做出了细致的说明:

> 如果集体生活是新社会的基础,则一个团的集体生命的发扬更未始非足以借鉴的榜样。一个团并非团长与团政治委员的私有,上至旅、师、军各级指挥员,下至战斗、通讯、勤务人员,都是主人。只是行事上有层次关系,职位差别,表现上也有个别的特出处。个性与全体性,相辅相成。社会诸体,息息相关。一个团既脱不了直属的上峰,也脱不了友军与广大人群。作为战斗对象,敌人也不全在画景以外,而是不可少的衬托。一个团也不是静止的,它的存在即寄予不断的行动……①

这段文字写得相当深入、恳切,卞之琳一再强调这部"小史"的认识价值、历史价值,并非仅仅表现在战斗事迹的记录上。如果只是勾勒"发展的脉络、战斗的峰峦起伏的姿势",或许根本不必亲临战地,借助相关的材料和对当事人的访问,同样可以顺利完成。② 换句话说,通过这部"小史"的写作,卞之琳所要传达的,是某种内在于"历史"之中的政治性理解("如其献身于'三分军事七分政治'或'七分军事三分政治'者,不太见笑")。他是将七七二团作为一个理想的社会单位去书写的,在内与外、上与下、敌与友、个体与全体等诸多因素之间的"相辅相成""息息相关"中,这个单位所显现的组织凝聚力、活力,以及不断涌现的行动力,都预示了一种新的社会关系、社会构型。

---

① 卞之琳:《第七七二团在太行山一带·未刊行改名重版序》,《卞之琳文集》上卷,第 394 ~ 395 页。
② 1944 年,丁玲应约为《解放日报》撰写的《一二九师与晋冀鲁豫边区》,就完全依靠访问和材料完成。这篇报告全景式叙述了一二九师抗战时期的战斗历程,同样处理了卞之琳书写过的几次著名战斗,如夜袭阳明堡、响堂铺伏击战、武乡长乐村之战等,同时介绍了根据地的民主政治和经济建设,洋洋洒洒三万多字,气势恢宏,这次写作"提高了她处理把握大题材的能力,为后来写作长篇积累了功底"。参见李向东、王增如《丁玲传》,中国大百科全书出版社,2015,第 328 页。

三

在上面引述的《未刊行改名重版序》中,"敌人也不全在画景以外"一句饶有意味,无意中透露,无论战斗的峰峦起伏还是"社会诸体"的息息相关,都呈现于特定的画景、画框之中。在"战地纪行"一类写作中,由于"作客"或"过客"的身份,某种限制性的取景框架,似乎难以避免,战地风云也难免会成为一种"道边"的"风景"。然而,采用何种取景的"画框","风景"得到怎样的呈现,却可能因人而异,至少在卞之琳这里,"画框"的活力就不容低估,因为它不是一个静态的存在,而是浮现于动与静、内与外、光与影的穿织变动之中。

1938年11月,卞之琳随同"文艺工作团"渡过黄河,由垣曲进入晋东南,他于12月3日写下的《垣曲风光》是《晋东南麦色青青》打头的一篇,起笔就为读者勾勒了一幅晋东南的全体"画景":

> 四条铁路——正太、同蒲、平汉、道清——圈成了一个菱形地带:晋东南,连同一小部分的冀西和豫北。菱形的4个角尖中三个角尖上的三点是太原、石家庄和新乡,一年来算是被敌人占领了,因为那里至少有他们的队伍。四条铁路也算被他们占领了,不过倘使照有些画地图者的办法,用粗黑线表示铁路呢,这四条黑线,照我的奇想,该改用虚线,因为那四条铁路事实上随便哪一段都常常中断的,一到夜里当然更接不起来了。这样一来,这四条线正好又成了这一块在成长中也在扩张中的抗战根据地的界线。也仅仅是界线而已,并不能限制什么,里边的力量早就溢过了它们,淹没了它们,内外的中国军民尽可以扬长进出,来去无阻。[①]

这段文字仿佛高空俯瞰,具有地图一般的精确性。正太、同蒲、平汉、道清四条铁路所围成的"菱形地带",正是晋东南抗日根据地的广大区域,1938年4月粉碎日军的"九路围攻"之后,"这一大片地方全部光复,很少变化地一直成了华北最大的一块抗日根据地"[②]。

[①] 卞之琳:《垣曲风光》,《卞之琳文集》上卷,第505页。
[②] 卞之琳:《第七七二团在太行山一带》,《卞之琳文集》上卷,第449页。

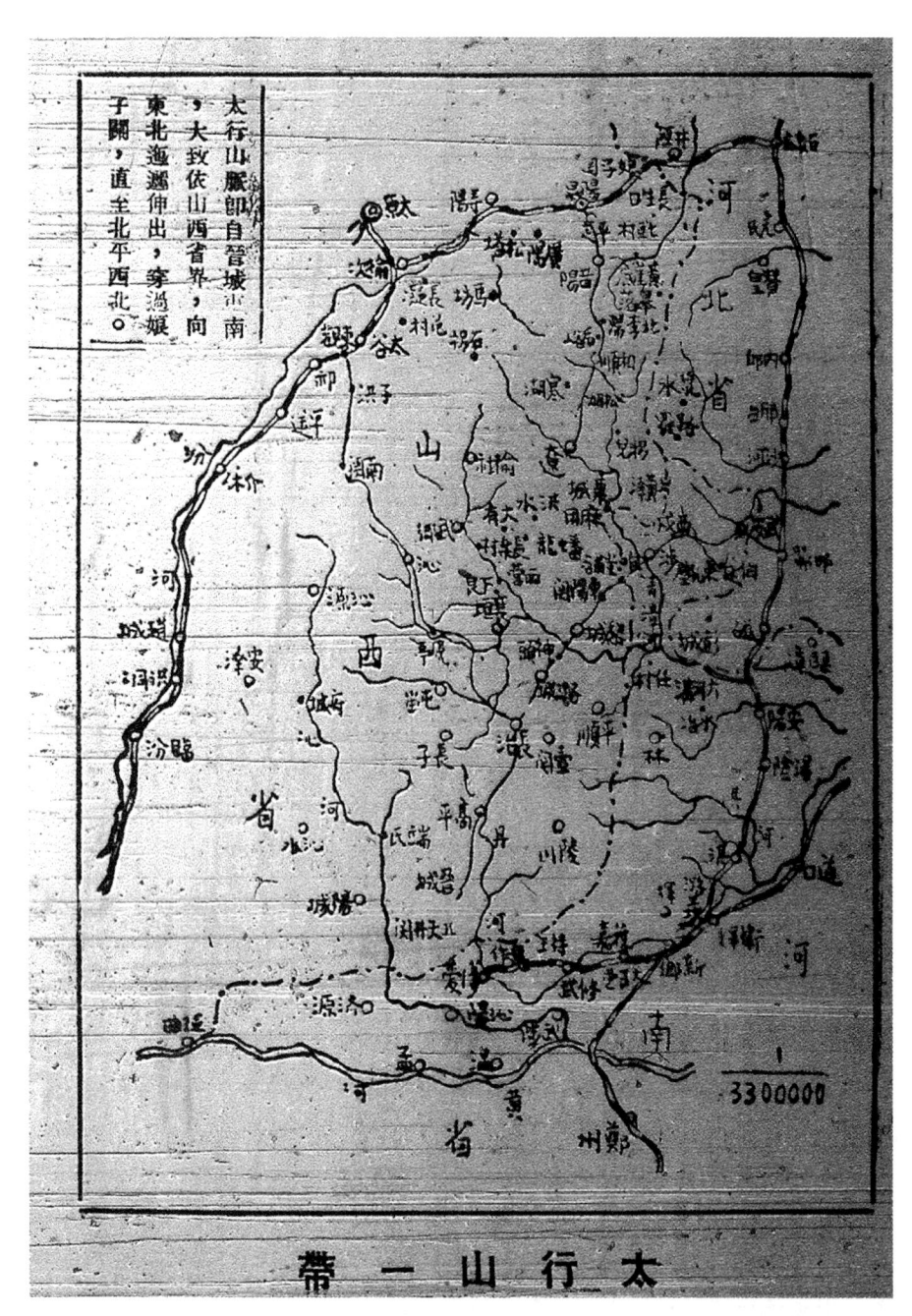

(卞之琳手绘的晋东南地图，恰好对应于《垣曲风光》中的全景鸟瞰①)

---

① 收入《第七七二团在太行山一带一年半战斗小史》，昆明明日版社出版部，1940。

中编　各体文学研究

在卞之琳的诗文中,"地图"是一个不时出现的意象,像上面提到的短文《地图在动》,就显示了他对战时中国内部空间变动的敏感。在晋东南访问的途中,他还亲手绘制了若干张地图,以表现战斗的峰峦与形势。这些地图与他拍摄的照片一道,都收入了《第七七二团在太行山一带一年半战斗小史》中,因而这部"小史"实际包含文字、地图、照片这三个部分。扩展来看,由于现代战争会强力改变既有的国土空间,某种流动的空间想象或"地理诗学",往往会渗透在战地报告的写作中。[①] 采用一种俯瞰性的视角,向读者交代具体的地理位置、地形地貌、县镇分布,以及交通线的纵横,这也是同时期报告文学作者都会采用的手法。[②] 在卞之琳这里,他不只是向读者介绍战区的分布,更试图在"地理诗学"中融入军事与政治的动态理解。简言之,如果将正太、同蒲、平汉、道清四条铁路构成的"菱形",看作一个"画框"的话,卞之琳机智地将"画框"的边线,由粗黑的实线,改为断续相连的虚线,在划分的同时,又突出内外的联系,这恰好说明了游击战略所依托的空间流动性:敌我之间犬牙交错,你中有我,我中有你,包围反而是一种扩张。交通线的内外,是彼此联动的根据地和游击区,战斗的军民穿梭往来,晋东南地区的活力和重要性,就浓缩在这一巨幅的"画景"之中。那个虚虚实实、蔓延又生长的菱形"画框",也由此内在于游击战争的动态进程中。

还是在这篇《垣曲风光》中,有一段描写极易引发争议,且同样涉及了取景的"画框":

> 从前的窗子现在还有未曾豁开,尚存完整的方洞的,仿佛镜框,由街上的过路人,随便镶外面一块秀丽的郊景,譬如说一株白杨,一片雀巢,半片远山,有一家屋子里,现在应该说院子里了,一只破缸,里面还有些水,大开了眼界,饱看蓝天里的白云。[③]

---

① Laughlin, Charles A, Chinese Reportage: The Aesthetics of Historical Experience, Duke University Press, 2002, pp. 149 – 150.
② 比如,周立波的《晋察冀边区印象记》开篇也写道:"我们所到的地方是晋察冀边区。这是一个非常巩固的广大区域。……读者或许高兴知道边区所属的县份吧,请翻开你们的地图:在平汉、津浦铁路,沧石公路,和津保公路之间,有高阳、无极、藁城、深泽……"(《周立波文集》第4卷,上海文艺出版社,1982,第8页)
③ 卞之琳:《垣曲风光》,《卞之琳文集》上卷,第507页。

· 393 ·

当卞之琳一行进入垣曲,这座小城失陷过三次,经受了敌人的烧杀,已遭到严重的破坏。卞之琳所描写的"风景",是南关大街上的一处废墟:残留的窗子可以作为一块"镜框",眺望风景,破缸中的积水,又像镜子拥抱了天空和云朵。不同视角的转化,不难让读者联想到诗人20世纪30年代的写作,如1937年的《无题之二》中的诗句:

> 窗子等待嵌你的凭倚。
> 穿衣镜也怅望,何以安慰?
> ……
> 杨柳枝招人,春水面笑人。
> 鸢飞,鱼跃;青山青,白云白。

战火蹂躏之后,"残窗"与"破缸"似乎也在等待这样一个有心人。在残垣断壁、杂草丛生之间,还有如此闲情逸致,怪不得评论者指出:"秀丽的'郊景'装饰了'残窗','蓝天'装饰了破缸,它们又共同装饰了这位'文工团'成员的旅程"。由此,参加前方文艺工作的卞之琳,仍带了一个"镜框"进入战地,仍是一个"看风景的人"[①]。

如果仅看截取的那段文字,这样的批评无疑切中了要害。然而,只有将卞之琳笔下的"风景"完整读完,"残窗""破缸"之取景画框与"郊景""蓝天"之间的关系,才能得到恰当的理解,因为卞之琳紧接着写道:

> 一家破屋,看来原先是一家颇不小的铺子,门头还留着"陶朱事业"的字迹遥对斜阳。这个门洞从前该吞吐过多少日本货,整的进,零的出。敌人来烧断了他们自己的工业品的通畅的大出路。[②]

废墟中的"风景"只是起到某种"起兴"的作用,在后面的段落中,读者会读到:被毁的南关大街,重新恢复了过去的繁荣,两边的房子烧了,商家的摊子摆到了街上,到处是琳琅满目的日用品和食品。正是因为敌人"烧断了他们自己的工业品的通畅的大出路",外货无法倾销内地,

---

① 王璞:《论卞之琳抗战前期的旅程和文学》,《新诗评论》2009年第2辑。
② 卞之琳:《垣曲风光》,《卞之琳文集》上卷,第507页。

原有的商业、手工业也意外获得新的生机,得以在废墟上热闹起来,这种破坏之中的生机转化,也是战时社会经济一个极其重要的面向。①换言之,"残窗"、"破缸"与"风景"之间的转化,应该放置于"通畅"与"烧断"、破坏与再生、危机与转机的辩证关系中去理解。倘若仅仅理解为一种审美的"装饰",那可能误解了作者的本意。怎样在不利的状况之中调动、创造出有利的因素,在各种矛盾的交错中把握主要的部分并从中转化出新的可能性,这也正是"游击战争"之辩证思想方法的精华所在。

从卞之琳自身的文学脉络看,"残窗"与风景,阻断与联系、破坏与再生、空与有、实线与虚线、包围与溢出之间的辩证转化,与他对"小玩艺儿"的淘洗、结晶一样,无疑延续了20世纪30年代已经形成的"非个人化"诗学,大小、你我、远近、古今一类"距离的组织"也是他惯用的技巧。这种写作技巧、风格的延续性,似乎呼应了诗人在西北及华北走了一遭之后"我还是我"的自觉。不能忽略的是,所谓"我还是我"之说,是在一种螺旋式发展的意义上提出的,这个"我"已经有所"知道"了,不仅亲身感受战时军民及社会的变化,而且初窥了辩证唯物主义与历史唯物主义的门径。因而,"我"的"非个人化"诗学也无形中融入了"游击战""持久战"理论中奇正相生、虚实变化的辩证思想。②换言之,所谓"距离的组织"也不再止于美学的表现,"镜""窗""风景"之间时空关系的把玩,已从"我"的内面转换到更大的社会历史幅面,转换为对社会微观情状和战争进程的动态把握,一种特殊的历史感受力、想象力也由此生成。

在这里,不妨再比较一下卞之琳与吴伯箫的文风。上文提到,两位作者一路同行,访问的对象相同,见闻和感受大致相仿,连笔下的细节、征

---

① 刘少奇在谈及抗日根据地经济政策时就指出:战争使外货很难进口,沿海工业中心不能生产,内地的经济也大幅衰落。由于战争的消耗,货物也极其短缺,"这种情形在被敌人断绝交通的游击根据地中,是更加严重的……但是这种情况又为中国纯粹的民族工业——道地的土著资本造成了极顺利发展的机会。战争为他们造成了从来未有的广大市场和高度价格与利润率,这种民族工业的发展,不论对于全国及这些区域的抗日战争和民族独立,都是有利的"。刘少奇:《抗日游击战争中各种基本政策问题》(1937年10月16日),《晋冀鲁豫边区史料选编》(第一辑),山西大学晋冀鲁豫边区史研究组,1980,第23页。

② 在《"客请"——文艺整风前延安生活琐忆》中,卞之琳强调在延安阅读的辩证唯物主义与历史唯物主义,"使我日后在自我检验所作所为和明辨周围事态是非真伪当中,基本上能坚持真理,修正错误,一生受用不尽"(《卞之琳文集》中卷,第114页)。

引的材料，有时也完全一样。正因如此，"文风"上的一点差异，才更值得玩味。1938年底的一个早上，吴、卞二人自一个小山村分手，各自登程，"正大雪纷飞，季陵（卞之琳）回总部，我（吴伯箫）开始我底漫漫长途"，赶赴沁州参加晋东南二十四县的群众大会。吴伯箫的系列报告《沁州行》记录了沿途的观感，其中一段文字抒情性极强，写到了雪中行路的体验：

> 你在雪地里走过路么？当雪越下越大的时候，你看辽阔的郊野里是多么寂静啊！村落里虽也有炊烟袅绕，但远远听去连一声犬吠都没有；……这时候一个人走路就会像白茫茫云雾般的海洋里漂泊着的一帆渔船一样，是很容易感到压迫、感到孤寂的。①

《沁州行》中的文章，用昂扬的笔调讲述了若干战斗的故事，最后又浓墨重彩地渲染了群众大会的盛况（"四万个人底海，带了四万个响亮的喉咙，八万只坚韧的手臂"），处处体现了"我"的在场、"我"与抗日军民的同在，体现了战时同仇敌忾的宏大激情，这或许吻合于穆旦对"新的抒情"之构想。然而，上面穿插的这段"风景"描写，似乎有点异样。大雪中行走的自我，如白茫茫的天地间一只小船，在与自然万物的疏离中，凸显了一个封闭的抒情"内面"，似乎仍属于一种"旧的抒情"。这个雪中行路的孤独个体，与群众大会上那个被集体声浪淹没的叙述者，是否是同一个"我"，这或许是一个可以讨论的问题。

沁州（沁县），是当时山西第三专署（薄一波担任主任）、八路军总部及北方局的所在地。1939年1月1日，在汪精卫公开投敌后的政治氛围中，为了维护国共合作，坚持抗战，在沁县召开了万人"拥蒋大会"——"拥护蒋委员长领导中国抗战"，大会由薄一波主持，八路军总司令朱德也登台讲话。②卞之琳在这一天也激动地写下一篇报告，记录了这一"沁县来的消息"，将这"三万人以上的群众大会"看作"晋东南空前的一个最高表现"。兴奋之中，卞之琳也忍不住穿插了一段"风景"，同样描绘了雪中的体验：

---

① 吴伯箫：《沁州行》，《吴伯箫文集》上卷，人民教育出版社，1993，第382~383页。
② 参见王生甫《抗日战争中的牺盟会》，山西省文史研究馆，1984，第452~455页。

12月18日起下了一场大雪,把一切都暂时掩盖了。可是前几天一个早上,我披了大衣,翻下了帽耳朵,走到村外去呼吸新鲜空气的时候,我欣然的看见一片片麦苗透出残雪来了。

现在还是冬天,更大的冰雪多风还要来,可是麦苗一定会愈锻炼愈有劲,不但如此,它们一定还会从冰雪的本身吸取使它们滋长所必需的水分。

晋东南麦色青青,我总爱说这样一句话。一定的,春天也已经不至于太远。①

雪景虽然依然作为"风景",但雪中的麦色却构成了一种隐喻,冰雪中透出的绿色,代表人与历史共同经受的"锻炼"。漫步雪中的"我",虽然也孤身一人,但"内面"感受似乎已与整体的历史进程结合,化合成为一种饱满、清新的直观体验。这段"风景"描写,曲终奏雅,恰好构成了《晋东南麦色青青》的结尾,麦苗在雪中锻炼,整个晋东南地区也在战斗中成长。这种不断把握成长之"势"的历史想象力,洋溢在卞之琳的笔下,取景的"画框"由是气韵生动,往往伴随了一种动态的趋势感。② 相比之下,吴伯箫的叙述细腻深入,但在抒情"内面"的制约下,"我"与战争现场的关系,仿佛更多靠群体的激情、信念来维持,似乎缺少了一份灵动、通透的内在感知。

简言之,卞之琳的战地书写"不及其余",也能"辉耀其余",不断将"内面"转换至更大的历史幅面之中,在个体、组织、社会的"相辅相成""息息相关"中,勾勒出一种历史成长之"势"、一条向上的"曲线"。或许可以说,这在一定程度上,化解了战地报告的内在张力,将一种辩证、流转的想象力、感受力,贯注于个体与群体、局部与整体、当下反应与长远效果之间,用卞之琳自己的话来讲:"这篇东西,比喻上说来,不是照

---

① 卞之琳:《沁县来的消息》,《晋东南麦色青青》,《卞之琳文集》上卷,第549~550页。
② 在1938年12月22日写于长治的《向上的道路》,卞之琳将垣曲—阳城—长治三地,比喻成"登堂入室"以前的"三级石阶",这"恰巧和地势大致相称,又可以画一条向上的曲线了。从这条曲线上我们可以看出一股成长的势,成长的力";在《沁县来的消息》中,他又称"以沁县为中心的北部才是晋东南的堂屋",长治一代不过是"堂屋的门口罢了",这一路走来,"我们还是看见了一股向上生长的势和力"(《晋东南麦色青青》,《卞之琳文集》上卷,第525、549页)。

相……而宁近于素描。为了捕捉生命，表现精神，我在这里写照，多少可以说是用了画家的手法。"相对于"照相"的机械复制性，"素描"更能显出作者的匠心，亦即"行文中光与影，明与暗的配置，细节与概略，空气与动作的穿织，都无非出于画家求逼真的传形而传神的苦心"①。

四

在探讨20世纪30年代现代诗人"幻美的镜像自我的建构"时，吴晓东指出："纳蕤思"式的主体形象在"固定化"之后失去了"生产性"，需要在历史与现实之间获得重构。40年代的战争语境，则提供了一种"打破镜子""打碎镜子"，走出封闭镜像的可能。② 卞之琳的独特性在于，当他游走于前线和后方，似乎仍带了"镜子"和"画框"旅行。然而，"镜子"的转换、"画框"的流动，却也能帮助他跳脱出抒情的"内面"，在个体与历史之间实现一种新的"组织"。换言之，穿行于战地的"过客"身影，恰好松动了"看风景"的装置，勾连起"画景"的内外。

在后来的"诗"与"小说"中，这一辩证、流转的自我理解、历史理解，得到了扩展性的表现。《慰劳信集》中的二十首诗作，分别写给前线的将领、士兵，后方的工人、农民、妇女、儿童，"而一律不点名，只提他们的岗位、职守、身份、行当、业绩，不论贡献大小，级别高低，既各具特殊性，也自有代表性"③。卞之琳对于个体与历史、群体的关系想象，也寄托于这样的写法之中，正如一位年轻的研究者分析的："卞之琳的方式是将之拆分成具体的，即有特定身份、位置、性别的群体，更多是个人，加以观察、理解和分析，体现每个人或具体的群体之于'抗战建国'的独特意义。"④ 这意味着，无论什么样的身份、居于怎样的位置，都可以在保持差异性、独特性的前提下，联动于历史的大方向之中，如最后《给一切劳苦者》所写：

---

① 卞之琳:《第七七二团战斗小史·未刊行改名重版序》，《卞之琳文集》中卷，第395~396页。
② 吴晓东:《临水的纳蕤思：中国现代派诗歌的艺术母题》，北京大学出版社，2015，第256~260页。
③ 卞之琳:《十年诗草·重印弁言》，《卞之琳文集》上卷，第5页。
④ 范雪:《卞之琳的"延安"："文章"与"我"与"国家"》，《新诗评论》2015年第19辑。

> 无限的面孔,无限的花样!
> 破路与修路,拆桥与造桥……
> 不同的方向里同一个方向!
> 大砖头小砖头同样需要。

在"同一方向"中,"大砖头""小砖头"同样需要,卞之琳坚持主客、人我之间的弹性差异,不希望个体的身影完全消融于"方向",但又强调不同的个体、群体,可以在历史的"旋进"中自我转换、改造,共同地"成长"。在这样的逻辑中,知识分子"作客"的位置,自然也可成为一个能动的位置,能动的活力,也就来自"在场"又"缺席"的自由穿行、"光与影"的配合、呼应。

需要说明的是,在保持区分、独立的前提下,又联动、统一于共同的进程,卞之琳的自我想象与政治想象,无疑和抗战初期"统一战线"的社会氛围相关。他"客居"延安的 1938~1939 年,正是延安知识分子政策较为宽松、文化人自由来往的时期。虽然后来也曾抱憾错过了两三年后的整风运动,未能经历改造、蜕变,但他确实心醉于"当时延安生动活泼的局面",也清楚知道"客居"身份得以成立,也正是依托于这种局面。[①] 1939 年初,他在晋东南感受到一股向上生长的"势",其乐观的战争想象,也不无具体的现实依据。战争初期,八路军进军山西、太行山一带,在军事上取得一系列战果之外,也成功地运用"统一战线"的策略,在"牺盟会"的框架下,与包括阎锡山在内的各派力量展开合作,动员群众,建立地方组织,创造了一种极为有利的全新格局。然而,不能不提出的是,"统一战线"的内部一开始就摩擦不断,1939 年 12 月,阎锡山的军队就抢劫了卞之琳访问过的阳城,随后爆发了一系列的冲突,酿成了"十二月事变"[②]。另外,晋东南地区战时的社会变迁,涉及非常多的层面,在抗战宣传、群众组织和动员之外,通过土地政策的实施来改变地方阶级结构、推进社会改造的完成,其实是一场更为深远、艰巨的革命。[③]

[①] 卞之琳:《"客请"——文艺整风前延安生活琐忆》,《卞之琳文集》中卷,第 114 页。
[②] 参见齐武编著《一个革命根据地的成长——抗日战争和解放战争时期的晋冀鲁豫边区概况》,第 34~46 页。
[③] 参见〔澳〕大卫·古德曼《中国革命中的太行抗日根据地社会变迁》,田酉如等译,中央文献出版社,2003。

显然，上述这些问题尚未进入卞之琳的视野，他的"素描"而非"拍照"的写法，似乎只是捕捉到一个时期的精神风貌，折射了部分的历史光影。因而，人与历史共同螺旋"成长"的想象，似乎带有一种乌托邦式的抽象性。包括1941年小说《山山水水》的写作，也意在回应"皖南事变"后的历史危机，"旨在沟通各方以至东西方的相互了解"①，妄自以自己体悟到的"大道理"，来挽救"世道人心"②，这一良苦用心，最终却不免隔膜于历史的巨变。1948年12月在英国，看到淮海战役的新闻，卞之琳自称"猛然受了振动"③，认识到过去的"调和论"已经破产，这部呕心沥血完成的小说，随后也付之一炬。

在"抗战"至中华人民共和国成立的历史进程中，一个无党派知识分子欲以文章救国的努力，"虽欲效力而无能效多大力"，可能显得有些幼稚、天真，但这是否意味着其背后的文化政治理想，就失去了合理性、可能性，则是一个需要深思的问题。依照卞之琳自己的逻辑，在"传形又传神"的意义上，抽象并非一定就是"失真"。无论历史之"势"，还是艺术之"姿"，都是复杂多方之历史经验、生命经验的结晶，"不及其余"的同时，也许正可以"辉耀其余"，"引发连绵不绝的感情"，从而浸润、鼓舞人心，影响历史的走向。事实上，卞之琳联动各方的历史想象，他的文化政治参与，正是中共在"统一战线"框架下调动起的多方面社会活力之一种表现，这位"客"的身影，也正是历史螺旋线上一个不断游走的"小点"。怎样将这些跃动的"小点"，与历史进程建立更具生产性的关系，怎样调动诸多个体、群体的活力，使不同的阶层能联动于历史进程之中，共同完成自我的重造，形成一种充满活力的社会整合和精神氛围，这仍然是一个新国家、新社会得以建立的关键。

本文不断引述的《第七七二团在太行山一带·未刊行改名重版序》，1949年2月26日写于香港大学梅舍。此时，淮海战役刚刚结束，在英国有感于历史激变，在衣修伍德的劝告下（"那你为什么不早点回去呢？"），

---

① 有关《山山水水》形式特征及政治意涵的解读，参见李松睿《政治意识与小说形式——论卞之琳的〈山山水水〉》，《中国现代文学研究丛刊》2012年第4期；吴晓东《〈山山水水〉中的政治、战争与诗意》，《文学评论》2014年第4期。
② 卞之琳：《话旧成独白：追念师陀》，《卞之琳文集》中卷，第265页。
③ 卞之琳：《雕虫纪历》自序，《卞之琳文集》中卷，第452页。

从英国返归的卞之琳滞留香港,正准备北上。个人的归程同步于历史的巨变,在这个时刻重提一个"团",肯定也包含了新的理解。这篇序言也写得含蓄渊懿:将一个团的"集体生活"作为"新社会的基础",将"个性与全体""社会诸体"的层次配合作为一种"可借鉴的榜样",诗人似乎仍执念于"调和"的"妄想",借了重温旧作,想再一次把山水相隔又相连的"大道理"融入对"新中国"的期待中,或者说,他仍希望带着这样的"大道理",带着一个流动的"画框",再一次加入新中国的山水行程当中。在这个意义上,如何评价"主"与"客"、"光"与"影"的关系,如何看待一个无党派知识分子的文化政治参与,对于后来的读者而言,同样需要敞开一种更为纵深、更为动态的历史想象力。

(原载《中国现代文学研究丛刊》2019年第5期)

近四十年中国话剧史学术范式的变迁与反思

马俊山　南京大学中国新文学研究中心

中国话剧史是一个开放的历史过程，如今还在发展演变之中，远未终结。因而话剧史研究的内容，必然随着话剧历史的生长而不断延展与扩充。近四十年，也就是新时期以来，中国大陆出版的话剧史，从现代开始，继之以当代，最后是现当代合为一体，总数在二十种上下。若算上编入大中国戏剧史里的相关内容，也就三十种左右。即使加上具有断代性质或专题史的著作，大概也不会超过五十种。其学术范式，则大致可以归纳为价值论、工具论和艺术史三种先后相续的类型。

一　价值论范式与工具论范式

南京大学陈白尘、董健先生主编的《中国现代戏剧史稿（1899～1949）》（下称史稿）是中国大陆第一部完整的中国话剧史著作，1989年出版。1990年，中国艺术研究院话剧研究所葛一虹和左莱主编的《中国话剧通史》（下称通史）问世，从清末"曲界革命"和学生演剧，写到1966年"文革"开始，包括通常所说的十七年话剧。两书都是1983年确定的全国六五规划重点社科项目。史稿的作者多为高校教师，内容以作家作品为主，偏重思想价值的阐发。通史的作者则是话剧研究所的专业科研人员，以话剧运动统领全书，辅以创作和演出，具有总体史的性质，更看重话剧的政治功能。史稿和通史奠定了现代话剧研究的价值论范式和工具论范式。

所谓"学术范式"，一般是指由特定的研究对象、研究方法、价值观念、概念术语、思想逻辑和论说规则所组成的认知体系。在正常的科研环境中,学术范式往往是长期积累的结果,一旦形成,便成规矩,很难改变。后来出版的各种话剧史著述,基本上是以这两种范式为基础,做进一步的延伸和细化叙述的。体例近于史稿者,如黄会林《中国现代话剧文学史略》[1]、郭富民《插图中国话剧史》[2]、庄浩然《中国现代话剧史》[3]。近于通史者,有王卫国等《中国话剧史》[4]、田本相等《中国话剧艺术通史》[5]和《中国百年话剧史述》[6]、梁淑安《话剧史话》[7]、宋宝珍《中国话剧史》[8]等。而有些专题史或断代史著述,虽然未必刻意仿效史稿或通史,但其体例大多也可依此归类。如廖全京《大后方戏剧论稿》[9],袁国兴《中国话剧的孕育与生成》[10]、蔺海波《90年代中国戏剧研究》[11]、俞进军《军旅话剧史》[12]等,虽然也有话剧运动或演剧的内容,但多作为创作背景,主体仍然是作家作品或剧目。而梁丽燕《香港话剧史(1907～2007)》[13]、吴卫民等《云南当代话剧研究》[14]等,则可视作通史体例的迁移与推广。

在中国话剧史研究领域,史稿和通史具有开辟洪蒙,以启山林的意义。首先是摸清了中国现代话剧的家底和积淀,包括人才、队伍、剧目、成就等,多方面展现了现代话剧的思想艺术风采,及其对中国社会进步的独特贡献。其次是确立了中国话剧史的基本框架、历史分期、概念术语、叙述方式和学术规范,为以后的研究奠定了基础。所以,直到今天,史稿和通史仍保持着很高的引用率。但是,由于这两部话剧史皆成书于百废待兴的20世纪80年代,其局限也是显而易见的。

---

[1] 安徽教育出版社,1990。
[2] 济南出版社,2003。
[3] 万卷楼图书股份有限公司,2015。
[4] 文化艺术出版社,1998。
[5] 山西教育出版社,2008。
[6] 辽宁教育出版社,2013。
[7] 社会科学文献出版社,2011。
[8] 三联书店,2013。
[9] 四川教育出版社,1988。
[10] 中国戏剧出版社,2000。
[11] 北京广播学院出版社,2002。
[12] 解放军出版社,2002。
[13] 复旦大学出版社,2015。
[14] 云南人民出版社,2015。

一是思想和学术资源匮乏。当时可供利用的思想资源，除了个性解放、妇女解放、人道主义以及庸俗化的马克思主义之外，几乎找不到其他更加合适的思想工具。晚清和民国研究，特别是跟中国现代话剧关系密切的政治、经济、社会、文化、教育、学术研究，基本还停留在"十七年"为毛选做注的水平上。当时虽然已经出现一些松动的迹象，如高瑞泉、陈旭麓等人的著述，但尚未形成广泛的学术影响，更没有融入现代话剧史研究。当时从事话剧史研究的学者们，对于中国近现代的思想文化遗产，除鲁迅和左翼之外，也缺少全面、深入的了解，因而大大限制了研究的深度和评价的准确性。中国大陆晚清和民国史研究的全面突围，是21世纪以来的事情。当代外国的各种新思想、新观念，如现代性、共同体、全球化、后殖民、新左派、现象学、阐释学、接受美学、文化研究、西方马克思主义等，大都是史稿和通史出版之后才陆续进入中国大陆，又经过十多年的适应性改造之后，才逐渐渗入话剧史研究的。

二是个案研究极少，可供参考的专题著述屈指可数。1949年以后，除曹禺、田汉、郭沫若等少数剧作家和左翼戏剧，在现代文学史里有些简单的介绍或极其粗浅的专论之外，绝大多数作家作品、话剧社团、戏剧运动、舞台艺术等，都无人研究，一片空白。20世纪50年代初，张庚着手编写《中国话剧运动史》，只写了文明戏到爱美剧一段，未及出版便遭批判，只好放弃。参与史稿和通史写作的学者们，几乎都是从零开始，无所依傍，白手起家打天下的，其中的困难可想而知。

三是资料困难。资料是一切科研的基础，资料多寡决定着学术的厚度与高度。但是，经过十年"文革"浩劫之后，历史资料的搜集和整理，变得异常困难。这是他们首先遇到的问题，也是无法回避，必须先行解决的问题。这可能是两书用力最多、用时最久的工作。因此，在两书的编写过程中，产生了一批重要的副产品或配套成果。与史稿配套的是董健主编的《中国现代戏剧总目提要》。董健在序中写道，中国话剧史项目起动之后，"编一部'与史相纬'的总目提要便是'第一紧要事'。缺了这一步，便没有什么发言权"[①]。

该书卷帙浩大，初版收剧目辞条4492条，2012年中国戏剧出版社出

[①] 董健：《序》，《中国现代戏剧总目提要》，南京大学出版社，2003，第2页。

修订版，辞条增加到 5830 条。同时续出《中国当代戏剧史稿》（1949～2000）及《中国当代戏剧总目提要》，收编剧目 23949 种。通史的作者也深知"资料是研究工作的基础，写史更要立足于掌握翔实的史料上"[①]。与通史配套的，一是左莱主编的《中国话剧大事记》，1994 年内部印行；二是《中国话剧艺术家传》（1～6 辑），于 1986～1989 年间陆续出版。还有《中国话剧史料集》，可惜只出版一辑便不见下文。这些基础性、资料性著作，现已成为研究中国话剧史不可或缺的参考书，其价值不亚于"文革"前田汉等人主编的三册《中国话剧运动五十年史料集》。可以说，史稿和通史不仅创立了中国话剧史研究的两大学术范式，而且奠定了深入和拓展研究的资料基础。

历史研究，是对历史现象、历史过程和历史规律的研究。三个方面互相依存，不可或缺，也可以将其理解为一个从具体到抽象、由特殊到一般、从现象到本质、由浅入深的思想过程。但历史研究不是理论研究，对历史规律的探求，始终融合在对历史人物、事件、过程的梳理考辨与解读判断里，而非呈现为一个概念体系。由此可见，所谓话剧史研究，是以各种艺术现象的研究为基础，以探求普遍规律为旨归，而以历史过程为表现形式的学术工作。尽管两书具有划时代的意义，但思想和学术资源匮乏，缺少充分的个案研究，资料难觅，严重限制了史稿和通史所能达到的思想高度和学术价值。主要体现在互为因果的两个方面，一是以话剧为工具的实用主义戏剧观，二是话剧艺术主体的消解与虚化。

表面看起来，史稿与通史在历史内容和篇章结构上相去甚远。史稿以社会变革和话剧运动为背景，而以作家作品建章立节，对题材、主题、剧情、结构的介绍比较周详，分析比较深入。通史则以话剧运动统领全书，编年更兼纪事，重点展示话剧运动与社会变革之间的动力关系，对于话剧创作与表导演艺术的介绍，极为简略且不完整，但有提纲挈领、包蕴丰富之长处。在价值取向上，史稿以个性、人道、民主、爱国为基准，以思想启蒙和写实主义为指归。而通史叙述的是现代话剧"与革命运动紧密相连"的"战斗传统"，因而"即于现实，即于人民"的"战斗性"就成了该书判断话剧艺术价值的基本标准。所谓的"战斗性"，其实是"文艺从

---

① 葛一虹：《绪言》，《中国话剧通史》，文化艺术出版社，1990，第 2 页。

属于政治""文艺为政治服务"的另一种说法而已。因为，1979年邓小平在文联"四大"讲话之后，这些旧说已被放弃，不好再提，所以换了一种新的说法，实质上是相同或相通的。

显而易见，史稿与通史当时都很难完全摆脱工具论和实用主义的影响。通史更重视话剧的社会、政治功能，而史稿则把思想启蒙功能放在首位，这势必弱化对话剧艺术规律和历史经验的关注与探讨。

通史有两个关键词，一是"战斗性"，二是"整体性"，都写在该书的"绪言"里。应该说，用"战斗性"来概括中国现代话剧的传统，是有道理的。因为，现代话剧或通史所述1966年以前的全部中国话剧，的确是在激烈的战争、党争和政争环境中成长起来的，它以各种形式直接或间接地参与了这些斗争，或受到斗争的影响，并将其内化为某种思想艺术品格，这是自然而然的事情。如一些固定的母题和价值观念、说教式的台词与演讲式的表演等，都是现代话剧战斗性的标志。而最能体现其战斗性的，则是那一场接一场的话剧运动。在1949年以前，"戏剧运动"甚至经常被用作话剧的代名词。所以，以话剧运动的演变来结构一部话剧史，也是有道理的。

以文学艺术为政治工具的思想，无疑来自毛泽东《在延安文艺座谈会上的讲话》，但其远源则可追溯到1927年后新兴的左翼文艺运动。国共两党分裂后，出于政治和思想斗争的需要，分别建立了自己的文艺队伍，并且掀起了一轮又一轮的文艺运动，反复搏杀。现代文艺的战斗性，大概就是在这时候逐渐形成的。国共两党的具体文艺主张虽然针锋相对，但实质上都把文艺当作政争和党争的工具。换言之，战斗性是建立在党派和政争的基础之上的，是文艺政治化的标志。

这样，问题就来了。一是战斗性是否可以概括中国话剧的基本特征，二是战斗性的意义该如何评价。显然，1927年以前，这个问题基本不存在。1927年以前的"爱美剧"运动，虽然也有批判，但其矛头所向是传统文化，而非某种政治观念或某个政党。1935年以后，随着剧联和左联的解体以及第二次国共合作的形成，包括话剧在内的现代文艺，也逐渐从党争和政争的束缚中解脱出来。现代最优秀的话剧作品，绝大多数出现于这个时期，在一定程度上超越了党争和政争。曹禺就不用说了，即使夏衍、于伶这样的老左翼，其最优秀的剧作，恰恰也是那些远离党争和政争的作品。如《上海屋檐下》《法西斯细菌》《芳草天涯》《女子公寓》《夜上海》《杏花春雨江南》等。田汉,无论新中国成立前还是成立后,凡是直接为党争和政争服务的剧作都有严重缺陷,《获虎之夜》《名优之死》《愁城记》《关汉卿》《白蛇传》等,都跟政争无关。特别值得一提的是《关汉卿》,出现在"反右"之后,简直是个奇迹。它借着关汉卿的掩护,痛批文化专制主义,是"十七年"话剧中极其少见的一个思想地标。而文化批判,是很难用战斗性来概括的。如果这样说,文艺复兴以来的几乎所有戏剧,都可以说是充满战斗性的了。实际上,用战斗性来概括一国之戏剧,大概只有通史这一例。即使最讲战斗性的俄国革命民主主义美学家们,也未见这么说过。当我们以战斗性作为话剧的主流,而又以某个政党或某种政治作为取舍和判断标准的时候,势必导致严重的疏漏、偏见和误读、错判。如对于国剧运动、农民戏剧、南国戏剧和所谓"小资产阶级剧作家"的偏见,对于陈铨剧作的否定,对于国民党人话剧创作的屏蔽,等等。由此看来,将波澜壮阔、复杂多变的话剧史,硬塞进战斗性的概念里,显然是有失偏颇,不足为法的。

通史范式里最具新意和学术价值的概念是"整体性",这是由戏剧艺术的综合性所决定的。如果说战斗性侧重于话剧与社会生活的关系,以及由此而来的某种特殊品性,那么整体性展现的就是话剧艺术内部各种要素,即剧本创作、表导演和舞美等,发生、发展、成熟的历史过程及其动力关系。整体性思想抓住了话剧艺术的本质,影响极其深远。但是,由于话剧舞台艺术的研究当时还是一片空白,所以相关内容的介绍,缺漏较多,既不完整,也不充分。例如,各个时期的剧本创作与舞台艺术进展,均穿插在各种话剧运动中略作提及,而未设专章或专节。有些非常重要的内容,如一些重要演员("四大名旦"、两个"话剧皇帝"等)、导演(大后方导演群和上海的"四大""四小"等)、舞美设计师("第五纵队""孙家班"等)的创造性成果,则完全不见了踪影。

另外,由于通史系多人合著,虽有统一构思,但实际操作起来,却很难互相照应,将某些思想贯穿始终。突出表现在每个阶段上,各种要素往往是比较齐全,甚至是互动的,但各个阶段之间,每种要素的成长和演变,往往出现脱节和断裂。也就是说,通史范式,横向的整体性较强,而纵向较弱。完整、有机的历史过程,常常被割裂、肢解成一个个片段,再纳入一系列话剧运动,各种要素的发展缺乏历史连续性,从而使预设的整体性在实际著述中大打折扣。譬如,从悲喜混杂的文明戏到现代悲剧、喜剧、正剧,是如何演变过来的;从编演时事、历史到虚构情节、人物是如何发生发展的;话剧表演从演讲式到个性化的转化,动因是什么,途径、方式和阶段性特征又是什么;导演艺术的发展及其在现代话剧成熟过程中的作用和地位;近代剧场对话剧创作和演出的影响;写实舞美体系是如何构建起来的;等等,举凡涉及过程的话题,通史的很多叙述是不连贯的。这里,我不是指责通史未能提供我们现在所需要的东西,而是说当时的研究水准的确制约着它所能达到的学术高度。

史稿的关键词是"现代性"。史稿的出版时间虽然略早于通史,但其思想观念比通史更加现代,也更加开放。它以"现代性"来概括中国话剧的基本思想艺术品格,是一个重大的理论突破,比20世纪90年代后期中国学术界关于现代文艺基本性质的大讨论,整整早了十年!可以说,史稿在当年的思想解放运动中走在了时代的前列,话剧史研究的新局面、新境界,主要是由史稿打开的。尽管它也存在这样那样的问题,甚至严重的漏洞,但其学术影响的深度与持久性,却远在通史之上。①

通史范式是用"战斗性"和"整体性"两个概念,分别给现代话剧的思想和艺术定性的。史稿则只有一个"现代性"。不过,史稿的"现代性"概念,包括思想和艺术两个方面的内容。"战斗性"强调话剧的社会功能,而以"运动"为纲,"现代性"更看重话剧的思想文化价值,故以文学为本。该书主编陈白尘和董健先生将中国话剧的"现代性"概括为四点,即以人为本的价值观、现代人的形象体系、写实性的舞台呈现方式和文化启蒙功能。而这一切都体现在戏剧文学里,所以作家作品就成了史稿范式的基础,也是该书建章立节的依据。

其实,史稿范式的缺陷或弊端是显而易见的。跟通史的整体性相比,史稿对现代话剧史的叙述是不完整,也是不全面的。首先,它把戏剧史简化成了文学史,从而失去了戏剧之为戏剧的本质特征,即综合性与演出实践。不能上演的剧本是毫无意义也毫无价值的。因为戏剧的价值与功能,

---

① 据中国知网提供的数据,1989~2018年10月1日,通史共被引992次,史稿是1965次。两个高峰年份:2012年,通史被引98次,史稿182次;2014年,通史85次,史稿181次。这个数据虽然不包括著作中的引用次数,但仍可大致看出两书的影响有着巨大的差异。

无论是政治还是人道、战斗还是启蒙,都必须通过观和演来实现。这是它跟文学的本质区别。其次,演剧实践与舞台艺术的缺失,是史稿范式的严重缺陷。不仅是学术体系不够完整,而且会导致艺术评价的失当与错误。有些无法上演的案头剧或演出效果不好的作品,如白薇、袁昌英、老舍、茅盾的剧作,常因题材特殊或思想新锐而获得过高评价。最后,一些影响深远的重要艺术现象,如"国剧运动""农民戏剧""难剧运动"等,或被一语带过,或被简单否定,或完全不见了踪影。特别是演剧职业化正规化运动,从1933年末中国旅行剧团成立到1947年末全部职业剧团停止运作,绵延14年,波澜壮阔,高潮迭起,推动中国话剧走向全面成熟,具有极其重要的历史意义,在史稿中也未见反映。凡此种种都说明,以文学为中心的史稿范式,缺乏戏剧艺术应有的综合性与完整性。

至于"现代戏剧"是否应该包括同时段的戏曲,我觉得倒不是个问题。因为,"现代"不只是个时间概念,而且蕴含着某种学术边界和价值判断。虽然,从清末到民国,以京剧为代表的戏曲艺术,跟话剧一样,是在激烈的市场竞争和中西文化交流的历史境遇中成长起来的(如程砚秋),一些文人编剧的介入,更为其注入了不少现代思想(如翁偶虹),但最具现代性的戏剧形态,无疑是话剧。当然,把现代戏曲纳入现代戏剧的历史叙述之中并无不妥,但若著述的对象仅限于话剧而采取"现代戏剧"之名,同样说得过去。因为,它的核心内容是以个性和写实为基本审美特征的现代话剧(亦称"近代剧")。

二 艺术史范式

史稿和通史出版以后,现当代各种话剧思潮、运动、社团、作家、作品、著名表导演舞美以及剧场舞台等,几乎都有专题研究或个案研究,涌现出一大批重要学术成果,为建立更加完善的学术范式奠定了基础。

在这些成果中,最具史学意义的首先是思潮流派史和理论批评史。如孙庆生《中国现代戏剧思潮史》[1]、胡星亮《二十世纪中国戏剧思潮》[2]、

---

[1] 北京大学出版社,1994。
[2] 江苏文艺出版社,1995。

焦尚志《中国现代戏剧美学思想发展史》[1]、宋宝珍《残缺的戏剧翅膀——中国现代戏剧理论批评史稿》[2] 等。其价值在于大致厘清了中国话剧流派的分野和演变轨迹，也为构建更加科学的话剧史学术范式提供了诸多思想范畴和理论话语。

其次是比较史。田本相主编的《中国现代比较戏剧史》[3] 和胡星亮的《当代中外比较戏剧史论》[4]，从外来影响的角度，深入剖析了中国话剧普适性和特殊性交叉渗透，此消彼长的历史过程，为话剧史研究开辟了新的学术空间。

在学术范式的转换中，有两部断代史著作具有特殊意义。一是马俊山的《演剧职业化运动研究》[5]，二是徐晓钟、谭霈生主编的《新时期戏剧艺术研究》[6]。前者所论为20世纪三四十年代，后者为八九十年代，但两书有一个共同点，即以演剧为中心，将戏剧思潮、戏剧运动、戏剧创作、舞台艺术作为一个整体加以论述。表导演和舞台美术皆设专章讨论，从而使话剧史的研究重心最终落实在话剧的本质属性上。回归本体，回归艺术的范式转型，即由此开始。

而微观或中观研究的持续拓展，也为话剧史学术范式的转型奠定了基础。一些重要的艺术现象，如新潮演剧（或早期话剧）、"爱美剧"运动、国剧运动、左翼戏剧、中央苏区红色戏剧、延安戏剧、社会主义教育剧、反共抗俄剧、先锋戏剧，以及相对独立的台湾、香港、澳门话剧等，都得到了系统的研究。一些重要的话剧社团如戏剧协社、中华剧艺社、上海剧艺社、新中国剧社、北京人艺、台湾表演工作坊等，都有专题论文发表。剧场研究则实现了从无到有、从资料汇编到学术研究的重大突破。[7] 作家作品研究，除

---

[1]　东方出版社，1995。
[2]　北京广播学院出版社，2002。
[3]　文化艺术出版社，1993。
[4]　人民出版社，2009。
[5]　人民文学出版社，2007。
[6]　中国戏剧出版社，2009。
[7]　21世纪以前，中国大陆只有《中国会堂剧场建筑》（清华大学土木建筑系编写，1960年内部印行）、《全国剧场资料汇编》（文化部艺术事业管理局编，1985年内部印行）等极少量资料汇编，以及侯希三《北京老戏园子》（中国城市出版社，1996）、李醒《清代以来的北京剧场》（北京燕山出版社，1998）等几种介绍性的著述。21世纪以来，卢向前《中国现代剧场的演进》（中国建筑工业出版社，2009）、贤骥清《民国时期上海舞台研究》（上海人民出版社，2016），代表着中国大陆近代剧场研究的新进展。

了一些大作家、名作家被反复深耕之外，甚至像徐訏、丁玲之类相对边缘或很少写戏的作家，都受到学界的关注并有专论发表。而话剧导表演及舞台美术的研究，更呈现出日渐活跃的态势，正在从个体到群体、从局部到整体推进。凡此种种，贯穿着一个总的主题，那就是对中国话剧的文化品性及其自我认同过程的思考，和对中国话剧艺术/审美特性的求索。

另外，还有一个重要条件，就是大陆历史学界对中国近现代政治、经济、社会、文化的研究取得了长足进展，出现了一大批具有开创性甚至是革命性的学术成果（如杨奎松、杨天石、王奇生、桑兵、马勇等人的晚清民国史研究），同时境外研究近现代中国的学术成果（如易劳逸、费正清、柯文、杜赞奇、张灏、周策纵、唐君毅、余英时、李孝悌等人的有关著述）也被大量引进出版，从而为话剧史研究的突破和创新提供了重要的史学支撑。在思想建设方面，近三十年来，西方的现代化理论、市民社会与民族国家理论，想象的共同体理论、文学场域理论、后殖民理论、身份和认同理论、现代性理论以及各种现代主义思想，纷纷涌入大陆，极大地充实了话剧研究的思想武库，并启发人们去重新思考一些问题，为重写中国话剧史做了必要的理论铺垫。

在此基础之上，田本相先生主编的九卷本《中国话剧艺术史》于2016年出版，宣告了一种新的学术范式的诞生。对于这样一部凝聚了诸多学人多年心血的皇皇巨著，可以说的话很多，免不了见仁见智，一时半会儿也说不完。而我想说的是，该书充分吸收了通史和史稿的长处，而又突破了二者的局限，把话剧史研究推上了一个新的学术高度。

而在它之前的2008年，董健、胡星亮主编的《中国当代戏剧史稿》（1949~2000）出版，内容涵盖了中国大陆及港澳台的话剧和戏曲。该书坚持以人为本和启蒙价值观，着力揭示不同社会政治制度下，中国戏剧的民族、语言、文化共性，以及走向现代的艰难历程，体现了可贵的批判精神。书中虽然增加了一些与舞台艺术相关的叙述，但所占比重甚少，重心仍然是作家作品，并未完全突破史稿范式的束缚。由于此书是一部当代中国的大戏剧史，而且本人已有专门评论[1]，故此存而不论。

《中国话剧艺术史》的关键词，首先是"艺术"，是话剧之为话剧的主

---

[1] 马俊山：《评董健胡星亮主编的〈中国当代戏剧史稿〉》，《文学评论》2009年第4期。

体特性。田本相先生在全书总序里明确表示，用工具论和战斗性来解释中国话剧的传统是不全面，也是不科学的。更不能脱离话剧的综合艺术特性，而将其肢解为话剧运动和文学史或思潮史和作家作品论的机械拼凑。话剧是活在演出中、活在舞台上的，表演才是其根本。所以，他们要写一部以演剧为中心，由文学、表演、导演、舞美等各种艺术要素综合而成的话剧艺术史。回归本体，回归艺术，是本书最具个性、最有新意，也最有价值的地方。只有彻底摆脱工具论的束缚、回归话剧艺术主体，才能充分展现中国话剧多方面的社会、文化、经济功能，深入揭示中国话剧成长发育的独特历史规律。从学术范式的角度来说，如果要给它一个命名，大概"艺术史范式"最为恰当。

全书九卷，一至四卷写现代，五六卷写当代，七八九卷分述台港澳。因为是多人分头撰写，所以各卷在章节的设立上并不完全一致。相对来说，大陆作者所写的前六卷结构比较均齐，台港澳学者写的后三卷，章节设置则比较灵活多样，出入也比较大。但无论如何，全书的学术边界还是统一的，每卷都包括话剧运动、舞台艺术、文学创作和理论建设四大板块。各个历史时期，举凡重要的话剧活动、作家作品、表导演艺术等，都有比较充分的介绍和分析。特别是前六卷，较好地贯彻了主编以演剧为中心、以舞台为枢纽的综合艺术观念。在现代话剧史研究中，该书第一次实现了全要素的有机综合，使话剧史真正具有了整体性，全面展现了现代话剧丰富多彩的历史风貌。这里，应该特别指出，该书的整体性是话剧艺术各个部分经过演剧的有机综合之后，所呈现出来的历史完整性。它包括纵横两个维度。横向指的是同一历史时期的戏剧思潮、剧本创作、演剧实践和理论批评之间充满张力的对立统一关系。纵向则是指不同时代的戏剧观念、剧本创作和表导演舞美等，都有其历史承传。任何创作都必须以前人积累的经验和技术为基础，并为后人提供新的艺术财富。该书不仅展现了各个阶段上话剧的整体风貌，而且深入揭示了各部分的进化过程和发展规律，这是特别难能可贵的。另外，该书实现了话剧史的全域整合，将两岸四地作为一个有机整体，在文化共性和地域特性上做文章，探讨不同社会形态对话剧发展的影响，为话剧史研究打开了一条新的思路。

所有学术范式都包含着一个完整的概念体系和思想框架。在这些概念和思想层级里，必有一个居于顶层的初始概念或核心概念，起着统摄全局、引导思路的作用。在通史里是"战斗性",在史稿里是"现代性",在艺术史里的核心概念是什么呢?

《中国话剧艺术史》的核心概念是"诗化现实主义"。田本相先生认为这是贯穿中国话剧史的一条基本线索,也是中国话剧艺术最基本的美学特征,集中体现了中国话剧的民族品格。也就是说,中国话剧艺术的主体建构是围绕着"诗化现实主义"展开,并最终落实在它上面的。"诗化现实主义"既是中国话剧史的美学制高点,也是艺术史范式的核心概念和思想目标。

"诗化现实主义"是话剧史研究中的一个重大理论突破。它源自田先生的曹禺研究,用以概括曹禺的美学特性,无疑是比较准确、深刻的,用来解释部分话剧作家作品,如夏衍、于伶、吴祖光等,似乎也能说得过去。但若不加限制地推广到全部话剧史,则会遇到诸多理论和实践问题。如诗化与写实的关系,只有在思想比较自由的创作环境里,二者才能统一起来,产生优秀的作家作品。而在思想专制时代,则会诱使作家脱实向虚,以幻想掩盖真实,甚至以虚构代替真实,这就完全谈不到现实主义了。1949年以后,曹禺、田汉、老舍都曾陷入这种美学误区,大概跟话剧追求"诗化"的传统不无关系。对于当代话剧的各种弊病,无论主编还是五六卷的作者,认识都很清醒,甚至有些痛心疾首。但在分析具体艺术现象的时候,可能是为了思路统一,还是强调政治的局限,刻意绕开了"诗化现实主义"的负面影响,结果无法将这一基本概念贯彻到底。如何妥善处理这个问题,可能还需做进一步的研究。

三　新的问题

《中国话剧艺术史》是近四十年话剧史研究的一个重大收获,成就是多方面的。它融合了通史和史稿两种范式的长处,克服了它们的偏颇和缺陷。这是一个新的出发点,而不是研究的终结。回顾这几十年的话剧史研究,成就无疑是巨大的,但仍存在很多亟待解决的问题。

首先是研究者的综合专业素质有待提高。据我所知,目前从事话剧史研究的学者,本科所学大多数为中文,少量是戏文或其他人文社科专业,学表导演及舞美的极少,甚至可以忽略不计。纵观四十年来出版的话剧史，成书情况大致有两种：一是个人独立撰写，二是集体编写。个人撰写的多为话剧文学史，整体性较强，但无法全面展现话剧的历史风貌与艺术魅力。集体编写的既有文学史，也有综合艺术史。从每人负责几个章节到负责一个历史段落，著述的有机性虽然有所提升，但各个时期之间的扞格、脱节甚至断裂，是很难完全消除的。这说明，具有全局视野，熟悉话剧创作、表导演和舞美等各部门历史的学者还不多，多数学者的知识视野和审美能力局限在某一个方面或某个历史时段，这跟话剧艺术的综合性以及历史过程的连贯性，都是极不相称的。由此而造成的误读误判，在话剧史研究中并不鲜见。如南国社（1927～1930），研究重点向来都集中在创作和演出活动上，且肯定者居多，至于表演艺术，则语焉不详，评价不高。而以陈凝秋等为代表的南国演技，的确存在演员与角色短路，缺少控制等弊端。但是，若将其放在全部中国话剧表演艺术的成长过程中，再跟同时期上海的其他几个著名业余剧社比较一下，南国演技的意义便凸显了出来。它以本色表演的方式，把演员带入角色，使之具有了个性的质感与情态，把话剧表演艺术推进了一大步。南国社的名气和影响在很大程度上是由陈凝秋这样一批演员造成的，剧本创作倒在其次。因为，田汉为南国编写的剧本，多数是演完后才发表的。表演的影响要先于剧本。忽略或低估表演，南国社的意义将大打折扣。还有朱穰丞与"难剧运动"，几乎所有的话剧史都是一笔带过，没有很好地整合进话剧史的学术体系中。尽管辛酉剧社没有自己的作家和原创剧目，但他们强化了导演的二度创作，并尝试运用斯坦尼斯拉夫斯基的方法创造角色，培养了中国第一个性格演员袁牧之，为中国话剧表导演艺术的发展做出了重要贡献。诸如此类的误判和忽略还有很多。究其原因，并非有意为之，而是由研究者的知识结构和思想局限造成的。所以，提高综合专业素养是深化话剧史研究的当务之急。

其次，批判和反思能力不足也限制着研究的深入。任何历史研究都包含着一定的理论预设。在话剧史的各种理论预设中，民族化几乎成了一个无须证明的公理或学术前提，潜行在各种学术话语中。其实，"话剧民族化"只是一种理论主张或特殊历史现象，而非一个可以统领和涵盖全部话剧史的真命题。因为它出现在特定的历史时期，具有特殊的含义和用法，超出边界就是错误。

"话剧民族化"的口号是张庚1938年在延安的一次讲话中提出来的，1939年初发表在重庆出版的《理论与现实》上。当时大后方的理论家们正在围绕现代文学的民族形式问题展开激烈论争，并形成了截然不同的两种观点。胡风、夏衍、田汉、阳翰笙、欧阳予倩等，主张根据作品所反映的生活内容，创造新的民族形式与民族风格。而向林冰等人则认为，应以传统和民间形式为基础，创作民族化的文艺作品。这种思想很容易让人联想到国民党所提倡的民族主义和"民族主义文学"，所以遭到强烈批判与抵制。至于这场争论中所包含的历史主体性问题，却未受到广泛关注和深入讨论。

张庚与向林冰的政治立场也许不同，但思路是相同的，那就是抗战时期的文艺活动必须适合大多数人即农民（张庚说还有穿上军装的农民），采用他们喜闻乐见的形式，表现他们的生活与情感。因而，民族化意味着话剧向农民、向戏曲、向传统的回归。但是，张庚的说法是有限制的，那是在全民抗战的特定历史条件下，为了社会动员而采取的一种特殊艺术策略，并非话剧艺术的最终目的。其实，中国话剧从诞生之日起就是一种现代民族艺术，即市民的艺术，根本就不存在什么民族化问题。它可以走向农村，但不能戏曲化，更不能退化为农民的艺术。

但是，1949年以后，最不该发生的事情发生了，张庚设想的权宜之计，因为政治的原因而上升为一条不能怀疑、不得撼动的创作原则和学术律令。胡风、夏衍等人给民族化问题注入的现代意义，则被彻底清除，戏曲化、通俗化、传统性成为民族化的唯一解释。凡是好戏、好演员、好导演、好设计，都会被贴上民族化的标签，标准却只有一个，那就是戏曲。

民族化与民族性有关。但民族性是一种常态，民族化则是一个过程，不能将二者混为一谈。任何创作都必须借助于前人的经验和积累，从某个剧作家或导表演舞美身上找到一些传统的元素并非难事。但艺术的本质是创造而非复制，所以艺术价值的高下，不在于传统元素的多少，而在于创新程度的大小。所以，"话剧民族化"的要害，不在民族性上，而在"化"字上。把它作为话剧史的理论预设，即用戏曲美学传统来衡量和规范现代话剧的价值，在理论上行不通，在实践中更是有害的。

21世纪以来，民族化的理论弊端不断暴露，但是作为话剧史研究的顶层预设，却未得到深刻的反思与批判。甚至改头换面，继续束缚着人们的思想。"诗化现实主义"就有这个问题。它比"民族化"更加具体,这是它的长处,但也更加狭隘,普适性不足,这是它的局限。相比之下,"现代性"概念,不仅意指明确、包容性强,而且具有成长性,仍然是一个比较好的理论预设。

最后是研究空间有待进一步开拓,很多空白需要填补。话剧美学研究还没有多少站得住脚的成果。悲剧、喜剧、正剧研究虽然 20 世纪 80 年代已经起步,但后来的进展不大,思考仍然停留在风格流派的层面上,尚未升级为美学命题。表导演与舞美方面,则只有零散的个案研究或专题论文,未见完整的历史著述出版。一些重要的艺术和历史现象,如剧本改译、政府评奖、"娜拉年"(1935)、话剧与租界、话剧与市场经济、话剧与市民社会、话剧的合法化过程等,都研究不够,成果极少,甚至无人论及。凡此种种,都在一定程度上影响着话剧研究的完整性及其学术水准。

科学的发展常常表现为学术范式的突破与变迁,但新的学术范式并不能解决所有的问题,而是发现有更多的问题需要解决。话剧史研究,期待新的突破。

[原载《戏剧》(中央戏剧学院学报)2019 年第 6 期]

解放区"演大戏"现象评价的演变与意义[*]

秦林芳　南京晓庄学院

解放区"演大戏"现象的评价问题,是解放区文学发展过程中具有重要意义的事件之一。"所谓'大戏',乃是外国的名剧和一部分并非反映当时当地具体情况和政治任务的戏,而这些戏,又都是在技术上有定评,水准相当高的东西"[①]。依照张庚的这一界定,根据现有资料,在各解放区中,最早演大戏的是在华中新四军军部。早在1938年10月,那里就演出了田汉编剧的五幕剧《阿Q正传》中的两幕。这是"皖南新四军军部演出外来的多幕大戏的第一次"[②],可能也是整个解放区最早演出的"大戏"。虽说"演大戏"并非由延安肇其端,但"大戏热"是以延安为中心形成的。延安最早演出的"大戏",是工余剧人协会于1940年元旦公演的曹禺的《日出》。从那时开始直至1942年初,延安青年艺术剧院、鲁艺实验剧团、延安戏剧工作者协会等相关团体共演出了20余部"大戏"[③]。在延安"大戏热"的影响和带动下,晋察冀、晋冀豫、晋西北、山东等其他解放区也演出了一些洋戏和"与抗战无关"的国内名剧。

解放区"演大戏"现象,在当时受到了广泛的关注。解放区对于"演大戏"现象的评价,经历了讨论和结论两个阶段。其中,讨论阶段基本以

---

[*] 本文系国家社科基金重点项目"解放区前后期文学的关联性研究"(项目编号:18AZW019)的阶段性成果。
[①] 张庚:《论边区剧运和戏剧的技术教育》,《解放日报》1942年9月11、12日。
[②] 吴强:《新四军文艺活动回忆》,《新文学史料》1980年第4期。
[③] 参见王地之整理的《延安演出剧目(一九三八——一九四五)》,《中国话剧运动五十年史料集》第3辑,中国戏剧出版社,1963。

1942年5月为界，分为前后两个时期。在结论阶段，有关部门对"演大戏"现象作出定性，并以组织化、行政化的手段予以了终止。解放区对于"演大戏"现象的评价及其演变过程，既反映了当时对文学艺术"普及与提高"关系的不同认识，也从一个方面显现出了解放区文学引导机制的形成及其功能。

一

在前期讨论中，解放区对于"演大戏"现象的评价是比较复杂的。它既有积极的肯定，也有批评与建议。其中，占主导地位的是前者。概括起来，其主要观点为："演大戏"是解放区"舞台技术的一种大进步"[①]。1941年1月，孙犁在概要地报告晋察冀边区上一年度的文艺工作时，也将"《母亲》的演出，《日出》、《雷雨》、《婚事》的上演等"视为晋察冀边区戏剧的"重大的成绩"予以了说明。[②]

在前期对"演大戏"现象的肯定性评价中，首先值得关注的是各地军政领导的鼓励和权威媒体的推介。在延安，《日出》的演出是遵循毛泽东"《日出》就可以演"指示的结果。[③] 1940年元旦该剧公演时，毛泽东与洛甫等中央领导还亲往观看并"备极赞扬"。在晋察冀，1940年11月7日，在军区成立三周年纪念日，演出了由高尔基小说改编的《母亲》。三天后，军区司令员聂荣臻在与艺术工作者们谈话时，将"大戏"的演出视为"文化上的提高"的表现，并赞扬了这个"大戏"及演出者们。[④] 与此同时或稍后，各解放区权威媒体对"大戏"也作出了积极的推介。在延安，单是党报《新中华报》和以《新中华报》为基础整合改版而成的《解放日报》，就先后发表过十多篇报道和介绍性文章。

军政领导的鼓励、权威媒体的推介，显示出了其对于"演大戏"的肯定态度，促进了解放区舞台上"大戏"的出现和"大戏热"的形成。对于

[①] 张庚：《关于〈竞选〉等三个时事剧的演出》，《新中华报》1941年4月15日。
[②] 孙犁：《一九四〇年边区文艺活动琐记》，张学新、刘宗武编《晋察冀文学史料》，天津社会科学院出版社，1989，第33页。
[③] 艾克恩：《延安文艺运动纪盛》，文化艺术出版社，1987，第202页。
[④] 一田：《聂司令员和艺术工作者们的谈话》，《晋察冀日报》1941年2月6日。

这种态度，解放区评论界作出了具体的理论阐释。因为"演大戏"的直接目的是"提高戏剧艺术性"，所以，解放区评论界也首先从技术层面着眼，充分肯定了"大戏"的艺术价值和"演大戏"对于培养艺术干部、提高解放区戏剧艺术水准所具有的重要意义。抗战爆发后最初几年间，解放区戏剧在动员民众、宣传民众方面发挥了积极的作用，但是，由于直接的功利目的，加之创作时间急迫、创演人员总体素养欠缺，在艺术上，解放区戏剧还比较普遍地存在着质量不高的情况。1939年6月，《抗敌报》指出：晋察冀边区的戏剧运动还存在着"不正规、不平衡、游击主义、狭隘的功利主义的色彩"①等缺点。于是，"发扬戏剧的创造性，提高技术水准"②，便成了解放区戏剧界许多有识之士的共同追求。为了提高戏剧艺术水准，除在理论上普及戏剧知识外，最重要的便是开展"向伟大作家和优秀作家的学习工作"③。"大戏"的演出，就是在这种背景下应运而生的。"大戏"给戏剧工作者提供了"借鉴"，他们通过"向戏剧大师们学习"，提高了自己的艺术水平④。

其次，解放区评论界还从价值层面阐发并肯定了"大戏"的认识价值和教育意义。崇基（艾思奇）看到《日出》"包含着极多的真实的内容"：它暴露了中国某些中上层社会的腐朽生活，揭露了资产阶级社会的互相吞并、互相残杀的罪恶本质；其"所暴露的同类的事实，就在抗战以后，也还在中国许多地方残留着"⑤，因而有其重要的认识意义。对于果戈理的《婚事》和曹禺的《雷雨》，默涵指出，前者"忠实地暴露了现实，揭发了现实中的真正可笑的东西"⑥；而后者虽然是一部产生在抗战以前因而无法反映抗战的作品，但是，它所表现的中国社会的一角与所刻画的某些典型人物，对于帮助观众了解中国社会的现实情况，仍然具有很大的益处。

---

① 《开展边区的戏剧运动（专论）——为边区戏剧座谈会而作》，《抗敌报》1939年6月13日。
② 中华全国戏剧界抗敌协会晋察冀边区分会：《新年戏剧工作大纲》，《晋察冀日报》1940年12月24日。
③ 晋察冀边区第二届艺术节筹委会：《晋察冀边区第二届艺术节宣传大纲》，《晋察冀日报》1941年6月25日。
④ 韩塞：《回忆抗敌剧社与晋察冀边区戏剧运动》，中国人民解放军文艺史料编辑部编《中国人民解放军文艺史料选编抗日战争时期》第二册，解放军出版社，1988，第89~90页。
⑤ 崇基：《〈日出〉在延安上演》，《中国文化》1940年4月第1卷第2期。
⑥ 默涵：《关于果戈里的〈婚事〉》，《大众文艺》1940年6月第1卷第3期。

对于在抗战的时候演《雷雨》这样的剧作"是否有意义"的质疑，他旗帜鲜明地作出了肯定性的回答，其借以立论的依据便是："了解具体的社会情况和认识各种阶层的人物，这在我们从事抗战的实际工作中，是第一个重要的条件。"① 至于"洋戏"《新木马计》，成思也认为，它"给我们以丰富的斗争经验和多种多样的斗争方法，以及变化无穷的秘密工作方式"，因而它能够"给人以现实的教育"②。

总之，"演大戏"现象虽然是在解放区提高戏剧艺术性的背景中出现的，但是，从解放区评论界当时的认识来看，其对"大戏"的推崇和肯定却是从技术层面和价值层面两个方面展开的。这是此期解放区评论界的主导性评价。在解放区评论界对"大戏"作出总体性肯定的同时，也有一些评论者围绕"演大戏"过程中出现的一些具体问题提出了批评与建议。这些问题大体包括以下几个方面。

第一，关于"演大戏"与"编演自己的戏"之关系问题。评论者认为，虽然"大戏"均为彼时彼地的国内外名剧，可以间接地给观众以启示和教育，但是，其作用与反映解放区现实的戏剧是有差异的。其原因在于：戏剧只有接近现实，才能更好地发挥其战斗性。所以，必须把注意力放在"更能反映现实生活、刺激现实生活、推动现实生活的东西"③上；"应以更大力量给戏剧深入群众的工作，给产生大量反映边区斗争与生活的大众化的剧本"④。总之，在"演大戏"的同时，必须尽力"从自己的观点来反映抗战中的生活和形象"，要编好自己的戏，演好自己的戏⑤。

第二，关于内容与形式之关系问题。要明确"演大戏"是为了戏剧"质的提高"，是为了借鉴"大戏"的形式和技巧更好地表现内容，因此，必须克服"'为演大戏而演大戏'的形式主义"倾向⑥。1941年9月，对于"最近开始"出现的形式主义倾向，徐懋庸从内容与形式辩证关系出

---

① 默涵：《〈雷雨〉的演出》，《大众文艺》1940年9月第1卷第6期。
② 成思：《介绍〈新木马计〉》，《解放日报》副刊《文艺》1941年10月23日第26期。
③ 程中：《所望于延安剧坛的》，《新中华报》1941年4月22日。
④ 沙可夫：《回顾一九四一年展望一九四二年边区文艺》，《晋察冀日报》1942年1月7日。
⑤ 张庚：《关于〈竞选〉等三个时事剧的演出》，《新中华报》1941年4月15日。
⑥ 分别见《〈母亲〉〈婚事〉〈日出〉三大名剧公演以后》，《晋察冀日报》1941年2月6日；许光《新的时期与新的方向——对本区剧运的几点意见》，《新华日报》（华北版）1941年10月23日。

发，提出了比较深刻的批评。他指出："演大戏是为吸收它的经验和技术"，最终还是为内容服务的，因此，"不能只注意它的形式，不求内容的深刻"①。

第三，关于"大戏"由谁来演的问题。在"大戏热"中，确实一度出现过以竞演大戏为荣的现象。在延安，有些剧团"修养极差"，其领导和演员对于剧本缺乏"相当之认识与把握"，却也"争演大戏"②；在太行山区，演出大戏的太行山剧团演员"绝大多数是乡村城镇青年，从不了解城市生活，一下仓惶上阵，得来的是'不堪回首'"③。对此种现象，评论者提出了批评，认为"演大戏"不能一哄而上，而应该由具有"一定演剧水准的剧团"担此任务④。只有这样，才能保证"大戏"的演出质量，才能避免有限资源的耗费。

第四，关于"大戏"为谁而演问题。评论者认为，"演大戏"必须顾及观众的身份与接受能力。这实际上涉及了不同戏剧品种与不同观众群体的适配性问题。聂荣臻曾经正确地指出："大众化"剧作的接受者是"群众"，而"外国戏只有艺术水准较高的人来看，特别是艺术工作者"⑤。在聂荣臻的指导下，晋察冀较好地处理了二者的关系。他们根据不同的观众群体，"既演短小通俗的宣传剧，也演中外著名的'艺术剧'"⑥。在其他地区，虽然不少"大戏"的演出也有其特定的观众群体，但是，有时却"忽略了时间空间观众的限制，甚至使观众来迁就自己，或漠视观众的迫切需要"⑦。

综上，解放区不少评论者从不同角度对"演大戏"中出现的一些问题提出了自己的意见。这些意见就总体而言是客观公正的、深中肯綮的。它们对于"演大戏"在解放区的健康开展具有建设性意义。需要指出的是，

---

① 徐懋庸：《我对于华北敌后文艺工作的意见——在文协晋东南分会第二届会员大会上的讲演》，《华北文艺》1941年9月第5期。
② 江布：《剧运二三问题》，《谷雨》1942年4月15日第4期。
③ 阮章竞：《风雨太行山——太行山剧团团史》，《新文学史料》1998年第2期。
④ 《〈母亲〉〈婚事〉〈日出〉三大名剧公演以后》，《晋察冀日报》1941年2月6日。
⑤ 赵冠琪记录《聂司令员在第二届艺术节大会上的演讲》，《晋察冀日报》1941年7月16日。
⑥ 何洛：《四年来华北抗日根据地底文艺运动概观》，《文化纵队》1941年7月第2卷第1期。
⑦ 许光：《新的时期与新的方向——对本区剧运的几点意见》，《新华日报》（华北版）1941年10月23日。

上面述及的那些评论者在提出批评和建议时都有一个共同的前提，就是"演大戏和大戏本身都不是坏事"（江布），"我们不反对演大后方的戏，演外国的戏"（徐懋庸）。即使是较早提出要"注意防止'演大戏'的倾向"的沙可夫也特别说明："这里所谓要克服'演大戏'的倾向，不是说根本不要再演大戏。"① 这也就是说，他们是在肯定"大戏"和"演大戏"的前提下对"演大戏"过程中的一些具体问题展开批评的。

二

1942 年 5 月以后，解放区评论界对"演大戏"现象作出了新的审视和新的评价。在前期讨论中，占主导地位的是肯定性评价；而到后期讨论阶段，占主导地位的评价则是否定性的。这样，对"演大戏"这同一种现象的基本认识，就由原先的"进步"急转成了"偏向"。较早作出这一判断的，是在两个座谈会上。其一是由陕甘宁边区政府文化工作委员会戏剧工作委员会于 5 月 13 日召开的戏剧座谈会，有四十多位剧作家、导演、演员评论家与会。会议持续了十多个小时，围绕剧运方向问题展开了长时间的讨论。"讨论一开始，就比较尖锐的批评了从上演《日出》以后，近一两年来延安'大戏热'的偏向"②。其二是陕甘宁边区政府文委临时工作委员会于 6 月 27 日召开的延安剧作者座谈会，有三十多人与会。会上，塞克、王震之等指出："延安过去只演大戏只演外国戏，看不起自己写的小戏，是一种应纠正的偏向。"③

在这两个座谈会以后，解放区评论界代表人物在《解放日报》上发表了多篇文章，对"演大戏"中的"偏向"作出了具体分析。比较重要的有：周扬的《艺术教育的改造问题——鲁艺学风总结报告之理论部分：对鲁艺教育的一个检讨与自我批评》（1942 年 9 月 9 日）、张庚的《论边区剧运和戏剧的技术教育》（1942 年 9 月 11 日、12 日）、萧三的《可喜的转变》（1943 年 4 月 11 日）等。综合上述文章以及相关座谈会的内容，其主

---

① 沙可夫：《回顾一九四一年展望一九四二年边区文艺》，《晋察冀日报》1942 年 1 月 7 日。
② 唯木：《当前的剧运方向和戏剧界的团结》，《解放日报》1942 年 5 月 19 日。以下引用时简称"'唯木'文"。
③ 《延安剧作者座谈会商讨今后剧运方向》，《解放日报》1942 年 6 月 28 日。

要观点是:"大戏热""在剧运上形成了一种严重的偏向"(张庚)。其指称的"演大戏"中的"严重的偏向"大体包括以下几个方面。

其一,"演大戏"现象的发生,是"专门讲究技术"(张庚)、"为了学习技术而学习技术"(周扬)的结果。周扬是在检讨鲁艺"专门化"与"正规化"的方针时涉及"演大戏"问题的,认为"演大戏"现象是"专门化"与"正规化"导致的结果之一。近年来,有论者对此作出了辨析,认为在时间上"演大戏"在前,鲁艺提倡"专门化"与"正规化"在后,因此,"不是'专门化'导致了大戏、洋戏的演出"①。不过,若从解放区文学思潮演进的角度看,1940年初开始兴起的"大戏热"其实也表现出了对宽泛意义上的"专门化"的追求。从这个角度说,周扬的立论也并非全然没有根据。自然,"大戏热"中确也在某些方面发生过形式主义的问题。但是,此时,周扬和张庚却均将之说成整体性的问题。

其二,"演大戏"现象的发生,是"离开了实际生活"(周扬)的表现和结果。如前所述,对许多创演者来说,"演大戏"的重要目的之一是增强戏剧"把握观众的力量"、使戏剧更好地为抗战服务。而周扬和萧三却从"大戏"内容本身就事论事,指称其"离开反映当前生活和斗争,离开应用","以致在我们的舞台上看不见今天、本地的斗争生活,只看见死人和洋人"。张庚的观点与周扬、萧三基本相同,也认为,"演大戏"是"脱离现实内容,脱离实际政治任务","对于活泼生动的边区现实生活不发生表现的兴趣"。不过,与周扬、萧三相比,张庚把这种"倾向"更上升到了政治的高度来考量,认为这是"失去了政治上的责任感"的表现。半年多前,许光虽然也尖锐批评了"演大戏"中出现的一些具体问题,但是,他认为,"我们不应该把'演大戏'认为是剧作者们对于政治问题的冷淡,这种看法是不正确的……"② 二者相比,批评的口径、力度和立场已经发生很大的变化。

其三,"演大戏"表现出"忽视了更广大的民众士兵观众的偏向"("唯木"文)。由于所演"大戏"表现的主要是都市的生活或是外国的生活,对于这些生活,普通的农民、士兵或者看不懂,或者因它们和其日常

---

① 王克明:《〈讲话〉前后的延安文艺》,《中国现代文学研究丛刊》2013年第5期。
② 许光:《新的时期与新的方向——对本区剧运的几点意见》,《新华日报》(华北版)1941年10月23日。

生活中间所遇到的实际问题缺乏关联而"看着不关痛痒，不能打动他们的感性"。因此，在张庚看来，"演大戏"就脱离了老百姓的实际，忽视了老百姓的需要。在戏剧座谈会上，虽然与会人员正确地指出了戏剧工作者在实践中有着偏重于普及或偏重于提高工作的分工，普及与提高有着不同的对象，但是，他们由普通民众看不懂"大戏"进而推导出了"演大戏"表现出了"忽视（或不够重视）广大民众和士兵观众的错误倾向"（"唯木"文）。由于"当前政治形势所要求于戏剧运动（一般的文艺运动也一样）的，是如何启发、团结广大民众士兵，在克服困难、迎接光明的这一主题下动员起来"，所以，"今后剧作者应以工农兵为主要对象，要在普及中提高"①，为那个"狭小圈子"而演的"大戏"自然应该停歇。

其四，"演大戏"导致"老百姓能看懂的剧本来源稀少"（张庚）。本来，"演大戏"是在克服"创作恐慌"的背景下发生的。李伯钊曾经"强调的提出"在克服"创作恐慌"中几个重要的亟须解决的问题，其中之一便是剧作者要"学习研究名著"②，而"学习研究名著"的重要方式之一便是"演大戏"。对这一观点，戏剧座谈会与会人员也曾认可，但又指出："过去的所谓'大戏热'，所谓'只演洋人和死人'，就不能不承认剧作的贫乏是其主要原因之一。"（"唯木"文）张庚就认为创作恐慌的重要原因是"大戏热"的兴起。他指出："'大戏'风行以后，虽然有少数人在从事戏剧普及的工作，但因客观需要是大量的，所以仍旧形成供不应求的现象。"

从以上的引述、分析中可以看出，从1942年5月开始，解放区评论界通过召开会议、发表文章对作为一种"偏向"的"演大戏"现象作出了总体性的否定，并显示出"纠偏"的决心。尽管如此，在"演大戏"问题上，此期仍然有不同的声音出现。1942年8月初，在晋察冀，抗敌剧社演出了俄国奥斯特罗夫斯基的名剧《大雷雨》。在同时召开的军区文艺工作会议上，聂荣臻就有关"演大戏"问题发表了重要意见。一方面，他肯定了"戏剧的大众化，群众化，深入普及的工作"；另一方面，他也明确表示："演大戏问题，我们不是无条件的反对。"在他看来，"一年演一次大

---

① 《延安剧作者座谈会商讨今后剧运方向》，《解放日报》1942年6月28日。
② 李伯钊：《敌后文艺运动概况》，《中国文化》1941年8月第3卷第2、3期合刊。

的外国剧，从艺术上提高自己，如过去演过的《母亲》《带枪的人》等，那也没有什么坏处"①。他从普及与提高的关系出发，在肯定普及工作的同时从正面肯定了"从艺术上提高自己"的必要性以及名作对于特定观众群体（"干部"）所具有的审美价值。在延安和其他各解放区纷纷否定"演大戏"之时，聂荣臻提出这些意见，其意义就显得非同一般。

稍后，在延安，石隐也于1942年10月1日、2日在《解放日报》发表《读〈论边区剧运和戏剧的技术教育〉》一文，对张庚指责"演大戏"的许多观点进行了商榷。首先，他指出：在延安上演的"大戏"，并非全都"脱离现实内容"的，如沃尔夫的剧本《新木马计》就表现了反法西斯的时代主题。可以补充的是，毛泽东在发表《在延安文艺座谈会上的讲话》七天后，在鲁艺作报告时还肯定了另一部外国"大戏"《带枪的人》②。其次，他认为，"演大戏"的着眼点也并不是"专门讲究技术"，如延安上演的洛契诃夫斯基的《生命在召唤》就配合了"业务教育口号"，因此，"说他们主要着眼点不是内容而是技术恐不恰当"。

以上是1942年5月以后解放区对"演大戏"现象的两种评价。与前期讨论不同，后期讨论中占主导地位的是否定性评价。虽然有个别领导人和评论者对"大戏"和"演大戏"现象仍然持理解和肯定态度，但是，这毕竟是少数。从整体上看，此期有关"演大戏"的总体评价是否定的，认为这是一种严重的、应予纠正的"偏向"。尽管如此，后期讨论中肯定与否定两种不同评价的并存，是与前期讨论相同的。就其方式来说，后期讨论大多也还是一种个体化、学理化的探讨（尽管已有较为浓厚的政治化色彩）。解放区评论界的重要人物发表文章时用的是个人署名，以此表明其阐述的只是个人的观点和意见。陕甘宁边区政府文化工作委员会，作为边区政府的直属机构，虽然有其边区政府的背景，它在那个时期接连召集两个座谈会可能也有其目的，但是，从公开的报道来看，召集者没有表现出明显的导向。与会者在会上自由发言、各抒己见，"单只为着当前的剧运方向问题"就"争辩了足足八个钟点"。（"唯木"文）这种"争辩"的发

---

① 聂荣臻：《关于部队文艺工作诸问题——在晋察冀军区文艺工作会议上的讲话》，《晋察冀日报》1942年8月13日。
② 艾克恩：《延安文艺运动纪盛》，第368页。

生，说明各人所言也只是其个人的见解和看法，且各人的见解和看法也不尽一致。所有这些，也都显现出了解放区前后期的文学批评在观念上和方式上的关联。

三

在后期讨论阶段，虽然评论界的主导意见是"演大戏"的"偏向"应该纠正，但这至多也只是一种建议而已。真正将这一建议化作政策和行动的是相关主管部门。1943年3月22日，中央文委专门就"戏剧运动方针问题"召开会议，会上"确定了边区和各抗日根据地的剧运总方针，就是为战争、生产及教育服务"。会议还根据凯丰"内容是抗战所需要的，形式是群众所了解的"这一指示，明确指出："提倡合于这个要求的戏剧，反对违背这个要求的戏剧，这就是现在一切戏剧运动的出发点。"以此为前提，会议从"戏剧工作者"和"主管机关"两个层面剖示了"演大戏"现象发生的原因，从"方向"的高度对"演大戏"现象提出了严厉的批评，并明确提出了"继续克服"这一现象的任务和要求：

> 这一时期戏剧工作中也发展了某种程度的脱离实际的偏向。这一方面是一部分戏剧工作者片面地强调艺术独立性、片面地强调提高技巧所致，他方面也是一部分主管机关忽视戏剧的重要性，简单看作娱乐工具，没有给以必要的政治领导和具体的革命任务所致。脱离实际的偏向，在话剧方面是乱搬中外"名剧"，不顾环境对象，风气所及，至在工农干部和士兵群众中演看不懂的外国戏，在直接战争环境中演对当前斗争毫不关痛痒的历史戏，这个偏向经去年文艺座谈会后虽已在开始转变，但还有继续克服的必要。①

一个月以后，中共中央机关报《解放日报》又以"社论"形式，对这种"偏向"作出了比中央文委更为严厉的批评：一方面，在性质上升级，将中央文委所指称的"脱离实际的偏向"明确定性为政治性的，是一种

---

① 《中央文委确定剧运方针为战争生产教育服务成立戏剧工作委员会并筹开戏剧工作会议》，《解放日报》1943年3月27日。

"脱离实际政治斗争的偏向";另一方面,在范围上延展,将中央文委有明确限定的"某种程度"的"偏向"扩充为在"许多文艺工作者中发生"的"偏向"。其中,"演大戏"现象成了这种"偏向"的重要代表。社论指出:许多文艺工作者用主要的精力去学习外国作品的技巧,在戏剧舞台上原封不动地搬上外国戏,忽视了"根据现实的政治任务来创造新的文艺作品",忽视了抗战、生产、教育的具体运动的反映。社论没有像中央文委那样对"主管部门"的疏漏进行检讨,而单是从那些"文艺工作者"的"出身"("很多是小资产阶级知识分子")、"思想"(自由主义)、"成见"(强调文艺特殊性)以及"错误主张"(片面的提高技术)等方面分析了"演大戏"现象发生的主观原因[1]。在基本观点上,《解放日报》社论与中央文委召开"戏剧运动方针问题"会议精神一脉相承,但在批评的力度上则更加峻急,在批评的指向上也显得更加集中。

从3月22日中央文委会议的召开到4月25日《解放日报》社论的发表,显现出了对"演大戏"现象的批评向纵深处发展的趋向。延安对"演大戏"现象的批评,辐射到了其他解放区。其他解放区对延安的批评也作出了积极的回应。如山东文艺界在研究如何面向工农兵这一"新方向"时,就批评了某些同志"至今还对'当年晚会阶段'和'演大剧时代'怀着留恋","对深入群众的艰苦工作表示了厌倦"[2]。

11月8日,中共中央宣传部颁发《关于执行党的文艺政策的决定》。该《决定》强调指出:与新闻通讯工作一样,戏剧工作在特定战争环境与农村环境中"最有发展的必要与可能",其中,"内容反映人民感情意志,形式易演易懂的话剧与歌剧",应该在各地方与部队中普遍发展;而各根据地"演出与战争完全无关的大型话剧",则"是一种错误,除确为专门研究工作的需要者外,应该停止"[3]。该《决定》以不容置喙的口吻对"演大戏"的"错误"性质作出了判定,明令禁止"大戏"在各根据地与部队中演出。

总之,从1943年3月到11月,由最初中央文委确定基调,到中间由《解放日报》呼应升温、各地方积极响应,再到最后由中共中央宣传部颁

---

[1] 《解放日报》社论《从春节宣传看文艺的新方向》,《解放日报》1943年4月25日。
[2] 《山东文艺界深入研究面向工农兵的新方向问题》,《群众日报》1943年7月14日。
[3] 中共中央宣传部:《关于执行党的文艺政策的决定》,《解放日报》1943年11月8日。

发有关文艺政策的决定,"演大戏"作为一种"偏向""错误",其性质已被判定,其作为被"克服""停止"的命运也已属必然。自此,在延安和陕甘宁边区,"演大戏"现象彻底消失。为了指导各根据地首先是陕甘宁地区具体执行意识形态主管部门的决定,中央文委与西北局文委合组了一个戏剧工作委员会来加强对戏剧工作的领导,并于是年5月召开边区戏剧工作会议,检查过去工作,纠正"演大戏"现象,"使今后全边区的剧运走上统一的道路"。

关于"演大戏"现象的评价,是伴随着"演大戏"而发生的,并一直延续到"演大戏"结束以后。这一前后持续约五年之久的评价,经历了讨论和结论两个阶段。在讨论阶段,前期评价持总体性肯定态度,后期评价则持总体性否定态度。虽然总体评价不同,但前后期讨论中均出现了肯定与否定的评价,在形式上也大多是一种个体化、学理化的探讨。这在某种程度上也显现出了解放区前后期的文学批评在观念上和方式上的关联。之后,意识形态主管部门代表组织,以一种"决定"的方式得出结论,并以组织化、行政化的手段予以了落实。结论的形成尽管是以后期占主导地位的否定评价为依托的,但同时在形式上又终止了一直延续到后期的个体化、学理化的讨论。

总的来看,从抗战爆发到1942年5月之前,在解放区前期文坛上,文学取向还是相对多元的。尽管解放区领导人和相关主管部门也有其导向,但是,这种导向并没有成为必须遵循的律令,也没有因此而产生排他性。如在倡导"中国作风和中国气派""民族形式"之时,"大戏"(特别是其中的"洋戏")仍然能够在解放区舞台上演,便是显例。1942年5月以后,解放区各界对"演大戏"现象再次作出审视。作为之前文艺界"忽视民众士兵观众""脱离现实生活"的典型现象,"演大戏"遭到了严厉批评,被指为"一种应纠正的偏向"。之后,有关主管部门反思和纠正了以往"忽视戏剧的重要性"的失误,对戏剧工作加强了"必要的政治领导",明确规定"党的文艺政策",并以这一政策为依据,对"演大戏"作出彻底的否定,并终止了"大戏"的演出。这样"一种严重的偏向",终于借助于组织化、行政化的手段得到了"纠正"。有关"演大戏"现象的评价,在经历了从讨论到结论的嬗变后,最终以此画上了句号。从中,我们可以管窥解放区后期文学中引导机制的确立及其巨大效能。

在抗日战争这样一个特殊时期和特殊环境中，解放区要求文艺为现实服务，演出通俗易懂的话剧来鼓励民众和士兵积极抗敌有其合理性。特定的战时需要、鼓励民众的功利目的和当时观众的文化基础，决定了戏剧比之于其他文学样式有着更大的意义寄托和责任担当。由于这种特殊的地位和功能，戏剧成了整个解放区文学的代表和风向标。对"演大戏"的评价和不同意见，其实暴露了解放区文艺在特定时期对文艺"普及与提高"关系的不同理解。解放区文学引导机制，其功能和作用主要在引领解放区文学方向方面。德国学者比格尔曾指出："文学体制在一个完整的社会系统中具有一些特殊的目标；它发展形成了一种审美的符号，起到反对其他文学实践的边界功能。"[①] 围绕"特殊的目标"，通过对某种审美符号的形塑和倡导来引领一个时代的文艺方向，这是文学体制发挥作用的一般方式。而解放区文学引导机制，在当时采用了双重手段：一方面，相关部门通过倡导"该做什么"（如在戏剧方面，西北局设奖鼓励"内容与当前政策任务结合"[②] 的秧歌剧，晋察冀提出《穷人乐》的方向[③] 等）进行了正面建构；另一方面，它还明确告诫"不该做什么"。有关部门批评"演大戏"现象并停止"大戏"的演出，便是这样的一种方式。也正因为这样，在有关"演大戏"评价上从讨论到结论的嬗变，其结果不仅有效地引领了解放区"剧运"的方向，而且形成了一种在推动整个解放区文学演变中具有普遍意义的文学引导机制。这种机制对此后解放区文学的发展与当代文学的建构产生了持久而深远的影响。

（原载《江苏社会科学》2018年第4期）

[①] 〔德〕彼得·比格尔：《文学体制与现代化》，周宪译，《国外社会科学》1998年第4期。
[②] 《西北局文委召集会议总结剧团下乡经验奖励优秀剧作》，《解放日报》1944年5月15日。
[③] 《中共中央晋察冀分局关于阜平高街村剧团创作的〈穷人乐〉的决定》，《晋察冀日报》1945年2月25日。

下 编
年会论文摘要

中国现代文学的世纪分期与起点

郝明工　重庆师范大学文学与新闻学院

现代文学的中国断代问题是一个进入 20 世纪之后才出现的问题。与古代文学史的中国断代不同的是，现代文学史的中国断代显然是接受了"时代体"历史书写这一外来影响，来进行时代体文学史书写的尝试。可是，这一中国尝试呈现出"近代""现代""当代"这样的三代文学史书写的现行格局，从而直接引发了中国现代文学史书写的断代争议。这一断代争议的焦点，正是在于所谓的三代文学史，不过是表面上的时代体文学史，而实质上成为朝代体文学史的当下变体。对作为三代文学史的断代基准的"近代""现代""当代"当如何分辨，不仅关系到现代文学史的中国断代能否进行，而且涉及现代文学史的中国起点能否确定。现代文学的中国生成，是在中国文化现代转型从经学启蒙转向文学启蒙的过程中出现的，在社会变革的历史语境与思想启蒙的文化语境趋于一致的过程中，文学由思想启蒙的经学工具转而成为思想启蒙的基本方式，在促进思想启蒙由古代转向现代的同时，推动着现代文学的中国生成。于是，现代文学的中国起点，也就只能是倡导"小说界革命"的 1902 年。

中国文学现代传统形成的路径和结构

王达敏　安徽大学文学院

中国文学"现代传统"从"古代传统"中脱颖而出，从萌芽到形成标示出三个历史阶段：19 世纪中后期中西文化的交汇时代、世纪之交的新旧"过渡时代"、"五四"时期中国现代文学成长的"轴心时代"。其演变结果，是构建了中国文学现代传统谱系的"结构图"。现代民族国家诉求与人的解放诉求是这一谱系的"精神本源",由此展开而形成了"思想—文化传统"与"艺术—美学传统"两大系统。前者包括启蒙—教化传统、个性解放传统、大众化传统、继承—借鉴传统;后者主要是现实主义传统、浪漫主义传统与现代主义传统。研究中国文学现代传统形成的路径及其理论的有机构成,意在从根本上把握中国现代文学发展的"精神运动轨迹"与"精神结构图"。

论新文学的自我批判传统

贺仲明　暨南大学文学院

中国新文学有悠久的自我批判传统。以鲁迅为代表的五四作家严厉解剖自己,反思自己与传统之间的复杂关系。但这一批判存在着内容和方式上的张力,对作家们是一种挑战。五四作家依靠深厚的传统积淀,基本上能够保持自我主体性,但后继者由于现实压力等多重因素,难以形成稳定的自我主体,使自我批判沦为心灵的自卑和自我忏悔,并进而寻求精神上的依附与皈依。与此同时,有一些作家顽强坚持启蒙姿态,拒绝自我批判,其精神有意义,但思想缺乏足够的深度,等而下者则沦为自我利益的顽固维护者。自我批判对新文学和现代文化都有很重要的意义。新文学自我批判中的缺陷,严重局限了新文学和现代文化的精神高度,也影响了新文学的发展。

从文化策略视角看中国现代文学与传统文化的关系重构

李继凯　陕西师范大学文学院

本文从文化策略的角度考察中国现代文学与传统文化的关系,认为"新文化传统"在很多方面接续和重构了古代文化传统,在促成古老的中国走向现代化、走向新世界的进程中,发挥了巨大的作用;提出端正思想、增强自信的思想文化策略,承继传统、磨合开新的创造文化策略,积极主动、驾驭自如的媒介文化策略,在"古今中外化成现代"的文化发展规律制约下,采取多向度的拿来主义,化合多元文化,借此建构宽容的、和谐的、丰富的"大现代文化",在跨文化、跨民族的层面逐步实现文明互鉴、共生双赢。

传统与现代之间的对视

——从精神指向的变化看近现代中国文学中的古今之争

耿传明　南开大学文学院

百年中国现代与传统的冲突大致经历了三个阶段、三种情形,即以旧压新的时期、以新压旧的时期和当今后传统时代的新旧共融时期。如何认识"传统"依赖于我们认识传统的意向性以及设立一个怎样的"现代"参照系,而我们既往之所以对传统认识不清,在很大程度上是因为我们的现代观念的简单、武断和生硬造成的,我们被笼罩于这样一种主观化、片面化的"现代性"诉求之中,没有走出自我的能力,因之也就失去了真正理解传统的能力。本文试图在传统与现代的对立之外选取一个"第三方立场",力图实现传统与现代之间的对视与对话,从精神指向的变化来重审百年中国文学中的古今之争。

试论现代启蒙作家对民族生存发展的人类学思考

钟海波　陕西师范大学文学院

近现代之交,在民族生存出现严重危机的情形下,中国启蒙作家从人类学角度对本民族生存进行深刻反思。这种反思构成20世纪中国文学的一股重要思潮。这一思潮兴起于晚清,"五四"至三四十年代出现高潮,余波衍至当代。启蒙作家认为中华民族原本元气旺盛、威武强悍,由于历史、文化的原因到近代出现衰弱现象。从人类学人种学的角度看,这是"种的退化"现象。中国现代启蒙作家们对于这一现象的高度警觉和深入剖析,对于本民族,乃至全人类也都具有警示意义。学界对该问题的研究尚属薄弱环节,但它是研究中国现代文学与文化不可或缺的审视点。在文学思潮大框架中系统整体研究这一问题会使我们看到中国现代启蒙作家作品十分独特的思想魅力和认识价值。

中国现当代通俗文学经典的认定与批评标准的建构

汤哲声　苏州大学文学院

中国现当代通俗文学经典的确认,基于对"通俗性"的确认。中国现当代通俗文学应该具有以下四个要素:(1)它是大众文化的文字表述;(2)它具有强烈的媒体意识;(3)它具有商业性质和市场运作过程;(4)它具有程式化特征并有传承性。通俗文学的价值评估标准:传统的标准,文化的标准,市场的标准,美学的标准。通俗文学经典在中国现当代文学中的价值:(1)中国民族文学观念和美学形式得以留存,并在发展中取得新生;(2)通俗文学造就了现当代中国市民文学的形成,并成为中国现当代文学的阅读主体;(3)通俗文学给中国现当代文学带来了好看的故事,显现了文学消遣愉悦的一面;(4)通俗文学展现的市场竞争,丰富了中国现当代文学文化产业系统的运作。

乡土文学审美形态简论

张学军　山东大学文学院

在乡土文学创作中一直存在着写实与写意（或称为抒情）两种审美形态。鲁迅的小说是这两种审美形态的源头。乡土写实小说以深刻的文化批判意识来看取农村的现实，具有强烈的理性精神和写实风格。乡土写意小说具有传统的文化乡土精神，追求和谐的审美理想，注重抒情写意的表现，善于发掘平凡生活场景中的人性美。这两种难以相互替代的审美形态，构成了中国新文学中多姿多彩的乡土文学的艺术世界。

半殖民地中国"假洋鬼子"的文学构型

李永东　西南大学文学院

"假洋鬼子"是半殖民中国的伴生物，与中国社会文化的二重性相印证，是透视中国文化转型意愿与病症的一面镜子。文学中的"假洋鬼子"形象以留学生为主，分为喜剧型、悲剧型和悲喜混合型三类；经历了由"中西合污的纨绔子弟"到"新旧彷徨的启蒙先锋""身份犹疑的留日学生"，再到"挟洋自重的市侩洋奴"的形象嬗变；"假洋鬼子"的构型以文化身份为中心，沿着身体身份、民族身份和社会身份三个维度而展开，在辫子与思想启蒙、乔装与身份认同、西洋时光与权势社会等题材和主题的表现上，"假洋鬼子"形象的独特文学价值得到了彰显。"假洋鬼子"的构型隐含着半殖民地知识分子特殊的生命境遇与文化心理，映射出半殖民地中国"向西转"的文化建构必然充满曲折、争议和尴尬。对于当代中国文化的发展来说，"假洋鬼子"现象具有借镜的意义。

现代文学研究中的"宗教"问题

哈迎飞　广州大学人文学院

本文认为,研究宗教与中国现代文学的关系,目光不能仅仅局限在三大宗教上,而应关注宗教代用品与中国现代文学的关系。本文从社会转型和历史传统的角度,对这种代用传统与中国现代文学的关系进行了深入的分析,指出儒教对中国现代文学的影响弊大于利,而小品文的发达在中国绝非坏事,借助宗教的视角,可以更清晰地看出其中的真相。

中西现代情爱乌托邦小说的多维透视

李　雁　济南大学

中西都有情爱乌托邦话语的传统。情爱与乌托邦的结合是历史的产物,是乌托邦精神在特定阶段的需要,是人类乌托邦追求的新载体、新的想象。中西现代情爱乌托邦产生与流变寓意着一种新的文化权利的确立,即个人中心主义的确立。现代情爱乌托邦的理念,有很大一部分内容来源于宗教文化的潜在影响。宗教文化把肉体的、物质的、短暂的、有限的、残缺的两性关系提升到宗教的维度,赋予情爱超凡脱俗的灵性气质与永恒意义。

"文明的共和"与游牧文化小说叙事的价值建构

金春平　山西财经大学文化传播学院

新文学对游牧民族文化的现代叙事,集中体现在文明理念、文学特质和史志范式的整体建构。这类叙事首先呈现出反叛文明等级论的价值秩序、打捞前现代文明的文化遗存、营造多元文明跨界并置的现代性批判倾向,包蕴着差序格局中美美与共的文明共和诉求;其次,它构建出族群英雄的原始生命、顺应自然的人伦法则、群体维度的现代确认、浪漫精神的文学诗性、神性幽冥的宗教思维等异质性的文学精神品格,具备了与文学现代性进行对话和修葺的地方知识经验话语;最后,游牧民族文化叙事生成新启蒙的文学价值理念,整合着民族性维度的美学机体,拓展着文学史逻辑的纵深空间。

中国现代小城文学的河流叙事

孙胜杰　哈尔滨学院

中国现代文学史上存在一个很独特的文化现象,很多现代作家与小城镇有着不解之缘,在文学创作中以物化形态对其呈现时,河流是小城作家家园情结最理想的具体情感载体,给予灵魂漂泊、闯荡都市疲惫的小城人以最大的心灵抚慰;也是小城作家客居异乡、孤独寂寞的情感象征。现代小城文学的河流叙事远远超出了小城的范围,而是对国民性改造与启蒙、中国文化重建、现代民族国家想象建构等宏大主题的言说。

南社：作为现代文学的开端

黄　轶　上海师范大学人文学院

近年来几位学者各自从不同的学术理路出发提出了"民国文学"的概念，以此重新厘定"现代"的开端与现代文学史新的叙述模式。现在以"1912"为前界如何认定开局作家的入史标准才更像"现代文学史"？哪位作家或哪部作品堪称新文学肇始呢？现代文学的肇端应是南社及其文学创作。南社的文学家主体主要是三大块，一是诗人群体，旧体诗是南社文学的魂魄，柳亚子、陈去病、苏曼殊、高旭、谢无量、刘三等都有大量诗作传世，在"辛亥"前后形成旧体诗"最后的盛宴"，思想内涵上也是宣扬现代理念，所谓"旧瓶装新酒"。一是小说家群体，最主要的即"鸳鸯蝴蝶派"和"新小说家"，形成了声势浩大的"民国旧派小说"作家群。一是以鲁迅、茅盾、沈尹默等为代表的、一向被归入"五四"一代的新文学家。由此可见，当时南社被时人称为"中国文学界之中心"可谓名正言顺，南社实为民初文学的肇造者。苏曼殊是清末民初文坛"不可无一，不可有二"的文学家，是研究中国文学现代转型一条不可逾越的风景带。若要郑重其事地为"民国文学史"立定一个开端，南社文学家苏曼殊及其创作可当仁不让。我们重新认识南社，比较包容地看待这一代知识分子的"旧"，择取他们在创建新的政治文化秩序和文学格局上所体现的"新"，不再回避南社与辛亥革命的关系，不再遮蔽南社与"五四"文学家群体的关联，不再埋没南社文学在民初文学肇造中的价值和意义，也是为了更好地理解现代文学的开创和流变。

从混沌中苏醒：清末民初身体的重新发现与再认识

杨　程　河北省社会科学院

清末民初，随着社会的转型和西方自然科学理论的涌入，中国传统的身心观发生了巨大变化，中国思想界逐步形成了以身为本位的身心一元论思想，让身体由"虚"入"实"，成为有血有肉的物质实体。而尚武、人种改良、新民运动等思潮，一方面希望通过改造个人身体来改造国家，另一方面也强调通过完善国家制度来解放身体，以此形成个人与国家的双向互动。但是，在亡国灭种的危机面前，身体刚从封建礼教的控制中解脱出来，旋即又陷入了被工具化的境地。

民初小说中的"革命加爱情"叙事

王凤仙　李　霞　济南大学文学院

"革命加爱情"是贯穿20世纪中国文学的重要叙事模式，本文集中考察了这种叙述模式在民初小说中的呈现。民初小说中的"革命加爱情"叙述复杂多样：民族国家话语主导下的"革命加爱情"、情爱话语主导下的"革命加爱情"、"革命"与"爱情"的双元并存。丰富的表现形态背后关联着多元文化语境，是民族国家、"个人"、人道主义等各种话语权力的竞相呈现。

新文学革命：一个悖论性的开端

胡　峰　齐鲁师范学院文学院

　　胡适、陈独秀、周作人等新文学运动的倡导者与践行者，都接受了进化论的影响，但其理论的资源并不一致，对新文学观照的焦点也存在明显的差异。胡适以"历史的文学进化论"作支撑，尝试白话新诗的诗学建构与创作实践，不仅在其他新文学作家那里遭遇否定，而且自己也不断地在矛盾中摸索和调整。正是这种相互颉颃、自我缠绕的悖论，成就了新诗运动乃至新文学革命的永恒魅力和张力。

"选学妖孽，桐城谬种"口号之提出及后期批判风向的流转

高传峰　宁夏师范学院

　　新文学阵营"选学妖孽，桐城谬种"的口号是钱玄同提出来的。这个口号首先把矛头对准了刘师培，其次违逆了其师章太炎之意，也用背叛古文的方式壮大了文学革命的声威。林纾与章门在文学革命之前就埋下了积怨，"选学妖孽，桐城谬种"的批判口号很快将矛头对准了他。

吴虞与"打倒孔家店"口号关系考论

杨华丽　重庆师范大学文学院

"打倒孔家店"是五四新文化运动时期的口号，几乎已是一个"常识"。将吴虞与这一口号联系起来者，或认为吴虞是该口号的提出者，或认为胡适称吴虞为"'四川省只手打孔家店'的老英雄"乃为戏言，且这一词组可随意增减词语而同样适用于吴虞，或认为吴虞在"艳体诗事件"中的辩护词表明他并不认可胡适的称许及《吴虞文录》的价值。事实上，吴虞虽终生都反孔非儒，在新文化运动时期甚至做出了独特的贡献，但他并未提出这一口号；胡适赠予吴虞的那个称号，是对吴虞在中国思想史上之地位的精准评价，绝非戏言，而"四川省""只手""老英雄"等字样都不能随意去取；"艳体诗事件"中吴虞的辩护词乃是策略化表达，他其实非常在意胡适的赞誉，非常看重《吴虞文录》的价值。

五四新旧文化论战在1919

王桂妹　吉林大学文学院

新旧思想文化论战是五四新文化运动的基本构成方式，但是在新青年派的有意挑战中，除了林纾以螳臂当车的姿态参与论战以外，被骂为"桐城谬种"和"选学妖孽"的旧派几乎集体选择了沉默和隐忍，在新文化、新思想锐不可当的冲击下，旧派在不屑与辩、不敢与辩、无力置辩中无不显示出了暮气与颓唐。本文截取五四新文化运动中新旧思想文化论战最为激烈的1919年，以大"五四"的视野审视这些旧派，认定这些旧派同样为"五四"的有效组成部分，以了解之同情看待他们的历史境遇。

跨越历史的尘封

——论"整理国故"在中国新文学建构中的历史地位

周晓平　广东嘉应学院

"整理国故"成了中国新文学发展史上一桩公案。见仁见智，或褒或贬。回眸历史，这场运动须以辩证的态度方能加以评判。"整理国故"与中国新文学建构是否存在内在前景逻辑与发展归宿？事实证明，中国新文学建构的复杂与厚重，"整理国故"在其过程中发挥了推波助澜的作用，其深刻影响不言而喻。中国新文学之产生，非无本之木、无源之水。唯有厚重的国学，才能孕育出与历史潮流合拍的新文学。揭开历史的蒙面，肯定"整理国故"在中国新文学建构中的地位之重，不仅是对过去历史的尊重，更是承接对未来前景的展望。

20 世纪 20 年代国语文学史的发生与退场

方长安　武汉大学文学院

20 世纪 20 年代胡适的《国语文学史》和凌独见的《新著国语文学史》均以国语为述史准则，并试图从文学史写作和国民教育角度解决国语普及和新文学建设的双重难题。相较于胡适的《国语文学史》，凌独见的《新著国语文学史》虽然被时人评为"糟糕"，但是其不仅在叙述起点和分期问题上弥补了胡适文学史著存留的遗憾，而且在如何兼顾国语标准和文学审美性方面体现了自己的独见，反衬出胡适文学史著意图先行写作方式的弊端。当然，胡适《国语文学史》作为第一部从国语角度编纂的文学史著，首次把国家民族概念融入文学史构建及文学批评创作等活动中，具有重要的开创意义。1928 年，胡适著

《白话文学史》的出现宣告了国语文学史的退场，体现了胡适对新文学发展和文学史写作的重新思考，并展示出20世纪初文学思潮转换的历史背景。而退场之后的国语文学史并未完全消失，仍以显性或隐性的方式影响着新文学建设和文学史书写，也提供了从语言角度深入研究文学史书写的可能性。

"欧战"如何重新构造了"新文化"
——以"五四"前后的写作、翻译为观察对象
杨位俭 上海大学文学院

追溯五四运动的国际性关联，"第一次世界大战"（时称"欧战"）是不容忽视的因素，这不仅指"欧战"的消极后果所引起的国内民族主义情绪的激烈反弹，以及"十月革命"对中国道路的启示性，而且包括针对战争及国际上军国主义潮流的深刻反思。在"欧战"前后，中国知识分子与国际和平主义、无政府主义思潮进行了充分的联结和互动，以此丰富并深化了启蒙运动的世界主义内涵；尤为重要的是，"欧战"的爆发和毁灭性深刻暴露了欧洲现代文明的内部危机，中国学界对现代文明与工业主义的弊端有了新的发现和思考，使新文化运动中的保守主义与激进主义的论争进一步走向深化。2018年是"欧战"结束100周年，值此重要契机，以多重视角审视"欧战"与中国新文化运动之间的思想、文化关联，思考现代文明的内在限度与未来可能，具有重大理论价值与现实意义。

"五四"时期新文学家的构成与特征
冯仰操 中国矿业大学文学院

本文利用社会学的集体传记研究法，对219位"五四"时期新文学家

的生平资料进行量化统计和分析，以期厘清早期新文学群体的构成与特征，并从代际视角出发考察不同出生年代的主体特征与表现：19世纪80年代出生代（含之前代），多出身于浙江的士绅阶层，经历科举与留学后栖身于新式学校与报业，是倡导新文学的先驱；19世纪90年代和20世纪初两个出生代，人数递增，多出身于浙江、江苏、安徽、四川、湖南等省的士绅与商人阶层，经历了国内或国外的系统新式教育，作为学生辈分别成为前一代的合作者、挑战者或模仿者，是创造新文学的主体。

"觉醒"与"解放"的距离

——"五四"个人文学观反思

魏继洲　广西民族大学

五四时期"个人的崛起"应在"觉醒"与"解放"之间做出区分。在对各种的权威的反叛中，个人被唤醒并试图去感知自我差异化的"心理体验"以及置于这种差异之上的个体价值。新旧交错的时代为个人提供了价值多元、较少强制的文化氛围，但是从觉醒到解放的进程远非一帆风顺，因为预期中的解放没有如期到来，取而代之的却是梦醒了无路可走的茫然。究其原因，这一时期被建构的个人观念仍然歧义丛生，并因缺乏规范而存在一些先天性的方法论缺陷。

这么早就开始回顾了

——《新青年》与《新潮》发刊词之比较及其他

刘克敌　杭州师范大学

作为与《新青年》相提并论的五四时期声名大噪的期刊，《新潮》

其实并非只是作为《新青年》之回应而问世，鉴于其编辑、作者主要出自北大学生这一点，《新潮》在大致与《新青年》保持一致的同时，更加谋求的是有别于老师辈的个性及彰显自己的独立和独特性。无论从编刊者的主观意识还是杂志本身的内容及形式，都可看出其与《新青年》之间的微妙关系。其思想观念与《新青年》同人中陈独秀、周氏兄弟和蔡元培等人，更是有较大分歧，背后彰显出的是胡适等人与《新青年》同人的思想分歧，以及不同的师生关系、同门同乡关系和文人门派传承等因素所造成的复杂状况。对此进行梳理，有助于理解那个时代新知识分子群体内部的矛盾及演变，有助于深化对新文化运动发展进程的认识。

新文化运动中的报刊媒介与学术共同体及批评规范的形成
——以《新潮》杂志为中心

林　强　福建师范大学文学院

新文化运动时期，学术界的形成有赖于报刊媒介。以《新青年》《新潮》为中心的报刊既构成了公共舆论空间，也促成了学术共同体和学术批评精神与批评文风的形成。作为民国学术界重要的体制性因素，现代报刊的宗旨成为学术共同体认自身的重要契机，而代表不同文化力量的现代报刊间的批评与反驳，既建构出理性的批评精神和批评规范，也在与政治势力、卫道士的斗争中，确立起学术批评的尺度和底线。

中国现代文坛中的"广告魅影"

——以 20 世纪 20 年代文坛的三次论争为例

彭林祥　广西大学文学院

现代文学广告是现代文坛各种事件、论争的见证者、参与者、记录者,这些广告涉及的文坛人事、文事值得全面系统地梳理与研究。本文主要以 20 世纪 20 年代三次文坛论争为例来说明广告如何介入现代文坛的论争:《创造》预告中标榜"打倒文坛偶像"以及引发与偶像们的论争,吸引了不少读者的眼球,进而赢得了大批读者(特别是青年)的支持。周作人为《语丝》撰写的广告不但标榜了自己、宣传了刊物,更打击了对手,实现了"一箭三雕"。《西滢闲话》预告中的不当措辞引发了陈西滢和鲁迅的旧怨,催生了《辞"大义"》和《革"领袖"》两篇杂文。

再论革命现代性与中国左翼文学

陈国恩　武汉大学文学院

中国新民主主义革命是一个现代性目标和阶级性路径相统一的历史过程。革命现代性作为它的政治表达,确立了无产阶级的正义标准。左翼据此向文学提出了革命功利性的要求,在规范了革命文学的同时,也得到了绝大多数革命作家基于无产阶级正义的广泛支持和拥护,推动了一场声势浩大的左翼文学运动。经历了一段历史曲折后,中国开始了改革开放,"正义"的边界有力扩张,包容了丰富的时代内容。这使历史上的左翼文学用来处理文学与政治、文学与人性等关系的原则在一些方面不再适合新时代要求,也彰显了它历史地位的某种尴尬。但是,左翼文学并非"非文学"的标签,对它的评价必须坚持历史与审美相统一的原则,从革命现代性的历史演进的角度,用艺术与政治相统一的观点,去探讨它的经验教训。

从"同情文学"到"阶级意识"的文学

——20世纪20年代后期革命文学情感模式的嬗变

张广海　浙江大学中文系

受国民革命的影响,中国的革命文学在20世纪20年代中期蓬勃发展。此时的革命文学,普遍地诉诸人性的情感共鸣,以唤起革命的"同情"之心为目标,常被视作"同情文学"。到了国民革命之后,无产阶级文学正式登上历史舞台,对既有革命文学进行了猛烈批判,明确提出以"阶级意识"为本质内容的新革命文学。新革命文学的情感表达模式发生了根本性变化,人性的普遍性要素在其中被彻底解构,阶级意识取而代之。这一变化,在创造社从中期到后期的转变中有最鲜明的体现。而对两种革命文学模式都不满意的鲁迅,其实也受到这种转变的深刻影响,其革命文学观发生了耐人寻味的变化。

中国社会史论战视野下的中国文学史研究

——以《读书杂志》刊载的相关文章为中心

王　波　国防大学军事文化学院

20世纪20年代末30年代初中国社会史论战使马克思主义学说在中国占据思想界中心。王礼锡、胡秋原编辑的《读书杂志》不仅是论战的主要阵地,而且倡导以唯物史观研究中国文学史。《读书杂志》第3卷第6期刊载了"社会学观中国文学史"特辑，其他期也刊载了一些关于中国文学史的文章。而且，王礼锡、胡秋原分别计划撰写《物观文学史丛稿》《中国社会＝文化发展草书》。文章以《读书杂志》所载的中国文学史研究方面的文章以及其他相关文章和著作为中心，讨论分析中国社会史论战所传播的唯物史观如何实践于中国文学史研究中，并思考评价这种实践的效果与意义。

《新小说》：一本被长期忽略的左翼文学通俗化实验杂志

宋　媛　北京师范大学

20世纪30年代上海良友图书公司出版的《新小说》杂志长期被研究者忽视。这本杂志曾发表过众多知名作家作品，品质上乘，图文并茂，却仅出版七期即停止发行。究其原因，与当时"文学通俗化"运动的偏激和幼稚化有重要关系。市场不认可和主编郑伯奇的辞职也是杂志停刊的重要原因。《新小说》这本被长期忽略的左翼文学通俗化实验杂志似乎应得到更多的关注。

"自由人"论争中的普列汉诺夫

侯　敏　辽宁大学文学院

在"自由人"论争中，普列汉诺夫成为论争的焦点人物。胡秋原以普列汉诺夫的文艺理论为依托，强调文艺是绝对自由的，而左翼理论家则主张批判普列汉诺夫的文艺自由论倾向，保留其文艺的阶级与党派性理论。这样，普列汉诺夫在"自由人"论争中实际上是处于被"割裂"的状态。

如果对照普列汉诺夫原典不难发现，无论是倡导文艺自由论的胡秋原还是主张文艺阶级论的左翼理论家，其言论都对普列汉诺夫给予了不同程度的"误读"。这样的"误读"实则是中国现代学界汲取域外资源的通常范式与普遍生态。

失血的天空与抵抗的风旗
——论东北抗日文学理论及批评

颜同林　贵州师范大学文学院

缘起于1931年"九一八"，迄止于1945年8月的东北抗日文学，其文艺理论与评论始终伴随着东北抗日文学题材发展而壮大与演变，历经十四个春秋，突破了地域的局限与党派的分隔。东北抗日文学以抗日救国、救亡图存、民族解放为核心主题，形成了悲壮强悍的厚实底蕴和雄伟壮健的鲜明特征。站在全国或东北抗日文学的高度，文艺评论家除了对东北籍作家反映中国东北人民抗日生活的作品及时给予评论之外，对非东北籍作家描写东北抗战的作品也有许多真知灼见，具有现实性、包容性等特征，共同构成了一部饱含着血与泪的多声部和弦，是具有特定主题和风格的文艺评论乐章。它呈现出开阔的理论视野、坚韧的精神品格、浓郁的现实主义色彩，与东北抗日文学创作相映生辉，具有不同凡响的历史价值与现实意义。

抗战时期少数民族题材文学的勃兴与新变

王学振　海南师范大学文学院

由于边疆建设得到重视、文化中心位移等多方面原因，抗战时期少数民族题材的文学作品大量出现，不但前所未有地把少数民族地区社会生活的方方面面比较集中、全面地呈现在读者面前，丰富了中国现代文学的内涵，而且具备了不同于战前同类作品的新质，由呈现异质性的他者审视叙事、强调对立冲突的阶级叙事向表现国家认同、忠诚的民族国家叙事转变。

现代文学中工农作者写作的讨论与实践

李　旺　内蒙古大学

在当代文学中一度兴盛的工农兵业余作者写作可以从现代文学中找到相对应的发生发展线索，最为主要的文学史线索包括：20世纪20年代中后期"文学大众化"讨论对五四时期"民众底文学"讨论的取代，30年代左翼文学阵营对工人文艺、农民文艺运动的倡导与对苏联通讯员运动的介绍，还有40年代工人文艺农民文艺的具体实践。

解放区文学论争核心问题研究

骆　雯　江震龙　福建师范大学文学院

解放区文学论争的基本状态、社会功能、发展线索、演变轨迹，需要从原始文献中进行实事求是的梳理与呈现。本文通过对解放区文学论争的关键词发掘、主要观点梳理和核心理论整合三个维度，进一步论述解放区文学论争的核心问题，试图较为系统完整地呈现出解放区文学论争的基本路径与总体特征。

"民国机制"与"文化战线"：20世纪40年代延安文艺报刊的编辑出版

王 荣 陕西师范大学文学院

在20世纪中国文学及其延安文艺发展过程中，报刊不仅承担了新文化运动及其思想观念、新民主义文化及其意识形态的社会传播与宣传任务，成为现代思想文化及其政党政治，以及中国共产党及其政治革命的一种形象展示；也为现代文艺观念的传播和艺术资源、审美趣味的组织接受，以及延安文艺运动及其"新的人民的文艺"创作活动与作品传播，开辟了新的领域和"推及全中国"的可能，成为20世纪40年代中国文艺及其历史实践的重要领域。从20世纪中国文学史料学及延安文艺史料学的角度，以及报刊类型史料研究的层面，考察并探讨报刊类型的延安文艺史料的来源分布和价值构成，可以说对延安文艺史料的搜集整理及其研究，以及延安文艺史料学的学科建构都有重要的学术意义。

革命文艺的"形式"逻辑
——再论延安时期"民族形式"论争问题

周维东 四川大学文学与新闻学院

本文所要探讨的问题，即从革命文艺的"形式"逻辑出发，探讨文艺形式在革命语境下产生了怎样的政治意蕴，进而使文艺运动与政治运动融汇在一起，使文艺运动超越"纯文学"的内涵。就延安时期的"民族形式"论争来说，它是中国共产党直接领导下的文艺运动中的现象，用以说明"文艺"与"革命"的微妙关系在20世纪中国具有典型性。而在"民族形式"论争之前,延安文艺中出现了关于"旧形式"利用的讨论,关于"土"与"洋"的争论,这些论争有怎样的文艺背景、对革命实践产生了怎样的影响都值得考察,唯有如此我们才能看到"民族形式"论争的玄机,进入革命文艺的"形式"逻辑当中。

政治美学的两张面孔

——论"翻身"叙事中文学与图像的互文性

李跃力　陕西师范大学文学院

文学与图像对"翻身"的反复叙述,是现代中国一个重要的艺术现象,也是文学史与美术史中独具特色和颇具影响的部分。文学与图像在"翻身"叙事上有颇多相互转化、相互阐释之处,呈现出明显而特殊的互文性。"翻身"叙事的文学和图像呈现出高度同质化的特征,在文学和图像营造的"包围式结构"中,地主都是一个中心化的存在。文学与图像都着力构筑一种紧张的对立关系,都因其中潜藏的宣泄—抑制—疏导机制而呈现出别样的艺术张力。而无论是"翻身"叙事的文学还是图像,都被一种强大的政治美学法则所统摄,这使得文学与图像均成为这一政治美学的形象化表征。

从《赤叶河》的创作与修改看 "典范土地革命叙事"的形成

阎浩岗　河北大学人文学院

阮章竞歌剧《赤叶河》曾与《白毛女》齐名,二者大致同属"典范土地革命叙事"。而其此前写成、不曾发表和上演的四幕秧歌剧《南王翻身谣》却属"非典范土地革命叙事"。将这两部作品与作者当年参加土改时的原始笔记材料对照细读，可以发现其创作从"非典范土地革命叙事"到"典范土地革命叙事"演化的轨迹，发现"典范土地革命叙事"形成的现实基础、其生产过程中的某些内在机理，进而认识其中的经验教训。

个体情感的规训、再现与重构
——论土改叙述中的情感冲突

庞秀慧　南京信息工程大学语言文化学院

中华人民共和国成立前后的土地改革堪称近代中国最具颠覆性的历史事件，文学不但在土改伊始就参与其中，而且自20世纪80年代以来，也积极参与了对土改的反思，以自己独特的方式来弥补历史叙述的不足，但是对土改的解析多集中于苦难与暴力，却忽略了其中的情感因素。在他们的情感冲突之中，我们能看到现代主体建构过程的复杂纠葛，这不但是对历史的重述，更是对当下文化语境的思考。

低回与复兴：1938~1949年国统区的现代长篇小说

陈思广　四川大学文学与新闻学院

1938~1949年的中国现代长篇小说就国统区创作的思想探索而言，传递中国人民奋勇杀敌的坚强决心，抒发他们坚强不屈的抗敌意志以及对知识分子何去何从的追问，是整个抗战时期最强烈、最集中的时代诉求，也成为作家们共同表达的时代主潮。随着抗战的深入，这一诉求升华为展现民族不屈的灵魂不是着重展现民族精英的自我觉醒,而是重在展现被压抑、被凌辱的广大人群的平凡起点上,提升了爱国主义思想的艺术表达。揭露社会的黑暗也转向全方位的思考,无论是对旧军阀阴暗心理的揭示,还是对大后方民族败类及乡村恶绅等邪恶势力恃强凌弱的丑恶本性的揭露,或是对城市普通人在战争环境下不幸生活的现实主义书写,都达到了应有的时代高度。对人性弱点的批判,对底层人的命运的探索,特别是以现代意识观照人生的姿态及与世界同步的艺术实践,标志着中国现代长篇小说与世界交流和对话的开始。这也是这一时期中国现代长篇小说创作在思想探索上所取得的最令人欣慰也是最有时代标志的丰硕成果。

多元政治话语博弈下的文化空间

——桂林抗战文化城文学社会学考察

佘爱春　广东技术师范学院

抗战时期的桂林文化城不仅是一个团结、抗战、民主的文化生产场和文学场,也是一个不同权力和资本持有者之间斗争的权力场。权力场内部斗争异常激烈,各种政治力量犬牙交错,相互牵制,呈掎角之势;除了中华民族与日本帝国主义之间的民族矛盾外,国民党中央集团、桂系、中共、进步势力之间的博弈、斗争与合作最为突出;而权力场内部各种力量的斗争、制衡和牵制又间接为文学场的形成和独立自主创造了条件,从而为抗战文学的自由发展带来了更为广阔的可能性空间,进而促进了桂林文化城抗日文艺运动的蓬勃发展。

沦陷时期北京文坛自救路径的探索
——以《中国文艺》"满洲作家特辑"为中心

高姝妮　中央民族大学

1942年6月《中国文艺》刊出的"满洲作家特辑"引发北京文坛对"乡土文学"的讨论，当"乡土文学"重新走入北京文坛的视野时，"乡土"被赋予深沉的民族情怀，继而北京文坛掀起自救波澜。"满洲作家特辑"并不是一次简单的文学交流成果，它还关联着北京文坛艰难的自救过程，从"建设新文艺"到"乡土文学"的讨论，北京文坛的自救既是对日本殖民政策的疏离和反抗，又是对重振文学的期待和渴望，在自救路径的探索中，北京文人显现着坚定的民族立场和独立姿态。

易代之际学院派知识分子的自省与抉择
——1948年清华、北大的"两会"之考察

严　靖　武汉大学文学院

1948年下半年，关于知识分子和文学前途的两次会议分别在清华和北大召开。清华会议的主题涵盖知识分子的历史、性质和未来任务等，北大会议的核心则是文学的功能与目的、文学创作的自由度和现代主义文学的前景。两次会议都显示出易代之际北平学院知识分子的自我检讨和面对转折的决断。在这一历史进程中，文学艺术和知识生产走向国家化，知识分子自身也走向体制化，并完成了从立法者到阐释者、从设计师到建设者的角色转变。

冷战文化、南下影人与中国现代文学经典化

——20世纪五六十年代香港电影对现代文学经典化的研究

金　进　浙江大学中文系

　　二战结束后，随着东西冷战阵营的形成，意识形态的分野也影响着中国现代文学的创作。这一时期，大批南下影人移居香港，以中共领导的左派电影公司和以亲国民党政府的右派电影公司很快被卷入对立政治阵营。左、右派电影公司在选择电影剧本、建立影人队伍和争夺电影市场方面，开始了长达近三十年的竞争。因为意识形态的对立和电影市场的需要，左派影人改编并拍摄的是以鲁迅、茅盾、巴金、曹禺为代表的五四新文学大师的经典之作，为中国现代文学经典化做出了巨大的贡献；同时期的右派影人，则有意地避开了这批新文学大师，而选择了沈从文、徐訏、张爱玲以及大量的香港本土作家的作品，以彰显自己与新中国文艺政策的持距姿态。本文将香港地区文学纳入中国现代文学的研究视野，从冷战文化、南下影人和文学经典化的三重视野入手，分析和探讨20世纪五六十年代香港电影与中国现代文学（包括中国大陆现代文学、中国香港现代文学）改编的时代背景和生存状态，还原和阐释特定时代香港左、右派文化对建构中国现代文学经典的贡献，也为展示和分析一代南下影人的知识分子身份和创作精神留存最宝贵的文学研究个案。

民国部聘教授及其待遇

沈卫威　南京大学文学院

　　日军侵华的残酷环境，教授、学生的生存和心理空间被强烈挤压，

团结抗敌，而又必须延续文化血脉的时代召唤，成为共同的心理感知。民族危急时刻的家国情怀、群己权界，与以往不同，西迁大学与国民政府的关系也更加密切。国民政府教育部为改善教授生活待遇，"优以名位，以示尊崇"，借以提高学术影响力，并进一步鼓励学术研究，特设立"部聘教授"。中国第二历史档案馆所存教育部档案，有翔实的文字记录，特别是《教育部学术审议委员会临时常务委员会会议记录》中"临时动议"一项，显示出为何首届评选30人，却只公布27人及公布时间的"关键证据"。本文以原始、清晰、准确的官方档案文献为基本事实，结合当事人的日记、书信和报刊报道二重证据，梳理两届部聘教授的评选程序及实际待遇，同时捕捉几个兴奋点，在现场叙说人事，以细节展示人性。

论京派知识分子与民国大学的文学教育

文学武　上海交通大学文学院

20世纪二三十年代，不少京派知识分子如杨振声、周作人、沈从文、俞平伯、朱光潜、叶公超、废名等纷纷进入中国的知名学府担任教职。有的甚至担任中文系、外文系等行政领导职务。这些外在的环境使他们有机会参与到大学文学课程的讲授和改革当中，进而在中国大学的文学教育中留下深深的历史烙印。他们在大学的文学教育中努力营造新文学的教育理念，关注新文学作家作品，探讨文学理论，注重介绍海外文学的进展。京派知识分子在大学文学教育中的这些做法，较为充分地彰显出那一代学人的文化气度和开放的胸襟，为青年一代的文学生涯和学术生涯也奠定了坚实的基石。

现当代文学教学与培养研究型人才思考

蔡洞峰　安庆师范大学文学院

中国现当代文学作为中文专业基础课,其自身的学科特性决定了在教学过程中培养学生的研究能力,融入问题意识,倡导批判性思维和怀疑精神,这对培养研究型人才有着重要的作用。加强学生科研能力的培养有助于学生养成严谨的做事风格和细致的思维能力,并为其今后的人生开拓一个丰富多彩的精神空间。

大学文学课堂对话教学的探索与实践
——以中国现当代文学为例

胡亭亭　龚　宏　哈尔滨学院文法学院

对话教学是在平等民主、尊重信任的氛围中,通过教师、学生、文本三者之间的相互对话,在师生经验共享中创生知识和教学意义,从而促进师生共同发展的教学形态。这与大学文学教育的要求不谋而合。在中国现当代文学教学中,对话教学的实施可从三个环节进行:与文本对话,以"发现式阅读"激活学生的感受力;创设对话情境,以拓展阅读提高学生的理解力;在对话中进行价值引导,提升个体的生命境界。在这样的三者对话中,立足于现实生活对文学文本价值观念及其意义的终极性追问,是大学课堂真正的深层对话,文学教育基于文学,归于教育,其根本目的是为学生奠定人格成长与学力发展的基础。

现代文学教育的三重境界

黎秀娥　内蒙古师范大学

经受住种种考验的现代文学教育必然能在"致用""致知""致思"的路上越走越远：为社会培养健全有用的人，引导未来历史的走向；为世界培养有自知之明的知趣人；为人类缔造富有创造力和纯粹理性的新成员。现代文学教育的三重境界有高低之分，无贵贱之别，每一重境界都得来不易，都有各自的意义和价值，共同服务于缔造有用、有智、有理性的人生。

"现代文学经典细读"课程教学实践与反思

马　炜　江苏第二师范学院文学院

在高校教学改革的大背景之下，对作品文本进行细读、注重学生文学审美能力训练的经典细读课程在很多高校开设。经典细读的课堂以学生的阅读、发言和讨论为主，教师进行适当点评、讲解和总结，主要起一个引导的作用。通过"现代文学经典细读"教学过程的具体呈现，结合教学实践总结出文学经典细读的具体方法和途径。在此基础上，对"现代文学经典细读"课程实施过程中的教师引导作用、课程论文与毕业论文的关系、文学史与文学经典细读课程组合建设等问题提出思考和建议。

现代文学教育的问题与机遇

肖国栋　齐齐哈尔大学文学与历史文化学院

现代文学教育存在的问题既是一个理论问题，更是一个实践问题。在理论层面上，它关联着大学办学的目标定位，还关联着大学学科专业的设置体制；在实践层面上，更与师生的教学、考评息息相关。最终，现代文学的教育问题折射出来的是我们高等教育人才培养的体制建构和质量达成度问题，而这样的问题在人文学科专业的人才培养方面具有一定的典型性。

20世纪80年代现代文学选本出版与文学观念的变迁

徐　勇　浙江师范大学人文学院

20世纪80年代的现代文学选本出版与当时文学观念的变迁关系密切。20世纪80年代的现代文学选本编纂，一方面经历了所谓的"拨乱反正"和"重评"，另一方面表现出重新挖掘和重新指认的倾向，各种思潮流派选本纷纷涌现。与这一过程相对应的，是现代文学学科地位的提升、西方各种理论资源的强势"入侵"，以及现代文学取代"十七年"文学逐渐成为当前文学创作的重要资源。通过编选各种选本的方式介入对当前文学创作的影响中去，文学观的内在变迁正在这一有关现代文学选本编纂的演变中得到表征。

文学场域、中阶文学、方法学，以及学术再出发
——张诵圣的台湾文学研究

李诠林　福建师范大学文学院

张诵圣（Sung-sheng Yvonne Chang）长期致力于台湾文学研究，以对台湾"现代派小说"及台湾现代主义思潮的翻译与研究著称。"文化资本""文化位置"等概念的运用，"中阶文学"概念的提出显示了她对布迪厄"场域"理论的巧妙化用。张诵圣由台湾现代主义文学研究出发，以比较文学的视野观察相关文学场域，进而发出了关于"文学体制"和文化形构的方法学思考，提出了"东亚现代主义文学"研究新范式。而近期张诵圣对台湾文学史料的关注和整理，则表明了她的学术新起点与再出发。

论海外汉学家罗鹏的中国现代文学研究

刘　莹　湖南大学文学院

作为海外汉学研究界新生力量的代表，罗鹏在中国现代文学研究、性别研究、影像艺术研究等领域所取得的成果，值得我们重视。他的研究方式和研究理念折射出近年来海外中国现代文学研究的新动向及可能存在的问题，此种"异质性"将促使我们重新思考海外中国现代文学研究的价值，反思文学史的书写及构建。本文将从研究视角、研究范式、研究立场三方面探究罗鹏的中国现代文学研究路径，试图较为完整地呈现其中国现代文学研究面貌，期望对中国现代文学研究有所助益。

如何激活鲁迅的精神遗产？

王学谦　金　鑫　吉林大学文学院

如何能够真正继承鲁迅遗产的问题，是近年来学术界、鲁迅研究界热议的话题之一，尤其是鲁迅诞辰135周年和逝世80周年之际。我以为，继承鲁迅遗产，主要应该去除以往加在鲁迅身上的神化光环，合理解释鲁迅文学世界的魅力和精神力量。鲁迅的伟大需要在一定的文学条件、思想前提和历史前提下才能成立，如果消解了这些条件和前提，很难在真正意义上继承鲁迅遗产。

鲁迅的马克思主义知识及其来源

许祖华　华中师范大学文学院

鲁迅所积累的马克思主义知识，主要是马克思主义的哲学知识，即历史唯物主义（包括阶级论）与辩证唯物主义的知识。这些知识主要有三大源泉，一是列宁及列宁主义；一是苏俄杰出的马克思主义美学家与文艺理论家普列汉诺夫及其美学著作《艺术论》；一是苏俄马克思主义文艺学家卢那察尔斯基及其文艺理论著作与文章。鲁迅从列宁及列宁主义那里获得的马克思主义知识，主要是"阶级论"的知识；从普列汉诺夫那里获得的主要是历史唯物主义的知识；从卢那察尔斯基那里获得的则主要是辩证法的知识。

暂凭杯酒长精神

——对鲁迅小说的一种叙事学分析

汤奇云　深圳大学人文学院

写出平民的精神世界与社会底层那些沉默者的心声，一直是鲁迅小说的使命。在《呐喊》与《彷徨》中，涉及饮酒叙述的，就有《孔乙己》《明天》《风波》《阿Q正传》《端午节》《在酒楼上》《长明灯》《孤独者》8篇小说，鲁迅正是用酒精来"激活"乃至"照亮"现实生活中的"怯弱者"或"反叛者"的精神世界。"酒"让其笔下的那些命运失败者、人生落寞者或时代落伍者，不仅成为那沉默时代的话语主体，也成为封建文化的批判者，甚至成为他自身苦闷人生的反思者。让无名的群氓和五四"新人"发出自己的心声，从而也成就了现代中国最杰出的"心声"文学。让人们意料不到的是，让中国走出"无声"状态的新文学，其最鲜亮的一页竟然是他的"酒文学"。

鲁迅小说人物名字的文化表征与文化意蕴

张文诺　商洛学院语言文化传播学院

本文以《阿Q正传》《祥林嫂》为中心，兼及《孔乙己》《药》等小说，试图对鲁迅小说中的人物名字的命名特征与文化内涵做较为全面的分析。鲁迅认为给人起一个名字是很困难的事，鲁迅小说的人物命名有不同的命名方式。鲁迅对自己小说中的人物名字非常讲究，每个人物名字都体现了鲁迅对时代、历史、文化的深刻思考。他的小说人物名字折射了乡村的礼俗文化，也隐含了乡村复杂隐秘的权力机制，进而影响人的言说方式。分析鲁迅笔下人物的文化意蕴，可以揭示农民精神病痛的深层原因。

《呐喊》的空间叙事

李骞　云南民族大学文学与传媒学院

《呐喊》小说中叙事空间的选择、叙事空间中人物形象的处理、空间与时间的互动性，都具有很高的审美价值。《呐喊》的叙事空间大都选取鲁迅的故乡，他在作品中将"鲁镇""未庄"作为中国广阔大地的缩影，将其本质特征抽取出来，作为小说故事表达的背景，解剖了这个空间中人物的灵魂，奠定了20世纪中国新文学的乡土格调。小说中人物的存在与作品的空间形成了依附与被依附的关系，人物形象越鲜明，空间的叙事意义就越深刻。区域环境对人性的压抑，必然成为小说表述的主要方向。在时间与空间的维度中同时展开叙事，是《呐喊》的主要叙事特色。时间浓缩在空间里，构成了小说重要的时空维度，推动情节的发展，使人物的命运在日常生活的经验中凝聚成作品多元艺术的审美要素。

日月不出　爝火何熄
——《狂人日记》百年祭

贾振勇　山东师范大学文学院

由于小说观念的阈限，我们常常忽略、淡化乃至曲解《狂人日记》在现代精神史、心灵史上的真实位置。《狂人日记》乃现代中国疯狂文学之开山、中国文学真实语言之诗性桂冠。它以小说名世，却终究要跨出艺术之塔，直抵人之存在真相，成为隐喻、抽象世界整体存在状态的"有意味的形式"。吃人游戏不终结，它就依然是"对于摧残者的憎的丰碑"。

《狂人日记》影响材源新考

汪卫东 苏州大学文学院

第一篇中国现代小说《狂人日记》背后，有着域外文学的丰富影响。关于《狂人日记》的影响源，鲁迅自己提到过果戈理、尼采和安特莱夫，后来学者又揭示与迦尔洵、芳贺矢一和梭罗古勃的影响关系。本文新发现值得关注的《狂人日记》域外影响新材源：高尔基小说《错误》。明治40年（1907）3月《新小说》杂志发表二叶亭四迷译高尔基短篇小说《二狂人》（原名为《错误》），同年7月《帝国文学》杂志发表署名"无极"的《狂人论》一文，对《二狂人》大力推介并将其与同为二叶亭译果戈理《狂人日记》进行详细比较。通过对鲁迅留日时期的阅读和翻译活动的考察及文本之间的对比研究，证明鲁迅《狂人日记》受过《二狂人》和《狂人论》的影响。此一发现为鲁迅与高尔基的影响关系研究增添了新的重要资料。

史传传统与《狂人日记》文言小序解读

时世平 《天津社会科学》杂志社

对处于传统与现代转型期的鲁迅而言，其选用文言与白话交杂的艺术处理手法，正是传统与现代转型期的一种必然选择。正是因为史传叙事的实录品格，鲁迅才在写作《狂人日记》时选用了中国古典小说模式的文言小序，给读者传达一种真实的信息，达到一种"写实"的意图。而鲁迅之所以在文言小序中化用史传叙事，是由其对小说的功用的理解所决定的。

论顾炳鑫的《阿Q正传》插图画辑

杨剑龙　上海师范大学人文与传播学院

顾炳鑫被称为"海上画派"著名人物画大师、连环画名家，鲁迅及其作品成为其创作的重要题材，顾炳鑫画辑《阿Q正传》8幅精到地展现出鲁迅作品的精髓。插图顺着小说情节构图，在刻画阿Q的精神胜利法时，突出了阿Q的"革命"意向和阿Q的悲剧结局。顾炳鑫细心地为作品中的人物造像，将人物的性格表露无遗。他常常在动与静的对比中，达到画幅的独特效果，很好地表达了作品的主旨。他从中国古代版画中汲取艺术营养，形成其白描为主严谨写实的画风。顾炳鑫的插图8幅呈现出严谨中蕴灵秀、写实里融夸张的风格，成为《阿Q正传》插图的精品。

叙事骨架与肌理的鉴识和《阿Q正传》的再理解及其他

龙永干　湖南第一师范学院文学与新闻传播学院

作为鲁迅乃至现代文学的代表作品，《阿Q正传》一直是学界关注的焦点。若将文本的叙事骨架与肌理和主体的创作动机、审美心理、个性气质、创作经验，乃至于时代语境、社会文化等进行有机勾连，再反观作品，可能会得出新的认识与理解。临时性的约稿，报纸分期的刊载，再加上生活的紧张劳碌，其叙事过程中出现了滞涩和不畅的情形，但鲁迅在调整与转化中进行了超越，并让作品实现了深化和升华……循着《阿Q正传》叙述的推进和故事的展开，可以见到鲁迅在画出"沉默国民的魂灵"上做出的种种努力。虽因各种原因让其叙事无圆融天成之感，但在阿Q身上，鲁迅寄寓了他对国民性的新的萃取的结晶——"精神胜利法"，让其人生具有了"做稳了奴隶的时代"和"做奴隶而不得的时代"两个阶段的隐喻功能。同时，作者以其命运为基础还建构起了"历史"和"当下"并置的时空结构。由此来看，《阿Q正传》所要传达的不仅仅是"国民性批判"，也不仅仅是对辛亥革命的反思，而是整个民族生存的寓言。

《伤逝》：话语革命者的忏悔录

高志强　吉林财经大学新闻与传播学院

《伤逝》作为鲁迅转折期非常重要的一篇小说，记录了鲁迅思想变化的轨迹。结合鲁迅早期和晚期的思想对照这篇小说，可以看出鲁迅对作家与革命的关系研究，一直体现在他著作的字里行间。通过这篇小说，可以看出鲁迅很早就发现作家革命存在着斗争时精神上软弱、缺乏肩住黑暗闸门的勇气，而且没有韧性的彻底革命的精神。

启蒙语境下《伤逝》重读

李　致　河北大学人文学院

《伤逝》的主题历来存在争议。本文运用知人论世方法，摒弃过度索隐带来的诱惑，将《伤逝》置于鲁迅所处社会、文化和语境下进行重读，分析认为小说主人公是子君而非涓生，作者通过塑造子君形象引导读者对涓生思考的认同，进而实现对当时个性解放这一启蒙主题的反思。《伤逝》的出现显示着鲁迅思想变化正在经历危机与蜕变，《伤逝》与此前创作而同样未发表的《孤独者》表明鲁迅已经开始反思和升华进化论思想。

祛魅、讽喻与自况

——谈鲁迅小说《出关》的三层意蕴

田建民　河北大学人文学院

鲁迅小说《出关》熔历史性、现实性和自传性于一炉。其对历史人物的祛魅性书写与对现实人情世态的讽喻性书写是显性的，而借历史人物表现作者自己的人生体验与思考的自况性书写则是隐性的。作品表面上以漫画的手法嘲讽老子的木讷与不识时务，而实际上却是作者以自嘲的态度表达和抒发自己的人生体验及启蒙思想先驱不被人理解甚至被人误解的苦闷与无奈的情感，并进而借老子的"出关"来思考自己所面临的坚持理想与融入现实这一两难的人生选择的问题。

鲁迅的图像性叙述实践

——以《出关》为例

邹淑琴　新疆大学人文学院中文系

鲁迅的小说创作从文体和叙述手法来说，有着明显的不断试验的痕迹，这使其小说风格呈现出不断演变的趋势，而非固定在一种风格之中。特别是图像性叙述随着其创作实践经验以及对于绘画认识的不断变化而日益完善。娴熟的图像化叙事手法使他的小说在当时就获得读者的青睐，从而成为中国现代文学作品中的典范。

从"传奇文"溯源看鲁迅、陈寅恪的"小说"观念

张丽华　北京大学中文系

鲁迅的《中国小说史略》奠定了20世纪关于中国小说史的主流论述。然而，在这部经典著作中，以"小说"之名串联起来的对象，如六朝鬼神志怪书、《世说新语》、唐传奇以及宋元话本之间，其文体的异质性其实极大。陈寅恪在《韩愈与唐代小说》《元白诗笺证稿》等论著中对唐传奇与古文运动之关系的发覆，在观念和方法上皆与鲁迅的《史略》构成了重要的学术对话。本文拟以鲁迅与陈寅恪对唐传奇文体渊源的论述为切入点，来探讨他们在"小说"观念上的差异及其文学史方法的内在对话关系。

通俗教育研究会与鲁迅现代小说的生成

李宗刚　山东师范大学文学院

中国现代小说之所以能够在鲁迅的手中生成，与鲁迅在现代小说理论认识上的飞跃是分不开的。通俗教育研究会正是促成鲁迅对现代小说的认识产生质的飞跃的节点所在。通俗教育研究会，作为民国教育体制内的一个半官方机构，对中国现代小说的生成有着极其深刻的影响，但是，学者们在对中国现代小说发生的阐释中，却忽视了这个半官方机构的重要作用。因此，重新审视通俗教育研究会这一民国教育体制内的机构，审视其对现代小说的发生所产生的影响，以及这些影响是通过怎样的方式实现的，应该具有非常重要的历史意义。

论鲁迅小说的女体诗学

胡志明　湖南科技大学人文学院

在中国现代性进程中，身体被赋予更多的政治内涵。鲁迅作为中国社会转型期的先觉者，女性自然成为其启蒙对象。鲁迅小说通过对女性规训的身体、无欲的身体、失语的身体的叙事和描写，呈现出一种"无人""无名""无我"的身体存在处境，控诉了封建传统社会对女性的身体禁制与精神戕害。鲁迅试图摸索出一条女性身体出走之路，使其摆脱家庭伦理和男权社会的"铁屋子"，重新获得女性的生存权利与生命价值。

鲁迅小说的主旨与外国戏剧的关系

孙淑芳　马绍玺　云南师范大学

鲁迅小说不仅在艺术形态上与戏剧存在着交叉和渗融，而且在主旨上与戏剧有着不可忽视的关系。鲁迅小说的主旨虽然来源十分广泛，但戏剧无疑是构筑其丰富思想的重要一维，是深刻透视鲁迅小说主旨的新视角。外国戏剧，尤其是日本与苏俄戏剧中的人类之爱、反抗黑暗、为自由而战等人文意识，都被鲁迅有效地吸收并灌注到自己的小说之中，形成了其情感中爱恨两极的融合，即，无所不爱，不得所爱的悲哀。这也由此而构成了鲁迅小说巨大思想容量的"别种艺术"的根源。

一个关于"人类"及其如何获得自我的寓言
——《聪明人和傻子和奴才》新论

李玉明　青岛大学文学院

《聪明人和傻子和奴才》并非论者所谓的对某些社会现象或某一类人的批判,它从来都不是一种外在的批判。在诗中,奴才、聪明人和傻子是三个意象式人物(非人物形象),他们构成了某种生动的现实关系,虽然傻子与他们在文本结构中还是一种冲突关系,一种驱逐与被放逐的关系,但是他们共同指向了某种"主奴结构",显现的是整个人类和历史的一种缺乏主体性、没有"上征"的趋向。文本张力也因此由喜剧性的外壳逐步向悲剧性的内质转折。如何冲破"主奴结构"的循环?——这是诗人探索的问题,但在文本自足性的结构方式中找不到冲破它的动力(暗示)。这种动力来自诗人——诗人(鲁迅)是"奴才"——他正被一种"为奴之苦"的悲剧体验所攫住,诗人是诗中真正觉醒的人。毋宁说这首散文诗是向内的,即仍然是关于鲁迅及其自我的。从根本的意义上说,它是关于"人类本身"的,关于作为人类的"人"其获得自觉、进而获得自我,即主体性的建构问题。

儿童·小野蛮人·初民
——《朝花夕拾》与"诗化"传统

李音　海南大学人文传播学院

《朝花夕拾》研究史一直或隐或显地存在着一种紧张和难题,鲁迅的怀乡抒情无法周全地嵌入他所开创的乡土批判文学叙事,不同于小说中所塑造的封闭顽固萧瑟的乡土，《朝花夕拾》对故乡的书写呈现出健朗充沛的气质。王瑶认为这主要得益于《朝花夕拾》借助于儿童视角，周作人认为《朝花夕拾》采用了"一种诗的描写"，"诗化"了传统。无论是"儿童"视角还是"诗化"的说法，都不应该在具体的艺术手法和技巧上来理解，而是涉及周氏兄弟的"表现主义"文艺观和"伪士当去，迷信可存"的民族文化观。周氏兄弟认为古民神思接天然之閟宫，冥契万有，上古诗歌、神话、宗教中保存着一个民族最纯正的心声，是初民最早的形而上精神活动，具有独一无二的品性和伟大的创造力，但这种气禀、充沛的生命力如今只有一息存于农人（也可谓在乡俗生活中）和古代典籍中。若要恢复这种国民精神，必须"时时上征""反顾"。但再现这种民族生命力以涵养国民，并不是用文学来赞美或保存他，而是要经过"诗化"重新锻造传统。周氏兄弟对"儿童的发现"其实与这种思考紧密相关。周氏兄弟正是出于企图使文明复古纳新、汲取原始生命力、恢复古民澎湃的想象力的目的，《朝花夕拾》对农人的书写、对习俗的发现内在关联着儿童视角的使用。

鲁迅《青年必读书》一文及其论争的博弈论分析

张　克　深圳职业技术学院人文学院

　　鲁迅在《青年必读书》答卷时刻意为之的修辞，是他积极释放、寻找理解的博弈信号，却被对手视为不可信任的博弈策略。论争中对鲁迅的隔膜、误读有着深刻的社会背景。鲁迅主张"行为"优于"文化"，其焦虑在于身为中国人面对"生存博弈"格局时的巨大压力。博弈论的思想资源有助于我们更深切地理解此次论争，尤其能更坦然面对那些基于同理心却反对鲁迅偏好的意见。

未完成的"对话"
——重考鲁迅对朱光潜的批评缘起

姜彩燕　西北大学文学院

关于鲁迅和朱光潜的论争，以往的研究多注意他们在政治立场、思想派别、美学观点、治学方法等方面的分歧，很少有人注意到他们都关注青少年的教育问题。正是这一共同关注，使他们在近十年的时间里，参与或见证了同一份杂志（从《一般》到《中学生》）的成长，从而产生了思想上的交集，也由此引发了鲁迅对朱光潜的不满与批评。从1926年《写在〈坟〉后面》中曲折隐晦的回应，到1933年《"人话"》中虽不点名但溢于言表的反感，到1935年底《"题未定"草七》中公开的点名批评，鲁迅对朱光潜的批评经历了从间接到直接、从隐晦到公开的过程。朱光潜的沉默或回避，使朱鲁之间的文字交往无法形成真正意义上的知识分子的"对话"，而只能以一种曲折、隐晦甚至难以察觉的"潜对话"的方式存在，这为研究者造成了思考和索解的困难。

"堂吉诃德在中国"与"中国的堂吉诃德"

禹权恒　信阳师范学院文学院

《堂吉诃德》在中国的翻译经历了漫长曲折的过程，鲁迅在其中扮演了重要角色。在1928年"革命文学"论争过程中，后期创造社、太阳社青年作家把鲁迅比作"中国的堂吉诃德"，意在讽刺鲁迅不是无产阶级革命作家，其思想倾向早已落后于革命时代。他们对鲁迅的批判带有"语言暴力"和"公式主义"的典型特征，分明是对鲁迅形象的严重误读，这给中国革命带来了消极影响。

"国防文学论战"中的鲁迅思想

蒋 祎　河南师范大学文学院

鲁迅的"民族革命战争的大众文学"思想体现了坚持真正无产阶级文学的思想，坚持始终将无产阶级和劳苦大众作为革命的主体。它是无产阶级革命文学的延续和发展。这一思想不仅在对"国防文学"的批判中得以体现，并且可以将其放置在鲁迅的革命文学思想的发展脉络与鲁迅对民族战争的思索中加以认识。因而本文通过考察鲁迅对周扬等人的认知、对国防文学的批判言论，进而从鲁迅自身思想发展的内在视野出发，去深入挖掘他的"民族革命战争的大众文学"所包含的深刻思考。

《中国小说史略》与中国文学史之建立

刘东方　青岛大学文学院

鲁迅的《中国小说史略》在继承传统学术精髓和借鉴西方现代学术方法的基础上，将辑佚校勘这一传统学术方法融入中国文学史的建构之中，实现了古代学术研究与现代学术研究之有效"衔接"，实现了中国传统学术研究的"创造性转换"，为中国文学史构架了比较科学的学科体系。《中国小说史略》所形成的学术方法论，对其后的中国文学史撰写和研究产生了重要的影响，为现代学术意义上的中国文学史学科之建立做出了贡献。

作为讲义的《苦闷的象征》

鲍国华　天津师范大学文学院

鲁迅翻译日本厨川白村的文艺理论著作《苦闷的象征》，作为北京大学、北京女子师范大学等高校的课程讲义，不断引发后世的追怀与阐释。但对于鲁迅如何使用该书授课以及是否开设过文学概论课程，则或语焉不详，或言之不确。本文力图通过对相关史料的爬梳与辨析，还原鲁迅讲授《苦闷的象征》的历史现场，并对其在现代中国文学史、教育史和学术史上的意义略加阐释。

荷兰文版鲁迅作品的传播与接受研究

易　彬　长沙理工大学中文系

鲁迅翻译过两位荷兰作家的作品，"鲁迅与荷兰"的话题已有了深入的讨论，但"荷兰文鲁迅"的话题显然不为人所知，在"鲁迅域外百年传播史"一类历史勾描之中，鲁迅作品的荷译工作还缺乏知名度。从已知材料来看，自1940年开始，有20余次荷兰文版鲁迅作品的出版、发表或收录的情况，累计篇目在70余种。鲁迅的荷兰语轨迹被认为是有助于显示战后荷兰的中国文学作品翻译的演变。最初的鲁迅作品翻译带有较大偶然性，之后则是几位左派作家所做的大量工作，从20世纪70年代后期开始，荷兰汉学发生了很大改变，中国文学作品的荷译工作出现新的热潮，在新一代译者的带动下，鲁迅作品在荷兰语的传播有了更为现代也更为开放的内涵。尽管目前似乎没有新的契机以再次激活鲁迅作品的荷译工作，但基于比较翔实的资料，荷兰语读者接触、了解鲁迅已经具备了多种可能性。

《鲁迅前期小说与俄罗斯文学》中"人道主义元素"的复杂况味

——兼及"王富仁鲁迅"的可能内涵

彭小燕　汕头大学

　　《鲁迅前期小说与俄罗斯文学》的核心内涵是人道主义。此人道主义意蕴丰富、完整、复杂,既涵括着古典人道主义对人生苦境的同情,对作为人生苦境之因的"时代—社会"的暴露、批判,又蕴含着现代人道主义对人本身的精神痼疾的凝视、针砭,对人的自我复苏、生命自救的期待、召唤。前者十分自觉地集中在果戈理、契诃夫,直至安特莱夫和鲁迅之间。后者则自觉不自觉、或隐或显、或多或少地在果戈理、契诃夫与鲁迅之间存在,又尤为浓烈地呈现于安特莱夫、阿尔志跋绥夫与鲁迅的关联或非关联之处,表现为复杂而不乏矛盾的纠葛情境。20 世纪 80 年代之初,即使在鲁迅及其俄罗斯文学之间瞩目古典人道主义意识也是要承受相当的时代压力的,真实地涉险(即使仅仅是相当程度的复显,以及某种程度的规避与辩驳)现代人道主义的气性则更是需要思想者之深沉勇力的学术破冰。《鲁迅前期小说与俄罗斯文学》之为一代学术经典绝非偶然,其内蕴或瞩目或涉及的,乃是人类文学史上不得不留存、记忆的精神意向及其珍贵足迹。

面向"大众"的"立人"

——鲁迅的文学教育思想及实践

王炳中　福建师范大学文学院

　　鲁迅在教育上从不停留于各种"主义"和"口号",而是始终以精神层面上的"立人"为终极目标。"立人"思想是鲁迅展开文学教育的原点，其最终目的在于通过"个人"的觉醒而革除"众数"之弊，挽救沉睡的"大众"。从鲁迅一生的文学活动来看，无论是他为大众代言的文学立场，偏重启蒙乃至功利的文学观念，还是他在汉字拉丁化、"直译"方面的主张和实践，都是在践行一种面向"大众"考量的文学教育。

"立人"鲁迅与中学语文"鲁难"

白　浩　四川师范大学文学院

造成中学语文"鲁难"现状的原因，一是难懂，二是不可爱且"没用"，三是对权威的逆反。面向未来的鲁迅文学教育，需要凸显"立人"意义，首要在于"爱"，即热爱自然，热爱生活，热爱生命。其次由个体推及社会，是对自由、平等、个性的张扬，还在于反压迫、反封建、反专制。最后则在于真，真即真实、真诚、真理。归纳起来，鲁迅的"立人"可简化为爱、自由、真。面向未来，需要由旧时代语境压抑的鲁迅元素，将鲁迅与儿童、青年间有爱、好玩、自由的共振，在新时代发掘、解放出来。

"微观政治"和"乡村权力"下的"国民性"图景

——鲁迅"改造国民性"主题在20世纪90年代后小说中的再现

古大勇　泉州师范学院

鲁迅小说所开创的"改造国民性"主题在20世纪90年代后中国小说中得到鲜明的承续，例如两者都典型地表现了"微观政治"中的"法西斯主义群众心理学"，以及被乡村权力蹂躏和"阉割"后顽固存留于乡民身上的奴隶根性。此种主题在 90 年代后小说中频频再现表明了"改造国民性"的艰难，20 世纪初鲁迅孜孜以求的"改造国民性"重任并没有完成。

史天行伪造鲁迅的《大众本〈毁灭〉序》考

葛　涛　鲁迅博物馆

　　史天行（化名有：史济行，齐涵之等）在现代文学史上留下了"文坛骗子"的恶名，他不仅成功地骗取过鲁迅的一篇文稿《白莽遗诗序》，而且多次写文章编造一些关于鲁迅的掌故、佚文，以此来博取名利。史天行还化名"史行"，把胡今虚修改后并发表于 1936 年第 11 期《西北风》杂志上的《关于〈毁灭〉》一文，模拟鲁迅的语气加上了开头的一段文字，加上了文后的落款文字，并伪造说该文是鲁迅为卓治改编的大众本《毁灭》即《碧血桃花》（按：史天行把胡今虚改编本《轻薄桃花》误为《碧血桃花》）所写的序言，卓治曾经将这篇序言抄寄给他并保存下来。这充分证明了署名鲁迅的《大众本〈毁灭〉序》（载《文艺丛刊》第 6 集《残夜》，范泉编辑，1948 年 7 月出版）一文即署名"鲁迅遗作"的《〈毁灭〉序》是史天行伪造的一篇鲁迅作品。对于伪造鲁迅文章的恶行，我们要像鲁迅那样"都有指明真伪的义务和权利"，并希望《鲁迅全集》在修订时，在注释"史天行"时要指出他还有一个鲜为人知的化名"史行"，并伪造了一篇署名鲁迅的《大众本〈毁灭〉序》。

中国现代部分作品中的"前月"考
——以郭沫若、鲁迅等笔下的纪实性文字为例

廖久明　乐山师范学院

　　通过考察郭沫若、鲁迅等人笔下的纪实性文字可以知道，在中国现代

作品中，一些作者笔下的"前月"不是现在的上上月的意思，而是上月的意思。所以，在阅读中国现代作品时，当看见"前月"时，不能想当然地按照现在的用法理解为上上月，而应该加以考察。造成该现象的原因应该与当时语言尚未规范有关，并非因为郭沫若、鲁迅等曾留学日本。本文的考证还提醒我们，语言是发展变化的，不能理所当然地用阅读时的意思去理解过去的作品。

郭沫若思想转变与现代中国革命文学发生的关联研究

杨洪承　南京师范大学文学院

"五四"之后从文学革命到革命文学有多条行进的路线，郭沫若在革命文学的酝酿和发动过程中由内至外，与邓中夏、恽代英等革命作家由外至内的革命文学的呼唤与践行有别，也与此刻鲁迅"彷徨""野草"生命体验式写作中的探寻和思考方式完全不同。当我们寻踪郭沫若文学与政治思想的活动，关注1923~1924年前后这一时间节点，正是要说明郭沫若革命文学的酝酿与其创作、翻译、人生特殊经历和个人气质均相联系，并且呈现了一个重要的人生关口，作家独有奋进和探求的路径。由此之后，1926年明确的政治身份转换，1927~1928年间鲜明的革命文学倡导，郭沫若表面看都是极端化的剧变和急转，而实际却有着某种来自作家主体世界的必然，在汇入了大革命时代革命文学洪流中的自觉。郭沫若永恒浪漫主义本质的个性特征和文学观的演变路线，值得我们发现作家诗人更为丰富而复杂的精神和文学思想的新标识，也能够重新审视从文学革命到革命文学非直线的文学史演进，多视角地观照现代中国革命文学发生发展的前因后果。

郭沫若和傅抱石：反传统与传统坚守者的统一阵线

马　云　河北师范大学文学院

郭沫若是反传统文化的急先锋，傅抱石是传统文化的坚守者。抗战期间，两位对于传统文化有着完全不同立场的人却走到了一起，结成了一种具有象征意味的"文化统一阵线"。他们的结合源于民族情怀、浪漫主义精神以及史学情结。郭沫若和傅抱石的统一阵线启示我们：反传统与坚守传统相辅相成，反传统与坚守传统并行才能使我们的文化更加强大和丰富。

茅盾与姚雪垠的《李自成》
——以茅盾与姚雪垠的《谈艺书简》为例

阎开振　岭南师范学院文学与传媒学院

茅盾与姚雪垠的《谈艺书简》，无论是意见一致的创作主张和"儒法斗争"，还是存在分歧的"章节回目"与"上书主席"，两位作家都能够互相尊重，坦诚相见。作为晚辈，姚雪垠既虚心向茅盾请教和求助，又能够坚持自己的想法和做法；而作为前辈，茅盾不但及时地回答了姚雪垠的各种问题，而且总是以商量的口气提出观点、表达意见。因此可以说，作为那个特殊时代的特殊产物，茅盾与姚雪垠的《谈艺书简》不仅谈出了有关《李自成》创作的许多问题，而且显示出了一种文学大家的坦然风度。

按照文本生活：巴金理想主义的一种实践方式

胡景敏　河北师范大学文学院

巴金是一位真正的理想主义者，按照文本生活正是其理想主义信仰的一种主要实践方式。所谓文本，不仅包括成文或不成文的礼制、规范，而且包括可为模范的人及其言行等。少年巴金的自我意识程度远高于同龄人，一直热烈地寻找可以按照其生活的"文本"。巴金是通过对无政府主义的阅读，在文本中找到了自己的目标自我，奠定了一生不曾改变的极为独特的精神生活方式，即"按照文本生活"，按照文本提供的目标来进行自己的精神实践。20世纪30年代，巴金不仅是"按照文本生活"，而且是"在文本中生活"。他在写作中创造了许多新的"模范文本"，为后来的青年指明了人生的出路。晚年巴金独钟情于卢梭与托尔斯泰，以之为人生的对象文本，追求道德的自我完善，渴望生命的开花，其道德文章名重于当代，垂范于后世，他本人也逐渐凝定为一个可被不断模仿的文本。

战争、疾病、幸福：《寒夜》中家国同构的三重文化圈

江腊生　江西师范大学文学院

战争、疾病、幸福是小说《寒夜》贯穿的三个话题。巴金融自身真切的家族生命体验在家国同构的隐喻模式中，将战争、疾病、幸福整合成一个同心圆的结构，形成三个文化圈层。读者步入这个幽暗的情绪与心理的世界，为其中错综复杂的爱与恨而撕扯，为战乱中平民的悲欢而痛彻，为人性的复杂而震颤，深刻感受到中国家庭生活经验的历史负重感和现实无

奈感，体现了作家超越《家》等小说中的激情批判，而进入生活质感的复杂撕扯与伦理冲突的深刻理解。

民国中等国文教材中的巴金选篇

刘绪才　内蒙古师范大学文学院

从数量而言，巴金先生的创作进入中等国文教材、成为国家法定知识的作品并不多，选篇也不复杂。巴金先生的创作进入中等国文教育这一法定知识体系大约是在20世纪20年代中期，选篇较多的是《海上的日出》和《繁星》。其作品历经多重筛选进入中等国文教材，继而产生了较为广泛、深远的影响，是巴金及其创作经典化道路上的重要一环。

时空意识与老派市民家国观念的更生和嬗变
——以老舍小说《四世同堂》为中心

逄增玉　中国传媒大学

长篇小说《四世同堂》，是老舍反映抗战的扛鼎之作，也是现代中国文学中最优秀的抗战文学作品之一，其中以祁老太爷为代表的老派北平市民和一般市民，原本没有民族国家的宏大意识而只有家与家族意识，这与他们时间和历史意识的短视、空间意识的狭窄密切相关，是传统的老中国文化和北平市民文化与社会导致他们精神世界的闭塞与短视。但北平和中国其他城市与地域的次第沦陷、侵略者占领时间的漫长、家族与民族接连不断的灾难，迫使他们不断获知了时间与空间的知识与意义，促使他们睁开了民族之眼，历史辩证法使帝国主义侵略战争的历史之恶，被动地唤醒、延伸了北平市民的时空意识和世界，进而催生出家国同构的民族共同体思想认识，批判战争与"感谢"战争的反讽理念，成为小说复调主题和内蕴的有机组成部分，也丰富和拓展了抗战文学的内容。

沈从文重构"乡土中国"的文化机制与话语实践

吴翔宇　浙江师范大学人文学院

沈从文营构"乡土中国"的文学实践需要从发生学的角度予以考量。"居城怀乡"的创伤体验勾联了"乡土中国"和"现代中国"的深微关系，也表征了其所集聚的悖论性的思想渊源。作为一种现代认知装置的"返乡旅行"照见了一个"民族的旅行"，开启了"乡土中国"的发现历程。有感于文运的堕落和乡土德性的流变，作家将"重构经典"和"民族精神重造"统合起来，自觉融入现代知识分子现代民族国家想象的文化传统中。沈从文这种从边缘求其资源的想象方式有效地融通了乡土与都市的关系性和能动性，也赋予了其乡土中国书写深厚的文化内涵。

翠翠：一种人格形态的发生与修正

罗义华　中南民族大学文传学院

翠翠形象的本原在中国，但其文学形态与美学价值却是由域外文学镜像所触发，屠格涅夫与现代日本小说中的乡土元素与女孩形象，在代际交往中经由鲁迅、周作人、郁达夫、废名而与沈从文的生命经验融合。翠翠从一种人格形象的萌芽到最终确立，从一个偶然的邂逅到一种核心意象乃至于乡土情结的完型，实际上呈现了沈从文自我人格建构的历程，是作者美与道德、爱与忧愁既纠缠又妥协之结果。张兆和既是沈从文的亲密爱人，也是翠翠情结的现实依托。正是在张兆和与翠翠的影像重叠中，沈从文找到了一条发展、调适其审美趣味与生命理想的可能路径，并在一定程度上克服了其自身对于城市文明的游移与不确定性。沈从文惯于将其"理想中铸定的全神"拿来安置在女人身上，这种人物构造法是理解其创作与人生的基本路径。

沈从文《芸庐纪事》的相关史料问题

刘铁群　广西师范大学文学院

沈从文在抗战时期创作的小说《芸庐纪事》曾先后在桂林版《人世间》、昆明的《文聚》以及天津《益世报·文学周刊》等刊物上发表，每次发表内容都有变化，之后沈从文的各种文集、全集对该作品的收录也呈现出不同的面貌。本文对沈从文《芸庐纪事》的相关史料问题作出梳理。

生命真性与兼容博取
——论沈从文的中国画意识

张　森　湖南师范大学文学院

关于沈从文文学与绘画的关系，学界早有注意，其根据主要来自沈从文对他如何借鉴传统绘画的叙述，并将其作品风格与绘画进行类比。然而，作为这一关系的基础，即沈从文是如何理解传统绘画，以及他亲自绘就的多幅山水画稿，一直没有得到重视和清理。本文拟以沈从文在《湘行书简》中创作的十几幅山水画为重点，讨论他对中国画的独特见解。与陈独秀、鲁迅等新文化运动主将对传统绘画的理解不同，沈从文从自我生命真性出发，对"文人画"、"宋院画"、王原祁画兼容博取，重其"布局"与"意境"。本文在厘清两者差异的同时，力图对其背后的根源作思想史层面的探讨。

论四十年代小说家主体意识构成与困境

——以沈从文、张爱玲为例

刘云生　内江师院文学院

考察20世纪40年代独立作家的主体意识构成和内在困境，是体现文学史作为精神史不可或缺的组成部分。小说家的主体意识，既包括作家政治社会立场、自觉的理性内涵和审美追求，也是作家进行形式构造的创作状态，因而具有偶然性和自发性，与小说家生命形态和叙事经验相凝结。通过对沈从文、张爱玲等作家主体意识的深入探索，意在揭示这批政治上相对独立的40年代作家，在时代大动荡大抉择下，纯文学个体选择的限度与困境，创作主体构成和叙事特色。沈从文审美拯救及与现实政治的精神对峙，张爱玲逃避现实的绮丽沉降，既是"五四"以降丰厚文学积累给予个人的天才馈赠，也体现着作家有意无意与历史错位避于文学的个体无奈。他们的创作高峰实际上呈现了40年代文学自我发展的深度、复杂性与此阶段文学发展的多线轴性。

"空间"视域下的晚清成都想象

——以李劼人的"大河"三部曲为考察对象

吴雪丽　西南民族大学文学与新闻传播学院

"文学中的城市"既是一种城市经验的记录，也是把城市作为一个文本的重构与想象。李劼人的"大河"三部曲就提供了这样一种关于中国西南内陆城市成都的文学想象。在小说文本构建的晚清内陆都市空间"成都"，不仅生产出了新的城市地理、社会关系、空间权力与身份认同，而且"成都"作为地域空间、内陆城市文本等也与晚清中国的历史境遇、空间政治、民族国家想象等构成了复杂的对话关系，丰富了晚清中国的城市书写与城市想象。

"忠贞"的悖论：丁玲的"烈女"/"女烈士"心结与革命中国的性别政治

符杰祥　上海交通大学人文学院

丁玲既是一位文艺女性，也是一位革命女性，其动荡坎坷的一生，实在是20世纪中国文学与革命史最生动的映照与说明。她与现代中国许多重要的历史时刻发生过交会，也发生过错位。她生前在病床上口述的最后一篇文章《死之歌》包含着死与不死、言与不言的诸多隐忧/因由，其中的烈士心结与忠贞悖论最为突出。当丁玲在1933年被国民党特务绑架囚禁后决心做烈士而最终未做成烈士时，一种性别身份带来的烈女心结与道德压力便始终困扰着她。丁玲后期的人生与文学备受打击，"不死"的烈士情结与"活着"的心理阴影至死未休。对于丁玲后期的文学，不能只看她在文本表层之上可以明言的部分，还要看她在表层之下无法言说的部分。这欲说还休的难言之隐，可以说清而又无法说清的矛盾纠葛，正是凝结、压抑着丁玲无数委屈与愤懑、伤痛与欢颜、抗争与妥协的心结所在。

陆萍为何是医生：重读丁玲《在医院中》

王　宇　厦门大学人文学院

陆萍为何是医生而不是丁玲更熟悉、延安也更多见的文艺知识分子？这个看起来不是问题的问题，揭开了这个文本从未被人注意到的另一副面貌。西医的医学人文主义（如对生命"绝对无条件价值"的恪守）、中西两种医疗体系的冲突，其实一直在为小说的启蒙与人性话语提供空间。西医在战时的价值、医生在延安的特殊地位，是丁玲赋予陆萍行为合法性的不可忽略的原因。西医医生（助产士）的职业身份，也使得陆萍相对于延安更多见的文艺知识分子更具名副其实的现代知识身份，更能胜任启蒙者的身份。陆萍并非被转型后的丁玲看作"无用的人"的文艺知识分子，而是战争环境下非常有用的医学知识分子。这是丁玲转型后知识分子形象不容忽视的新质。如果说，"五四一代"弃医从文是因为他们认为拯救灵魂比拯救肉体更重要，而对于丁玲这样的"五四二代"而言，也许恰恰是被"五四一代"所放弃的肉体上的救助更具意义。因为只有以肉身为依托的启蒙才是真正有效的启蒙。

文学是"语言的花朵"
——对丁玲文学形式创造及其观念的考察
袁盛勇　陕西师范大学文学院

丁玲文学经典，较为真实地呈现了现代中国文学的现代性维度，而且是一种动态呈现。在丁玲文学的现代性演进中，文学的现代性和社会的现代性达到了一种辩证交融的状态。丁玲在谈论文学问题和创作经验时，还是不由自主谈到了艺术之美和文学形式问题，对于文学形式，她也形成了自己的一些观念，而此种观念的形成，又主要根植于她的创作体验及其阅读感受与思考。在创作上，丁玲其实具有非常自觉的文学创造意识，不断在探索和寻求自我的突破，当然也包括艺术上的突破。在对文学形式的认知上，也体现了一种强烈的艺术自觉。

论新中国成立初期丁玲与一体化文学体制的冲撞

徐仲佳　海南师范大学文学院

丁玲是共和国文学体制的生产者之一。她作为"文协"的常务副主席、中宣部文艺处处长、《文艺报》主编、中央文艺研究所主任等，参与了共和国文学体制的组建与实施。但是，在这一过程中，丁玲习性中的个性主义使得她与一体化的文学体制发生冲撞。这一冲撞是涉及文学体制的核心性原则的。因此，体制对丁玲的惩罚也就十分严酷。

20世纪40年代延安文学多媒介互动与文学再生产
——以赵树理为例

王龙洋　江西师范大学文学院

20世纪40年代，因延安解放区的农民文盲率极高，以文字为媒介的小说无法被农民读者直接阅读。赵树理以农民为写作对象，但农民无法阅读他的小说，这导致小说作者拟想的读者和实际的读者并不一致。但小说通过视听媒介的转化，深入影响了农民的日常生活，农民以一种间接的方式成了小说的"读者"。媒介形式的转换导致小说文本传递的意义被再生产，形成40年代解放区多种话语叠加的独特现象。毛泽东新话语、五四话语与农民话语之间形成一种错综复杂的关系。这种复杂的关系在赵树理的小说中表现出来就是小说文本存在着缝隙，在这些缝隙中潜藏着这种话语形态，并彰显着它们之间的复杂关系。

钱锺书与中国现代批评的困境

邵宁宁　海南师范大学文学院

作为批评家的钱锺书，对中国现代文学却一向甚少评说。但从早年对于《落日颂》的批评，到《围城》等作品中的"小说中之谈艺"，20世纪50年代围绕卢弼诗评价的书信往来，以及晚年奖掖后人时的"语多夸饰"，亦可见出一种曲折的批评心理和批评策略。中国现当代的文学批评，常摇摆于某些特定的伦理要求与美学原则之间，自其摆脱简单的比附政治要求之后，各式各样的人情困扰，渐成陷其于困境的重要因素之一。钱锺书始终是现代中国坚持将美学原则放在第一位的人，虽然亦不免屈于语境，多有曲折，但他在各种场合对"谈艺之公论"的坚持，至今仍对当代批评如何突出人情之围，有效维护批评标准的美学有效性与绝对性，具有深刻的启示意义。

"无用"的"狷者"方鸿渐

赵新顺　安阳师范学院文学院

方鸿渐不仅是《围城》的主要人物，而且是"视角人物"。研究者多引用《围城》人物及叙述者的话语，评价方鸿渐为善良、懦弱、无用之人，无意间认同了《围城》人物及叙述者信守的日常生活原则。但是，方鸿渐不是"用人"，所以无用；他是一个"无用之人"，即具有真性情及自由意志的"狷者"。"狷者"方鸿渐以其"狷者"的眼光（视角），巡视其他"有用之人"，扫视了战时中国的乡村与都市的众生，浸透着作者对国家民族命运的慨叹与忧世伤生的感情。"狷者"还敞开了"狷者"的心路历程。作为视角人物，"狷者"方鸿渐的无能及道德水平忽高忽低，极易与读者沟通，召唤理想读者参与创作，这是《围城》实现审美价值的独特之处。

"人生边上"：观察钱锺书和杨绛创作风格的一种视角

孙良好　金千千　温州大学文学院

作为终身伴侣的钱锺书和杨绛，拥有着共同的人生经历和相似的价值观，但创作风格同中有异。一个是过了而立之年就在"人生边上""写"，一个是耄耋之后才到"人生边上""走"。一"写"一"走"点睛式地道出了两人的创作风格。本文即以"写"和"走"为中心，展开对钱、杨创作风格的研讨。

离散张爱玲与恒常中国性

沈庆利　北京师范大学文学院

张爱玲创作与中国历代文人在离乱变迁、家国流散中的凄婉哀唱一脉相承，表达出一种"无家可归""无国可依"的刻骨铭心的悲哀。她与鲁迅等五四文化先驱颇为相似，都以西方化的现代视角审视着传统中国社会的病态畸形。然而"洞明世事"和"看穿人生"的张爱玲毕竟没有鲁迅式"反抗绝望"的情怀，她在塑造着一个个"道地的中国人"形象的同时，与笔下人物一起沉溺于世俗人生而"自得其乐""避苦趋乐"。她的作品揭示出历经沧桑变迁却"顽固不变"的中国人特有的文化心理习性——在"不值得"的感喟中"依然（饶有兴味）活着"！她那既"怨世"又"恋世"的复杂体验，则与中国文人士大夫的抒情传统最大限度地实现着契合。

张爱玲作品同名的戏曲剧目考释

胡明贵　闽南师范大学文学院

张爱玲受传统戏曲影响比较直接的证据，是其与戏曲同名的作品及她在散文中提到多部戏曲剧目。其与戏曲同名的作品有《金锁记》《雷峰塔》《华丽缘》《霸王别姬》《连环套》《鸿鸾禧》，其根据戏曲名而改造冠之于其作品是小说《殷宝滟送花楼会》，受戏曲内容或唱词启发而冠名的小说是《十八春》。这些戏曲的剧情如何？它们对其创作的影响又如何？这些问题都值得我们探讨。因此，为进一步推动对这些问题的研究，本文对张爱玲作品与同名或相关的戏曲剧目做一些小小的考释。

从《重返边城》的中英文改写论张爱玲的后期创作

任茹文　浙江越秀外国语学院

"A Return to the Frontier"是张爱玲1963年发表在美国 *The Reporter* 杂志上的英文游记，1982年前后，在美的张爱玲用中文重新将其译写为《重返边城》。二十年之久的时间跨度与张爱玲唯一的一次港台之行让这篇长文在后期张爱玲的创作中显得尤为特别。从"A Return to the Frontier"到《重返边城》连接起后期张爱玲在美前期的英文写作与最后二十年回归中文读者圈这样不同阶段的创作，阅读对比中英两个版本的书写差异，或可明辨后期张爱玲创作心理的转变。

多重关系中的地方风物
——以梁山丁的《绿色的谷》为中心

李松睿　《文艺研究》编辑部

在20世纪40年代的东北、华北沦陷区文坛上,最能引起作家、批评家长时间讨论与关注的,是所谓表现"大部分人的实生活,我们这块乡土的"乡土文学。由此引发的问题则是,那片广袤的土地和独具特色的地方风物,为什么让沦陷区作家如此着迷,并使之成为反复书写的对象?在他们对地方性事物的描绘背后,又蕴藏着怎样的创作意图?他们笔下不断渲染的地方色彩究竟发挥着怎样的功能?本文将以沦陷区作家梁山丁写于20世纪40年代的长篇小说《绿色的谷》为例,就这一问题展开论述。考察它所经历的变化过程、研究者对它的阐释方式,以及作品自身的叙事结构等方面的内容,并以此为基础来分析地方风物在20世纪40年代沦陷区小说创作中所具有的意义、发挥的功能。

吴趼人、张资平的市场化写作

巫小黎　佛山科学技术学院

吴趼人与张资平是文学史上备受争议的两位著名作家。不但创作产量大,而且传播广。社会评价褒贬不一的原因相当复杂。市场化视域下需要重新认定文学的本质、何谓作家等问题,作家及其作品的社会价值也有重新评价和认识的必要。以科举时代的文学标准去要求市场化语境下的作家,并遽然对其文品与人品下断语,是很危险的。

论张恨水小说中的戏曲叙事

黄 静 安徽师范大学文学院

张恨水将戏曲元素融入小说创作中，形成多元的戏曲叙事，具体包括三个层面：一是戏曲文本内容介入小说叙事之中，如戏曲穿插即类似"戏中戏"的结构来暗示情节发展及人物命运，运用戏曲唱词来揭示人物性格及心理；二是借鉴戏曲文本创作的某些技巧，如运用巧合、误会以及"自报家门""余韵"等来组织小说；三是借鉴戏曲舞台的演出特征，如运用表演及舞台的写意性来虚写情节，运用道具、小动作来揭示人物情感及心理。戏曲叙事不仅使张恨水小说充满浓郁的戏曲文化魅力，也为现代小说融合、转换传统戏曲资源提供了一种借鉴。

论新写实主义背景下戴平万的小说创作

黄景忠 韩山师范学院文学与新闻传播学院

1928年，左翼作家开始提倡藏原惟人的新写实主义，以代替早期的"革命罗曼蒂克"文学，戴平万是最早实践这种创作路径并创作出优秀作品的一个标志性的作家。1930年以后的戴平万，不再采取弱势阶层与强权阶层二元对立的叙事模式，而是构建一种成长或者转变的叙述模式——这也是戴平万贡献给左翼文学的一种写作范式。他叙述的焦点开始由矛盾冲突和事件转移到人物的成长，转移到人物的心理变化过程，作者也比较注意人物性格的丰富性与复杂性的描写。他的创作，对推动普罗文学迈向新写实主义之途起到了一定的示范与推动作用。

黄药眠前期小说创作管窥

林分份　北京师范大学文学院

黄药眠前期的小说作品传世者不多，但目前发现的几个短篇和中篇单行本，在题材内容、艺术风格上表现出来的整体面貌，既是其创造社时期思想信仰、文艺主张的个人呈现，也是彼时创造社、太阳社等"革命文学"的共同征候。此外，这批小说在题材、主题、文体、语言等方面的尝试与实践，成为其后期小说创作的准备，更为20世纪三四十年代黄药眠文艺上"中国化和大众化"的理论与实践奠定了基础。

新诗文化：概念、定位及问题意识

吴投文　湖南科技大学人文学院

在新诗研究中，新诗文化研究是一个有待拓垦的新领域。提出新诗文化这一命题具有历史依据和现实意义，可以为解释新诗的历史合理性打开一个新的视野，可以促进新诗趋向更成熟的创新形态。新诗文化既具有在诗学理论层面探讨的价值，也具有实践应用价值。对新诗文化的整体性研究需要问题意识的带动，而问题意识来源于现实文化情境的激发，因此，探讨新诗文化是与当前的文化现实紧密结合在一起的。

中国现代诗学回视

——兼论"诗言志"与"诗缘情"

王淑萍 河南财经政法大学

当回视中国现代诗学的发展历程时,我们惊奇地发现"主情""主智"与中国古典诗论的"诗言志""诗缘情"有着惊人的一致。如果说古典诗论是沿着由理性言志到感性抒情形成两大路径,完成了中国诗论由读者向创作的转变;那么中国新诗在诗体大解放的背景中产生以来,在创作论的视域中,以白话新诗为起点,由早期象征诗到新月诗,由20世纪30年代的现代派到中国新诗派,从"五四"时期到40年代历经近三十年的艰辛努力,走过了由主情到主智的发展转变,特别是袁可嘉把经验与新诗的现代性建立起联系,强化现代诗人的现代意识、促进新诗现代诗品的生成,完成了由传统诗学到现代诗学的彻底转型。

民国新文学史著与中国现代新诗的"历史"言说

仲 雷 东莞理工学院教育学院

在中国现代新诗的传播与接受的过程中,文学史一直发挥着至关重要的作用,尤其在新诗合法性地位的确立与经典化的问题上,更是具有裁断新诗历史和影响新诗传播效果的权力。中国现代新诗的文学史书写始于民国时期。民国多元性的文学格局和话语空间,使新文学史著的编纂处于自由状态,文学史对新诗的书写呈现出多元共生的叙述形态,具体表现在以进化论文学史观、启蒙意识、审美精神和大众化倾向为中心的书写策略上。由于民国时期文学史的书写与现代新诗的发展同轨而行,民国新文学史著对新诗的"历史"言说具有片面性和当下性,无法勾勒出现代新诗的发展全貌,新诗入史存在难以解决的历史局限。

新诗现代化语境下的民间进程批判

吴 凌 贵阳学院文化传媒学院

新诗的民间化就是指现代新诗在某一特定时期之内,在非正统和非主流的诗歌因素中甚或在非诗歌的文学因素中吸取养分,自觉或不自觉地推动诗歌的内在精神与外在形式不断变化的过程。在新诗现代化的语境之下,要科学地界定"民间"和"民间化"及其诗学功能,既不能将传统与主流、现代与非主流简单地等同划一,也不能把传统与现代、主流和非主流绝对地对立;现代新诗的"民间化"思潮与"现代化"进程是相互关联的,"民间化"倾向直接作用于现代新诗的形式本体和精神本体,"民间化"思潮对新诗"现代化"的影响贯穿了新诗发展史的始终;以"民间化"思潮在特定背景下的"现代化"和"反现代化"倾向为依据,新诗的"民间化"和"现代化"进程的关系绝不是单纯的顺向或逆向的推动关系。

新诗韵律认知的三个"误区"

李章斌 南京大学文学院

在中国现当代诗论关于新诗韵律的认识中,存在三个认知"误区":一是将"格律"与"韵律"甚至"形式"混为一谈;二是以为韵律的形成必须依靠诗行的整齐或者押韵;三是认为自由诗就是一种"没有韵律"

的诗。这些认知误区的根源在于，在诗歌形式的大变革时代，人们有意无意地将过去较为固定、整齐的格律形式当作了诗歌韵律形态的全部，而忽略了格律诗兴盛之前以及格律瓦解之后的韵律形态，即非格律韵律。我们认为，韵律的基础在于语言元素在时间中的重复，而格律只是这种重复的形态之一而已，格律与非格律韵律的根本区别在于是否形成了固定的、周期性复现的结构。格律诗通过节奏"模型"在读者心中建立"可预期性"，而自由诗的韵律（即非格律韵律）是不固定的，缺乏可预期性，这对读者和整个韵律学研究既是挑战，也是启发：它要求我们时时注意韵律结构的个体性与自足性，回到诗歌节奏的具体真实之中。

蒂斯黛尔与中国新诗的节奏建构

王雪松　华中师范大学文学院

对于中国新诗来说，蒂斯黛尔是一个具有特别意义的诗人。胡适、闻一多、郭沫若、罗念生等人都翻译或改译过她的诗歌，为我们研究白话语体诗歌的节奏建构提供了一个有典型意义的样本。通过细读这些译作，可以发现中国现代诗人对于英文原诗的接受和改变情况，特别是在意义节奏、情绪节奏、声音节奏、视觉节奏方面进行了各自建构，呈现的节奏效果也有差别。胡适翻译的策略是按己所需选择诗料、裁剪诗意，追求明白晓畅的意义节奏，在声音节奏上创造性运用"阴韵"方式，注重新旧之别；闻一多注重音、意、形的和谐，在视觉节奏上细心经营，同时注意利用声音节奏来引导和节制情绪节奏；郭沫若的译诗中主体情绪外化，因借鉴西方的语法句式而显得意义节奏紧密严谨；罗念生在翻译中特别注重"轻重"节奏的运用，较好地传达了原诗的意蕴和情调。

神性与诗意：燕京大学"基督教新文学家族"考述

汤志辉　湖南大学文学院

本文提出了燕京大学"基督教新文学家族"这一概念。论述了这一文学家族是以燕京大学刘廷芳、赵紫宸、陆志韦为主的三家，通过血缘、联姻及"拜干亲"等方式组成，并认为这一文学家族具有"神性"与"诗意"的文化内涵，即家族成员的基督教信仰、对圣诗的译介及本土化实践、新诗创作等为其特征。在此基础上，概述了这一文学家族对新诗合乐及多样化发展的贡献，以及对燕京大学新文学发展产生的积极影响。燕京大学"基督教新文学家族"在新文学发展史上具有极其特殊的意义。

20世纪30年代新诗的节奏探求

——以陆志韦、朱光潜、罗念生和叶公超为例

郑成志　龙岩学院文学与传媒学院

20世纪30年代是中国新诗在诗形和诗质两个层面探索都非常活跃的时期。在形式秩序的寻求过程中，陆志韦、朱光潜、罗念生、叶公超等人对新诗节奏的探求，超越了20年代中期由刘梦苇、饶孟侃、闻一多、徐志摩、朱湘等人展开的新格律运动，彰显出新诗形式艺术在化古、化欧双重向度上的审美诉求。他们对新诗节奏、音韵和格律等形式质素的求索，直接、间接地成为50年代何其芳、卞之琳、王力、冯至和林庚等人对现代格律诗等新诗形式问题讨论的诗学参照资源。

"粗暴的抱不平的歌者"

——对普罗派诗歌的再认识

伍明春　福建师范大学文学院

20世纪二三十年代的普罗派诗歌是左翼文学的重要组成部分。如果说初期普罗诗歌主要展现了某种美好的乌托邦想象，那么，后期普罗诗歌则更充分地运用各种革命话语，既突出了革命主题的表现，也完成了另一种诗人主体形象的重构。

文学史中的闻一多形象研究

陈　澜　江汉大学

文学史对于文学创作者作品的阐释、评价，对于塑造文学创作者的形象起着重要的作用。本文选取了自1920年以来的37部文学史，通过梳理闻一多的形象在1946年以前、1946年到"文革"前，以及"文革"结束后三个不同时期的形象，考察诗人形象的流变，揭示其爱国诗人形象的塑造过程。

"诗的格律"的文学史意义

周海波　青岛大学文学院

《诗的格律》是闻一多论述新诗艺术的一篇经典性评论，也是民国文学文体学有关诗的文体的重要文献，它与闻一多其他论述新诗的文献一起，既是对"五四"以来新诗创作的反思，也提出了迥异于传统诗词文体和新诗文体的一种新诗格律，对诗的文体作出了明确的界定。从某种意义上说，诗的格律是对新诗创作的一种规定，也是对诗的品格的美学要求，提出了新诗的美学原则，重建文学新秩序，也是以文体形式的创造与规定重塑民族精神的艺术探求。

多变的态度与多元的诗评
——闻一多对李商隐认识转变之原因解析

李海燕　广东海洋大学文学院

闻一多对李商隐的评价经历了"指责—推崇—批评"的数次转变，其态度的游移与闻一多文化心态、艺术观念及诗歌批评标准的不断变化关系密切。早年闻一多怀抱儒家治世精神、重视艺术的实用功能、以人格批评法评价李商隐及其诗歌；留美后的闻一多对西方现代启蒙文化和唯美文化兴趣日增，他倡导艺术至上，从唯美角度品评义山诗歌；后期闻一多的文化心态、艺术观念均呈多元化特征，对李商隐的认识渐趋理性成熟。由最初主观、非艺术的态度到后期客观、多元化的评价，不同时期的闻一多在李商隐评价上表现出多种面孔，但晚年闻一多在李商隐评价上更为理性，他的诗评兼顾时代、人格、艺术、社会等多种元素，从而显现出时代性、人格化及多元化特色。

闻一多后期政治转变与西南联大朗诵诗的兴起

邓招华　河北大学文学院

1943年前后，因民众生活的艰难、严重的政治腐败和显著的社会不公等社会因素,以闻一多为代表的联大激进派教师日趋政治化,投身社会民主政治活动。转变后的闻一多对朗诵诗在联大的兴起不无催生、推引作用。朗诵诗创作及其背后的文学立场,不仅是我们考察西南联大诗人群不可或缺的一部分,也是我们深入理解联大政治文化内涵的一个重要组成部分。对于西南联大朗诵诗的发掘,不仅有助于照亮以往为本质化的简化叙事所遮蔽的历史层面,也有助于凸显中国新诗特殊的诗学压力及其具体而复杂的创作实践。

"意之曲折由字里生出"的一首诗
——读饶孟侃的《走》

施 龙 扬州大学文学院

饶孟侃的四行短诗《走》巧妙运用现代汉语的四声,细腻妥帖地传达出情绪的委婉曲折,有唐人绝句的风姿。《走》对"自然的节奏"的成功表达,昭示了诗人涵养诗情之必要,而其诗情表达之"言尽意尽",也凸显了"做"诗的局限性。

论战之文与批评效力的生成
——重审《微雨及其作者》

韩 亮 南京大学海外教育学院

作为新诗批评史上的名文,黄参岛的《微雨及其作者》对其后近百年间的李金发研究及其文学定位的形成产生了不可小觑的影响。然而,在被频繁征引的同时,这篇文章自身的背景与性质、裂隙与讹误,以及作者的身份问题却在长久以来遭到忽视。本文试图对上述问题作出辨析与厘清,并在此基础上，以比较诗学的视野剖析《微雨及其作者》中批评逻辑的实质与效力产生的根源，进而对李金发诗歌的"欧化"问题与新诗的语言革新之关系阐发新见。

废名新诗诗论观抉发

张吉兵　黄冈师范学院学报编辑部

废名的新诗理论著述有专著《新诗讲义》，论文《新诗问答》《〈周作人散文钞〉废名序》等。他提出新诗是一种新诗体，不是古典诗词的进化发展。主张"新诗应该是自由诗"，这个诗是"诗的内容"，而写这个诗的文字要用"散文的文字"。诗的内容是真确的存在，具体的存在；新诗的内容就是新诗人当下诗的感觉、诗的情绪。"散文的文字"有两层含义，一是形制上新诗没有形式，二是语言载体是白话语体；新诗的语言是发展进化的。废名的新诗诗论观的形成，其渊源多样，包括周作人的白话语言观，胡适的白话诗论，废名本人对于古典诗词、西方诗歌的阅读经验，等等。施蛰存对于现代诗歌内容、材料的论述补足了废名关于"诗的内容"阐述的薄弱方面。

废名对进化论的反思与质疑

陈建军　武汉大学文学院

废名著《阿赖耶识论》，意在破熊十力的《新唯识论》，但他一开始却以摧毁进化论为目标。他对进化论的驳斥，是在"质疑生物进化论""质疑社会进化论""质疑唯科学主义"等三个相关层面展开的。废名以不无偏激的言辞表现了一种较为保守的文化姿态，其思想中明显带有民族主义的情结和反现代性的倾向,但对于我们重新认识和深刻反思唯科学主义特别是进化学说有一定的启示意义。

文学批评视域、有机知识分子与文学话语权斗争
——论黄震遐的长诗《黄人之血》
姜 飞 四川大学

黄震遐参与民族主义文艺运动,其民族主义认知也不全是作为国民党政治意识形态的孙中山演说的"民族主义",而是深受傅彦长"艺术的文化"观念和特殊的"民族主义"观念影响。考察其基本的思想结构,黄震遐的"民族主义"既有与官方民族主义的一致的、一般的方面,也有与官方民族主义乖离的、特殊的方面。在长诗《黄人之血》中,黄震遐民族主义的一般性和特殊性均有较为突出的体现。

覃子豪赴台时间考与集外诗文四篇
程桂婷 汕头大学文学院

笔者在1947年3月的《联合晚报》上发现台湾诗人覃子豪四篇佚文:诗歌《雾河》与《雨天的村庄》、散文《动荡中的台湾——台湾印象回忆》与《文化统制在台湾》。这四篇文章未收录于《覃子豪全集》,也未见有研究者提及,但却具有较重要的史料价值。特别是与台湾有关的两篇佚文为考证覃子豪第一次赴台的时间及文化活动提供了重要线索。现有资料多认为覃子豪于1947年赴台,而从佚文中显示的行程推算,覃子豪早于1945年12月7日赴台,打算创办《太平洋报》台湾分版。同时,这两篇

佚文对陈仪接收初期的台湾，从经济政策到文化统制、从报刊出版到乡村教育、从地方领袖的认知到普通民众的生活等，都有深入而生动的描述，为考察台湾光复之初的政治、经济、文化以及台胞生活等情形提供了丰富信息。

论初期《星星》诗刊的组织管理

王学东　西华大学人文学院

《星星》诗刊作为新中国创刊最早的"专门的诗刊"，我们特别关注她的"同仁色彩"，认为她就是星星编辑部的"同仁刊物"。然而，作为四川省文联主管的"第二个刊物"，她本身又是一个典型的官方刊物。《星星》诗刊的管理，除了有星星编辑部这一个运行机构之外，还有作为监管机构的星星编委会，以及作为主管单位的四川省文联，是这三级机构一同参与到了《星星》诗刊的运行和管理中。通过对《星星》诗刊组织管理的分析，不仅还原了《星星》诗刊的"官刊"身份和管理方式，更能完整地呈现新中国成立之初文艺期刊的运行机制。

民国新诗选本在20世纪80年代的重印出版

白　杰　太原师范学院

进入20世纪80年代，部分民国时期的新诗选本获准重印出版。它们虽然大多被列为"史料"或"参考资料"，以限定在纯粹的学术空间，主要供高校教学科研之用，但还是在相当程度上修复了残损严重的新文学版图，强化了文学的自主意识和知识分子的独立身份，更新了新时期诗歌的诗学谱系、价值坐标和艺术参照。这些选本充分利用新时期独特的社会政治语境，积极协调文学与意识形态之间的关系，其间既有分歧论争，也有共谋合作，深层次体现了文学场域与政治场域的复杂关联。

博物凝思：技术世界的读物艺术
—— 《凤凰》《随黄春望游富春山居图》的"长诗"文体论

王书婷　华中科技大学人文学院

文体、语言形式，一百年来一直是现代汉诗研究的核心和疑难问题。21世纪以来，一种新的、引人注目的写作现象——欧阳江河、翟永明等人在2012年前后的一批长诗写作《凤凰》《随黄公望游富春山居图》集体涌现——提示了一种更具开拓性的文体探讨视野：不仅在文学内部跨越文类意识，在人文学科领域跨越学科类别，并且在文学与科学之间跨越学科分野的阅读与批评视野——一种"博物诗学"的文体研究视野。《凤凰》与同名装置艺术作品的同构、差异与互文，《随黄公望游富春山居图》与同名画作形成的嵌套互文性的"画中画"的繁复新异表达，都是不约而同地在文学与博物学之间的互文互释中，再度全新诠释传统文学中的"咏物"诗脉，同时用一种现代的"博物凝思"的文体意识，对物质文明、技术世界、读图时代、现实症结同时进行思想上和艺术上的"博观约取""名物读图"，从而能在新的时代背景下用更贴切透辟的文体呈现和更敏锐宏观的思维图式，呈现出人类对城市空间、集体力量、文明开拓的既沉重现实又飞扬诗意的认知、重构与想象。而这种文体观也展现出"博物纪史"的雄心：诗歌的文体探索，不仅关乎诗歌史，也关乎艺术史，更关乎人类文明发展史。

论中国现代散文叙述主体的多重性

孙景鹏　福建师范大学文学院

与小说的叙述主体不同，散文的叙述主体具有多重性。首先，从"散文叙述主体与叙述者和作者的关系"来看，散文叙述主体大体存在三种状态，即叙述主体是作者本人、叙述主体是叙述者、叙述主体是作者和叙述者的结合体；其次，从"散文叙述主体的意识层面"上看，散文叙述主体大体具有三个层面，即有意识层面的叙述主体、无意识层面的叙述主体、潜意识层面的叙述主体。深入分析中国现代散文叙述主体的多重性，不仅能窥探到散文叙述学的奥秘，而且能为更好地解读散文、分析散文提供一种较为有效的方法与路径。

现代旅美散文中的中国形象建构

吕周聚　山东师范大学文学院

20世纪上半叶，中国现代作家、记者到美国旅行，写下了大量的散文游记。这些作品的主要内容是记述作者在美国的所见所闻，充满对美国现代社会发展的羡慕与赞扬。与此同时，在这些作品中也出现了中国形象，这个中国形象主要是在与美国形象的对照中存在的，或者说是美国这面镜子中折射出来的中国形象。现代旅美散文中的中国形象经历了一个发展变化的过程。早期的旅美散文中呈现出来的中国是一个弱国的形象。40年代的旅美散文中的中国形象发生了很大变化，由于中国人民在世界反法西斯战争中所做出的重要贡献，中国在美国人心目中的地位日益提高，中国成为世界四强之一。现代旅美散文通过美国与中国形象的对比，发现了中国所存在的诸多问题,作家们从对海外国家形象的不满说起,提出建构国家形象的措施与办法。

20世纪40年代中外行记中的"红色中国"

孙 强 西北师范大学文学院

20世纪40年代,关于延安的中外行记,打破了国民党的新闻封锁,通过亲身的体验和观察,获得了有关边区的权威资料。尽管写作者的政治立场和思想倾向不尽一致,但大多能够以客观的态度,在忠实记录的基础上,描绘了新中国雏形的最初印象,塑造了民主与战斗的"红色中国"形象。体现了人们对中共在抗日战争中获得广大知识分子及根据地群众支持这一事实的赞赏。

周作人的"儿童文学"观念的发生

——以日本影响为中心

朱自强 中国海洋大学文学与新闻传播学院

中国儿童文学史的发生有着先有理论、后有创作这一重要特点,使得中国儿童文学史研究对"儿童文学"这一观念的考察变得尤为重要。周作人是中国儿童文学理论的奠基人。清末民初,他引来西方关于"儿童"的现代观念,建构了"儿童本位"的儿童文学观。"儿童本位""儿童文学",是两个对于中国儿童文学的发生都具有根本性的关键词语。周作人使用的这两个关键词语,在其所阅读并予以重视的两本日文书籍《应用于教育的儿童研究》《歌咏儿童的文学》里都出现过,完全可以推断,这两个关键词语是周作人直接从日语借用过来的。周作人的"儿童本位"的"儿童文学"观念的产生，除了受到日本的影响之外，其"儿童本位"的情感也受到了日本文学表现儿童的俳句、小说、随笔的影响。因此，对中国儿童文学的发生期的研究，有必要重新估价来自日本的影响。

身负种业的"遗传"及作为外缘的"教育"
——20世纪10年代周作人对于儿童理论的阅读和实践兼及其日本经验

王 芳 中国社会科学院文学研究所

20世纪10年代初，周作人阅读了大量当时最先进的儿童教育成果，这些成果大多是进化论的下游学说，其中"遗传"（heredity）与"教育"（education）是一对相辅相成又时有矛盾的教育准则，因为与彼时中国"传统"与"启蒙"的微妙关系同构，以及彼时周作人对于"种性""种业"等概念的重视，故而激荡出了较之学说源头更为复杂的思考和话语；同时，初为人父、同时初为人师的周作人，通过对玩具的购买和研究（包括田野调查），亲自实践了这些蒙养理论，而通过对"尚武的玩具"的讨论和书写，周作人和其兄鲁迅也呈现出对于遗传和教育两种因素关注点的差异。

"诗言志"与"文以载道"论辩的历史审度
——周作人散文创作理论与批评研究

庄 萱 福建师范大学文学院

"诗言志"与"文以载道"，或称"言志派"与"载道派"，是周作人散文创作理论与批评的两个关键词，也是周氏研究中国文学/散文史的一对重要范畴。长期以来学界对其褒贬不一，表现出颇难究诘的复杂性。

进入新时期，论者褒多于贬，也不乏新见，但大凡忽略对周氏持论的客观的历史审度与评判，或黏滞于周氏与当年个别论者论辩的是非功过。本文拟一面评述周氏原初的立论及其观点的演变，一面从双方的论辩中寻绎出有益的史论经验与教训。

论林语堂对中国文化传统的阐释

肖百容　湖南师范大学文学院

现代中国作家们对中国传统文化的传统阐释尽管大多不成理论体系，却往往能抓住历史烟云里生动有趣的人事，构建别具一格的传统风貌。本文以林语堂为典案，通过分析其阐释传统的路径、话语体系以及人文情境，试图揭示其传统阐释的独到之处和价值意义。林语堂通过文化闲谈、故事讲述、未来想象等路径，操持启蒙主义、人文主义、生态主义等话语体系，阐发出了正统方式所无法揭橥的历史真相和人文识见。他的传统阐释是多元的、不固定的，这与现代多变的价值观念和生活环境有关，也是人文阐释的魅力所在。影响林语堂传统阐释的既有时代、语境等共性因素，也有道德情境、生活情境以及生理情境等个性因素。

"智慧人物"的"智慧"

陈煜斓　闽南师范大学文学院

80年前的生活追求，今天赢得了东西方社会的共鸣和推崇——这就是林语堂的智慧！在民族生死存亡问题上，能表现出敏锐的观察能力、睿智的判断能力——这就是林语堂的智慧！融合中西的学养内涵和知性表达，拓展现代散文的审美领域，开辟现代散文文体探索的新路——这就是林语堂的智慧！寥寥数语，以思想者语言的灯塔给航行者以深切的眷顾和高远的指引——这就是林语堂的智慧！始终保持清醒的意识、平衡的心境，对中国文化精神有着宽大自由的态度，而不是走"无理的急进"和"无理的复古"的两个极端——这就是林语堂的智慧！

林语堂研究在韩国

魏韶华　青岛大学文学院

韩相德　韩国庆尚大学文学院

1968 年，林语堂参加了在首尔举办的第二届世界大学校长联合会以后，他的作品开始在韩国翻译并出版，逐渐引起韩国学者的关注。韩国学者对林语堂的译介与研究呈现出与中国学者不同的样貌，与西方学者比较又表现出独特的东亚性。对中国学者不失为一种特别的镜像。韩国学者多从"哲学与文化""语言学""翻译""作品"等方面切入。

极度敏感的"人间爱"信徒

——"人的文学"时期朱自清"人间感"的发现与塑型

张先飞　河南大学文学院

现代中国体验的全新探索与塑型，始自服务于五四现代人道主义社会改造思潮运动的"初期新文学"。作为"初期新文学""人的文学"时期的代表作家，笃信现代人道主义的朱自清迈出校园后，初次面对真实社会，生发出各种真切、具体的独特人生体验与感受：不仅有对人类兄弟之爱的真情流露、对自我生命存在的敏锐体察，最突出的还有"五四""新人"遭遇漠视理想"人间爱"的现实的悲哀、无奈、激愤。朱自清在体验和表现面对实际人生的新感受时，显现出超乎常人的敏感与异常激烈的情感反应，其"可惊的感受性"的精神特质与创作风格使他成为"人的文学"时期最具有普遍代表性的作家。

人文主义视野下徐志摩散文中的现代国家意识

黄红春　南昌大学人文学院

徐志摩对现代文学有独特的贡献。改革开放四十年来，经过拨乱反正、思想解放，其文学成就得到重新评价，但主要局限在诗歌和抒情散文方面，而其他类散文包括书信、游记、杂感和政论文等受关注不够，更缺乏对这些散文中所隐含的家国情怀和政治理念的学理性分析。在人文主义视野下重读徐志摩散文，审视其现代国家意识，能更好地理解一代知识分子对现代中国的忧虑和愿景，及其思想的进步和局限，并为当下实现中华民族伟大复兴的"中国梦"提供镜鉴。

现代知识分子的"着装"：
生命体验与文化身份
——《吴宓日记》中的"长袍"与"拐杖"意象

肖太云　长江师范学院重庆当代作家研究中心

服饰是穿在身上的历史。它既是社会的一面镜子，又寄寓了着装者的生命体验与文化诉求。吴宓一生爱穿长袍，爱拄拐杖，这也成了《吴宓日记》中的一种意象。民国时期，吴宓以"长袍+西裤+皮鞋"中西结合型的着装为主，有着亦中亦西的文化意图。新中国成立初期，又以中山装式样的人民装（亦称"毛装""工作服"）为主，体现了"以同俗而自晦"

"蕃身汉心庸何伤"的文化心态。吴宓有着强烈而执着的长袍、拐杖情结，历史的吊诡之处在于，这时期吴宓的长袍、马褂和拐杖常借给他人作为表演的道具，被作为文化身份的指认和投射。与其同时代的陈寅恪等知识分子也有相似的着装方式，有着相近的生命体验与文化心理。着装方式或许是他们的一种文化"寻名"和"证名"。

京海合流的先锋派——20世纪30年代的章衣萍

陈　啸　中南民族大学文学与新闻传播学院

章衣萍是一个明显有着"海派"倾向的"京派"作家，在20世纪30年代京海合流的过程中，也是迅速地由"京派"蜕变成"海派"的一个典型作家。品读章衣萍的文与人，大可管窥出那个特定时代特殊背景中"另类"文人的精神状态及其所表征的时代镜像，也足以引发我们对那个时代的回望与思考。

瞿秋白与中国左翼文学思想的现代进程

傅修海　华南农业大学文法学院

中国左翼文学批评作为共产主义革命中国图景的构成部分，此一现代进程与瞿秋白密切相关。尽管瞿秋白文艺思想始终贯穿着古典与现代的绞缠，然就中国文学现代化而言，他不仅译介了第一批较为纯粹的马克思主义文艺理论，也带来国人对马克思恩格斯文论的列宁式和中国古代文论式的理解；他不仅是中国马列文论本土化进程的实践者，也是中国现代新文艺政策的早期设计者。他对中国现代文学批评和文艺思想进程的介入、策划和实质领导，更促成中国现代文学批评乃至中国现代文艺思想的左翼转折。

论冯雪峰的同人文学观

柳传堆　三明学院文化传播学院

冯雪峰有着比较丰富的同人结社和办刊经验。他在《论民主革命的文艺运动》中认为，"有某种广阔限度的共同纲领的全国的或地方的统一战线的团体"与"更为自由自在地发展的各种小团体"之间应当互为补充、和谐共处、共同发展。受毛泽东"百花齐放，百家争鸣"方针的鼓舞，1957年，他与几个同道者拟办一个同人刊物，结果被控以"密谋筹办《同人刊物》，企图搞垮《文艺报》"的罪名，这给他本来就已经坎坷的人生道路增添了诡谲的变数。步苏俄文艺一体化之后尘，中国当代文坛一体化的主要标志是社团、刊物行政化和作家体制化。中国文联和中国作协的党组强调的是文学生产与文学流通的一元化，所以从"反右"到"文革"结束期间，凡是倡导同人刊物的人都在劫难逃，同人社团、同人刊物由此成了当代文坛的一个沉重的话题。

周扬与日本文化关系述略

吴　敏　华南师范大学文学院

周扬是中国现当代文学史、文化史里的复杂现象，其复杂性可以从多个领域和侧面、不同历史时段的事件和人物关系等许多方面来考察和研究。本文试图从"周扬与日本文化关系"的视角来梳理日本现代文化在不同时期对于周扬思想情感的影响。20世纪30年代前后，周扬接触了日本左翼文化思潮，他领导的后期左联与东京支盟、中共东京支部保持了较为密切的联系；60年代前后，周扬提出的"东方文化复兴"想法在国内遇冷而在中岛健藏等日本文化人那里得到了知音；1979年访问日本对于周扬有很大的冲击力，影响了他关于"无产阶级/资产阶级"等诸多问题的思考。在国内常常高位、高调、不近人情的"文化官僚"周扬在与日本的多元文化交流中，却流露了不少朴素的真情实意，与一些日本文化人建立了深厚的友情。在日本现代社会的"他者"比照中，周扬晚年产生了若干难于明言的个体化思考，更多地还原为一个"文化人"的周扬。

柳青与胡风文学关系探究

郑鹏飞　宁夏师范学院文学院

长期以来，学界在研究柳青、胡风（乃至"七月派"）时，未曾注意到并充分重视二者间的文学交往事实，更缺乏从"延安文艺"和"左翼文学"之间密切关联这样的宏阔视野来关注这一问题。事实上，史料显示，柳青和胡风之间的文学交往主要呈现三种方式，即1940年以"编者—作者"身份发生的文字交往；1949年至50年代初胡风对柳青的"读其书、识其人、评其文"；60~70年代胡风对《创业史》（第一部）的关注、欣赏及对柳青在"文革"中不幸遭遇的感愤。二人的交往不仅是他们之间纯粹的人格魅力相互吸引的呈现，在很大程度上也是"左翼文学"与"延安文艺"在40~70年代深层互动的一个缩影和窗口。

《永嘉室杂文》内外的郑骞先生

汪成法　安徽大学文学院

《永嘉室杂文》是郑骞晚年编订的文集，内中提供了不少有关现代中国的文史信息，尤其是他与未名社成员之间的关系值得注意。郑骞与鲁迅、周作人兄弟之间的关系，以及与台静农之间的关系，对他抗战期间的人生选择有着非常直接的影响，进而影响到他后半生在台湾地区的工作与生活。《永嘉室杂文》所收录的学术随笔，在一定程度上也展示了郑骞在学术研究方面的特色，因而对认识郑骞具有相当重要的参考意义。

论曹禺抗战后期的戏剧创作

刘继林　满　佩　湖北大学文学院

抗战后期曹禺的创作转向，既源于他面临"写不出"的创作困境时寻求突破的主观意愿，又源于彼时所处的现实环境尤其是战争政治环境对其创作的影响。不过不论是由于主观意愿还是为了应对外在因素而被迫作出的转变，都表明此时曹禺失去了前期创作时所秉持的"非功利性"诗化理念：他不再从情感冲动出发来抒写生存的苦闷，而是追求理念上的"现实"性和题材上的"创新"性，亦步亦趋地追赶时代潮流。这样一来，他的创作虽然暂时摆脱了抗战后期"写不出"的困境，却陷入了此后"写不下去"（《桥》）、"写不好"（《艳阳天》）的困境。也正是由于对外部现实的过度关注，对于政治和时局的过度敏感和热情等原因，曹禺抗战后期创作的政治性、现实性在不断加强，而思想性、审美性、艺术性却难以与其前期的创作相比，这也是曹禺现象的"悲剧性"所在。

《新青年·易卜生专号》出版、《华伦夫人的职业》演出失败与中国现代话剧发生中的错位
——一种基于文体学的文学史叙事

梁　艳　华东师范大学中文系

话剧是20世纪中国文学中全然"外来"的物种，中国话剧的发生由

此也成为 20 世纪文学史叙事中的一大关节。在新剧逐步衰落后，中国话剧是如何发展起来的？学界普遍注意到《新青年·易卜生专号》与中国话剧起源的关系，但事实上，易卜生的现实话剧并不是行云流水般地成就了中国话剧的发生。文体上的特殊性决定了中国话剧的发生并非如同小说诗歌散文那样直接走向"现代文学"道路，而是在"剧作"与"演出"、"作者趣味"与"接受期待"、"形式创新"与"观众生产"、"政治性需求"与"审美性需求"的错位与纠缠中发展的。

论汪曾祺戏曲创作的发生和推进

徐阿兵　福建师范大学文学院

尽管与戏剧结缘较早，但在 20 世纪 50 年代以前，汪曾祺在戏剧活动中所获得的审美体验，主要来源于戏剧演出的形式感。50 年代以后，在小说创作无法施展的苦闷中，在知识分子与时代政治之关系日趋紧张的焦虑中，汪曾祺偶然借用戏曲这一文体形式，隐秘地宣泄心理焦虑，寻求自我疗救。接踵而至的非常遭遇，既强化了汪曾祺对紧张与焦虑的体验，也将其创作戏曲以自我疗救的偶然举动强化为某种心理定式。心理宣泄与自我疗救，不仅是打开汪曾祺戏曲创作动机的密钥，也是解读汪曾祺创作与时代关系的必经之道，更是深入认识汪曾祺的重要线索。

那座日渐消失的城池

——汪曾祺笔下失落的北京文明

陈佳冀　江南大学人文学院

"京派作家"汪曾祺写了大量的散文小品、短篇小说，来讴歌老北京的人情风物。饱含着对北京城的热爱，同时又潜藏着汪老的眷恋、感喟与哀伤。眷恋旧时街头巷尾如今却无从寻觅的京城味道，感喟这座历经百年沧桑的老城在现代文明的冲撞下一点点坍圮，哀伤这座古老城池的古老文明日渐消逝却再无恢复之日。

"1949～1966年"文学中感伤的革命英雄叙事

王文胜　南京师范大学文学院

1949～1966年间，个别作家写出了一些感伤的革命英雄叙事。虽然这些文本的作者不能完全摆脱当时政治文化的影响，但由于他们内心有对生命存在的敬重，有面对自己复杂内心世界的真诚和勇气，他们也在一定程度上超越了时代的限制。

十七年时期的乡土抒情
——以秦兆阳的创作为考察中心

魏宏瑞　南京信息工程大学语言文化学院

现代乡土抒情小说是重要的小说类型。在十七年，抒情被逐渐放逐。秦兆阳在十七年的创作以抒情乡土小说见长，从《改造》到《农村散记》再到《沉默》，从人物选择到审美风格提倡再到对现实积极介入的批判精神，可以看到秦兆阳对小说创作的思考与追求。然而这些作品发表后都受到了批判。批判精神的退出、抒情的被放逐、人物设置的格式化，由此十七年农村题材小说成为一个具有特定指涉的小说类型。

一个人的舞蹈
——论王蒙的精神个性与小说创作之关系
温奉桥　李萌羽　中国海洋大学

王蒙的诗人气质和敏感个性决定了他是一个长于内心表达的主观型作家，同时深刻影响了王蒙对现实的把握方式，及其小说创作的审美趣味和文本形态。当王蒙的个性气质与审美经验契合时，其创作表现为统一的美学风格；反之，则呈现出复杂的审美形态，进而形成了王蒙小说的"杂色"风格。

激情与苦难：历史记忆的沧桑
——王蒙"季节系列"小说研究之一
张岩泉　华中师范大学文学院

历史记忆和在此基础上进行的历史反省、历史批判是王蒙创作"季节系列"的重要动机。在《恋爱的季节》中，王蒙主要通过钱文、赵林等人的恋爱与革命故事，具体呈现了"共和国黎明期"政治激情、青春心态、革命想象的高度同构；揭示了激情与苦难的共孕机制及转化过程，显示了作家反观历史的冷静、反思革命的智慧。

张洁与20世纪80～90年代

刘慧英　中国现代文学馆

张洁是与改革开放同时登台的女性作家,初出茅庐时已届中年,这使得她在人生经历上积累颇丰而在文学修炼上尚欠火候。从作家的人生履历和文学道路看,她受惠于新中国成立之后的妇女解放是不言而喻的,但她在改革开放后的文学写作中与这个体制保持着若即若离的暧昧。虽然她在20世纪80年代的文学史框架中被定格在"女性写作"之列,但与其大量的现代派或后现代主义的探索性写作相比,女性故事并不多,也比较单一,对主题的开掘浅尝辄止。张洁深受传统文学史价值观念影响,不甘心以专写爱情和女性故事被归入女作家之列,而是努力书写宏大叙事。直到她90年代写作《无字》,依然有着非常强烈的构建宏大叙事的冲动,尝试将"小"女子的卑微人生和命运打造成"大"叙事。

个人与历史的双重叙述

——评叶兆言《刻骨铭心》

刘阳扬　南京大学文学院

叶兆言的小说向来关注历史潮流之下的个人命运。《刻骨铭心》以1926～1949年的南京为历史背景,作者以密集的史料还原历史现场,同时引入个人视角,呈现普通人的生存境况。叶兆言以个人叙事观照历史叙事,将微观与宏观相结合,并通过对秦淮风光、风土人情的书写,将文化语境引入历史叙事,使小说更为深刻丰富。

女性符号的政治想象：大陆与香港当代潘金莲故事的三种被讲述

常 彬　邵海伦　华侨大学文学院

潘金莲主题的当代书写不是简单的重复，也不局限于为其翻案鸣冤洗刷污名，而是借用这个身份符号来构建中国社会历史的、文化的、现实的政治想象。刘震云正视传统和现代文明冲突的裂痕，借一个女子自证身份的经历描摹社会转型中的疑难症候；阎连科以潘金莲的身世起伏揭露历史光鲜背后的道德断裂，对乡土社会权力至上欲望沦丧投去尖刻一瞥；李碧华将香港城市的无常命运和一个女子的人生悲喜相融合，在对潘金莲形象的重塑中表达对香港主体性诉求的思考。

平衡的探索与经典的可能

——论新世纪的苏童长篇小说创作

臧　晴　苏州大学文学院

21世纪以后的苏童一直在尝试与过去的自己告别。从《蛇为什么会飞》到《碧奴》，再到《河岸》《黄雀记》，这四部新世纪以后的长篇小说不但走出了"曾经的苏童"，甚至这四部作品本身的跨度也是相当之大的，显示出作者在不同维度上寻求突破的努力。从苏童新世纪以后的长篇创作来看，这是一个曾经的先锋作家向新的写作向度发起冲击、进而迈向经典化道路的摸索过程。他有意识地整合了自己的优秀元素，又逐渐找到了与新元素有效对接的方法。

民族性、历史观与人民美学
——新时期文艺的人民立场及叙事刍议
纪秀明 大连外国语大学文化传播学院

当代中国文艺批评的发展历程,以及西方文艺批评中国适用性和辩证批判性,要求我们对文艺立场与文艺中国化建构方法作深入思考。围绕民族性、历史观以及美学等重要问题,新时期文艺如何有效坚守人民立场?在文艺的民族性上,要厘清民间的、民族性的辩证关系,要辨析叙事手法的民间形式与内容人民性的辩证关系,强调人民立场对文艺民族性重建的必然。在历史观上,要坚持马克思主义人民历史唯物观,反对历史虚无主义,在认同作为手法的微观历史叙事的同时,强调对人民史观的坚守。在美学上,除了延续传统人民美学的应有内涵外(民间的、社会现实主义原则的等),人民立场的美学应以"真善美"为标准,呼唤"崇高美学"的回归与重构,以"善美""大制"等民族传统美学观加强新时期"崇高"美学的凝聚力与向心力。

《繁花》与上海文学
王 中 安徽师范大学文学院

"五四"以来,地域文学成就卓著,"海派"与"京派"分庭抗礼。早在90年前,胡适就预言除京语文学外,吴语文学算是最有势力又最有希望的文学,同时强调吴语小说《海上花列传》给中国文学开了一个新局面。然而,百年来这预言几乎落了空。2012年《繁花》问世,算是遥遥回应了胡适的论断,也令文坛振奋。其不仅被评为中国小说学会"2012年度中国小说排行榜"长篇小说第一名,更荣获2015年第九届"茅盾文学奖"。这是难得的一部既受评论者青睐又获读者欢迎的长篇小说。在笔看来,《繁花》的成功,不仅是上海叙事的成就,更因为它是彻头彻尾的"中国式"小说。它上承张爱玲,遥继《海上花列传》《红楼梦》《金瓶梅》等,延续了中国传统世情小说的写作范式和情怀,由是在以西方文学为圭臬、传统式微的当下写作背景中,彰显了某种"异质性"。

视角局限与空间思维的滞后
——论城市文学的叙事困境

杜素娟　华东政法大学文伯书院

当代城市文学中弥漫着一种单一的城市认知,存在着过度依赖底层和边缘视角的叙事困境,以及城市空间理想和正义观念滞后的思维困境。这种状况使得城市叙事很难向深层真相推进;其使用的拒斥性思维也无从揭示城市空间的真实问题,必然导致模式化、表层化的城市书写。要突破这个叙事困局,表达对于城市正义的吁求,需要的不是非理性的空间指控,而是深入空间内层探索问题和根源的勇气,以更为理性的态度观察城市生存图景,深入思考城市生存的复杂问题,才能避免叙事偏见的产生。要践行"立足城市看城市"这一原则,需要对叙事模式、城市空间思维、城市正义观念等作出一系列的反思和突破。

后乡土时代与作家的情志
——"宁夏文学六十年(1958~2018)"文学史散论

李生滨　西北师范大学

从20世纪乡土文学和当代西部文学的批评视角广泛阅读宁夏文学,尤其是一年多田野普查式的资料搜求和整理之后,对"宁夏文学六十年"取得的成就有了全新的认识。一方面宁夏作家坚守了"后乡土时代"的诗意抒写,另一方面却又无法回避现代性的直接冲击。这种矛盾背反的现实境遇中,宁夏作家诗意化的乡土抒写得到各方面的肯定,包括关注过宁夏文学创作的不少当代知名学者,在文学研讨的在场语境中充分褒扬了宁夏作家后乡土时代的诗意精神,批评之话语中形成了所谓的"中国文学的宁夏现象"。乡土诗意与现代性滥觞,形成了人性内在生活的直接冲突,回避和面对都是极其艰难的挣扎。这是一个非常值得讨论而又极为重要的学术问题。

《民族文学》(1981~2010)与新时期以来维吾尔族文学的发展

罗宗宇 湖南大学文学院

《民族文学》(1981~2010)为当代维吾尔族文学的发展提供了一个重要平台,在发表作家创作、培养青年作家、推进文学评论和文学译介等方面促进了当代维吾尔族文学的发展,取得了有目共睹的成绩。

严歌苓《雌性的草地》荒诞叙事

王桂荣 哈尔滨学院文法学院

《雌性的草地》是严歌苓出国前的一部重要作品。讲述的是由6个不到20岁的女知青和当地一位女牧工组成的女子牧马班在川西草原放牧军马的故事,充满了荒诞的意味。这种荒诞,主要表现在存在的异化、意义的退场、人物的荒诞。它们也构成了《雌性的草地》的荒诞品性。为了更好地完成对荒诞的书写,作者还在艺术上进行了独具匠心的处理。如"雌性的叙事立场"运用、"陷阱的存在境况"设置、"人性与生命情怀"的取向,从而使文本直面"世界成为陷阱时,人的可能性是什么"的问题,有效地表达了作者对和谐人性与生命形态的思考、探究与关怀。

"侨乡"文学叙事及其写作伦理
——以新移民作家为考察对象
陈庆妃　华侨大学文学院

"侨乡"联结着海外华侨华人与其祖居地,是一个具有独特历史和价值观念的社会地域空间。新移民作家当中有不少来自侨乡,如温州籍的张翎、陈河,闽籍的陈希我、哈南,粤籍的刘荒田、伍可娉,等等。他们超越社会学、经济学的数据分析模式,在海外以文学书写观照具有复杂内涵的"侨乡"小传统,对侨乡文化、价值观念及其海外影响进行多层面的思考。这些来自侨乡的新移民作家以"我视"与"他视"的双重视角审视侨乡,在写作伦理上呈现出既亲近又犹疑的有距离的批判。另外,张翎、严歌苓的创作也涉及"金山—侨乡"故事,她们在写作伦理上则更多诉求海外华人的历史公平和现实权益问题。

文学审美批评与主体间性
张雨楠　中国社会科学网

在文学审美领域里,不管是作者还是读者,面对着审美的对象或者艺术的文本时,他们之间不是主客关系,应该是主体和主体的关系。胡塞尔所提的主体间性,认识论的本体论还是主体和客体对立的,但中国从来不讲主客对立,可以用西方理论来反观中国的理论。文学审美批评也是这样，审美批评方式要回归本源。所以要在审美中用主体间性来解释人和世界的关系，包括作者和社会生活，也包括读者和作品之间的关系。

文学创作如何走向新的时代
——论新时代社会生活的变革与文学发展的关系
傅书华　太原师范学院文学院

审视新时代社会生活的变革与文学发展的关系，是一个不容回避且有着现实迫切性的深刻命题，而考察中西方社会形态、文学形态、价值形态的历时性演化与其在当今中国共时性呈现二者之间的关系，则不失为观察、判断中国新时代文学在何种程度上与中国新时代社会生活的一个重要参照，也不失为判断何为今天文学高峰之作的一个重要参照。

改革开放 40 年中国现代文学研究的进展与反思
——中国现代文学研究会第 12 届年会综述

王炳中　福建师范大学文学院

2018 年 10 月 25～28 日，由中国现代文学研究会主办、福建师范大学文学院承办的中国现代文学研究会第 12 届年会在福州隆重召开。中国现代文学研究会会长丁帆，副会长刘勇、张福贵、吴晓东、张中良、何锡章、赵学勇、田建民、李怡、汪文顶，秘书长萨支山，前副会长凌宇，以及来自全国各地高校、科研院所、出版机构的会员代表和专家学者近 300 人出席了会议。会议开幕式由刘勇常务副会长主持，福建师范大学副校长郑家建致贺辞，丁帆会长作主题报告，萨支山秘书长作学会工作报告。

本次年会的主题是"改革开放 40 年中国现代文学研究的进展与反思"，分"学术史研究""文学史研究""各体文学研究""重要作家研究""现代文学教育研究"五个议题。会议收到论文 208 篇，设有两场大会发言和八场小组发言，众多专家学者不仅对每个议题作深入的学理探讨，提出新见识，还从中发现新课题，探索新路径，充分展现了本学科创新发展的朝气和活力。

一

改革开放推动了中国特色社会主义建设的高速发展，也促进了中国现代文学研究的兴盛发达。近 40 年来，现代文学研究紧跟时代步伐，不断探寻学科建设的新理念、新思维、新方法和新的学术生长点，形成思想解放、理论创新、多元融会、学术精进的发展势态。值此改革开放 40 周年到来之际，众多专家学者从学术史的角度，对现代文学研究的历史与现状、传承与发展、观念与方法等方面的问题进行总结、反思和展望，突出强调文学研究的责任担当与学理追求，为现代文学研究的"再出发"提供了多种新思路和新视点。

丁帆（南京大学）在大会的主题报告《中国现代文学学术与思想观念的再思考》中，回顾中国现代文学研究的学术道路，肯定改革开放 40 年来学科取得的显著进步，进而聚焦于近百年学术思想史上"启蒙"与"革命"这对核心观念及其双重悖论，从世界性启蒙运动的宏阔视野上对学科发展作了深刻反思。他评介周策纵的《五四运动史》、英国历史学家罗伊·波特的《启蒙运动》和意大利历史学家文森佐·费罗内的《启蒙观念史》，结合法国大革命、英美革命，以及苏俄革命对"五四"以后中国革命与文学的影响，通过比较分析，提出我们应该反思的问题："启蒙的五四"和"革命的五四"两者之间都存在着的双重悖论是百年来我们始终未解的一个难题——这是社会政治文化问题，也是文学绕不开的问题。要重新回到启蒙的原点，重新回到五四的起跑点上，首先要像周策纵《五四运动史》那样，透过原始资料，让当时的人和事，自己替自己说话，让百年前的历史画外音来提示"五四精神"，历史地、客观地呈现出它的两重性；也就是让史料来说话，让"死学问"活起来，活在当下，也就活到了未来。同时要借鉴罗伊·波特、文森佐·费罗内所梳理的启蒙思潮的理性批判传统，回到历史发展的轨迹中去重新认知启蒙的利弊，重新回到理性学术的起跑线上来，回到康德的理论原点上去，"我们的时代是真正的批判时代，一切都必须经受批判"。他认为，世界启蒙运动是一个永远说不完的话题，中国的"五四新文化运动"也是一个可以不断深入阐释的论题，无论从哲学的层面还是历史的层面来加以解读，总有其现代性意义。这是"启蒙与革命"双重悖论的意义所在，也是它永不凋谢的魅力所在。

殷国明（华东师范大学）的《"思想"与"思考"：贯穿 20 世纪的文化纠缠与纠结》，则从批评史角度考察新文学批评从"思想革命"到"思想崇拜"的演变过程，辨析"思想"与"思考"之间的复杂关系，提倡文学研究的独立思考和思想创新精神。他认为：在西方文化语境中，

"思想"（Thought）原本是"思考"（Thinking）的产物，体现了一种不断怀疑、质疑、探索和思考的精神，它更倾向于一个"动词"。"思想"在中国具有双重含义，一是已经成型、成熟的人类思想成果和体系，对于中国来说具有开发民智、促进变革和引领时代发展的作用；二是一种能动的批判与创新意识的生成和启动，旨在破除和打破旧的僵化的思想模式的禁忌和禁锢，促使人们独立思考和自我选择，更新文化和意识形态状态。"思想"和"思考"的含义和状态，往往是互相关联、交叉和促进的，但也会出现相互矛盾甚至抵消的状况。可惜，在20世纪的中国，"思想"所缺失的恰恰就是"思考"，其渐渐舍去一种必不可少的本土化的动态生成过程，直至成为一个"名词"。"思想"不再是"思考"，甚至不通过"思考"，不需要"思考"，"思想"就很容易成为一种规定、制约和遏制人们思考的一种意识形态。中国20世纪启蒙主义的短板，甚至悲剧的根源亦在于此。

王卫平（辽宁师范大学）的《改革开放40年中国现当代文学研究的成就走势与思考》，从选题范围、研究内容、研究领域、研究思维等方面考察改革开放40年来现代文学研究的基本走势，并指出现代文学研究应回到基础和原点，不能过度强调文学的文化性、思想史而忘记文学的语言、艺术、审美以及它所应该承载的内涵。上海师范大学刘忠反思了中国新文学史写作在主体与客体、集体与个体、求真与互文、历史与审美之间存在着多重悖论，提倡撰写一部多元、动态、不断反思的文学史。武汉大学方长安指出，20世纪20年代胡适的《国语文学史》和凌独见的《新著国语文学史》，均以国语为述史准则，从文学史著的角度践行"国语的文学"观念，提供了新的文学史叙述角度；到了1928年胡适将《国语文学史》改写为《白话文学史》，则宣告国语文学史的退场，但"退场"不是消失，而是潜在地流淌于此后的文学史书写中，这一延续提供了从语言角度深入研究文学史书写的可能性。重庆师范大学郝明工反思了中国现代文学史书写的断代争议问题，认为现行的近代、现代、当代文学史，实质上是朝代体文学史的当下变体。现代文学的生成，是在中国文化从经学启蒙向文学启蒙的现代转型过程中出现的。他据此认为现代文学的起点是倡导"小说界革命"的1902年。上海师范大学黄轶则把南社作为现代文学的开端，提出要重新认识南社，包容看待这一代知识分子的"旧"，择取他们在创建新的政治文化秩序和文学格局上所体现的"新",不再埋没南社文学在民初文学肇造中的价值和意义。

马俊山(南京大学)的《近四十年中国话剧史学术范式的变迁与反思》认为:《中国现代戏剧史稿(1899~1949)》(陈白尘、董健主编)、《中国话剧通史》(葛一虹、左莱主编)、《中国话剧艺术史》(田本相主编)三种史著,代表了近四十年来话剧史研究的三种学术范式,大致体现出话剧史编撰的四个转变,即功能认知从工具论到主体论,价值取向从偏重思想内涵到思想艺术并重,话剧因素从无机整合到有机整体,入史范围从中国大陆到两岸四地。南京大学李兴阳梳理了中国乡土小说理论的百年言说和两条流脉,认为近40年研究的关注点,集中在名家理论、核心概念、理论源流、演进轨迹、多重关系等几个方面。苏州大学汤哲声简要界定了通俗文学经典的"通俗性"要素和价值评估标准。西南大学熊辉认为译介学改变了传统比较文学和翻译文学的研究范式,在研究内容、研究视角、中外文学关系研究等方面对中国现代文学研究产生了深刻影响。广州大学哈迎飞提出"现代文学研究中的'宗教'问题",认为该论域不能局限在三大宗教上,而应关注宗教代用品与中国现代文学的关系。重庆师范大学凌孟华提出"现代文学研究的'非文学期刊'视野",认为回到"非文学期刊",是对现代文学史现场的正视和还原,可打开现代文学研究和史料发掘的"新局面"。

金宏宇(武汉大学)的《考证学方法与中国现代文学研究》,认为"现代文学考证学"是一种广涉之术,涵盖文献史料的外部考证和内部考证,涉及文献史料学的各学科分支;同时还要有地理、政治、法学等不同学科的知识"支援"。它是较高级的史料批判方法,应该定位于"述学",有别于索隐法,不等于烦琐考证,不提倡默证和"过限"考证。只有更多地运用辩证法,它才能真正成为科学的考证学。鲁迅博物馆葛涛的《史天行伪造鲁迅的〈大众本《毁灭》序〉考》,苏州大学汪卫东的《〈狂人日记〉影响材源新考》,乐山师范学院廖久明的《中国现代部分作品中的"前月"考——以郭沫若、鲁迅等笔下的纪实性文字为例》,重庆师范大学杨华丽的《吴虞与"打倒孔家店"口号关系考论》等,以扎实的考辨显示了考据学在现代文学研究中的必要性和有效性。

在对现代文学研究史进行总结和反思的同时,与会代表还对学界前辈的学术研究作了阐发和评价。青岛大学刘东方认为鲁迅的《中国小说史略》将辑佚校勘这一传统学术方法融入中国文学史的建构之中，实现了古代学术研究与现代学术研究之有效"衔接"，实现了中国传统学术研究的"创造性转换"，为现代学术意义上的中国文学史学科之建立做出了贡献。北京大学张丽华通过比较鲁迅和陈寅恪对中国古代"传奇文"的溯源，指出鲁迅在建构小说史时，既以历史的方式去阐释时人的观念，又免不了以当下的观念为框架去选择和组织材料。而在陈寅恪那里，"小说"被视为一种摹写现实的，同时容纳散体与韵体或是同时容纳诗、文与议论的混合性文体。这与鲁迅的《史略》构成了重要的学术对话。汕头大学彭小燕阐发王富仁《鲁迅前期小说与俄罗斯文学》中的"人道主义元素"的复杂况味，认为该著在当时体现出王富仁作为一名思想者敢于学术破冰的深沉勇力。海南师范大学邵宁宁认为，钱锺书始终是现代中国将美学原则放在第一位的学者，他在各种场合对"谈艺之公论"的坚持，对当代批评如何突破人情之围，有效维护批评标准的美学性与绝对性，具有启示意义。此外，山东师范大学魏建梳理了十年来郭沫若研究走向世界的进程，认为国内外的郭沫若研究存在着很大的反差，应加强国内学者与外国学者的学术对话，共同推动郭沫若研究的国际化。魏韶华（青岛大学）、韩相德（韩国庆尚大学）合作的《林语堂研究在韩国》，介绍了韩国学者从哲学与文化、作品、语言学、翻译等方面研究林语堂的情况，呈现出与中国学者不同的样貌。

二

一切历史都具有当代史的含义和价值。但这恰也说明，历史充满了开放性和无限可能，任何一种追问皆有望揭开其不为人知的一角，推动历史的"再书写"。回首百年的来路，与会学者围绕现代文学的发展历程、精神流脉、时代特性、文体类型、历史站位和当代价值等话题各抒己见，在为文学史扩容的同时，试图进行多维的价值重建。

刘勇（北京师范大学）的《中国现代文学的历史性、当代性与经典性》，针对现代文学在传统回归、国学高扬之际"走向边缘"的问题，做出了辩证而独到的阐述。他认为这种"边缘"在时间和空间上的相对性很明显，现代文学与当代文学是天然的一个整体，两者有不可分割的联系，使它们一起处于中国文学今天的舞台上。而从中心向边缘转移的过程，恰恰是现代文学走向经典化的机遇，从历史融入当代，从当代走向经典，从经典走向永恒，现代文学前所未有地完成了自己的使命。之所以能够如此，一是因为它所立足的"五四""不可或缺"的历史价值，它所代表和传达的启蒙精神对今天的中国文化、中国社会仍具有重大的价值和意义；二是它所依赖的鲁迅等经典作家"绕不过去"的当代意义，因为他们的作品历经时代的变迁与考验，仍然能够直达人性深处，与当下社会进行对话；三是它所承续的传统的"动态发展"，现代文学承续传统而来，而又形成自己的独特品格与新的文学传统，并在当代顺势发展，动态地构成中国文学的完整面貌。

对于传统与现代的关系，部分学者作了新的阐释。华中师范大学王泽龙认为，古代文学传统从不同的价值层面对五四以来的现代文学发生着影响，并作为重要资源参与着现代文学的建构；但现代文学也形成了与古典文学"远传统"既联系又区别的"近传统"。我们文学的未来，依然只能是沿着"五四"新文学的方向前行。南开大学耿传明"从精神指向的变化看近现代中国文学中的古今之争"，概括出三点变化：从"以人合天"到"制天为用"、从慎终追远到崇信未来、从安适从容到荆天棘地。安徽大学王达敏考察了"中国文学现代传统形成的路径和结构"，认为中国文学从"古代传统"到"现代传统"转换过程中，现代民族国家诉求与人的解放诉求是其精神动力，由此形成了"思想—文化传统"与"艺术—美学传统"两大系统。陕西师范大学李继凯的《从文化策略视角看中国现代文学与传统文化的关系重构》，提出承继传统、磨合开新的创造文化策略，借此建构宽容的、和谐的、丰富的"大现代文化"。暨南大学贺仲明认为中国新文学具有自我批判传统，但这一批判存在内容和方式上的张力。五四作家依靠深厚的传统积淀，基本上能够保持自我主体性，但后继者由于现实压力等多重因素，难以形成稳定的自我主体，使自我批判沦为心灵的自卑和自我忏悔，并进而寻求精神上的依附和皈依。自我批判对新文学和现代文化都有很重要的意义。

有些学者对各时期文学现象进行新的审思。浙江师范大学高玉辨析"晚清白话文与五四白话文的本质区别"，认为晚清白话文在清末汉语体系中是边缘性的、辅助性的语言，是工具性的语言，还不能构成完整的书面语体系；而五四白话文在现代汉语体系中是主体性语言，是思想本体的语言，也即"国语"，最终成为一种独立的语言体系即现代汉语。浙江大学黄健进一步论述道：中国新文学以白话文替代文言文，并非只是一个单纯的语言转换问题，而是标志着一种新的话语体系的建构，表现出了一整套新的文学观念、审美理想和新的美学原则的诞生。特别是抒情话语的建构，更是展现出新文学发生的一种必然性。新文学倡导者对抒情话语的思想价值、艺术价值和情感价值的重视与追求，强化了中国新文学的艺术审美特质。武汉大学陈国恩《再论革命现代性与中国左翼文学》，认为左翼文学并非"非文学"的标签，对它的评价必须坚持历史与审美相统一的原则，从革命现代性的历史演进的角度，用艺术与政治相统一的观点，去探讨它的经验教训。赣南师范大学周建华考察了中央苏区文艺制度的生成过程，认为它构建了传统中包含着现代、现代中蕴含着传统的独具特色的红色文艺制度。陕西师范大学赵学勇发掘域外作者有关延安书写的纪实作品，认为它不但成就了本土与域外文学交流的双向对话，更是打破了"译介行为"的限制，以域外作家群体造访与直面延安作家的关系建构，丰富了延安文学的视野与内涵。四川大学周维东再论延安时期"民族形式"论争的问题，指出延安文艺界将作为特殊问题的"旧形式"或"大众化"理论普遍化后，不论其拥有如何充分的现实依据，最终都变成了一种向文艺和文艺家规训的权力话语。南京晓庄学院秦林芳梳理了解放区前后期对"演大戏"的两种不同评价，指出前期评论基本上肯定"演大戏"的艺术价值、认知价值与教育意义；而在1942年5月之后，"演大戏"开始被否定，取而代之的是新秧歌运动。这一变化，在解放区形成一种具有普遍意义的文学引导机制。福建师范大学骆雯、江震龙则通过对解放区文学论争的关键词发掘、主要观点梳理和核心理论整合，论述解放区文学论争的核心问题，试图较为系统完整地呈现解放区文学论争的基本路径与总体特征。此外，杨位俭对"欧战"如何重新构造了五四"新文化"问题的追索，林强对《新潮》杂志与新学术共同体及批评规范形成的考释，颜同林对东北抗日文学理论批评史料的发掘，王学振对抗战时期少数民族题材文学的梳理，佘爱春对桂林抗战文化城文学的考察，高姝妮对沦陷时期北京文坛自救路径的探索，严靖对1948年关于知识分子和文学的前途的两次会议的考述，都有拾遗补阙的意义。

有些学者对现代文学类型和文体艺术作了深入的理论探讨。厦门大学贺昌盛的长篇论文《现代中国文学的"形式"建构——"心灵"之于"世界"的"赋形"问题研究》，以"心灵—世界—形式"为基本理论模型，对现代文学如何"赋予"中国复杂的"现代"样态以可把握的"形式"给予一种新的总体性的概括。他认为，新文化运动尝试以"白话"语言的革新来完成中国的"文艺复兴"，但受制于"诗"的正统本位的限制，"白话新诗"未能成为与"现代"的"叙事"世界相对应的"心灵形式"，而白话的"美文"却使汉语文学自身的"诗性"传统得以"再生"和"重建"。现代"小说"在时间维度上主要呈现为日常生活史、个体精神史和民族国家史三种特定的"形式"。而基于中国"城/乡"结构形态的特殊性，现代小说在空间维度上主要呈现为"移植性"模仿的都市叙事形态与融入自然的"乡土"叙事形态两相"并置"的"形式"样态，"乡土"叙事成为对世界文学最富有独创意义的"空间形式"范本。西南大学李永东在《半殖民地中国"假洋鬼子"的文学构型》中指出，"假洋鬼子"是半殖民地中国的伴生物，是透视中国文化转型意愿与病症的一面镜子。文学中的"假洋鬼子"形象以留学生为主，分为喜剧型、悲剧型和悲喜混合型三类；经历了由"中西合污的纨绔子弟"到"新旧彷徨的启蒙先锋""身份犹疑的留日学生"，再到"挟洋自重的市侩洋奴"的形象嬗变；"假洋鬼子"的构型以文化身份为中心，沿着身体身份、民族身份和社会身份三个维度而展开，在辫子与思想启蒙、乔装与身份认同、西洋时光与权势社会等题材和主题的表现上，"假洋鬼子"形象的独特文学价值得到了彰显。上海外国语大学杨四平对"百年新诗抒情性、戏剧性和叙事性建设的诗学反思"，既肯定新诗"三性"的"进化"成就，也指出其"情度"无常、"戏份"太过、"絮叨"冗杂等存在的问题，主张以抒情性为基质的新诗"三性"，必须进行诗性的深度融合。南京大学李章斌审视"新诗韵律认知的三个'误区'"：一是将"格律"与"韵律"甚至"形式"混为一谈；二是以为韵律的形成必须依靠诗行的整齐或者押韵；三是认为自由诗就是一种"没有韵律"的诗。这些误区根源于把格律等同于韵律的成见。他认为，韵律的基础在于语言元素在时间中的重复，而格律只是这种重复的形态之一而已，格律与非格律韵律的根本区别在于是否形成了固定的、周期性复现的结构。龙岩学院郑成志认为陆志韦、朱光潜、罗念生、叶公超等人在20世纪30年代对新诗节奏的探求，超越了20年代中期新月诗派的新格律运动，彰显出新诗形式在化古、化欧双重向度上的审美诉求。他们对新诗节奏、音韵和格律等形式质素的求索，直接、间接地成为50年代新诗形式问题讨论的诗学参照资源。

三

名家名作研究一直是现代文学研究的重镇。其常谈常新的学术意义，使得该方面的研究永远处于一个开放的、动态的、未完成的状态中。通过价值重估、视角或方法论更新，与会学者在经典作家作品的再解读上亦有不少新见和进展。

鲁迅研究是本次年会的热点议题之一，有30多篇论文，论及鲁迅的思想、创作、翻译、学术和教育等方面的成就和影响。吉林大学王学谦、金鑫提出"如何激活鲁迅的精神遗产"的问题，认为鲁迅的伟大就在于他那种敢于怀疑、挑战、批判任何权威的人格精神；继承鲁迅的精神遗产，就要正视其思想精神的独特性，与其将鲁迅当作各个方面都高于别人的"完人"，不如将鲁迅看成一个有个性和别人无可替代的伟人。四川大学李怡在"文史对话"的视野中重读《狂人日记》，认为不能把《狂人日记》当作认定封建社会罪恶本质、揭示传统文化特征的社会历史文献，而应从文学性的角度，将其视为鲁迅对世界的与众不同的观察、感受及其文学形式的建构，从中发现鲁迅感知和表达人生的最独特的思维。湖南第一师范学院龙永干对《阿Q正传》的解读，将文本的叙事骨架与肌理和主体的创作动机、审美心理、个性气质、创作经验乃至于时代语境、社会文化等进行有机勾连。河北大学田建民深入解读鲁迅小说《出关》的"三层意蕴"，既有显性的对历史人物的祛魅性书写和对现实人情世态的讽喻性书写，又有隐性的借历史人物表现作者自己的人生体验与思考的自况性书写。福建师范大学汪文顶解读鲁迅散文的经典文本，围绕"怎样写"的问题，着重分析语体、章法和体性等文体要素及其关系和功能意义，对鲁迅各体散文的文体成就作了较为深入的探讨。

谢昭新（安徽师范大学）梳理20世纪20年代至新时期以来老舍的经

典化过程，认为老舍文学经典的生成得益于其创作经验的不断积累，也与其在创作中潜心追求经典性以及具有跨越时空的艺术品质密切相关。中国传媒大学逄增玉审视《四世同堂》中老派市民在北平沦陷后时空意识与家国观念的更生和嬗变，认为批判战争与"感谢"战争的反讽理念，成为小说复调主题和内蕴的有机组成部分，也丰富和拓展了抗战文学的内容。暨南大学宋剑华考察巴金《家》在民国时期的接受、传播及经典化过程，指出《家》在《时报》连载和出版之后，并非如文学史所描述的那样备受读者欢迎，《家》最终确定经典地位，主要是通过电影、话剧、连环画改编产生的巨大影响而实现的。浙江师范大学吴翔宇认为，沈从文营构"乡土中国"的文学实践需要从发生学的角度予以考量，其"居城怀乡"的创伤体验勾联了"乡土中国"和"现代中国"的深微关系，"返乡旅行"开启了"乡土中国"的发现历程，进而将"重构经典"和"民族精神重造"统合起来，赋予了其乡土中国书写深厚的文化内涵。江西师范大学王龙洋以赵树理为例，考察了20世纪40年代延安文学多媒介互动与文学再生产的关系。上海交通大学符杰祥通过文本细读，发掘丁玲的"烈女"／"女烈士"心结，认为其文学与人生世界在某种意义上也正是革命中国曲折进程复杂而残酷的映射。厦门大学王宇追问：陆萍为何是医生而不是丁玲更熟悉、延安也更多见的文艺知识分子？这个看起来不是问题的问题，揭开丁玲小说《在医院中》从未被人注意到的另一副面貌。西医在战时的价值、医生在延安的特殊地位，是丁玲赋予陆萍行为合法性的不可忽略的原因。北京师范大学沈庆利认为，张爱玲创作与中国历代文人在离乱变迁、家国流散中的凄婉哀唱一脉相承，表达出一种"无家可归""无国可依"的刻骨铭心的悲哀。但她的作品也揭示出历经沧桑却"顽固不变"的中国古代士大夫特有的文化心理习性：既"怨世"又"恋世"的情感纠葛。

吴晓东（北京大学）对钱锺书《围城》的文本解读尤其精细深入。他把"无所不在"的"战争"理解为小说中的结构性因素，认为钱锺书在《围城》中虽然并未直接书写与战争直接相关的主题与场景，但战争仍然构成了小说叙事者以及人物的一种生活底色、思维惯习和存在背景，是"无所不在"的存在。"战争"由此可能生成透视《围城》的一个微观诗学视景，即所谓"无所不在"的战争在文本中到底是怎样具体呈现的：小说中所指涉的战争话语既构成了叙事者的修辞方式，也构成了小说人物的表意形态,最终承担了使小说丧失意义远景的功能性使命。《围城》中的"战争"话语由此可以作为一种讽喻和寓言来进行诗学解读,"既遥远又无所不在"的战争联结了小说与政治、诗学与历史,是作者传达时代症候的有意味的小说形式,也是人类危急时刻的钱锺书式的特有言说方式,进而塑造了一个战时的"中国人文主义者"的形象,有助于研究者体悟《围城》中固有的现实感和历史性。北京大学姜涛对卞之琳抗战初期"战地报告"的细读也颇见功力。相比于诗人同时期创作的诗与小说,卞之琳的战地报告在文体上十分开放、流动,有其独特的形式活力和历史意涵。一方面,他的写作多着眼于局部、侧面,但"小处敏感",并非只是一种趣味主义的表现,"不及其余"的同时,却也能"辉耀其余",捕捉到了战时晋东南社会组织、军民团结的内在活力;另一方面,他又在"非个人化"的诗学中融入了游击战、持久战的辩证思想,从而发展出一种动态的历史想象力,突破"看风景"的画框,时刻在敌我、内外、破坏与新生、当下处境与长远发展等一系列辩证关联中,审视战争的进程及历史的光影。

对于其他作家的研究,涉及面较广。朱自强(中国海洋大学)、王芳(中国社会科学院文学研究所)都关注周作人的儿童文学理论建设。前者着重考辨周作人"儿童本位"的"儿童文学"观念的"日本影响";后者拓宽视野,广涉周作人的儿童研究资源,着重探讨他关于"遗传""教育""种性""种业""玩具""游戏"等问题的思考和话语。福建师范大学庄萱评述周作人散文理论批评中关于"言志"与"载道"的立论本意及其观点演变。福建师范大学黄科安认为,郁达夫对"散文"文体的认识,已越出西方学界固有的观念,主张散文除了"智"的价值之外,还要有"情"的价值,讲究"情韵"或"情调";同时,"幽默"因素也被郁达夫纳入"情"与"智"的理论辨析中,建构了其独特的"幽默"理论。闽南师范大学陈煜斓从洞察能力、文体表达和自由心态等层面阐发林语堂作为"智慧人物"的"智慧"。湖南师范大学肖百容探讨林语堂阐释传统文化的独到之处和价值意义。河南大学张先飞发掘朱自清"可惊的感受性"的精神特质与创作风格,使他成为"人的文学"时期最具有普遍代表性的作家。有些学者还论及鲜为人知的作家作品,如林分份发掘黄药眠前期的小说作品,陈啸谈论章衣萍由"京派"变成"海派",汤志辉考述燕京大学刘廷芳、赵紫宸、陆志韦等人形成的"基督教新文学家族",姜飞论述黄震遐长诗《黄人之血》所体现的"民族主义文艺"的一般性和特殊性，李松睿探讨梁山丁长篇小说《绿色的谷》的地方风物书写，程桂婷发现了覃子豪在台湾光复初期赴台的四篇佚文。此外，还有一些论文论及当代文学和跨代作家，延续着现当代打通的研究格局。

四

现代文学教育研究作为学科建设的一项重要内容，也成为本次年会的一个重要话题。首先是关于当前现代文学教育的探索与展望。苏州大学朱栋霖围绕"互联网+"介绍了《中国现代文学史》（北京大学出版社第三版）的创新和优势。该书在传统的文学史叙述外，通过二维码链接专家讲座、扩展阅读以及相关问题的不同声音，力图立体地展示文学史的正面与侧面，显示了开放、包容、独立的撰史意识。内蒙古师范大学黎秀娥反思现代文学教育存在的问题，提出"致用""致知""致思"的三重境界，共同服务于缔造有用、有智、有理性的人生。安庆师范大学蔡洞峰强调现代文学的学科特性决定了在教学过程中培养学生的研究能力，融入问题意识，倡导批判性思维和怀疑精神的重要性。齐齐哈尔大学肖国栋针对当下现代文学教育重文学史讲述而轻作品鉴赏的偏颇，主张从基础课开始进行作品的鉴赏训练，进而通过专题选修课进行学理性的课程论文写作，最后完成学位论文，形成一个阶梯式的系统训练程序。江苏第二师范学院马炜结合教学实践总结出文学经典细读的具体方法和途径。哈尔滨学院胡亭亭、龚宏探讨了对话教学在现代文学课堂教学的实践意义。四川师范大学白浩认为，要破解中学语文教学的"鲁难"问题，就应放低姿态，打破僵化的解读思维，凸显立人意义，将一个充满爱、自由、真的鲁迅交给学生，让学生发自内心地接受鲁迅。

亦有一些学者探寻民国时期大学课堂中的新文学教育，意在为当下的文学课堂提供借镜。上海交通大学文学武以翔实的史料，考述京派学者在营造新文学的教育理念、推广新文学作家作品、探讨文学理论和介绍世界文学等方面的努力和成就，勾描出一代学人的文化气度及其对后代学者的影响。新疆大学安凌考察盛世才主政新疆时期的汉语文学活动，指出其时的汉语文学写作和教育与政治教育、国家教育相结合，逐步培养了各民族的国家意识和国民意识。天津师范大学鲍国华还原了鲁迅讲授《苦闷的象征》的历史现场，指出作为教师的鲁迅，在该课程的授课中既注重学理，也融入小说家的艺术体验与现实关怀，从而避免了对教材的过度恪守，体现出自由驰骋的勇气和从心所欲而又不逾矩的能力。

（原载《中国现代文学研究丛刊》2019年第2期）

编后记

2018年金秋十月，适值中国改革开放40周年，中国现代文学研究会第12届年会在福州隆重举行。此次年会，盛况空前，与会代表近300人，提交论文208篇，以"改革开放40年中国现代文学研究的进展与反思"为主题，各抒己见，畅所欲言，创获丰饶，堪比秋收。

为了保存年会研究成果、扩大学术交流面和传播力，主办方中国现代文学研究会与福建师范大学文学院决定合作选编这部年会论文集。编者从208篇300万言的论文中，选录全文28篇，辑录论文摘要180则，大致分为"文学史研究""各体文学研究""年会论文摘要"三编。所选全文，注重论题的代表性和启发性；因篇幅有限，恕不收录会前已刊发论文，有些篇章还请作者自行删节，遗珠之憾也在所难免。选文已征得作者同意并校订过，会后发表的在篇末附记所发期刊，采用作者提交年会的论文摘要，编者仅作全书格式统编和个别文字校订。关于年会研讨情况，可参阅本书收录的年会综述。

今年适逢五四运动100周年，中国现代文学研究会成立40周年。本会同人谨以这部集体成果纪念"五四"，借此表达我们对思想启蒙运动和新文学运动及其先驱者与本学科奠基者的崇高敬意和传承职志。

本次年会和本书选编，承蒙各位同人的积极参与和精心撰稿、主办方的通力协作，以及社会科学文献出版社和编辑的鼎力支持，在此一并致以衷心的感谢！还应特别提到的是，中国现代文学研究会第12届年会是由福建师范大学文学院承办的，年会的盛况空前和硕果累累与福建师范大学文学院的精心组织和辛勤付出有着不可分割的关系，在此谨向福建师范大学文学院致以崇高的敬意和衷心的感谢！

编者

2019年9月15日

图书在版编目（CIP）数据

中国现代文学百年沉思：中国现代文学研究会第12届年会论文集/汪文顶，刘勇主编．-- 北京：社会科学文献出版社，2020.11
　　ISBN 978 - 7 - 5201 - 5961 - 6

Ⅰ.①中… Ⅱ.①汪… ②刘… Ⅲ.①中国文学 - 现代文学 - 文学研究 - 文集　Ⅳ.①I206.6 - 53

中国版本图书馆CIP数据核字（2020）第012081号

中国现代文学百年沉思
——中国现代文学研究会第12届年会论文集

主　　编 / 汪文顶　刘勇
出 版 人 / 谢寿光
组稿编辑 / 宋月华
责任编辑 / 李建廷
文稿编辑 / 周志宽　杨春花
出　　版 / 社会科学文献出版社·人文分社（010）59367215 　　　　　　地址：北京市北三环中路甲29号院华龙大厦　邮编：100029 　　　　　　网址：www.ssap.com.cn
发　　行 / 市场营销中心（010）59367081　59367083
印　　装 / 三河市东方印刷有限公司
规　　格 / 开　本：787mm × 1092mm　1/16 　　　　　　印　张：34.5　字　数：562千字
版　　次 / 2020年11月第1版　2020年11月第1次印刷
书　　号 / ISBN 978 - 7 - 5201 - 5961 - 6
定　　价 / 348.00元

本书如有印装质量问题，请与读者服务中心（010 - 59367028）联系

▲ 版权所有 翻印必究